本書出版得到國家古籍整理出版專項經費資助

王水照 編

歷代文話

第一册

復旦大學出版社

歷代文話序

王水照

文話，與詩話、詞話一起，是中國古代文學批評的重要著作體裁，歷來爲研究者所重視。隨筆體的詩話、詞話和文話，均起源於宋代。歐陽修的《六一詩話》爲詩話之鼻祖，作於宋神宗熙寧四年（一〇七一）歐陽修致仕、退居汝陰時期；第一部詞話應是楊繪《時賢本事曲子集》，約作於元豐初（元豐元年爲一〇七八），相距不到十年；今存第一部文話著作當推南宋乾道六年（一一七〇）成書的陳騤《文則》，它也是我國最早的辭章學專著，實已不爲説部性文話所限（説詳下）；四六話則數王銍的《四六話》，成書於宣和四年（一一二二），還在《文則》之前。自開山林，徑途日闢，歷元明清而作者繼踵，典籍洋洋大觀，汗牛充棟，因而彙編之叢書應時而生。詩話方面有清何文焕《歷代詩話》（二十七種）、丁福保《歷代詩話續編》（二十九種）；丁氏又輯《清詩話》（四十三種），近人郭紹虞繼輯《清詩話續編》（三十四種）。又有自署「不求聞達齋主人」所輯《古今詩話叢編》（三十三種）、《續編》（三十六種）。詞話方面則有唐圭璋《詞話叢編》（一九三四年初版六十種，一九八六年修訂版收入八十五種）。唯獨文話叢編彙刊之舉卻告闕如，長期以來，引爲學界一大憾事。《歷代文話》的編輯出版，實爲填補我國古籍整理方面的重大空白，爲中國文學史、中國文學批評史、中國修辭學史、中國語言學史等學科提供基礎的文獻資料，也能對當前的文章寫作乃至一般的文化發展發揮相當的作用。

上述《歷代詩話》、《詞話叢編》和本書，分别爲中國古代詩學、詞學和文章學的研究、評論資料的彙編，所收範圍並不僅限於隨筆體、説部性質之「話」，只不過「話」以其形式自由、筆致輕鬆而爲作者們所喜愛採用，因而更較常見而已。從論「文」方面而言，自先秦至魏晉，評論、研究文章之風日盛，但零錦片玉，散見於學術論述和各自文集之中。現存最早的論「文」之獨立專著，當推《文心雕龍》。其前之摯虞《文章流别論》、李充《翰林論》、任昉《文章緣起》今均殘逸。劉勰之書體大思周，籠圈條貫，其宗旨、其規模，實開後世文評的先聲。然詩、文融而未分，其研究對象乃是「雜文學」整體。隨着「文筆之辨」興起，韻、散始區疆分界，文評亦漸趨獨立。降至唐代，古文運動勃興，「古文」概念在「駢散之辨」中始得確立。但其時論「文」之作，現存者均爲單篇序跋書簡；所著録之專書，如孫郃《文格》、馮鑒《修文要訣》、王瑜卿《文旨》、王貞範《文章龜鑒》、倪宥《文章龜鑒》等（見《宋史・藝文志》八），今皆逸失。

古文研究與批評之真正成爲一門學科，即文章學之成立，殆在宋代。其主要標誌在於專論文章的獨立著作開始湧現，且著作體裁完備，幾已囊括後世文論著作的各種類型：一是頗見系統性與原創性之理論專著，如陳騤《文則》，論述井然有序，體裁頗爲嚴整，尤在修辭理論上更富開拓性。宋末人李塗《文章精義》以見解精當亦屬此類。二是具有説部性質、隨筆式的著作，即狹義之「文話」。比之前類著作，内容廣泛叢脞，大都信口説出，漫筆而成，於系統性、理論性有所不足。如周密《浩然齋雅談》之卷上論文，以搜集遺聞逸事爲主，兼及評騭文章優劣，形式自由，編次無序。樓昉《過庭録》仿此。《朱子語類》卷一三九《論文》亦可歸入此類。三爲「輯」而不述之資料彙編式著作。如王正德《餘師録》，雜輯前人論文之語，不加己意。張鎡《仕學規範》之《作文》四卷，亦是如此。四爲有評有點之文章選集。吕祖謙之《古文關鍵》首創古文評點之風，精選唐宋名家文，各標舉其命意佈局之處，卷首又列《看古文要法》，論述文章體式源流等；其門人樓昉《崇古文訣》踵事增華，擴大收文範圍，點評别出新意；真德秀《文章正宗》以尚理爲旨歸，取徑偏窄；宋末又有謝枋得《文章軌範》等。

此四類著作體裁成爲後世文評著作的基本格式，未再出現新的品類，然亦有演變、發展。如第三類資料彙編式者，至明高琦《文章一貫》，始予前人論説材料類聚區分，納入「立意」「氣象」「篇法」「章法」「句法」「字法」以及「起端」「叙事」「議論」「引用」「譬喻」「含蓄」「形容」「過接」「繳緒（結）」等十五子目，由「雜抄」進而爲「類編」，規矩粲然，且體現編者一定的文論思想。此法又爲後人所採用並加以損益變化。

由於上述種種情況，本書所收文評資料（專著和單獨成卷者）便斷自宋代開始。何況宋以前

起注》；其他幾種或殘或逸。因此，收書始於宋代是較爲合理的。兼論詩文的《文心雕龍》已廣爲流傳，不難研習；《文章緣起》已見本書所收之明陳懋仁《文章緣

自宋以後，明清兩代是我國文評之大繁榮時期。現存之文評著作，絕大部分產生於此時。林林總總，目不暇接，如明有宋濂《文原》、吴訥《文章辨體序説》、徐師曾《文體明辨序説》、王文禄《文脉》、王世貞《文評》、譚浚《言文》、朱荃宰《文通》等；清有黄宗羲《論文管見》、方以智《文章薪火》、顧炎武《救文格論》、唐彪《讀書作文譜》、魏際瑞《伯子論文》、魏禧《日録論文》、張謙宜《絸齋論文》、田同之《西圃文説》、劉大櫆《論文偶記》、王元啓《惺齋論文》、吴德旋《初月樓古文緒論》、葉元塏《睿吾樓文話》、曾國藩《鳴原堂論文》、劉熙載《文概》、孫萬春《縉山書院文話》等，均爲其中較爲重要者。繁榮之局乃由多種因素促成，其中有二因更可强調：一是受時文（八股）興盛之刺激與驅動。明清以八股取士，爲應舉士子開示門徑之指南性讀物應運而生；「以古文説時文」或「以時文説古文」成爲一時風尚。二是流派紛呈，作家群體鵲起。如明代前後七子、唐宋派、竟陵派各爲自己主張而著書立説，編纂評點本的文章選集，尤能擴大社會影響，歸有光《文章指南》、茅坤《唐宋八大家文鈔》即是著例；清代更是桐城一脉占據壇坫，其理論層次更高，辨析作法更細更精，自方苞、劉大櫆、姚鼐，中經曾國藩承源異流之湘鄉派，以迄出入桐城之吴汝綸、林紓等人，各有建樹，林紓《春覺齋論文》等應是傳統古文理論的總結。

以文評著作爲主要載體之我國古代文章學，内涵豐富複雜，卻自成體系，最具民族文化之特點。舉其犖犖大端，則有（一）文道論，即論文之根本與功能，屬本體論範疇。《文心雕龍》首舉原道、徵聖、宗經，影響深遠，既突出經世致用之意義，又因維護闡道翼教功能而與重情、審美相衝突，對散文發展的作用，巨大、深刻而又正負兼具。（二）文氣論，關涉作家之涵養、寫作準備及「氣」在作品中之表現。（三）文境論，包括境界、神、味等諸多文論範疇，探求作品的藝術靈魂與審美核心的構成。（四）文體論，論析文章各體之發生、規範與特點，文體流變過程中之正、變之辨。（五）文術論，有關寫作技巧、手法之多方面探討，以及「有法」與「無法」關係的研究。（六）品評論，評析作家作品之優劣得失及其各自特色。（七）文運論，研究文章之歷史演變、流派發展等。此外，還包括作家行迹及其逸事等生平背景研究，以及考訂、辨析、輯佚等文獻方面的内容。以上即是我國文評著作内容的大致構成。其對散文功能的深入研討，散文藝術的真知灼見，散文技法的全面闡發，其所藴含的思想、智慧與藝術經驗，足以啓迪來者，於進一步發展、完善我國文章學具有重大價值，是一份珍貴的文化遺産。研究中國古代文章學，重新發掘和認識中國文學思想和審美觀念的傳統特點，還能促進當代中國文化的建設，增强中國文化自身的凝聚力以及在世界文化中的影響力和競争力，意義不容低估。

文評著作以論析古文爲重點，但也涉及駢文、時文與辭賦。魏晉六朝駢文興盛，光耀文壇，卻導致片面追求詞藻、用事、對偶、聲韻之美，唐代古文運動起而反撥，終成對壘之局。但古文家隨即從反駢重散走向駢散統一，韓、柳、歐、蘇的創作與理論均兼融駢散，不少四六話著作亦力主兩者互攝並收的觀點。雖亦有以駢文爲文章正宗之説，但不占主導。宋代出現一批專論四六的專著，如王銍《四六話》、謝伋《四六談麈》、楊囦道《雲莊四六餘話》；至於洪邁的《容齋四六叢談》，乃是後人從其《容齋隨筆》中摘抄而成，儼然成一獨立論著。清人孫梅《四六叢話》則是集成性著作。論及時文之著作，純爲應試場屋服務，車載斗量，泥沙俱下，佳構頗少。但其研討時文作法時，亦有與古文寫作潛通暗合之處，不可一筆抹煞。明李叔元編《新鍥諸名家前後場肆業精訣》，清梁章鉅編《制義叢話》等，均有精言要語，不爲舉業所拘。辭賦介於詩、文之間，從先秦騷賦、兩漢大賦、魏晉南北朝抒情小賦、唐代律賦至宋代文賦等，往往伴隨同時代主要文學樣式的更疊變化而變化。論賦之專書，以元祝堯《古賦辨體》爲較早；明清時期又進入繁榮期，一時出現《歷代賦彙》、《七十家賦鈔》、《賦鈔箋略》等大型賦選總集，也産生一批論賦著作。如清人李調元《賦話》、王芑孫《讀賦卮言》、劉熙載《賦概》，或以博綜資料見長，或以見解允當取勝。本書限於體例，酌收論駢文和時文的著作，但論賦之作暫不闌入。

文評著作，在充分估定其價值與意義的同時，也應認識到它的局限與不足：一是繁冗，一是重複，這是兩個相當突出的缺點。我國可能是世界上最重視文體分類研究的國家。西晉摯虞的《文章流別論》、東晉李充的《翰林論》以及梁代任昉的《文章緣起》都是從文體論角度來論文的；《文心雕龍》在某種意義上也可稱爲文章文體學專著，劉勰在分類標準、源流演變、體制風格特點、選文示範等方面，建立了頗爲嚴密的文體論體系。自任昉分八十五體（今本作八十四體），《昭明文選》分三十七體，劉勰分三十三大類（又分不少細類）以來，後世此類著作層出不窮，推闡越加細密，乃至頗呈繁冗之弊。明吴訥《文章辨體》和徐師曾《文體明辨》，前者分五十九類，後者分一百三十六類，賀復徵繼又增修而成《文章辨體彙選》，亦達一百三十二類，陳懋仁《續文章緣起》竟達一百四十九類。誠如《四庫全書總目提要》卷一九二評《文體明辨》時所云：「千條萬緒，無復體例可求，所謂治絲而棼者歟！」後又有人自博返約，加以歸納合併，正是文體論發展的必然。如姚鼐《古文辭類纂》劃爲十三類，曾國藩《經史百家雜鈔》分爲三門十一類等。然而同時又有人堅持以細分詳列爲能事，如王之績《鐵立文起》分一百零九類，王兆芳《文章釋》多達一百四十三類。在研討爲文之「法」方面也時有此弊。不少文評著作又表現出「輯」而不述的著作宗旨，其書實爲編撰而非嚴格意義的論著，因而存在着陳陳相因、轉相抄録的現象。

繁冗和重複都派生於這類著作的「尚用」這一撰寫動機。爲指導初學者入門，加强操作性、實踐性，因而其性質偏重於寫作學，而非古文理論與批評之系統化，於是毛舉細末，纖悉無遺，强立名目，稗販蹈襲，不一而足。然而，入門書中也不乏有精到深微的藝術見解，示人以創作所應遵從的法度，並不完全等同於强人入牢的固定套式，這是需要細心辨别、不可一概否定的。而重複稱引，從文章學史的角度來考察，某書或某類書被稱引頻率的多寡，適足以判定該書被接受度之廣狹、深淺，以及時間的久遠與短暫，從中還可研究各代文風的趨尚，這也是一個很有意義的題目。如在明清兩代彙編類著作中，陳騤《文則》、李淦《文章精義》、陳繹曾《文章歐冶》等或許是引用最爲頻繁的著作，對説明其價值、意義和影響，是很有説服力的。當然，繁冗意味着系統性、理論性的不足，重複則無疑是原創性、開拓性有缺。面對前賢這筆豐富的文化遺産，其時度金針，指途識津，探賾闡微，張皇幽眇處，已盡著述之職；而取捨斟酌，自具隻眼爲我所用，則責在後人了。

《四庫全書總目提要》卷一八六總集類序云：「文籍日興，散無統紀，於是總集作焉。一則網羅放佚，使零章殘什，並有所歸；一則删汰繁蕪，使莠稗咸除，菁華畢出，是固文章之衡鑒，著作之淵藪矣。」此論「總集」編纂的兩個原則，即「全」與「精」，對編纂《歷代文話》也有啓示作用，即既求其全面性，凡屬重要的、有代表性的著作，應該做到「應有盡有」；同時，針對現存文評著作的複雜面貌，亦應稍作别擇，應該做到「應無盡無」。這兩個標準在實際操作時會産生矛盾，則只能權變斟酌用之。資料彙編書籍本宜不厭其「繁」，故於後一點更需從嚴掌握。本書今收録專書和單獨成卷之文評論著共一百四十三種，大致能達到集散見著述爲一編的要求。

資料是研究的基礎和前提。這些論著雖不是文評資料的全部（尚有大量序跋、書信、評點等），但將對有關學科的研究起到重要作用。傳統古文理論的價值判斷與「五四」前後新舊文化的衝突關係至巨。文言、白話之爭，實質上是新舊兩種文化之爭。這在新文化運動策源地的北京大學，兩軍對壘之勢更是形同水火，如收入本書的林紓《春覺齋論文》、姚永樸《文學研究法》、劉師培《漢魏六朝專家文研究》等都首先作爲北京大學的講義、教材問世，這在後來也任教於北大的陳獨秀、胡適、錢玄同等人心目中，無疑正代表了「桐城謬種」和「選學妖孽」。而林紓更是自覺地站到了新文化運動的對立面。幾經較量過招，林紓等人終於敗下陣來。他們是這場鬥爭的失敗者，這是歷史的定讞，不能翻案也沒有必要去翻這個案。但是，林紓等人的文評著作卻隨之遭到不應有的貶低，甚至整個中國古代文章學的地位也受到了影響。然而，當我在編定本書目録最後部分時，突出地發現「五四」前後出現三十種左右著作，都是我國文評發展史上的最重要成果。或許如有的學者所説，他們在文化上只是代表過去，而不像王國維那樣能導示未來。此論雖不無道理，然而文化上的守先待後者與開風氣之先者，實不能截然分開。如林紓本人的兩大文化工作，即大量引進西洋小説和「力延古文之一綫」（《送大學文科畢業諸學士序》）之間，果真新舊劃然、彼此絶無潛通暗接之處嗎？爲中國近現代文學打開面向世界窗口的「林譯小説」，實際是林紓爲了表明西洋小説「處處均得古文文法」的産物，儘管其文言譯文算不得他心目中的真正「古文」（參看錢鍾書《林紓的翻譯》，見《七綴集》），新與舊，有時候是相反相成的。本書録入的林紓、劉師培的各三種文評，名言要語，精彩紛呈，其對散文藝術的抉剔推闡，達到相當高的境界，其中不少内容是可以成爲建立現代文章學的思想資源的。王國維在詞學中創「境界」説（《人間詞話》），被認爲具有新的文學、美學觀念，林紓在古文研究中也提出「意境」爲「文之母」即文之藝術核心的見解（《春覺齋論文·應知八則·意境》），兩者相通而呼應。姚永樸《文學研究法》和現時尚不受學者重視的王葆心《古文辭通義》、來裕恂《漢文典·文章典》等，則以體系宏大、論述周全、首尾貫穿而優入現代著作之林，其中亦有借鏡國外尤其是日本修辭學理論之處。陳康黼《古今文派述略》、胡樸安《歷代文章略論》、陳衍《石遺室論文》均具有初步的文學史發展觀念，可視作最早的「中國散文史」之雛形。吴曾祺《涵芬樓文談》、唐恩溥《文章學》，直至褚傳誥《石橋文論》、陳懷孟《辛白論文》、劉咸炘《文學述林》等亦有可圈可點的地方。值得一提的是唐文治這位著名的古文教育家，近代江南文史名家多出其門，他所潛心撰著的《國文經緯貫通大義》等，提出四十四種古文作法，雖不免分類過細、求之過深，但其傾力玩索，細心揣摩的努力，在古文創作論上自有别具一格的貢獻，似亦應引起研究者的注目。在對「五四」進行反思的熱潮中，從文章學角度進行再研究與再探討，看來也是有必要的。

本書是對文章學資料初步系統的搜集與整理，頗有一些傳本較爲稀見。例如從東瀛採入六種，即陳繹曾《文章歐治》、曾鼎《文式》、高琦《文章一貫》、王世貞《文章九命》、王守謙《古今文評》、左培《書文式·文式》等，可以對中國散文史的認識提供一些新的視角。陳繹曾《文章歐治》以及他的《文説》、《靜春堂詩集後序》等詩文評論著，確立了他在中國文學批評史上的歷史地位，即元代詩文批評領域中重要的、甚至是第一位大家。由於《文章歐治》國内僅存的兩個本子不易閱覽，對陳繹曾的評價目前似有不足。高琦《文章一貫》亦頗重要，但國内不少學術專著只能依據轉引的節本予以研究和評價，令人不無遺憾。王守謙《古今文評》等不僅中土久逸，且從《古今文評》在日本翻刻而一度受挫中可獲知彼邦文派鬥爭的消息。王世貞《文章九命》，國内不乏傳本，我們之所以採用「和刻本」，是因爲從日人所作的序跋中可瞭解它在日本流布、接受的情況。至於採自國内各藏書單位的書籍，亦多有一些未經研究者使用過的。例如莊元臣《莊忠甫雜著》二十八種似頗罕覯，今從北京國家圖書館藏本中入録《論學須知》、《行文須知》、《文訣》三種。作者强調「文，心聲也」，認爲「天下至文」「本乎自然」，應是無思無飾之文，於散文寫作藝術多有自己見解。《論學須知》大都引蘇軾之文爲例證來説明其理論主張，不啻爲蘇軾散文研究之專著，值得蘇軾研究者參酌。但對通行本也需作具體分析，如《四庫全書》本歷來頗受版本學家的質疑，我們經過仔細比照，發現多種文話卻以四庫本爲優，因而仍選作底本，並分別説明入選之由。

本書在草創時期得到王宜瑗君的協助，她曾和我一起擬定編纂宗旨和體例，廣泛調查文評資料存佚情況，確定入録論著初目，還負責整理、校點六十種；後因其出國留學，未能蔵事。此後，應我之邀，繼續參加本書整理、校點工作的有丁錫根、顔應伯、俞紀東、朱迎平、李尚行、張金耀、陳飛雪以及聶安福、楊慶存、朱剛、張海鷗、羅立剛、聶巧平、趙冬梅、崔銘、李貴等同事、學友。姚大勇、慈波、侯體健、田苗等也參加了校對工作。後又請蔣凡、江巨榮、楊明、朱迎平、黄曙輝、鄧子勉等先生審讀全書。依靠他們的辛勤勞動，本書始得編成。上海、北京、湖北、雲南、廣東以及香港、臺北等地的圖書館也給予不少幫助，而復旦大學圖書館更是全力支援，特别是劉一萍女士不憚煩勞的工作態度，使我銘感無已。復旦大學出版社本於發展學術事業的辦社方針，毅然接受本書出版，尤感佩於社長賀聖遂先生的識見與魄力和責任編輯宋文濤先生的敬業與認真。吳小如先生爲本書題簽。一書之成，衆人之力，請他們接受我誠摯的謝意。至於本書存在的不足與缺失，其責在我，期待着讀者的批評和指正。

一九九九年八月初稿
二〇〇五年八月修改

歷代文話編例

一、是編為我國古代文章學研究、評論資料之匯集，搜輯範圍以專書（如《文則》等）和單獨成卷者（如《朱子語類》卷一三九《論文》等）爲主；亦酌收重要文章選集之評論部分，依《詞話叢編》例，統以「某書評文」為書名（如《崇古文訣評文》、《唐宋八大家文鈔評文》等），唯《文章辨體序説》、《文體明辨序説》之名，業已流行，今並遵之。

二、是編以論古文者爲主，亦選取論評駢文、時文之集成性著作（如《四六叢話》）及若干代表性論著以示例（如《四六話》、《六朝麗指》、《辭學指南》、《舉業素語》等）。賦話則概不闌入。

三、某些論文之作亦兼論詩，則視其比例而定取舍。如唐庚《子西文録》凡三十五條，多為論詩者，已被收入《歷代詩話》；陳善《捫蝨新話》八卷約二百條，雜考經史詩文，兼録雜事，《四庫全書》置於「子部・雜家類」，不列入「詩文評」類，今均不收録。然《荊溪林下偶談》等書，以論文爲主，則仍録入。

四、收録諸家之時限，上以宋代爲始，下迄一九一九年。少許成書或寫刻雖晚、而採取傳統著述形式的文言論著，内容又頗重要者，亦酌予收入。

五、是編按著者生卒年先後排列。生卒年不可考者，則參照成書年代、登科時間或交遊等綫索推定。

六、所收之書均作提要，介紹著者簡歷、該書内容梗概和主要版本情況。並予以新式標點。凡有誤字、衍字均以（　）標出，改正字、增補字則標以〔　〕號，一般不出校記。原書序、跋，亦統予保留，以存底本之原貌。

七、底本盡可能選取精刊精校之善本，如《四六談麈》選《百川學海》本，比他本多出十一條；《雲莊四六餘話》用國家圖書館所藏宋刻本，為《宛委别藏》、《讀畫齋叢書》諸本所從出，且無諸本之錯頁現象，但涵芬樓《説郛》本存有八則，有五則為此本所缺，則補於書後；《文辨》用《四部叢刊》影印舊鈔本，《叢書集成》本逸出此本者三條，則據以補入附於篇末。因受目前條件所限，少許善本未能復印利用，有待繼續完善。

八、日本學者所撰文話頗多，以評論中國古代文章為主要内容，今亦選録《拙堂文話》、《漁村文話》兩種以窺豹斑。並附《知見日本文話目録提要》一文，以供參酌。

歷代文話總目

第一册

四六話二卷　宋王銍撰　百川學海本…………（一）
四六談麈一卷　宋謝伋撰　百川學海本…………（二九）
容齋四六叢談一卷　宋洪邁撰　學海類編本…………（四五）
雲莊四六餘話一卷　宋楊囦道撰　宋刊本…………（八一）
文則一卷　宋陳騤撰　台州叢書本…………（一三一）
朱子語類·論文一卷　宋朱熹撰　文淵閣四庫全書本…………（一九七）
古文關鍵·看古文要法一卷　宋吕祖謙撰　金華叢書本…………（二三一）
習學記言序目·皇朝文鑒四卷　宋葉適撰　清光緒刊本…………（二三九）
仕學規範·作文四卷　宋張鎡撰　宋刊本…………（三〇一）

餘師録四卷　宋王正德撰　文淵閣四庫全書本……（三三一）
履齋示兒編·文説三卷　宋孫奕撰　知不足齋叢書本……（四二三）
過庭録一卷　宋樓昉撰　説郛涵芬樓本……（四五一）
崇古文訣評文一卷　宋樓昉撰　文淵閣四庫全書本……（四五七）
懷古録一卷　宋陳模撰　明鈔本……（五一一）
荆溪林下偶談四卷　宋吴子良撰　明萬曆刊本……（五二九）
黄氏日抄·讀文集十卷　宋黄震撰　清乾隆刊本……（五九一）
玉海·辭學指南四卷　宋王應麟撰　浙江書局本……（九〇三）
文章軌範評文一卷　宋謝枋得撰　明刊本……（一〇三七）
論學繩尺·行文要法一卷　宋魏天應撰　明刊本……（一〇六五）
浩然齋雅談評文一卷　宋周密撰　文淵閣四庫全書本……（一一〇三）

第二册

文辨四卷　金王若虚撰　四部叢刊影印舊鈔本……（一一一三）

文章精義一卷　元李淦撰　元至順刊本……（一一五七）
修辭鑑衡評文一卷　元王構撰　文淵閣四庫全書本……（一一八九）
文章歐冶（文筌）八卷附古文矜式等　元陳繹曾撰　日本元禄元年刊本……（一二一七）
文説一卷　元陳繹曾撰　文淵閣四庫全書本……（一三三五）
金石例十卷　元潘昂霄撰　清乾隆刊本……（一三五三）
作義要訣一卷　元倪士毅撰　十萬卷樓叢書本……（一四九五）
東坡文談録一卷　元陳秀明撰　學海類編本……（一五〇五）
文原一卷　明宋濂撰　學海類編本……（一五二三）
文式二卷　明曾鼎撰　日本内閣文庫舊鈔本……（一五三一）
文章辨體序説　明吳訥撰　明嘉靖刊本……（一五八一）
震澤長語・文章一卷　明王鏊撰　明刊本……（一六四一）
升庵集・論文一卷　明楊慎撰　明萬曆刊本……（一六五一）
文脉三卷　明王文禄撰　百陵學山本……（一六八七）

歸震川先生論文章體則一卷　明歸有光撰　清嘉慶刊本……（一七一三）
四友齋叢説・論文一卷　明何良俊撰　明萬曆刊本……（一七四三）
荆川稗編・文章雜論二卷　明唐順之撰　明萬曆刊本……（一七五九）
唐宋八大家文鈔評文一卷　明茅坤撰　明萬曆刊本……（一七七九）
文體明辨序説　明徐師曾撰　明萬曆刊本……（二〇三七）
文章一貫二卷　明高琦撰　日本寬永二十一年刊本……（二一四五）
文評一卷　明王世貞撰　學海類編本……（二一八七）
文章九命一卷　明王世貞撰　日本元文二年刊本……（二一九三）

第三册

論學須知一卷　明莊元臣撰　清鈔本……（二二〇五）
行文須知一卷　明莊元臣撰　清鈔本……（二二二七）
文訣一卷　明莊元臣撰　清鈔本……（二二七七）
由拳集・文論一卷　明屠隆撰　明萬曆刊本……（二二九五）

文章四題一卷　明屠隆撰　明萬曆刊本……（二二〇三）
言文三卷　明譚浚撰　明萬曆刊本……（二二一五）
畫禪室隨筆・評文一卷　明董其昌撰　清乾隆刊本……（二二四二五）
杜氏文譜三卷　明杜浚撰　明刊本……（二二四三三）
文壇列俎評文一卷　明汪廷訥撰　明萬曆刊本……（二四七七）
文字法三十五則一卷　明李騰芳撰　清光緒刊本……（二四八五）
文章緣起註　梁任昉撰　明陳懋仁註　學海類編本……（二五一一）
續文章緣起　明陳懋仁撰　學海類編本……（二五三九）
舉業素語一卷　明陳龍正撰　檇李遺書本……（二五五九）
文通三十卷閏一卷　明朱荃宰撰　明天啟刊本……（二五九五）
瀾堂夕話一卷　明張次仲撰　明崇禎刊本……（三一〇五）
古今文評一卷　明王守謙撰　日本享保十三年刊本……（三一一五）
書文式・文式二卷　明左培撰　日本享保三年刊本……（三一三一）

第四册

金石要例附論文管見二卷　清黄宗羲撰　文淵閣四庫全書本……（三一八一）
文章薪火一卷　清方以智撰　昭代叢書（道光）本……（三二〇三）
日知録論文一卷　清顧炎武撰　清道光刊本……（三二二一）
救文格論一卷　清顧炎武撰　清康熙刊本……（三二四九）
夕堂永日緒論外編一卷　清王夫之撰　清同治刊本……（三二六一）
論文雜語二種　清徐枋撰　四部叢刊本……（三二九三）
萬青閣文訓一卷　清趙吉士撰　清康熙刊本……（三三〇五）
吕晚邨先生論文彙鈔　清吕留良撰　清康熙刊本……（三三一九）
論學三説·文説一卷　清黄與堅撰　學海類編本……（三三七三）
讀書作文譜十二卷　清唐彪撰　清嘉慶刊本……（三三八一）
伯子論文一卷　清魏際瑞撰　昭代叢書（道光）本……（三五八九）
日録論文一卷　清魏禧撰　昭代叢書（道光）本……（三六〇五）

鐵立文起二十二卷　清王之績撰　清康熙刊本……（三六一七）
更定文章九命一卷　清王晫撰　昭代叢書（道光）本……（三八四七）
覼齋論文六卷　清張謙宜撰　清乾隆刊本……（三八六三）
古文約選評文一卷　清方苞撰　清同治刊本……（三九四七）
秋山論文　古文辭禁　清李紱撰　清乾隆刊本……（三九九五）
文頌一卷　清馬榮祖撰　昭代叢書（道光）本……（四〇一一）
操觚十六觀一卷　清陳鑑撰　清康熙刊檀几叢書本……（四〇四三）
論文四則一卷　清楊繩武撰　昭代叢書（道光）本……（四〇五一）
菜根堂論文一卷　清夏力恕撰　清刊本……（四〇五九）
西圃文説三卷　清田同之撰　清乾隆刊本……（四〇七三）
論文偶記一卷　清劉大櫆撰　清道光刊遜敏堂叢書本……（四一〇一）
援鶉堂筆記・文史談藝一卷　清姚範撰　清道光刊本……（四一一九）
經書巵言一卷　清范泰恒撰　昭代叢書（道光）本……（四一三三）

惺齋論文一卷　清王元啓撰　清乾隆刊本……（四一三九）
古文一隅評文二卷　清朱宗洛撰　清光緒刊本……（四一八五）

第五册

四六叢話三十三卷　清孫梅撰　清光緒刊本……（四二一七）
文説三則一卷　清焦循撰　清道光刊本……（五〇二七）
初月樓古文緒論一卷　清吳德旋撰　吕璜整理　常州先哲遺書後編本……（五〇二三）
文談一卷　清張秉直撰　清道光刊青照樓叢書本……（五〇五七）
四書文法摘要　清李元春撰　清道光刊青照樓叢書本……（五〇九九）
朱梅崖文譜　清朱仕琇撰　徐經輯　清光緒刊本……（五一三一）
退庵論文一卷　清梁章鉅撰　清道光刊本……（五一五一）

第六册

藝舟雙楫·論文四卷　清包世臣撰　清光緒刊本……（五一七九）

文法心傳二卷　清曹宮撰　清咸豐刊本……（五三一一）
讀文筆得一卷　清黄本驥撰　清光緒刊本……（五三二九）
睿吾樓文話十六卷　清葉元塏撰　清道光刊本……（五三五三）
鳴原堂論文二卷　清曾國藩撰　清同治刊本……（五五一三）
藝概・文概一卷　清劉熙載撰　清同治刊本……（五五三三）
游藝約言一卷　清劉熙載撰　清光緒刊本……（五五八一）
文品一卷　清許奉恩撰　一九三〇年刊文品彙鈔本……（五五九九）
論文章本原三卷　清方宗誠撰　清光緒刊本……（五六一三）
讀文雜記一卷　清方宗誠撰　清光緒刊本……（五七一三）
論文蒭説一卷　清朱景昭撰　一九三三年刊本……（五七三五）
論文集要四卷　清薛福成撰　一九一六年刊文學津梁本……（五七五九）
盋山談藝録一卷　清顧雲撰　清宣統刊本……（五八四三）
縉山書院文話四卷　清孫萬春撰　清光緒刊本……（五八六三）

古文方三種　清何家琪撰　一九一五年龍犕山館本……（六〇三一）
香草談文一卷　清于鬯撰　舊鈔本……（六〇七一）

第七册

藻川堂譚藝一卷　清鄧繹撰　清光緒刊本……（六〇九一）
論文連珠一卷　清唐才常撰　一九一三年刊古今文藝叢書本……（六二〇七）
四家纂文叙録彙編四卷　清胡念修撰　清光緒刊本……（六二一三）
文章釋一卷　清王兆芳撰　清光緒刊本……（六二五一）
春覺齋論文　林紓撰　一九一六年北京都門印書局本……（六三二三）
韓柳文研究法　林紓撰　一九一四年商務印書館本……（六四三七）
文微　林紓撰　一九二五年刊本……（六五二三）
涵芬樓文談　吳曾祺撰　一九一一年商務印書館本……（六五五九）
石遺室論文五卷　陳衍撰　一九三六年刊無錫國學專修學校叢書本……（六六七一）
晦堂文鑰一卷　陳澹然撰　一九二三年刊晦堂叢著本……（六七六七）

文憲例言一卷　陳澹然撰　一九二三年刊晦堂叢著本……（六七九七）
文學研究法四卷　姚永樸撰　一九一六年商務印書館本……（六八二七）

第八册

古文辭通義二十卷　王葆心撰　一九一六年湖南官書報局刊晦堂叢書本……（七〇二九）

第九册

古今文派述略　陳康黼撰　一九三六年刊四明叢書本……（八一四五）
國文大義二卷　唐文治撰　一九二〇年無錫國學專修館本……（八一八三）
國文經緯貫通大義八卷　唐文治撰　一九二五年無錫國學專修館本……（八二三七）
文學講義一卷　唐文治撰　唐氏自印本……（八三七七）
論文瑣言一卷　章廷華撰　一九一四年刊滄粟齋叢刻本……（八三八七）
六朝麗指一卷　孫德謙撰　一九二三年四益宧刊本……（八四一三）
漢文典·文章典四卷　來裕恂撰　一九〇六年商務印書館本……（八四九九）

文章學二卷　唐恩溥撰　一九六一年香港刊本……（八七一三）
古今文綜評文　張相撰　一九一六年中華書局本……（八七五九）
文談四卷　徐昂撰　一九五二年徐氏叢書再版本……（八八八三）
讀漢文記一卷　胡樸安撰　一九二三年樸學齋叢刊本……（九〇六一）
歷代文章論略一卷　胡樸安撰　一九二三年樸學齋叢刊本……（九〇八七）
論文雜記一卷　胡樸安撰　一九二三年樸學齋叢刊本……（九一〇一）

第十册

桐城文學淵源考十三卷　劉聲木撰　一九二九年刊直介堂叢刻本……（九一一七）
論文雜記　劉師培撰　一九三六年刊劉申叔先生遺書本……（九四七七）
文説　劉師培撰　一九三六年刊劉申叔先生遺書本……（九五一九）
漢魏六朝專家文研究　劉師培撰　一九四六年獨立出版社再版本……（九五四九）
文則一卷　胡懷琛撰　一九一四年刊古今文藝叢書本……（九六〇九）
石橋文論　褚傳誥撰　一九一五年褚氏自印本……（九六一七）

四六話

〔宋〕王銍 撰

《四六話》二卷

宋 王銍 撰

王銍，字性之，汝陰（今安徽阜陽）人。南渡後，寓居剡中，自稱汝陰老民。學問該博，「尤長於國朝故事」（陸游《老學庵筆記》卷六），嘗撰《七朝國史》，未及半，爲秦檜所阻，不克成書。有《雪溪集》、《補侍兒小名録》、《默記》等。

此書成於宣和四年（一一二二）。宋歐陽修、蘇軾等承唐代韓、柳古文運動之餘緒，倡復古文，文運丕變；然駢偶四六之文仍未廢棄，至北宋末迄於南宋，駢文反有轉盛之勢。評述四六之專書應運而生，本書即爲最早者。其重點在評述宋代表啓之文。《四庫全書總目提要》卷一九五批評本書「但較勝負於一聯一字之間。至周必大等，承其餘波，轉加細密。終宋之世，惟以隸事切合爲工，組織繁碎，而文格日卑，皆銍等之論導之也」。所言雖亦有理，但此書於駢文藝術之推闡入微處，亦時時而有。如論四六之用事，有伐材、伐山之分：「伐材語者，如已成之柱桷，略加繩削而已；伐山語者，則搜山開荒，自我取之」，即取材生熟有别，且重於生熟之相對互濟；論屬對，以有「襯」者相稱始能見其工妙，即對偶之語詞内容與詞性必求上下相襯，以收烘託、工穩之效。他如「四六須只當人可用，他處不可使，方爲有工」，「四六貴出新意，然用景太多而氣格低弱，則類俳矣」，均可謂知言。其上卷之末，載其父王萃《爲滕甫所作辨謗乞郡劄子》，并謂「手簡尚在，今乃誤印在東坡市本文内」，《四庫提要》亦云可糾蘇集之誤。實此文與蘇軾《代滕甫辨謗乞郡狀》（見東坡七集本《奏議集》卷十五）僅前小半相同，後半幅全異，并非全是一文。兩文關涉，尚待考索，不能遽斷蘇集爲誤。

本書有明弘治十四年（一五〇一）無錫華珵刊本（收入《百川學海》）、《四庫全書》本。另亦見涵芬樓本（商務印書館一九二七年版）《説郛》卷七十九，題云《王公四六話》三卷，實所鈔僅二十三條。今據《百川學海》本録入。

（王宜瑗）

序

先君子少居汝陰鄉里，而遊學四方。學文於歐陽文忠公，而授經於王荆公、王深父、常夷父。既仕，從滕元發、鄭毅夫論作賦與四六，其學皆極先民之淵藴。銍每侍教誨，常語以爲文爲詩賦之法，且言賦之興遠矣。唐天寶十二載始詔舉人策問外試詩賦各一首，自此八韻律賦始盛。其後作者如陸宣公、裴晉公、吕温、李程，猶未能極工，逮至晚唐，薛逢、宋言及吴融出於場屋，然後曲盡其妙，然但山川草木、雪風花月，或以古之故實爲景題賦，於人物情態爲無餘地；若夫禮樂刑政、典章文物之體，略未備也。國朝名輩，猶雜五代衰陋之氣，似未能革。至二宋兄弟，始以雄才奧學，一變山川草木、人情物態，歸於禮樂刑政、典章文物，發爲朝廷氣象，其規模閎達深遠矣。繼以滕、鄭、吴處厚、劉輝，工緻纖悉備具，發露天地之藏，造化殆無餘巧，其隳栝聲律至此，可謂詩賦之集大成者，亦繇仁宗之世太平閒暇，天下安静之久，故文章與時高下。蓋自唐天寶，遠訖於天聖，盛於景祐、皇祐，溢於嘉祐、治平之間。師友淵源，講貫磨礲，口傳心授，至是始克大成就者，蓋四百年於斯矣，豈易得哉？豈一人一日之力哉？豈徒此也，凡學道、學文淵源從來皆然也。世所謂箋題表啓號爲四六者，皆詩賦之苗裔也。故詩賦盛，則刀筆盛，而其衰亦然。銍類次先子所謂詩賦法度與前輩話言附家集之末，又以銍所聞於交遊間四六話事實，私自記焉。其詩話、文話、賦話各別見云。老成雖遠，典刑尚存，此學者所當憑心而致力也。且以昔聞於先子者爲之序，欲自知爲文之難，不敢苟且於學問而已，匪欲誇諸人也。宣和四年七月庚申日汝陰王銍序。

四六話卷上

宋　王銍　撰

宋元憲晚歲有詩云：「老矣師丹多忘事，少之燭武不如人。」其後元厚之作執政參知政事，一日奏事差誤，神宗顧謂曰：「卿如此忘事耶？」明日乞退，遂用元憲語作《乞致仕表》云：「少之燭武，尚不如人；老矣師丹，仍多忘事。」神宗讀表至此，憐其意而留之。歐陽文忠公《謝致仕表》云：「雖伏櫪之馬悲鳴，難戀於君軒；而曳尾之龜涵養，未離於靈沼。」元厚之後作《致仕表》云：「蹌蹌退舞，敢忘舜帝之笙鏞；翯翯歸飛，亦在文王之靈沼。」又《謝致仕表》云：「冥鴻雖遠，正依天宇之高華；微藿雖傾，尚遡日華之明潤。」其意謂萬物不離於天地，雖致仕亦不離君父也。子瞻爲《筆説》，大以此爲妙，云：「古人謝致仕表，未有能到此者。」

元厚之作王介甫再相麻，世以爲工，然未免偏枯。其云：「忠氣貫日，雖金石而爲開；讒波稽天，孰斧斨之敢闕。」上句「忠氣貫日」則可以襯「雖金石而爲開」，是以下句「讒波稽天」則於「斧斨」了無干涉，此四六之病也。元厚之取古今傳記佳語作四六，「雖金石而爲自開」，《西京雜記》載揚雄全語也。「日華明潤」，李德裕《唐武宗畫像贊》也。四六尤欲取古人妙語以見工耳。

元厚之久作藩郡，後聞儂智高餘黨寇二廣，移知廣州，而所傳乃妄改知越州。厚之《謝上表》云：「忽聞羽檄之馳，謂有龍編之警。橫水明光之甲，得自虛聲；雲中赤白之囊，倡爲危事。」用李德裕《獻替記》：「伐劉稹，李石令中人石元貫奏：『橫水明光之甲曳地，何由取他？』德裕曰：『從伊十五里精兵明光甲曳地，必須破却此賊。』後所傳果妄，遂誅劉稹焉。」

神宗友愛嘉、岐二王，不許出閤，固辭者數十。其後改封，先召翰林學士元厚之，謂曰：「卿可於麻辭中道殺勿令。」更辭也，略云：「列第環宮，彌聳開元之盛；側門通禁，共承長樂之顏。」

四六有伐山語，有伐材語。伐材語者，如已成之柱桷，略加繩削而已；伐山語者，則搜山(搜山一作披山)開荒，自我取之。伐材，謂熟事也；伐山，謂生事也。生事必對熟事，熟事必對生事。若兩聯皆生事，則傷於奧澀；若兩聯皆熟事，則無工。蓋生事必用熟事對出也。如夏英公《辭奉使表》略云：「頃歲先人沒於行陣，春初母氏始棄孤遺。義不戴天，難下單于之拜；哀深陟岵，忍聞禁休之音。」不拜單于，用鄭衆事，而《公羊》謂夷樂曰「禁休」，此生事對熟事格也。後永叔作《歸田録》改云：「義不戴天，難下穹廬之拜；情深陟岵，忍聞夷樂之聲。」夏英公《免起復奉使表》，世以爲工，然其間一聯云：「王姬築館，接仇之禮既嫌；曾子回車，勝母之游遂輟。」此聯亦不減前一聯也。

先公言本朝自楊劉，四六彌盛，然尚有五代衰陋氣。至英公表章，始盡洗去。四六之深厚廣大、無古無今皆可施用者，英公一人而已，所謂四六集大成者。至王岐公、元厚之，四六皆出於英公。王荆公雖高妙，亦出英公，但化之以義理而已。

表章有宰相氣骨，如范堯夫《謝自臺官言濮王事責安州通判表》云：「内外皆君父之至慈，出處蓋臣子之常節。」又《青州劉丞相罷省官謝起知滑州表》云：「視人郡章，或猶驚畏；諭上恩旨，罔不歡欣。」又云：「詔令明具，止於奉行；德澤汪洋，易於宣究。」愛其語整暇，有大臣氣象。《劉丞相守鄆謝表》云：「雖進退必由其道，所願學者古人；顧功烈如此其卑，終難收於士論。」此真罷相表也。

沈存中緣永樂陷没，謫官久之，元祐中復官分司，以表謝曰：「洪造與物，難回霜霰之餘；聖恩及臣，更過天地之力。」又曰：「雖奮竭之心，難伸於已廢之日；惟忠孝之志，敢忘於未死之前。」皆新語也。

錢易希白子彦遠，字子高；明逸，字子飛，俱以賢良登科。族人藻醇老，既應説書、進士，俱中第；又應中大科。熊伯通以啓賀藻知制誥曰：「七年三第，閲賢良文學之科；一門四人，襲潤色討論之職。」四人謂易、惟演、明逸及藻也。

蘇子瞻作翰林，林子中方以言者去國在外，以啓賀曰：「父子以文章名世，盡淵、雲、司馬之才；兄弟以方正决科，邁晁、董、公孫之學。」與其後爲中書舍人謫二蘇告詞之語異矣。

子瞻幼年見歐陽公《謝對衣金帶表》而誦之，老蘇曰：「汝可擬作一聯。」曰：「匪伊垂之而帶有餘，非敢後也而馬不進。」至爲潁川，因有此賜，用爲表謝云：「枯羸之質，匪伊垂之而帶有餘；斂退之心，非敢後也而馬不進。」後爲兵部尚書，又作《謝對衣帶表》略曰：「物生有待，天地無窮。草木何知，冒慶雲之渥采；魚蝦至陋，借滄海之榮光。雖若可觀，終非其有。」四六至此，涵造化妙旨矣。

文章有彼此相資之事，有彼此相須之對，有彼此相須而曾不及當時事，此所以助發意思也。唐人方有此格，謂之「互换格」，然語猶拙，至後人襲用講論而意益妙。如楊汝士《陪裴晉公東雒夜宴詩》曰：「昔日蘭亭無艷質，此時金谷有高人」，止於此而已。至永叔《和杜祁公詩》曰：「元劉事業時無取，姚宋篇章世不知。二美惟公所兼有，後生何者欲攀追。」其後蘇明允《代人賀永叔作樞密啓》曰：「在漢之賈誼，談論俊美，止於諸侯相，而陳平之屬寔爲三公；唐之韓愈，詞氣磊落，終於京兆尹，而裴度之倫實在相府。然陳平、裴度未免謂之不文，而韓愈、賈生亦嘗悲於不遇。蓋人之於世，美惡必自有倫；而天之於人，賦予亦莫能備。」此又何啻出藍更青，研朱益丹也。後至荆公《賀韓魏公罷相啓》略云：「國無危疑，人以静一。周勃、霍光之於漢，能定策而終以致疑；姚崇、宋璟之於唐，善致理而未嘗遭變。紀在舊史，號爲元功，固未有獨運廟堂，再安社稷，弼亮三世，敉寧四方，崛然在諸公之先，焕乎如今日之懿。若夫進退之當於義，出入之適其時，以彼相方，又爲特美。」此又妙矣。

譚昉，曲江人，荆公少年仕宦韶州之友也，特善牋表。荆公在金陵稱其一對云：「車斜韻險，競病聲難。」「競病」二字，曹景宗故事也。白樂天與元微之書曰「何處春深好」，詩以斜、車二字爲韻，往來幾百篇。

王荆公父名益，以都官員外郎通守金陵，而元厚之作金陵幕官，其契分久矣。荆公既相，神宗欲慎選翰林學士，時厚之久在外，老於從官。荆公對曰：「有真翰林學士，但恐陛下不能用耳。」上固問之，因道姓名，上久之曰：「元絳在外，久不以文稱，且令爲制誥如何？」荆公曰：「陛下果不能用爾，况已作龍圖閣直學士，難下遷知制誥。」遂自外徑除翰林學士，中外大驚。既就列，有稱職之譽，不久遂參大政，故厚之深德荆公。其後荆公居金陵，厚之以太子少保致仕，歸平江，以啓謝荆公曰：「眷林泉之樂，方遂乞骸；望衮繡之歸，徒深引脰。」

丁晉公文字雖老不衰，在朱崖《荅胡則侍御書》曰：「夢幻泡影，知既往之本無；地水火風，悟本來之不有。」在海外十四年，及北遷道州，謝表云：「心若傾葵，漸暖長安之日；身同旅雁，乍浮楚澤之春。」又《謝復秘書監表》云：「炎荒萬里，歲律一周。傷禽無振羽之期，病樹絶沾春之望。」人亦哀之。

唐張籍用裴晉公薦爲國子博士，而東平帥李師道辟爲從事。籍賦《節婦吟》見志以辭之，云：「君知妾有夫，贈妾雙明珠。感君纏綿意，繫在紅羅襦。妾家高樓連苑起，良人持戟明光裏。知公用心如日月，事夫誓擬同生死。還君明珠雙淚垂，何不相逢未嫁時。」先子元祐中除知陳留縣，唐君益帥荆南。方董辰沅邊事，辟先子通判沅州，先子已得陳留，而辭之，以啓謝君益曰：「抱璧懷沽，雖免匹夫之罪；還珠自歎，空成節婦之吟。」

孫賁公素除河東轉運使，託先子代作謝表。蓋河東，堯故都之地。曰：「富歲三登，有唐叔得禾之異；輿情百樂，興堯民擊壤之歌。」末云：「過太行，回顧雲下，義感親闈；望長安，遠在日邊，心馳帝闕。」公素讀之，笑曰：「公乃末篇寓忠孝之意也。」

先子嘗言：「四六須只當人可用，他處不可使，方爲有工。」邵鯱自陝西運使移知鄧州，先子以啓賀之云：「教實自西，浸被南明之國；民將愛父，竚興前古之歌。」乃邵氏自陝移鄧之啓也。

廖友明略作四六最爲高奇，嘗謂僕言須要古人好語換却陳言。如職名二字，便不可入四六。如上表云「初見吏民，已宣條教」之類，真可憎惡爾。明略《賀安厚卿啓》曰：「遠離門墻，遁迹江湖之外；闕望麾葆，榮光河洛之間。」又《賀張丞相啓》云：「中台之光，下飾萬物；前箸之畫，外制四夷。進有德而朝廷尊，用真儒而天下服。」又云：「日月亭午，信無邪陰；山川出雲，亟有時雨。」又《謝厚卿答書之啓》云：「寂寞江濱，若戎車之陷淖；棲遲嵓邑，信塞馬之依風。暐然晨光，照此蔀屋。」許安世少張自蜀漕責房州倅，《謝執政啓》云：「賤貧於有道之邦，自知愧恥；負犯於可封之日，無足哀矜。」議者謂引咎歸己，不文過以自矜，得責降之義。

閻令洵仁善四六，而一字不肯妄下，必求警策以過人。《謝再除陜西轉運使表》曰：「識道重來，端同老馬；操刀却視，若宰全牛。」《謝復官表》曰：「悲未見於齊羊，笑中分於鄭鹿。」臨死作《發運使表》曰：「轉輸九路，回泝萬艘，過冒職名，出持使旨。夢游帝所，驚睟色之回春；來自日邊，覺容光之照水。漸浮楚澤，回望堯雲。伏念臣少也羈孤，長而疵賤。學宗《論語》、《孟子》，粗識指歸；仕遇神考、泰陵，俱蒙獎擢。而臣志未伸於每剉，恩不報而逾深。髀消乘傳之餘，心折號弓之後。侵尋晚景，辜負明時。頃畢通喪，適逢初政。饟軍西塞，賜對中宸。曲荷聖知，徑除宰屬。忽除怨府，升寘儒林。未勉螢牕之痓，但愧桑榆之晚。三光倒影，自一壺中；萬里提封，幾半天下。然而承平既久，積弊日深，公私困於盜攘，官政習於涵養。偷安則如抱薪救火，欲速則如以堇療饑。必待更張，庶能漸正。然恐約束未周於郡縣，謗傷已達於闕朝。明月夜光，寧無按劍；高山流水，自有知音。仰恃聖明，俯殫勤拙，矢心論報，没齒爲期。」

天聖中，劉子儀《賀五王出閤啓》云：「芝函曉列，星飛降天上之書；棣蕚晨趨，嶽立受日中之字。」皆隱用「五」字「王」字也。

唐鄭準爲荆南節度使成汭從事。汭本姓郭，代爲作《乞歸姓表》云：「居故國以狐疑，望鄰封而鼠竄。名非伯越，浮舟難效於陶朱；志在投秦，出境遂稱於張禄。未遑辨雪，尋涉艱危。」其後范文正公以隨母冒姓朱，以朱説既登第後，《乞還姓表》遂全用之，云：「志在投秦，入境遂稱於張禄；名非伯越，乘舟偶效於陶朱。」議者謂文正公雖襲用古人全語，然本實范氏當家故事，非攘竊也。

元豐末，劉誼以論常平不便，罷提舉官，勒停。遊金陵，以啓投王荆公，令其再起，稍更新法之不便於民者。荆公答以啓，略曰：「起於不得已，蓋將有行；老而無能爲，云胡不止？」

盧多遜丞相謫海外，國史載其謝表，末云：「流星已遠，拱北極以無由；海日空懸，望長安而不見。」又其孫載作《范陽家誌》附其臨終自作遺表，略云：「昔日位居黄閣，衆口鑠金；此時身謝朱崖，蔓草縈骨。」雖有五代衰氣，然亦可哀矣。

熙寧中彗星見，是歲交趾李乾德叛，邕州二廣爲之騷動，朝廷遣郭逵、趙禼討之。荆公作相，草《出師敕榜》，有云：「惟天助順，已兆布新之祥」，爲彗星見而出師也。《行年河洛記》王世充《假隋恭帝禪位策文》云：「海飛羣水，天出長星，除舊之徵克著，布新之祥允集。」荆公用舊意爲新語也。

楊子安侍郎坐黨籍謫官洛陽，其《謝再任宫祠表》云：「地載海涵，莫測包荒之度；春生秋殺，皆成造化之功。」邸報至丹陽，蔡元度在郡，見報驚歎諷味之。

熊伯通任金陵，爲王荆公幕府官，代公作《立貴妃表》云：「有警戒相承之道，無險詖私謁之心。」荆公取而用之。後人因用此一聯，相聯不已。

鄧温伯知成都，《謝上表》云：「捫參歷井，敢辭蜀道之難？就日望雲，愈覺長安之遠。」自後凡官兩川者，謝表相承用此一聯。

滕元發光禄受知神宗，最在諸公之先，以議政與荆公不合，遂出爲帥。又以妻黨李逢事謫知池、安二州。既罷安州，許朝見。至國門，將復用之，又中飛語，再謫知筠州。是時尚艤舟國東普照寺也，先子實公之客，是時在京師，托撰《陳情表》自辨。先子爲公草之，盡載於此，曰：「人情不問賢愚，莫不畏天而嚴父。然而疾痛則呼父，窮窘則號天，蓋情發於中，而言無所擇。豈以號呼之故，謂無嚴畏之心？今臣之所患不止於疾痛，而所憂有甚於窮窘，若不號呼於君父，更將赴愬於何人？伏望聖慈少加矜察。臣本無學術，亦無材能，惟有忠義之心，生而自許。昔季文子見有禮於君者事之，如孝子之養父母也；見無禮於君者誅之，如鷹鸇之逐鳥雀也。臣雖不肖，允蹈斯言。但信道直行，謂人如己。既恃深知於聖主，肯復借交於衆人？任其疏愚，積成仇怨。一日離去左右，十有餘年，攻臣之言，何所不有？偶因疑似，直欲中傷。至如臣頃在京東，謬當帥路，材微任重，禄過災生。驗凶人始造謀之年，乃愚臣未到任之日，其時陛下特遣親信就以體量，在於臣身並無詿誤。言事之臣不知本末，或罔臣以失察，或誣臣以黨姦，欲於寬大之朝，爲臣終身之累。幸賴聖君之照鑒，力排衆議以保全。爰自偏州，漸移節鎮，昨因考滿，許赴闕廷。中書既不外除，交代又已到任。官爲近侍，理合朝參。實欲叙愚臣久蒙含垢之恩，謝陛下稍復善藩之賜。况臣素無黨援，唯祈一望清光。今者纔入國門，復除江郡。戀闕之心徒切，見君之日無期。拜命徬徨，不知所措。尋觀誥意，復領裝錢，方悟此行，非緣重譴。臣是以敢陳危悃，上冒天聰，輒希行葦之仁，曲軫遺簪之眷。竊緣筠州闕次，尚在來春；鄉里田園，素來微薄，家貧累重，四方無歸。臣非敢别有僥覬，更求録用，但患難之後，積憂傷心；風波之間，畏怖成疾。伏望皇帝陛下，愍餘生之無幾，究前月之異恩，改授臣潁、壽、湖、潤一郡，稍便醫藥，漸謀歸休。異日復得以枯朽之餘，一瞻天日之表，然後退歸田里，歌詠太平，自述臣子之遭逢，歸詫鄉鄰之父老。區區之願求畢於斯。」滕公讀至「戀闕之心徒切，見君之日無期」，起執先子手，揮涕曰：「此予心欲言而不可得者也。」表入，神宗大悅，以滕公知湖州。湖乃公所乞也。是時林子中作禮部員外郎，與公婿何洵直邦彦同曹，聞滕公得湖州，以詩賀邦彦曰：「清風樓下兩溪春，三十餘年一夢新。欲識玉皇香案吏，水晶宫主謫僊人。」謂公初登第時，倅湖州，距是三十年矣。先子爲滕作《陳情表》，手簡尚在，今乃誤印在東坡市本文内。

四六話卷下

張洎參政事，江南李後主時爲大臣，國亡，受知太宗，復作輔臣。時王元之禹偁爲翰林學士，洎手書古律詩兩軸與之。元之以啓謝云：「追蹤季札辭吴，盡變爲《國風》；接武韓宣適魯，獨明於《易》象。」謂其自他國入中朝也。

元之自黄移蘄州，臨終作遺表曰：「豈期游岱之魂，遂協生桑之夢。」蓋昔人夢生桑而占者云：「桑字乃四十八」，果以是歲終。元之亦以四十八而歿也。臨歿用事精當如此，足以見其安於死生之際矣。

顧起敦詩罷臺官久之，得太原倅，與先子同官，素相好也。敦詩作火山軍試官，歸，詑得人，且言其解頭作謝啓甚工，云：「夢蕉中之鹿，奚辨其真；探頷下之珠，適遭其睡。」先子戲謂敦詩曰：「主文何太恍惚耶？」

曾丞相子宣三直玉堂，作牋表有氣，而備朝廷體。其《賀章子厚復資政啓》曰：「浩若江海，風波莫之動摇；屹如棟梁，蚍蜉無以傾撓。」其自南遷歸丹陽，聞之大觀元會，作表以賀，略云：

「九賓在列，鏘劍佩而肅鴛鸞；五輅在庭，明旂常而載日月。」蓋雖老而文字不衰，亦久在朝居文字職，習性然也。

四六貴出新意，然用景太多，而氣格低弱，則類俳矣。唯用景而不失朝廷氣象，語劇豪壯而不怒張，得從容中和之道，然後爲工。王岐公作《慈聖皇后山陵使掩壙慰表》云：「雁飛銀漢，雖閲景於千齡；龍繞青山，終儲祥於百世。」滕元發《乞致仕表》云：「雲霄鴻去，免罹矰繳之施；野渡舟横，無復風波之懼。」呂太尉《謝賜神宗御集表》云：「鳳生而五色，悵丹穴之已遥；龍藏乎九淵，驚驪珠之忽得。」凡此之類，皆以氣勝與語勝也。子瞻與吉甫同在館中，吉甫既爲介甫腹心進用，而子瞻外補，遂爲仇讎矣。元祐初，子由作右司諫，論吉甫之罪，莫非蠹國殘民，至比之呂布，自資政殿大學士貶節度副使，安置建州。而子瞻作中書舍人，行謫詞，又劇口詆之，號爲元凶。吉甫既至建州，謝表末曰：「龍鱗鳳翼，固絶望於攀援；蟲臂鼠肝，一冥心於造化。」以子瞻兄弟與我所争者蟲臂鼠肝而已。子瞻見此表於邸報，笑曰：「福建子難容，終會作文字。」

劉丞相謫死新州，至元符末用登極恩，追復故官，其子跂以啓謝執政，略曰：「晚歲離騷，難招魂於鬼域；平生精爽，或見夢於故人。」用李衛公夢於令狐綯乞歸葬，精爽可畏故事也。一本：「晚歲離騷，魂竟招於異域；平生精爽，夢猶託於故人。」

王荆公與吴沖卿丞相同年同歲，又修婚姻之好。熙寧中，越兩制舊人三十餘輩，用爲三司使、樞密使副，又薦代己爲相。已爲相，沖卿遂擺其跡，欲與荆公異，力薦與荆公論事貶斥之人，如吕晦叔、李公擇、程伯淳。還朝又欲稍變新法，及力言荆公家事，荆公兄弟不和事。荆公去而不復召者，沖卿力也。公在金陵熟聞之，因中使傳宣撫問，以表謝曰：「晚由朴學，上誤聖知。智曾昧於保身，忠每懷於許國。讒誣甚巧，竊憂解免之難；危拙更安，特荷眷憐之至。況遠跡久孤之地，實邇言易間之時，而離明昭晳於隱微，解澤頻繁於疏逖。」所謂「邇言易間」，乃謂沖卿也。未幾沖卿薨於位，公作挽詞云「氣鍾舊國山川秀」者，譏其鄉里本建州也。

陸宣公隨德宗自奉天還闕，興元元年下《悔過制書》曰：「失守宗祧，越在草莽。不念率德，誠莫追於既往；永言思咎，期有復於將來。明徵其義，以示天下。」其後荆公罷相守金陵，《謝上表》末云：「經體贊元，廢任莫追於既往；承流宣化，收功尚冀於將來。」用宣公語意。乃知文章師承，未有無從來者也。

王文恪公陶嘗言：「四六如『蕭條』二字須對『綽約』，與『據鞍矍鑠』，須對『攬轡澄清』。若不協韻，則不名爲聲律矣。」文恪《謝正字啓》略云：「雕蟲篆刻，童子尚恥於壯夫；血指汗顔，斲者徒羞於巧匠。」又《謝自陳移守許表》一聯云：「有汲黯之直，未死淮陽之郊；無黄霸之才，願老潁川之守。」謂陳州淮陽郡，許州乃潁川郡，黄霸自潁川入爲三公，而我不敢願也。用事親切有工類如此。

韓子華丞相兄弟將相貴仕，爲潁川甲族，罷相後，得帥鄉郡。文恪賀啓曰：「夙推荀氏之龍，重致潁川之鳳。」謂荀氏八龍及黄霸守潁川致鳳凰之瑞也。

國朝故事，作館職則如登科，例有謝啓。王昇除館職，作啓與同舍裴煌如晦，而啓中有云：「伏惟某官，天澤育物，内恕及人。」其後云：「仰答異恩之賜，次酬洪造之私。」謂洪造如大造也。如晦閱之，驚起，還昇啓曰：「盛文奉還，且告留取頭。」

唐張巡之守睢陽，安史方熾，城孤勢蹙，人困食竭。以紙布煮而食之，而意自如。其《謝金吾將軍表》曰：「想峨眉之碧峰，預遊西蜀；追騄駬於玄圃，保壽南山。逆賊禄山，殺戮黎獻，腥膻闕廷。臣被圍四十七日，凡一千八百餘戰，主辱臣死，當臣致命之時；惡稔罪盈，是賊滅亡之日。」其忠勇如此。許遠亦有文，其《祭纛文》爲時所稱，謂：「太一先鋒，蚩尤後殿，蒼龍持弓，白虎捧箭。」又《祭城隍文》云：「眢井鳩翔，老堞龍攖。」皆文武雄健，志氣不衰，真忠烈之士也。

裴晉公平淮西，憲宗解玉帶賜之。公臨薨，却進之，使舊僚作表，皆不如意。遂令子弟執筆，占狀云：「上府之珍，先朝所賜，既不敢將歸地下，又不可留在人間。謹却封進。」聞者服其切當。

令狐楚相自河南召入，至閿鄉，暴風，有裨將飼馬逆旅，屋毁馬斃。到京，公遂大拜。裨將南還，以馬死，畏帥之責，以狀請一字爲據。公援筆判曰：「厩焚魯國，先師唯恐傷人；屋倒閿鄉，常侍豈宜問馬？」時魏義通以檢校常侍代鎮三城。

孫魴本畫工之子，頗多避就。王澈爲中書舍人，草魴誥詞云：「李陵橋上，不吟取次之詩；顧凱筆頭，豈畫尋常之物？」魴終身恨之。

王元之謫居黄州。至郡，二虎鬬於郡境，一死之。羣雞夜鳴，冬雷電，司天奏守土者當之，詔内臣乘馹勞之。即徙蘄州。抵蘄，上謝表曰：「宣室鬼神之問，敢望生還？茂陵封禪之書，止期身後。」上覽之曰：「禹偁其亡乎？」

錢熙泉南才雄之士，進《四夷來王賦》萬餘言，太宗愛其才，擢館職。嘗撰《三酌酸文》，世稱精絶。略曰：「渭川凝碧，早抛釣月之流；商嶺排青，不逐眠雲之客。又年年落第，春風徒泣於遷鶯；處處羇遊，夜雨空悲於斷雁。」鄉人李慶孫哭之曰：「《四夷》妙賦無人誦，《三酌酸文》舉世傳。」

曾魯公雖年八十，筆勢尚雄。曾子宣謫守鄱陽，手寫一柬慰之，云：「扶摇方遠，六月不得不息；消長以道，七日自當來復。」楊經臣維嘗愛而誦之曰：「此非知其然而爲之，神驅於氣使爲之也。」

阮思道子昌齡，醜陋吃訥，聰敏絶人。年十七八，海州試《海不揚波賦》，即席一筆而成，文不加點。其警句云：「收碣石之宿霧，斂蒼梧之夕雲。八月靈槎，泛寒光而静去；三山神闕，湛清影以遥連。」

先子嘗言王荊公作相，天下士以文字頌其道德勳業者不可以數計也。如祥道啓曰：「六經之書，得孔子而備；六經之理，得先生而明。」王禹玉作《除相麻詞》曰：「至學窮於聖原，貴名薄於天下。」熊伯通賀啓曰：「燭照數計，洞九變之本原；玉振金聲，破千齡之堙鬱。」又曰：「永惟卓偉之烈，絶出古今之時。」鄧温伯作白麻曰：「道德合符乎古人，學問爲法於海内。越升冢宰，大熙衆功。力行所學，而朝以不疑；謀合至神，而人莫爲問。」若此者劇多，然不若子瞻《贈太傅誥》曰：「浮雲何有，脱屣如遺。」此兩句乃能真道荊公出處妙處也。世人謂中含譏切，恐大不然。

鄧左轄温伯二入翰林，前後幾二十年。高文大册，每號稱職。其立哲宗爲皇太子制，首曰：「父子，一體也，惟立長可以圖萬世之安；國家，大器也，惟建儲可以係四海之望。」末云：「離明震長，綿帝祚於億年；解吉涣亨，灑天人於萬宇。」天下誦之。

神宗自潁王即位，元豐中陞潁州爲順昌軍節鎮。時元厚之罷參政，作潁守，令郡中老儒上胡士彦作謝表。公覽之，以筆抹去，疾書其紙背，一揮而成，略曰：「燾土立社，是開王者之封；乘龍御天，厥應聖人之作。按圖雖舊，錫命惟新。」又曰：「興言駿命之慶基，宜建中軍之望府。」謂文武之德聖而順，唐虞之道明而昌，合爲嘉名，以侈舊服。元祐六年立皇后孟氏，而梁況之爲翰林學士，其制略曰：「太母以萬世爲心，命虔宗事之重；大臣以兩極陳義，請建坤儀之尊。」謂王道之大所由興，故人倫之始不可緩。末云：「垂光紫庭，襲譽彤管。」一時諸公皆歎其不可及。前後立后制，靡能過焉。

四六格句，須襯者相稱，乃有工，方爲造微。蓋上四字以喚下六字也，此四六格也。前輩作《謫樞密使張遜誥》云：「互置朋黨，交攻是非。貝錦之詞，遂彰於萋菲；挈瓶之智，已極於滿盈。」丁晉公南遷作《南嶽齋疏文》云：「補仲山之衮，曲盡於巧心；和傅説之羹，難調於衆口。」至曾子宣《謝宰相表》曰：「方傷錦敗材之初，奚堪於補衮；況覆餗折足之際，何取於和羹。」此又妙矣。「傷錦敗材」四字，《後漢傳》全語也。

神宗首用富鄭公作上相，以司空侍中爲昭文館大學士也。制乃翰林學士鄭毅夫所草，末云：「上理乎天工，則日月星辰以之順；下遂乎物宜，則山川草木以之蕃。近則諸夏仰德以承流，遠則四夷傾心傾心一作聞風而待命。」毅夫自負此文敏贍，因爲詩曰：「中使傳宣內翰家，君王令草侍中麻。紫泥金印封題了，紅燭纔燒一寸花。」元祐中司馬温公作相，除左僕射時，學士鄧温伯行制。其末曰：「上寅亮於天工，則陰陽風雨以之順；下咸遂乎物理，則山川草木以之靈。內阜安於兆民，外鎮撫於四裔。」此二白麻特相類，人謂非二公不能稱此大訓也。

治平中，英宗患歷代史繁多難觀，令司馬温公編進君臣事跡。温公請置局辟官，薦劉恕道原、劉攽貢父、趙君錫無愧，而無愧以親老辭，後又辟范淳父在局，遂成一代書。成則進上神宗，賜名《資治通鑑》。元豐末，進《五代紀》。而書成，遷公資政殿學士，除淳父秘書省正字。爲賞典時，道原已前死，貢父方貶官衡州也。元祐初，温公還朝，作門下侍郎。用宰相蔡持正劄子，方下國子監開板，杭州雕造，劇致工也。令温公門下士及館職校讎之。板成，遍賜宰執、侍從及校讎官，各以表謝，獨芸叟表能盡著書始終，今載於此，略見《通鑑》本末焉。略曰：「英宗皇帝患學者不能遍窺，况人主何暇周覽，思有所述，頗難其人。疇若臣哉，莫如光者。神宗皇帝揮宸翰以錫名，敕講筵而進讀。目爲《通鑑》，時則弗迷。資彼治原，捨兹安出？」又曰：「上下馳騁於數千載間，出入相隨於十九年内。尚假言官之督責，熟諳里俗之謗嗤，卒成一代之書，仰副兩朝之志。雖古者興亡事迹，固已粲然；而光之筋力精神，於此盡矣。」又曰：「旅游東國，嘗屢歎於斯文；留滯周南，遂克終於先業。嗟君臣之際遇，已極丹青；何父子之淪亡，忽悲風露」云云。張芸叟又有詩《謝范學士淳父》云：「《通鑑》初成賜近臣，不遺疏賤帝恩均。我投湘水五千里，君滯周南二十春。東觀汗青身是夢，西齋削藁事如新。細思當日修書者，祇有三人今一人。」謂劉貢父、道原、范淳父也。淳父時爲講筵，芸叟爲臺官也。

《資治通鑑》成，温公託范淳父作《進書表》，今刊於《通鑑》後者是也。温公以簡謝淳父，云：「真得愚心所欲言而不能發者。」温公書帖無一字不誠實也。

吴正肅試賢良方正科，殿試策，因論古今風俗之變皆隨上所好惡，有曰：「城中大袖，外有全帛之奢；雨下墊巾，衆爲一角之效。」是時試策猶間用對偶句也。仁宗喜此兩句，對輔臣誦之，有意大用正肅者，實肇於此。蓋仁宗聖性節儉，方自家刑之於天下，戒在於變俗，而稱此聯爾。

秦少游觀在元祐諸館職最後，自校對黄本書籍方除正字，以啓謝諸公，當時稱之。用《三國志》蜀秦宓博識，諸葛孔明呼爲學士；又唐詩人秦系自號東海釣鰲客，張建封始署爲校書郎。少游用此當家二故事作啓，略云：「切觀前史，具見鄙宗：西蜀中郎，孔明呼爲學士；東海釣客，建封任以校書。雖爲將相之品題，且匪朝廷之選用。夫何寡陋，遽爾遭逢。」

豫章潘興嗣，家有李後主《歸朝後乞潘慎修掌記室手表》。慎修，李氏之舊臣而興嗣之祖也。其表略云：「昨因先皇臨御，問臣『頗有舊人相伴否？』臣即乞徐元楀。元楀方在幼年，於牋表素不諳習。後來因出外，問得劉鋹曾乞得廣南舊人洪侃。今來已蒙遣到徐元楀，其潘慎修更不敢陳乞，所有表章，臣且勉勵躬親。臣亡國殘骸，死亡無日，豈敢別生僥覬，干撓天聰。只慮章奏之間有失恭慎，伏望睿慈，察臣素心。」其銜位稱檢校太尉右千牛衛上將軍上柱國隴西郡公食邑千户。後連劄子云：「奉聖旨：光禄寺丞徐元楀、右贊善大夫潘慎修，並令往李煜處。」而楊大年作慎修誌文云「喬木不勝，空悲故國；曳裾王府，猶見故君」者，謂此也。李後主手表，僕嘗模得之，愛其筆札清妙不凡。兵火亡失已久，因記其梗概焉。後見大年所作慎修墓誌，乃云：「俾事故君，是爲上介。思喬木於故國，尚見世臣；曳長裾於王門，兼掌記室。」

范淳父爲其叔祖景仁草《進樂表》云：「法已亡於千載之後，聲欲求於千載之前。事爲至難，理若有待。」又爲吕正獻草《遺表》云：「才力綿薄，豈期位列於三公；疾疢嬰纏，敢望年踰於七十。」世謂能道二公胸中事也。

司馬温公還朝，作門下侍郎。至，大拜。四方賓客賀啓語稍過重者，必以書謝卻而還之者至多。吴處厚爲太常博士，啓賀公曰：「伏以賢國之基，用其賢所以固國；忠民之望，擢其忠乃以得民。制命一頒，輿情共悦。恭惟某官道高致主，德裕庇民，磨涅而堅白弗渝，用捨而行藏自遂。蓍龜先見，昔已推其至誠；松柏後凋，今乃顯其孤操。方當倚注之際，勉率奮熙之功，庶令四海風謡，播休聲而不已；千秋史策，傳茂實以無窮。」温公手柬還之曰：「稱譽太過，不敢克當。」處厚復啓納之曰：「處厚前日喜公拜命，無階踵賀，輒貢短啓，叙致悃愊。伏蒙謙損特甚，乃謂『稱譽太過，不敢克當』，即時封還，使處厚既赧且惕，逃罪無地。比欲盡而弗再，然又以前啓凡二十句，止百餘字，字皆摭實而言，殆無半語虚飾故。首叙國家輔佐須以忠賢爲本，而選用必先從民之望，如此則國家安而民悦。若公之進退出處，謂之忠賢耶？非耶？今既大用，然則天下之人悦乎？故啓稱『用賢所以固國，擢忠乃以得民』，蓋謂是也。又公在先朝專以正道輔拂，故啓稱『道高致主』；專欲惠養元元，故啓稱『德裕庇民』。久屈散地，未嘗隕穫，故啓稱『磨涅而堅白弗渝』；力辭貴位，略不絆戀，故啓稱『用捨而行藏自遂』。往日之明，則可謂『蓍龜之先見』；今日之事，則足見『松柏之後凋』。然處厚復以大名之下其實難副，故又愛公而申勸之曰：『方當倚注之際，勉率奮熙之功，則庶幾四海風謡，播休聲而不已；千秋史策，傳茂實以無窮』。蓋此等事，又在卒功終譽之後，當竢他日見之。乃知此啓並無愧辭，今再遣一介仰塵左右，伏惟台慈特賜收留。」温公乃受焉。因備書此段，以見温公之謙德每如是也。

神宗初即位，王介中父、劉攽貢父同考試進士。中父以舉人卷子用「小畜」字，疑「畜」字與御名同音，貢父争以爲非，中父不從，固以爲御名。貢父曰：「此字非御諱，乃中父家之諱也。」因相訴駡。既出試院，御史以爲言，貢父坐罷同判太常禮院，罰銅。歸館，有啓謝執政云：「虚船觸舟，忮心不怨；强弩射市，薄命何逃。」前輩稱其工。又貢父《謝京東漕表》略曰：「不知足而爲屨，是匪難能；懲於羹而吹虀，乃非適變，」亦薄時之奔競功利者，非難爾也。

表啓中最以長句中四字爲難，以其語少而意多，因舊爲新，涵不盡無窮意故也。前人之語能稱此格者，如劉原父《謝館職啓》：「整齊百家，是正六藝」，元厚之《謝表》云：「塤篪萬民，金玉百度」，彭器資《上章子厚啓》：「報國丹心，憂時白髮」，舒信道《謝復官表》：「九幽路曉，萬蟄户開。」蓋可傳載諷味者尤難也。

劉貢父作國子監直講，英宗即位，久而車駕方出。太學生除直日外，並迎駕。時有齋直日，以不得預也，乃潛出看駕。既而衆退，以潛出之罪申直講。直講難其辭，貢父遽判其狀尾曰：「黄屋初出，莫不咸觀；青衿何爲，乃獨塊處。可特免罰。」衆以爲當。

四六談塵

〔宋〕謝伋 撰

《四六談麈》一卷

宋 謝伋 撰

謝伋，字景思，上蔡（今河南汝南）人。參知政事謝克家之子，理學家謝良佐之從孫（書中所稱「逍遥公」即謝良佐）。紹興初，侍父寓居黄巖，自號藥寮居士（又稱靈石山藥寮）。官至太常少卿。平生事跡略見葉適《謝景思集序》（《水心文集》卷十二）。有《藥寮叢稿》。

此書成於紹興十一年（一一四〇）。謝氏繼王銍《四六話》之後，論四六多以命意遣詞分工拙，尤重於剪裁，指明「四六之工，在於剪裁」。并謂四六施於制誥表奏文檄，原爲便於宣讀。「宣和間，多用全文長句爲對，習尚之久，至今未能全變。前輩無此體也。」又云：「若全句對全句，亦何以見工？」頗能切中當時四六之弊。至其摘取名言雋語以爲例證，亦自有獨賞，多有與王銍不同處。且保留不少罕見資料。如李清照祭其夫趙明誠文之斷句，即賴此書而存，後始爲《苕溪漁隱叢話·後集》卷四十、《詩話總龜·後集》卷四十八、《菊坡叢話》卷二十五等引用。宋費袞《梁溪漫志》卷五《〈四六談麈〉差誤》條，曾指出本書記陳去非草《故相義陽公起復制》，因用語不當而貼麻自改，實乃「有旨令綦處厚貼麻，去非曾待罪，非令其自貼改也」；又謂逍遥公（謝良佐）曾於崇寧元年入黨籍，非本書所記「初不入黨籍」云云，是謝氏所載，亦偶有差舛。

此書有《百川學海》本、《四庫全書》本、《學津討原》本、《學海類編》本、《叢書集成》本。各本所收條目多寡不一，《百川學海》本最爲完備，共六十八條，他本爲五十七條（或作五十六條），且文字訛誤亦少。今即據以録入。

（王宜瑗）

四六談麈序

三代兩漢以前，訓誥、誓命、詔策、書疏，無駢儷粘綴，温潤爾雅。先唐以還，四六始盛，大槩取便於宣讀。本朝自歐陽文忠、王舒國叙事之外，自爲文章，製作混成，一洗西崑磔裂煩碎之體。厥後學之者，益以衆多。况朝廷以此取士，名爲博學宏詞，而内外兩制用之。四六之藝，咸曰大矣！下至往來牋記啓狀，皆有定式，故謂之應用，四方一律，可不習知？予自少時聽長老持論多矣，憂患以後，悉皆遺忘。山居歷年，飽食終日，因後生之問，可記者輒録之，以資講學之一事，如古今五七字話，題爲《四六談麈》云。他時有得，當附益諸。紹興十一年五月十三日，陽夏謝伋序。

四六談麈

宋　謝伋　撰

四六施於制誥表奏文檄，本以便於宣讀，多以四字六字爲句。宣和間，多用全文長句爲對，習尚之久，至今未能全變。前輩無此體也。此起於咸平王相翰苑之作，人多倣之。

四六之工，在於裁剪，若全句對全句，亦何以見工？

四六經語對經語，史語對史語，詩語對詩語，方妥帖。太祖郊祀，陶穀作赦文，不以「籩豆有楚」對「黍稷非馨」，而曰：「豆籩陳有楚之儀，黍稷奉惟馨之薦。」近世王初寮在翰苑，作《寶籙宫青詞》云：「上天之載無聲，下民之虐匪降。」時人許其裁翦。

丁晉公謝表云：「補仲山之衮，雖罄一心；調傅說之羹，難諧衆口。」後人改云：「雖曲盡於巧心，終難諧於衆口。」

王荆公在金陵，有中使傳宣撫問，并賜銀合茶藥。令中外各作一表。既具藁，無可於公意者。公遂自作，今見集中。其詞云：「信使恩言，有華原隰；寶奩珍劑，增賁丘園。」蓋五事見四句中，言約意盡，衆以爲不及也。

孫巨源作《除太尉制》云：「秦官太尉，漢代上公」，語典而重。

王岐公在中書最久。生日，例有禮物之賜，集中謝表，其用事多同，而語不蹈襲。唐李衛公作《文箴》，譬諸日月，雖終古常見，而光景常新。

元章簡公厚之《致政表》云：「正至衣冠，莫綴邇聯之列；歲時牛酒，尚霑甲令之恩。」又《謝越州表》云：「驅車萬里，虛出玉關之門；乘駟一麾，幸至會稽之邸。」《謝子耆寧除職表》云：「疲牛抱犢，同均豐草之甘；倦鳥將雛，不失上林之樂。」皆爲人稱誦。其作《王荆公相麻》，亦世所稱工。然腦詞乃云：「若礪與舟，世莫先於汝作；有衮及繡，人久佇於公歸。」或以爲先後失倫。

隆祐復位制，蔡元長草其詞，云：「雖元符建號，已位於中宮；而永泰上賓，無嫌於並后。」陳了翁作蔡彈文云：「北門翰長，乃手草廢詔之人；復后麻詞，又躬寫慈闈之旨。以謂訓出東朝，則先帝當時不得不從；事干泰陵，則陛下今日安敢輕改。」

熙寧間，鄧潤甫作《邢妃麻》云：「《周南》之詠《卷耳》，無險詖私謁之心；《齊詩》之美《雞鳴》，有警戒相成之道。」後王荆公退居金陵，屢用之。

四六全在編類古語，唐李義山有《金鑰》，宋景文有一字至十字對，司馬文正亦有《金桴》，王岐公最多。

唐李義山別爲四六集，本朝歐陽公亦別爲集，夏英公、元章簡，書肆亦有小集。

祭文，唐人多用四六，韓退之亦然。

東坡嶺外歸，與人啓云：「七年遠謫，不自意全；萬里生還，適有天幸。」所襯字，皆漢人語也。又黄門《謝復官表》：「一毫以上，皆出於帝恩；累歲偷安，有慚於公議。」「秋毫以上皆帝力也」，用張敖語。

政和以後，宰執多不答外郡書啓。舊見司馬温公元祐間《答在外監司郡守賀啓》云：「豈期聖澤，遽陟宰司。覆餗致凶，實民瞻之未允；循牆引避，顧天意之靡回。成命既頒，愧顔無寄。重煩謙德，遠貺徽言。」此藏奉高郭氏祖母之父，時爲西川提刑。

陳後山無己《賀梁右轄啓》云：「辭榮遁禄，雖自計之甚都；挈國躋民，如人望之未已。」

劉丞相莘老罷相，自鄆徙青，謝表云：「東方大國，莫如鄆、青；微臣何人，繼爲帥守。」趙清憲正夫自禮部侍郎除中司，謝表云：「省部六曹，禮爲清選；憲臺三院，丞總大綱。」

廖明略正一爲四六甚工，舊見《爲安厚卿舉掛功德疏》云：「梁木其摧，嘆哲人之逝；天堂若有，須君子而登。生也有涯，没而不朽。痛兩楹之夢奠，圮萬里之長城。」其祭文云：「昊穹不惠，奪我元老。唐安得鑑，楚弗觀寶。盛德且然，小智寧保。」先公云：「明略平生之學，熟於《高氏小史》。」

李成季昭玘嘗爲起居舍人，最工四六，漢老之叔也，有《樂静先生集》行於世。

參政漢老坐其兄會稽失守落職，謝章云：「包胥不食而哭秦，素心猶在；李陵得當而報漢，後效難期。」

隆祐哀册，徐師川撰云：「作合泰陵，賢而不見答；制政房闥，聖而不可知。」席大光偶目眚，辭其書，遂以命趙叔問。

馬涓巨濟宣和間《謝復承事郎表》云：「岧嶢丹闕，如曾清夢之遊；籃縷緑衣，猶是廣庭之賜。」舊制，曾任監察御史以上皆通表章。

韓子蒼爲舍人，曾公衮以啓賀之。韓答曰：「舊知四六之工，彌起再三之歎。」曾爲浙漕謝先公啓云：「燕出芝菌，猶能爲瑞世之祥；收之桑榆，亦未歎逢時之晚。」

宣和末罪己詔，如「天變譴見而朕不悟，百姓怨懟而朕不知」，乃用陸宣公語宇文叔通詞也。

顏夷仲黄門爲北界幕，《代梁才父答王履道謝舍人啓》云：「誦佳句新，濫處百僚之上；恨相見晚，果膺當寧之知。」

王初寮作《宣德門成賞功制》云：「閣道穹隆，兩觀搴翔於霄漢；闕庭神麗，十扉闔闢於陰陽。」時謂工則工矣，但唤下句不來。

靖康間，劉觀中遠作《百官賀徽廟還京表》云：「漢殿上皇，本是野田之叟；唐朝肅帝，又非揖遜之君。」何㮚文縝時爲中書侍郎，索筆塗之，用此二事别作一聯云：「擁篲却行，陋未央之過禮；執鞚前引，笑靈武之曲恭。」文縝以四六知名，其《謝召還表》云：「兩曾參之是非，浮言猶在；一王尊之賢佞，更世乃明。」

高麗餞奏比年頗工，建炎《乞入覲表》云：「惟有春秋之事，可達意於明庭；願踰朝夕之池，獲升聞於行在。」又《問候表》云：「金風已趣於西成，方圖平秩；日脚蹔違於北所，適御行朝。」

余相罷節鉞，换觀文，吏房請詞。程伯起舍人當制，問於先公。先公云：「念雖經武之雄，終匪隆儒之體。」吴丞相元中宣和間當外制，作《河北曲赦》云：「桑麻千里，皆祖宗涵養之休；忠義百年，亦父老教訓之德。」又作《种師中制》云：「系出終南處士之後，世有山西良將之規。」

王雲子飛早以文受知於豫章，宣和當外制，其《謝表》云：「洶鯨波之再涉，偶遂生還；恍芸省之暫游，旋從外補。」王嘗隨奉使高麗作書狀官也。又云：「敢期文陛之壹登，所望脩門之重入。」

孫仲益直院，草《黄懋和罷相制》云：「移股肱者，固非朕志；作耳目者，言皆汝尤。」又《謝吏部侍郎表》云：「名節壞於謗讒，孰聽鼠牙之訟；精神銷於憂患，屢驚馬尾之書。」

高平范相《謝罷相表》云：「常欲慎惜名器，俾士夫革奔競之風；不敢妄圖事功，冀宗社獲和平之福。」翟參政公巽與公書，取此云：「庶幾革奔競之風，格和平之福，如公所云也。」

紹興曲赦福建，本翟公巽爲承旨當制。翟入參，綦叔厚直院當制，遂用其文。其曰「朕臨朝不怡，視古太息者」是也。

綦叔厚草《蜀將制》曰：「已失秦川之險，敢言蜀道之難。」辛炳爲中司，遽作彈文曰：「川未失也。」綦自辨其語，上曰：「朕知之(失)〔矣〕，卿所言者，我能往，寇亦能往。」

陳去非草《故相義陽公起復制》云：「眷予次輔，方宅大憂。」有以「宅憂」爲言者，令貼麻。陳改云：「方服私艱。」説者又以爲語忌。王初寮草《鄭華陽持餘服麻》云：「惟君臣相與之際，當諒乃心；顧忠孝兩全之難，重違所請。」

叔祖逍遥公舊爲四六極工，極其精思。嘗作《謝改官啓》云：「志在天下，豈若陳孺子之云乎；身寄人間，得如馬少遊而足矣。」有雜編事類，號《武庫》，兵火後亡之。

叔祖逍遥公初不入黨籍，朱震子發内相(似)〔以〕初廢錮，乞依黨籍例，命一子官。伋代作謝啓云：「念昔先人，親逢命世，升堂傳道，實有淵源。刻石刊章，偶逃部黨。上元豐太常之第，奉建中宣室之咨。忤彼權臣，斥從常調。」

程門高弟如逍遥公、楊中立、游定夫，皆工四六。後之學者，乃謂談經者不習此，豈其然乎？

林述中適帥福，日見之，舉召試舍人時《除節度使麻》云：「無怠無荒以來王，朕敢忘於慎德；有嚴有翼而共武，爾無替於懋功。」

趙承之鼎臣作《謝李元量釜狀元啓》云：「嘉禾當御，輒先農父之嘗；神龜效靈，偶出豫且之綱。」

政和間，北使《謝柑實表》云：「聘禮式陳，祝帝齡於紫闕；宸恩特異，錫仙宴於公郵。方厥包未貢之期，捧茲德惟馨之賜。天香滿袖，染湘水之清寒；雲液盈盤，浥洞庭之餘潤。梓里豈遑於遺母，楓庭切願於獻君。」

范元長内翰靖康中《謝淮東茶鹽表》云：「睠茲摘山之利，蓋出當時之權。明詔惟行，盡復祖宗之舊；微生何幸，願還畎畝之中。」

先公除翰苑，以祖諱辭。有旨銜内權不繫三字，先公以不帶三字，止同職名，不可赴院供職，又固辭。《除述古制》云：「玉帳談兵，已興嗟於見晚；金鑾草制，茲無恨於同時。」張達明澂行。

靖康内降王氏封國夫人，淵聖中批：「可入『朕之乳母』四字。」先公奏云：「當於腦詞下稱皇帝乳母某氏」，而草云：「蚤參慈保之嚴，謹於燥濕之視。」

常殿中子然環，作銘志碑碣極高古，而不工四六，嘗作《謝宮祠表》，詞語云云，京師議之。晁叔用嘗勸其多作古文，少作詩，無爲四六也。伋幼時以《蘭亭修禊序》求跋，今載於此。曰：「右謝伋景思手自軸褾，以示常環。子然曰：近時石本如此本者亦絶少。後起晚學，敢於蔑古，以臆自用，臨摹無毫毛法，而精石緻板刊刻不疑，流傳散布，見真者既寡，識真者又衰，方誤世矣。此本尚可寶也哉！謝景思童年(耆)〔嗜〕學，師前修，有俊秀氣，未減封胡羯末也。」其文今少傳。

宣和内禪，王循德爲承旨，當草赦，事出倉卒，云：「紹二百年之祚運，奠三萬里之幅員，施及眇躬，嗣膺神器。永念纘承之重，懼極淵冰；載惟臨御之艱，憂深朽索。」及内禪皇太子詔到，天下方曉然。

先公初見上濟州，便欲委以文翰。宋都登極，即有是除，以祖諱辭。後自台召至建業，初入對，上云：「再以翰林學士處」，又固辭，方拜兵書。其後雖執政，如賜藩鎮大將詔書、討賊勑書牓，猶以委之。

吕成公《求退表》云：「侵尋甲子，六十有三；補報朝廷，萬分無一。」乃出於李黄門邦直。

宣和間，掌朝廷牋奏者，朝士常十數人，主文盟者集衆長合而成篇，多精奇對而意不屬，知舊事者往往傚之。韓似夫樞密《謝故相儀國公賜世濟厚德御書碑額表》，令數客爲之，報行者，前一段用伋所爲，後一段用胡承公作。

翟大參以陳通之亂，自越援杭，其《謝降官表》云：「豈比秦人，坐視越人之瘠；欲安劉氏，固知晁氏之危。」

趙令人李，號易安，其《祭湖州文》曰：「白日正中，嘆龐翁之機捷；堅城自墮，憐杞婦之悲深。」婦人四六之工者。

朱異宣諭七閩，劾江夕拜常循俗異宫，朝廷薄其罪，止令分析。江謝表云：「盡擊鮮更日之歡，復擁笏垂魚之樂。」

席參政大光作《嗣安定制》，頌太祖曰：「爾惟玄孫，予曰伯父。」其《謝潭帥表》云：「暴揚之惡，初過於共兜；播告之詞，忽同於方召。」

方彥蒙《上時相啓》云：「三已無慍，雖知衆口之爍金；萬折必東，自信臣心之如水。」下句完善。

常子正同作先公再致政詞云：「熟本朝之故事，迨聞正始之風；迎代邸而清宮，獨奉渭橋之謁。」屬對似少偏。

政和間以僧爲德士，冠服如道士。有一長老升堂云：「石窻奪得裴休笏，用在今朝；曹溪留下祖師衣，已爲陳迹。」又一長老《乞入道表》云：「一習蠻夷之風教，遂忘父母之髮膚。幾同去國之人，忽見指天之斗。儻得回心而嚮道，便當合掌以擎拳。」

汪退傅初坐陳東、歐陽澈事降官，後復以啓謝廟堂，時相作答啓云：「一男子之上書，人何足道；諸大夫曰可殺，公豈容心？」熊大學叔雅詞也。靖康間，京尹程伯起《謝賜出等牙簡表》云：「看山拄頰，敢爲晉士之清狂；上馬設囊，豈有唐賢之風度。」汪彥章詞。

康平仲執權在揚州，嘗當宗開封制，以舉似仮云：「想望夷門，未泯忽忽之佳氣；顧瞻淮甸，安能鬱鬱而久居。」

何文縝以曲學罷三字，其謝章云：「師友淵源，妄追探於千載；文章户牖，期自立於一家。獨簡聖知，何名曲學？」

外大父晁舍人《謝落職表》云：「投鼠忌器，輒詈天子之從臣；剪爪及膚，不識朝廷之大體。」指耿黄門而言。

葉石林少藴知福州，其《賀朝會表》云：「緊昔艱難，孰測聖人之勇；迨兹平定，益知天子之尊。」

陸益中德先解人，宣和再爲中執法，閨門孝友，嘗彈蔡絛。范丞相建炎間答其啓云：「久居言路，抨彈多權貴之臣；屢掌文衡，登拔皆純正之士。」范射策日，陸曾謂其不純正。舒起居清國詞也。

汪彦章《賀吕成公初大拜啓》云：「方羣臣憂杞國之天，靡遑朝夕；乃兩手取虞淵之日，重正乾坤。」

孫伯野傳論麗人搔擾，中批云：「至乃用蘇軾語，全無顧忌。」孫表云：「不知言語之合前人，但見裔夷之負中國。」

周子武秘自中司帥越日，仮在崇道外祠，與仮啓云：「訪羽人於丹丘，莫繼後塵之雅躅；受釐事於宣室，即期前席之榮觀。」後見李雅州端民云：「某之詞也。」

伋在建鄴時，華藏民老一沙彌法光試經得度，屬韓子蒼作《化錢疏》。座間索筆，草云：「法光身本仕族，志慕佛乘，依華藏以出家，誦《楞嚴》而得度。敢言四事，尚乏三衣。本來一物也無，政須行乞；他日寸絲不掛，用此酬恩。」

黄叔言子游守台，與伋先狀云：「倒屣以待，諸公要出我門；解榻而迎，使君未有此客。喜接辭之伊邇，仍問政之可期。」

趙祖穎奇與伋同在太學，中秋趣人作會，啓云：「庾亮樓邊，漸睹掛簷之月；楊雄宅畔，蔑無載酒之人。方孤坐以無聊，欲就眠而未可。伏惟某人，輕財(而)〔有〕朱家之度量，好客繼鄭莊之風流。酒滿尊中，屢極談諧之飲；錢流地上，曾無鄙吝之心。東閤之宴飲欲開，南樓之興不淺。雖一石滅燭在淳于髡，豈敢望焉；而五斗解酲如劉伯倫，不無覬也。願戒青州之從事，亟濡東海之波臣。心若搖旌，側聽黄金之諾；言猶在耳，盍追長夜之歡。過此以還，未知所措。」

容齋四六叢談

〔宋〕洪邁 撰

《容齋四六叢談》一卷

宋 洪邁 撰

洪邁(一一二三—一二〇二),字景盧,號容齋,又號野處。鄱陽(今江西波陽)人。自幼過目成誦,博極羣書。紹興十五年(一一四五)中詞科,累遷左司員外郎,進起居舍人,歷知泉、吉、贛、婺等州,特遷敷文閣待制。以端明殿學士致仕,卒謚文敏。邁與兄适、遵相繼登詞科,文名滿天下,而邁文學尤高。著有《容齋隨筆》五集、《夷堅志》等,編有《萬首唐人絶句》。傳見《宋史》卷三七三。

《容齋四六叢談》系後人於《容齋隨筆》中掇其論四六之言而成。南宋四六發展頗盛,應用甚廣,本書所謂「上自朝廷命令、詔册,下而縉紳之間牋書、祝疏,無所不用」。然容齋所論,主要在於屬辭比事,以警策精切爲工。洪邁以博洽著名,本書亦顯示出辨證考據精確之特點,如引《國史》以證明陳正敏《遯齋閒覽》所記「梁顥八十二歲,雍熙二年狀元及第」之説爲不實,頗爲審核。

《容齋四六叢談》始見於曹溶《學海類編》,《四庫全書總目·集部詩文評類存目》録有「編修程晉芳家藏本」,疑即《學海類編》鈔本,因是書編定後迄未刊印,至道光年間方以活版排印而行於世。商務印書館編輯《叢書集成》，是書收入初編文學類。今據《學海類編》本録入，并據《容齋隨筆》原書校正。

（俞紀東）

容齋四六叢談

宋　洪邁　撰

四六名對

四六駢儷，于文章家爲至淺，然上自朝廷命令、詔册，下而縉紳之間牋書、祝疏，無所不用。則屬辭比事，固宜警策精切，使人讀之激卬，（風）〔諷〕味不厭，乃爲得體。姑摭前輩及近時綴緝工緻者十數聯，以詒同志。王元之《擬李靖平突厥露布》，其叙頡利求降且復謀竄曰：「穽中餓虎，暫爲掉尾之求；韝上飢鷹，終有背人之意。」《蘄州謝上表》曰：「宣室鬼神之問，敢望生還；茂陵封禪之書，已期身後。」范文正公微時，嘗冒姓朱，及後歸本宗，作啓曰：「志在逃秦，入境遂稱于張禄；名非霸越，乘舟偶效于陶朱。」用范雎、范蠡，皆當家故事。鄧潤甫行《貴妃制》曰：「《關雎》之得淑女，無險詖私謁之心；《雞鳴》之思賢妃，有警戒相成之道。」紹聖中，《百僚請御正殿表》曰：「皇矣上帝，必臨下而觀四方；大哉乾元，當統天而始萬物。」東坡《坤成節疏》曰：「至哉乾元，德既超于載籍；養以天下，福宜冠于古今。」《慰國哀表》曰：「大哉孔子之仁，泫然流涕；至矣顯宗之孝，夢若平生。」《謝賜帶馬表》曰：「枯羸之質，匪伊垂之而帶有餘；斂退之心，非敢後也而馬不進。」王履道《大燕樂語》曰：「五百里采，五百里衛，外包有截之區；八千歲春，八千歲秋，上祝無疆之壽。」《除少宰余深制》曰：「蓋四方其訓，以無競維人；必三后協心，而同底于道。」時并蔡京爲三相也。《執政以邊功轉官詞》曰：「惟皇天付予，庶其在此；率寧人有指，敢弗于從。」翟公巽行《外國王加恩制》曰：「宗祀明堂，所以教諸侯之孝；大賚四海，不敢遺小國之臣。」知越州日，以擅發常平倉米救荒降官，謝表曰：「敢效秦人，坐視越人之瘠？既安劉氏，理知晁氏之危。」孫仲益試詞科日，《代高麗國王謝賜宴樂表》曰：「玉帛萬國，干舞已格于七旬；《簫韶》九成，肉味遽忘于三月。」又曰：「蕩蕩乎無能名，雖莫見宮墻之美；欣欣然有喜色，咸豫聞管籥之音。」自中書舍人知和州，既壓境，見任者拒不納，以啓答郡僚曰：「雖文書銜袖，大人不以爲疑；然君命在門，將軍爲之不受。」鄰郡不發上供錢米，受旨推究，爲平亭其事，鄰守馳啓來謝，答之曰：「包茅不入，敢加問楚之師；輔車相依，自作全虞之計。」汪彦章作《靖康册康王文》曰：「漢家之厄十世，宜光武之中興；獻公之子九人，惟重耳之尚在。」爲中書舍人試潭州，進士何烈卷子内稱「臣」及聖問，不舉覺，坐罷職，謝表曰：「謂子路使門人爲臣，雖誠誖理；而徐邈云酒中有聖，初亦何心？」又曰：「書馬者與尾而五，常負譴憂；網禽而去面之三，永銜生賜。」宋齊愈坐于金虜立諸臣狀中，輒書張邦昌字，送御史臺，責詞曰：「義重于生，雖匹夫不可奪志；士失其守，或一言幾於喪邦。」又曰：「眭孟五行之説，豈所宜言？袁（宏）〔淑〕《九錫》之文，（慈）〔茲〕焉安忍？」責張邦昌詞曰：「雖天奪其衷，坐愚至此；然君異於器，代匱可乎？」知徽州，其鄉郡也，謝啓曰：「城郭重來，疑千載去家之鶴；交游半在，或一時同隊之魚。」何掄除秘書少監，未幾以口語出守邛，謝啓曰：「雲外三山，風引舟而莫近；海濱八月，槎犯斗以空還。」楊政除太尉，湯岐公草制曰：「遠覽漢京，傳楊氏者四世；近稽唐室，書系表者七人。」謂楊震、子秉、秉子賜、賜子彪，四世爲太尉。李德裕辭太尉云：「國朝重惜此官，二百年間纔七人。」其用事精確如此。蔣子禮拜右相，王詷賀啓曰：「早登黄閣，獨見明公之妙年；今得舊儒，何憂左轄之虚位？」皆用杜詩語「扈聖登黄閣，明公獨妙年」，「左轄頻虚位，今年得舊儒」，亦可稱。

吾家四六

乾道初年，張魏公以右相都督江淮，議者謂兩淮保障不可恃，公親往視之。會詔歸朝，未至而免相。文惠公當制，其詞曰：「棘門如兒戲耳，庸謹秋防；衮衣以公歸兮，庶聞辰告。」所謂兒戲者，指邊將也，而讀者乃以爲詆魏公。其尾句曰：「《春秋》責備賢者，慨功業之惟艱；天子加禮大臣，固始終之不替。」所以悵惜之意至矣。《王大寶致仕詞》曰：「閔勞以事，聖王隆待下之仁；歸潔其身，君子盡遺榮之美。」大寶有遺泄之疾，或又謂有所譏，而實不然。罷相後，起帥浙東，謝表曰：「上丞相之印，方事退藏；懷會稽之章，遽叨進用。」《謝生日詩詞啓》曰：「五十當貴，適買臣治越之年；八千爲秋，辱莊子大椿之譽。」時正五十歲也。紹興壬戌詞科《代樞密使謝賜玉帶表》，文安公曰：「有璞於此必使琢，恍驚制作之工；匪伊垂之則有餘，允謂便蕃之賜。」主司喜焉，擢爲第一。乙丑年，《代謝賜御書〈周易〉〈尚書〉表》，予曰：「八卦之説爲之索，奉以周旋；百篇之義莫得聞，坦然明白。」尾句曰：「但驚奎（壁）〔璧〕之輝，從天而下；莫測龜龍之秘，行地無疆。」亦忝此選。《代福州謝曆日表》曰：「神祇祖考，既安樂于太平；歲月日時，又明章于庶（證）〔徵〕。」正用《詩·鳧鷖序》「太平之君子，能持盈守成，神祇祖考安樂之也」，《洪範》庶（證）〔徵〕「歲月日時無易，百穀用成，乂用明，俊民用章」，皆上下聯文，未嘗輒增一字。《淵聖乾龍節疏》曰：「應天而行，早得尊于《大有》；象日之動，偶蒙難于《明夷》。」《易·大有》卦「柔得尊位」、「應乎天而時行」，《左傳》叔孫豹筮遇《明夷》，「象日之動，故曰君子于行」，彖辭云「内文明而外柔順，以蒙大難」，亦純用本文。乾道丁亥，《南郊赦文》曰：「皇天后土，監于成命之詩；藝祖太宗，昭我思文之配。」讀者以爲壯。後語曰：「天地設位，而聖人成能，既（僕）〔撲〕緼紛之況；雷雨作解，而君子赦過，式流汪濊之恩。」此文先三日鎖院所作，冬至日適有雷雪之異，殆成讖云。葉子昂參知政事，爲諫議大夫林安宅所擊，罷去，林遂副樞密。已而置獄治其言，皆無實，林責居筠，葉召拜左揆。予草制曰：「既從有北之投，亟下居東之召。有欲爲王留者，孰明去就之忠？無以我公歸兮，大尉瞻儀之望。」本意用「公歸」之句，指邦人而言也，故云「瞻儀」。而御史單時疑之，謂人君而稱臣爲「我公」，彼蓋不詳味詞理耳。子昂坐冬雷罷相，予又當制，曰：「調陰陽而遂萬物，所嗟論道之非；因災異而劾三公，實負應天之愧。」蓋因有諷諫也。《嗣濮王加恩制》曰：「天神明而照知四方，既下臨于精意；王孫子而本支百世，兹載錫于蕃釐。」又曰：「春秋享祀，獨冠周家之宗盟；老成典刑，蔚爲劉氏之祭酒。」《士衎制》曰：「克羞饋祀，事其先而萬國歡心；肅倡和聲，行于郊而百神受職。」《賜宰臣辭免提舉聖政書成轉官詔》曰：「爲天子父尊之至，永惟傳序之恩；問聖人德何以加，莫越重華之孝。」《賜葉資政辭召命詔》曰：「見晛曰消，顧何傷於日月；得時則駕，宜亟會於風雲。」《賜史大觀文以新蜀帥改越辭免詔》曰：「王陽爲孝子，敢煩益部之行；莊助留侍中，姑奉會稽之計。」吴璘在興元，修塞兩縣決壞渠爲田，奬諭詔曰：「刻石立作三犀牛，重見離堆之利；復陂誰云兩黄鵠，詎煩鴻郤之謡。」用老杜《石犀行》云「秦時蜀太守，刻石立作三犀牛」，及翟方進壞鴻郤陂，童謡云「反乎覆，陂當復。誰云者？兩黄鵠」等語也。劉共甫自潭帥除翰林學士，答詔曰：「不見賈生，兹趣長沙之召；既還陸贄，宜膺内相之除。」《批執政辭經修哲宗實訓轉官》曰：「念疊矩重規，當賢聖之君七作；而立經陳紀，在謨訓之文百篇。」哲廟正爲第七主，而《實訓》百卷也。《答蔣丞相辭免》曰：「永惟萬事之統，知非艱而行惟艱；有不二心之臣，帥以正則罔不正。」禮部爲宰臣以顯仁皇后小祥請吉服，奏曰：「練而慨然，禮應順變，期可已矣，懼或過中。」又曰：「漢中天二百而興，益隆大業；舜至孝五十而慕，獨耀前徽。」時高宗聖壽五十四也。《辛巳親征詔》曰：「惟天惟祖宗，方共扶于基緒；有民有社稷，敢自佚于宴安。」又曰：「歲星臨于吴分，定成肥水之勳；鬬士倍于晉師，可（次）〔決〕韓原之勝。」是時歲星在楚，故云。檄書曰：「爲劉氏左袒，飽聞思漢之忠；徯湯后東征，必慰戴商之望。」又曰：「侯王寧有種乎？人皆可致；富貴是所欲也，時不再來。」《紫宸大宴致語》曰：「廟謨先定，百官脩（脯）〔輔〕而厥后惟明；黼坐端臨，五帝聖神而其臣莫及。」《修聖政轉官詞》曰：「念五馬浮江之後，光啓中興；述（雲）〔六〕龍御天以來，式時猷訓。」又曰：「薦于天而天是受，永言覆幬之恩；問諸朝而朝不知，詎測形容之妙。」《汪觀文復官詞》曰：「作雷雨之解而宥罪，在法當原；如日月之食而及更，于明何損？」《步帥陳敏制》曰：「亞夫持重，小棘門、霸上之將軍；不識將屯，冠長樂、未央之衛尉。」《吴挺興州制》曰：「能得士心，吴起固西河之守；差强人意，廣平開東漢之興。」《起復知金州制》曰：「惟天不弔，壞萬里之長城；有子而賢，作三軍之元帥。」《蕭鷓巴詞》曰：「隨會在秦，晉國起六卿之懼；日磾仕漢，秺侯傳七葉之芳。」《姚仲復官制》曰：「李廣數奇，應恨封侯之相；孟明一眚，終酬拜賜之師。」《追封皇第四子邵王詞》曰：「舉漢武三王之策，方茂徽章；念周文十子之宗，獨留遺恨。」時已封建三王也。《趙忠簡謚制》曰：「見夷吾于江左，共知晉室之何憂；還德裕于崖州，豈待令狐之復夢？」《王彦贈官詞》曰：「申帶礪以丹書之誓，方休甲第之功臣；挂衣冠于神虎之門，竟失戍營之校尉。」《向起贈官詞》曰：「馳至金城郡，方思充國之忠；生入玉門關，竟負班超之望。」《李師顔贈官制》曰：「青天上蜀道，久嚴分閫之權；黑水惟梁州，愴失安邊之傑。」《襄帥王宣贈官詞》曰：「黄河如帶，莫申劉氏之盟；漢水爲池，空墮羊公之淚。」王淪以太常少卿朔祭太廟，忘設象尊、犧尊，降官詞曰：「犧象〔不設〕，已廢司彝之供；餼羊空存，殊乖告朔之禮。」《潼川神加封詞》曰：「駕飛龍兮靈之旂，具嚴涣命；驅厲鬼兮山之左，終相此邦。」《青城山蠶叢氏封侯詞》曰：「想青神侯國之封，自今以始；雖白帝公孫之盛，於我何加？」《陽山龍母（祠）〔詞〕》曰：「居然生子，乘雲氣以爲龍；惟爾有神，時雨暘而利物。」《魏丞相贈父詞》曰：「大名之後必大，非此其身；和戎如樂之和，幸哉有子。」魏蓋以使虜定和議，旋致大用。《贈母詞》曰：「藏盟府之國功，不殊魏絳；成外家之宅相，重見陽元。」《封妻姜氏詞》曰：「筮仕于晉曰魏，方開門户之祥；取妻必齊之姜，孰盛閨闈之美？」《虞丞相贈父詞》曰：「活千人有封，非其身者在其子；德百世必祀，畸于人者侔于天。」《周仁贈父詞》曰：「有子能賢，高舉而集吴地；受予顯服，會同而朝漢京。」用東方朔《非有先生傳》「高舉遠引，來集吴地」，及《兩京賦》「春王三朝，會同漢京」也。《獎諭吴挺詔》曰：「閫外制將軍，方有成于東鄉；舟中皆敵國，應無慮於西河。」《梁丞相醴泉使兼侍讀制》曰：「珍臺閒館，獨冠皋伊之倫魁；廣厦細旃，尚論唐虞之盛際。」又答詔曰：「一言可以興邦，念爲臣之不易；三宿而後出晝，勉爲王而留行。」《王丞相進玉牒加恩制》曰：「載籍之傳五三，壯太祖、太宗之立極；賢聖之君六七，耀永昭、永厚之詒謀。」《批以旱得雨請御殿》曰：「念七月之間則旱，咎(證)〔徵〕已深；雖三日已往爲霖，憂端未貰。」餘不勝書。惟記從兄在泉幕，淮東使者其友婿也，發京狀薦之。爲作謝啓曰：「襟袂相連，夙愧末親之孤陋；雲泥懸望，分無通貴之哀憐。」皆用杜詩。其下句人人知之，上句乃《贈李十五丈》云：「孤陋忝末親，等級敢比肩。人生意氣合，相與襟袂連。」此事適著題，而與前《送韋書記》詩句偶，可整齊用之，故併記于此。但以傳示子孫甥姪而已，不足爲外人道也。

龍筋鳳髓判

唐史稱張鷟早惠絶倫，以文章瑞朝廷，屬文下筆輒成，八應制舉皆甲科。今其書(載)〔傳〕於世者，《朝野僉載》、《龍筋鳳髓判》也。《僉載》紀事，皆瑣尾擿裂，且多媟語。百判純是當時文格，全類俳體，但知堆垛故事，而于蔽罪議法處不能深切，殆是無一篇可讀、一聯可味。如白樂天《甲乙判》，則讀之愈多，使人不厭。聊載數端于此：「甲去妻，後妻犯罪，請用子蔭贖罪，甲不許。判云：不安爾室，盡孝猶慰母心；薄送我畿，贖罪寧辭子蔭？縱下山之有恕，曷陟屺之無情？」「(有)〔辛〕夫遇盜而死，求殺盜者而爲之妻。或責其失節，不伏。判云：夫讎不報，未足爲非；婦道有虧，誠宜自恥。《詩》著靡他之誓，百代可知；《禮》垂不嫁之文，一言以蔽。」「景居喪，年老毀瘠，或非其過禮，曰哀情所鍾。判云：况血氣之既衰，老夫耄矣；縱哀情之罔極，吾子忍之。」「景妻有喪，景于妻側奏樂，妻責之，不伏。判云：儼衰麻之在躬，是吾憂也；調絲竹以盈耳，於汝安乎？」「甲夜行，所由執之，辭云有公事，欲早趨朝。所由以犯禁，不聽。判云：非巫馬爲政，焉用出以戴星？同宣子俟朝，胡不退而假寐？」「乙貴達，有故人至，坐之堂下，進以僕妾之食，曰故辱而激之。判云：安實敗名，重耳竟慚于舅犯；感而成事，張儀終謝于蘇秦。」「景娶妻無子，父母將出之，辭曰歸無所從。判云：雖配無生育，誠合比于斷弦；而歸靡適從，度可同于束緼。」「乙爲三品，見本州刺史不拜，或非之，稱品同。判云：或商周不敵，敢不盡禮事君；今晉鄭同儕，安得降階卑我？」若此之類，不背人情，合于法意，援經引史，比喻甚明，非青錢學士所能及也。元微之有百餘判，亦不能工。余襄公集中，亦有判兩卷，粲然可觀。張鷟，字文成，史云：「調露中登進士第，考功員外郎騫味道見所對，稱天下無雙。」按《登科記》，乃上元二年，去調露尚六歲。是年進士四十五人，鷟名在二十九，既以爲無雙，而不列高第？神龍元年中才膺管樂科，于九人中爲第五；景雲二年中賢良方正科，于二十人中爲第三。所謂制舉八中甲科者，亦不然也。

唐制舉科目

唐世制舉，科目猥多，徒異其名爾，其實與諸科等也。張九齡以道侔伊吕策高第，以《登科記》及《會要》考之，蓋先天元年九月，明皇初即位，宣勞使所舉諸科九人，經邦治國、材可經國、才堪刺史、賢良方正與此科各一人，藻思清華、興化變俗科各二人。其道侔伊吕策問殊平平，但云：「興化致理，必俟得人；求賢審官，莫先任舉。欲遠循漢魏之規，復存州郡之選，慮牧守之明不能必鑑。」次及「越騎、佽飛，皆出畿内，欲均井田于要服，遵丘賦于革車」，并安人重穀、編户、農桑之事，殊不及爲天下國家之要道，則其所以待伊吕者亦狹矣。九齡于神龍二年中材堪經邦科，本傳不書，計亦此類耳。

天生對偶

舊説以「紅生白熟」、「脚色手紋」、「寬焦薄脆」之屬，爲天生對偶。觸類而索之，得相傳名句數端，亦有經前人紀載者，聊疏於此，以廣多聞。如「三川太守，四目老翁」，「相公公相子，人主主人(公)〔翁〕」，「泥肥禾尚瘦，晷短夜差長」，「斷送一生惟有，破除萬事無過」，「北斗七星三四點，南山萬壽十千年」，「迅雷風烈風雷雨，絶地天通天地人」，「筵上枇杷，本是無聲之樂；草間蚱蜢，還同不繫之舟」，皆絶工者。又有用書語兩(語)〔句〕而證以俗諺者，如「堯之子不肖，舜之子亦不肖」，諺曰「外甥多似舅」；「吾力足以舉百鈞，而不足以舉一羽」，諺曰「便重不便輕」之類是也。

紀年兆祥

自漢武建元以來，千餘年間，改元數百，其附會離合爲之辭者，不可勝書，固亦有曉然而易見者。如晉元帝永昌，郭璞以爲有二日之象，果至冬而亡。桓靈寶大亨，識者以爲一人二月了，果以仲春敗。蕭棟、武陵王紀，同歲竊位，皆爲天正，以爲二人一年而止，其後皆然。齊文宣天保，爲一大人只十，果十年而終。然梁明帝蕭巋亦用此，而盡二十三年。或又云，巋蕞爾一邦，故非機祥所係。齊後主隆化，爲降死；安德王延宗德昌，爲得二日。周武帝宣政，爲宇文亡日；宣帝大象，爲天子家。蕭琮、晉出帝廣運，爲軍走。隋煬帝大業，爲大苦末。唐僖宗廣明，爲唐去丑口而著黄家日月，以兆巢賊之禍。欽宗靖康，爲立十二月康，果在位滿歲，而高宗由康邸建中興之業。熙寧之末將改元，近臣撰三名以進，曰平成，曰美成，曰豐亨。神宗曰：「成字負戈，美成者大羊負戈。亨字爲子不成，不若去亨而加元。」遂爲元豐。若隆興則取建隆、紹興各一字，與唐貞元取貞觀、開元之義同。已而嫌與顔亮正隆相近，故二年即改乾道。及甲午改純熙，既已布告天下。予時守贛，賀表云：「天永命而開中興，方茂卜年之統；時純熙而用大介，載新紀號之文。」迨詔至，乃爲淳熙，蓋以出處有「告成《大武》」之語，故不欲用。

太史慈

三國當漢魏之際，英雄虎争，一時豪傑志義之士，礌礌落落，皆非後人所能冀，然太史慈者尤爲可稱。慈少仕東萊本郡，爲奏曹吏，郡與州有隙，州章劾之，慈以計敗其章，而郡得直。孔融在北海，爲賊所圍，慈爲求救於平原，突圍直出，竟得兵解融之難。後劉繇爲揚州刺史，慈往見之，會孫策至，或勸繇以慈爲大將軍。繇曰：「我若用子義，許子將不當笑我耶？」但使慈偵視輕重，獨與一騎，卒遇策，便前鬬，正與策對，得其兜鍪。及繇奔豫章，慈爲策所執，捉其手曰：「寧識神亭時邪？」又稱其義烈，爲天下智士，釋縛用之，命撫安繇之子，經理其家。孫權代策，使爲建昌都尉，遂委以南方之事，督治海昏。至卒時，纔年四十一，葬于新吴，今洪府奉新縣也。邑人立廟敬事。乾道中，封靈惠侯，予在西掖當制，其詞云：「神蚤赴孔融，雅謂青州之烈士；晚從孫策，遂爲吴國之信臣。立廟至今，作民司命。攬一同之言狀，擇二美以建侯，庶幾江表之間，尚憶神亭之事。」蓋爲是也。

詩文當句對

唐人詩文，或于一句中自成對偶，謂之當句對。蓋起于《楚辭》「蕙烝蘭藉」、「桂酒椒漿」、「桂櫂蘭枻」、「斲冰積雪」，自齊梁以來，江文通、庾子山諸人亦如此。王勃《宴滕王閣序》一篇皆然，謂若「襟三江帶五湖」，「控蠻荆引甌越」；「龍光牛斗」，「徐孺陳蕃」；「騰蛟起鳳」，「紫電青霜」；「鶴汀鳧渚」，「桂殿蘭宮」；「鍾鳴鼎食之家」，「青雀黄龍之舳」；「落霞孤鶩」，「秋水長天」；「天高地迥」，「興盡悲來」；「宇宙」「盈虚」，「丘墟」「已矣」之辭是也。于公異《破朱泚露布》亦然，如「堯舜禹湯之德，統元立極之君」；「卧鼓偃旗」，「養威蓄鋭」；「夾川陸而左旋右抽，抵丘陵而浸淫布濩」；「聲塞宇宙，氣雄鉦鼓」；「貙兕作威」，「風雲動色」；「乘其跆藉」，「取彼鯨鯢」；「自卯及酉，來拒復攻」；「山傾河泄」，「霆鬭雷馳」；「自北徂南」，「輿尸折首」；「左武右文，（鎖）〔銷〕鋒鑄鏑」之辭是也。杜詩「小院回廊春寂寂，浴鳧飛鷺晚悠悠」；「清江錦石傷心麗，嫩蘂濃花滿目斑」；「書籤藥裹封蛛網，野店山橋送馬蹄」；「戎馬不如歸馬逸，千家今有百家存」；「犬羊曾爛漫，宫闕尚蕭條」；「蛟龍引子過，荷芰逐花低」；「干戈況復塵隨眼，鬢髮還應雪滿頭」；「百萬傳深入，寰區望匪他」；「象牀玉手」，「萬草千花」；「落絮游絲」，「隨風照日」；「青袍白馬」，「金谷銅駝」；「竹寒沙碧」，「菱刺藤梢」；「長年三老」，「捩柁開頭」；「門巷荆棘底，君臣豺虎邊」；「養拙干戈」，「全生麋鹿」；「舍舟策馬」，「拖玉腰金」；「高江急峽」，「翠木蒼藤」；「古廟杉松」，「歲時伏臘」；「三分割據」，「萬古雲霄」；「伯仲之間」，「指揮若定」；「桃蹊李徑」，「梔子紅椒」；「庾信羅含」；「春來秋去」；「楓林橘樹」，「複道重樓」之類，不可勝舉。李義山一詩，其題曰《當句有對》，云：「密邇平陽接上蘭，秦樓鴛瓦漢宫盤。池光不定花光亂，日氣初涵露氣乾。但覺游蜂饒舞蝶，豈知孤鳳憶離鸞。三星自轉三山遠，紫府程遥碧落寛。」其他詩句中，如「青女素娥」對「月中霜裏」，「黄葉風雨」對「青樓管絃」，「骨肉書題」對「蕙蘭蹊徑」，「花鬚柳眼」對「紫蝶黄蜂」，「重吟細把」對「已落猶開」，「急鼓疏鐘」對「休燈滅燭」，「江魚朔雁」對「秦樹嵩雲」，「萬户千門」對「風朝露夜」，如是者甚多。

用人文字之失

士人爲文，或采已用語言，當深究其旨意，苟失之不考，則必詒論議。紹興七年，趙忠簡公重修《哲録》，書成，轉特進，制詞云：「惟宣仁之誣謗未明，致哲廟之憂勤不顯。」此蓋用范忠宣遺表中語，兩句但易兩字，而甚不然。范之辭云「致保佑之憂勤不顯」，專指母后以言，正得其實，今以保佑爲哲廟，則了非本意矣。紹興十九年，予爲福州教授，爲府作《謝曆日表》，頌德一聯云：「神祇祖考，既安樂于太平；歲月日時，又明章于庶(證)〔徵〕。」至乾道中，有外郡亦上表謝曆，蒙其采取用之，讀者以爲駢儷精切。予笑謂之曰：「此大有利害。今光堯在德壽，所謂考者何哉？」坐客皆縮頸，信乎不可不審也。

唐昭宗恤録儒士

唐昭宗光化三年十二月，左補闕韋莊奏：「詞人才子，時有遺賢，不霑一命于聖明，没作千年之恨骨。據臣所知，則有李賀、皇甫嵩、李羣玉、陸龜蒙、趙光遠、温庭筠、劉德仁、陸逵、傅錫、平曾、賈島、劉稚珪、羅鄴、方干，俱無顯(過)〔遇〕，皆有奇才。麗句清詞，徧在詞人之口；銜冤抱恨，竟爲冥路之塵。伏望追賜進士及第，各贈補闕、拾遺。見存惟羅隱一人，亦乞特賜科名，録升三署。」敕獎莊，而令中書門下詳酌處分。次年天復元年赦文，又令中書門下，選擇新及第進士中有久在名場、才沾科級、年齒已高者，不拘常例，各授一官。于是禮部侍郎杜德祥奏，揀到新及第進士陳光問年六十九，曹松年五十四，王希羽年七十三，劉象年七十，柯崇年六十四，鄭希顔年五十九。詔光問、松、希羽可秘書省正字，象、崇、希顔可太子校書。按《登科記》，是年進士二十六人，光問第四，松第八，希羽第十二，崇、象、希顔居末級。昭宗當斯時，離亂極矣，尚能眷眷于寒儒，其可書也。《摭言》云：「上新平内難，聞放新進士，喜甚，特敕授官，制詞曰：『念爾登科之際，當予反正之年，宜降異恩，各膺寵命。』時謂此舉爲五老牓。」

徽宗薦嚴疏文

徽宗以紹興乙卯歲升遐，時忠宣公奉使未反命，滯留冷山，遣使臣沈珍往燕山，建道場于開泰寺，作功德疏曰：「千歲厭世，莫遂乘雲之仙；四海遏音，同深喪考之戚。況故宫爲禾黍，改館徒饋于秦牢；新廟游衣冠，招魂漫歌于楚些。雖置河東之賦，莫止江南之哀，遺民失望而痛心，孤臣久縶惟毆血。伏願盛德之祀，傳百世以彌昌；在天之靈，繼三后而不朽。」北人讀之亦墮淚，争相傳誦。其後梓宫南還，公已徙燕，率故臣之不忘國恩者，出迎於城北，搏膺大慟。虜俗最重忠義，不以爲罪也。

忠宣公謝表

建炎三年，先忠宣公銜命使北方，以淮甸賊蠭起，除兼淮南、京東等路撫諭使，俾李成以兵護至南京。公遣書抵成，成方與耿堅圍楚州，答書曰：「汴涸，虹有紅巾，非五千騎不可往。軍食絶，不克唯命。」公陰遣客説堅，堅强成斂兵。公行未至泗，諜云：「有迎騎甲而來。」副使龔璹憚之，送兵亦不肯前，遂返旆。即上疏言：「李成以餽餉稽緩，有引衆納命建康之語。今蘄賽、薛慶方横，萬一三叛連衡，何以待之？方含垢養晦之時，宜選辯士諭意，優加撫納。」疏奏，高宗即遣使撫諭成，給米五萬斛。初，公戒所遣持奏吏，須疏從中出，乃詣政事堂白副封。時方禁直達，忤宰輔意，以託事滯留爲罪，特貶兩秩，而許出滁陽路。紹興十三年，使回，始復元官。時已出知饒州，命予作謝表，直叙其故，曰：「論事見從，猶獲稽留之戾；出疆滋久，屢沾曠蕩之恩。始拜明綸，得仍舊秩。伏念臣頃繇乏使，不敢辭難。值三盗之連衡，阻兩淮而荐食，深虞猖獗之患，或起呼吸之間，輒露便宜，冀加勤卹。雖璽書賜報，樂聞充國之建言；而議吏不容，見謂陳湯之生事。虧除官簿，繇歷歲時，敢自意以來歸，遂悉還于所奪。兹蓋忘人之過，與天同功。念臣昔麗于微文，蔽罪本無于他意，故從數赦，俾獲自新。」書印既畢，父兄復共議，秦檜方擅國，見此表語言，未必不怒，乃別草一通引咎，曰：「使指稽留，宜速虧除之戾；聖恩深厚，卒從拔拭之科。仰服矜憐，惟知感戴。伏念臣早繇乏使，遂俾行成。值巨寇之臨衝，欲摶人而肆毒，仗節宜圖于報稱，引車何事于逡巡。徐偃出疆，既失受辭之體；中舟假道，初無必死之心。雖蒙貶秩以小懲，尚許立功而自贖。徒行萬里，無補一毫，敢（望）〔妄〕冀于隆寬，乃悉還于舊貫。兹蓋忘人之過，撫下以仁。陽爲德而陰爲刑，未嘗私意；賞有功而赦有罪，皆本好生。坐使孤臣，盡湔宿負」云云。前後奉使，無有不轉官者。先公以朝散郎被命，不沾恩凡十五年，而歸僅復所貶，而合磨勘五官，刑部皆不引用，秦志〔也〕，遂終於此階。

君臣事迹屏風

唐憲宗元和二年，製《君臣事迹》。上以天下無事，留意典墳，每覽前代興亡得失之事，皆三復其言。遂采《尚書》、《春秋》、《左傳》、《史記》、《漢書》、《三國志》、《晏子春秋》、《吴越春秋》、《新序》、《説苑》等書君臣行事可爲龜鑑者，集成十四篇，自製其序，寫于屏風，列之御座之右，書屏風六扇于中，宣示宰臣。李藩等皆進表稱賀，白居易翰林制詔有《批李夷簡及百僚嚴綬等賀表》，其略云：「取而作鑑，書以爲屏。與其散在圖書，心存而景慕；不若列之繪素，目睹而躬行。庶將爲後事之師，不獨觀古人之象。」又云：「森然在目，如見其人。論列是非，既庶幾爲坐隅之戒；發揮獻納，亦足以開臣下之心。」居易代言，可謂詳盡。又以見唐世人主作一事，而中外至于表賀，又答詔勤（劬）〔渠〕如此，亦幾于叢脞矣。憲宗此書，有《辨邪正》、《去奢泰》兩篇，而末年用皇甫鎛而去裴度，荒于游宴，死于宦侍之手，屏風本意，果安在哉？

李元亮詩啓

建昌縣士人李元亮，山房公擇尚書族子也，抱材尚氣，不以辭色假人。崇寧中，在太學，蔡薿爲學録，元亮惡其人，不以所事前廊之禮事之。蔡擢第魁多士，元亮失意歸鄉。大觀二年冬，復詣學，道過和州。蔡解褐，即超用，纔二年至給事中，出補外，正臨此邦，元亮不肯入謁。蔡自到官，即戒津吏門卒，凡士大夫往來，無問官高卑，必飛報，雖布衣亦然。既知其來，便命駕先造所館。元亮驚喜出迎，謝曰：「所以來，顓爲門下之故。方修贄見之禮，須明旦扣典客，不意給事先生卑躬下賤如此，前贄不可復用，當别撰一通，然後敬謁。」蔡退，元亮旋營一啓，旦而往焉，其警策曰：「定館而見長者，古所不然；輕身以先匹夫，今無此事。」蔡摘讀嗟激，留宴連夕，贈以五十萬錢，且致書延譽於諸公間，遂登三年貢士科。元亮亦工詩，如「人間知晝永，花落見春深」，「朝雨未休還暮雨，臘寒纔過又春寒」，皆佳句也。

北虜誅宗王

紹興庚申，虜主亶誅宗室七十二王，韓昉作詔，略云：「周行管叔之誅，漢致燕王之辟，兹惟無赦，古不爲非。不圖骨肉之間，有懷蠭蠆之毒。皇伯太師宋國王宗磐，謂爲先帝之元子，常蓄無君之禍心；皇叔太傅兗國王宗儁、虞王宗英、滕王宗偉等，逞躁欲以無厭，助逆謀之妄作。欲申三宥，公議豈容？不（頓）〔煩〕一兵，羣凶悉殄。已各伏辜，并除屬籍訖。」紹熙癸丑，今虜主誅其叔鄭王，詔曰：「朕早以嫡孫，欽承先緒。皇叔定武軍節度使鄭王允蹈，屬處諸父，任當重藩，潛引凶徒，共爲反計。自以元妃之長子，異于他母之諸王，冀幸國災，窺伺神器。其妹澤國公主長樂，牽同産之愛；駙馬都尉唐括蒲剌睹，狃連姻之私，預聞其謀，相濟以惡。欲寬燕邸之戮，姑致郭鄰之囚，詢諸羣言，用示大戒。允蹈及其妻卞玉，與男按春、阿辛并公主，皆賜自盡，令有司依禮收葬，仍爲輟朝。」二事甚相類，蓋其視宗族至親與塗之人無異也。是年冬，倪正父奉使，館于中山，正其誅戮處，相去一月，猶血腥觸人，枯骸塞井，爲之終夕不安寢云。

唐世辟僚佐有詞

唐世節度、觀察諸使，辟置僚佐以至州郡差掾屬，牒語皆用四六，大略如告詞。李商隱《樊南甲乙集》、《顧雲編稾》、羅隱《湘南雜稾》，皆有之。故韓文公《送石洪赴河陽幕府序》云：「撰書辭，具馬幣。」李肇《國史補》載崖州差故相韋執誼攝軍事衙推，亦有其文，非若今時只以吏(牌)〔牘〕行遣也。錢武肅在鎮，牒鍾廷翰攝安吉主簿云：「敕淮南、鎮海、鎮東等軍節度使，牒將仕郎試秘書省校書郎鍾廷翰，牒奉處分，前件官儒素修身，早昇官緒，寓居霅水，累歷星霜，克循廉謹之規，備顯温恭之道。今者願求録用，特議掄材，安吉屬城，印曹闕吏，俾期差攝，勉效公方，倘聞佐理之能，豈恡超昇之獎？事須差攝安吉縣主簿牒舉者，故牒。貞明二年三月日。」牒後銜云：「使尚父守尚書令吴越王押。」此牒今藏于王順伯家，其字畫端嚴有法，其文則掌書記所撰，殊爲不工，但印記不存矣。謂主簿爲印曹，亦佳。

抄傳文書之誤

今代所傳文書，筆吏不謹，至于成行脱漏。予在三館假庾自直《類文》，先以正本點檢，中有數卷皆以後板爲前，予令書庫整頓，然後録之，他多類此。周益公以《蘇魏公集》付太平州鏤板，亦先爲勘校。其所作《東山長老語録序》云：「側定政宗，無用所以爲用；因蹄得兔，忘言而後可言。」以上一句不明白，又與下不對，折簡來問。予憶《莊子》曰：「地非不廣且大也，人之所用容足爾。然而厠足而墊之致黄泉，知無用而後可以言用矣。」始驗「側定政宗」當是「厠足致泉」，正與下文相應，四字皆誤也。因記曾紘所書陶淵明《讀山海經》詩云：「形夭無千歲，猛志固常在。」疑上下文義若不貫，遂取《山海經》參校，則云：「刑天，獸名也，口中好銜干戚而舞。」乃知是「刑天舞干戚」，故與下句相應，五字皆訛，以語友人岑公休、晁之道，皆撫掌驚歎，亟取所藏本是正之。此一節甚類蘇集云。

一百五日

今人謂寒食爲一百五者，以其自冬至之後至清明，歷節氣六，凡爲一百七日，而先兩日爲寒食，故云；他節皆不然也。杜老有鄜州《一百五日夜對月》一篇，江西宗派詩云「一百五日足風雨，三十六峰勞夢魂」，「一百五日寒食雨，二十四番花信風」之類是也。吾州城北芝山寺，爲禁煙游賞之地，寺僧欲建華嚴閣，請予作《勸緣疏》，其末一聯云：「大善知識五十三，永壯人天之仰；寒食清明一百六，鼎來道俗之觀。」或問一百六所出，應之曰：「元微之《連昌宮詞》：『初過寒食一百六，店舍無煙宮樹緑。』是以用之。」

黄庭换鵝

李太白詩云：「山陰道士如相見，應寫《黄庭》换白鵝」，蓋用王逸少事也。前賢或議之曰：「逸少寫《道德經》，道士舉鵝羣以贈之。」元非《黄庭》，以爲太白之誤。予謂太白眼高四海，衝口成章，必不規規然。旋檢閲晉史，看逸少傳，然後落筆，正使誤以《道德》爲《黄庭》，于理正自無害，議之過矣。東坡雪堂既毁，紹興初，黄州一道士自捐錢粟再營建，士人何頡斯舉作上梁文，其一聯云：「前身化鶴，曾陪赤壁之游；故事换鵝，無復《黄庭》之字。」乃用太白詩爲出處，可謂奇語。按張彦遠《法書要録》，載褚遂良右軍書目，正書有《黄庭經》云。注：六十行。與山陰道士真跡故在。又武平一《徐氏法書記》云：「武后曝太宗時法書六十餘函，有《黄庭》。」又徐季海《古跡記》：「玄宗時，大王正書三卷，以《黄庭》爲第一。」皆不云有《道德經》，則知乃晉傳誤也。

用柰花事

賨叔向所用柰花事出晉史，云成帝時，三吴女子相與簪白花，望之如素柰，傳言天公織女死，爲之著服。已而杜皇后崩，其言遂驗。紹興五年，寧德皇后訃音從北庭來，知徽州唐煇使休寧尉陳之茂撰疏文，有語云：「十年罹難，終弗返于蒼梧；萬國銜寃，徒盡簪于白柰。」是時正從徽廟蒙塵，其對偶精確如此。

黄文江賦

晚唐士人作律賦，多以古事爲題，寓悲傷之旨，如吴融、徐寅諸人是也。黄滔字文江，亦以此擅名，有《明皇回駕經馬嵬坡》，隔句云：「日慘風悲，到玉顔之死處；花愁露泣，認朱臉之啼痕。」「褒雲萬疊，斷腸新出于啼猿；秦樹千層，比翼不如于飛鳥。」「羽衛參差，擁翠華而不發；天顔愴恨，覺紅袖以難留。」「神仙表態，忽零落以無歸；雨露成波，已沾濡而不及。」「六馬歸秦，却經過于此地；九泉隔越，幾悽惻于平生。」《景陽井》云：「理昧納隍，處窮泉而詎得；誠乖馭朽，攀素綆以何顔。」「青銅有恨，也從零落于秋風；碧浪無情，寧解流傳于夜壑。」「荒凉四面，花朝而不見朱顔；滴瀝千尋，雨夜而空啼碧溜。」「莫可追尋，《玉樹》之歌聲邈矣；最堪惆悵，金瓶之咽處依然。」《館娃宫》云：「花顔縹緲，欺樹裏之春風；銀焰熒煌，却城頭之曉色。」「恨留山鳥，啼百卉之春紅；愁寄壟雲，鎖四天之暮碧。」「遺堵塵空，幾踐羣游之鹿；滄洲月在，寧銷怒觸之濤？」《陳皇后因賦復寵》云：「已爲無雨之期，空懸夢寐；終自凌雲之製，能致煙霄。」《秋色》云：「空三楚之暮天，樓中歷歷；滿六朝之故地，草際悠悠。」《白日上昇》云：「較美古今，列子之乘風固劣；論功晝夜，姮娥之奔月非優。」凡此數十聯，皆研確有情致，若夫格律之卑，則自當時之體如此耳。

諸公論唐肅宗

唐肅宗于干戈之際，奪父位而代之，然尚有可諉者，曰：「欲收復兩京，非居尊位，不足以制命諸將耳。」至于上皇還居興慶，惡其與外人交通，劫徙西内，不復定省，竟以快快而終，其不孝之罪，上通于天。是時元次山作《中興頌》，所書天子幸蜀，太子即位於靈武，直指其事，殆與《洪範》云「武王勝殷殺受」之辭同。其詞曰：「事有至難，宗廟再安，二聖重歡。」既言重歡，則知其不歡多矣。杜子美《杜鵑》詩：「我看禽鳥情，猶解事杜鵑。」傷之至矣。顔魯公《請立放生池表》云：「一日三朝，大明天子之孝；問安視膳，不改家人之禮。」東坡以爲彼知肅宗有愧于是也。黄魯直《題摩崖碑》，尤爲深切：「撫軍監國太子事，何乃趣取大物爲？事有至難天幸耳，上皇局脊還京師。」「南内凄凉幾苟活，高將軍去事尤危。臣結《春秋》二三策，臣甫《杜鵑》再拜詩。安知忠臣痛至骨，世上但賞瓊琚詞。」所以揭表肅宗之罪，（至）〔極〕矣！

五方老人祝聖壽

聖節所用祝頌樂語，外方州縣各當筵致語一篇，又有王母像者。若教坊，惟祝聖而已。歐陽公集乃載《五方老人祝壽文》五首，其東方曰：「但某太山老叟、東海真仙，溜穿石而曾究始終，松避雨而備知歲月。羲氏定三百六日，嘗守寅賓之官；夷吾紀七十二君，盡睹登封之事。遇安期而遺棗，笑方朔之偷桃。風入律而來自巖前，斗指春而光臨洞口。昔漢武帝嘗懷三島之勝游，有羨門生欲謁巨公于昭代。今則紫庭降聖，華渚開祥，遠離朝日之方，來展望雲之懇。千八百國，咸歸至治之風；億萬斯年，共禱無疆之壽。」其頌只四句，西中南北方皆然。集中不云何處所作，今無復用之。

梁狀元八十二歲

陳正敏《遯齋閒覽》：「梁灝八十二歲，雍熙二年狀元及第。其謝啓云：『白首窮經，少伏生之八歲；青雲得路，多太公之二年。』後終秘書監，卒年九十餘。」此語既著，士大夫亦以爲口實。

予以國史考之，梁公字太素，雍熙二年廷試甲科，景德元年以翰林學士知開封府，暴疾卒，年四十二。子固亦進士甲科，至直史館，卒年三十三。史臣謂：「梁方當委遇，中途夭謝。」又云：「梁之秀穎，中道而摧。」明白如此，遯齋之妄不待攻也。

貞元朝士

劉禹錫《聽舊宫人穆氏唱歌》一詩云：「曾陪織女渡天河，記得雲間第一歌。休唱貞元供奉曲，當時朝士已無多。」劉在貞元任郎官、御史，後二紀方再入朝，故有是語。汪藻（方）〔始〕采用之，其《宣州謝上表》云：「新建武之官儀，不圖重見；數貞元之朝士，今已無多。」汪在宣和間爲館職符寶郎，是時紹興十三四年中，其用事可謂精切。邁嘗四用之，《謝侍講修史表》云：「下建武之詔書，正爾恢張於治具；數貞元之朝士，獨憐留落之孤蹤。」以德壽慶典，曾任兩省官者遷秩，蒙轉通奉大夫，謝表云：「供奉當時，敢齒貞元之朝士；頌歌大業，願賡至德之中興。」充永思陵橋道頓遞使，轉宣奉大夫，謝表云：「武德文階，愧三品維新之澤；貞元朝士，動一時既往之悲。」主上即位，明堂禮成，謝加恩云：「考皇祐明堂之故，操以舉行；念貞元朝士之存，今其餘幾。」亦各隨事引用。近者單夔以知紹興府進文華閣直學士，謝表云：「數甘泉法從之舊，真貞元朝士之餘。」夔當淳熙中雖爲侍郎，然一朝名臣尚多，又距今才十餘歲，似爲未穩貼也。

表章用兩臣字對

表章自叙以兩臣字對説，由東坡至汪浮溪多用之。然須要審度君臣之間情義厚薄，及姓名眷顧于君前如何，乃爲合宜。坡《湖州謝表》云：「知臣愚不（識）〔適〕時，難以追陪新進；察臣老不生事，或能牧養小民。」《登州表》云：「於其黨以觀過，謂臣或出于愛君；就所短以求長，知臣稍習于治郡。」《侍讀謝表》云：「謂臣雖無大過人之才，知臣粗有不欺君之實，欲使朝夕，與于討論。」《潁州表》云：「意其忠義許國，故暫召還；察其老病畏人，復許補外。」汪《謝徽州》云：「謂臣不改歲寒，故起之散地；察臣素推月旦，故付以本州。」《爲陸藻謝給事中》云：「知臣椎鈍無地，故長奉賢王之學；憫臣踐揚滋久，故亟陞法從之班。」《爲汪樞密謝子自虜中歸不令入城降詔獎諭表》云：「知臣齒髮已凋，常恐鄧攸之無後；憐臣肺肝可見，有如去病之辭家。」凡此所言，皆可自表于君前者。劉夢得《代竇羣容州表》有「察臣前任事實，恕臣本性朴愚」之句，坡公蓋本諸此。近年後生假倩作文，不識事體，至有碌碌常流乍得一壘，亦輒云知臣察臣之類，真可笑也。

劉夢得謝上表

郡守謝上表，首必云「伏奉告命，授臣某州，已於某月某日到任上訖」，然後入詞。獨劉夢得數表不然，《和州》者曰：「伏奉去年六月二十五日制書，授臣使持節和州諸軍事守和州刺史。臣自理巴、賨，不聞善最，恩私忽降，慶抃失容。臣某中謝。伏惟皇帝陛下丕承寶祚，光闡鴻猷，有漢武天人之姿，稟周成睿哲之德。發言合古，舉意通神，委用得人，動植咸悦。理平之速，從古無倫，微臣何幸，獲睹昌運。臣業在辭學，早歲策名，德宗尚文，擢爲御史。出入中外，歷事五朝，累承恩光，三换符竹。分憂之寄，禄秩非輕，而素蓄所長，效用無日。臣聞一物失所，前王軫懷，今逢聖朝，豈患無位。臣即以今月二十六日到所任上訖。伏以地在江淮，俗參吴楚，災旱之後，綏撫誠難。謹當奉宣皇風，慰彼黎庶，久於其道，冀使知方。伏乞聖慈俯賜昭鑑。」首尾叙（實）〔述〕，皆與他人表不同。其《夔州》、《汝州》、《同州》、《蘇州》，諸篇一體。邁長子（擇）〔梓〕常稱誦之，及爲太平州，遂擬其體，代作一表，其詞云：「臣邁言：伏奉今年九月十七日制書，授臣知太平州者。一麾出守，方切兢危；三命滋共，弗容控避。仰皇天之大造，扣丹地以何言。中謝。恭惟皇帝陛下睿知有臨，神武不殺，慕舜之教，見堯於牆，德冠古今而獨尊，仁竝清寧而徧覆。明見萬里，將大混于車書；子來庶民，更精求于岳牧。臣家本儒素，時無令名，濫竽宏博之科，税駕清華之地。瀛山抱槧，郎省握蘭，在紹興之季年，污記注于右史。龍飛應運，鳳歷紀祥，不遺細微，兼取愚鈍，遂以詞賦之職，獲侍清閒之歡。雖宿命應仙，許暫來于天上；而塵心未斷，旋即墮於人間。一去十八年之中，三叨二千石之寄。末繇金華郡，還紬石室書，從珍臺閒館之游，覩廣厦細旃之講。真拜學士，號名私人，受九重知己之殊，極三入承明之幸。使與大議，不專斯文。而臣弱羽不足以當雄風，蹇步不足以勝重任。上恩惜其終棄，左符寵其餘生。李廣數奇，徒羡侯于校尉；汲黯妄發，敢歎薄于淮陽。臣即以今月二十八日到任上訖。伏以郡在江東，昔稱道院；地鄰淮右，今謂壯藩。謹當宣布恩威，奉行寬大，求民之瘼，問俗所宜。緩帶輕裘，雖弗賢長城于李勣；清心省事，敢不避正堂于蓋公。庶幾固結本根，少復報酬知遇。」全規模其步驟，然視昔所作，猶覺語煩。

擒鬼章祝文

東坡在翰林，作《擒鬼章奏告永裕陵祝文》云：「大獮獲禽，必有指蹤之自；豐年多廩，孰知耘耔之勞？昔漢武命將出師，而呼韓來庭，效于甘露；憲宗厲精講武，而河湟恢復，見于大中。」其意蓋以神宗有平唃氏之志，至于元祐乃克有成，故告陵歸功，謂武帝、憲宗亦經營于初，而績效在于二宣之世，其用事精切如此。今蘇氏眉山功德寺所刻大小二本，及季真給事在臨安所刻，并江州本、麻沙書坊《大全集》，皆只自「耘耔」句下，便接「憬彼西戎，古稱右臂」。正是好處，却（删）〔芟〕去之，豈不可惜？惟成都石本法帖真跡，獨得其全。坡集奏議中登州上殿三劄，皆非是。司馬季思知泉州，刻温公集，有作中丞日《彈王安石章》，尤可笑。温公以治平四年解中丞，還翰林，而此章乃熙寧三年者。二集皆出本家子孫，而爲妄人所誤，季真、季思不能察耳。坡内制有《温公安葬祭文》云：「元豐之末，天步爲艱。社稷之衛，中外所屬。惟是一老，屏予一人。名高當世，行滿天下。措國於（泰）〔太〕山之安，下令于流水之源。歲月未周，綱紀略定。天若相之，又復奪之。殄瘁之哀，古今所共。知之者神考，用之者聖母。馴致其道，太平可期。長爲宗臣，以表後世。往奠其葬，庶知予懷。」而石本頗不同，其詞云：「元豐之末，天步惟艱。社稷之衛，存者有幾？惟是一老，屏予一人。措國于太山之安，下令于流水之原。歲未及期，綱紀略定。道之將行，非天而誰？天既予之，又復奪之。惟聖與賢，莫如天何！然其所立，天亦不能亡也。知之者神考，用之者聖母。馴致其道，終于太平。永爲宗臣，與國無極。於其葬也，告諸其柩。」今莫能考其所以異也。

長慶表章

唐自大曆以河北三鎮爲悍藩所據，至元和中田弘正以魏歸國，長慶初王承元、劉總去鎮、幽，於是河北略定。而穆宗以昏君，崔植、杜元穎、王播以庸相，不能建久長之策，輕徙田弘正，以啓王庭湊之亂；繆用張弘靖，以啓朱克融之亂。朝廷以諸道十五萬衆，裴度元臣宿望，烏重胤、李光顔當時名將，屯守逾年，竟無成功，財竭力盡，遂以節鉞授二賊，再失河朔，訖于唐亡。觀一時事勢，何止可爲痛哭！而宰相《請上尊號表》云：「陛下自即大位，及此二年，無（革）〔巾〕車汗馬之勞，而坐平鎮、冀；無亡弓遺鏃之費，而立定幽、燕。以謂威靈四及，請爲神武。」君臣上下其亦云無羞恥矣！此表乃白居易所作。又翰林學士元稹求爲宰相，恐裴度復有功大用，妨己進取，多從中沮壞之。度上表極陳其狀，帝不得已，解稹翰林，恩遇如故。稹怨度，欲解其兵柄，勸上罷兵。未幾，拜相，居易代作謝表，其略云：「臣遭遇聖明，不因人進，擢居禁内，訪以密謀。恩獎太深，讒謗竝至。雖内省行事，無所愧心，然上黷宸聰，合當死責。」其文過飾非如此！居易二表，誠爲有玷盛德。

雲莊四六餘話

〔宋〕楊囦道　撰

《雲莊四六餘話》一卷

宋　楊囦道　撰

此書作者，今存宋刻本作「楊囦道深仲」（藏國家圖書館），是。《直齋書録解題》卷二十二云：「《四六餘話》一卷，楊淵撰，未詳何人。」按，「囦」即古「淵」字，是陳振孫氏脱一「道」字；《説郛》本等却作「宋相國道」，「相國」當係「楊囦」之形誤。楊囦道，南宋人，生平里居不詳。

宋代四六文有新的發展，南渡以後尤盛，而文人筆記中談論四六者亦大爲增多。楊囦道廣搜博採，輯録多種宋人筆記而成本書，共有一百餘則，實爲資料彙編之作。其中採自《容齋隨筆》者最多，約占五分之一。本書的基本觀點，强調事精對切，以剪裁爲工，簡要地論述了宋四六自宋初經歐（陽修）蘇（軾）至南宋的發展過程，以爲宋四六可分爲兩派，王安石以謹守法度著稱，蘇軾則以雄深浩博聞名，其後作者，汪藻、周必大等類荆公，而孫覿、楊萬里等近東坡。又指出：四六自各有體，「制誥牋表貴乎謹嚴，啓疏雜著不妨宏肆」。並重點分析評論了宋代詞科考試「露布」、「表」兩種門類中的四六佳句，「固習駢體者之所必資」（《四庫全書總目提要》附録《四庫未收書目提要》）。

《雲莊四六餘話》常見本有《宛委别藏》本、《讀畫齋叢書》本，商務印書館《叢書集成初編》本係據《讀畫齋叢書》本排印。《讀畫齋叢書》本經鮑廷博審訂，校讎較精。但諸本皆有錯頁。國家圖書館所藏此書宋刻本，楮墨精良，實爲諸本之所從出。今即據爲底本，以諸本參校。涵芬樓藏版（據明鈔本）《説郛》卷二十一存「《雲莊四六餘話》二卷」，雖僅有八則，但其中五則爲宋刻本、《讀畫齋叢書》本等所缺，今補遺附於書尾。

（俞紀東）

雲莊四六餘話

宋　楊囦道　撰

范石湖帥蜀，上巳日大燕，樂語僚佐撰呈，皆不愜意。有石其姓者一聯云：「三月三日，豈無長安之麗人；一詠一觴，載講山陰之禊事。」語出天成，公心肯之。或謂趙衛公雄爲帥時，命僚屬撰樂語，有此一聯，其人姓楊。

國初，二浙州郡士子應舉者絶少，括蒼大比，今幾萬人，當時終場僅六人，以三人預計偕，有謝啓曰：「類矍圃之觀人，去者半、留者半；如孔門之取友，益者三、損者三。」語雖類俳，而用事精切，六人之中亦不可謂無人也。

國朝詞科以露布命題凡四。李正民《唐西海道行軍大總管破吐谷渾露布》曰：「夏禹徂征，以討有苗之弗率；周王薄伐，乃聞玁狁之于襄。烏棲鼠竄，方假息以偷生；羊很狼貪，終投誠而請命。」〇薛嘉言曰：「樓蘭盜取節印，終嬰北闕之誅；匈奴困辱使人，旋正藁街之戮。遠犂突厥之庭，戎荒屏跡；共上可汗之號，異域歸心。龍駒千里，越流沙青海而來；鳳曆萬年，頒正朔白蘭之外。」〇秦檜《唐擒頡利露布》曰：「商邦嘉靖，乃伐鬼方於三年；周室中興，亦飭戎車於六月。整王旅之雲屯，依天聲而電擊。氣調時豫，豈容微祲之弗除？地闢天開，奚有纖埃之未掃？」〇呂成公《晉征虜將軍征討大都督破苻堅露布》曰：「衆勝天而定勝人，終歸助順；直爲壯而曲爲老，烏可恃强！牧野若林之旅，罔敵有周；昆陽彗雲之鋒，亦殲於漢。顛躓窮途，過項籍烏江之窘；零丁匹馬，猶本初官渡之歸。」〇王壁《唐天下兵馬元帥克復京城露布》曰：「襁負歡呼，喜漢儀之復見；壺漿迎勞，知商德之來蘇。」〇石延慶曰：「士氣益振，争鼓勇以猋馳；天聲亟張，咸望風而釁駭。赤眉已破，遠踰漢光再造之勳；淮夷來鋪，願紀周后中興之雅。」

莫沖詞科《代守臣進賀靈鳳瑞麥芝草圖表》云：「載飛載集，珍禽標五采之奇；實方實苞，嘉種合兩岐之穎。兼致煌煌之秀，於昭赫赫之符。品物亨而性類修，已悉陶於風化；五穀熟而草木茂，爰並見於坤珍。」〇葉謙亨曰：「備五采而盈萬數，同孝宣紀歲之休；導六穗而歌九莖，小司馬奏篇之旨。」〇王端朝《代守臣賀慶雲瑞粟野蠶成繭表》曰：「甄陶洪化，適當千歲之期；蟠際至和，參著兩儀之瑞。治尊涿野，彩絢芳葩，慶溢閩山，秀充嘉穗。至若緑蠶之異，灼於黄運之隆。顧百世相望，已謂罕逢而創見；則一時並集，未聞紛至而遝來。天不愛道，咸睹昭回；壤有呈祥，增光種績。」〇莫濟曰：「聖賢相逢，默運精神之妙；天地並況，允臻形氣之和。非霧非煙，爛光華而在上；爲衣爲食，均動植以效珍。浮空抱日而昭示天休，垂穎吐絲而成非人力。」〇秦檜《代宰臣賀日有五色雲表》曰：「君德無私，明有同於日照；臣忠匪懈，勢有類於雲從。帝表常瞻，固已傾心於就望；官名久正，毋庸紀號於青黄。」〇滕康《代宰臣賀野蠶成繭表》曰：「被阜以生，驗漢庭之熙洽；食槲而化，彰唐室之隆平。終或類於八綿，初不資於三灑。五泰示占，豈俟絲人之獻；三靈錫福，無慚織室之供。」〇盧益曰：「成匪婦功，不假柔桑之育；化由天造，奚煩煥室之居。」〇李熙靖曰：「垂衣而治，播品彙以咸和；曳緒之餘，布郊原而薦祉。」〇謝檝《代宰臣賀老人星見表》曰：「超貫珠連璧之輝，軌出丙入丁之度。若乃台階爲太平之符，景星出有道之世。熒惑退而增算，東井聚而創圖。方之有開必先，未可同日而語。」此多借用其它星事，視華陽賀表，益見作者不同。

唐李百藥七歲能屬文。父德林嘗與其友陸乂、馬元熙宴集，讀徐陵文曰：「既取成周之禾，將刈琅琊之稻。」並不知其事。百藥時侍立，進曰：「《傳》稱『鄅人藉稻』，杜預注曰：『鄅國在琅琊開陽。』」乂等大驚異之。

（原闕二十二行每行十九字）

崇寧元年入黨籍，至四年立姦黨碑時，出籍久矣。一子得致仕恩，僅監竹木務而卒。子發爲請于朝，復得一子官，其奏牘云「名在黨籍」是也。景思紀當時所見，偶爾差舛。恐誤作史者采取，故爲是正。

前人記「崔度崔公度，王韶王子韶」，以爲的對。紹興中，馮侍郎檝、羅侍御汝檝在朝，或戲爲語云：「侍郎侍御檝汝檝。」無能對者。時范檢正同、陳檢詳正同俱爲二府掾屬，徐敦濟續云：「檢正檢詳同正同。」時以爲天生此對。

晚唐五代間，士人作賦用事，亦有甚工者。如江文蔚《天𦖋賦》云：「一竅初啓，如鑿開混沌之時；兩瓦歘飛，類化作鴛鴦之後。」又《土牛賦》云：「飲渚俄臨，訝盟津之(捧)〔犇〕塞；度關儻許，疑函谷之丸封。」《夢溪筆談》

元祐四年，上再享明堂，三省以章獻故事，將俟禮畢，百官班賀於會慶殿。太皇太后宣諭：「何敢當先后之禮？祀事既成，皇帝賀於禁中，百官皆賀内東門足矣。」轍時在翰林，至都堂宣旨撰詔，有云：「吾自臨決萬機，日懷祗畏，豈以菲(涼)〔薄〕之德，自比章獻之明。矧復皇帝致賀於禁中，羣臣奉表於(閨)〔闈〕左，禮文既具，夫又何求？前朝舊儀，吾不敢受，將來明堂禮畢，更不受賀。百官並内東門拜表。」《龍川略志》

陳恭公執中素不樂歐陽公，其知陳州時，公自潁移南京，過陳，拒而不見。後歐公還朝爲學士，陳爲首相，公遂不造其門。已而陳出知亳州，公當草制，自謂必不得美辭。至云：「杜門却掃，善避權勢以遠嫌；處事執心，不爲毁譽而更變。」陳大驚，喜曰：「使與我相知深者，不能道此。」手録一本，寄其門下客李師中曰：「吾恨不早識此人！」

鄭戩知開封府，又知杭州。及知長安，謝表曰：「聽嚴城之更鼓，未卜何辰；植勁柏於雪霜，更觀晚節。」上曰：「戩器識英豪，朕欲用爲宰相，故詳試於外也。」

曾魯公長於四六，雖造次簡牘，亦屬對親切。曾公布爲三司使，被黜，公有簡別之曰：「塞翁失馬，今未足悲；楚相斷蛇，後必爲福。」

紹聖中，陸農師、曾子開俱以曾預修《神宗實録》被謫，中書舍人林希草詞云：「謂爾同爲謗訕，則于今具藁不存；謂爾有所建明，則未嘗争論而去。」人以爲得實。

諫臣被黜，到任謝表，往往詆訐。傅獻簡《知和州表》云：「以臣性本天成，惟朴忠之是徇；謂臣官有言責，盍去就之當然。」人以爲得體。

李復圭自慶州以軍變事左遷，知曹州，謝表曰：「誤蒙恩制，更守陋邦。」神宗赫怒云：「曹股肱郡，乃爲陋邦，不遜如此！」乃知廣濟軍。劉貢甫自修起居注守曹南，謝表云：「薄淮陽者願留禁闥，厭承明者樂在會稽。臣不敢然，仕本爲禄。」亦不足之語，但婉而成章耳。

陳瑩中初任潁州教官，韓持國爲守，開宴用樂語，左右以舊例必教授爲之，公因以命陳。陳曰：「朝廷師儒之官，不當撰俳優之文。」公不以爲忤，因以薦諸朝。

王韶由熙河帥入爲樞筦，與時相不協而去，出知洪州，忿躁不已，謝表云：「爲貧而仕，富貴非學者之本心；與時偕行，功業蓋丈夫之餘事。」又云：「聖問有時或差，臣愚未嘗曲徇。」乃出知鄂州。建中初，張文潛謝表用「我來自東」，彭汝霖論末表用我字，大無禮，引王韶故事，乞竄謫。魯公云：「王韶『聖問有時或差』，乃不遜。『我來』用經語，恐不可罪。」乃止。

何頡之斯舉，黄岡人。道士沖妙大師李思立重建東坡雪堂，斯舉作上梁文。其略云：「歲在辛酉，蔚爲鸞鳳之棲；堂毁崇寧，奄作鼪鼯之野。」又云：沖妙大師「前身化鶴，嘗從赤壁之游；故事博鵝，無復《黄庭》之字。」數語皆警策。

蘇明允之喪，蒲宗孟爲會葬致語云：「漁釣渭上，韞六韜而自珍；龍蟠漢南，非三顧而不起。道將墜喪，天不假年，書既就於百篇，爵不過於九命。」世以爲知言。

東坡啓云：「天雨何私，笑流行之木偶；滄溟不改，歎自蕩之波臣。」或謂「天雨」「流行」，皆有來處，而「滄溟」「自蕩」，《莊子》本文無之。蓋謝朓《辭隋王箋》云：「不痗滄溟未運，波臣自蕩；渤澥方春，旅翮先謝。」

丁晉公在海外，作《陳情表》叙策立之勞，有云：「臣有彌天之罪，亦有彌天之功。」上於是徙公雷州、道州，復秘書監，光州居住。其《謝執政啓》云：「三十年門館從游，不無事契；一萬里風波往復，盡出生成。」《皇宋詩選》

林敏功子仁，蘄春人，杜門不出者二十年。後以郡守舉其隱德，賜號高隱處士，視朝散大夫，敏功稱疾不受告。有旨，守令率鄉黨親戚耆老親臨勸諭，敏功不得辭，謝表略曰：「自是難陪英雋之游，奚敢妄意高尚之事？卧牛衣而待旦，寒若之何；搔鶴髮以興懷，老其將至。」又云：「守令親臨，賓友咸集。諭臣以雨露之澤，但可均霑；戒臣以雷霆之威，不可輕忤。」

范純仁堯夫上遺表，其略云：「蓋嘗先天下而憂，期不負聖人之學，此先臣所以教子，而微臣資以事君。」又云：「萬里波濤，僅免江魚之葬；五年瘴癘，幾從山鬼之游。目已不明，無復仰瞻於舜日；身猶可勉，或能親奉於堯言。」又云：「惟宣仁之誣謗未明，致保佑之憂勤不顯。臣所惜者，陛下上聖之資；臣所愛者，宗社無疆之業。」表既奏，蔡京用事，下有司，欲罪其子。李端叔云代作，遂廢錮終身。

張文潛不惟工於詩篇，尤精於四六，警句云：「雖相聞雞犬，實一葦可航之川；而坐畏簡書，有其人甚遠之嘆。」「宗祀于明堂，既盡寧親之孝；大賚于四海，徧覃及物之仁。」「進而行乎本朝，爲君子使；居則蕭然一室，現居士身。」「訓五刑之屬三千，初非獲已；奪伯氏之邑三百，誰曰不然。」

蔡京爲學士承旨，曾子開爲學士，曾子宣、韓師朴並爲執政。一日，中使召京鎖院草麻，拜韓公爲左僕射。京欲探上意，徐奏請曰：「麻詞未審合作專任一相，或分作兩相之意。」上曰：「專任一相。」翌日，京出言曰：「子宣不復相矣。」已而復召子開草曾公右僕射制，故其破題云「東西分臺，左右建輔」，蓋有爲而發。

陳瑩中著《尊堯集》，累遭貶逐。蔡京再相，瑩中之子正彙告京言語不順，父子追逮對獄，正彙以心疾竄海島。公移置通州，遇赦自便，謝表略曰：「狐突教子，素存不貳之風；曾參殺人，寧免三至之惑。事既匿而難曉，時浸久而益疑。制所深嚴，就逮於重江之外；獄辭平允，閱實於片言之中。尋沐寬恩，移置近地。海島萬里，不如無子之無憂；淮渚一身，彌覺有生之有患。擢髪不足以數臣之罪，瀝血不足以寫臣之心。」

陳無己啓云：「中山之相，仁於放麑；亂世之雄，疑於食子。」然屬麑於秦西巴者，孟孫也，非中山相也。陳子昂《感遇詩》云：「樂羊爲魏將，食子徇軍功。」又曰：「吾聞中山相，乃屬放麑翁。」子昂徒見樂羊、中山事，遂誤作孟孫用。山谷《懷荆公》詩云：「啜羹不如放麑，樂羊終愧巴西。」又誤以西巴爲巴西，後山亦遂□□□(□)〔之〕。

唐宣宗舅鄭光鎮河中，封其妾爲夫人，不受，表辭曰：「白屋同愁，已失鳳栖之侶；朱門自樂，難容烏合之人。」上笑曰：「誰教阿舅作？」左右對掌書記田絢，上欲以翰林處之，論者以不由進士科，又無引援，乃止。《侯鯖録》

章惇元祐初簾前争事無禮，責出知汝州。錢穆父行詞云：「怏怏非少主之臣，悻悻無大臣之節。」子厚後見穆父，責其語太甚，穆父笑曰：「官人怒，雜職安敢輕行杖？」

景祐元年，張唐卿牓賜恩澤出身、章服等，制云：「青衿就學，白首空歸，屢陳鄉老之書，不預賢能之選。靡務激昂而自勵，止期華皓以見收。」仁宗怒曰：「後世得不詒其子孫之羞乎！」御筆抹去。宋鄭公庠别進云：「久淪嵓穴，夙藴經綸，鶯遷未出於喬林，鶚薦屢光於鄉校。縱轡誠虧於遠到，摶風勉屈於卑飛。」上頗悦。《玉壺清話》

舊學士院壁間有題云：「李陽生，指李樹爲姓，生而知之。」久無對者。楊大年爲學士，乃對云：「馬援死，以馬革裹屍，死而後已。」江鄰幾云：「上句楊大年酒令，下句董宗旦對。」《侯鯖録》

蔡天啓召試中書舍人，故事，宰相未上馬前，限三步成。天啓揮毫立就，文不加點，擬《授節度使制》曰：「嗚戲！千里繆之毫釐，朕不從中御也；萬世垂之竹帛，卿其以身任之。」張天覺讀之，擊節稱美。《唐宋詩》

張天覺既相，謝表有云：「十年去國，門前之雀可羅；一日歸朝，屋上之烏亦好。」徽宗親題所御扇。然丁晉公詩云：「屋可占烏曾貴仕，門堪羅雀稱衰翁。」王元之《黄州謝表》云：「宣室鬼神之問，敢望生還；茂陵封禪之書，已期身後。」亦出於杜詩「竟無宣室召，徒有茂陵求」，前輩不以爲嫌也。《能改齋漫録》

譚彦成《追贈陳瑩中制》云：「汲黯何爲，坐息淮南之變；鄭公若在，必輟遼東之行。」〇《葛魯卿制》云：「夷考平日，素絲之節無聞；坐廢累年，白首之言猶在。」

劉禹錫《聽舊宫人穆氏唱歌》一詩云：「曾陪織女度天河，記得雲間第一歌。休唱貞元供奉曲，當時朝士已無多。」劉在貞元任郎官、御史，後二紀方再入朝，故有是語。汪浮溪始采用之，其《宣州謝上表》云：「新建武之官儀，不圖重見；數貞元之朝士，今已無多。」汪在宣和間爲館職符寶郎，是時紹興十三四年中，其用事可謂精切。邁嘗四用之，《謝侍講修史表》云：「下建武之詔書，正爾恢張於治具；數貞元之朝士，獨憐流落之孤蹤。」以德壽慶典，曾任兩省官者遷秩，蒙轉通奉大夫，謝表云：「供奉當時，敢齒貞元之朝士；頌歌大業，願賡至德之中興。」充永思陵橋道頓遞使，轉宣奉大夫，謝表云：「武德文階，愧三品維新之澤；貞元朝士，動一時既往之悲。」主上即位，明堂禮成，謝加恩表云：「考皇祐明堂之故，操以舉行；念貞元朝士之存，今其餘幾。」亦各隨事引用。○近者，單虞卿以知紹興府進華文閣直學士，謝表曰：「數甘泉法從之舊，真貞元朝士之餘。」單當淳熙中，雖爲侍郎，然一朝名臣尚多，又距今纔十餘歲耳。《容齋四筆》

表章自叙以兩臣字對説，由東坡至浮溪多用之。然須審度君臣之間情義厚薄，及姓名眷顧於君前如何，乃爲合宜。東坡《湖州謝表》云：「知臣愚不適時，難以追陪新進；察臣老不生事，或能牧養小民。」《登州表》云：「於其黨而觀過，謂臣或出於愛君；就所短以求長，知臣稍習於治郡。」《侍讀謝表》云：「謂臣雖無大過人之才，知臣粗有不欺君之實，欲使朝夕，與於討論。」《潁州表》云：「意其忠義許國，故暫召還；察其老病畏人，復許補外。」○汪《謝徽州》云：「謂臣不改歲寒，故起之散地；察臣素推月旦，故付之本州。」《爲陸藻謝給事中》云：「知臣椎鈍無它，故長奉賢王之學；憫臣踐揚滋久，故亟陞法從之班。」《爲汪樞密謝子自虜中歸不令入城降詔奬諭（謝）表》曰：「知臣齒髮已凋，常恐鄧攸之無後；憐臣肺腑可見，有如去病之辭家。」凡此所言，皆可自表於君前者。○劉夢得《代竇羣容州表》，有「察臣前任事實，恕臣本性朴愚」之句，坡公蓋本諸此。近年後生假倩作文，不識事體，至有碌碌常流乍得一壘，亦輒云知臣察臣，真可笑也。

郡守謝上表，首必云「伏奉告命，授臣某州，已於某月某日到任上訖」，然後入詞。獨劉夢得數表不然，《知和州》者曰：「伏奉去年六月二十五日制書，授臣使持節和州諸軍事守和州刺史。臣自理巴、賓，不聞善最，恩私忽降，慶抃失容。臣某中謝。伏惟皇

（此處原闕二十二行每行十九字）

〔士人爲文，或採已用語言，當深究其旨意，苟失之不考，則必詒論議。紹興七年，趙忠簡公重修《哲録》，〕書成，轉特進，制詞云：「惟宣仁之誣謗未明，致哲廟之憂勤不顯。」此蓋用范忠宣遺表中語，兩句但易兩字，而甚不然。范之辭云：「致保佑之憂勤不顯」，專指母后以言，正得其實，今以保佑爲哲廟，則了非本意矣。○紹興十九年，予爲福州教授，爲府作《謝曆日表》，頌德一聯云：「神祇祖考，既安樂於太平；歲月日時，又明章於庶證。」至乾道中，有外郡亦上表謝曆，蒙其采取用之，讀者以爲用事精切。予笑謂之曰：「此大有利害！今光堯在德壽，所謂考者何哉？」（□□□□□）〔坐客皆縮頸〕，信乎不可不審也。

(□□□□□□)〔徽宗以紹興乙〕卯歲升遐，時忠宣公奉使未反命，〔滯留冷山，遣〕使臣沈珍往燕山，建道場於開泰寺，作功德疏曰：「千歲厭世，莫遂乘雲之仙；四海遏音，同深喪考之戚。況故宫爲禾黍，改館徒饋於秦牢；新廟游衣冠，招魂漫歌於楚些。雖置河東之賦，莫止江南之哀，遺民失望而痛心，孤臣久縶惟歐血。伏願盛德之祀，傳百世以彌昌；在天之靈，繼三后而不朽。」北人讀之亦墮淚，争相傳誦。

唐世節度、觀察諸使，辟置僚佐以至州郡差掾屬，牒語皆用四六，大略如告詞。李商隱《樊南甲乙集》、顧雲《編槀》、羅隱《湘南雜藁》，皆有之。故韓文公《送石洪河陽幕府序》云：「撰書辭，具馬幣。」李肇《國史補》載崖州差故相韋執誼攝軍事衙推，亦有其文，非若今時只以吏牘行遣也。錢武肅在鎮，牒鍾廷翰攝安吉主簿云：「前件官儒素修身，早昇官緒，寓居霅水，累歷星霜，克循廉謹之規，備顯温恭之道。今者願求録用，特議掄材，安吉屬城，印曹闕吏，俾期差攝，勉效公方，儻聞佐理之能，豈悋超昇之奬？」此牒今藏於王順伯家，其字畫端嚴有法，其文則掌書記所撰，殊爲不工。謂主簿爲印曹，亦佳。

唐張鷟《龍筋鳳髓判》，無一篇可讀。如白樂天《甲乙判》詞，讀之愈多，使人不厭。聊載數聯於此：「甲去妻，後妻犯罪，請用子蔭贖罪，甲不許。判云：不安爾室，盡孝猶慰母心；薄送我畿，贖罪寧辭子蔭？縱下山之有怒，曷陟屺之無情？」○「辛夫遇盗而死，求殺盗者而爲之妻。

或責其失節，不伏。判云：夫讎不報，未足爲非；婦道有虧，誠宜自耻。《詩》著靡它之誓，百代可知；《禮》垂不嫁之文，一言以蔽。」○「景居喪，年老毁瘠，或非其過禮，曰哀情所鍾。判云：况血氣之既衰，老夫耄矣；縱哀情之罔極，吾子忍之。」○「甲夜行，所由執之，辭云有公事，欲早趨朝。所由以犯禁，不聽。判云：非巫馬爲政，焉用出以戴星？同宣子俟朝，胡不退而假寐？」○「乙達貴，〔有〕故人至，坐之堂下，進以僕妾之食，曰故辱而激之。判云：安實敗名，重耳竟慙於舅犯；感而成事，張儀終謝於蘇秦。」○「景娶妻無子，父母將出之，辭曰歸無所從。判云：雖配無生育，誠合比於斷弦；而歸靡適從，庶可同於束緼。」○「乙爲三品，見本州刺史不拜，或非之，稱品同。判云：或商周不敵，敢不盡禮事君；今晉鄭同儕，安得降階卑我？」若此之類，不背人情，合於法意，援經引史，比喻甚明，非青錢學士所能及也。

李元亮，山房公擇尚書族子也。崇寧中，在太學，蔡嶷爲學録，元亮惡其人，不以事前廊之禮事之。蔡擢第魁多士，元亮失意歸鄉。後復詣學，道過和州。□□□□□，既知其來，使命駕先造所館。元亮驚□□□□□□啓，旦而往焉，其警聯曰：「定館而見〔長者，古所〕不然；輕身以先匹夫，今無此事。」蔡摘讀嗟激，留宴連夕，〔餉〕〔贈〕以五十萬錢，且致書延譽於諸公間，遂登大觀三年進士科。

建炎三年，先忠宣公銜命使虜，以淮甸賊起，除兼淮南、京東等路撫諭使，俾李成以兵護行。

成方與耿堅圍楚州，不克唯命，遂反旆，上疏言：「李成以魄餉稽緩，有引衆納命建康之語。」疏奏，高宗即遣使撫諭成，給米五萬斛。初，公戒所遣持奏吏，須疏從中出，乃詣政事堂白副封。時方禁直達，忤宰輔意，以託事滯留爲罪，特貶兩秩，而許出滁陽路。紹興十三年，使回，始復元官，命作謝表，其略云：「雖璽書賜報，樂聞充國之建言；而吏議不容，見謂陳湯之生事。」書畢，父兄復共議，秦檜方擅國，見此表未必不怒，乃別草一通引咎，其略云：「徐偃出疆，既失受辭之旨；中舟假道，初無必死之心。」

唐徐彦伯爲文多變易求新，以鳳閣爲鶠閣，以龍門爲虬户，以金谷爲銑溪，以玉山爲瓊岳，以芻狗爲卉犬，以竹馬爲篠驂，以月兔爲魄兔，以風牛爲飆犢。後進效之，謂之澀體。《文章叢說》□□□云：「陸士衡《文〔章〕〔賦〕》云：『立片言以居要，乃一篇〔之警策』，〕□□論也。文章無警策，則不足以傳世，蓋□□□□□老杜詩云：『句不驚人死不休』，所謂驚人句，即警策也。」

邵太史云：「王勃《滕王閣記》『落霞』『孤鶩』之句，一時共稱之。歐陽公以爲類俳，可鄙。然『天高地迥，覺宇宙之无窮；樂極悲來，識盈虛之有數』，其意義甚遠。蓋勃文中子孫，尚世其學耳。」

蒲傳正在翰林，因入對，神宗曰：「學士職清地近，非它官比，而官儀未寵，自今宜加佩魚。」遂著爲令。

東坡入翰林，謝表曰：「玉堂賜篆，仰淳化之彌文；寶帶重金，佩元豐之新渥。」中書舍人繫紅鞓犀帶，自葉少緼始，見姚令威《叢語》，而石林自記却不及此。《揮麈録》

元符末，曾文肅公拜相，弟文昭爲翰林，鎖宿禁中，面對諭旨，文昭力辭。上曰：「弟草兄麻，太平美事。禁中已檢見韓絳故事矣，不須辭。」文昭始命。蓋熙寧初韓康公入相，實持國當制。國朝以來，兩家而已。《金坡遺事》載錢希白爲文僖草麻，雖云儀同鈞衡，實未嘗秉政也。

汪輔之熙寧中爲廣南轉運，蔡持正爲御史，摭其謝表有「清時有味，白首無成」，謂言涉譏訕，坐降知虔州。後數年，興東坡之獄，蓋始於此。《揮麈後録》

□□□□秦會之罷右僕射制》云：「自詭得權而舉事，當聳動於四方；逮茲居位以陳謀，首建明於二策。罔燭厥理，殊乖素期。」又云：「予奪在我，豈云去朋黨之難；終始待卿，斯無負君臣之義。」此綦叔厚之文。褫職告詞云：「聳動四方之聽，朕志爲移；建明二策之謀，爾材可見。」謝任伯之文。綦、謝，姻家也。秦大憾之，亦不能深害。

政和初，黄冠用事，符瑞紛集，謂蟾蜍萬年，背生芝草。李譓守河南，得之以進，祐陵大喜，布告天下。百官稱賀，上表云：「九天睿澤，普及含靈；萬歲蟾蜍，聿生神草。」本實二物，名各一芝，或善辟兵，或能延壽，乃合爲於一體，允特異於百祥。」上命以金盆儲水，育之殿中，浸漬數日，漆絮敗潰，贋迹盡露。上怒，黜譓爲單州團練副使。謝表云：「芹獻以爲美，野人之愛則深；乘興而可欺，子産之智焉在？」

朱新仲少仕王彦昭幕下，有代作《春日留客致語》云：「寒食止數日間，才晴又雨；牡丹蓋數十種，欲拆又芳。」皆《魯公帖》與《牡丹譜》中全語也。彦昭好令人歌柳詞，又嘗作樂語云：「正好歡娱，歌緑樹數聲啼鳥；不妨沉醉，拚畫堂一枕春酲。」皆柳詞中語。

晉陵簿父死，欲孫尚書仲益作誌銘，先遣人達意，云文成，縑帛良粟各當以千濡毫，孫欣然落筆。既刻就，遂寒前盟，且作啓爲謝。孫報之曰：「米五斗而作傳，絹千匹以成碑，古或有之，今未見也。立道旁碣，雖無愧辭；諛墓中人，遂成虚語。」《鴻慶集》中今已删改。

周葵敦義守平江，浙西憲李仲永承秦會之意，回奏葵在郡錫宴虜使，飲食臭腐，致行人有詞。葵落職罷郡，謝表云：「雖宰夫是供，各司其職耳；然王事有闕，是誰之過歟？」自是投閑十五年。

方公美，其父宣和中嘗爲廣南提學以卒。公美紹興間爲廣東提刑，以母憂去。服闋，復除是職，公美辭不忍往，秦會之不樂。降旨趣行，勉强之官，謝表云：「三舍教育，先臣之遺訓尚存；一笑平反，慈母之音容未遠。」讀者哀之。

宋貺之父惠直，爲江州德化簿。王彦昭涣之出帥長沙，郡守令作樂語以宴之。時有王積中者，知名士也，爲簽幕，亦俾預席。其中三聯云：「少年射策，有賈太傅之文章；落筆驚人，繼沈中丞之翰墨。」「從來汝潁之間，固多奇士；此去瀟湘之地，遂逢故人。」「況有錦帳之郎官，來爲東道；且邀紅蓮之幕客，共醉西園。」郡守讀之大喜，謂句句著題，薦于時相何清源，即除書局，繼中詞科，聲名籍甚。

朱弁字少張，晁以道一見喜之，歸以從女。弁以啓謝之云：「事大夫之賢者，以其兄子妻之。」六蜚在維揚，授閤門宣贊舍人，副王倫出疆，拘在虜庭。因王歸，賫表于上云：「節上之旄盡落，口中之舌徒存。歎馬角之未生，魂飛雪窖；攀龍髯而莫上，淚灑冰天。」上覽之感愴。留匈奴十九年，紹興壬戌始與洪忠宣、張待制俱南歸，易文資。文公乃其族，既卒，爲作行狀，尤忠簡作誌銘，葬于西湖之上。

蔡元長父子既敗，言者攻之，不遺餘力。李泰發時爲侍御史，獨不露章，且勸勿爲太甚，坐是責監汀州酒稅。謝表云：「當垂涕止彎弓之射，人以爲狂；然臨危多下石之徒，臣則不敢。」士大夫多稱之。《揮麈餘話》

李巘詞科《代宰臣進四朝國史列傳表》曰：「素王述事，存勸善懲惡之方；太史著言，採扶義立功之節。名臣畢萃，踵劉珍建武之規；異域旁該，掩德裕會昌之作。」○趙彦中云：「録公卿而爲《世本》，肇自有熊；傳臣子而易編年，俶繇司馬。」○高崇奎《辭免内相兼修史表》曰：「玉堂揮翰，譽殊乏於令狐；金匱紬文，才當延於司馬。」一則詞臣令狐綯，一則太史公司馬遷，不惟事精，又且對切，視趙彥中詞科表以「有態」對「司馬」，此又勝焉。〇唐仲友《代提舉國史進哲宗高宗寶訓表》曰：「文謨武烈，繼承深切於清□；(□)〔二〕典三墳，細繹初成於大訓。考數十載之宏綱，撮其機要；著一百篇之奥義，炳若丹青。襲六爲七，已高掩於漢經；咸五登三，冀盡循於堯道。」〇吕成公《代聖政所進建炎紹興詔旨表》曰：「舜曆在躬，大一人之聖孝；堯言布下，輯三紀之睿謨。」高宗在位，恰三十六年也。「揭之象魏，固井井以有條；颺之康衢，亦洋洋而盈耳。言如絲而出如綸，昭華簡册；大作綱而小作紀，布列章程。皋陶見而知之，豈容倫擬？子夏得其書矣，烏測淵源？」〇王雲《代宰臣謝賜重修神宗御集表》曰：「宸章載集，仰光紹於先猷；寶軸初聯，肆寵頒於近列。異議盡銷，無復浮雲之蔽日；成書大備，始知滄海之遺珠。」〇第二人石悉曰：「業鉅事叢，仰風雷之鼓動；手披目睹，驚雲漢之昭回。」俱未見重修意。「悼夫子闕文之史，足周公立政之篇，謂堯言皆得以誦傳，故周賚不忘於錫予。」

慶元二年五月，《奉孝宗皇帝御製藏華文閣詔》曰：「經緯天地，道存渾噩之書；鼓舞雷風，仁盪温純之命。寫之琬琰，炳若丹青。太微三光之庭，丕闡鳳巢之勢；上帝羣玉之府，邃通龍紀之聯。」此高崇奎筆也。

楊誠齋《賀虞雍公啓》曰：「小人何怨而願其去，君子欲留而莫之能，上非不知，天則未定。萬里灩澦，魚龍亦憫其獨勞；三入脩門，鼎軸乃得其所付。洪鈞一轉，乾清坤夷；泰階六符，芒寒色正。」○《賀史丞相啓》曰：「光堯之託以子，不待致商山之老人；嗣聖之選於朝，無以易甘盤之舊學。其在初九之潛，已定晝一之講，清風發而日出，應龍翔而雲從。天之欲平治也，時則可爲；學焉而後臣之，政將焉往？」○《賀張魏公除宣撫啓》曰：「得一韓以在軍中，倚而須慶曆之捷；捲三秦以取天下，當不使漢高之淹。」○《賀除都督啓》曰：「胡馬南牧，折箠以斃其酋；衮衣東征，投戈而拜吾父。」語皆奇壯，脱略翰墨畦逕。○朝陵，《與紹興方帥滋啓》曰：「帝命攸司，往省昭陵之松柏；星言載路，是經越境之山川。側聞方伯連率之賢，實維簪筆持橐之舊，借曰駿奔而靡鹽，亦將謁入而後歸。」向時奉常朝陵，以啓通帥，近方省去。

二程先生毓秀黄岡，前此祠堂闕焉，郡守李貳卿訦經始締創，朱文公大書扁牓，且爲之記。李自爲上梁文曰：「江趨廬阜，而東實接濂溪正傳之派；山揖浮光，而北又鄰司馬載毓之邦。」蓋温公生於光州，故名曰光。子周子隱於廬山之陰，濂溪在焉。光、黄、江，皆鄰州，亦異事也。李乃文肅之孫，文學典刑，固有自來。黄岡罹嘉定辛巳之厄，祠與記俱不存。其子□宗以文公親札記扁文帖，刻石於家，以□□□□□□（□）〔畫〕贊此所謂長樂之□□圖堯舜□（後闕一行每行十九字）

（□□□）〔徽廟以〕於闐玉增八寶爲九寶，其文云：「範圍天地，（□□）〔幽贊〕神明，保合大和，萬壽無疆。」王初寮草詔曰：「太極函三，通太和於一氣；乾元用九，增寶曆於萬年。」（□）

〔包〕括璽文，無一遺者。

華陽《授韓魏公門下侍郎制》曰：「惟召公之託，嘗聞顧命之言；惟漢相之謀，終應大横之兆。蓋懷先見者識之邃，決至慮者材之英，天扶不拔之基，神贊非常之輔。」○《授曾魯公門下侍郎制》曰：「大火基宋，實開五聖之符；六龍乘乾，遂繼中天之運。」○《授右僕射制》曰：「子孟之承先帝，預定大謀；召公之保三朝，率躬一德。」形容二公定策元勳，可謂盡矣。

賜生辰器幣起於唐，以寵藩鎮。五代至遣使命，周世宗眷遇魏宣懿，始以賜之，自是執政爲例。華陽居政府日久，生日禮物謝表最多，命意措詞，無一雷同。有云：「記犬馬始生之日，知有感於劬勞；推君臣同體之心，欲俯均於憂樂。」或謂以「犬馬」對「君臣」恐未然。又曰：「盤盂鏤器，綺組織文，將之實篚之衣，（□□□□）〔申以在坰〕之駟。方少而孤，每感劬勞之日；其生也晚，幸逢熙盛之朝。遂以區區投老之身，而處（□□□□）〔赫赫具瞻〕之地。衮衣何闕，曾無小補之施；台鼎未調，（□□□□□□）〔更竊大烹之享。禄〕不逮於養親，空懷永世之慕，忠可（□□□□）〔移於事上〕，何惜一身之捐？鼎司濫處，方懷覆餗之（□□□）〔憂；家食〕已豐，更玷養賢之禮。笥衣出賜，衰微不稱（□□）〔於身〕章；廐乘分班，勉强自慚於駑力。想象桑弧之（□）〔設〕，指景難追；咨嗟蕭露之濃，捫心獨感。禮以養賢而爲先，事不因人而遽廢。饌羊豐碩，蓋使知自養之榮；醪酒旨清，又將蒙既醉之福。隆漢家推食之惠，增周室錫朋之休。良金燭乘，嚴寶靮於天駒；藻帛絢文，雜華章於笥服。拜漢庭之寵，雖慚稽古之工；報周雅之章，願上如岡之壽。□□□□□□□（後闕一行每行十九字）

紹興丁丑，詞科《代交阯進馴象表》，就試之士僅能形容畫象及塑象，俱不見馴服生動態度，惟周益公說出象之步趨來庭之意，遂中首選。其詞曰：「賜履南交，預藩臣之下列；效牽靈囿，備法駕之前陳。」首聯已見象爲有用。又曰：「昔虞因齒以焚身，今喜逢辰而效伎。名應周郊之五路，克協馭儀；耳聞舜樂之八音，能參率舞。」「少致貢獒之義，願回却馬之〔謙〕。靡憚奔馳，幸捨鳶飛之跕跕；無煩教擾，俾陪獸（獸）舞之般般。」曲盡馴象生意。○李文肅公邴漢老建□□□之初，由翰苑過樞府，參大政，嘗草赦書曰：「□□□□□□，既成開闢之功；取日而授五龍，（□）〔始〕□□□□□□。」□多稱之。其謝表曰：「造燕璧而返趙□，□□可用；抗秦師〔而〕酬魏顆，死且不辭。戡奉天之□，□□贊居中之籌；寢淮南之謀，慚汲黯在朝之□。」形容當時事體，可謂的切。○《慰表》曰：「三年不言，已畢高宗之制；五十而慕，更深大舜之思。」時高廟聖壽五十餘耳。○《慰顯肅皇后梓宮入界表》曰：「作栗主以寧神，永陪廟祏；指柏城而說載，行奉園陵。」○《賀朱丞相啓》曰：「際天飛之運，蚤參駿命之元；叶帝賚之求，實冠羣公之表。十龜成朋，曾莫助告猷之益；五龍爲輔，念嘗同遭變之艱。」○《賀秦丞相啓》曰：「昆夷維其喙矣，豈云屬耆老而居岐山；周公方且膺之，庶其會諸侯而朝洛邑。大節著乎本朝，嘗右袒以爲劉氏；孤忠奮乎絶域，真不食而哭秦庭。」○《賀張魏公啓》曰：「不有裴度，何以服兩河强悍之諸侯？必用汾陽，乃能使麾下貴倨之宿將。錫弓矢而服王命，晉人所以昭糾逖之勳；錫土田而告文人，召公所以極對揚之美。」○《問候趙丞相啓》曰：「□范蠡定傾之策，何云棲越騎之三千？同謝安鎮□(□□)〔之功〕，固已却秦師之百萬。」○公自濟南寓泉南□□□□移墳剎建教忠院，設祖神位，齋僧疏曰：「□□□□絶，非曩日之關河；而佛宇靚深，亦向來□□□□□□(□□)〔經諸〕公品藻者，兹不復記。

(□□□□□□)〔何㮚文縝《謝召〕還表》曰：「兩曾參之是非，浮言猶在；(□□□□)〔一王尊之〕賢佞，更世乃明。」○孫仲益《謝復官啓》曰：「(□□□□)〔兩曾參之〕或是或非，一王尊而乍賢乍佞。」語簡益〔工〕。(下缺)

紹聖乙亥，詞科《代嗣高麗王修貢表》，其中選者首聯曰：「襲爵海邦，猥被承家之寵；露章天陛，聿修任土之誠。嗣守海邦，已遠霑於聖化；踐修臣職，庶仰紹於前人。承祧繼世，方遵守土之儀；修貢效珍，敢後充庭之禮。」俱是先説襲封，方及來王之意。惟第一人黄符先説本朝，首聯曰：「仰被王靈，獲承基緒；敬修臣職，敢後要荒。」羅畸曰：「中國明昌，適際聖神之運；遠邦奔走，宜修臣子之恭。」雖不及嗣王之意，亦以首言中國，遂爲第二人。○後葛勝仲《代高麗王謝太平御覽表》曰：「囊括十經之藴，網羅百氏之言。《公孫》數萬之詭辭，披圖可見；《虞初》九百之小説，開卷盡知。嘗資睿覽於西清，益萃靈輝於東壁。在漢則伊秩尚聞於入學，於唐則吐蕃亦見於求經。豈伊龍閣之珍藏，乃作雞林之秘寶。」○孫仲益《爲高麗王燕樂表》曰：「環居島服，習聞夷韎之聲；仰□□□，(□)〔實〕眩《咸池》之奏。監二代以敷文，命一夔而典樂。玉帛萬國，干舞已格於七旬；《簫韶》九成，肉味頓忘夫三月。蕩蕩乎無能名，雖莫見宮墻之美；欣欣然有喜色，乃與聞管籥之音。」○滕庾破題曰：「龍□□□，(□)〔頒〕鳳闕之新聲；燕衎式均，焕雞林之盛事。」□□□前作亦頗工緻。

(□□)〔華陽〕草《立皇太子赦文》曰：「王者承天立極，莫不(□)〔思〕長世之圖；爲國建儲，所以正萬邦之本。故朕親先父子，而天下皆以爲愛；命發朝廷，而天下不以爲私。」又曰：「矧漢文命嫡，著於即祚之初年；且夏后立賢，期以傳家於萬世。」《賜皇長子潁王乞班富弼等下不允詔》曰：「夫廣封建者，所以大京師之輔；正班秩者，所以尊朝廷之儀。豈有享高爵而處後陳，不可緣私恩而撓公法。」又答詔云：「蓋位不同者禮異，名不正則事違，豈君父之獨私，亦臣子之明分。」○《封公主制》曰：「周美王姬之華，下正后之一等；漢推帝女之寵，主同姓之諸公。魯郊築館，早符下嫁之祥；沁水疏園，遂享纍封之賦。表鮑女之宗，嘉外事之所弗及；抑館陶之子，戒内謁之不可興。」○《曾公亮河陽三城節度使集禧觀使制》曰：「高旌鉅節，遥臨踐土之津；閒館珍臺，獨揖浮丘之袂。」○《張昇判許州制》曰：「安世且老，豈不有夙夜之勞；申伯于行，是亦爲文武之憲。」其《致仕制》曰：「雖送車之盛，不及祖于都門；而行馬之施，誰若榮于故里。」〇李□□□□□□禁旅之衛，而夕警嚴於勾陳；比筦□□□□，□□聲憺于大漠。」〇《李璋制》曰：「朕念長樂之慈，愴不及養；顧渭陽之族，聞蓋多賢。」〇《謝内相表》曰：「宮床賜錦，盡爲新雋之人；仙嶺浮鼇，猶顧舊游之客。」〇《請皇帝恭謝前一日免詣太廟表》曰：「升燎于壇，既節徂郊之禮；奉璋于室，宜財假廟之文。今復馳齋蹕之嚴，祇太室之薦，竊恐霧露之氣，涉于宵衣，輿馬之音，震乎天步，則非所以承祖宗之愛，來邦家之休。」又曰：「三歲然後卜郊，維王者能類于帝；七廟所以觀德，維聖人能饗其親。然禮之鉅者古或異行，文以減者今容參當。且執豆駿奔，尚虞獻力之跛；而登歌拜俯，靡勝竣事之勞。況初迪皇躬之龢，寖攖邦務之決。」〇又《代乞休致表》曰：「身留江海，敢忘北闕之思；志在丘園，猶獻南山之祝。」〇《總使謝撫問表》曰：「詔發芝函，已建因山之號；歌流薤挽，更勤陟屺之思。望極霸陵，不改山川之舊；悲深慶壽，更無歌舞之餘。下翔鳳之端闈，風雲爲之變色；過濯龍之閒館，道路莫不隕心。鴈飛銀海，雖閟景於千年；龍繞青山，終遺祥於百世。」俱警策可傳。

林虞詞科《代宰臣謝賜重修都城記表》曰：「帝室皇居，屹若金湯之固；神謨聖作，焕乎琬琰之傳。（□□）〔方副〕□□□□□邇臣而拜貺。龍蟠虎伏，瞻王氣以雲□□□□□□□神靈而山立。」〇第二人劉弇，首聯曰：「鐵瓮崇墉，更邇臣之筆削；鼅趺妙勒，覃上聖之龍光。」蓋先説邇臣，而後及上聖，不若前名以帝室爲首。然既曰帝室，又曰皇居，不無《蘭亭》叙絲竹管絃之病。又曰：「雖翼然京邑，於此乎即安；而(成)〔咸〕若靈臺，不可以弗紀。」歧鼓靡聞於逮下，嶧山何補於示夸？辭無所愧，皆寫諸琬琰之餘；家有其傳，非副在京師之比。」皆警聯也。○第三人滕及，首聯云：「築城固國，規恢不拔之基；刊石勒勳，揚厲無前之蹟。」此又俱不及君上之意。又曰：「成周致治，肇隆西洛之謀；班固摛辭，重述東都之盛。蓋宅中而圖大，帝王之高致；而歸美以報上，臣子之至情。」此二聯上一段説城，下段説記，却平正如前二人，其如首聯不逮何？

胡交修《代宰臣謝賜御製御書夏祭神應記表》曰：「聖謨焕發，紀休應於柔祇；宸翰昭垂，霈厖恩於邇服。」第二人李木曰：「柔祇顯格，符聖祚以無疆；睿藻昭垂，著厖禧於不朽。」此便説御書不甚分明。

何㮚位中書日，雙親具慶生日，賜生餼。謝表曰：「况臣千載逢時，雙親就養。用羞甘旨，無煩穎谷之陳；誓竭疲駑，何止翳桑之報。」乃浮溪文也。

(□□□□□□)〔程伯起《謝賜牙〕簡表》曰：「看山拄頰，敢爲晉士之清狂；(□□□□□)〔上馬設囊〕，豈有唐賢之風度。」此浮溪文也，謝景思已筆之《談麈》，然末聯亦勝，曰：「入趨表著，知文竹之非珍；傳示子孫，庶甘棠之不朽。」

靖康末，浮溪《代羣臣勸進表》曰：「輒慕周勃安劉之計，庶伸程嬰存趙之忠。幸率土相從而歸啓，且諸侯不輟以事周。受圖高邑之壇，趣駕未央之宮。時方多故，幸少留黄屋之心；臣既無功，願自謹清宫之職。」又表曰：「整襄城之駕，而早戒脩途；除高邑之壇，而亟臨大寶。力圖後效，如成王《小毖》之詩；光復丕基，邁文帝大横之兆。」又表曰：「雖以位爲樂，非堯舜之本心；然其命維新，蓋周邦之舊物。」○《賀登極表》曰：「必國步艱難，始天地出非常之主；及治功宏濟，乃子孫承罔極之休。取炎精用事之月，即藝祖興王之邦。有三千同德之臣，共扶鴻業；用七百卜年之數，重立丕基。」中興之初，文章與時俱高如此。

權邦彦舉室爲北虜所擒，邦彦僅以身免，後復舊職，知江州兼制置使。浮溪行制曰：「遇敵而致黽陵之奔，孟明有罪；毁家而紓楚國之難，令尹爲忠。我有藩臣，嘗隳城守，已正簡書之坐，當還符竹之分。具官某，頃典大州，適當彊虜，既盡逾年之抗，遂遭(□□□□)〔全室之留〕。(□)〔雖〕徐庶思親，可勝方寸之亂；而真卿委郡，不廢(□□)〔朝廷〕之歸。在國法以靡容，於人情而可憫，付兵民之重寄，專江漢之上游。盡復爾班，式遄其往，毋愴家庭之禍，當思王室之艱。」終篇無一語非其實事。

《建炎德音》有曰：「眷我中原，漢祚必期於再復；而迫於彊敵，商人幾至於五遷。」又曰：「惟八世祖宗之澤，豈汝能忘；顧一時社稷之憂，非予獲已。」可謂説盡當時事情，此浮溪筆也。或謂徽廟時留虜庭，不可謂八世祖宗。○後行《馬忠河北經制使制》曰：「田野三時之務，所至一空；祖宗七世之遺，厥存無幾。」此以爲七世，乃爲穩審。○《紹興改元德音》曰：「聖人受命以宅中，莫大邦圖之繼；王者體元而居正，盍新年紀之頒。」又曰：「《小雅》盡廢，宣王嗣服於宗周；炎正中微，光武系隆於有漢。」詞壯而事切。○靖康二年，《皇太后告天下手書》曰：「歷年二百，人不知兵；傳序九君，世無失德。雖舉族有北轅之釁，而敷天同左袒之心。」又曰：「漢家之厄十世，宜光武之中興；獻公之子九人，唯重耳之尚在。」或謂帝王受命，不當以重耳爲比。殊不知太后誥命，用此却似無礙，情真事切，足以深感人心。

建炎初，募使虜庭者，多以選人授顯秩，借從官以□□□□布衣充選者。浮溪行制曰：「雖山濤(□□□□□)〔不學於孫吴，〕而季布得聲於梁楚。漢使絶域，必求茂材異行之人；唐聘諸蕃，亦用經術通明之士。如文王有玁狁之難，始於憂勤；仍博望至月(氏)〔氏〕而還，得其要領。朕方俯同晉國，命魏絳以和戎；汝其遠慕侯生，御太公而歸漢。」皆膾炙人口。

邢焕以次對換，授觀察使，浮溪行制曰：「假戎班之峻秩，勉爲朕還；庶戚里之貴游，悉從卿始。」又曰：「惟周家《十月》之詩，首譏皇父；豈漢將雲臺之選，可及伏波。」

浮溪行《韓蘄王制》曰：「迎敵鼓行，靡待前茅之偵；禽囚歸報，遂成獨柳之誅。」又制曰：「跪推轂而遣將軍，守境既騰於戎捷；歌出車而勞還率，疇庸敢廢於邦彝。縱精兵於數路，若珠走盤；擠醜虜於長江，如杵投臼。」○行《東京留守杜充樞密制》曰：「仲尼既用，齊人悉反於侵疆；隨會來歸，晉國永無於羣盜。」○李邴、滕康權知三省樞密院，扈從太母往洪州，制曰：「朝長樂之宮，以日承於溫凊；分周公之陝，其身任於安危。」○《賜王綯爲從弟投拜金人自劾不允詔》曰：「昔羊舌坐誅，靡連叔向；王敦稔惡，猶赦茂宏。蓋古者君臣相與於腹心之間，未嘗以兄弟輒投於形迹之地。」○《賜興國軍知通將佐獎諭敕書》曰：「燕地盡降，惟平原之能守；齊城既下，恃即墨以復興。」

浮溪行《知杭州葉夢得復職制》曰：「三仕三已，莫明令尹之心；七縱七擒，微見武侯之略。」○行《陸藻等復職制》曰：「人惟求舊，朕方深賈傅之思；忠不忘君，汝無廢蕭生之意。」○《王綯復官制》曰：「聖人之心如權衡之公，法無私者；君子之過如日月之食，人皆見之。衛侯醇謹，初豈有於它腸；顏子庶幾，尚何憂於貳過。」○《姚平仲復吉州團練使制》曰：「漢室備胡，復魏尚雲中之守；秦人禦晉，赦孟明殽黽之奔。」又曰：「庶分北顧之憂，尚救東隅之失，〔勉圖爾績，仰副朕知。〕」（下缺十七字）

浮溪《代嘉王謝及第表》曰：「鵬激天潢之浪，鶯遷帝苑之春。昔慚假寵於分茅，今喜成名於拾芥。既與在廷之多士，同值文興；將令就傅之百男，悉從隗始。」○《代汪樞密謝子自虜中歸不令入城降詔獎諭表》曰：「防之百計，難逃虎穴之深；逮此經年，寧有鴈書之信。言念一人之孝，尚違二聖之歡。潁谷及親，鄭伯方思於大隧；廬陵在遠，王綝敢顧於眉州。雖復鍾情，忍令會面。知臣齒髮已凋，常恐鄧攸之無後；憐臣肺腑可見，有如去病之辭家。西伯在商，輒妄希於閎夭；太公留楚，誓博訪於侯生。」○《洪州□□□□樞密御書褒賢閣牌到州錫宴表》曰：「恩加屏翰，寵及私庭。倬然雲漢之昭回，臨此江湖之都會。凡嬰官守，均被宴慈。竊喜分符之地，親臨衣錦之鄉。既頒寶墨以垂後，復衍恩波而及餘。見者皆肅，如瞻咫尺之天威；施之無窮，當有護持之神物。」○《代薛昂回授二子轉官表》曰：「於狐突教忠之言，雖知粗勉；若桓榮稽古之賜，彼豈宜蒙？中懷舐犢之私，能無抃蹈；外弭維鵜之刺，獨有糜捐。」○《代賀斬夔離不表》曰：「爰驅烏合之師，力抗鷹揚之旅。乃煩四校之出，不遺隻輪之歸。既首戮於鯨鯢，乃悉除於蜂蠆。征而不戰，聊麾荆柄之幡；梟以示懲，永震槀街之邸。」○《代明州趙守到任謝表》曰：「島夷修好，護星使之行艫；玉食薦新，修鮭珍之貢篚。」蓋高麗使命必往來于明。後自明移守鎮江，謝表曰：「二千里之鄉關，通波不隔；十八年之官守，舊俗猶存。」趙之所居，共此長江，而十八年前嘗宦京口。○《賀收復杭州表》曰：「河有防而螘爲之決，稼太盛則螟生其間。唯兹嘯聚之徒，蓋以承平之久，敢摇蜂蠆之毒，盗弄萑蒲之兵。折箠一笞，投戈四潰。戎旃所向，舉江山歸指顧之間；帥藩復完，他郡縣可談笑而得。」○《江西提舉司謝曆日表》曰：「璣衡之政，既與拜於恩書；絃誦以時，敢暫忘於德意。」○《謝進書轉官(□)〔表〕》曰：「□□□(□□)〔之後〕而无録，雖幸(□)〔踵〕成；問《祈招》之詩而不知，固多脱略。穆王御駿以來歸，已孤此望；孔子感麟而有作，尚見其人。」○《謝進書賜茶藥表》曰：「遭漢家百六之灾，漫无載籍；取武成二三之策，烏足全書？分北苑之上腴，用濡燥吻；乞西山之靈劑，使制頹齡。」○又謝表曰：「多識漢事，徒竊嵲於蔡邕；續成《晉書》，誰見推於陳壽。問周穆王之詩，庶無慚於子革；上段太尉之事，當更採於宗元。」後知徽州，乃其鄉郡。《謝封新安郡侯表》曰：「久客還家，方憩南飛之鵲；通侯授印，忽成左顧之龜。宋人洴澼以得封，望胡及此；漢將銀黃而夸里，榮乃過之。」○《到任謝宰相啓》曰：「城郭重來，疑千載去家之鶴；交游半在，或一時同隊之魚。」○《賀移蹕臨安表》曰：「用《虞書》東狩之禮，示魏闕西歸之期。始游襄野，卒然雖假於問塗；旋駐岐山，從者有如於歸市。」○《賀移蹕建康表》曰：「江山地險，將定厥居；輿衛天行，先巡所守。會公侯方岳之下，覽形勢帝王之州。」○《賀復幸浙西表》曰：「日觀襁負而至者，已得其心；時從馬上而治之，不常厥邑。」○《賀太后還朝表》曰：「方歎唐朝屢下建中之詔，忽聞漢殿一新長樂之儀。十載中天，瞻鬱鬱葱葱之氣；一朝廣內，賦融融洩洩之詩。」融洩可謂的事，但鬱葱説漢陵□□□□□□□□□□(□□)〔擾擾〕適當廷對，未假臨軒。禮部進士，始令有司試策一道，不經御覽。潭州進士何烈，不知所因，只依常式，於卷子内稱臣聞及聖問。浮溪爲考官，坐不舉覺，除集撰奉祠，謝表曰：「謂子路使門人爲臣，雖誠誖理；而徐邈云酒中有聖，初亦何心。書馬者并尾而五，常負譴憂；網禽而去面之三，永銜生賜。如孟郊之應答參差，唐人或有；若何武之薦揚盤辟，漢法豈容？」

○《賀三戎帥除樞使啓》曰：「累歲賢勞，蟣蝨幾生於甲胄；一朝醲賞，貂蟬果出於兜鍪。」

柔福帝姬自北虜潛歸，授福國長公主，下降高世榮。浮溪行制曰：「彭城方急，魯元嘗困於面馳；江左復興，益壽宜充於禁臠。」引用故事，莫切於此。後韋太后回鑾，方知其僞。當時下嫁裝奩僅及一萬八千餘緡，所謂國朝公主下嫁不過十萬之説，此又不然。當是渡江之初，務從儉約耳。自建炎四年至紹興十二年十月，請給錫賚，迺共支過四十七萬九千五百餘緡。僞冒之久，未有甚於此者。

翟參政汝文，以顯謨閣學士知越州。建炎二年秋，杭州卒陳通等嬰城叛，囚守臣，殺官吏。公聞變發兵爲援，作《擒賊露布》曰：「古者賜諸侯以弓矢，使得專征；用公侯爲腹心，欲其守衛。」「三軍賈勇，悉勵貔虎之師；元惡就擒，卒正鯨鯢之戮。」「不以賊遺君父，(□□□□□)〔已殄凶殘；凡〕克敵示子孫，毋忘勳伐。」暨王淵平(□)〔寇〕□□(□)〔猶〕以公不能成功，降爲直學士，又以不俟報(□)〔擅〕發常平米賑越民飢，降一官。併作謝表曰：「豈比秦人，坐視越人之瘠；欲安劉氏，固知晁氏之危。」二事可謂兩盡，而《四六談麈》止載自越援杭一事，不無脱誤。迨公去越，人安其政，相率投牒借留。公知之，命取牘來，即書其上曰：「固知京兆，姑爲五日之留；無使稽山，復用一錢之送。」其用事精當如此。

建炎四年，駐蹕越州，明年改元紹興，遂陞府號。後移蹕臨安，命資政殿學士張守知府事，謝表曰：「肇新府號，久駐蹕聲。履勾踐之故棲，厲嘗膽枕戈之志；想神禹之遺跡，服卑宮菲食之勞。」○又《謝賜行宮充府治表》曰：「六蜚回御，想清蹕之餘音；一札疏恩，復黄堂之舊觀。家在樓臺，真羨詩人之勝；戟森兵衛，稍知州將之尊。廣厦千間，已免震凌之患；土階三尺，尚存簡素之風。」言上於宮室無所增葺也。

容齋《辛巳親征詔》曰：「惟天惟祖宗，方共扶於基緒；有民有社稷，敢自佚於宴安。」又曰：「歲星臨於吴分，定成淝水之勳；鬬士倍於晉師，可决韓原之戰。」是(□)〔年〕歲星在楚。檄書曰：「爲劉氏左袒，飽聞思漢之忠；(□□□)〔徯湯后〕東征，必慰戴商之望。」又曰：「侯王寧有種乎？人惟自致；富貴是所欲也，時不再來。」《(□)〔瓜〕州賀誅虜亮表》曰：「蓋瓜步既應童謡，那無天道；棘門或如兒戲，將屈帝尊。」時有詔親征，猶未啓行，亮已就戮。又曰：「詎容去腹以實鹽，政可漆頭而爲器。」俱語壯而對切，與親征詔檄相爲伯仲。但上聯意若未順，如曰「恐棘門或如兒戲，將屈帝尊；而瓜步果應童謡，那無天道」，則尤爲全美。

吕微仲性沉厚剛果，遇事無所回屈，身幹長大而方，望之偉然。初拜相，東坡草麻云：「果毅而達，兼孔門三子之風；直大以方，得《坤爻》六二之動。」吕以爲戲己，不能無憾。○張魏公都督江淮軍馬，會詔歸朝，未至而免相。洪文惠公當制，其詞曰：「棘門如兒戲耳，庸謹秋防；衮衣以公歸兮，庶聞辰告。」所謂兒戲者，指邊將也，而讀者乃以爲詆魏公。其末句曰：「《春秋》責備賢者，慨功業之惟艱；天子加禮大臣，固始終之不替。」所以悵惜之意至矣。○《王大寶致仕詞》曰：「閔勞以事，聖王隆待下之仁；歸絜其身，君子盡遺榮之美。」大寶有遺泄之疾，或謂有所譏焉。

湯歧公詞科《代守臣謝御書周易尚書表》曰：「法始四營，莫辯乎《易》；文兼五典，皆聚此書。續東魯之韋編，繼先秦之竹簡。秘書深刻，已參淳化之《孝經》；方□□□，遠陋漢光之手札。」○王曮云：「宸毫灑麗，有□□□（□）〔之〕文；寳軸頒恩，於粲雲天之象。幾深幸脱□□□，艱厄偶存於孔壁。爲梁丘而立傳，未見全□；□伏勝之舊聞，猶存樸學。昔漢氏尊經，嘗有書丹之客；唐宗憲古，爰勤鑱石之工。參篆隸以徒繁，力讎刊而僅正。」○容齋云：「三聖潛心，著絜静精微之典；百王貽範，皆淳厖敦厚之文。八卦之説謂之索，奉以周旋；百篇之義莫得聞，坦然明白。但驚奎壁之輝，從天而下；莫測龜龍之秘，行地無疆。」此三表，必有能別其最工者。

周益公《謝宫祠表》曰：「晨趨鳳闕，綰五組之光華；夕侶漁舟，披一簑之藍縷。」○《辭免直學士院狀》曰：「顧仙嶺之提鼇，自存大手；矧明庭之儀鳳，方集奇才。」○《謝内相表》曰：「視淮南之書，豈但矜誇於下國；聽山東之詔，固當裨助於中興。」○《謝衣帶鞍馬表》曰：「褐衣褐見，莫陳漢戌之便宜；馬去馬歸，敢計塞翁之倚伏。」○《除參知政事謝太上皇帝表》曰：「雖含生之類，夙仰戴於陶成；然太極之功，終莫窺其運用。」○《謝東宮牋》曰：「羽翼自成，昔固慚於園綺；股肱汝作，今尚勉於夔龍。」○《謝樞密使表》曰：「舞干來遠，素知文命之敷；歸馬告功，尚見武成之作。」○《謝復益國公表》曰：「華陽黑水，裂地而封；舊物青氈，從天而畀。」○《謝降少傅致仕表》曰：「國皆曰殺，雖微可恕之情；(□)〔耄〕不加刑，姑用惟輕之典。非特匹夫之受賜，是令四海之歸仁。」○益公《謝宮祠表》曰「負茲有疾」，人多疑茲字誤。公後自箋曰：「出《公羊》(威)〔桓〕公十六年。諸侯有疾，曰負茲。茲，新生草也。」

許貳卿奕丁難，服除入朝，謝啓曰：「終三歲予寧之制。」「予寧」二字，或謂即「喪，與其易也寧戚」，殊無意義。蓋漢詔士大夫遭父母喪者，「予寧三歲」，即「假寧」之寧，俾之治喪耳。荆公《謝給蔡卞假將臣女子省侍令卞傳宣撫問表》曰：「飭醫遣使，已叨訓勉於禔身；輟侍與寧，重累顧哀於慈子。」正以「與寧」爲給假也。(後闕一行)

本朝四六，以劉筠、楊大年爲體必謹四字六字律令，故曰四六。然其弊類俳，歐陽公深嫉之曰：「今世人所謂四六者，非脩所好，少爲進士不免作。自及第，遂棄不作。在西京佐三相幕，於職當作，亦不爲作也。」如公之四六有云：「造謗於下者，初若含沙之射影，但期陰以中人；宣言于庭者，遂肆鳴梟之(□)〔惡〕音，孰不聞而掩耳？」俳語爲之一變。至東坡於四六曰：「禹治兖州之野，十有三載乃同；漢築宣防之宫，三十餘年而定。方其決也，本吏失其防而非天意；及其復也，蓋天助有德而非人功。」其力挽天河而滌之，偶儷甚惡之氣一除，而四六之法亡矣。

皇朝四六，荆公謹守法度，東坡雄深浩博，出於準繩之外，由是分爲兩派。近時汪浮溪、周益公諸人類荆公，孫仲益、楊誠齋諸人類東坡。大抵制誥牋表貴乎謹嚴，啓疏雜著不妨宏肆，自各有體，非名世大手筆未易兼之。雖詩亦然，荆公留意唐詩，山谷乃自成一家，爲江西派。近有以唐詩自勉者，而趙紫芝諸人出焉。四六之文，當有能辨之者。

賨叔向所用柰花事出晉史，云成帝時，三吴女子相與簪白花，望之如素柰，傳言天公織女死，爲之著服。已而杜后崩，其言遂驗。紹興五年，寧德皇后訃音自北庭來，知徽州唐煇使休寧尉陳之茂撰疏文云：「十年罹難，終弗返於蒼梧；萬國銜冤，徒盡簪於白柰。」是時正從徽宗蒙塵，其對偶精確如此。

晚唐士人作律賦，多以古事爲題，寓悲傷之旨，如吴融、徐寅諸人是也。黄滔字文江，亦以此擅名，有《明皇回駕經馬嵬坡》，隔句云：「日慘風悲，到玉顔之死處；花愁露泣，認朱臉之啼痕。」「褒雲萬疊，斷腸新出於啼猿；秦樹千層，比翼不如於飛鳥。」「羽衛參差，擁翠華而不發；天顔愴恨，覺紅袖之難留。」「神仙表態，忽零落以無歸；雨露成波，已沾濡而不及。」「六馬歸秦，却經過於此地；九泉隔越，幾悽惻於平生。」○《景陽井》云：「理昧納隍，處窮泉而詎得；誠乖馭朽，攀素綆以胡顔。」「青銅有恨，也從零落於秋風；碧浪無情，寧解流傳於夜壑。」「荒涼四面，花朝而不見朱顔；滴瀝千尋，雨夜而空啼碧溜。」「莫可追尋，《玉樹》之歌聲邈矣；最堪惆悵，金瓶之咽處依然。」○《館娃宫》云：「花顔縹渺，欺樹裏之春風；銀焰熒煌，却城頭之曉色。」「恨留山鳥，啼百卉之春紅；愁寄壠雲，鎖四天之暮碧。」「遺堵塵空，幾踐羣游之鹿；滄洲月在，寧銷怒濁之濤？」《陳皇后因賦復寵》云：「已爲無雨之期，空懸夢寐；終自凌雲之製，能致煙霄。」○《秋色》云：「空三楚之暮天，樓中歷歷；滿六朝之故地，草際悠悠。」○《白日上昇》云：「較美古今，列子之乘風固劣；論功晝夜，姮娥之奔月非優。」凡此十數聯，皆研確有精緻，若夫格律之卑，則當時體如此耳。

四六駢儷，於文章家爲至淺，然上自朝廷命令、詔册，下而縉紳之間牋書、祝疏，無所不用。則屬辭比事，固宜警策精切，使人讀之激卬，諷味不厭，乃爲得體。姑摭前輩及近時綴緝工緻者數十聯，以詒同志。王元之《擬李靖平突厥露布》，其叙頡利求降且復謀竄曰：「穽中餓虎，暫爲掉尾之求；韝上飢鷹，終有背人之意。」○《蘄州謝上表》曰：「宣室鬼神之問，敢望生還；茂陵封禪之書，已期身後。」○范文正公微時，嘗冒姓朱，及後歸本宗，作啓曰：「志在逃秦，入境遂稱於張禄；名非霸越，乘舟偶效於陶朱。」用范睢、范蠡，皆當家故事。○鄧潤甫行《貴妃制》曰：「《關睢》之得淑女，無險詖私謁之心；《雞鳴》之思賢妃，有警戒相成之道。」○紹聖中，《百僚請御正殿表》曰：「皇矣上帝，必臨下而觀四方；大哉乾元，當統天而始萬物。」○東坡《坤成節疏》曰：「至哉坤元，德既超於載籍；養以天下，福宜冠於古今。」○《慰國哀表》曰：「大哉孔子之仁，泫然流涕；至矣顯宗之孝，夢若平生。」○王履道《大燕樂語》曰：「五百里采，五百里衛，外包有截之區；八千歲春，八千歲秋，上祝無疆之算。」○《除少宰余深制》曰：「蓋四方其訓，以無競維人；必三后協心，而同底于道。」時并蔡京爲三相也。○《執政以邊功轉官詞》曰：「惟皇天付予，庶其在此；率寧人有指，敢弗于從。」○翟公巽行《外國王加恩制》曰：「宗祀明堂，所以教諸侯之孝；大賚四海，不敢遺小國之臣。」

宋齊愈坐於金虜立諸臣狀中輒書張邦昌字，送御史臺，責詞曰：「義重於生，雖匹夫不可奪志；士失其守，或一言幾於喪邦。」又曰：「眭孟五行之説，豈所宜言？袁宏九錫之文，兹焉安忍？」○責張邦昌詞曰：「雖天奪其衷，坐愚至此；然君異於器，代匱可乎？」○知徽州，其鄉郡也，謝啓曰：「城郭重來，疑千載去家之鶴；交游半在，或一時同隊之魚。」○何掄除秘書少監，未幾，以口語出守邛，謝啓曰：「雲外三山，風引舟而莫近；海濱八月，槎犯斗以空還。」○楊政除太尉，湯歧公行制曰：「遠覽漢京，傳楊氏者四世；近稽唐室，書系表者七人。」謂楊震、子秉、秉子賜、賜子彪，四世爲太尉。李德裕辭太尉云：「國朝重惜此官，二百年間才七人。」其用事精確如此。○蔣子禮拜右相，王詷賀啓曰：「早登黄閣，獨見明公之妙年；今得舊儒，何憂左轄之虚位？」皆杜詩語，亦可稱。

文惠公罷相，後起帥浙東，謝表曰：「上丞相之印，方事退藏；懷會稽之章，遽叨進用。」○《謝生日詩啓》曰：「五十當貴，適買臣治越之年；八千爲秋，辱莊子大椿之譬。」時正五十歲也。

文安公《代福州謝曆日表》曰：「神祇祖考，既安樂於太平；歲月日時，又章明於庶證。」正用《詩·鳧鷖序》「太平之君子，能持盈守成，神祇祖考安樂之也」，《書·洪範》「歲月日時無易，百穀用成，乂用明，俊民用章」，上下聯文皆未嘗輒增一字。《淵聖乾龍節疏》曰：「應天而行，早得尊於《大有》；象日而動，偶蒙難於《明夷》。」《大有》卦「柔得尊位」、「應乎天而時行」，《左傳》叔孫豹筮遇《明夷》，「象日之動，故曰君子于行」，彖辭云「内文明而外柔順，以蒙大難」，亦純用本文。○乾道丁亥，《南郊赦文》曰：「皇天后土，監于成命之詩；藝祖太宗，昭我思文之配。」讀者以爲壯。○後語曰：「天地設位，而聖人成能，既(僕)〔撲〕緼紛之况；雷雨作解，而君子赦過，式流汪濊之恩。」此文先三日鎖院所作，冬至日適有雷雪之異，殆成讖云。

《嗣濮王加恩制》曰：「天神明而照知四方，既下臨於精意；王子孫而本支百世，茲載錫於蕃釐。」又曰：「春秋享祀，獨冠周家之宗盟；老成典刑，蔚爲劉氏之祭酒。」○行《士衎制》曰：「克羞饋祀，事其先而萬國驩心；肅倡和聲，行於郊而百神受職。」○《賜宰臣辭免提舉聖政書成轉官詔》曰：「爲天子父尊之至，永惟傳序之恩；問聖人德何以加，莫越重華之孝。」○《賜史大觀文以新蜀帥改越辭免詔》曰：「王陽爲孝子，敢煩益部之行；莊助留侍中，姑奉會稽之計。」

吴璘在興元修塞兩縣決壞渠，爲獎諭詔曰：「刻石立作三犀牛，重見離堆之利；復陂誰云兩黄鵠，詎煩鴻郤之謡。」用老杜《石犀行》云「秦時蜀太守，刻石立作三犀牛」，及翟方進壞鴻陂，童謡云「反乎覆，陂當復。誰云者？兩黄鵠」等語也。○《批執政辭修哲宗寶訓轉官》曰：「念疊（鉅）〔矩〕重規，當賢聖之君七作；而立經陳紀，在謨訓之文百篇。」哲廟正爲第七主，而《寶訓》百卷也。○禮部爲宰臣以顯仁皇后小祥請吉服，奏曰：「練而慨然，禮應順變，期可已矣，懼或過中。」又曰：「漢中天二百而興，益隆大業；舜至孝五十而慕，獨耀前猷。」時高宗聖壽五十四也。○《修聖政轉官詞》〔曰〕：「念五馬浮江之後，光啓中興；述六龍御天以來，式時猷訓。」○《步帥陳敏制》曰：「亞夫持重，小棘門、霸上之將軍；不識將屯，冠長樂、未央之衛尉。」○《吴挺興州制》曰：「能得士心，吴起固西河之守；差强人意，廣平開東漢之興。」○《起復（□□）〔知金〕州制》曰：「惟天不弔，壞萬里之長城；有子而賢，作三軍之元帥。」○《蕭鷓巴詞》曰：「隋會在秦，晉國起六卿之懼；日磾仕漢，秺侯傳七葉之芳。」○《姚仲復官制》曰：「李廣數奇，應恨封侯之相；孟明一眚，終酬拜賜之師。」○《追封皇第四子邵王詞》曰：「舉漢武三王之策，方茂徽章；念周文十子之宗，獨留遺恨。」時已封建三王也。○《趙忠簡謚制》曰：「見夷吾於江左，共知晉室之何憂；還德裕於崖州，豈待令狐之復夢？」○《王彥贈官詞》曰：「申帶礪以丹書之誓，方休甲第之功臣；挂衣冠於神虎之門，竟失戍營之校尉。」○《李師顏贈官制》曰：「青天上蜀道，久嚴分閫之權；黑水惟梁州，愴失安邊之傑。」○《襄帥王宣贈官詞》曰：「黄河如帶，莫申劉氏之盟；漢水爲池，空墮羊公之淚。」○（□□□□）〔王淪以太〕常少卿朔祭太廟，忘設象尊、犧尊，降官詞曰：「犧象不設，已廢司彝之供；餼羊空存，殊乖告朔之禮。」○《青城山蠶叢氏侯封詞》曰：「想青城侯國之封，自今以始；雖白帝公孫之盛，於我何加？」○《魏丞相贈父詞》曰：「大名之後必大，非此其身；和戎如樂之和，幸哉有子。」魏蓋以使虜定和議，旋致大用。《贈母詞》曰：「藏盟府之國功，不殊魏絳；成外家之宅相，重見陽元。」《封妻姜氏詞》曰：「筮仕于晉曰魏，方開門户之祥；取妻必齊之姜，孰盛閨闈之美？」○《獎諭吴挺詔》曰：「閫外制將軍，方有成於東鄉；舟中皆敵國，應無慮於西河。」○《答梁丞相醴泉使兼侍讀詔》曰：「一言可以興邦，念爲臣之不易；三宿而後出晝，勉爲王而留行。」又制曰：「珍臺閒館，獨冠皋伊之倫魁；廣厦細旃，尚論唐虞之盛際。」

○葉子昂參知政事，爲諫議林安宅所擊，罷去，林遂副樞密。已而置獄，其言皆無實，林責居筠，葉召拜左揆。予草制曰：「既從有北之投，亟下居東之召。有欲爲王留者，孰明去就之忠？無以我公歸兮，大慰瞻儀之望。」本意用公歸之句，指邦人而言也，故云「瞻儀」。而御史單時疑之，謂人君而稱臣爲「我公」，彼蓋不詳味詞理耳。子昂坐冬雷罷相，予又當制，曰：「調陰陽而遂萬物，所嗟論道之非；因災異而劾三公，實負應天之愧。」蓋因有諷諫也。○《賜葉資政辭免召命詔》曰：「見(晛)〔晛〕曰消，顧何傷於日月；得時則駕，宜亟會於風雲。」○劉共甫自潭帥除翰林學士，答詔曰：「不見賈生，兹趣長沙之召；既還陸贄，宜膺内相之除。」○《答蔣丞相辭免》曰：「永惟萬事之統，知非艱而行惟艱；有不二心之臣，帥以正而罔不正。」○《修聖政轉官詞》曰：「薦於天而天是受，永言覆燾之恩；問諸朝而朝不知，詎測形容之妙。」○《汪觀文復官詞》曰：「作雷雨之解而宥罪，在法當原；如日月之食而及更，於明何損？」○《向起贈官詞》曰：「馳至金城郡，方思充國之忠；生入玉門關，竟負班超之望。」○《潼川神加封詞》曰：「駕飛龍兮靈之斿，具嚴涣命；驅厲鬼兮山之左，終相此邦。」○《陽山龍母詞》曰：「居然生子，乘雲氣以爲龍；惟爾有神，時雨暘而利物。」○《虞丞相贈父詞》曰：「活千人有封，非其身者在其子；德百世必祀，畸於人者侔於天。」○《大周仁贈父詞》曰：「有子能賢，高舉而集吴地；受予顯服，會同而朝漢京。」用東方朔《非有先生傳》「高舉遠引，來集吴地」，及《兩京賦》「春王三朝，會同漢京」也。○《王丞相進玉牒加恩制》曰：「載籍之傳五三，壯太祖太宗之立極；賢聖之君六七，耀永昭永厚之詒謀。」○《批以旱得雨請御殿》曰：「念七月之間則旱，咎證已深；雖三日以往爲霖，端憂未貰。」餘不勝書。唯記從兄在泉幕，淮東使者其友婿也，發京狀薦之。爲作謝啓曰：「襟袂相連，夙愧末親之孤陋；雲泥縣望，分無通貴之哀憐。」皆用杜詩。其下句人人知之，上句乃《贈李十五丈》云：「孤陋忝末親，等級敢比肩。人生意氣合，相與襟袂連。」此事適著題，而與前《送韋書記》詩句偶，可整齊用之。

唐憲宗采君臣行事可爲龜鑑者，集成十四篇，自製其序，寫於屏風，宣示宰臣。李藩皆表賀，白居易有《批李夷簡及百寮嚴綬等賀表》，其略云：「取而作鑑，（用）〔書〕以爲屏。與其散在圖書，心存而景慕；不若列之繪素，目覩而躬行。庶將爲後事之師，不獨觀古人之象。」又曰：「森然在目，如見其人。論列是非，庶幾爲座隅之戒；發揮獻納，亦足以開臣下之心。」居易代言，可謂詳盡。又以見唐世人主作一事，而中外表賀答詔勤渠如此，亦幾於叢脞矣。憲宗此書，有《辯邪正》、《去奢泰》兩篇，而末年用皇甫鎛，去裴度，荒於游宴，死於宦侍之手，屏風本意，果安在哉？

乾道甲午，改元純熙，既已布告天下。予時守贛，賀表云：「天永命而開中興，方茂卜年之統；時純熙而用大介，載新紀號之文。」迨詔至，乃爲淳熙，蓋以出處有「告成《大武》」之語，故不欲用。

舊説以「紅生白熟」、「脚色手紋」、「寬焦薄脆」之屬，爲天生偶對。觸類索之，亦有經前人紀載者，聊疏于此。如「三川太守，四目老翁」，「相公公相子，人主主人翁」，「泥肥（和）〔禾〕尚瘦，晷短夜差長」，「斷送一生唯有，破除萬事無過」，「北斗七星三四點，南山萬壽十千年」，「迅雷風烈風雷雨，絶地天通天地人」，「筵上枇杷，本是無聲之樂；草間舴艋，還同不繫之舟」，皆絶工者。又有用書語兩句而證以俗諺者，如「堯之子不肖，舜之子亦不肖」，諺曰「外甥多似舅」；「吾力足以舉百鈞，而不足以舉一羽」，諺曰「便重不便輕」之類是也。

唐人詩文，或於一句中自成對偶，謂之當句對。蓋起於《楚辭》「蕙烝蘭藉」、「桂酒椒漿」、「桂櫂蘭枻」、「斵冰積雪」，自齊梁以來，江文通、庾子山諸人亦如此。王勃《宴滕王閣序》一篇皆然，謂若「襟三江，帶五湖」，「控蠻荆，引歐越」；「龍光牛斗」，「徐孺陳蕃」；「騰蛟起鳳」，「紫電青霜」；「鶴汀鳧渚」，「桂殿蘭宫」；「(鍾)〔鐘〕鳴鼎食」，「青雀黄龍」；「落霞孤鶩」，「秋水長天」；「天高地迥」，「興盡悲來」之辭是也。于公異《破朱泚露布》亦然，如「堯舜禹湯之德，統元立極之君」，「卧鼓偃旗」，「養威蓄鋭」；「夾川谷而左旋右抽，抵丘陵而浸淫布濩」；「聲塞宇宙，氣雄鉦鼓」；「貙兕作威」，「風雷動色」；「乘其跆藉」，「取彼鯨鯢」；「自卯及酉，來拒復攻」；「山傾河泄」，「霆鬭雷驅」；「自北徂南」，「輿尸折首」；「左文右武，銷鋒鑄鏑」之辭是也。

四六屬對精切，如「冷熱撰，大小蓬」；「午瘦，冬肥」；「晝接，夜前」；「臺計十金，府模羣玉」；「事有至難，談何容易」；「識其大者，斵而小之」；「文經乙覽，名冠甲科」；「鷁退飛者六，龜左顧者三」；「頤龜，晉馬」；「玉筍班，金蓮炬」；「類虎頭之癡，虞馬尾之誤」；「左懸，右拱」。其餘不可勝紀。

世有的對：兩字：「錢神，酒聖」；「乙夜，丁年」；「競病，推敲」；「鼠璞，蛇珠」；「蒼頭，赤脚」；「逐北，圖南」；「重瞳，隆準」；「劍首，琴心」；「穿楊，破竹」；「指鹿，啖棃」；「汗青，戴白」；「苦李，甘棠」；「方岳，圜丘」；「炙手，噬臍」。三字：「新令尹，故將軍」；「二大老，三達尊」;「門張羅,室垂罄」;「蟻旋磨,魚上竿」;「三折臂,九回腸」;「戾㢊曲,欸乃歌」;「靈運後,祖生先」;「柳生肘,茅蓋頭」;「黄耇日,白雞年」;「飛梭齒,舉案眉」;「廷尉爵,丈人烏」;「六鼇連,萬牛解」;「趙盾日,傅説霖」;「丈二組,尺一書」;「鷁退飛,龜前列」;「馬眉白,阮眼青」;「螭頭階,龍尾道」;「中賢聖,外智愚」;「兩蝸角,一牛毛」;「屯戊己,守庚申。」四字:「舅甥酷似,兄弟難爲」;「有臣三千,舉相十六」;「門外設羅,道傍傾蓋」;「拄杖行脚,把茅蓋頭」;「諸父鴈行,羣兒魚隊」;「斷匈奴臂,飲月氏頭」;「老人大父,造物小兒」;「拔葵相魯,辟穀封留」;「乾龍飛五,晉馬接三」;「庾亮南樓,薛宣東閣」;「爲山進簣,學海盈科」;「擢髮有餘,噬臍无及」;「蘇刺史天,李將軍地」;「鳳鳴十二,鵬擊三千」;「魯一真儒,衛多君子」;「拔十得五,問一得三」;「鏡中訪戴,劍外依劉」;「詞奴宋玉,字婢羊欣」之類是也。

慢亭黎夢庚秀伯校正

補遺

帝王之制,備載乎《書》,典謨訓誥誓命之文,多以四字爲句,惟鮮對偶。後之制誥,間以六字,而以四字成聯者亦多。賦者古詩之流,古之賦則六多。《詩三百篇》其間長短句固無幾,足以盡四字句之旨。此四者,殆四六之所從祖。

《東坡手澤》云：「元豐六年十一月二十七日，天欲明，數吏持紙一幅，其上題云：請《祭春牛文》。予取筆疾書云：『三陽既至，庶草將興，爰出土牛，以戒農事。衣被丹青之好，本出泥塗；成毁須臾之間，誰爲喜愠？』吏笑曰：『此兩句復當有怒者。』傍有一吏云：『不妨不妨，此是唤醒他。』」盤洲《祭勾芒神文》曰：「天子命我，盡牧南海之民；農人告予，將有西疇之事。念銅虎，謹班春之職；出土牛，示嗣歲之期。」此當是帥廣時所作，意雖與東坡不同，而詞語瓌妙則似之。

玉牒所記，非本支而已，凡一朝大政事、大號令、大更革、大拜罷皆在焉，仙原積慶特其一條耳。前此進玉牒成書表略能備言之，惟于湖一表終始對説，其辭有云：「帝係勤鴻，燦科條于屬籍；聖謨啓訓，嚴祐典于寶儲。堯統漢緒，肇派别于天潢；《周誥》、《商盤》，儼仙躔于東壁。惟昭穆親疏之有序，與文章號令之當傳。《麟趾》振振，共仰宗盟之益茂；《虞書》渾渾，更瞻聖作之相輝。」其形容玉牒，方爲兩盡。

昭聖中，蔡京館遼使李儼，蓋汎使者留館頗久。一日，儼方飲，忽持盤中杏曰：「來未花開，如今多幸。」京即舉梨謂之曰：「去雖葉落，未可輕離。」

政和中，新創禁中儺儀，有旨令翰苑撰文。翟公巽當直，其詞云：「南正司天，無俾人神相雜；夏后鑄鼎，以絶山林之姦。苟非聖神，孰知情狀！」頃刻進入，人服其敏而工。

以上五條均據涵芬樓藏版（據明鈔本）《説郛》補。

文則

〔宋〕陳騤 撰

《文則》一卷

宋 陳騤 撰

陳騤（一一二八—一二〇三），字叔進，台州臨海（今屬浙江）人。紹興二十四年（一一五四）進士第一，秦檜當國，以其孫秦塤居其上。光宗時，任參知政事。寧宗時，知樞密院事兼參知政事，與權臣韓侂胄不合而罷官，提舉洞霄宫。嘉泰三年（一二〇三）卒，年七十六。有《南宋館閣録》、《續録》、《古學鈎玄》等。傳見《宋史》卷三九三。

本書爲我國最早之專論辭章學的專著，成書於孝宗乾道六年（一一七〇）。書名「文則」，乃旨在探求并總結「古人之文」的寫作法則，使學子從徒知「諷誦」進而知其文「味」。内容豐富，一是研究文體起源，以「序」「説」「問」「記」等十四種文體，均出於六經等經典，指出「文士題命篇章，悉有所本」。二是結合文體辨析文章風格。如以《左傳》爲例，别爲八體而論其風格各異。大抵崇尚簡約含蓄，自然協和之風格。三是系統論述修辭問題，此爲全書重點。對比喻、援引、重複、交錯等二十多種修辭格，均有獨到之分析與首創之功，尤於比喻之分類，多達十種（直喻、隱喻、類喻、詰喻、對喻、博喻、簡喻、詳喻、引喻、虚喻），或有分類標準未能統一之病，但分門别類，剖析毫芒，實爲建立科學修辭學之先導，不宜以「太瑣太拘」、「舍大而求細」責之（《四庫全書總目提要》卷一九五）。全書採用闡析與例證相結合之方法，所取例證又多爲古文範例，此亦爲後世同類著作所取徑。

此書版本甚多，有元至正十一年（一三五一）劉貞金陵刊本、至正十九年（一三五九）陶宗儀刊本、明弘治二年（一四八九）山陰陳哲刊本、明萬曆甬東屠本畯刊本、萬曆繡水沈氏刊本（《寶顔堂秘笈》所收）、明末刊本、清順治四年（一六四七）李際期刊本、日本享保十三年（一七二八）刊本、文淵閣《四庫全書》本、嘉慶二十二年（一八一七）《台州叢書》本。又有人民文學出版社一九六〇年校點本、書目文獻出版社一九八八年注釋本。諸本或分上、下二卷，或不分卷。今據《台州叢書》本録入，但取消其分卷，并參考人民文學出版社本。

（王宜瑗）

文則序

余始冠，游泮宫，從老於文者問焉，僅得文之端緒。後三年，入成均，復從老於文者問焉，僅識文之利病。彼老於文者，有進取之累，所有告於我與夫我所得，惟利於進取。後四年，竊第而歸，未獲從仕，凡一星終，得以恣閲古書，始知古人之作，歎曰：文當如是。且《詩》、《書》、二《禮》、《易》、《春秋》所載，丘明、高、赤所傳，老、莊、孟、荀之徒所著，皆學者所朝夕諷誦之文也；徒諷誦而弗考，猶終日飲食而不知味。余竊有考焉，隨而録之，遂盈簡牘。古人之文，其則著矣，因號曰《文則》。或曰：「方今宗工鉅儒，濟濟盈廷，下筆語妙天下，雖與日月争光可也，奚以吾子《文則》爲？」余曰：「蓋將所以自則也，如示人以爲則，則吾豈敢！」

乾道庚寅正月既望天台陳騤序

甲　凡九條

宋　陳騤　撰

一

六經之道，既曰同歸；六經之文，容無異體。故《易》文似《詩》，《詩》文似《書》，《書》文似《禮》。《中孚》九二曰：「鳴鶴在陰，其子和之；我有好爵，吾與爾縻之。」使入《詩·雅》，孰別《爻辭》。《抑》二章曰：「其在於今，興迷亂於政，顛覆厥德，荒湛於酒，女雖湛樂，從弗念厥紹，罔敷求先王，克共明刑。」使入《書·誥》，孰別《雅》語。《顧命》曰：「牖間南嚮，敷重蔑席，黼純，華玉仍几；西序東嚮，敷重底席，綴純，文貝仍几；東序西嚮，敷重豐席，畫純，雕玉仍几；西夾南嚮，敷重筍席，玄紛純，漆仍几。」使入《春官·司几筵》，孰別《命》語。

二

或曰：「六經創意，皆不相師。」試探精微，足明詭說。《洪範》曰：「恭作肅，從作乂，明作哲，聰作謀，睿作聖。」《小旻》五章曰：「國雖靡止，或聖或否；民雖靡膴，或哲或謀，或肅或艾。」此《詩》創意師於《書》也。（鄭康成《箋》曰：「詩人之意，欲王敬用五事，以明天道。」）《儀禮》曰：「皇尸命工祝，承致多福無疆，于女孝孫，來女孝孫，使女受禄于天，宜稼于田，眉壽萬年，勿替引之。」（此《少牢》嘏辭。）《楚茨》四章曰：「工祝致告，徂賚孝孫，苾芬孝祀，神嗜飲食，卜爾百福，如幾如式。」此《詩》創意師於《禮》也。（鄭康成云：「此皆嘏辭之意。」）

三

夫樂奏而不和，樂不可聞；文作而不協，文不可誦。文協尚矣，是以古人之文，發於自然，其協也亦自然；後世之文，出於有意，其協也亦有意。《書》曰：「任賢勿貳，去邪勿疑，疑謀勿成，百志惟熙。」《易》曰：「乾剛坤柔，比樂師憂，臨觀之義，或與或求。」《禮記》曰：「玄酒在室，醴醆在户，粢醍在堂，澄酒在下；陳其犧牲，備其鼎俎，列其琴瑟，管磬鐘鼓；修其祝嘏，以降上神，與其先祖，以正君臣，以篤父子，以睦兄弟，以齊上下，夫婦有所，是謂承天之祜。」若此等語，自然協也。《書》曰：「無偏無黨，王道蕩蕩；無黨無偏，王道平平。」《詩》曰：「不明爾德，時無背無側；爾德不明，以無陪無卿。」二者皆倒上句，又協之一體。（揚雄《法言》曰：「堯舜之道皇兮，夏殷周之道將兮，而以延其光兮。」讀之雖協，而《典》、《誥》之氣索然矣。）

四

且事以簡爲上，言以簡爲當。言以載事，文以著言，則文貴其簡也。文簡而理周，斯得其簡也。讀之疑有闕焉，非簡也，疎也。《春秋》書曰：「隕石於宋五。」《公羊傳》曰：「聞其磌然，視之則石，察之則五。」《公羊》之義，《經》以五字盡之，是簡之難者也。劉向載泄冶之言曰：「夫上之化下，猶風靡草，東風則草靡而西，西風則草靡而東，在風所由，而草爲之靡。」此用三十有二言而意方顯。及觀《論語》曰：「君子之德風，小人之德草，草上之風必偃。」此減泄冶之言半，而意亦顯。又觀《書》曰：「爾惟風，下民惟草。」此復減《論語》九言而意愈顯。吾故曰是簡之難者也。《書》曰：「能自得師者王，謂人莫己若者亡。」劉向載楚莊王之言曰：「其君賢者也，而又有師者王；其君下君也，而羣臣又莫若君者亡。」語意煩簡殊迴，不如是，何以別經傳之文！

五

文之作也，以載事爲難；事之載也，以蓄意爲工。觀《左氏傳》載晉敗於邲之事，但云：「中軍下軍争舟，舟中之指可掬。」則攀舟亂刀斷指之意自蓄其中。又載楚師寒拊勉之事，但云：

「三軍之士皆如挾纊。」則軍情愉悦之意自蓄其中。《公羊傳》載秦敗於殽之事，但云：「匹馬隻輪無反者。」則要擊之意自蓄其中。若《公羊傳》載齊使人迓郤克、臧孫之事，則曰：「客或跛或眇，齊使跛者迓跛者，眇者迓眇者。」《孟子》載天下歸舜之事，則曰：「天下諸侯朝覲者，不之堯之子而之舜，訟獄者不之堯之子而之舜，謳歌者不謳歌堯之子而謳歌舜。」凡此則意隨語竭，不容致思。

六

《詩》、《書》之文，有若重復而意實曲折者。《詩》曰：「云誰之思，西方美人。彼美人兮，西方之人兮。」此思賢之意自曲折也。又曰：「自古在昔，先民有作。」此考古之意自曲折也。《書》曰：「眇眇予末小子。」此謙托之意自曲折也。又曰：「孺子其朋，孺子其朋其往。」告戒之意自曲折也。

七

文有意相屬而對偶者，如「發彼小豝，殪此大兕」，「誨爾諄諄，聽我藐藐」，「故謀用是作，而兵由此起」。有事相類而對偶者，如「威侮五行，怠棄三正」，「佑賢輔德，顯忠遂良」。此皆渾然而成，初非有意媲配。凡文之對偶者，若此則工矣。

八

古人之文，用古人之言也。古人之言，後世不能盡識，非得訓切，殆不可讀，如登峭險，一步九嘆。既而强學焉，搜摘古語，撰叙今事，殆如昔人所謂大家婢學夫人，舉止羞澀，終不似真也。今取在當時爲常語，而後人視爲艱苦之文，如《周禮》曰：「犬赤股而躁，臊；鳥皫色而沙鳴，貍；豕盲眡而交睫，腥；馬黑脊而般臂，螻。」《詩》曰：「游環脅驅，陰靷鋈續。」又曰：「鉤膺鏤錫，鞹鞃淺幭。」《莊子》曰：「乃始臠卷傖囊而亂天下也。」《荀子》曰：「按角鹿埵隴種東籠而退耳。」（《詩》、《禮》之義，先儒注解備見。若《庄子》言臠卷，不申舒之貌；傖囊，猶搶攘也。《荀子》所言，皆兵摧敗披靡之貌也。）

九

大抵文士題命篇章，悉有所本。自孔子爲《書》作序，（孔子《書序》，總爲一篇，孔安國各分繫之篇首。）文遂有序；自孔子爲《易》説卦，文遂有説；（柳宗元《天説》之類。）自有《曾子問》、《哀公問》之類，文遂有問；（屈原《天問》之類。）自有《考工記》、《學記》之類，文遂有記；自有《經解》、《王言解》之類，（《王言解》見《家語》。）文遂有解；（韓愈《進學解》之類。）自有《辯政》、《辯物》之類，（二辯見《家語》。）文遂有辯；（宋玉《九辯》之類。）自有《樂論》、《禮論》之類，（二論見《荀子》。）文遂有論；（賈誼《過秦論》之類。）自有《大傳》、《間傳》之類，（二傳見《禮記》。）文遂有傳。

乙凡六條

一

文有助辭，猶禮之有儐，樂之有相也。禮無儐則不行，樂無相則不諧，文無助則不順。（唐有杜温夫者，爲文不識助辭疑之之辭如「耶」「乎」之類，决之之辭如「耳」「矣」之類，皆一用之。柳宗元所以深言其病，不可不知。）《檀弓》曰：「勿之有悔焉耳矣。」《孟子》曰：「寡人盡心焉耳矣。」《檀弓》曰：「我吊也與哉。」《左氏傳》曰：「獨吾君也乎哉。」凡此一句而三字連助，不嫌其多也。《左氏傳》曰：「其有以知之矣。」又曰：「其無乃是也乎。」此二者，六字成句，而四字爲助，亦不嫌其多也。《檀弓》曰：「南宫縚之妻之姑之喪。」《樂記》曰：「不知手之舞之足之蹈之也。」凡此不嫌用「之」字爲多。《禮記》曰：「言則大矣美矣盛矣。」此不嫌用「矣」字爲多。《檀弓》曰：「美哉奂焉。」《論語》曰：「富哉言乎。」凡此四字成句，而助辭半之，不如是文不健也。（司馬長卿《封禪文》曰：「遐哉邈乎。」此虽知助辭，而「遐」「邈」同義，又失矣。）《左氏》曰：「美哉！泱泱乎大風也哉！表東海者，其太公乎？國未可量也。」

此文每句終用助，讀之殊無齟齬艱辛之態。《左氏傳》曰：「以三軍軍其前。」欲見下「軍」字有陳列之意，則當用「其」字爲有力。《公羊傳》曰：「入其大門，則無人門焉者。」欲見下「門」字有守禦之意，則當用「焉者」字爲有力。

二

倒言而不失其言者，言之妙也；倒文而不失其文者，文之妙也。文有倒語之法，知者罕矣。《春秋》書曰：「吴子遏伐楚，門於巢，卒。」《公羊傳》曰：「門於巢卒者何？入門乎巢而卒也。」然夫子先言「門」後言「於巢」者，於文雖倒，而寓意深矣。（何休曰：「吴子欲伐楚，過巢，不假塗，卒暴入巢門，門者以爲欲犯巢而射殺之，故與巢得殺之，若吴爲自死，文所以强守禦也。」）仲山甫誠歸於謝，《詩》則曰：「謝於誠歸。」隱盜所得器，《左氏傳》則曰：「盜所隱器。」於義皆不害也。《禹貢》曰：「厥篚玄纖縞。」又曰：「雲土夢作乂。」用「纖」字不在「玄」上，「土」字不在「夢」下，亦一倒法也。（司馬遷作《夏本紀》改曰：「雲夢土作乂」，烏足與知此！）

三

字有偏旁，故文有取偏旁以成句；字有音韻，故文有取音韻以成句：皆所以明其義也。《周禮》曰：「五人爲伍。」《中庸》曰：「誠者自成也。」《孟子》曰：「征之爲言正也。」《莊子》曰：「庸也者用也。」《檀弓》曰：「夫祖者且也。」《祭統》曰：「銘者自名也。」《表記》曰：「仁者人也。」凡此皆取偏旁者也。《鄉飲酒義》曰：「秋之爲言愁也。」又曰：「冬者中也。」《易》曰：「嗑者合也。」《樂記》曰：「樂者樂也。」《孟子》曰：「校者教也。」《揚子》曰：「禮以體之。」凡此皆取音韻者也。

四

夫文有病辭，有疑辭。病辭者，讀其辭則病，究其意則安，如《曲禮》曰：「猩猩能言，不離禽獸。」《繫辭》曰：「潤之以風雨。」蓋「禽」字於猩猩爲病，「潤」字於風爲病也。（說者曰：凡可擒者，皆謂之禽，《大宗伯》以禽作六摯，而羔在其中。凡物氣和則潤，先言潤，則風之和可知矣。）疑辭者，讀其辭則疑，究其意則斷，如《何彼穠矣》曰：「平王之孫。」《檀弓》曰：「容居魯人也。」蓋平王疑爲東遷之平王，魯人疑爲魯國之人也。（毛萇《傳》云：「平，正也。指文王，言能正天下之王也。」鄭康成云：「魯，鈍也。」）凡觀此文，可不深考！

五

辭以意爲主，故辭有緩有急，有輕有重，皆生乎意也。韓宣子曰：「吾淺之爲丈夫也。」則其辭緩；景春曰：「公孫衍、張儀豈不誠大丈夫哉！」則其辭急。「狼瞫於是乎君子。」則其辭輕；「子謂子賤『君子哉若人』！」則其辭重。

六

文有雖成一家，而有已經雕斲與其否者。且《左氏傳》前載辛伯諫曰：「並后匹嫡，兩政耦國。」後載狐突諫曰：「昔辛伯諗周桓公云：『內寵並后，外寵二政，嬖子配適，大都耦國。』」則知前載已雕斲，而後載否矣。《內傳》曰：「所謂生死而肉骨也。」《外傳》曰：「緊起死人而肉白骨也。」則知《內傳》雕斲，而《外傳》否矣。

丙　凡四條

一

《易》之有象，以盡其意；《詩》之有比，以達其情。文之作也，可無喻乎？博采經傳，約而論之，取喻之法，大概有十，略條於後。

一曰直喻，或言「猶」，或言「若」，或言「如」，或言「似」，灼然可見。《孟子》曰：「猶緣木而求魚也。」《書》曰：「若朽索之馭六馬。」《論語》曰：「譬如北辰。」《莊子》曰：「凄然似秋。」此類是也。

二曰隱喻，其文雖晦，義則可尋。《禮記》曰：「諸侯不下漁色。」（國君内取國中，象捕魚然，中網取之，是無所擇。）《國語》曰：「没平公軍無秕政。」（秕，穀之不成者，以喻政。）又曰：「雖蝎譖焉避之。」（蝎，木蟲。譖從中起，如蝎食木，木不能避也。）《左氏傳》曰：「是豢吴也夫。」（若人養犧牲。）《公羊傳》曰：「其諸爲其雙雙而俱至者與。」（言齊高固及子叔姬來，其雙行匹至似獸。《山海經》有獸名雙雙。）此類是也。

三曰類喻，取其一類，以次喻之。《書》曰：「王省惟歲，卿士惟月，師惟日。」歲月日一類也。賈誼《新書》曰：「天子如堂，羣臣如陛，衆庶如地。」堂陛地一類也。此類是也。

四曰詰喻，雖爲喻文，似成詰難。《論語》曰：「虎兕出於柙，龜玉毁於櫝中，是誰之過歟？」《左氏傳》曰：「人之有墻，以蔽惡也。墻之隙壞，誰之咎也？」此類是也。

五曰對喻，先比後證，上下相符。《莊子》曰：「魚相忘乎江湖，人相忘乎道術。」《荀子》曰：「流丸止於甌臾，流言止於智者。」此類是也。

六曰博喻，取以爲喻，不一而足。《書》曰：「若金，用汝作礪；若濟巨川，用汝作舟楫；若歲大旱，用汝作霖雨。」《荀子》曰：「猶以指測河也，猶以戈舂黍也，猶以錐飡壺也。」此類是也。

七曰簡喻，其文雖略，其意甚明。《左氏傳》曰：「名，德之輿也。」揚子曰：「仁，宅也。」此類是也。

八曰詳喻，須假多辭，然後義顯。《荀子》曰：「夫耀蟬者，務在乎明其火，振其樹而已；火不明，雖振其樹，無益也。今人主有能明其德，則天下歸之，若蟬之歸明火也。」此類是也。

九曰引喻，援取前言，以證其事。《左氏傳》曰：「諺所謂『庇焉而縱尋斧焉』者也。」《禮記》曰：「蛾子時術之，其此之謂乎。」此類是也。

十曰虛喻，既不指物，亦不指事。《論語》曰：「其言似不足者。」《老子》曰：「飂兮似無所止。」此類是也。

二

凡伯刺厲之詩，而曰：「先民有言。」（《板》三章曰：「先民有言，詢于芻蕘。」鄭康成云：「此古賢者有言也。」）吉甫美宣之詩，而曰：「人亦有言，」（《烝民》五章曰：「人亦有言，柔則茹之，剛則吐之。」此亦謂前人有言如此。）胤侯之征，乃舉《政典》；（《政典》曰：「先時者殺無赦，不及時者殺無赦。」孔安國云：「《政典》，夏后爲政之典籍。」）盤庚之告，亦載遲任；（遲任有言曰：「人惟求舊，器非求舊惟新。」孔安國云：「遲任，古賢人。」）或稱古人言，（《秦誓》曰：「古人有言曰：『撫我則后，虐我則仇。』」此類是也。）或稱我聞曰，（《康誥》曰：「我聞曰：『怨不在大，亦不在小。』」此類是也。）是皆有所援引也。《詩》、《書》而降，傳記籍籍，援引之言，不可具載。且左氏采諸國之事以爲經傳，戴氏集諸儒之篇以成《禮》志，援引《詩》、《書》，莫不有法。推而論之，蓋有二端：一以斷行事，一以證立言。二者又各分三體，略條於後。

《左氏傳》載「《詩》曰：『自詒伊慼』」，其子臧之謂矣。」此獨引《詩》以斷之，是一體也。（此體多矣。）

《左氏傳》載「《詩》曰：『于以采蘩，于沼于沚，于以用之，公侯之事。』秦穆有焉。『夙夜匪解，以事一人。』孟明有焉。『詒厥孫謀，以燕翼子。』子桑有焉。」此各引《詩》以合斷之，是二體也。（《表記》載「《詩》曰：『莫莫葛藟，施于條枚；豈弟君子，求福不回。』其舜禹文王周公之謂與。」此又一《詩》總斷之體也。）

《國語》載「《詩》曰：『其類維何，室家之壼，君子萬年，永錫祚胤。』『類』也者，不忝前哲之謂也；『壼』也者，廣裕民人之謂也；『萬年』也者，令聞不忘之謂也；『祚胤』也者，子孫蕃育之謂也。單子朝夕不忘成王之德，可謂不忝前哲矣；膺保明德，以佐王室，可謂廣裕民人矣。若能類善物以混厚民人者，必有章譽蕃育之祚，則單子必當之矣。」此既引《詩》文，又釋其義以斷之，是三體也。

《大學》載「《康誥》曰：『克明德。』《太甲》曰：『顧諟天之明命。』《帝典》曰：『克明峻德。』皆自明也。湯之《盤銘》曰：『苟日新，日日新，又日新。』《康誥》曰：『作新民。』《詩》曰：『周雖舊邦，其命維新。』是故君子無所不用其極。」此則采綜羣言，以盡其義，是一體也。

《緇衣》曰：「好賢如《緇衣》，惡惡如《巷伯》，則爵不瀆而民作願，刑不試而民咸服。《大雅》曰：『儀刑文王，萬邦作孚。』」此則言終引證，是二體也。（《孝經》諸篇，悉用此體。）

《左氏傳》曰：「《周書》所謂『庸庸祗祗』者，謂此物也夫。」又「《太誓》所謂『商兆民離，周十人同』者，衆也。」此乃斷析本文，以成其言，是三體也。

三

夫取《詩》即云《詩》，取《書》即云《書》，蓋常體也。觀以《康誥》爲「先王之令」，（《國語》稱「先王之令曰：『天道賞善而罰淫。』故凡我造國，無從非彝。」此引《湯誥》文。）以《周書》爲「西方之書」。（《國語》稱「西方之書」，蓋《逸周書》。韋昭云：「《詩》言『西方之人兮』，則西方爲周也。」）以《咸有一德》爲《尹告》，（《禮記》稱《尹告》曰：「惟尹躬暨湯，咸有一德。」康成云：「《尹告》，伊尹之誥。」）以《大禹謨》爲《道經》。（《荀子》稱《道經》曰：「人心惟危，道心惟微。」楊倞云：「此在《虞書》，曰《道經》者，言有道之經也。」）不曰《仲虺之誥》，而曰《仲虺之志》，（《左氏傳》曰：「《仲虺之志》云：『亂者取之，亡者侮之。』」）不曰《五子之歌》，而曰《夏訓》有之。（《左氏傳》曰：「《夏訓》有之，有窮后羿。」）直言《鄭詩》、《曹詩》，（《國語》稱：「《鄭詩》曰：『仲可懷也。』」又稱：「《曹詩》曰：『彼其之子，不遂其媾。』」）止稱「《汋》曰」「《武》曰」。（《左氏傳》：「《汋》曰：『於鑠王師。』《武》曰：『無競惟烈。』」）或稱「芮良夫」，（《左氏傳》曰：「周芮良夫之詩曰：『大風有隧，貪人敗類。』」）或稱「周文公」。（《國語》：「周文公之頌曰：『載戢干戈，載櫜弓矢。』」）指《那》頌卒章爲亂辭，（《國語》曰：「其戢之亂曰：『自古在昔，先民有作。』」韋昭云：「凡作篇章義既成，撮其大要，以爲亂辭。」）摘《小宛》首章爲篇目。（《國語》曰：「秦伯賦《鳩飛》。」韋昭云：「《小宛》之首章：『宛彼鳴鳩，翰飛戾天』是也。」）數章之末章，既謂之卒章，（《左氏傳》曰：「賦《緑衣》之卒章。」此類是也。）一章之末句，亦謂之卒章。（《左氏傳》曰：「作《武員》卒章曰：『耆定爾功。』」）凡此似亦略施雕琢，少變雷同，作者考焉，毋誚無補。

四

《左氏傳》載諸國燕饗賦《詩》之事，但云賦某詩，或云賦某《詩》之卒章，皆不載《詩》文，而意自具。其曰：「賦《棠棣》之七章以卒」，則知賦七章已卒盡八章也。其曰：「在《揚水》卒章之四矣」，則知取「我聞有命」也。《左氏》於此等文，最爲得體。

丁凡八條

一

文有上下相接，若繼踵然，其體有三：其一曰叙積小至大，如《中庸》曰：「能盡其性，則能盡人之性；能盡人之性，則能盡物之性；能盡物之性，則可以贊天地之化育；可以贊天地之化育，則可以與天地參矣。」此類是也。其二曰叙由精及粗，如《莊子》曰：「古之明大道者，先明天，而道德次之；道德已明，而仁義次之；仁義已明，而分守次之；分守已明，而形名次之；形名已明，而因任次之；因任已明，而原省次之；原省已明，而是非次之；是非已明，而賞罰次之。」此類是也。其三曰叙自流極原，如《大學》曰：「古之欲明明德於天下者，先治其國；欲治其國者，先齊其家；欲齊其家者，先修其身；欲修其身者，先正其心；欲正其心者，先誠其意；欲誠其意者，先致其知。」此類是也。

二

文有交錯之體，若纏糾然，主在析理，理盡後已。《書》曰：「念茲在茲，釋茲在茲，名言茲在茲，允出茲在茲。」《莊子》曰：「有始也者，有未始有始也者，有未始有夫未始有始也者。」又曰：「以指喻指之非指，不若以非指喻指之非指也。」《荀子》曰：「不利而利之，不如利而後利之之利也；利而後利之，不如利而不利者之利也。」《國語》曰：「成人在始與善。始與善，善進善，不善蔑由至矣；始與不善，不善進不善，善亦蔑由至矣。」《穀梁》曰：「人之所以爲人者，言也；人而不能言，何以爲人？言之所以爲言者，信也；言而不信，何以爲言？信之所以爲信者，道也；信而不道，何以爲信？」此類多矣，不可悉舉，然取《莊子》而法之，則文斯邃矣。

三

載事之文，有上下同目之法，謂其事斷可書，其人斷可美也。如《論語》載孔子之美禹、顏，（子曰：「禹，吾無間然矣，菲飲食而致孝乎鬼神云云。禹，吾無間然矣。」又曰：「賢哉回也，一簞食，一瓢飲云云，賢哉回也。」）《戴禮》之記文王、周公，（《文王世子》篇曰：「文王之爲世子也，朝於王季日三云云，文王之爲世子也。」又曰：「昔者，周公攝政踐阼而治，抗世子法於伯禽，所以善成王也云云，周公踐阼。」）《公羊》之傳孔父、仇牧、荀息，（《公羊傳》曰：「孔父可謂義形於色矣。其義形於色何？督將弒殤公，孔父生而存，則殤公不可得而弒也云云，孔父可謂義形於色矣。」又曰：「仇牧可謂不畏强禦矣。其不畏强禦奈何？萬嘗與莊公戰，獲乎莊公云云，仇牧可謂不畏强禦矣。」又曰：「荀息可謂不食其言矣。其不食其言奈何？奚齊卓子者，驪姬之子也，荀息傳焉云云，荀息可謂不食其言矣。」）皆其法也。

四

數（音所）人行事，其體有三：或先總而後數之，如孔子謂「子産有君子之道四焉：其行己也恭，其事上也敬，其養民也惠，其使民也義。」此類是也。或先數之而後總之，如子産數鄭公孫黑曰：「爾有亂心無厭，國不女堪，專伐伯有，而罪一也；昆弟争室，而罪二也；董隧之盟，女矯君位，而罪三也。有死罪三，何以堪之！」此類是也。或先既總之而後復總之，如孔子言「臧文仲其不仁者三，不知者三：下展禽，廢六關，妾織蒲，三不仁也；作虚器，縱逆祀，祀爰居，三不知也。」此類是也。

五

載事之文，有先事而斷以起事也，有後事而斷以盡事也。如《左氏傳》欲載晉靈公厚斂雕墻，必先言：「晉靈公不君」，《公羊傳》欲載楚靈王作乾谿臺，必先言：「靈王爲無道」，《中庸》欲言

「舜好問而好察邇言」，亦先曰：「舜其大智也與」，《孟子》欲言「梁惠王以其所不愛及其所愛」，亦先曰：「不仁哉梁惠王也」，若此類，皆先斷以起事也。如《左氏傳》載晉文公教民而用，卒言之曰：「一戰而霸，文之教也。」又載晉悼公賜魏絳和戎樂，卒言之曰：「魏絳於是乎始有金石之樂，禮也。」若此類皆後斷以盡事也。

六

載言之文，有不避重複，如《穀梁傳》載麗姬故謂君曰：「吾夜者夢夫人趨而來曰：『吾苦畏，胡不使大夫將衛士而衛冢乎？』」故君謂世子曰：「麗姬夢夫人趨而來曰：『吾苦畏。』女其將衛士而往衛冢乎！」此不避重複一也。《家語》載魯公索氏將祭，而忘其牲，孔子聞之曰：「公索氏不及二年而必亡。」後一年而亡，門人問曰：「昔公索氏將祭而亡其牲，而夫子曰：『不及二年必亡。』今過期而亡，……」此不避重複二也。《公羊傳》載陽處父諫曰：「射姑民衆不悦，不可使將。」於是廢將。射姑入，君謂射姑曰：「陽處父言曰：『射姑民衆不悦，不可使將。』」此不避重複三也。及觀《檀弓》載子游曰：「昔者，夫子居于宋，見桓司馬自爲石椁，三年不成，夫子曰：『若是其靡也，死不如速朽之愈也。』死之欲速朽，爲桓司馬言之也云云。」曾子以子游之言告於有子，然《檀弓》但云以子游之言，蓋避重複也。又《左氏傳》載：「晉師歸，郤伯見，公曰：『子之力也夫！』」范叔見，勞之如郤伯；欒伯見，公亦如之。」夫三述晉侯之語，固未爲害，而《左氏》兩變其文，蓋避重複也。

七

載言之文，又有答問，若止及一事，文固不難；至於數端，文實未易。所問不言問，所對不言對，言雖簡略，意實周贍，讀之續如貫珠，應如答響。若《左氏傳》載楚望晉軍問伯犂，蓋得此也。至於問，則屢稱「何也」，答，則屢稱「對曰」，其文與意，有異《左氏》，若《樂記》載賓牟賈與孔子言樂，皆拘此也。二文具載，則可考矣。

王曰：「騁而左右，何也？」曰：「召軍吏也。」「皆聚於中軍矣。」曰：「合謀也。」「張幕矣。」曰：「虔卜於先君也。」「撤幕矣。」曰：「將發命也。」「甚囂，且塵上矣。」曰：「將塞井夷竈而爲行也。」「皆乘矣，左右執兵而下矣。」曰：「聽誓也。」「戰乎？」曰：「未可知也。」「乘而左右皆下矣。」曰：「戰禱也。」

曰：「夫武之備戒之已久，何也？」對曰：「病不得其衆也。」「咏嘆之，淫泆之，何也？」對曰：「恐不逮事也。」「發揚蹈厲之已蚤，何也？」對曰：「及時事也。」「武坐致右憲左，何也？」對曰：「非武坐也。」「聲淫及商，何也？」對曰：「非武音也。」子曰：「若非武音，則何音也？」對曰：「有司失其傳也。」（觀孟子與陳相答問許子之事曰：「許子必種粟而後食乎？」曰：「然。」「許子必織布而後衣乎？」曰：「否。」「許子衣褐，許子冠乎？」曰：「冠。」曰：「奚冠？」曰：「冠素。」曰：「自織之與？」曰：「否，以粟易之。」曰：「許子奚爲不自織？」曰：「害於耕。」曰：「許子以釜甑爨，以鐵耕乎？」曰：「然。」「自爲之與？」曰：「否，以粟易之。」此文但存「曰許子」，以下「許子」字皆可除。信乎答問之文爲難也！）

八

文有目人之體，有列氏之體。《論語》曰：「德行：顔淵、閔子騫、冉伯牛、仲弓。言語：宰我、子貢。政事：冉有、季路。文學：子游、子夏。」此目人之體也，而揚雄、班固得之。（揚子《法言》曰：「美行：園公、綺里季、夏黄公、角里先生。言辭：婁敬、陸賈。執正：王陵、申屠嘉。折節：周昌、汲黯。守儒：轅固、申公。災異：董相、夏侯勝、京房。」班固作《公孫弘傳贊》曰：「儒雅則公孫弘、董仲舒、兒寬，篤行則石建、石慶，質直則汲黯、卜式，推賢則韓安國、鄭當時云云。」）《左氏傳》曰：「殷民六族：條氏、徐氏、蕭氏、索氏、長勺氏、尾勺氏。」此列氏之體也，而莊周、司馬遷得之。（《莊子》曰：「子獨不知至德之世乎？昔者，容成氏、大庭氏、伯皇氏、中央氏、栗陸氏、驪畜氏云云。」司馬遷作《夏本紀贊》曰：「其後分封，用國爲姓，故有夏后氏、有扈氏、有男氏、斟尋氏、彤城氏、褒氏云云。」）

戊凡十條

一

《禮記》之文，始自后倉，成於戴聖，非純格言，間有淺語。如「掩口而對」，「毋投與狗骨」，「羹之有菜者用挾」，「男女相答拜也」，「養不敢搔」，「衣裳綻裂」，「年未滿五十」，「取婦之家」，「嫂不撫叔，叔不撫嫂」，若此等語，雖在曲防人情，然亦少施斲削。

二

《商盤》告民，民何以曉？然在當時，用民間之通語，非若後世待訓詁而後明。且「顛木之有由蘖」，使晉衛間人讀之，則蘖知爲餘也。「不能胥匡以生」，使東齊間人讀之，則胥知爲皆也。「欽念以忱」，使燕岱間人讀之，則忱知爲誠也。由此考之，當時豈不然乎？

三

詩文待訓明者，亦本風土所宜。且「王室如燬」，使齊人讀之，則燬爲常語。「六日不詹」，使楚人讀之，則詹爲常語。（燬，火也，齊人以火爲燬。詹，至也，楚人以詹爲至。）

四

《儀禮》，周家之制也，事涉威儀，文苦而難讀。《鄉黨》，孔門之記也，言關訓則，文婉而易觀。今略摘《儀禮》之文，證以《鄉黨》，昭然辨矣。

「執圭，入門，鞠躬焉，如恐失之。」（《鄉黨》曰：「執圭，鞠躬如也，如不勝。」）「下階，發氣，怡焉，再三舉足，又趨。」（《鄉黨》曰：「出，降一等，逞顔色，怡怡如也，没階趨，進，翼如也。」）「及享，發氣焉，盈容。」（《鄉黨》曰：「享禮，有容色。」）「賓出，公再拜送，賓不顧。」（《鄉黨》曰：「賓退，必復命曰，賓不顧矣。」）「若君賜之食，君祭先飯。」（《鄉黨》曰：「侍食於君，君祭先飯。」）

五

《孝經》之文，簡易醇正，藴聖人之氣象，揭六經之表儀。夷考其文，有所未諭。《三才章》首，似摭子產言禮之辭；（子太叔對趙簡子曰：「聞諸先大夫子產曰：『夫禮，天之經也，地之義也，民之行也。天地之經，而民實則之，則天之明，因地之性。』」《孝經》止三字不同。）《聖治章》末，似刪《文子》論儀之語。（北宮文子對衛襄侯曰：「故君子在位可畏，施舍可愛，進退可度，周旋可則，容止可觀，作事可法，德行可象，聲氣可樂。」《孝經》則曰：「君子則不然，言思可道，行思可樂，德義可尊，作事可法，容止可觀，進退可度。」）《事君章》曰：「進思盡忠，退思補過。」此乃士貞子諫晉景公之辭；《聖治章》曰：「以順則逆，民無則焉，不在於善，而皆在於凶德。」此乃季文子對魯宣公之辭。（《左氏傳》作「訓昏」，二字不同。）聖人雖遠稽格言，不應雷同如此。豈作傳者，反竊經與？

六

《爾雅》之作，主在訓言；《謚法》之作，用以定謚：皆周公之文也。戴聖之釋《淇澳》，備采《爾雅》之辭，（《禮記》曰：「『如切如磋』者，道學也。『如琢如磨』者，自修也。『瑟兮僩兮』者，恂慄也。『赫兮喧兮』者，威儀也。『有斐君子，終不可諠兮』者，道盛德至善，民之不能忘也。」此乃《爾雅·釋訓》文。）成鱄之釋《皇矣》，端倣《謚法》之體，（《左傳》曰：「心能制義曰度，德正應和曰莫，照臨四方曰明，勤施無私曰類，教誨不倦曰長，賞慶刑威曰君，慈和遍服曰順，經天緯地曰文。」《謚法》體如此，文亦有同者。）孰謂類皆後人之補緝，無補作者之監觀？

七

夫《論語》、《家語》，皆夫子與當時公卿大夫及羣弟子答問之文。然《家語》頗有浮辭衍説，蓋出於羣弟子共相叙述，加之潤色，其才或有優劣，故使然也。若《論語》雖亦出於羣弟子所記，疑若已經聖人之手。今略考焉。子曰：「爲命，裨諶草創之，世叔討論之，行人子羽修飾之，東里子產潤色之。」質之《左氏》，則此文簡而整。（《左氏傳》曰：「裨諶能謀，謀於野則獲，謀於邑則否。鄭國將有諸侯之事，子產乃問四國之爲於子羽，且使多爲辭令，與裨諶乘以適野，使謀可否，而告馮簡子，使斷之。事成，乃授子太叔使行之，以應對賓客。」）子曰：「孟之反不伐，奔而殿，將入門，策其馬，曰：『非敢後也，馬不進也。』」質之《左氏》，則此文緩而周。（《左氏傳》曰：「孟之側後入，以爲殿，抽矢策其馬曰：『馬不進也。』」）「南容三復白圭」，司馬遷則曰：「三復白圭之玷。」辭雖備，而其意竭矣。「在邦必達，在家必達」，司馬遷則曰：「在邦及家必達。」辭雖約，而其意疏矣。彼揚雄《法言》、王通《中説》，模擬此書，未免畫虎類狗之譏。（《法言》曰：「如其智，如其智。」「雖有民，焉得而塗諸。」「三年不目日，視必盲；三年不目月，精必矇。」「魯仲連傷而不剬，藺相如剬而不傷。」「請條，曰：『非正不視，非正不聽，非正不言，非正不行。』」「若張子房之智，陳平之無誤，絳侯勃之果，霍將軍之能，終之以禮樂，則可謂社稷之臣矣。」《法言》之模擬《論語》，皆此類也。《中説》曰：「可與共樂，未可與共憂，可與共憂，未可與共樂。」「我未見勤者矣，蓋有焉，我未之見也。」「焉知來者之不如昔也。」「是故惡夫異端者。」「小不忍，致大災。」「知之者，不如行之者；行之者，不如安之者。」《中説》之模擬《論語》，皆此類也。）王充《問孔》之篇，而於此書多所指摘，亦未免桀犬吠堯之罪歟。

八

詩人《庭燎》之詠，文雖美之，意則箴之；張老「輪奐」之辭，文雖頌之，意則譏矣。（晉獻文子成室，張老曰：「美哉輪焉，美哉奐焉，歌於斯，哭於斯，聚國族於斯。」）自漢以來，靡麗之賦，勸百諷一，烏足知此！

九

語出於己，作之固難；語借於古，用亦不易。觀歷代雕蟲小技之士，借古語以成篇章者，紛紛籍籍，試陳一二，以鑑後來。張茂先《勵志詩》曰：「德輶如羽。」又曰：「熠燿宵流。」雖變二字，以協音韻，而不知詩人言「行」有綏飛之意，言「毛」有至輕之喻。應吉甫《華林集詩》有曰：「文武之道，厥猷未墜。」既言「之道」，復綴「厥猷」，此所謂屋下架屋者歟。陸倕《石闕銘》曰：「惟王建國，正位辨方。」遂令「辨方」後於「正位」，所謂轉衣爲裳者歟。

一〇

古語曰：「黶子在頰則好，在顙則醜。」言有宜也。自晉以降，操觚含毫之士，喜學經語者多矣，且如孫盛著史，書曰：「某年春帝正月。」（謂盛作《魏晉陽秋》也。且《春秋》書「王正月」，示魯侯用周天子正朔，曹、馬躬有天下，不當書「帝正月」。）謝惠連作賦，乃曰：「雪之時義遠矣哉。」（謂惠連作《雪賦》也。按《易》卦義深者，以此語贊之。大抵文士雪月之詠，非所當也。）此蓋不知黶子在顙之爲醜也。

己　凡七條

觀《檀弓》之載事，言簡而不疏，旨深而不晦，雖《左氏》之富艷，敢奮飛於前乎？略舉二事以見。

一

世子申生爲驪姬所譖，或令辯之。《左氏》載其事，則曰：「或謂太子：『子辭，君必辯焉。』太子曰：『君非姬氏，居不安，食不飽。我辭，姬必有罪。君老矣，吾又不樂。』」《檀弓》則曰：「『子盍言子之志於公乎？』世子曰：『不可，君安驪姬，是我傷公之心也。』」考此，則《檀弓》爲優。（《穀梁傳》載其事曰：「世子之傅里克謂世子曰：『入自明。入自明，則可以生；不入自明，則不可以生。』世子曰：『吾君已老矣，已昏矣。吾若此而入自明，則驪姬必死；驪姬死，則吾君不安。』若此文，非惟不及《檀弓》，亦不及《左氏》矣。）

智悼子未葬，晉平公飲以樂，杜蕢謂大臣之喪，重於疾日不樂。《左氏》言其事，則曰：

「辰在子卯，謂之疾日。君撤宴樂，學人舍業，爲疾故也。君之卿佐，是謂股肱，股肱或虧，何痛如之！」《檀弓》則曰：「子卯不樂。知悼子在堂，斯其爲子卯也大矣。」考此，則《檀弓》爲優。

二

鳧脛雖短，續之則憂；鶴脛雖長，斷之則悲。《檀弓》文句，長短有法，不可增損，其類是哉。

長句法：「毋乃使人疑夫不以情居瘠者乎哉？」「孰有執親之喪而沐浴佩玉者乎？」「蕢尚不如杞梁之妻之知禮也。」「苟無禮義忠信誠慤之心以涖之。」

短句法：「華而睆」、「立孫」、「畏」、「厭」、「溺」。

三

鼓瑟不難，難於調弦；作文不難，難於鍊句。《檀弓》之文，鍊句益工，參之《家語》，其妙睹矣。

「遇負杖入保者息。」（《家語》曰：「遇人入保負杖者息。」）「皆死焉。」（《家語》曰：「命敵死焉。」）「比御而不入。」（《家語》曰：「可御而處内。」）「南宫縚之妻之姑之喪。」（《家語》曰：「南宫縚之妻，孔子之兄女，喪其姑。」）「予惡乎涕之無從也。」（《家語》曰：「吾惡乎涕而無以將之。」）「仲子亦猶行古之道也。」（《家語》曰：「仲子亦猶行古人之道。」）「夫子爲弗聞也者而過之。」（《家語》曰：「夫子爲之隱佯不聞以過之。」）「遂命覆醢。」（《家語》曰：「遂令左右皆覆醢。」）「死不如速朽之愈也。」（《家語》曰：「死不如朽之速愈。」）「若魂氣則無不之也。」（《家語》曰：「若魂氣則無所不之。」）

四

《考工記》之文，權而論之，蓋有三美：一曰雄健而雅，二曰宛曲而峻，三曰整齊而醇。略條于後。

雄健而雅：「鄭之刀，宋之斤，魯之削，吳粵之劍，遷乎其地而弗能爲良。」「凡爲弓，方其峻而高其柎，長其畏而薄其敝。」（《左氏傳》曰：「恤其患而補其闕，正其違而治其煩。」亦此法也。）

宛曲而峻：「凡攫閷援簭之類，必深其爪，出其目，作其鱗之而。深其爪，出其目，作其鱗之而，則於眡必撥爾而怒。苟撥爾而怒，則於任重宜，且其匪色必似鳴矣。爪不深，目不出，鱗之而不作，則必頹爾如委矣。苟頹爾如委，則加任焉，則必如將廢措，其匪色必似不鳴矣。」（此文説筍簴之獸也。）「引而信之，欲其直也。信之而直，則取材正也；信之而枉，則是一方緩一方急也。若苟一方緩一方急，則及其用之也，必自其急者先裂。若苟自急者先裂，則是以博爲帴也。」（此文說制韋革。）

整齊而醇：「爍金以爲刃，凝土以爲器。」「棧車欲弇，飾車欲侈。」「鐘大而短，則其聲疾而短聞；鐘小而長，則其聲舒而遠聞。」「已上則摩其旁，已下則摩其耑。」

五

《春秋》文句，長者踰三十餘言，短者止於一言。（如「季孫行父、臧孫許、叔孫僑如、公孫嬰齊帥師會晉郤克、衛孫良父、曹公子首，及齊侯戰於鞌」之類，是長句也。如「螽」之類，是短句也。）《詩》之文句，長不踰八言，短者不減二言。（八言者，如「我不敢效我友自逸」之類是也。摯虞云：「《詩》有九言，『泂酌彼行潦挹彼注茲』是也。」然此當爲二句，其說非也。二言者，若「肇禋」之類。）《春秋》主於褒貶，《詩》則本於美刺，立言之間，莫不有法。

六

詩人之用助辭，辭必多用韻。有用「也」辭，若「何其處也，必有與也。」（「處」「與」爲韻。）有用「而」辭，若「俟我于著乎而，充耳以素乎而。」（「著」「素」爲韻。）有用「矣」辭，若「陟彼砠矣，我馬瘏矣。」（「砠」「瘏」爲韻。）有用「忌」辭，若「抑磬控忌，抑縱送忌。」（「控」「送」爲韻。）有用「兮」辭，若「其實七兮，迨其吉兮。」（「七」「吉」爲韻。）有用「之」辭，若「知子之順之，雜佩以問之。」（「順」「問」爲韻。）有用「止」辭，如「既曰庸止，曷又從止。」（「庸」「從」爲韻，「止」即「只」，《鄘·柏舟》詩亦用「只」爲辭，《離騷》有《大招》用「只」辭，蓋法乎此。）有用「且」辭，若「椒聊且，遠條且。」（「聊」「條」爲韻。）如四句六句者多矣，今不備載。又《禮記》非詩人之文，助辭之上，亦有韻協。如曰「禮行於郊，而百神受職焉；禮行於社，而百貨可極焉；禮行於祖廟，而孝慈服焉；禮行於五祀，而正法則焉。」此則用「焉」辭，而「職」「極」「服」「則」爲協。

七

孔穎達曰：「《詩》章之法，不常厥體。或重章共述一事（《采蘋》之類），或一事疊爲數章（《甘棠》之類）；或初同而末異（《出車》之類），或首異而末同（《漢廣》之類）；或事訖而更申（《既醉》之類），或章重而事別（《鴟鴞》之類）；或隨時而改色（《何草不黄》也），或因事而變文（《文王有聲》也）；或一章而再言，或三章而一發（《采采芣苢》、《賓之初筵》）。篇有數章，章句衆寡不等；章有數句，句字多少不同。」包括《詩》體，孰踰此說？故特取焉。

庚凡二條

一

文有數句用一類字，所以壯文勢，廣文義也；然皆有法。韓退之爲古文伯，於此法尤加意焉。如《賀册尊號表》用「之謂」字，蓋取《易・繫辭》。《畫記》用「者」字，蓋取《考工記》。《南山詩》用「或」字，蓋取《詩・北山》。悉注于後，孰謂退之自作古哉！（觀退之《畫記》云：「騎而立者五人；騎而被甲載兵立者十人，騎且負者二人，騎執器者二人。」自此以下，凡記人數者，蓋取《書・顧命》：「二人雀弁執惠，四人綦弁，執戈上刃，一人冕執劉，一人冕執鉞，一人冕執戣，一人冕執瞿，一人冕執鋭」之法也。此與用字一類不同，姑附于此，示退之之文不妄作也。）用一類字者，不可遍舉，采經子通用者志之，可觸類而長矣。

「或」法。（《詩・北山》曰：「或燕燕居息，或盡瘁事國；或息偃在牀，或不已于行；或不知叫號，或慘慘劬勞；或棲遲偃仰，或王事鞅掌；或湛樂飲酒，或慘慘畏咎；或出入風議，或靡事不爲。」退之《南山詩》云：「或連若相從，或蹙若相鬬；或妥若弭伏，或竦若驚雊；或散若瓦解，或赴若輻輳；或翩若盤游，或决若馬驟。」皆廣《北山》「或」字法而用之也。《老子》曰：「故物或行或隨，或呴或吹，或强或羸，或載或隳。」又一法也。）

「者」法。（《考工記》曰：「脂者，膏者，臝者，羽者，鱗者。」又曰：「以脰鳴者，以注鳴者，以旁鳴者，以翼鳴者，以股鳴者，以胸鳴者。」《莊子》曰：「激者，謞者，叱者，吸者，叫者，譹者，宎者，咬者。」韓退之《畫記》云：「行者，牽者，奔者，涉者，陸者，翹者，顧者，鳴者，寢者，訛者，立者，齕者，飲者，溲者，陟者，降者。」凡此用「者」字，其原出于《考工記》，因用《莊子》法也。）

「之謂」法。（《繫辭》曰：「富有之謂大業，日新之謂盛德，生生之謂易，成象之謂乾，效法之謂坤，極數知來之謂占，通變之謂事，陰陽不測之謂神。」韓退之《賀册尊號表》云：「臣聞體仁以長人之謂元，發而中節之謂和，無所不通之謂聖，妙而無方之謂神，經緯天地之謂文，戡定禍亂之謂武，先天不違之謂法天，道濟天下之謂應道。」蓋取《易·繫辭》也。）

「謂之」法。（《易·繫辭》曰：「闔户謂之坤，闢户謂之乾，一闔一闢謂之變，往來不窮謂之通，見乃謂之象，形乃謂之器，制而用之謂之法，利用出入，民咸用之謂之神。」之類。）

「之」法。（《孟子》曰：「勞之來之，匡之直之，輔之翼之。」《老子》曰：「故道，生之畜之，長之育之，成之熟之，養之覆之。」《易·説卦》曰：「雷以動之，風以散之，雨以潤之，日以烜之，艮以止之，兑以説之，乾以君之，坤以藏之。」此又一法也。）

「可」法。（《考工記》曰：「故可規可萬，可水可縣，可量可權。」《表記》曰：「事君可貴可賤，可富可貧，可生可殺。」）

「可以」法。（《論語》曰：「《詩》，可以興，可以觀，可以羣，可以怨。」《月令》曰：「可以登高明，可以遠眺望，可以升山陵，可以處臺榭。」《莊子》曰：「可以保身，可以全生，可以養親，可以盡年。」）

「爲」法。（《易・説卦》曰：「乾爲天爲圜，爲君爲父，爲玉爲金，爲寒爲冰，爲大赤，爲良馬，爲老馬，爲瘠馬，爲駁馬，爲木果。」《莊子》曰：「形就而入，且爲顛爲滅，爲崩爲蹶；心和而出，且爲聲爲名，爲妖爲孽。」此又一法也。）

「必」法。（《考工記》曰：「容轂必直，陳篆必正，施膠必厚，施筋必數。」《月令》曰：「秫稻必齊，麴蘖必時，湛熾必潔，水泉必香，陶器必良，火齊必得。」）

「不以」法。（《左氏傳》曰：「不以國，不以官，不以山川，不以隱疾，不以畜牲，不以器幣。」）

「無」法。（《左氏傳》曰：「無始亂，無怙富，無恃寵，無違同，無敖禮，無驕能，無復怨，無謀非德，無犯非義。」）

「而不」法。（《左氏傳》曰：「直而不倨，曲而不屈，邇而不偪，遠而不携，遷而不淫，復而不厭，哀而不愁，樂而不荒，用而不匱，廣而不宣，施而不費，取而不貪，處而不底，行而不流。」）

「其」法。（《易・繫辭》曰：「其稱名也小，其取類也大，其指遠，其辭文，其言曲而中，其事肆而隱。」《樂記》曰：「其哀心感者，其聲噍以殺；其樂心感者，其聲嘽以緩；其喜心感者，其聲發以散；其怒心感者，其聲粗以厲；其敬心感者，其聲直以廉；其愛心感者，其聲和以柔。」此雖每句用「其」字，而二句以見意，又一法也。）

「焉」法。（《祭統》曰：「見事鬼神之道焉，見君臣之義焉，見父子之倫焉，見貴賤之等焉，見親疏之殺焉，見爵賞之施焉，見夫婦之别焉，見政事之均焉，見長幼之序焉，見上下之際焉。」《學記》曰：「藏焉修焉，息焉游焉。」《三年問》曰：「翔回焉，鳴號焉，蹢躅焉，踟蹰焉。」又一法也。）

「于時」法。（《詩》曰：「于時處處，于時廬旅，于時言言，于時語語。」鄭康成云：「時，是也。」）

「實」法。（《詩》曰：「實方實苞，實種實褎，實發實秀，實堅實好，實穎實栗。」）

「曾是」法。（《詩》曰：「曾是强禦，曾是倍克，曾是在位，曾是在服。」）

「侯」法。（《詩》曰：「侯主侯伯，侯亞侯旅，侯彊侯以。」）

「有若」法。（《書》曰：「有若虢叔，有若閎夭，有若散宜生，有若泰顛，有若南宫括。」）

「未嘗」法。（《家語》曰：「未嘗知哀，未嘗知憂，未嘗知勞，未嘗知懼，未嘗知危。」）

「斯」法。（《檀弓》曰：「人喜則斯陶，陶斯咏，咏斯猶，猶斯舞，舞斯愠，愠斯戚，戚斯嘆，嘆斯辟，辟斯踊矣。」）

「於是乎」法。（《國語》曰：「上帝之粢盛於是乎出，民之蕃庶於是乎生，事之供給於是乎在，和協輯睦於是乎興，財用蕃殖於是乎始，敦龐純固於是乎成。」）

「有」法。（《禮器》曰：「有直而行也，有曲而殺也，有經而等也，有順而討也，有漸而播也，有推而進也，有放而文也，有放而不致也，有順而摭也。」《樂師》曰：「有帗舞，有羽舞，有皇舞，有旄舞，有干舞，有人舞。」《左氏傳》曰：「名有五：有信，有義，有象，有假，有類。」又一法也。《孟子》曰：「父子有親，君臣有義，夫婦有别，長幼有序，朋友有信。」此又一法也。）

「兮」法。（《荀子》曰：「井井兮其有條理也，嚴嚴兮其能敬己也，分分兮其有終始也，猒猒兮其能長久也，樂樂兮其執道不殆也，炤炤兮其用知之明也，修修兮其用統類之行也，綏綏兮其有文章也，熙熙兮其樂人之臧也，隱隱兮其恐人不當也。」）

「則」法。（《中庸》曰：「誠則形，形則著，著則明，明則動，動則變，變則化。」）

「然」法。（《荀子》曰：「儼然壯然，俱然蕼然，恢恢然，廣廣然，昭昭然，蕩蕩然。」）

「奚」法。（《莊子》曰：「奚爲奚據，奚避奚處，奚就奚去，奚樂奚惡。」）

「而」法。（《莊子》曰：「而容崖然，而目衝然，而顙頯然，而口闞然，而狀義然。」《考工記》曰：「清其灰而盝之，而揮之，而沃之，而盝之，而塗之，而宿之。」）

「方且」法。（《莊子》曰：「方且本身而異形，方且尊知而失馳，方且爲緒使，方且爲物絯，方且四顧而物應，方且應衆宜，方且與物化。」）

「似」法。（《莊子》曰：「似鼻，似目，似耳，似枅，似圈，似臼，似洼者，似污者。」此言風吹竅穴動作之貌。）

「乎」法。（《莊子》曰：「與乎其觚而不堅也，張乎其虛而不華也，邴邴乎其似喜乎，崔乎其不得已乎，滀乎進我色也，與乎止我德也，厲乎其似世乎，謷乎其未可制也，連乎其似好閉也，悗乎忘其言也。」《祭義》曰：「洞洞乎其敬也，屬屬乎其忠也，勿勿乎其欲其饗之也。」《莊子》蓋廣此法而用之。）

「乃」法。（《詩》曰：「乃慰乃止，乃左乃右，乃疆乃理，乃宣乃畝。」）

「以之」法。（《仲尼燕居》曰：「以之居處有禮，故長幼辨也；以之閨門之内有禮，故三族和也；以之朝廷有禮，故官爵序也；以之田獵有禮，故戎事閑也；以之軍旅有禮，故武功成也。」）

「足以」法。（《易》曰：「禮仁足以長人，嘉會足以合禮，利物足以和義，貞固足以幹事。」《中庸》曰：「聰明睿智，足以有臨也；寬裕温柔，足以有容也；發强剛毅，足以有執也；齊莊中正，足以有敬也；文理密察，足以有別也。」此一法也。）

「也」法。（《中庸》曰：「修身也，尊賢也，親親也，敬大臣也，體羣臣也，子庶民也，來百工也，柔遠人也，懷諸侯也。」若《周易・雜卦》一篇，全用「也」字，又不可盡法。）

「得其」法。（《仲尼燕居》曰：「宮室得其度，量鼎得其象，味得其時，樂得其節，車得其式，鬼神得其饗，喪紀得其哀，辯說得其黨，官得其體，政事得其施。」）

「以」法。（《大司樂》曰：「以致鬼神，以和邦國，以諧萬民，以安賓客，以說遠人，以作動物。」《周禮》此法極多，今不備載。）

「曰」法。（《洪範》曰：「一曰水，二曰火，三曰木，四曰金，五曰土。」《周禮》凡所次序，其事皆類，此一法也。《周禮・小胥》：「曰風，曰賦，曰比，曰興，曰雅，曰頌。」《洪範》：「曰雨，曰霽，曰蒙，曰驛，曰克，曰貞，曰悔。」凡此類不言數，又一法也。《大宗伯》曰：「春見曰朝，夏見曰宗，秋見曰覲，冬見曰遇，時見曰會，殷見曰同。」《易・繫辭》曰：「天地之大德曰生，聖人之大寶曰位。何以守位？曰仁；何以聚人？曰財。理財正辭、禁民爲非曰義。」凡此類，又一法也。）

「得之」法。（《莊子》曰：「狶韋氏得之，以挈天地；伏羲得之，以襲氣母；維斗得之，終古不忒；日月得之，終古不息；堪坏得之，以襲崑崙；馮夷得之，以游大川；肩吾得之，以處大山；黄帝得之，以登雲天；顓頊得之，以處玄宮」云云。）

「之以」法。（《禮記》曰：「慮之以大，愛之以敬，行之以禮，修之以孝養，紀之以義，終之以仁。」）

「所以」法。（《禮運》曰：「祭帝於郊，所以定天位也；祀社於國，所以列地利也；祖廟所以本仁也，山川所以儐鬼神也，五祀所以本事也。」）

「存乎」法。（《易・繫辭》曰：「列貴賤者存乎位，齊大小者存乎卦，辨吉凶者存乎辭，憂悔吝者存乎介，震无咎者存乎悔。」）

「莫大乎」法。（《易·繫辭》曰：「法象莫大乎天地，變通莫大乎四時，懸象著明，莫大乎日月，崇高莫大乎富貴，備物致用，立成器以爲天下利，莫大乎聖人」云云。）

「知所以」法。（《中庸》曰：「則知所以修身；知所以修身，則知所以治人；知所以治人，則知所以治天下國家矣。」）

「矣」法。（《六月詩序》曰：「《鹿鳴》廢則和樂缺矣，《四牡》廢則君臣缺矣，《皇皇者華》廢則忠信缺矣，《棠棣》廢則兄弟缺矣。」下皆類此，不能悉載。《板詩》曰：「辭之輯矣，民之洽矣；辭之懌矣，民之莫矣。」此雖每句用「矣」字，而上下之意相關。）

二

大抵經傳之文，有相類者，非固出於蹈襲，實理之所在，不約而同也。略條於後，則可推矣。

《詩》曰：「禮義不衍，何恤於人言。」（此逸詩，《荀子》引之云：「禮義之不愆兮，何恤人之言兮。」）《左氏傳》載士蔿稱諺曰：「心苟無瑕，何恤乎無家。」《詩》曰：「謂予不信，有如皦日。」《左氏傳》載公子重耳曰：「所不與舅氏同心者，有如白水。」（凡指物爲誓，語多類如此。）《詩》曰：「不憖遺一老，俾守我王。」《左氏傳》魯哀公誄孔丘曰：「不憖遺一老，俾屏予一人以在位。」此不約而同，一也。《左氏傳》曰：「晉韓起聘魯，觀書於太史氏，見《易象》與《魯春秋》，曰：『周禮盡在魯矣。吾乃今知周公之德與周之所以王也。』」《家語》曰：「孔子適周，歷郊社之所，考明堂之則，察廟朝之度，於是喟然曰：『吾乃今知周公之聖與周之所以王也。』」此不約而同，二也。《左氏傳》曰：「晉侯疾病，求醫於秦，秦伯使醫緩爲之。醫至，曰：『疾不可爲也，在肓之上，膏之下。』」《戰國策》曰：「扁鵲見秦武王，武王示之病。扁鵲請除左右，曰：『君之病在耳之前，目之下。』」此不約而同，三也。《左氏傳》載周子曰：「二三子用我，今日；否，亦今日。」《國語》載吴王曰：「孤之事君，在今日；不得事君，亦在今日。」此不約而同，四也。《國語》載觀射父曰：「先王之祀也，以一純、二精、三牲、四時、五色、六律、七事、八種、九祭、十日、十二辰以致之。」《左氏傳》載晏子曰：「先王之濟五味，和五聲，以平其心成其政也。聲亦如味，一氣、二體、三類、四物、五聲、六律、七音、八風、九歌以相成也。」（此文既於物協數，又於數協序，亦文之工者。）此不約而同，五也。《考工記》曰：「柘爲上，檍次之，檿桑次之，橘次之，木瓜次之，荆次之。」《禮器》曰：「禮，時爲大，順次之，體次之，宜次之，稱次之。」此不約而同，六也。

辛凡八條

春秋之時，王道雖微，文風未殄，森羅辭翰，備括規摹。考諸《左氏》，摘其英華，别爲八體，各繫本文：一曰命婉而當，（《尚書》有命十八篇。）二曰誓謹而嚴，（《尚書》有誓八篇。）三曰盟約而信，四曰禱切而愨，（《尚書·武成》有武王伐紂禱辭，自「惟有道曾孫周王發」至「無作神羞」，是其文也。）五曰諫和而直，六曰讓辯而正，七曰書達而法，八曰對美而敏。作者觀之，庶知古人之大全也。

一 命

周靈王命齊侯。（如周襄王命晉重耳，其體亦可法。）

王使劉定公賜齊侯命曰：「昔伯舅太公，右我先王，股肱周室，師保萬民，世祚太師，以表東海，王室之不壞，繄伯舅是賴。今余命女環，茲率舅氏之典，纂乃祖考，無忝乃舊。敬之哉，無廢朕命！」

二　誓

晉趙簡子誓伐鄭。

誓曰：「范氏中行氏，反易天明，斬艾百姓，欲擅晉國，而滅其君，寡君恃鄭而保焉。今鄭爲不道，棄君助臣。二三子順天明，從君命，經德義，除垢恥，在此行也。克敵者，上大夫受縣，下大夫受郡，士田十萬，庶人工商遂，人臣隸圉免。志父無罪，君實圖之。若其有罪，絞縊以戮，桐棺三寸，不設屬辟，素車樸馬，無入于兆，下卿之罰也。」

三　盟

亳城北之盟。（如《孟子》載葵邱盟詞，觀《三傳》則詳略異同，今所不取。）

載書曰：「凡我同盟，毋薀年，毋壅利，毋保姦，毋留慝，救災患，恤禍亂，同好惡，奬王室。或間茲命，司慎司盟，名山名川，羣神羣祀，先王先公，七姓十二國之祖，明神殛之，俾失其民，隊命亡氏，踣其國家。」

四　禱

衛蒯聵戰禱於鐵。（荀偃禱河，其體亦法此。）

禱曰：「曾孫蒯聵，敢昭告皇祖文王，烈祖康叔，文祖襄公：鄭勝亂從，晉午在難，不能治亂，使鞅討之。蒯聵不敢自佚，備持矛焉。敢告無絶筋，無折骨，無面傷，以集大事，無作三祖羞。大命不敢請，佩玉不敢愛。」

五　諫

臧哀伯諫魯威公納郜鼎。（諫文多矣，今取此爲體。）

諫曰：「君人者，將昭德塞違，以臨照百官，猶懼或失之，故昭令德以示子孫。是以清廟茅屋，大路越席，大羹不致，粢食不鑿，昭其儉也；衮冕黻珽，帶裳幅舄，衡紞紘綖，昭其度也；藻率鞞鞛，鞶厲游纓，昭其數也；火龍黼黻，昭其文也；五色比象，昭其物也；鍚鸞和鈴，昭其聲也；三辰旂旗，昭其明也。夫德儉而有度，登降有數，文物以紀之，聲明以發之，以臨照百官，百官於是乎戒懼，而不敢易紀律。今滅德立違，而寘其賂器於太廟，以明示百官，百官象之，其又何誅焉？國家之敗，由官邪也，官之失德，寵賂章也。郜鼎在廟，章孰甚焉？武王克商，遷九鼎于雒邑，義士猶或非之。而况將昭違亂之賂器於太廟，其若之何！」

六　讓（責也。）

周詹桓伯責晉率陰戎伐潁。

曰：「我自夏以后稷，魏、駘、芮、岐、畢，吾西土也。及武王克商，蒲、姑、商、奄，吾東土也。巴、濮、楚、鄧，吾南土也。肅、慎、、燕、亳，吾北土也。吾何邇封之有？文、武、成、康之建母弟，以蕃屏周，亦其廢隊是爲，豈如弁髦，而因以敝之。先王居檮杌于四裔，以禦魑魅，故允姓之姦，居于瓜州。伯父惠公歸自秦，而誘以來，使偪我諸姬，入我郊甸，則戎焉取之。戎有中國，誰之咎也？后稷封殖天下，今戎制之，不亦難乎？伯父圖之。我在伯父，猶衣服之有冠冕，木水之有本原，民人之有謀主也；伯父若裂冠毀冕，拔本塞原，專棄謀主，雖戎狄其何有余一人。」

七　書

晉叔向詒鄭子產鑄刑書書。（子產與范宣子書，其體可法。）

書曰：「始吾有虞於子，今則已矣。昔先王議事以制，不爲刑辟，懼民之有争心也，猶不可禁禦。是故閑之以義，糾之以政，行之以禮，守之以信，奉之以仁，制爲禄位，以勸其從，嚴斷刑罰，以威其淫。懼其未也，故誨之以忠，聳之以行，教之以務，使之以和，臨之以莊，涖之以彊，斷之以剛。猶求聖哲之士，明察之官，忠信之長，慈惠之師。民於是乎可任使也，而不生禍亂。民知有辟，則不忌於上，並有争心，以徵於書，而徼幸以成之，弗可爲矣。夏有亂政，而作《禹刑》；商有亂政，而作《湯刑》；周有亂政，而作《九刑》：三辟之興，皆叔世也。今吾子相鄭國，作封洫，立謗政，制參辟，鑄刑書，將以靖民，不亦難乎？《詩》曰：『儀式刑文王之德，日靖四方。』又曰：『儀刑文王，萬邦作孚。』如是，何辟之有？民知争端矣，將棄禮而徵於書，錐刀之末，將盡争之，亂獄滋豐，賄賂並行，終子之世，鄭敗其乎！肸聞之：國將亡，必多制。其此之謂乎？」

八　對

鄭子產對晉人問陳罪。（對文多矣，取此爲體。）

對曰：「昔虞閼父爲周陶正，以服事我先王。我先王賴其利器用也，與其神明之後也，庸以元女大姬配胡公，而封諸陳，以備三恪。則我周之自出，至于今是賴。桓公之亂，蔡人欲立其出，我先君莊公奉五父而立之，蔡人殺之，我又與蔡人奉戴厲公，至於莊宣皆我之自立。夏氏之亂，成公播蕩，又我之自入。君所知也。今陳忘周之大德，蔑我大惠，棄我姻親，介恃楚衆，以馮陵我敝邑，不可億逞，我是以有往年之告。未獲成命，則有我東門之役。當陳隧者，井堙木刊。敝邑大懼不競，而恥大姬，天誘其衷，啓敝邑心，陳知其罪，授手于我，用敢獻功」云云。

壬凡七條

一

盤庚之戒，「無伏」攸箴；宣王之詩，「庭燎」因箴：箴之爲名，見於經矣。在昔周武，辛甲爲史，爰命百官，各箴王闕，故虞人之箴，魏絳獨有取焉。今采其文，以備箴體。

芒芒禹迹，畫爲九州，經啓九道。民有寢廟，獸有茂草，各有攸處，德用不擾。在帝夷羿，冒于原獸，忘其國恤，而思其麀牡，武不可重，用不恢于夏家。獸臣司原，敢告僕夫。

二

益贊于禹，贊起遠矣。後世史官，紀傳有贊，以擬詩體，非古法也。今采《書》文，以備贊體。

惟德動天，無遠弗屆。滿招損，謙受益，時乃天道。帝初于歷山，往于田，日號泣于旻天，于父母，負罪引慝，祗載見瞽瞍，夔夔齊慄。瞽亦允若。至諴感神，矧茲有苗。

三

銘文之作，初無定體，量人《量銘》，乃類《詩·雅》；孔悝《鼎銘》，無異《書·命》；成湯《盤銘》，考父《鼎銘》，體又别矣。四體俱采，古法備焉。

量　銘

時文思索，允臻其極，嘉量既成，以觀四國。永啓厥後，茲器維則。

鼎　銘（孔悝。）

六月丁亥，公假于太廟。公曰：叔舅，乃祖莊叔，左右成公。成公乃命莊叔，隨難于漢陽，即宫于宗周，奔走無射，啓右獻公，獻公乃命成叔，纂乃祖服。乃考文叔，興舊嗜欲，作率慶士，躬恤衛國，其勤公家，夙夜不解，民咸曰休哉！公曰：叔舅，予女銘，若纂乃考服。悝拜稽首，曰：對揚以辟之，勤大命，施于烝彝鼎。

盤　銘（《大戴禮》：「湯几杖之屬皆有銘。」此《盤銘》獨見《禮記》。）

德日新，日日新，又日新。

鼎　銘

一命而僂，再命而傴，三命而俯，循墻而走，亦莫余敢侮。饘於是，鬻於是，以餬余口。

四

《賡載之歌》，既煥虞謨；《五子之歌》，又昭夏訓。作者蔚起，各自爲體。孔子逍遥，接輿佯狂，歌詞玉振，鮮其儷哉。特取二歌，餘在所略。

孔子歌

泰山其頹乎！梁木其壞乎！哲人其萎乎！

接輿歌

（《莊子》亦載此歌，曰：「鳳兮鳳兮，何如德之衰也！來世不可待，往世不可追也。」雖小有增損，然氣象與《論語》不同。）

鳳兮鳳兮，何德之衰！往者不可諫，來者猶可追。已而已而，今之從政者殆而！

五

歌之流也，又别爲三：一曰謡，二曰謳，（齊歌曰謡，獨歌曰謳。）三曰誦。周謡《鸜鵒》，晉謡《龍鶉》；城者築者，所謳不同；國人輿人，其誦亦異。雖皆芻詞，猶可觀法，備見《左氏》，采其尤乎。

晉謡

丙之晨，龍尾伏辰。均服振振，取虢之旂。鶉之賁賁，天策焞焞，火中成軍，虢公其奔。

築謳

澤門之哲，實興我役；邑中之黔，實慰我心。

輿誦

取我衣冠而褚之，取我田疇而伍之，孰殺子産，吾其與之。我有子弟，子産誨之；我有田疇，子産殖之。子産而死，誰其嗣之！（後漢岑彭爲魏郡太守，輿人歌曰：「我有枳棘，岑君伐之；我有蟊賊，岑君遏之。」蓋又法此也。）

六

祭有祝嘏，死有誄謚，周公之制備矣。祝嘏尚欽，誄謚宜實。考諸禮籍，有士虞祭祝辭、貞惠文子謚辭，實作者之儀表也，今取之。

士虞祝辭

哀子某，顯相，夙興夜處不寧，敢用潔牲剛鬣，嘉薦普淖，明齊溲酒，哀薦祫事，適爾皇祖某甫，尚饗。

貞惠文子謚辭

昔者，衛國凶饑，夫子爲粥與國之餓者，是不亦惠乎！昔者，衛國有難，夫子以其死衛寡人，不亦貞乎！夫子聽衛國之政，修其班制，以與四鄰交，衛國之社稷不辱，不亦文乎！故謂夫子貞惠文子。（古無三字謚法，唐李巽謂衛君之亂制也。今取其文，故不復議。）

七

傳記所載，古作紛然，未容悉數，且箕子《麥秀》之詩，下符《黍離》之詠，（箕子朝周，過殷之故城，盡生禾黍，傷之，作《麥秀》之詩，其詩曰：「麥秀漸漸兮，禾黍油油。彼狡童兮，不我好仇。」此與《黍離》之所作無異。《黍離序》曰：「周大夫行役，至于宗周，過故宗廟，宮室盡爲禾黍，憫周室之顛覆，而作是詩。」）越人《擁楫》之歌，上體《綢繆》之意，（鄂君與越人同舟，越人擁楫而歌曰：「今夕何夕兮，得與搴舟水流；今日何日兮，得與王子同舟。」此與《綢繆》詩言「今夕何夕，見此良人。」之意同也。）《迎日》之辭，與《洛誥》文同，（《迎日》之辭曰：「維某年某月上日，明光于上下，勤施于四方，旁作穆穆，維予一人某，敬拜迎于郊，以正月朔日，迎日于東郊。」《洛誥》成王稱周公曰：「惟公德，明光于上下，勤施于四方，旁作穆穆迓衡。」）冠王之頌，與士禮辭類，（成王冠，周公作頌曰：「令月吉日，王始加元服，去王幼志，服衮職，欽若昊命，六合是式，率爾祖考，永永無極。」《士冠禮》始加，祝曰：「令月吉日，始加元服，棄爾幼志，順爾成德，壽考維祺，介爾景福。」）虞舜《慶雲》之作，（有虞之時，有慶雲，百工相和，舜乃倡之，曰：「慶雲爛兮，糺縵縵兮，日月光華，旦復旦兮。」）成湯旱禱之文，（湯旱而禱曰：「政不節與？民失職與？何以不雨，致斯極也。宮室崇與？女謁盛與？何以不雨，至斯極也。讒夫昌與？苞苴行與？何以不雨，至斯極也。」）潤色之語，不全典誥之風，作者如欲博觀，於此宜加旌別。

癸凡一條

唐虞三代，君臣之間，告戒答問之言，雍容温潤，自然成文。降及春秋，名卿才大夫，尤重辭命，婉麗華藻，咸有古義。秦漢以來，上之詔命，皆出親製。（是故第五倫見光武詔書，歎曰：「此聖主也，一見決矣。」）自後不然，凡有王言，悉責成臣下，而臣下又自有章表。是以束帶立朝之士，相尚博洽，肆其筆端，徒盈篇牘，甚至於駢儷其文，俳諧其語，所謂代言，與夫奏上之體，俱失之矣。今采摭《尚書》及《左氏内外傳》之語，可以代言奏上者録之，庶使古人之美，昭然可法。如漢武帝初作誥以立三王，各以土俗申戒，文辭氣象，未遠於古，俱附於後。

舜命禹作司空語。（「咨禹，汝平水土，惟時懋哉。」）

舜命棄作后稷語。（「棄，黎民阻飢，汝后稷播時百穀。」）

舜命契作司徒語。（「契，百姓不親，五品不遜，汝作司徒，敬敷五教，在寬。」）

命皋陶作士語。（「皋陶，蠻夷猾夏，寇賊姦宄。汝作士，五刑有服，五服三就，五流有宅，五宅三居，惟明克允。」）

命伯夷作秩宗語。（「咨伯，汝作秩宗，夙夜惟寅，直哉惟清。」）

命夔典樂語。（「夔，命汝典樂，教胄子：直而温，寬而栗，剛而無虐，簡而無傲。詩言志，歌永言，聲依永，律和聲，八音克諧，無相奪倫，神人以和。」）

命龍作納言語。（「龍，朕堲讒説殄行，震驚朕師。命汝作納言，夙夜出納朕命惟允。」）

美禹陳九功語。（「地平天成，六府三事允治，萬世永賴，時乃功。」）

勉皐陶作士語。（「皐陶，惟茲臣庶，罔或干予正。汝作士，明于五刑，以弼五教，期于予治，刑期于無刑，民協于中，時乃功，懋哉。」）

又美皐陶語。（「俾予從欲以治，四方風動，惟乃之休。」）

舜又命禹語。（「臣作朕股肱耳目，予欲左右有民，汝翼；予欲宣力四方，汝爲；予欲觀古人之象，日月星辰，山龍華蟲，作會宗彝，藻火粉米，黼黻絺繡，以五彩彰施于五色作服，汝明；予欲聞六律五聲八音，在治忽，以出納五言，汝聽。予違汝弼，汝無面從，退有後言。」）

湯制官刑，儆戒百官語。（「敢有恒舞于宫，酣歌于室，時謂巫風；敢有殉于貨色，恒于游畋，時謂淫風；敢有侮聖言，逆忠直，遠耆德，比頑童，時謂亂風。惟茲二風、十愆，卿士有一于身，家必喪；邦君有一于身，國必亡。臣下不匡，其刑墨，具訓于蒙士。」）

高宗命傅説語。（「朝夕納誨，以輔台德。若金，用汝作礪；若濟巨川，用汝作舟楫；若歲大旱，用汝作霖雨。啓乃心，沃朕心。若藥弗瞑眩，厥疾不瘳；若跣弗視地，厥足用傷。惟暨乃僚，罔不同心，以匡乃辟，俾率先王，廸我高后，以康兆民。嗚呼！欽予時命，其惟有終。」）

美傅説進戒語。（王曰：「旨哉，説乃言惟服，乃不良于言，予罔聞予行。」）

又命傅説語。（「説，四海之内，咸仰朕德，時乃風。股肱惟人，良臣惟聖。昔先正保衡，作我先王，乃曰：『予弗克俾厥后惟堯舜，其心愧耻，若撻于市。一夫不獲，則曰時予之辜。』佑我烈祖，格于皇天。爾尚明保予，罔俾阿衡，專美有商。」）

成王命微子代商後語。（「乃祖成湯，克齊聖廣淵，皇天眷佑，誕受厥命，撫民以寬，除其邪虐，功加于時，德垂後裔。爾惟踐修厥猷，舊有令聞，恪慎克孝，肅恭神人。予嘉乃德，曰篤不忘，上帝時歆，下民祗協，庸建爾于上公，尹兹東夏。欽哉，往敷乃訓，慎乃服命，率由典常，以蕃王室，弘乃烈祖，律乃有民，永綏厥位，毗予一人，世世享德，萬邦作式，俾我有周無斁。嗚呼！往哉惟休，無替朕命。」）

封康叔語。（王曰：「嗚呼！封，敬哉！無作怨，勿用非謀非彝，蔽時忱，丕則敏德，用康乃心，顧乃德，遠乃猷，裕乃以民寧，不汝瑕殄。」王曰：「嗚呼！肆汝小子封，惟命不于常，汝念哉，無我殄！享明乃服命，高乃聽，用康乂民。」）

命蔡仲爲侯語。（「小子胡，惟爾率德改行，克慎厥猷，肆予命爾侯于東土，往即乃封，敬哉！爾尚蓋前人之愆，惟忠惟孝，爾乃邁迹自身，克勤無怠，以垂憲乃後，率乃祖文王之彝訓，無若爾考之違王命。皇天無親，惟德是輔；民心無常，惟惠之懷。爲善不同，同歸于治；爲惡不同，同歸于亂。爾其戒哉！慎厥初，惟厥終，終以不困；不惟厥終，終以困窮。懋乃攸績，睦乃四鄰，以蕃王室，以和兄弟，康濟小民。率自中，無作聰明，亂舊章。詳乃視聽，罔以側言改厥度。則予一人汝嘉。王曰：嗚呼！小子胡，汝往哉，無荒棄朕命！」）

董正百官語。（「今予小子，祗勤于德，夙夜不逮，仰惟前代時若，訓廸厥官。立太師、太傅、太保，兹惟三公，論道經邦，燮理陰陽。官不必備，惟其人。少師、少傅、少保，曰三孤，貳公弘化，寅亮天地，弼予一人。冢宰掌邦治，統百官，均四海。司徒掌邦教，敷五典，擾兆民。宗伯掌邦禮，治神人，和上下。司馬掌邦政，統六師，平邦國。司寇掌邦禁，詰姦慝，刑暴亂。司空掌邦土，居四民，時地利。六卿分職，各率其屬，以倡九牧，阜成兆民云云。」）

命君陳尹茲東郊語。（「君陳，惟爾令德孝恭。惟孝，友于兄弟，克施有政。命汝尹茲東郊，敬哉！昔周公師保萬民，民懷其德。往慎乃司，茲率厥常，懋昭周公之訓，惟民其乂。我聞曰：至治馨香，感于神明；黍稷非馨，明德惟馨。爾尚式時周公之猷訓，惟日孜孜，無敢逸豫。凡人未見聖，若不克見；既見聖，亦不克由聖。爾其戒哉！爾惟風，下民惟草。圖厥政，莫或不艱。有廢有興，出入自爾師虞，庶言同則繹。爾有嘉謀嘉猷，則入告爾后于內，爾乃順之于外，曰：斯謀斯猷，惟我后之德。嗚呼！臣人咸若時，惟良顯哉。」）

康王告諸侯語。（「昔君文武，丕平富，不務咎，底至齊信，用昭明于天下。則亦有熊羆之士，不二心之臣，保乂王家，用端命于上帝。皇天用訓厥道，付畀四方，乃命建侯樹屏，在我後之人。今予一二伯父，尚胥暨顧。綏爾先公之臣，服于先王，雖爾身在外，乃心罔不存王室，用奉恤厥若，無遺鞠子羞。」）

命畢公保釐東郊語。（「惟周公左右先王，綏定厥家，毖殷頑民，遷于洛邑，密邇王室，式化厥訓。既歷三紀，世變風移，四方無虞，予一人以寧。道有升降，政由俗革，不臧厥臧，民罔攸勸。惟公懋德，克勤小物，弼亮四世，正色率下，罔不祗師言，嘉績多于先王，予小子垂拱仰成。王曰：嗚呼！父師，今予祗命公以周公之事，往哉云云。」）

穆王命君牙爲大司徒語。（「君牙，惟乃祖乃父，世篤忠貞，服勞王家，厥有成績，紀于太常。惟予小子，嗣守文、武、成、康遺緒，亦惟先王之臣，克左右亂四方。心之憂危，若蹈虎尾，涉于春冰。今命爾予翼，作股肱心膂，纘乃舊服，無忝祖考。弘敷五典，式和民則，爾身克正，罔敢弗正，民心罔中，惟爾之中云云。」）

命伯冏爲大僕正語。（「伯冏，惟予弗克于德，嗣先人宅丕后，怵惕惟厲，中夜以興，思免厥愆。昔在文、武，聰明齊聖，小大之臣，咸懷忠良，其侍御僕從，罔匪正人，以旦夕承弼厥辟。出入起居，罔有不欽；發號施令，罔有不臧。下民祇若，萬邦咸休。惟予一人無良，實賴左右前後有位之士，匡其不及，繩愆糾謬，格其非心，俾克紹先烈。今予命汝作大正，正于群僕侍御之臣，懋乃后德，交修不逮，慎簡乃僚，無以巧言令色，便辟側媚，其惟吉士。僕臣正，厥后克正；僕臣諛，厥后自聖。后德惟臣，不德惟臣。爾無昵于憸人，充耳目之官，廸上以非先王之典。非人其吉，惟貨其吉。若時瘝厥官，惟爾大弗克祗厥辟，惟予汝辜。王曰：嗚呼！欽哉！永弼乃后于彝憲。」）

平王錫晉文侯語。（「父義和，汝克紹乃顯祖，汝肇刑文、武，用會紹乃辟，追孝于前文人，汝多修，扞我于艱，若汝予嘉。王曰：父義和，其歸視爾師，寧爾邦，用賚爾秬鬯一卣，彤弓一，彤矢百，盧弓一，盧矢百，馬四匹，父往哉云云。」）

晉悼公賜魏絳樂語。（「子教寡人和諸戎狄，以正諸華。八年之中，九合諸侯，如樂之和，無所不諧。請與子樂之。」）

魏絳辭樂語。（「夫和戎狄，國之福也。八年之中，九合諸侯，諸侯無慝，君之靈也，二三子之勞也。臣何力之有焉。抑臣願君安其樂而思其終也云云。《書》曰：『居安思危。』思則有備，有備無患。敢以此規。」）

晉張老辭卿語。（「臣不如魏絳。夫絳之智，能治大安；其仁，可以利公室不忘；其勇，不疚于刑；其學，不廢其先人之職。若在卿位，內外必平。」）

衛太叔文子謝罪語。（「臣知罪矣！臣不佞，不能負羈絏，以從扞牧圉，臣之罪一也；有出者，有居者，臣不能貳，通內外之言以事君，臣之罪二也。有二罪，敢忘其死。」）

鄭子產辭邑語。（「自上以下，降殺以兩，禮也。臣之位在四，且子展之功也，臣不敢及賞禮。請辭邑。」）

衛公孫免餘辭邑語。（「惟卿備百邑，臣六十矣。下有上祿，亂也，臣弗敢聞。且甯子惟多邑故死，臣懼死之速及也。」）

齊晏子辭更宅語。（「君之先臣容焉，臣不足以嗣之，于臣侈矣。且小人近市，朝夕得所求，小人之利也。敢煩里旅。」）

衛子魚辭從會語。（「臣展四體，以率舊職，猶懼不給，而煩刑書。若又共二，徼大罪也。且夫祝，社稷之常隸也。社稷不動，祝不出境，官之制也。若嘉好之事，臣無事焉。」）

陳敬仲辭卿語。（「羈旅之臣，幸若獲宥，及于寬政，赦其不閑于教訓，而免于罪戾，弛于負擔，君之惠也，所獲多矣。敢辱高位，以速官謗。請以死告。」）

齊威公對賜胙無下拜語。（「天威不違顔咫尺，小白余敢貪天子之命無下拜，恐殞越于下，以遺天子羞。敢不下拜！」）

齊管仲辭莊王以上卿禮饗語。（「臣賤有司也，有天子之二守國高在，若節春秋，來承王命，何以禮焉？陪臣敢辭。」）

莊王命管仲語。（「舅氏，余嘉乃勳，應乃懿德，謂篤不忘，往踐乃職，無逆朕命。」）

鄭燭之武辭文公使見秦穆公語。（「臣之壯也，猶不如人；今老矣，無能爲也已。」）

楚子西辭爲商公語。（「臣免于死，又有讒言，謂臣將逃，臣歸死于司敗也。」）

晉平公策命鄭公孫段語。（「子豐有勞于晉國，余聞而弗忘。賜汝州田，以胙乃舊勳。」）

晉祁奚薦子爲軍尉語。（「人有言曰：『擇臣莫若君，擇子莫若父。』午之少也，婉以從令，遊有鄉，處有所，好學而不戲；其壯也，彊志而用命，守業而不淫；其冠也，和安而好敬，柔惠小物，而鎮定大事，有直質而無流心，非義不變，非上不舉，若臨大事，其可以賢于臣也。臣請薦所能擇，而君比義焉。」）

晉狐偃辭卿語。（「毛之智賢于臣，其齒又長，毛也不在位，不敢聞命。」注：「毛，偃之兄。」）

韓獻子爲子無忌辭公族大夫語。（「厲公之亂，無忌備公族，不能死。臣聞之，曰：『無功庸者不敢居高位。』今無忌智不能匡君，使至于難。仁不能救，勇不能死，敢辱君朝，以忝韓宗。請退也。」）

晉趙衰辭卿語。（「欒枝貞慎，先軫有謀，胥臣多聞，皆可以爲輔，臣弗若也。」）

齊鮑叔辭宰語。（「臣，君之庸臣也。君加惠于臣，使臣不凍餒，則是君之賜也；若必治國家者，則非臣之所能也。若必治國家者，則管夷吾乎？臣之所不若夷吾者五：寬惠柔民，弗若也；治國家不失其柄，弗若也；忠信可結于百姓，弗若也；制禮義可結于四方，弗若也；執枹鼓立于軍門，使百姓加勇焉，弗若也。」）

漢齊王閎封策語。（「於戲！小子閎，受茲青社，朕承天序，維稽古，建爾國家，封于東土，世爲漢藩輔。於戲！念哉！恭朕之詔。惟命不于常，人之好德，克明顯光，義之不圖，俾君子怠，悉爾心。允執其中，天祿永終，厥有愆不臧，乃凶于乃國，害于爾躬。於戲！保國乂民，可不敬與！王其戒之。」）

燕王旦封策語。（「於戲！小子旦，受茲玄社，建爾國家，封于北土，世爲漢藩輔。於戲！薰鬻氏虐老獸心，以姦巧邊甿。朕命將率，徂征厥罪。萬夫長，千夫長，三十有二帥，降旗走師，薰鬻徙域，北州以安，悉爾心，毋作怨，毋作棐德，毋乃廢備，非教士，不得以徵，王其戒之。」）

廣陵王胥封策語。（「於戲！小子胥，受茲赤社，建爾國家，封于南土，世世爲漢藩輔。古人有言曰：大江之南，五湖之間，其人輕心，揚州保疆，三代要服，不及以政。於戲！悉爾心，祗祗兢兢，乃惠乃順，毋侗好逸，毋邇宵人，惟法惟則。《書》云：『臣不作福，不作威，靡有後羞。』王其戒之。」）

附録

《文則》跋語

此書始得陳天民本，録於江陰，缺序及末一版。今五年矣，乃得莫景行本補足之於松江泗水之上，至正己亥六月也。陶宗儀志。

書天台陳先生《文則》後

六經之文，經緯天地，自餘諸子，亦多左右六經，其用字立言，初非爲文則設也。然文如聖賢，何等氣象；譬之一元磅礴，萬化流形，各極其妙，而一出於天然，真文字之準則也。第則其文，而不求其所以文，吾恐口氣雖似，元氣索然，非善則者。能因言以求其道，使聖賢精神心術，躍然於心目間，則中有卓見，文亦偉然爛然矣。斯固天台陳先生編輯之本旨，敢繹而申之於後。

弘治己酉秋八月望日後學衡州府知府山陰陳哲識

重刊《文則》序

文林郎陝西鳳翔府扶風縣知縣宋世犖撰

《堯典》、《舜典》，經點竄以文成；逬馬逬車，詑擬摹而句就。畫葫蘆之樣，未免雷同；刻楮葉之形，難期月異。所以貴出於己，勿矜獺祭之工；羞傍於人，斯免虎蒙之誚也。然而薰香摘豔，首重別裁，黿殿螭坳，尤嚴體要。如吾鄉宋陳參政（騤）《文則》之作，抑亦操觚之定律，珥筆之初桄乎。世犖幼睹是書於同邑陳桂里處士文煚處，輒鈔一册，弆之篋笥。洎官關中，適郭石齋秀才葉寅以鈔本見寄，亟付棗梨。既而兒子曾畇以舊鈔册至，則較郭本爲賅，而剞工已半，難於重梓，因另爲校語，付之帙末。憶往歲埋頭典籍，尚涯涘之未窺；媿今茲眯目簿書，並校讐之尠暇。所幸拾前人之賸馥，勿任塵埋；尚冀逮後學以知津，共依鍼指。

時嘉慶二十又二年歲在丁丑秋九月四日

朱子語類·論文

〔宋〕朱熹 撰

《朱子語類·論文》一卷

宋　朱熹　撰

朱熹（一一三〇——一二〇〇），字元晦，號晦庵，别稱紫陽，徽州婺源（今屬江西）人，生於南劍州尤溪，後徙居建陽考亭（今均屬福建）。紹興進士，授泉州同安主簿。累官知南康軍、提舉浙東茶鹽公事、提點江西刑獄公事、知漳州、潭州。寧宗時任焕章閣待制兼侍講，立朝僅四十天。以韓侂胄用事，免職還鄉；又被劾「僞學」之罪，後致仕。著作豐富，有《四書章句集注》、《楚辭集注》、《詩集傳》等二十餘種，文集有《晦庵集》。傳見《宋史》卷四二九。

《朱子語類》共一百四十卷。其卷一三九題爲「論文上」（卷一四〇「論文下」爲論詩），集中表現朱熹之古文理論與批評鑒裁，思深體大，爲理學家文論之代表，今予録入本書。朱氏論文以理學爲本，堅持道學本體論，主張「道者文之根本，文者道之枝葉」，「這文皆是從道者流出，豈有文反能貫道之理？」但他又精研古今文章，於文之藝術特質、寫作技巧乃至爲文者的思想學養準備等，涵咏玩索，體察精深，對唐宋古文大家的風格特色均有準確概括，對曾鞏文章之表彰，尤具個人審美選擇傾向。

《朱子語類》最早由黎靖德所編，集合九十七家所記之朱熹語録，初刊於南宋咸淳六年（一二七〇）。今存版本甚多，有明成化本、萬曆本、清康熙本、同治本、光緒本。中華書局一九八六年出版之點校本，以光緒本爲底本。經核對，文淵閣《四庫全書》本實比光緒本爲優，今即據以録入，並參考中華書局本。

（王宜瑗）

朱子語類・論文

宋 朱熹 撰

有治世之文，有衰世之文，有亂世之文。六經，治世之文也。如《國語》委靡繁絮，真衰世之文耳。是時語言議論如此，宜乎周之不能振起也。至於亂世之文，則戰國是也。然有英偉氣，非衰世《國語》之文之比也。饒録云：「《國語》説得絮，只是氣衰。又不如戰國文字，更有些精彩。」楚、漢間文字真是奇偉，豈易及也！又曰：「《國語》文字極困苦，振作不起。戰國文字豪傑，便見事情。非你殺我，則我殺你。」黄云：「觀一時氣象如此，如何遏捺得住！所以啓漢家之治也。」僩。

《楚詞》不甚怨君。今被諸家解得都成怨君，不成模樣。《九歌》是托神以爲君，言人間隔，不可企及，如己不得親近於君之意。以此觀之，他便不是怨君。至《山鬼》篇，不可以君爲山鬼，又倒説山鬼欲親人而不可得之意。今人解文字不看大意，只逐句解，意却不貫。《楚詞》。

問《離騷》、《卜居》篇内字。曰：「字義從來曉不得，但以意看可見。如『突梯滑稽』，只是軟熟迎逢，隨人倒，隨人起底意思。如這般文字，更無些小窒礙。想只是信口恁地説，皆自成文。林艾軒嘗云：『班固、揚雄以下，皆是做文字。已前如司馬遷、司馬相如等，只是恁地説出。』今看來是如此。古人有取於『登高能賦』，這也須是敏，須是會說得通暢。如古者或以言揚，說得也是一件事，後世只就紙上做。如就紙上做，則班、揚便不如已前文字。當時如蘇秦、張儀，都是會說。《史記》所載，想皆是當時說出。」又云：「漢末以後，只做屬對文字，直至後來，只管弱。如蘇頲著力要變，變不得。直至韓文公出來，盡掃去了，方做成古文。然亦止做得未屬對合偶以前體格，然當時亦無人信他。故其文亦變不盡，纔有一二大儒略相效，以下並只依舊。到得陸宣公《奏議》，只是雙關做去。又如子厚亦自有雙關之文，向來道是他初年文字。後將年譜看，乃是晚年文字，蓋是他效世間模樣做則劇耳。文氣衰弱，直至五代，竟無能變。到尹師魯、歐公幾人出來，一向變了。其間亦有欲變而不能者，然大概都要變。所以做古文自是古文，四六自是四六，却不滚雜。」賀孫。

楚些，沈存中以「些」爲咒語，如今釋子念「娑婆訶」三合聲，而巫人之禱亦有此聲。此却說得好。蓋今人只求之於雅，而不求之於俗，故下一半都曉不得。道夫。《離騷》叶韻到篇終，前面只發兩例。後人不曉，却謂只此兩韻如此。至。

《楚詞注》下事，皆無這事。是他曉不得後，却就這語意撰一件事爲證，都失了他那正意。如《淮南子》、《山海經》，皆是如此。義剛。

高斗南解《楚詞》引《瑞應圖》。周子充說館閣中有此書，引得好。他更不問義理之是非，但有出處便説好。且如《天問》云：「啟棘賓商。」《山海經》以爲啟上三嬪於天，因得《九歎》、《九辨》以歸。如此，是天亦好色也！柳子厚《天對》，以爲胸嬪，説天以此樂相博换得。某以爲「棘」字是「夢」字，「商」字是古文篆「天」字。如鄭康成解《記》「衣衰」作「齊衰」，云是壞字也，此亦是擦壞了。蓋「啓夢賓天」，如趙簡子夢上帝之類。賓天是爲之賓，天與之以是樂也。今人不曾讀古書，如這般等處，一向恁地過了。陶淵明詩：「形天無千歲。」曾氏考《山海經》云：「當作『形天舞干戚』。」看來是如此。周子充不以爲然，言只是説精衛也，此又不用出處了。夔孫。

古人文章，大率只是平説而意自長。後人文章務意多而酸澀。如《離騷》初無奇字，只恁説將去，自是好。後來如魯直恁地著力做，却自是不好。方子。道夫録云：「古今擬《騷》之作，惟魯直爲無謂。」

古賦雖熟，看屈、宋、韓、柳所作，乃有進步處。入本朝來，《騷》學殆絶，秦、黄、晁、張之徒不足學也。雉。

荀卿諸賦縝密，盛得水住。歐公《蟬賦》：「其名曰蟬。」這數句也無味。雉。

《楚詞》平易。後人學做者反艱深了，都不可曉。

漢初賈誼之文質實。晁錯説利害處好，答制策便亂道。董仲舒之文緩弱，其《答賢良策》，不答所問切處；至無緊要處，又累數百言。東漢文章尤更不如，漸漸趨於對偶。如楊震輩皆尚讖緯，張平子非之。然平子之意，又却理會風角、鳥占，何愈於讖緯！陵夷至於三國、兩晉，則文氣日卑矣。古人作文作詩，多是模倣前人而作之。蓋學之既久，自然純熟。如相如《封禪書》，模倣極多。柳子厚見其如此，却作《貞符》以反之，然其文體亦不免乎蹈襲也。人傑。漢文

司馬遷文雄健，意思不帖帖，有戰國文氣象。賈誼文亦然。老蘇文亦雄健。似此皆有不帖帖意。仲舒文實。劉向文又較實，亦好，無些虛氣象；比之仲舒，仲舒較滋潤發揮。大抵武帝以前文雄健，武帝以後更實。到杜欽、谷永書，又太弱無歸宿了。匡衡書多有好處，漢明經中皆不似此。淳。

仲舒文大概好，然也無精彩。淳。

林艾軒云：「司馬相如，賦之聖者。揚子雲、班孟堅只填得他腔子，佐録作『腔子滿』。如何得似他自在流出！左太冲、張平子竭盡氣力又更不及。」可學。

問：「吕舍人言，古文衰自谷永。」曰：「何止谷永？鄒陽《獄中書》已自皆作對子了。」又問：「司馬相如賦似作之甚易。」曰：「然。」又問：「高適《焚舟決勝賦》甚淺陋。」曰：「《文選》、齊梁間江總之徒，賦皆不好了。」因説：「神宗修汴城成，甚喜。曰：『前代有所作時，皆有賦。』周美成聞之，遂撰《汴都賦》進。上大喜，因朝降出。宰相每有文字降出時，即合誦一遍。宰相不知是誰，知古賦中必有難字，遂傳與第二人，以次傳至尚書右丞王和甫，下無人矣。和甫即展開琅然誦一遍。上喜。既退，同列問如何識許多字？和甫曰：『某也只是讀傍文。』揚録作「一邊」。吕編

《文鑑》，要尋一篇賦冠其首，又以美成賦不甚好，遂以梁周翰《五鳳樓賦》爲首，美成賦亦在其後。」

《賓戲》、《解嘲》、《劇秦》、《貞符》諸文字，皆祖宋玉之文，《進學解》亦此類。《陽春》、《白雪》云云者，不記其名，皆非佳文。揚。

夜來鄭文振問：「西漢文章與韓退之諸公文章如何？」某說：「而今難說。便與公說某人優，某人劣，公亦未必信得及。須是自看得這一人文字某處好，某處有病，識得破了，却看那一人文字，便見優劣如何。若看這一人文字未破，如何定得優劣！便說與公優劣，公亦如何便見其優劣處？但子細自看，自識得破。而今人所以識古人文字不破，只是不曾子細看。又兼是先將自家意思橫在胸次，所以見從那偏處去，說出來也都是橫說。」又曰：「人做文章，若是子細看得一般文字熟，少間做出文字，意思語脈自是相似。讀得韓文熟，便做出韓文底文字；讀得蘇文熟，便做出蘇文底文字。若不曾子細看，少間却不得用。向來初見擬古詩，將謂只是學古人之詩。元來却是如古人說『灼灼園中花』，自家也做一句如此；『遲遲澗畔松』，自家也做一句如此；『磊磊澗中石』，自家也做一句如此；『人生天地間』，自家也做一句如此。意思語脈，皆要似他底，只換却字。某後來依如此做得二三十首詩，便覺得長進。蓋意思句語血脈勢向，皆效它底。大率古人文章皆是行正路，後來杜撰底皆是行狹隘邪路去了。而今只是依正底路脈做將去，少間文章自會高人。」又云：「蘇子由有一段論人做文章自有合用底字，只是下不著。又如鄭齊叔云，做文字自有穩底字，只是人思量不著。橫渠云：『發明道理，惟命字難。』要之，做文字下字實是難，不知聖人說出來底，也只是這幾字，如何鋪排得恁地安穩！或曰：「子瞻云：『都來這幾字，只要會鋪排。』」然而人之文章，也只是三十歲以前氣格都定，但有精與未精耳。然而掉了底便荒疏，只管用功底又較精。向見韓無咎說他晚年做底文字，與他二十歲以前做底文字不甚相遠，此是他自驗得如此。人到五十歲，不是理會文章時節。前面事多，日子少了。若後生時，每日便偷一兩時閑做這般工夫。若晚年，如何有工夫及此！」或曰：「人之晚年，知識却會長進。」曰：「也是後生時都定，便長進也不會多。然而能用心於學問底，便會長進。若不學問，只縱其客氣底，亦如何會長進？日見昏了。有人後生氣盛時，說盡萬千道理，晚年只恁地闒靸底。」或引程先生曰：「人不學，便老而衰。」曰：「只這一句話盡了。」又云：「某人晚年日夜去讀書。某人戲之曰：『吾丈老年讀書，也須還讀得入。不知得入如何得出？』謂其不能發揮出來爲做文章之用也。」其說雖粗，似有理。又云：「人晚年做文章，如禿筆寫字，全無鋒鋭可觀。」又云：「某四十以前，尚要學人做文章，後來亦不暇及此矣。然而後來做底文字，便只是二十左右歲做底文字。」又云：「劉季章近有書，云他近來看文字，覺得心平正。某答他，令更掉了這箇，虛心看文字。蓋他向來便是硬自執他說，而今又是將這一說來罩，正是未理會得在。大率江西人都是硬執他底橫説，如王介甫、陸子静都只是横説。且如陸子静説文帝不如武帝，豈不是横説！」又云：「介甫諸公取人，如資質淳厚底，他便不取；看文字穩底，他便不取。如那決裂底，他便取，説他轉時易。大率都是硬執他底。」燾。

張以道曰：「『眄庭柯以怡顔』，眄，讀如俛，讀作盼者非。」義剛。

韓文力量不如漢文，漢文不如先秦戰國。揚。

大率文章盛，則國家却衰。如唐貞觀、開元都無文章，及韓昌黎、柳河東以文顯，而唐之治已不如前矣。汪聖錫云：「國初制詔雖粗，却甚好。」又如漢高八年詔與文帝《即位詔》，只三數句，今人敷衍許多，無過只是此箇柱子。若海。韓柳。

先生方修《韓文考異》，而學者至。因曰：「韓退之議論正，規模闊大，然不如柳子厚較精密，如《辨鶡冠子》及説列子在莊子前及《非國語》之類，辨得皆是。」黄達才言：「柳文較古。」曰：「柳文是較古，但却易學，學便似他，不似韓文規模闊。學柳文也得，但會衰了人文字。」義剛。夔孫録云：「韓文大綱好，柳文論事却較精覈，如《辨鶡冠子》之類。《非國語》中儘有好處。但韓難學，柳易學。」

揚因論韓文公，謂：「如何用功了，方能辨古書之真僞？」曰：「《鶡冠子》亦不曾辨得。柳子厚謂其書乃寫賈誼《鵩賦》之類，故只有此處好，其他皆不好。柳子厚看得文字精，以其人刻深，故如此。韓較有些王道意思，每事較含洪，便不能如此。」揚。

退之要説道理，又要雜劇，有平易處極平易，有險奇處極險奇。且教他在潮州時好，止住得一年。柳子厚却得永州力也。

柳學人處便絶似。《平淮西雅》之類甚似《詩》，詩學陶者便似陶。韓亦不必如此，自有好處，如《平淮西碑》好。揚。

陳仲蔚問：「韓文《禘祫義》，説懿、獻二廟之事當否？」曰：「説得好。其中所謂『興聖廟』者，乃是涼武昭王之廟，乃唐之始祖。然唐又封臯陶爲帝，又尊老子爲祖，更無理會。」又問：「韓、柳二家，文體孰正？」曰：「柳文亦自高古，但不甚醇正。」又問：「子厚論封建是否？」曰：「子厚説『封建非聖人意也，勢也』，亦是。但説到後面有偏處，後人辨之者亦失之太過。如廖氏所論封建，排子厚太過。且封建自古便有，聖人但因自然之理勢而封之，乃見聖人之公心。且如周封康叔之類，亦是古有此制。因其有功、有德、有親，當封而封之，却不是聖人有不得已處。若如子厚所説，乃是聖人欲吞之而不可得，乃無可奈何而爲此。不知所謂勢者，乃自然之理勢，非不得已之勢也。且如射王中肩之事，乃是周末征伐自諸侯出，故有此等事。使征伐自天子出，安得有是事？然封建諸侯，却大，故難制御。且如今日蠻洞，能有幾大！若不循理，朝廷亦無如之何。若古時有許多國，自是難制。如隱公時原之一邑，乃周王不奈他何，賜與鄭，鄭不能制；到晉文公時，周人將與晉，而原又不服，故晉文公伐原。且原之爲邑甚小，又在東周王城之側，而周王與晉鄭俱不能制。蓋渠自有兵，不似今日太守有不法處，便可以降官放罷。古者大率動便是征伐，所以孟子曰：『三不朝，則六師移之。』在《周官》時已是如此了。便是古今事勢不同，便是難説。」因言：「孟子所謂五等之地，與《周禮》不同。孟子蓋説夏以前之制，《周禮》乃是成周之制。如當時封周公於魯，乃七百里。於齊尤闊，如所謂『東至於海，西至於河，南至於穆陵，北至於無棣』。以地理考之，大段闊。所以禹在塗山，萬國來朝。至周初，但千八百國。」又曰：「譬如一樹，枝葉太繁時，本根自是衰枯。如秦始皇則欲削去枝葉而自留一榦，亦自不可。」義剛。

有一等人專於爲文，不去讀聖賢書。又有一等人知讀聖賢書，亦自會作文，到得説聖賢書，却別做一箇詫異模樣説。不知古人爲文，大抵只如此，那得許多詫異！韓文公詩文冠當時，後世未易及。到他上宰相書，用「菁菁者莪」，詩注一齊都寫在裏面。若是他自作文，豈肯如此作？最是説「載沉載浮」：「沉浮皆載也」，可笑！「載」是助語，分明彼如此説了，他又如此用。賀孫。

韓文。

退之《除崔羣侍郎制》最好。但只有此制，別更無，不知如何。義剛。

或問：「《伯夷頌》『萬世標準』與『特立獨行』，雖足以明君臣之大義，適權通變，又當循夫理之當然者也。」先生曰：「説開了，當云雖武王、周公爲萬世標準，然伯夷、叔齊惟自特立不顧。」又曰：「古本云：『一凡人沮之譽之。』與彼夫聖人是一對，其文意尤有力。」椿。

退之《送陳彤秀才序》多一「不」字，舊嘗疑之，只看過了。後見謝子暢家本，乃後山傳歐陽本，圈了此「不」字。

韓退之墓誌有怪者了。

先生喜韓文《宴喜亭記》及《韓弘碑》。碑，老年筆。方。

「唐僧多從士大夫之有名者討詩文以自華，如退之《送文暢序》中所説，又如劉禹錫自有一卷送僧詩。」或云：「退之雖闢佛，也多要引接僧徒。」曰：「固是。他所引者，又却都是那破賴底僧，如靈師、惠師之徒。及晚年見大顛於海上，説得來闊大勝妙，自然不得不服。人多要出脱退之，也不消得，恐亦有此理也。」廣。

先輩好做詩與僧，僧多是求人詩序送行。《劉禹錫文集》自有一册送僧詩，韓文公亦多與僧交涉，又不曾見好僧，都破落户。然各家亦被韓文公説得也狼狽。文公多只見這般僧，後却撞著一箇大顛，也是異事。人多説道被大顛説下了，亦有此理。是文公不曾理會他病痛，彼他纔説得高，便道是好了，所以有「頗聰明，識道理，實能外形骸以理自勝」之語。賀孫。

才卿問：「韓文《李漢序》頭一句甚好。」曰：「公道好，某看來有病。」陳曰：「『文者，貫道之器。』且如六經是文，其中所道皆是這道理，如何有病？」曰：「不然。這文皆是從道中流出，豈有文反能貫道之理？文是文，道是道，文只如喫飯時下飯耳。若以文貫道，却是把本爲末。以末爲本，可乎？其後作文者皆是如此。」因説：「蘇文害正道，甚於老佛，且如《易》所謂『利者義之和』，却解爲義無利則不和，故必以利濟義，然後合於人情。若如此，非惟失聖言之本指，又且陷溺其心。」先生正色曰：「某在當時，必與他辯。」却笑曰：「必被他無禮。」友仁。

柳文局促，有許多物事，却要就些子處安排，簡而不古，更説些也不妨。《封建論》并數長書是其好文，合尖氣短。如人火忙火急來説不及，又便了了。揚。柳文。

柳子厚文有所模倣者極精，如自解諸書，是倣司馬遷《與任安書》。劉原父作文便有所倣。「宫沉羽振，錦心繡口」，柳子厚語。璘。

韓千變萬化，無心變；歐有心變。《杜祁公墓誌》説一件未了，又説一件。韓《董晉行狀》尚稍長。權德輿作《宰相神道碑》，只一板許，歐、蘇便長了。蘇體只是一類。柳《伐原議》極局促，不好，東萊不知如何喜之。陳後山文如《仁宗飛白書記》大段好，曲折亦好，墓誌亦好，有典有則，方是文章。其他文亦有大局促不好者，如《題太白像》、《高軒過》古詩，是晚年做到平易處，《高軒過》恐是絶筆。又一條云：「後山《仁宗飛白書記》，其文曲折甚多，過得自在，不如柳之局促。」總論韓、柳、歐、蘇諸公。

東坡文字明快。老蘇文雄渾，儘有好處。如歐公、曾南豐、韓昌黎之文，豈可不看？柳文雖不全好，亦當擇。合數家之文擇之，無二百篇。下此則不須看，恐低了人手段。但採他好處以爲議論，足矣。若班、馬、孟子，則是大底文字。道夫。

「韓文高。歐陽文可學。曾文一字挨一字，謹嚴，然太迫。」又云：「今人學文者，何曾作得一篇！枉費了許多氣力。大意主乎學問以明理，則自然發爲好文章。詩亦然。」

國初文章，皆嚴重老成。嘗觀嘉祐以前誥詞等，言語有甚拙者，而其人才皆是當世有名之士。蓋其文雖拙，而其辭謹重，有欲工而不能之意，所以風俗渾厚。至歐公文字，好底便十分好，然猶有甚拙底，未散得他和氣。到東坡文字便已馳騁，忒巧了。及宣政間，則窮極華麗，都散了和氣。所以聖人取「先進於禮樂」，意思自是如此。國朝文。

劉子澄言：「本朝只有四篇文字好：《太極圖》、《西銘》、《易傳序》、《春秋傳序》。」因言：「杜詩亦何用？」曰：「是無意思。大部小部無萬數，益得人甚事？」因傷時文之弊，謂：「張才叔《書義》好。《自靖人自獻於先王義》，胡明仲醉後每誦之。」又謂：「劉棠《舜不窮其民論》好，歐公甚喜之。其後姚孝寧《易義》亦好。」壽昌録云：「或問《太極》、《西銘》。曰：『自孟子以後，方見有此兩篇文章』」。

「李泰伯文實得之經中，雖淺，然皆自大處起議論。首卷《潛書》、《民言》好，如古《潛夫論》之類。《周禮論》好，如宰相掌人主飲食男女事，某意如此。今其論皆然，文字氣象大段好，甚使人愛之，亦可見其時節方興如此好。老蘇父子自史中《戰國策》得之，故皆自小處起議論，歐公喜之。李不軟貼，不爲所喜。范文正公好處，歐不及。李晚年須參道，有一記説達磨宗派甚詳，須是大段去參究來。」又曰：「以李視今日之文，如三日新婦然。某人輩文字，乃蛇鼠之見。」

先生讀宋景文《張巡贊》，曰：「其文自成一家。景文亦服人，嘗見其寫六一《瀧岡阡表》二句云：『求其生而不得，則死者與我皆無恨也。』」

温公文字中多取荀卿助語。

六一文一倡三歎，今人是如何作文！

「六一文有斷續不接處，如少了字模樣。如《秘演詩集序》『喜爲歌詩以自娱』，『十年間』，兩節不接。《六一居士傳》意凡文弱。《仁宗飛白書記》文不佳。制誥首尾四六皆治平間所作，非其得意者。恐當時亦被人催促，加以文思緩，不及子細，不知如何。然有紆餘曲折，辭少意多，玩味不能已者，又非辭意一直者比。《黄夢升墓誌》極好。」問先生所喜者，云：「《豐樂亭記》。」揚。

陳同父好讀六一文，嘗編百十篇作一集。今刊行《豐樂亭記》是六一文之最佳者，却編在《拾遺》。

歐公文字鋒刃利，文字好，議論亦好。嘗有詩云：「玉顔自古爲身累，肉食何人爲國謀！」以詩言之，是第一等好詩！以議論言之，是第一等議論！拱壽。

「欽夫文字不甚改，改後往往反不好。」亞夫曰：「歐公文字愈改愈好。」曰：「亦有改不盡處，如《五代史·宦者傳》末句云：『然不可不戒。』當時必有載張承業等事在此，故曰：『然不可不戒。』後既不欲載之於此，而移之於後，則此句當改，偶忘削去故也。」方子。

因改謝表，曰：「作文自有穩字。古之能文者，纔用便用著這様字，如今不免去搜索修改。」又言：「歐公爲蔣穎叔輩所誣，既得辨明，《謝表》中自叙一段，只是自胸中流出，更無些窒礙，此文章之妙也。」又曰：「歐公文亦多是修改到妙處。頃有人買饒録作「見」。得他《醉翁亭記》藁，初説滁州四面有山，凡數十字，末後改定，只曰：『環滁皆山也』五字而已。饒録云：「有數十字序滁州之山。忽大圈了，一邊注「環滁皆山也」一句。如尋常不經思慮，信意所作，言語亦有絶不成文理者，不知如何。」廣。

前輩見人，皆通文字。先生在同安，嘗見六一見人文字三卷子，是以平日所作詩文之類楷書以獻之。振。

歐公文章及三蘇文好處，只是平易説道理，初不曾使差異底字换却那尋常底字。儒用。

文字到歐、曾、蘇，道理到二程，方是暢。荆公文暗。

「歐公文字敷腴温潤。曾南豐文字又更峻潔，雖議論有淺近處，然却平正好。到得東坡，便傷於巧，議論有不正當處。後來到中原，見歐公諸人了，文字方稍平。老蘇尤甚。大抵已前文字都平正，人亦不會大段巧説。自三蘇文出，學者始日趨於巧。如李泰伯文尚平正明白，然亦已自有些巧了。」廣問：「荆公之文如何？」曰：「他却似南豐文，但比南豐文亦巧。荆公曾作《許氏世譜》，寫與歐公看。歐公一日因曝書見了，將看，不記是誰作，意中以爲荆公作。」又曰：「介甫不解做得恁地，恐是曾子固所作。」廣又問：「後山文如何？」曰：「後山煞有好文字，如《黄樓銘》《館職策》皆好。」又舉數句説人不怨暗君怨明君處，以爲説得好。廣又問：「後山是宗南豐文否？」曰：「他自説曾見南豐於襄漢間。後見一文字，説南豐過荆襄，後山携所作以謁之。南豐一見愛之，因留款語。適欲作一文字，事多，因托後山爲之，且授以意。後山文思亦澀，窮日之力方成，僅數百言。明日，以呈南豐，南豐云：『大略也好，只是冗字多，不知可爲略删動否？』後山因請改竄。但見南豐就坐，取筆抹數處，每抹處連一兩行，便以授後山。凡削去一二百字。後山讀之，則其意尤完，因歎服，遂以爲法。所以後山文字簡潔如此。」廣因舉秦丞相教其子孫作《文説》，中説後山處。曰：「他都記錯了。南豐入史館時，止爲檢討官。是時後山尚未有官。後來入史馆，嘗薦邢和叔。雖亦有意薦後山，以其未有官而止。」廣。揚録云：「秦作後山叙，謂南豐辟陳爲史官。陳元祐間始得官，秦説误。」

因言文士之失，曰：「今曉得義理底人，少間被物欲激搏，猶自一强一弱，一勝一負。如文章之士，下梢頭都靠不得。且如歐陽公初間做《本論》，其説已自大段拙了，然猶是一片好文章，有頭尾。它不過欲封建、井田，與冠、婚、喪、祭、蒐田、燕饗之禮，使民朝夕從事於此，少間無工夫被佛氏引去，自然可變。其計可謂拙矣，然猶是正當議論也。到得晚年，自做《六一居士傳》，宜其所得如何，却只説有書一千卷，《集古録》一千卷，琴一張，酒一壺，棋一局，與一老人爲六，更不成説話，分明是自納敗闕！如東坡一生讀盡天下書，説無限道理。到得晚年過海，做昌化《峻靈王廟碑》，引唐肅宗時一尼恍惚升天，見上帝，以寶玉十三枚賜之云：中國有大災，以此鎮之。今此山如此，意其必有寶云云，更不成議論，似喪心人説話！其他人無知，如此説尚不妨，你平日自視爲如何？説盡道理，却説出這般話，是可怪否？『觀於海者難爲水，游於聖人之門者難爲言』，分明是如此了，便看他們這般文字不入。」僩。

問：「坡文不可以道理並全篇看，但當看其大者。」曰：「東坡文説得透，南豐亦説得透，如人會相論底，一齊指摘説盡了。歐公不盡説，含蓄無盡，意又好。」因謂張定夫言，南豐秘閣諸序好。曰：「那文字正是好。《峻靈王廟碑》無見識，《伏波廟碑》亦無意思。伏波當時蹤跡在廣西，不在彼中，記中全無發明。」揚曰：「不可以道理看他。然二碑筆健。」曰：「然」。又問：「《潛真閣銘》好？」曰：「這般閑戲文字便好，雅正底文字便不好。如《韓文公廟碑》之類，初看甚好讀，子細點檢，疏漏甚多。」又曰：「東坡令其侄學渠兄弟蚤年應舉時文字。」揚。

人老氣衰，文亦衰。歐陽公作古文，力變舊習。老來照管不到，爲某詩序，又四六對偶，依舊是五代文習。東坡晚年文雖健不衰，然亦疏魯，如《南安軍學記》，海外歸作，而有「弟子揚觶序點者三」之語！「序點」是人姓名，其疏如此！淳。

六一記菱谿石，東坡記六菩薩，皆寓意，防人取去，然氣象不類如此。

老蘇之文高，只議論乖角。燾。

老蘇文字初亦喜看，看後覺得自家意思都不正當。以此知人不可看此等文字，固宜以歐曾文字爲正。東坡、子由晚年文字不然，然又皆議論衰了。東坡初進策時，只是老蘇議論。

坡文雄健有餘，只下字亦有不貼實處。道夫。

坡文只是大勢好，不可逐一字去點檢。義剛。

東坡《墨君堂記》，只起頭不合說破「竹」字。不然，便似《毛穎傳》。必大。

東坡《歐陽公文集叙》只恁地文章儘好。但要說道理，便看不得，首尾皆不相應。起頭甚麽樣大，末後却說詩賦似李白，記事似司馬遷。賀孫。

統領商榮以《温公神道碑》爲餉。先生命吏約道夫同視，且曰：「坡公此文，說得來恰似山摧石裂。」道夫問：「不知既說『誠』，何故又說『一』？」曰：「這便是他看道理不破處。」頃之，直卿至，復問：「若說『誠』之，則說『一』亦不妨否？」曰：「不用恁地說，蓋誠則自能一。」問：「大凡作這般文字，不知還有布置否？」曰：「看他也只是據他一直恁地說將去，初無布置。如此等文字，方其說起頭時，自未知後面說甚麽在。」以手指中間曰：「到這裏，自說盡，無可說了，却忽然說起來。如退之、南豐之文，却是布置。某舊看二家之文，復看坡文，覺得一段中欠了句，一句中欠了字。」又曰：「向嘗聞東坡作《韓文公廟碑》，一日思得頗久。饒録云：「不能得一起頭，起行百十遭。」忽得兩句云：『匹夫而爲百世師，一言而爲天下法。』遂掃將去。」道夫問：「看老蘇文，似勝坡公。黄門之文，又不及東坡。」曰：「黄門之文衰，遠不及，也只有《黄樓賦》一篇爾。」道夫因言歐陽公文平淡。曰：「雖平淡，其中却自美麗，有好處，有不可及處，却不是闒茸無意思。」又曰：「歐文如賓主相見，平心定氣，説好話相似。坡公文如説不辦後，對人鬧相似，都無恁地安詳。」蜚卿問范太史文。曰：「他只是據見定説將去，也無甚做作。如《唐鑑》雖是好文字，然多照管不及，評論總意不盡。只是文字本體好，然無精神，所以有照管不到處；無氣力，到後面多脱了。」道夫因問黄門《古史》一書。曰：「此書儘有好處。」道夫曰：「如他論西門豹投巫事，以爲他本循良之吏，馬遷列之於《滑稽》，不當。似此議論，甚合人情。」曰：「然。《古史》中多有好處。如論《莊子》三四篇譏議夫子處，以爲决非莊子之書，乃是後人截斷《莊子》本文攙入，此其考據甚精密。由今觀之，《莊子》此數篇亦甚鄙俚。」道夫。

或問：「蘇子由之文，比東坡稍近理否？」曰：「亦有甚道理？但其説利害處，東坡文字較明白，子由文字不甚分曉。要之，學術只一般。」因言：「東坡所薦引之人多輕儇之士。若使東坡爲相，則此等人定皆布滿要路，國家如何得安静！」賀孫。

諸公祭温公文，只有子由文好。

歐公大段推許梅聖俞所注《孫子》，看得來如何得似杜牧注底好？以此見歐公有不公處。

或曰：「聖俞長於詩。」曰：「詩亦不得謂之好。」或曰：「其詩亦平淡。」曰：「他不是平淡，乃是枯槁。」拱壽。

范淳夫文字純粹，下一箇字，便是合當下一箇字，東坡所以伏他。東坡輕文字，不將爲事。若做文字時，只是胡亂寫去，如後面恰似少後添。節。

「後來如汪聖錫制誥，有温潤之氣。」曾問某人，前輩四六語孰佳？答云：「莫如范淳夫。」因舉作某王加恩制云：「『周尊公旦，地居四輔之先；漢重王蒼，位列三公之上，若昔仁祖，尊事荆王；顧予冲人，敢後兹典！』自然平正典重，彼工於四六者却不能及。」德明。

劉原父才思極多，湧將出來，每作文，多法古，絶相似。有幾件文字學《禮記》，《春秋説》學《公》、《穀》，文勝貢父。振。

劉貢父文字工於摹倣。學《公羊》、《儀禮》。若海。

蘇子容文慢。義剛。

南豐文字確實。道夫。

問：「南豐文如何？」曰：「南豐文却近質。他初亦只是學爲文，却因學文，漸見些子道理。故文字依傍道理做，不爲空言。只是關鍵緊要處，也説得寬緩不分明。緣他見處不徹，本無根本工夫，所以如此。但比之東坡，則較質而近理。東坡則華豔處多。」或言：「某人如搏謎子，更不可曉。」曰：「然。尾頭都不説破，頭邊做作掃一片去也好。只到尾頭，便没合殺，只恁休了。篇篇如此，不知是甚意思。」或曰：「此好奇之過。」曰：「此安足爲奇！觀前輩文章如賈誼、董仲舒、韓愈諸人，還有一篇如此否？夫所貴乎文之足以傳遠，以其議論明白，血脉指意曉然可知耳。文之最難曉者，無如柳子厚。然細觀之，亦莫不自有指意可見，何嘗如此不説破？其所以不説破者，只是吝惜，欲我獨會而他人不能，其病在此。大概是不肯蹈襲前人議論，而務爲新奇。惟其好爲新奇，而又恐人皆知之也，所以吝惜。」僩。

曾所以不及歐處，是紆徐揚録作「餘」。曲折處。曾喜模擬人文字，《擬峴臺記》，是倣《醉翁亭記》，不甚似。

南豐擬制内有數篇，雖雜之三代誥命中亦無愧。必大。

南豐作宜黄、筠州二學記好，説得古人教學意出。義剛。

南豐《列女傳序》説《二南》處好。

南豐《范貫之奏議序》，氣脉渾厚，説得仁宗好。東坡《趙清獻神道碑》説仁宗處，其文氣象不好。「第一流人」等句，南豐不説。子由挽南豐詩，甚服之。

兩次舉《南豐集》中《范貫之奏議序》末，「文之備盡曲折處。」方。

南豐有作郡守時榜之類爲一集，不曾出。先生舊喜南豐文，爲作年譜。

問：「嘗聞南豐令後山一年看《伯夷傳》，後悟文法，如何？」曰：「只是令他看一年，則自然有自得處。」

江西歐陽永叔、王介甫、曾子固文章如此好。至黄魯直一向求巧，反累正氣。必大。

「陳後山之文有法度，如《黄樓銘》，當時諸公都斂衽。」佐録云：「便是今人文字都無他抑揚頓挫。」因論當世人物，有以文章記問爲能，而好點檢它人，不自點檢者。曰：「所以聖人説：『益者三樂：樂節禮樂，樂道人之善，樂多賢友。』」至。

《館職策》，陳無已底好。

李清臣文飽滿，雜説甚有好議論。

李清臣文比東坡較實。李舜舉永樂敗死，墓誌説得不分不明，看來是不敢説。

《桐陰舊話》載王銍云，李邦直作《韓太保惟忠墓誌》，乃孫巨源文也。先生曰：「巨源文温潤，《韓碑》徑，只是邦直文也。」揚。

論胡文定公文字字皆實，但奏議每件引《春秋》，亦有無其事而遷就之者。大抵朝廷文字，且要論事情利害是非令分曉。今人多先引故事，如論青苗，只是東坡兄弟説得有精神，他人皆説從别處去。德明。

胡侍郎萬言書，好令後生讀，先生舊親寫一册。又曰：「上殿劄子《論元老》好，《無逸解》好，

《請行三年喪劄子》極好。諸奏議、外制皆好。」

陳幾道《存誠齋銘》，某初得之，見其都是好義理堆積，更看不辨。後子細誦之，却見得都是湊合，與聖賢説底全不相似。其云：「又如月影散落萬川，定相不分，處處皆圓。」這物事不是如此。若是如此，孔孟却隱藏著不以布施，是何心哉！乃知此物事不當恁地説。僩。

張子韶文字，沛然猶有氣，開口見心，索性説出，使人皆知。近來文字，開了又闔，闔了又開，開闔七八番，到結末處又不説，只恁地休了。至。

文章輕重，可見人壽夭，不在美惡上。《白鹿洞記》力輕。韓元吉雖只是胡説，然有力。吴逵文字亦然。揚。

韓無咎文做著儘和平，有中原之舊，無南方啁哳之音。佐。

王龜齡奏議氣象大。

曾司直大故會做文字，大故馳騁有法度。裘父大不及他。裘父文字澀，説不去。義剛。

陳君舉《西掖制詞》殊未得體。王言温潤，不尚如此。胡明仲文字却好。義剛。

或言：「陳蕃叟武不喜坡文，戴肖望溪不喜南豐文。」先生曰：「二家之文雖不同，使二公相見，曾公須道坡公底好，坡公須道曾公底是。」道夫。

德粹語某人文章。先生曰：「紹興間文章大抵粗，成段時文。然今日太細膩，流於委靡。」問賢良。先生曰：「賢良不成科目。天下安得許多議論！」可學。以下論近世之文。

「諸公文章馳騁好異。止緣好異，所以見異端新奇之説從而好之。這也只是見不分曉，所以如此。看仁宗時制詔之文極朴，固是不好看，只是它意思氣象自恁地深厚久長；固是拙，只是他所見皆實。看他下字都不甚恰好，有合當下底字，却不下，也不是他識了不下，只是他當初自思量不到。然氣象儘好，非如後來之文一味纖巧不實。且如進卷，方是二蘇做出恁地壯偉發越，已前不曾如此。看張方平進策，更不作文，只如説鹽鐵一事，他便從鹽鐵原頭直説到如今，中間却載著甚麽年，甚麽月，後面更不説措置。如今只是將虚文漫演，前面説了，後面又將這一段翻轉，這只是不曾見得。所以不曾見得，只是不曾虚心看聖賢之書。固有不曾虚心看聖賢書底人，到得要去看聖賢書底，又先把他自一副當排在這裏，不曾見得聖人意。待做出，又只是自底。某如今看來，惟是聰明底人難讀書，難理會道理。蓋緣他先自有許多一副當，聖賢意思自是難入。」因説：「陳叔向是白撰一箇道理。某嘗説，教他據自底所見恁地説，也無害，只是又把那説來壓在這裏文字上。他也自見得自底虚了行不得，故如此。然如何將兩箇要捏做一箇得？一箇自方，一箇自圓，如何總合得？這箇不是他要如此，止緣他合下見得如此。如楊、墨，楊氏終不成自要爲我，墨氏終不成自要兼愛，只緣他合下見得錯了。若不是見得如此，定不解常如此做。楊氏壁立萬仞，毫髮不容，較之墨氏又難。若不是他見得如此，如何心肯意肯？陳叔向所見咤異，它説

『目視己色，耳聽己聲，口言己事，足循己行』。有目固當視天下之色，有耳固當聽天下之聲，有口固能言天下之事，有足固當循天下之行，他却如此說！看他意思是如此，只要默然静坐，是不看眼前物事，不聽別人說話，不說別人是非，不管別人事。又如說『言忠信，行篤敬』一章，便說道緊要只在『立則見其參於前，在輿則見其倚於衡』。問道：『見是見箇甚麽物事？』他便說：『見是見自家身己。』某與說，『立』是自家身己立在這裏了，『參於前』又是自家身己；『在輿』是自家身己坐在這裏了，『倚於衡』又是自家身己，却是有兩箇身己！又說格物做心，云：『格住這心，方會知得到。』未嘗見人把物做心，與他恁地說，他只是自底是。以此知，人最是知見爲急。聖人尚說：『學之不講，是吾憂也！』若只恁地死守得這箇心便了，聖人又須要人講學何故？若只守這心，據自家所見做將去，少間錯處都不知。賀孫。

今人作文，皆不足爲文。大抵專務節字，更易新好生面辭語。至說義理處，又不肯分曉。觀前輩歐蘇諸公作文，何嘗如此？聖人之言坦易明白，因言以明道，正欲使天下後世由此求之。使聖人立言要教人難曉，聖人之經定不作矣。若其義理精奥處，人所未曉，自是其所見未到耳。學者須玩味深思，久之自可見。何嘗如今人欲說又不敢分曉說！不知是甚所見。畢竟是自家所見不明，所以不敢深言，且鶻突說在裏。寓。

前輩文字有氣骨，故其文壯浪。歐公、東坡亦皆於經術本領上用功。今人只是於枝葉上粉澤爾，如舞訝鼓然，其間男子、婦人、僧、道、雜色，無所不有，但都是假底。舊見徐端立言，石林嘗云：「今世安得文章！只有箇減字換字法爾。如言『湖州』，必須去『州』字，只稱『湖』，此減字法也；不然，則稱『霅上』，此換字法也。」方子。蓋卿録云：「今人做文字，却是胭脂膩粉粧成，自是不壯浪，無骨氣。如舞訝鼓相似，也有男兒，也有婦女，也有僧、道、秀才，但都是假底。嘗見徐端立言，石林嘗云：『今世文章只是用換字、減字法。如說「湖州」，只說「湖」，此減字法；不然，則稱「霅上」，此換字法。』嘗見張安道進卷，其文皆有直氣。」謙録云：「『今來文字，至無氣骨。向來前輩雖是作時文，亦是朴實頭鋪事實，朴實頭引援，朴實頭道理。看著雖不入眼，却有骨氣。今人文字全無骨氣，便似舞訝鼓者，塗眉畫眼，僧也有，道也有，婦人也有，村人也有，俗人也有，官人也有，士人也有，只不是本樣人。然皆足以惑衆，真好笑也！』或云：『此是禁懷挾所致。』曰：『不然。自是時節所尚如此。只是人不知學，全無本柄，被人引動，尤而效之。正如而今作件物事，一箇做起，一人學起，有不崇朝而遍天下者。本來合當理會底事，全不理會，直是可惜！』」

貫穿百氏及經史，乃所以辨驗是非，明此義理，豈特欲使文詞不陋而已？義理既明，又能力行不倦，則其存諸中者，必也光明四達，何施不可！發而爲言，以宣其心志，當自發越不凡，可愛可傳矣。今執筆以習研鑽華采之文，務悅人者外而已，可恥也矣！人傑。以下論作文。

道者，文之根本；文者，道之枝葉。惟其根本乎道，所以發之於文，皆道也。三代聖賢文章，皆從此心寫出，文便是道。今東坡之言曰：「吾所謂文，必與道俱。」則是文自文而道自道，待作文時，旋去討箇道來入放裏面，此是它大病處。只是它每常文字華妙，包籠將去，到此不覺漏逗。說出他本根病痛所以然處，緣他都是因作文，却漸漸說上道理來；不是先理會得道理了，方作文，所以大本都差。歐公之文則稍近於道，不爲空言。如《唐·禮樂志》云：「三代而上，治出於一；三代而下，治出於二。」此等議論極好，蓋猶知得只是一本。如東坡之説，則是二本，非一本矣。僩。

才要作文章，便是枝葉，害著學問，反兩失也。壽昌。

詩律雜文，不須理會。科舉是無可奈何，一以門户，一以父兄在上責望。科舉却有了時，詩文之類看無出時節。芝。

一日説作文，曰：「不必著意學如此文章，但須明理。理精後，文字自典實。伊川晚年文字，如《易傳》，直是盛得水住！蘇子瞻雖氣豪善作文，終不免疏漏處。」大雅。

問：「要看文以資筆勢言語，須要助發義理。」曰：「可看《孟子》、韓文。韓不用科段，直便説起去至終篇，自然純粹成體，無破綻。如歐、曾却各有一箇科段。舊曾學曾，爲其節次定了。今覺得要説一意，須待節次了了，方説得到。及這一路定了，左右更去不得。」又云：「方之文有澀處。」因言：「陳阜卿教人看柳文了，却看韓文。不知看了柳文，便自壞了，如何更看韓文！」方。

因論文，曰：「作文字須是靠實，説得有條理乃好，不可架空細巧。大率要七分實，只二三分文。如歐公文字好者，只是靠實而有條理。如《張承業》及《宦者》等傳自然好。東坡如《靈壁張氏園亭記》最好，亦是靠實。秦少游《龍井記》之類，全是架空説去，殊不起發人意思。」時舉。

文章要理會本領。謂理。前輩作者多讀書，亦隨所見理會，今皆做賢良進卷胡作。

每論著述文章，皆要有綱領。文定文字有綱領，龜山無綱領，如《字説》、《三經辨》之類。方。

「前輩做文字，只依定格依本分做，所以做得甚好。後來人却厭其常格，則變一般新格做。本是要好，然未好時先差去聲。異了。」又云：「前輩用言語，古人有説底固是用，如世俗常説底亦用。後來人都要别撰一般新奇言語，下梢與文章都差異了，却將差異底説話換了那尋常底説話。」燾。

問「舍弟序子文字如何進工夫」云云。曰：「看得韓文熟。」饒録云：「看一學者文字，曰：『好好讀得韓文熟。』」又曰：「要做好文字，須是理會道理。更可以去韓文上一截，如西漢文字用工。」問：「《史記》如何？」曰：「《史記》不可學，學不成，却顛了，不如且理會法度文字。」問後山學《史記》。曰：「後山文字極法度，幾於太法度了。然做許多碎句子，是學《史記》。」又曰：「後世人資禀與古人不同。今人去學《左傳》、《國語》，皆一切踏踏地説去，没收煞。」揚。

文字奇而穩方好。不奇而穩，只是闒靸。燾。

作文何必苦留意？又不可太頽塌，只略教整齊足矣。文蔚。

前輩作文者，古人有名文字，皆模擬作一篇。故後有所作時，左右逢原。

因論詩，曰：「嘗見傅安道説爲文字之法，有所謂『筆力』，有所謂『筆路』。筆力到二十歲許便定了，便後來長進，也只就上面添得些子。筆路則常拈弄時，轉開拓；不拈弄，便荒廢。此説本出於李漢老，看來作詩亦然。」雉。

因説伯恭所批文，曰：「文章流轉變化無窮，豈可限以如此？」某因説：「陸教授謂伯恭有箇文字腔子，才作文字時，便將來入箇腔子做，文字氣脉不長。」先生曰：「他便是眼高，見得破。」

至之以所業呈先生，先生因言：「東萊教人作文，當看《獲麟解》，也是其間多曲折。」又曰：「某舊最愛看陳無己文，他文字也多曲折。」謂諸生曰：「韓、柳文好者不可不看。」道夫。

人要會作文章，須取一本西漢文，與韓文、歐陽文、南豐文。𡎺。

因論今日舉業不佳，曰：「今日要做好文者，但讀《史》、《漢》、韓、柳而不能，便請斫取老僧頭去！」

嘗與後生説：「若會將《漢書》及韓、柳文熟讀，不到不會做文章。舊見某人作《馬政策》云：『觀戰，奇也；觀戰勝，又奇也；觀騎戰勝，又大奇也！』這雖是粗，中間却有好意思。如今時文，一兩行便做萬千屈曲，若一句題也要立兩脚，三句題也要立兩脚，這是多少衰氣！」賀孫。

後人專做文字，亦做得衰，不似古人。前輩云：「言衆人之所未嘗，任大臣之所不敢！」多少氣魄！今成甚麽文字！節。

人有才性者，不可令讀東坡等文。有才性人，便須取入規矩；不然，蕩將去。

因論今人作文，好用字子。如讀《漢書》之類，便去收拾三兩箇字。洪邁又較過人，亦但逐三兩行文字筆勢之類好者讀看。因論南豐尚解使一二字，歐、蘇全不使一箇難字，而文章如此好！揚。

凡人做文字，不可太長，照管不到，寧可説不盡。歐、蘇文皆説不曾盡。東坡雖是宏闊瀾翻，成大片滚將去，他裏面自有法。今人不見得他裏面藏得法，但只管學他一滚做將去。

文字或作「做事」。無大綱領，拈掇不起。某平生不會做補接底文字，補凑得不濟事。方子。

前輩云：「文字自有穩當底字，只是始者思之不精。」又曰：「文字自有一箇天生成腔子，古人文字自貼這天生成腔子。」節。

因論今世士大夫好作文字，論古今利害，比並爲説，曰：「不必如此，只要明義理。義理明，則利害自明。古今天下只是此理。所以今人做事多暗與古人合者，只爲理一故也。」大雅。

人做文字不著，只是説不著，説不到，説自家意思不盡。燾。

看陳蕃叟《同合録序》，文字艱澀。曰：「文章須正大，須教天下後世見之，明白無疑。」揚。

因説作應用之文，「此等苛禮，無用亦可。但人所共用，亦不可廢」。曹宰問云：「尋常人徇人情做事，莫有牽制否？」曰：「孔子自有條法，『從衆、從下』，惟其當爾。」謙。

大率諸義皆傷淺短，鋪陳略盡，便無可説。不見反覆辨論節次發明工夫，讀之未終，已無餘味矣，此學不講之過也。抄《漳浦課簿》。道夫。

顯道云：「李德遠侍郎在建昌作解元，做《本强則精神折衝賦》，其中一聯云：『虎在山而藜藿不採，威令風行；金鑄鼎而魑魅不逢，姦邪影滅！』試官大喜之。乃是全用汪玉谿相黄潛善麻制中語，後來士人經禮部訟之。時樊茂實爲侍郎，乃云：『此一對，當初汪内翰用時却未甚好，今被李解元用此賦中，見得工。』訟者遂無語而退。德遠緣此見知於樊。」先生因舉舊有人作《仁人之安宅賦》一聯云：「智者反之，若去國念田園之樂；衆人自棄，如病狂昧宫室之安。」

古文關鍵·看古文要法

〔宋〕吕祖謙 撰

《古文關鍵·看古文要法》一卷

宋 呂祖謙 撰

呂祖謙（一一三七—一一八一），字伯恭，婺州金華（今屬浙江）人。隆興進士。累官著作郎兼國史院編修官。曾奉命編纂《皇朝文鑒》。與朱熹、張栻并稱「東南三賢」，學者稱爲東萊先生。有《東萊集》。傳見《宋史》卷四三四。

《古文關鍵》係文章選本，精選韓愈、柳宗元、歐陽修、曾鞏、蘇洵、蘇軾、張耒七家之文六十餘篇，「各標舉其命意布局之處，示學者以門徑，故謂之『關鍵』」（《四庫全書總目提要》卷一八七）。開啓古文評點之先聲。卷首列《看古文要法》，分《總論看文字法》、《論作文法》、《論文字病》三部分，着眼於文章體式源流、命意結構、筆法技巧，要言不煩，頗有見地。或疑《古文關鍵》非呂祖謙所編選，但《看古文要法》爲呂氏所撰，則無異議。

有明嘉靖刊本、清康熙徐氏刊本、《金華叢書》本、《叢書集成》本等。今據《金華叢書》本録入此書卷首《看古文要法》部分。

（王宜瑗）

《古文關鍵》卷首《看古文要法》

宋 呂祖謙 撰

總論看文字法

學文須熟看韓、柳、歐、蘇。先見文字體式,然後遍考古人用意下句處。蘇文當用其意,若用其文,恐易厭人,蓋近世多讀故也。

第一看大概、主張。

第二看文勢、規模。

第三看綱目、關鍵:如何是主意首尾相應,如何是一篇鋪叙次第,如何是抑揚開合處。

第四看警策、句法:如何是一篇警策,如何是下句下字有力處,如何是起頭换頭佳處,如何是繳結有力處,如何是融化屈折、翦截有力處,如何是實體貼題目處。

看韓文法

〔簡古〕　一本於經，亦學《孟子》。

學韓簡古，不可不學他法度。徒簡古而乏法度，則樸而不文。

看柳文法

〔關鍵〕　出於《國語》。

當學他好處，當戒他雄辯，議論文字亦反覆。

看歐文法

〔平淡〕　祖述《韓子》。議論文字最反覆。

學歐平淡，不可不學他淵源。徒平淡而無淵源，則委靡不振。

看蘇文法

〔波瀾〕　出於《戰國策》、《史記》。亦得關鍵法。

當學他好處,當戒他不純處。

看諸家文法

〔曾文〕 專學歐,比歐文露筋骨。
〔子由文〕 太拘執。
〔王文〕 純潔。學王不成,遂無氣焰。
〔李文〕 太煩,亦麄。
〔秦文〕 知常而不知變。
〔張文〕 知變而不知常。
〔晁文〕 麄率。自秦而下三人,皆學蘇者。

以上評韓、柳、歐、蘇等文字,説齋先生唐仲友亦常以此説誨人。

論作文法

文字一篇之中,須有數行齊整處,須有數行不齊整處。或緩或急,或顯或晦,緩急顯晦相間,使人不知其爲緩急顯晦。常使經緯相通,有一脉過接乎其間然後可。蓋有形者綱目,無形者血脉也。

有用文字，議論文字是也。

爲文之妙，在叙事狀情。

筆健而不麄，意深而不晦，句新而不怪，語新而不狂。常中有變，正中有奇。題常則意新，意常則語新。辭源浩渺而不失之冗，意思新轉處多則不緩。結前生後，曲折斡旋，轉换有力，反覆操縱。

上下。離合。聚散。前後。遲速。左右。遠近。彼我。一二。次第。本末。明白。整齊。緊切。的當。流轉。豐潤。精妙。端潔。清新。簡肅。清快。雅健。立意。簡短。闊大。雄壯。清勁。華麗。縝密。典嚴。

以上格製，詳具於下卷篇中。

論文字病

深。晦。怪。冗。弱。澀。虚。直。疏。碎。緩。暗。塵俗。熟爛。輕易。排事。説不透。意未盡。泛而不切。

習學記言序目·皇朝文鑒

〔宋〕葉適 撰

《習學記言序目·皇朝文鑒》四卷

宋　葉適　撰

葉適（一一五〇—一二二三），字正則，自號水心居士，温州永嘉（今浙江温州）人。淳熙進士。歷官知蘄州、權吏部侍郎、知建康府兼沿江制置使、寶文閣待制兼江淮制置使。開禧北伐，支持韓侂胄用兵，立有戰功。韓侂胄敗誅，葉氏被劾奪職奉祠，還鄉講學。有《水心文集》等。傳見《宋史》卷四三四。

葉氏爲南宋永嘉學派之巨擘。《宋元學案·水心學案序録》云：「乾、淳諸老既没，學術之會，總爲朱、陸二派，而水心斷斷其間，遂成鼎足。」其學直承薛季宣、陳傅良之功利説，而發展爲「實事實功」之論。《習學記言序目》五十卷，乃其晚年之讀書札記，輯録經史百家，闡説己意，條列成篇。議論創闢，多異先儒。今録其卷四七至五十之讀《皇朝文鑒》部分，雖主要從政治、學術、倫理角度評論《文鑒》所收之宋人詩文，但他并重文藻，於文章之事亦多有卓識。如駁周必大《序》以「偉」、「博」、「古」、「達」來概括北宋百餘年文章發展歷程，與實況不符；論「记」體，「至歐曾王蘇，始盡其變態」；論蘇軾爲「古今論議之傑」，「用一語，立一意，架虚行危，縱横倏忽」，極其騰挪跌宕之妙等，均中肯敏鋭。惟貶斥曾鞏，「文與識皆未達於大道」，則與朱熹之推崇曾鞏異趣。

此書初刊於嘉定十六年（一二二三）。今有瞿氏明抄本、葉氏清初抄本、光緒瑞安黄體芳刊本、一九二八年永嘉黄群校本（即《敬鄉樓叢書》本）。今據光緒本録入，并參考中華書局一九七七年校點本。

（王宜瑗）

習學記言序目・皇朝文鑒一

宋　葉適　撰

周必大序

呂祖謙，字伯恭，公著五世孫，中進士第，又中博學弘詞，與張栻、朱熹同時，學者宗之，仕至著作郎，卒年四十五。初，孝宗命知臨安府趙磻老詮校本朝《文海》，磻老辭不能，遂以命祖謙；因盡取渡江前衆作，備加搜擇，成百五十卷，蓋自古類書未有善於此。按上世以道爲治，而文出於其中；戰國至秦，道統放滅，自無可論。后世可論惟漢唐，然既不知以道爲治，當時見於文者，往往訛雜乖戾，各恣私情，極其所到，便爲雄長；類次者復不能歸一，以爲文正當爾，華忘實，巧傷正，蕩流不反，於義理愈害而治道愈遠矣。此書刊落浩穰，百存一二，苟其義無所考，雖甚文不録，或於事有所該，雖稍質不廢；巨家鴻筆，以浮淺受黜；稀名短句，以幽遠見收。合而論之，大抵欲約一代治體歸之於道，而不以區區虛文爲主。余以舊所聞於呂氏又推言之，學者可以覽焉。然則謂莊周、相如爲文章宗者，司馬遷、韓愈之過也。

禮部尚書周必大承詔爲序，稱：「建隆、雍熙之間，其文偉；咸平、景德之際，其文博；天聖、明道之辭古；熙寧、元祐之辭達。」按吕氏所次二千餘篇，天聖、明道以前，作者不能十一，其工拙可驗矣。文字之興，萌芽於柳開、穆修，而歐陽修最有力，曾鞏、王安石、蘇洵父子繼之，始大振；故蘇氏謂「雖天聖、景祐，斯文終有愧於古」，此論世所共知，不可改，安得均年析號各擅其美乎？及王氏用事，以周、孔自比，掩絶前作，程氏兄弟發明道學，從者十八九，文字遂復淪壞；則所謂「熙寧、元祐其辭達」，亦豈的論哉！且人主之職，以道出治，形而爲文，堯、舜、禹、湯是也。若所好者文，由文合道，則必深明統紀，洞見本末，使淺知狹好無所行於其間，然後能有助於治，乃侍從之臣相與論思之力也；而此序無一詞不諂，尚何望其開廣德意哉！蓋此書以序而晦，不以序而顯，學者宜審觀也。

賦

賦雖詩人以來有之，而司馬相如始爲廣體，撼動一世，司馬遷至爲備録其文，駭所無也；揚雄喜而效焉，晚則悔之矣。然自班固以後，不惟文浸不及，而義味亦俱盡。然後世猶繼作不已，其虚夸妄説，蓋可鄙厭，故韓愈、歐、王、蘇氏皆絶不爲。今所謂《皇畿》、《汴都》、《感山》、《南都》之類，非於其文有所取，直以一代之制，一方之事，不可不知而已。《皇畿》以事實勝，而《汴都》惟盛稱熙、豐興作，遂特被賞識。昔梁孝王，漢武、宣每有所爲，輒令臣下述賦，戲弄文墨，真俳優之雄；而歷代文士，相與沿襲不耻，是可嘆也。自與虜通和，太行皆爲禁山，坐失地利，故此賦感之。然謂以皇祐之版書，較景德之圖録，雖增田三十四萬餘頃，反減賦七十一萬餘斛，以爲不用先王之法致然，則非也。夫墾闢衆則利在下，蠲放多則恩在上，何害爲王政，而必欲如宇文融乎？蓋近世之論無不然矣。

《五鳳樓賦》，是時大梁宫室始與西京比，而梁周翰歷陳前代亡國之君淫於土木者爲戒，何止諷也！蓋顯刺必出於明時，「無若丹朱傲」，信其爲舜、禹之盛矣。

《籍田》、《大蒐》、《大酺》不常有，賦頌所以記也；《明堂》未之有，所以兆也。凡此類，以事觀之可也。

張咏《聲賦》，詞近指遠，弘達朗暢，異乎《鳴蟬》、《秋聲》之爲，蓋古今奇作，文人不能進也。

晏殊《中園》，葉清臣《松江秋泛》，自謂得窮達奢儉之中，今亦以此録之。然上無補衮拯溺之公義，下無隱居放言之逸想，則其所謂中者，特居處飲食之奉而已，不足道也。

狄遵度《石室鑿二江賦》，發明文翁李冰有功於蜀；其言「民未得所欲，事或有不利，先世所未暇除去，聖人所未及裁制」，皆吾人之所事，有感於斯言也。

聞之吕氏，「讀王深父文字，使人長一格」。《事君》、《責難》、《愛人》、《抱關》諸賦，可以熟玩。

自王安石、王回，始有幽遠遺俗之思，異於他文人；而回不志於利，能充其言，殆非安石所能及。然若少假不死，及安石之用，未知與曾鞏、常秩何如，士之出處固難言也。

周氏《拙賦》，爲今世講學之要。按《書》稱「作僞心勞日拙」，古人不貴拙也。「大巧若拙」，「巧者勞而智者憂，無能者無所求」，老、莊之學然爾。蓋削世俗纖浮靡薄之巧而歸之於正，則不以拙言也。以拙易巧而不能運道，則拙有時而僞矣，學者所當思也。

初，歐陽氏以文起，從之者雖衆，而尹洙、李覯、王令諸人，各自名家。其後王氏尤衆，而文學大壞矣。獨黄庭堅、秦觀、張耒、晁補之始終蘇氏，陳師道出於曾而客於蘇，蘇氏極力援此數人者，以爲可及古人，世或未能盡信。然聚群作而驗之，自歐、曾、王、蘇外，非無文人，而其卓然可以名家者，不過此數人而已；邢居實蚤夭，沈括、劉跂之流，終不近也。黄庭堅言「屈、宋之後，自鑄偉辭」，此語當考。

世多言「太祖嘗議都洛陽以省冗兵，恨後世不能用」，本據《王禹偁遺事》。其載李符、李懷忠之諫，或當有之；至謂「太祖答晉王欲循周漢故事以安天下」，又謂「不及百年民力必殫」。則其家子孫，以當時所見聞增益之，非本語也。冗兵自在真宗、仁宗世，太祖時兵何嘗冗，而預憂其後乎？自唐裂藩鎮養兵，民力固已殫，而士大夫不能知，就有能知者，亦不能改；安得謂「本朝百年後民力始殫」爲太祖語？且五代時，鹽酒末利皆輒殺人，民命尚不可保，何止殫民力乎！秦漢及唐，雖都關中，何嘗不以兵强天下？隋唐府衛，民半爲兵，而人主歲猶就食東都，何止冗兵爲費哉！歷代帝王不常厥居，汴無不可都之理。蓋自得太原，即乘勢伐幽州，算畫無素，一時倉猝，幾不自保，國勢由此而弱；契丹侵陵，河北破壞，始堅守和好，而兵因以日增；乃謀國者之謬，非謂必恃兵以爲固也。使太祖臨御得久，其所以處此，要自有道。《遺事》所記，失其實矣。

《天下爲一家賦》，吕大鈞作。大鈞兄弟從張氏學，而大防爲相，程氏與司馬氏善，當時在要地者，多程氏之門，故元祐之政亦有自來。此賦與《西銘》相出入，然其言「昔既有離則今必有合，彼既可廢則我亦可舉」，謂井田封建當復也。若存古道，自可如此論；若實欲爲治，當更審詳爾。

律　賦

漢以經義造士，唐以詞賦取人，方其假物喻理，聲諧字協，巧者趨之，經義之樸閣筆而不能措。王安石深惡之，以爲市井小人皆可以得之也；然及其廢賦而用經，流弊至今，斷題析字，破碎大道，反甚於賦。故今日之經義，即昔日之賦，而今日之賦，皆遲鈍拙澀，不能爲經義者然後爲之；蓋不以德而以言，無向而能獲也。諸律賦皆場屋之伎，於理道材品，非有所關。惟王曾、范仲淹有以自見，故當時相傳，有「得我之小者散而爲草木，得我之大者聚而爲山川」，「如令區別妍娥，願爲軒鑒，儻使削平禍亂，請就干將」之句。而歐、蘇二賦，非舉場所作；蓋欲知昔時格律寬暇，人各以意爲之，不拘礙也。

「有物混成，先天地生」，老氏之言道如此。按自古聖人，中天地而立，因天地而教，道可言，未有於天地之先而言道者，有司不考詳，以邪説取士，士亦以邪説應之。既以此得，遂以爲是，豈惟不以德而以言，又併其言失之矣。

詩

按吕氏有《家塾讀詩記》、《麗澤集詩》行於世，本朝詩與今篇目不同無幾，乃其素所詮次云爾。孟子言「王者之迹熄而《詩》亡，《詩》亡然後《春秋》作」。《春秋》作不作，不繫《詩》存亡，此論非是。然孔子時人已不能作詩，其後别爲逐臣憂憤之詞，其體變壞；蓋王道行而後王迹著，王政廢而後王迹熄，詩之廢興，非小故也。自是詩絶不繼數百年。漢中世文字興，人稍爲歌詩，既失舊制，始以意爲五七言，與古詩指趣音節異，而出於人心者實同。然後世儒者，以古詩爲王道之盛，而漢魏以來乃文人浮靡之作也，棄而不論，諱而不講，至或禁使勿習；上既不能涵濡道德，發舒心術之所存，與古詩庶幾，下復不能抑揚文義，鋪寫物象之所有，爲近詩繩準，塊然樸拙，而謂聖賢之教如是而止，此學者之大患也。吕氏自古樂府至本朝詩人，存其性情之正、哀樂之中者，上接古詩，差不甚異，可與學者共由，而從之尚少，故略爲明其大概如此。

後世詩，《文選》集詩通爲一家，陶潛、杜甫、李白、韋應物、韓愈、歐陽修、王安石、蘇軾各自爲家，唐詩通爲一家，黄庭堅及江西詩通爲一家。人或自謂知古詩，而不能知後世詩，或自謂知後世詩，而不能知古詩，及其皆知，而辭之所至皆不類，則皆非也。韓愈盛稱皋、夔、伊、周、孔子之鳴，其卒歸之於詩，詩之道固大矣，雖以聖賢當之未爲失，然遂謂「魏晉以來無善鳴者，其聲清以浮，其節數以急，其辭淫以哀，其志弛以肆，其爲言亂雜而無章」，則尊古而陋今太過；而又以孟郊、張籍當之，則尤非也。如郊寒苦孤特，自鳴其私，刻深刺骨，何足以繼古人之統？又况於無本者乎！愈欲以絶識高一世，而不自知其無識至此，重可嘆爾。

張衡《四愁》雖在蘇、李後，得古人意則過之。建安至晉高遠，宋、齊麗密，梁、陳稍放靡，大抵辭意終未盡。唐變爲近體，雖白居易、元稹以多爲能，觀其自論叙，亦未失詩意，而韓愈盡廢之，至有亂雜蟬噪之譏。此語未經昔人評量，或以爲是，而叫呼怒駡之態，濫溢而不可禦，所以後世詩去古益遠，雖如愈所謂亂雜蟬噪者尚不能到，况欲求風雅之萬一乎！孟郊謂「詩骨聳東野，詩濤洶退之」；而愈亦自謂「還當三千秋，更起鳴相酬」。嗚呼！以豪氣言詩，憑陵古今，與孔子之論何異指哉！

四言詩

四言自韋孟、司馬遷、相如、班固、束皙、陶潛、韓愈、柳宗元、尹洙、梅堯臣、歐陽修、王安石、蘇軾，工拙略可見。余嘗怪五言而上，往往世人極其材之所至，而四言雖文詞巨伯輒不能工，何也？按古詩作者，無不以一物立義，物之所在，道則在焉，物有止，道無止也，非知道者不能該物，非知物者不能至道；道雖廣大，理備事足，而終歸之於物，不使散流，此聖賢經世之業，非習爲文詞者所能知也。《詩》既亡，孔子與弟子講習其義，能明之而已，不敢言作；雖如游、夏、子思、孟子之流，皆不敢言作詩也；後世操筆研思，存其體可也。而韓愈便自謂古人復生未肯多讓，或者不知量乎！

樂府歌行

李至《桃花犬歌》，史官書事無大於此犬者乎？月石硯屏，余頃見之長溪陳氏，云其舊物，莫知是非，然何足道！喜其似而强名之，又爲之窮搜異説以爲博，君子之學所宜慎也。

王禹偁《高錫》詩，言「文自咸通後，流蕩不復雅，因仍歷五代，秉筆多艷冶。高公在紫微，濫觴誘學者，自此遂彬彬，「不蕩亦不雅」。此文章小氣數，只論用世者。柳開、穆修至歐陽氏，以不用世之文，欲捩回機括，雖不能獨勝，然後世學者要爲有用力處。夫可以自勉而安於自棄，時文誤之爾。

五言古詩

韓氏晝錦堂自爲詩，而歐陽氏爲記，未知與蘇季子、朱買臣所較幾何，而謂伊、周事業可幾而及！《崧高》、《韓奕》，備叙文物之美，使誠得其道，孔子亦不以爲過。不然，則沐猴而冠，顧影惕息，韓生之譏終在爾，未可以言邦家之光也。

歐陽氏《讀書》：「正經首唐虞，僞説起秦漢，篇章與句讀，解詁及箋傳，是非自相攻，去取在勇斷；初如兩軍交，乘勝方酣戰，當其旗鼓催，不覺人馬汗。至哉天下樂，終日在几案！」以經爲正而不汩於章讀箋詁，此歐陽氏讀書法也。然其間節目甚多，蓋未易言，以其學考之，雖能信經，而失事理之實者不少矣。且箋傳雜亂，無所不有，必待戰勝而後得，則迫切而無味，强勉而非真，几案之間，徒見其勞而未見其樂也。几案之樂，當默識先覺，迎刃自解，如日月朗耀，雲陰解駁；安在鬬是非、决勝負哉！

《東州逸黨》言西晉阮籍、王衍等事，余固辨之。司馬懿父子殺夏侯玄、嵇康，遂篡曹氏，天地陰陽爲之顛倒者數百年；使孔子在，何止臨河而返！太初憤逸黨可也，奈何以罪籍、衍乎？

劉敞言多古意，與王安石同，安石爲世所信而敞不能者，敞據科目爲官職故也。蘇軾少年時，便謂其奮臂取兩制，不十餘年，非有汗馬之勞，米鹽之能，大意略可見。堯、舜、文王不作，士無必遇者，固多得於奔走困窮之餘爾。

《日出堂上飲》，欲主人高礎爲去蟻之地，其自任重矣；然不知蚍蜉由己而生，蚍蜉猶惡其漸，而又尋斧焉。余嘗疑其文字言語之工未當在小人之列；吕氏云：「既爲小人之事，只是小人」，今人往往未知此。

王令、邢居實，皆少而雄邁，有古人筋骨，略不相上下。然令逆爲憤嫉，不能容人，居實過自摧殘，不能自容，壽夭雖有命，其德之所近或有以取之也。令《採選》詩，韓愈遭駁議最甚。愈年長矣，後生何可畏之甚也！然令謂「安知九列榮，顧是德所累」，按孔子稱「以吾從大夫之後不可以徒行」；又謂「喜將閭巷好，持與妻子議」，「子疾病，子路使門人爲臣」，曾子曰「季孫之賜也，我未之能易」；古人亦未至輕鄙富貴，顧其義何如爾。令一至之見，固未能盡道，謂之有志可矣。

蘇氏半字韻詩酬和最工，爲一時所慕，次韻自此盛於天下，失詩本意最多。夫以六義爲詩，猶不足言詩，況以韻爲詩乎！言「今年一線在，那復堪把玩，欲起强持酒，故交雲雨散」，無乃與川上之逝異觀？比於博塞爲歡娱粗勝爾。

《東坡七首》，哀而不傷，放而無怨，高於古人數等；秦、黄諸人欲至而不能，蓋其天之所資至是而後信爾。

五七言律詩

五七言律詩：按詩自曹、劉至二謝日趨於工，然猶未以聯屬校巧拙；靈運自誇「池塘生春草」，而無偶句亦不計也。及沈約、謝朓競爲浮聲切響，自言「靈均所未睹」，其後浸有聲病之拘，前高後下，左律右吕，匀緻麗密，哀思宛轉，極於唐人而古詩廢矣。杜甫强作近體，以功力氣勢掩奪衆作，然當時爲律詩者不服，甚或絶口不道。至本朝初年，律詩大壞，王安石、黄庭堅欲兼用二體擅其所長，然終不能庶幾唐人；蘇氏但謂七言之偉麗者，則失之尤甚，蓋不考源流所自來，姑因其已成者貌似求之耳。

七言律詩

「初分大道非常道，纔有先天未後天。」大道、常道，孔安國語；先天、後天，《易》師傳之辭也。《三墳》今不傳，且不經孔氏，莫知其爲何道。而師傳先後天，乃義理之見於形容者，非有其實；然山人隱士輒以意附益，别爲先天之學。且天不以言命人，所謂卦爻畫象，皆古聖智所自爲，寓之於物以濟世用，未知其於天道孰先孰後，而先後二字亦何繫損益？ 山人隱士以此玩世自足則可矣，而儒者信之，遂有參用先後天之論。 夫天地之道常與人接，顧恐人之所以法象者，不能相爲流通，至其差忒乖戾，則無以輔其不及，而天人交失矣。 奈何舍實事而希影象，棄有用而爲無益？ 此與孟子所謂「毁瓦畫墁」何異，蓋學者之大患也。

邵雍詩以玩物爲道，非是。 孔氏之門，惟曾晳直云「浴乎沂，風乎舞雩，咏而歸」，孔子與之，若言偃觀蜡，樊遲從游，仲由揖觀射者，皆因物以講德，指意不在物也。 此亦山人隱士所以自樂，而儒者信之，故有「雲淡風輕」、「傍花隨柳」之趣，其與「穿花蛺蝶」、「點水蜻蜓」何以較重輕，而謂道在此不在彼乎！

七言絶句

王安石七言絶句，人皆以爲特工，此亦後人貌似之論爾。 七言絶句，凡唐人所謂工者，今人皆不能到，惟杜甫功力氣勢之所掩奪，則不復在其繩墨中； 若王氏則徒有纖弱而已。 而今人絶句，無不祖述王氏，則安能窺唐人之藩墻！ 况甫之所掩奪者，尚安得至乎！

吕大臨《送劉户曹》：「獨立孔門無一事，惟傳顔氏得心齋。」按顔氏立孔門，其傳具在「博我以文，約我以禮」，「欲罷不能，既竭我才」； 雖非杜預之癖，相如之俳，然非無事也。 心齋，莊、列之寓言也，其言「若一志，無聽以耳而聽以心，無聽以心而聽以氣」，蓋寓言之無理者，非所以言顏子也。今初學者誦之，深入肺腑，不可抽吐，爲害最甚。

騷

鮮于侁《九誦》，亦爲當時所稱。《清廟》祀文王，蓋無以言其德；而侁祠堯、舜、周、孔，語絶鄙近，不知何故？

詔敕

《通商茶法詔》，按是時富弼、韓琦爲相；《貢舉條制敕》，按是時范仲淹爲參政；本朝治道極盛之日也。余嘗考自慶曆、嘉祐以來，士之有志於當世者不少，顯用於時者亦衆，然不知天下事經隋、唐苟且變壞，古人治法遂不可復。如財賦則天寶之後以税養兵，如取士則開皇、貞觀已爲科舉，以韓、富極力，僅能使茶法通商，以范深思，僅能先試策論，而歐陽氏又謂「欲復訓詁於三代之文」者，不過如此，是可悲已！古人治法，從上相承，當其將變而知其不可變者，叔向與孔子而已；既變而以爲當復者，孟子而已。蕭、曹、邴、魏，偶當治法未甚變壞之時，故其行事猶粗有可觀；使其已壞，則一等是收拾不來，韓、范、富亦不足深責也。歐陽氏言，「古者山澤之利，與民共之」，此謂鹽鐵金錫之類可也，若茶則民所自種，官直禁而奪之爾，何共之有！至韓刺義勇爲兵，則不惟不知所以復而增益，其變壞又甚矣。

敕

《賜陝西招討經略都部署司〔敕〕》寬放公用庫錢事：呂氏言「國初宰相權重，臺諫侍從莫敢議，朝士不平，屢有攻擊，如盧多遜、雷德驤、翟馬周、趙昌言、王禹偁、宋湜、胡旦、李昌齡、范諷、孔道輔，更勝迭負，然終不能損廟堂之勢。至范仲淹空一時所謂賢者而争之，天下議論相因而起，朝廷不能主令，而勢始輕矣。雖賢否邪正不同，要爲以下攻上，爲名節地可也，而未知爲國家計也」。然范、韓既以此取勝，及其自得用，臺諫侍從方襲其迹，朝廷每立一事，則是非蜂起，譁然不安。如滕宗諒、張亢因用公使錢過當，至爲置獄劾治，范始覺其非，以去就争之；雖幸而獄不竟，而小人窺伺間隙，外則尹洙貸部將，内則蘇舜欽賣故紙，方紛紛交作，諸人之身幾不能自保。且元昊反，敗軍殺將，殫困天下，曾不知所以爲謀，乃以公使錢數十百萬持英豪長短而陷之死地耶？鄭子孔爲載書，大夫諸司門子弗順，將殺之，子産止之，又請爲之焚書；子孔曰：「爲書以定國，衆怒而焚之，是衆爲政也，國不亦難乎！」子産以爲衆怒難犯，專欲難成，迄焚而後定。然及子産自爲相，却不如此，直云「禮義不愆，何卹於人言」而已。蓋韓、范之所以攻人者，卒其所以受攻而無以處此，是以雖有志而無成也。至如歐陽，先爲諫官，後爲侍從，尤好立論，士之有言者，皆依以爲重，遂以成俗。及濮園議起，未知是非所在，而傾國之人反回戈向之，平日盛舉，一朝墮損，善人君子，無不化爲仇敵，至今不定。然則歐陽氏之所以攻人者，亦其所以受攻而不自知也。孔子曰：「天下有道，則政不在大夫；天下有道，則庶人不議。」夫不以道而以言，其末流宜若是矣。

册

歐陽修《尊皇太后册》文：「昔者明王之以孝治天下者，非家至而日見之也」，「推所以行於己者爲天下率，盡所以奉其親者爲天下先，而四海靡然其承風矣」。此人臣規諷人主之辭，非人子所以施於其親也。又言「深鑒漢家母后之失，訖不踐於外朝」。此人臣推美母后之辭，亦非人子所以施於其親也。又言「歸政冲人，合於《易》之『進退不失其正』之聖」。且英宗本以荒迷得疾，不能聽斷，故暫請后，非后自欲之，此尤非人子所當言也。曹后還政，世多異説；然以神宗奉承之謹，終始待遇曹氏不少衰，則知宫闈固無間言，而外人妄傳耳。

習學記言序目・皇朝文鑒二

誥

按孔安國稱典、謨、訓、誥、誓、命之文,典、謨且置,訓、誥、誓、命,三代至今通用。三代時,人主至公侯卿大夫皆得爲之,其文則必皆知道德之實而後著見於行事,乃出治之本,經國之要也。周衰五六百年,命令不復行於天下,雖齊、晉迭霸,文告亦不能施於諸侯。至秦擅事,貴人盡軍吏,而丞史賤官執文墨之權,於是所言非所用,所用非所言,而人主制詔、朝廷命令爲空文矣。《兩漢紀》中摘舉一二,後世祖述,以爲不可及,其視《書》所稱,何啻涇渭之異流,朱紫之殊色也!蓋人主及公卿大夫不知道德,而丞史賤官徒耀文詞,虛實各行,體統分裂,乃爲治之大害,不知者但以古今不同爲解,是可嘆已! 余嘗考次自秦漢至唐及本朝景祐以前詞人,雖工拙特殊,而質實近情之意終猶未失; 惟歐陽修欲驅詔令復古,始變舊體。 王安石思出修上,未嘗直指正言,但取經史見語錯重組綴,有如自然,謂之典雅,而欲以此求合於三代之文,何其謬也! 自是後進相率效之，昔人所謂質實近情，如「高皇帝側室之子」，「即位三十年，百姓怨氣滿腹，吾誰欺，欺天乎！」指笑鋤剔，以爲拙陋，隱映旁出，自謂奇巧；至以「獻公之子九人，重耳尚在」，「歲星吴分，鬬士晉師」之類，盡爲警切矣。因吕氏載詔誥訓詞，略叙大指如此，蓋大道既廢，等爲虚詞，則今之號稱模擬典雅以求配合復古者，固未必是；而昔之率然突出質實近情者，亦未必非。且《盤誥》皆君上與民庶家人父子之語，而韓愈反以爲佶屈聱牙，則安石之謬，又何怪也！

奏疏

雍熙三年趙普《請班師疏》，此本朝大議論也。蓋太祖平一諸國，尚有太原未克，未暇及幽州；太宗既得太原，便欲乘勝取幽州，志既不就，時太平興國四年也，距今七年矣。普《疏》云：「旬朔之間，便涉秋序」，當在六月中，而曹彬等以五月敗於岐溝，奏入適相先後，明年，虜求報復河北、山東。取幽州豈有秘計？而浪戰亦安能有獲？必盡擇智勇廉仁者爲將，尺寸守之，虜來使不得氣，去勿追逐，鬬虜而無鬬燕民，不計歲月，待其自潰，然後築長城，實塞下，則夷夏分而漢虜安矣。普既不足以知此，王旦、寇準，迄變爲澶淵之和，韓琦、富弼，一一承用；及國難梗棘，河東、河北盡委與之，未聞以爲非者，堯、舜、三代禮義之區，獨江、淮而已，其誤皆出於普。然則雖以江、淮爲固，守國制虜之道，又未知其孰從。或曰：「今姑憂不能守江淮，遠指幽燕何益？」曰：「守淮堅而虜不可越，所以安江南也；用之山東、河南猶是也，用之河東、河北、關、陝猶是也，用之燕、薊猶是也。取天下不可有異説也，守天下不可有異道也，舜、禹不能易也。」

王禹偁言「聖朝享國四十餘年，邊鄙未甚寧，人民未甚泰，求利不已，設官太多。今陛下治之惟新，救之在速」，此真宗初年也。「臣伏慮書生執言，（比）〔有〕奏陛下以爲『三年無改於父之道，可謂孝矣』。此不知古今異制，家國殊涂者也。假如帝堯既殂，帝舜在位，堯時有八元未進，四凶未除，舜乃流放舉用，善惡兩分，未聞後之人曰『堯不及於舜也，舜不孝於堯也』。伏惟陛下遏老生之常談，奮英主之獨斷，則天下幸甚！」此設論也。按哲宗初，司馬光將罷新法，其時真有「三年無改」之論，而光乃謂「宣仁后以母改子，非子改父」，卒爲紹述之禍。禹偁語簡直不回護，光何不徑以爲據依，如魏相引賈誼、晁錯者，豈鄙其樸率故耶？禹偁受知太宗，夫世有直道自有直氣，而爲真宗言此不疑，真宗亦未嘗以爲謗者，直道素明也。自慶曆後，議論浮雜，直氣空多，直道已散，至治平、熙寧，紛争於言語之末，而直道蕩滅無餘矣。觀此兩節，風俗之變可以考見，今人欲景行前輩，須是於明道、景祐以前更接上去看，方得。

禹偁言「減冗兵，并冗吏，使山澤之饒稍流於下」。按朱台符以京東運使應詔，亦言「陛下即位肆赦，臨朝聽政，覃恩而宥罪，施仁而及物，未嘗蠲免殘租，許行榷利，山海之貨，悉歸於上，酒税之饒，不流於下」，蓋不欲盡山澤之利而與民共。當時雖已無此事，而猶有此論也，其後則此論亦無矣。事之已往猶可追，論之不存深可畏。且使今日有欲言寬山澤之禁者，人不嘻笑而怒罵乎？至言太祖時「東未得江、浙、漳、泉，南未得荆、湖、交、廣，朝廷財賦，可謂未豐；然而擊河東，備北虜，國用亦足，兵威亦强，其義安在？所蓄之兵鋭而不衆，所用之將專而不疑故也。自後盡取東南數國，又平河東，土地財賦可謂廣矣，而兵威不振，國用轉急，其義安在？所蓄之兵冗而不盡鋭，所用之將衆而不自專故也」。此事今日固不能行矣，而此論則至今猶在，尚可議也。且太祖精揀兵以嚴教習，專任將以責戰守，其謀不爲難知，其效不爲難繼，而卒無能髣髴其一二以行之者，何耶？若其論則固已腐朽熟爛，五尺童子皆能道之，而以陳於夸新喜奇者之前，雖不至於怒罵，而嘻笑者皆是矣。故余欲及此論之尚存，使明良忠智之士久於其任，悉力畢心，汰疲冗之兵，用廉耻之將，尺捍寸禦，敵人無敢逸越，以修太祖之烈；然後考尋已遠不存之論，散利薄征，遺孔餘潤，民得資以衣食，不至於餓窮流徙而無告，以復前代之舊；則豈惟伸禹偁、台符之志而已哉！雖孔孟不過是也。

楊億《論（棄）靈州事宜》，由今而觀，若曉邊事者。然拓跋思恭以來，世有五州，中國不能問，則固已棄地久矣。太祖未暇討一，因而撫之使爲蔽捍，内郡獲安，亦時勢當然也。太宗既取其地，遂反，每戰輒敗，兵窮力屈；繼遷靈州孤外，旦夕淪没，正復棄之，已無及矣。億乃遠引漢武置朔方，公孫弘以爲不便，又以賈捐之棄珠厓爲比，又謂地不過數千里爲堯舜三代之盛；而尤疏闊者，至言燕薊亦舉而棄之。自是主議論之臣遂以棄地爲常，而蹙國避寇外無餘術矣。其言太祖用姚内斌、董遵誨守環、慶有功，亦與當時不合。太祖時，李彝興父子尚爲外臣，故内斌等易於立效。今繼遷猖獗，清遠、靈武皆喪失，邊城沮氣，自保不暇，雖欲專任如内斌等，豈能遽收前人之功哉！《禹貢》「東漸於海，西被於流沙，朔南暨聲教，迄於四海」。益之戒曰：「無怠無荒，四夷來王。」自古聖賢，雖曰尚德而不務廣地，然亦未有以地不足而爲德之有餘者；况唐嘗以靈武復興矣。億不此之思，獨以公孫弘爲辭，然則見利害不盡，設策畫不精，泛濫綴緝，以空言誤後人，乃今世儒生學士大病也。

寇準《論澶淵事宜》：余舊聞長老重準力贊親征，且言其凡所規慮皆已先定，非一時偶然而爲者，即此疏也。自太宗世，契丹寇邊未嘗寧息。真宗甫終諒闇，虜已大入，親駕戎車，亟用祖宗之舊，而傅潛畏懦不戰，范廷召、康保裔敗死，張齊賢、向敏中、吕端、李沆、吕蒙正、畢士安不能爲謀。及王超、李福、王繼忠又敗，上議復出，群臣不敢唯諾；至是母子傾國來寇，其勢尤熾，天下震動，則陳堯叟、王欽若避地南遷之請紛紛出矣。寇準初相，倉猝奉上以行；當時相傳，畢士安有「相公交取鶻崙官家」、高瓊有「此處好喚宰相吟兩首詩」之語，其爲策略可見矣。况此疏正是擘移兵馬，寇深則抽那大軍護駕爾，了無奇計，未知諸公何以夸艷如此。前代人主在鞍馬間者固多，然須必勝，不勝則危亡隨之。人主勇於自行，則固不論；若諸將不用命，而大臣將以天子之威壓之，則前傅潛、今王超，終皆不能効死，必求和而後免，辱無大者，而準猶可矜肆以爲功伐乎？嗚呼！舉大將者蕭何也，身督戰者裴度也，克合晉、楚之成者向戌也，皆昔事之已驗者也。君子之相其君，視其義與時如何耳，可戰則戰而馮道不敢必戰，當和則和而桑維翰不敢必和，又近事之當監者也。準既不能知人，又不能臨兵，至於委曲調護兩國之間，爲生靈請命，又不能也；而挾萬乘僥幸，然後以和爲功，則余所不敢聞也。

孫奭《論天書》：按此事王旦始終奉行。夫人臣導人主以誣天，而人主能自敬天，此載籍異事也；旦之所行如此，而得爲本朝賢相，尤異事也。奭言「屈至尊以迎拜，歸秘殿以奉安。上自朝廷，下及閭巷，靡不痛心疾首，反脣腹非，而無敢議者」，蓋指當時之實也。恭惟真宗克自抑畏，無愧古賢主，東封往反獨蔬食，而輔臣皆不能，望其以伊、傅、周、召致君，難矣哉！

范仲淹《應詔十事》，是趙綰、王臧、蕭望之、劉向以後一節次。蓋李固、陳蕃，直以人命争消長，而房、魏值其君自定經制，故不得爲節次也。余嘗疑儒者不得志於時，非特道之難行，蓋其間亦自有考論不審處。如十事中自精貢舉以下，其八皆國家所常行，人情所同願，縱有排沮，易於消復，非利害之要也；惟明黜陟，抑僥倖，最爲庸人重害，而仲淹先行之。古者官職不分，自無職外遷叙之法。唐初急於用人，自小官預大政，其後兵亂，假内職以重外權；流弊及於五代，官職各行，於是有職外之官叙遷遞進。真宗推恩優幸，三歲一磨勘，彼以爲此人主命令也，固非斜封墨敕之比；而聖節任子，人所歆艷，一朝革去，愠忿自深；故此二事既先行，闒庸人重害之病，開邪諂讒間之門，此其所以排常行與同願者皆不得而伸也。歐陽修云：「聖賢相遭，萬世一遇」；而蘇洵以爲「當是之時，毛髮絲粟之材紛紛然而起，合而爲一，惜哉！惜哉！」仲淹但言石介作頌爲怪，不知我爲其形，彼張其影，何足怪也！幸仁宗寬明，且善人之類已衆，故其遇禍不至如綰、臧、望之之酷，韓琦繼之於前，二事裁其太甚，而人亦不以爲過，蓋勢必以漸也。按歐陽修謂：「仲淹老練世故，必知凡百難猛更張，故其所陳，志在遠大而多若迂緩。」然觀此二事，不可謂不猛矣。若仲淹先國家之常行，後庸人之重害，庶幾讒間不大作，而基本亦可立矣。故審於考論者，平居師友講習之急務，孔子所謂「如或知爾，則何以哉」。若好行小慧，則固無益也。

韓琦《論時事》，謂西北二虜，禍釁已成，「可晝夜泣血，非直慟哭太息」，其憂懼迫切如此，誠然矣。然所條七事，固國家所常行，未有可以制敵也。若夫陰營洛邑以爲游幸之所，則疏矣。使虜果向汴，而洛陽倉猝不得爲播遷乎？况奔潰之餘，何由可守？亦書生意貌之論耳。大抵約和既定，中外習安，自無奇策可設。其後王安石經理河北，亦不過欲爲先事之備，而琦又以爲不可行，特静躁有不同耳。

富弼《辯樞密》、《論流民》、《辨邪正》三疏，又辨災異非人事，皆天數，文意大略類趙普而加諄復。丁寧反覆如耳提而告人者。舊傳韓琦與弼議事未合，戲弼曰：「又絮耶？」弼愠曰：「絮是何言耶？」觀此三疏，真絮也。其言邪正和同、君子小人之際，學者皆以爲至論，蓋其主意端爲王安石爾。方神宗以首相命弼，弼審安石不可用，何不正言於上，决其去就，而設此影語？蓋神宗必欲有所改作，弼意不然，而安石助之；神宗去安石非難，而責弼以必更張者，弼之難也。按歐陽修言弼明敏而果鋭，此初執政時也，作相後則不然矣。弼初執政，更張之意過於范、韓；至作相，乃以一切堅守無所施爲爲是，雖如琦之微有改作，亦不能從也。古之賢相，因憂患而益明，周公是也；弼因憂患益昏，而猶欲自以爲賢，非余所知也。

賈昌朝《論邊事》，言太祖得御將之道，及善用將帥，精於覘候，人所共知；其言削方鎮兵權太甚之弊，則人所不知；雖有知者，亦不敢言也。言訓營卒，謂「令諸軍毋食肉衣帛，營門有鬻酒肴則逐去，士卒有服繒帛則笞之」。自古用士得死力，未有不先使之温衣飽食者。如後世養兵，衣食不足，怨嗟憤鬱，何以效命？恐此當别論也。昌朝作相當范、韓興廢之時，而朋黨傾壞，皆其力焉；至於事業，則未聞能踐此言，何也？

包拯《論宋庠》：「且云無過則又不然」，「執政大臣不能盡心竭節，灼然樹立，是之謂過」；及「近歲方乃捃拾細故，託以爲名」。并舉權德與事。此一項論議，雖非卓卓關繫，然亦從古流通，至其時未斷絶者，自後無復有矣。歐陽修謂「拯素少學問」，觀此，是其天資能近大體，不待問學也。余嘗謂堯、舜、禹、皋陶君臣以來，皆素有議論相傳，雖漢、唐褊狹，而其流風餘烈，猶未盡絶。及後世以經術起之，無不欲上繼堯、禹而鄙陋漢、唐；然古人論議斷絶皆盡，而偏歧旁徑，從横百起，莫覺莫知，而皆安之以爲當然也，豈不可嘆哉！

歐陽修《論日曆》，雖前引古史，後言日曆、時政記、起居注，并乞更不進本，然不過督趣史院功程爾，未暇論史法也。唐人謂人主不觀史，其説陋矣。後世相因，遂以人主不觀史爲盛節，謂必如是而後史官得其職，此修所以有乞不進本之説也。不知自古人主何嘗不觀史！彼其所書，善惡不隱，顧省懔然，觀其一日，可以戒其終身矣。若人主赧然諱避，赫然誅戮，則史官亦未嘗畏懦回避，身可殺而史不可改，史法由此而備，故可爲治道之助。惜乎修之所講未能及此，止於記注而已。韓愈最喜言史，作《順宗實録》載韋執誼、王叔文同飯，乃云「鄭餘慶、珣瑜二公皆天下重望，相次歸卧」，語類酸文，嗟夫，又在修下矣！

修《論包拯》：「昔嘗親見朝廷致諫之初甚難，今又獲見朝廷用諫之效已著。」慶曆致諫事，余於前章固論之。按古所謂諫者，以人主之身言之，有責其臣以必諫，已而自成其德者，舜「予違汝弼」是也；有責其君以必受諫，而後德可成者，傅説「後克聖」是也。諫行則人主無過，無過則明，明則用人立政無不得其當而治道舉。夫知人安民，禹以堯爲難者，蓋過不能盡無，而明或有所蔽也。今修所言用諫之效，不於人主之身焉是求，而區區於臣下争議之末節，故其效有時而窮，修蓋親見之而不能救也。濮邸之争，豈修亦悔之而不敢言乎？修之學未能進此，而抗然爲争議之主，余懼後世之忘其本也，故重述之。

余屢聞吕氏言宋祁請復唐馱幕法，嘆其思慮精密，考驗深遠，非當時所及，後學所宜知。馱幕軍行所必用，但因承苟且不爲耳。按《左氏》載晉楚遠征，百物修備，及《六韜》聚爲《七書》，《軍用》一篇，習舉業者皆能誦之。祁但近稱唐制，豈其於二書偶未詳耶？然《出車》、《東山》、《六月》諸詩，叙師役勞苦，意義閎博；而鄭申侯謂齊桓師老，遇敵懼不可用，欲使陳、鄭之間供其資糧屝屨，則尚有彼此一家通有共無之意，晉文、楚莊所不能也。至諸葛亮耕於敵境，居民錯雜，按堵無私，蓋古之善爲將者，無不皆然。若漢唐窮追遠討，常以萬里外爲限，用其民如禽獸，雖欲必有馱幕，豈若居室枕席之安耶？恐此祁所未知也。

張方平《論國計》在王安石未用前，《論免役錢》在爲安石所排後。神宗始初明鋭，果於欲爲，而冗兵厚費一節，最爲慶曆以來大患。若當時大臣，公共爲上别白言之，圖其至當而决於必行，事既廣遠，非十數年功緒不就，則人主之志已定，而其他紛紛妄言改作者不復用矣。惜乎韓、富、歐陽不能知，方平雖知而言之不切，就使切論而亦未有以處也。及安石既用，則紛更之禍已成，當時如方平言者甚衆，安能救乎！吕氏言，方平在諸人中名論甚輕，暮年與安石不合，衆方歸重。按方平與善人離合之勢，雖不及文彦博、趙抃，而視夏竦、賈昌朝有間矣；然其著絹、吃羊酒之氣終在，而挾邪不直之意固亦不能無也。蘇氏兄弟乃獨以知道推之，而或又謂「前生寫佛書猶未盡卷」，尤怪妄矣。

司馬光諸疏：按本朝論議行事爲三節：慶曆也，熙寧也，元祐也。光雖不及仲淹之開濟，其灼知國家守成之規模，極始盡末，不增宴安有過之病；王旦不起倉猝無益之患，吕夷簡、韓琦又能補葺其闕損；扶持其顛仆，使之可以長久，則琦與弼皆不及也。且仲淹之志，本欲變通，琦與弼既協同其説，雖群小不容，仲淹竟去，未久而死；然琦、弼相次爲相，終不能復伸仲淹之志。安石初有盛名，本琦、弼所引用，及其變更諸事，琦嘗一争論，弼與彦博、修亦皆不附從，然但知退挹自保，終不敢力沮安石之成。推此數人已行，使其居安石既衰之後，當宣仁登進之時，必未能盡廢安石所爲以還祖宗之舊法也。獨光爲侍從，則與安石力辨，又以私書勸之，又以用舍去就之際决之；安石於諸人無所畏，獨畏光及蘇軾者，畏其不止也。宣仁初雖曰「盡用不得志於新法者」，然諸人之論，皆謂「歲遠而利害異，事久而節目多」，且虞父子之間報復之禍，不敢改也。獨光挽回一世之力以還祖宗之舊，雖竄逐滿天下，而風流相接，故元符末則已稍復；宣和垂三十年矣，欽宗内禪，夷狄方熾横，何暇及群臣之邪正，則又復，而光實爲贈主後人；秦檜殄滅幾無遺類，然檜死則又復：凡此皆光獨争力挽之餘效，而琦、弼君子之澤所不能延也。然則光爲宋室守成之規模，豈不甚遠哉！故余謂今日之事，姑無望其能盡正，惟五六十萬之冗兵，能使之各有衣食，固捍邊圉，能使虜不能淩暴，又陰有以制之，使彼請戰不獲，而中原遺民有可復合之理，若是，足以助成前志之未遂矣。若夫内治，則因光之所以守成者，補葺其闕損，扶持其顛仆，而使之可以長久焉，則雖數百千年而常存可也。

孫沔五事：「景祐以來，三黜寵姬，兩犯宸扆」；「上元嘉節，内庭出游，美人才人，無不隨從，飛蓋蔽景，流車激（轂）〔霆〕，各崇華衛，分道争行，衆目共觀，與後爲並」；又「内降斜封，坦夷若道，免刑要賞，響應如神」：其辭有進無退，似兩漢，非後人語也。又言其時内人請俸及取賜，歲千餘萬緡，不獨用兵爲大費也，其氣剛大，其静的切如此。沔既受污衊，而《實録》遂具載之，若信然者。吕氏云此安石筆也。沔又言「范仲淹孤寒出身，忠誠報國，統兵邊鄙，終歲勤苦，未嘗有臣寮乞賜與千百緡，令助清貧之節」，可略見當時事意也。

「本朝享國百年，承平無事」，蓋自仁宗末英宗時，人臣數有此論；其意本欲諷切人主，因歸美以求警懼爾，非以爲國家必當有事，而何爲若是之無事也。且太祖、太宗爲開基受命之君，而三世繼承，皆無失德，則安得不百年而無事？然太宗及真宗初，河北、山東無歲無契丹之患，而李繼遷父子寇横北方；若兵革不已，勝負不分，因之以饑饉，加之以盗賊，播遷之難，何必靖康，割裂之勢，不待紹興，人無智愚，皆所共知也。由此言之，則渡江以前，百六十餘年而無事者，與二虜約和之力也。兩漢及唐，不待與虜和而亦能無事，此其所以加於我一等也。渡江以後，亦且百年而亦無事者，亦約和之力也；一日不和，則不勝其事矣。安危之數，何可預定，存亡之機，必爲厲階，安石所不能知也；而必以紛更亂其俗，以大有爲要其君，以祖宗百年無事爲天幸而不足恃，而不知其一旦有事而不可救者，職安石爲之也。哀哉！周公之詩曰：「迨天之未陰雨，徹彼桑土，綢繆牖户。」夫古人豈不居安而慮危哉？特不喜危而惡安爾。

習學記言序目・皇朝文鑑三

奏疏

蘇軾《徐州上皇帝書》，自惜其文，所謂「故紙糊籠篋」者，吕氏數語余，嘆其抑揚馳驟開闔之妙，天下奇作也。彭城爲齊、楚形勝，雄藩重地，從古已然；方其時，積衰累薄乃至於此，以守郡之力而無數十百千可以使人，豈非賈昌朝言朘削方鎮太甚而致之乎？然則改法制變，而安危之勢有所激，雖聖人固不能盡其慮也。買燈後所上書，於告君理體，疑若未足；然初學爲文者，無不誦習，安石尤畏之。昔英宗欲以唐故事召軾翰林，韓琦但用近例入館而已；使軾已列侍從，胡宗愈請令帶館職人赴三館供職，因看琦固欲守此法度而爲熙、豐所變也。與安石較其輕重，宜不止此，余固言之矣。琦號有名宰相，乃使俊傑異能之人，計尋常，拘尺寸，以爲苟賤委身之地，與絳、灌、馮敬害賈誼，名異而實同也，惜哉！然軾謂「有始有卒，自可徐徐，十年之後，何事不立」，終不言十年後當立何事。若神宗罷安石而聽軾，非安於不爲而止者，亦未知軾以何道致其君，此不可不素講也。

蘇氏言「晁、董、公孫之流，皆有科舉之病」，然乃身爲科舉之宗，不止於病而已。獨轍二冗疏，過於平生文字，大蘇亦不能及；蓋猶有方略，効之人主，可以歲月待，不紛然雜論古今，無所統一也。百萬之兵，省去六七，但欲不復戍邊，死亡勿補；恐此爲難，營房零落，部分銷減，兵費未去，軍律先壞矣。吕氏不喜諸蘇議論，以爲陰侵陽。程氏論十事，當與此並觀。自昔經生通人，各自爲方，不知其偏也。然轍暮年不能守，方爲兵民燕、薊之説，未幾而女真起。然則必真有見而後爲豪傑之士，筆墨誦讀所得者不足據也。

吕氏言劉摯善爲疏，其攻短安石，模寫精妙，情態曲盡，而無迫切噪忿之氣，一時莫能及；然不爲安石所忌惡，但言其妄作，愚而易見爾。蓋名素輕，所與奪不能動俗。神宗嘗問摯從安石學否，可見也，故其受謫亦薄。文彦博後與韓、富齊名，獨摯有駁論，幾成誅族之禍。

程氏爲彭思永議濮邸事，當稱「侄嗣皇帝敢昭告於皇伯父濮國太王」。按兄弟之子稱侄，禮無所據；而本生子以其屬言者，世俗之辭也；以「太」加於「王」，又不經也。「爲人後者爲其父母報」，父母不可没也；「持大宗者降於小宗」，小宗不敢齊也，避父稱親，義固無當；舍父稱伯，理將曷宜？以古人之意議禮，而以世俗之名制禮，可乎？夫立後與爲人後，所後父與本生親，皆至公大義所在，而非以私情臆説行於其間也。然則世俗無據之名，不可以制禮也決矣。

程氏《上太皇太后書》，問學職業所欲致之君者，具於此矣；蓋以輔養主德爲大，而以周公之輔養成王爲法，爲《立政》專言「常伯常任，綴衣虎賁」發此論也。今按《立政》歷陳夏、商先君及周文、武用人之方，與桀、紂寵任暴逆亡滅之故，乃在成王即政後，非初立沖幼時也。又按《金縢》，武王既葬，群叔流言，周公居東，作詩以遺成王，成王悟天變，罷穆卜，迎歸周公；及既作洛，周公復子明辟，成王重留，委國以聽，而周、召復相，遂終周公之身與成王之世。然則非成王之智，不足以知其臣；非成王之明，不足以任其臣；其聖質卓然，周、召蓋爲其所用以致盛治，非如童稚未識，必待封唐叔撻伯禽以警厲之，若後世俗儒所傳，而後足以進其德，成其材也。當元祐初，母后垂簾，奸邪窺伺，用事者惴惴度日，常不自保，取子、毁室之痛，未知安所寄托，至於流溢横潰，而人之大倫幾廢矣！輔養之道，豈易言哉！

范祖禹《聽政疏》，言「今四方之民，傾耳而聽，拭目而視，乃宋室隆替之本，社稷安危之基，天下治亂之端，生民休戚之始，君子小人消長進退之際，天命人心去就離合之時也」，此十數語，可爲涕流，蓋國家存亡，從是决矣。余嘗與吕氏極論累日，終無救法。舊傳程顥謂「當今熙豐用事之臣自擇其太甚〔者〕變之」，天下至今以爲知言。然小人視民如草芥，何嘗知世間有苦痛事；而利柄在手，亦安肯輕有變易？殆不過一種好語爾，况祖禹所言，亦止能如此，與黍離麥秀事敗而悲者，又何以異？余每思熙豐小人，特立紹述一條歸罪元祐，以爲不當輕變神宗政事，故其禍蔓延不可復遏；而元祐諸人，不能以輕改祖宗政事爲熙豐小人正名定罪，治其尤無良者，倒戈以授仇人，此大失也。自王安石外，凶狡陵肆，必遂其惡者，吕惠卿、章惇、蔡卞、蔡京而已，若元豐末、元祐初，首以輕改祖宗政事爲大罪，重責安石，惠卿與卞自當從坐；惇嘗有簾前悖戾不遜一節，投諸荒裔，人亦何辭！但使九年間尊祖之義常伸，則子孫紹述之論無自而發；况京新進後生，他日何所憑依以爲奸慝之地哉！其後陳瓘與京、卞並馳，方欲以尊私史壓宗廟罪之。夫既以孫屈祖爲是矣，則私史者乃其所教也，又何足以開悟人主乎！

梁燾論欲退吕大防以禮，略見祖宗輔相用舍節目；雖然，燾未之思矣。大防雖以禮退，考其時之爻象，可復以禮進乎？蓋守死善道則當辭而不就，如范鎮亡身殉國，則當危而不亂，爲司光尚庶幾爾。若夫既已冒進於憂危之先，而復求倖免於變移之後者，此元祐是非之論所以至今未决也。且古大臣進退之道，固未可責。蕭何嘗有賜金、置衛、請苑之疑，而爲生乃不治垣屋，買田宅必於窮僻處；鄧禹免相，閉門教子，各授一經；諸葛亮國命在手，不與子弟共禄，但令治耕桑而已。審如燾言，二三年而善去，去而規復來，則何以長慮卻顧，爲國家立久大之業乎！

本朝諫諍二事，范仲淹、鄒浩，皆廢后大事也。郭后雖廢，尚美人並斥，而立曹后，嘉祐、治平之間有助焉。浩所論在賢妃既立後，雖已無及，而孟后終復位，號爲建炎再造之祥，與漢成帝、唐高宗，禍福相去遠矣。浩之力難於仲淹。浩本常才而能爲此者，積習見聞之久，源流有自而然也。慶曆諫者禍福雜，元符諫者有禍無福，所遇之時殊也。

陳瓘力拄蔡氏，其言「絶滅史學，一似王衍，重南輕北，分裂有萌」，先鑒之明，一人而已。至於不恤一身家族之害别爲尊堯之説，欲障蔡氏之横流而止中原之幅裂，惟天知之，人不知也。

表

以《謝知制誥表》考之，得文字之正意，古今如歐陽修者鮮矣；然《翰林學士表》，則已退落遠甚。若王安石謂「有道德者難於進取」，則不過驕夸大言而已；至蘇軾止於近事，則又衰焉。孟子所稱「有德慧術智常存乎疢疾」，而後世之士，每以所遇之憂樂爲氣之盈虚，則其文安能及古，蓋可悲也！安石《謝宰相表》最工，爲近世第一，而吕氏不録，蓋大言之尤者不可爲後世法故也。

王晃《進珠表》，吕喬年云：「本録無有」；《玉友傳》，余亦疑之。

曾鞏《賀南郊表》，論者謂「鈎陳太微，星緯咸若，崑崙、渤澥，波濤不驚」，與韓愈「析木天街，星宿清潤，北嶽、醫閭，神鬼受職」，可相比方。就其果然，亦何足道！夫文不務與事稱，而納諂以希進，最鄙下矣。《清廟》之詩曰：「於穆清廟，肅雝顯相；濟濟多士，秉文之德，對越在天；駿奔走在廟，不顯不承，無射於人斯。」豈有泛辭拈枝弄葉耶！

《范純仁遺表》，一時難言者，略已盡言矣，於此見范氏子弟家風非文、富比。或言其家嘗申潁昌府用印，僅免大戮云。

《進尊堯集表》，可惜元豐末、元祐初無能明此義者。或以爲操蔡氏之矛而攻其室，此何足論？乃百世存亡所係，而天不牖民以智，不導民以言，可重嘆也！然瓘當其末流而能及此，壯哉！壯哉！

箴

劉敞《讓箴》，言「資政富公始讓樞密直學士，又讓翰林學士，又讓樞密副使，所讓益尊，所守益堅」。古人所謂讓者，終身不踐其位，故足以矯世礪俗；弼雖暫讓，然不見聽，已卒受之，但稍異於世俗備禮辭免者爾，況又窮富極貴而不止乎！敞謂「時豈無人昏夜乞憐」，「時豈無人乘機射利」。然則太伯、伯夷、子臧、季札僅勝於此耶？

程氏《視聽言動箴》：按孔子曰：「克己復禮爲仁。一日克己復禮，天下歸仁焉；爲仁由己，而由人乎哉！」顏淵曰：「請問其目。」子曰：「非禮勿視，非禮勿聽，非禮勿言，非禮勿動。」顏淵曰：「回雖不敏，請事斯語矣。」克己，治己也，成己也，立己也；己克而仁至矣，言己之重也，己不能自克，非禮害之也；故曰：「一日克己復禮，天下歸仁焉，爲仁由己，而由人乎哉！」此仁之具體而全用也。視聽言動，無不善者，古人成德未有不由此；其有不善，非禮害之也；故孔子教顏淵以非禮則勿視聽言動。誠使非禮而勿視聽言動，則視聽言動皆由乎禮，其或不由者寡矣，此其所以爲仁也；一日則有一日之效，言功成之速也。程氏箴，其辭緩，其理散，舉雜而病不切，雖欲以此自警，且教學者，然已未必可克，禮未必可復，仁未必可致，非孔、顔之所以講學也。

銘

吕大臨《克己銘》，程氏《四箴》，但緩散耳，固講學中事也。伊尹言「惟尹躬暨湯咸有一德，克享天心，受天明命」，故孟子謂其「自任以天下之重」；曾子言「仁以爲己任」，故曰「動容貌，正顔色，出辭氣」，以其養於一身者盡廢百聖之學，雖曰偏狹，然自任固重矣；不如是，何以進道，而大臨方以不仁爲有己所致，其意鄙淺，及釋、老之下者，猶謂道學，可乎？

頌

《慶曆聖德頌》，後世莫能定其是非，按《烝民》、《韓奕》、《崧高》、《江漢》，皆指一人爲一詩，其詞優游，無剋厲迫切之意，故曰：「人亦有言，柔則茹之，剛則吐之；惟仲山甫，柔亦不茹，剛亦不吐，不侮鰥寡，不畏强禦。」抑揚予奪，至此極矣。仲淹方有盛名，舉世和附，一旦驟用，出人主意，比仲山甫宜若無愧，頌之可也。而介所講未詳，乃以二十年間否泰消長之形，與當時用舍進退之迹，盡於一頌，明發機鍵以示小人，而導之報復，《易》所謂「翩翩不富」，「城復於隍」，若合契符，宜其不足以助治，而徒以自禍也。介死最爲歐陽氏所哀，序《外制》，視頌語不稍異。然則修所見亦與介同者耶？

贊

蘇轍《管幼安贊》：按轍序《和陶詩》，言「子瞻出仕三十餘年，爲獄吏所折困，終不能悛，以陷大難，乃欲以桑榆之末景，自托於淵明，其誰肯信之」！然則轍雖許寧，寧其許轍乎？苟或以救世爲重，自不計一身；張昭東南之材，爲孫氏用；華歆、許靖，自謀不給；古人出處，豈以責之？轍言「幼安之賢無以過人」，可謂厚誣；「明於知時，審於處己，以能自全」，尤不近理。

記

王禹偁文，簡雅古淡，由上三朝未有及者，而不甚爲學者所稱，蓋無師友論議之故也。柳開、穆修、張景、劉牧，當時號能古文，今所存《來賢》、《河南尉廳壁》、《法相院鐘》、《静勝》、《待月》諸篇可見。時以偶儷工巧爲尚，而我以斷散拙鄙爲高，自齊、梁以來言古文者無不如此。韓愈之文備盡時體，抑不自名，李翺、皇甫湜往往不能知，而况孟郊、張籍乎？古人文字固極天下之麗巧矣；彼怪迂鈍樸，用功不深，纔得其腐敗粗澀而已。

韓愈以來，相承以碑誌序記爲文章家大典册，而記，雖愈及宗元，猶未能擅所長也。至歐、曾、王、蘇，始盡其變態，如《吉州學》、《豐樂亭》、《擬峴臺》、《道〔州〕山亭》、《信州興造》、《桂州（修）〔新〕城》，後鮮過之矣。若《超然臺》、《放鶴亭》、《篔簹偃竹》、《石鐘山》，奔放四出，其鋒不可當，又關紐繩約之不能齊，而歐、曾不逮也。舊傳曾鞏諸文士爲《吴郡六經閣記》，相顧莫敢先；張伯玉忽題云：「六經閣，諸子百家皆在焉，不書，尊經也。」衆遂閣筆；不知此何以爲工，而流俗夸艷？至其終篇，皆陳語補緝若聚帳狀，無可採。又謂伯玉博涉多聞，每以所短困鞏，如榜曾夫子位戲侮之類，鞏甚苦之；而劉敞亦有「可惜歐九不讀書」之誚；然猶流言，未足憑也。若黄庭堅稱「蘇洵《木假山》似莊周、韓非」，夫舉世俗所以屈莊周之文者，以其雖一切寓言，而能抑縱舒斂，自無入有，殆若天成，而實言者或不及也。玉石異物，竦擢特起似於山，而世貴之。木未嘗似山，就其似山，何足貴，而謂得莊周體？末言三峰，尚未脱凡筆。周言「六合中有魏，魏中有梁，梁中有王，似稊米之在太倉」，其怪偉殊特至此，三峰何足異哉！二篇偶以流俗所敬而存，讀者不察，坐墮處矣。

蘇轍記閔子祠堂、東軒、遺老齋，轍以知道自許，雖求爲有得之言，然與事不合。按孔子未嘗以舟楫足恃，不顧而仕；諸子未嘗以陋舟而求試，顔淵未及仕而夭，冉伯牛有疾，獨閔子不爲季氏宰，蓋家臣其所耻也。孔子使子路復見荷蓧丈人，其言曰：「不仕無義」；顔子雖少年，而孔子以成材許之，將同其進退出處，故曰：「用之則行，舍之則藏，惟我與爾有是夫」，初未嘗必於不仕也。魯男子學柳下惠，蓋非義理所安，轍不考詳矣。又言「顔子所以甘心貧賤，不肯求升斗之禄以自給者，良以其害於學。」世固無不行之道，亦安有不仕之學？而況沈酣勢利，以玉帛子女自厚，在世俗最爲淺下，固非論議所及；而轍以此較道學之高卑，是其所知未深而然爾。「樂莫善於如意，憂莫慘於不如意」，聖賢無此論，乃莊周放言也。古人立公意以絶天下之私，捐私意以合天下之公；若夫據勢行權，使物皆自撓以從己，而謂之如意者，聖賢之所禁也。

范祖禹《布衾銘記》，「其清如水，而澄之不已；其直如矢，而端之不止；故其居處必有法，其動作必有禮」，此言有益於學者。所以爲水者，以清也，非清則無澄也；所以爲矢者，以直也，非直則無端也。今夫澄其污洳，端其撓節，以求直清之效者多矣；未有已清而澄不已，已直而端不止者也。雖然，郭泰言「奉高之器，譬諸泛濫，雖清而易挹；叔度汪汪若萬頃之波，澄之不清，淆之不濁」；及直不疑買金償同舍等事，又不可量也。

序

與契丹和前四十年，劉牧送張損之，後四十年，蘇洵送石揚休，張耒送李之儀，三序就如其所憂，未足以謀國；而況百年中泰然不知憂者皆是，則安得無靖康之禍！賈誼之言，徒貽笑後世，而董仲舒至謂天下大計莫如和，然則雖如三人亦不復有，是可悲也！

因范育序《正蒙》，遂總述講學大指：

道始於堯，「欽明文思安安，允恭克讓」；《易傳》雖有包犧、神農、黄帝在堯之前，而《書》不載，稱「若稽古帝堯」而已。命羲和「曆象日月星辰，敬授人時」。《吕刑》「乃命重黎，絶地天通，罔有降格」。《左氏》載尤詳。堯敬天至矣，曆而象之，使人事與天行不差。若夫以術下神，而欲窮天道之所難知，則不許也。

次舜，「濬哲文明，温恭允塞，在璿璣玉衡，以齊七政」；舜之知天，不過以器求之耳，日月五星齊，則天道合矣。其微言曰：「人心惟危，道心惟微，惟精惟一，允執厥中。」人心至可見，執中至易知，至易行，不言性命。子思贊舜，始有大知、執兩端、用中之論；孟子尤多；皆推稱所及，非本文也。

次禹，「后克艱厥后，臣克艱厥臣；惠迪吉，從逆凶，惟影響」。《洪範》者，武王問以天，箕子亦對以天，故曰：「帝乃震怒，不畀洪範九疇」，「天乃錫禹洪範九疇」，明水有逆順也。孔子因箕子、周公之言，故曰「鳳鳥不至，河不出圖」，嘆治有廢興也。然自前世以爲龍馬負圖自天而降，《洛書》九疇亦自然之文，其言怪誕，夫「思曰睿，睿作聖」，人固能之，奚以怪焉！至山林詭譎有先天後天之説，今不取。

次皋陶，訓人德以補天德，觀天道以開人治；能教天下之多材，自皋陶始。

按高辛，高陽之子，聚爲元凱，舜雖盡用，而禹以材難得、人難知爲憂。皋陶既言「亦行有九德」，「亦言其人有德」，卿大夫諸侯皆有可任者，「翕受敷施，九德咸事」；以人代天，典禮賞罰，本諸天意，禹相與共行之，治成功立。至夏、商、周，一遵此道。

次湯，「惟皇上帝降衷於下民，若有恒性，克綏厥猷惟后」，其言性蓋如此。

次伊尹，言「德惟一」，又曰「終始惟一」，又曰：「善無常主，協於克一。」湯自言「聿求元聖，與之戮力，以與爾有衆請命」；伊尹自言「惟尹躬暨湯咸有一德，克享天心，受天明命」；故以伊尹次之。

嗚呼！堯、舜、禹、皋陶、湯、伊尹，於道德性命天人之交，君臣民庶均有之矣。

次文王，「肆戎疾不殄，烈假不瑕，不聞亦式，不諫亦入」；「雝雝在宫，肅肅在廟，不顯亦臨，無射亦保」；「無然畔援，無然歆羨，誕先登于岸」；「不大聲以色，不長夏以革，不識不知，順帝之則」。夫《雅》、《頌》作於成康之時，而言文王備道盡理如此，則豈特文王爲然哉？固所以成天下之材，而使皆有以充乎性，全於天也。

按《中庸》言「鳶飛戾天，魚躍于淵，言其上下察也」；「德輶如毛，毛猶有倫，上天之載，無聲無臭，至矣」。夫鳥至於高，魚趨於深，言文王作人之功也；「德輶如毛」，舉輕以明重也；「上天之載，無聲無臭」，言天不可即而文王可象也。古人患夫道德之難知而難求也，故曰「安安，允恭克讓」，「濬哲文明」，「執中惠迪」，「克綏厥猷」，「主善協一」，皆盡己而無所察於物也，皆有倫而非無聲臭也。今也，顛倒文義，而指其至妙以示人；後世冥惑於性命之理，蓋自是始。噫！言者過矣，不可謂文王之道固然也。

次周公，治教並行，禮刑兼舉，百官衆有司，雖名物卑瑣，而道德義理皆具。自堯、舜、元凱以來，聖賢繼作，措於事物，其該洽演暢，皆不得如周公。不惟周公，而召公與焉，遂成一代之治，道統歷然如貫聯算數，不可違越。

按大司樂言「天神降，地示出」，與「簫韶九成，鳳凰來儀」異。

次孔子，周道既壞，上世所存皆放失，諸子辯士，人各爲家；孔子蒐補遺文墜典，《詩》、《書》、《禮》、《樂》、《春秋》有述無作，惟《易》著《彖》、《象》；

舊傳刪《詩》，定《書》，作《春秋》，余以諸書考詳，始明其不然。

然後唐、虞、三代之道賴以有傳。

按《論語》「子罕言利，與命與仁」，今考孔子言仁多於他語；豈其設教不在於是，朋至群集有不獲聞，故以爲罕耶？

孔子殁，或言傳之曾子，曾子傳子思，子思傳孟子。

按孔子自言德行顔淵而下十人，無曾子，曰「參也魯」。若孔子晚歲獨進曾子，或曾子於孔子殁後，德加尊，行加修，獨任孔子之道，然無明據。又按曾子之學，以身爲本，容色辭氣之外不暇問，於大道多所遺略，未可謂至。又按伯魚答陳亢無異聞，孔子嘗言「中庸之德民鮮能」，而子思作《中庸》；若以《中庸》爲孔子遺言，是顔、閔猶無是告，而獨閟其家，非是；若子思所自作，則高者極高，深者極深，宜非上世所傳也。然則言孔子傳曾子，曾子傳子思，必有謬誤。

孟子亟稱堯、舜、禹、湯、伊尹、文王、周公，所願則孔子，聖賢統紀既得之矣；養氣知言，外明内實，文獻禮樂各審所從矣。夫古昔謂之傳者，豈必曰授之親而受之的哉？後世以孟子能傳孔子，殆或庶幾。然開德廣，語治驟，處己過，涉世疏，學者趨新逐奇，忽亡本統，使道不完而有迹。

按孟子言性，言命，言仁，言天，皆古人所未及，故曰「開德廣」；齊滕大小異，而言行王道皆若建瓴，以爲湯、文、武固然，故曰「語治驟」；自謂「庶人不見諸侯」，然以彭更言考之，「後車數十乘，從者數百人」，而曰庶人可乎？故曰「處己過」；孔子復汶陽田，使茲無還對，罷齊饗，與梁丘據語，孟子不與王驩言行事，憚煩若是乎？故曰「涉世疏」。學者不足以知其統而務襲孟子之迹，則以道爲新説奇論矣。

自是而往，争言千載絶學矣。《易》不知何人所作，則曰「伏羲畫卦，文王重之」。按周「太卜掌三《易》，經卦皆八，別皆六十四」，則畫非伏羲，重非文王也；又，周有司以先君所爲書爲筮占，而文王自言「王用享于岐山」乎？亦非也。有《易》以來，筮之辭義不勝多矣，《周易》者，知道者所爲，而周有司所用也。孔子獨爲之著《彖》、《象》，蓋惜其爲他異説所亂，故約之中正以明卦爻之指，黜異説之妄以示道德之歸。其餘《文言》、《上下繫》、《説卦》諸篇，所著之人，或在孔子前，或在孔子後，或與孔子同時，習《易》者會爲一書，後世不深考，以爲皆孔子作也，故《彖》、《象》掩鬱未振，而《十翼》講誦獨多。魏晉而後，遂與老莊並行，號爲孔、老。佛學後出，其變爲禪，喜其説者以爲與孔子不異，亦援《十翼》以自況，故又號爲儒釋。本朝承平時，禪説尤熾，儒釋共駕，異端會同。其間豪傑之士，有欲修明吾説以勝之者，而周、張、二程出焉，自謂出入於佛老甚久，已而曰：「吾道固有之矣」，故無極太極、動静男女、太和參兩、形氣聚散、絪缊感通、有直内、無方外，不足以入堯舜之道，皆本於《十翼》，以爲此吾所有之道，非彼之道也。及其啓教後學，於子思、孟子之新説奇論，皆特發明之，大抵欲抑浮屠之鋒鋭，而示吾所有之道若此。然不悟《十翼》非孔子作，則道之本統尚晦；不知夷狄之學本與中國異。

按佛在西南數萬里外，未嘗以其學求勝於中國，其俗無君臣父子，安得以人倫義理責之，特中國好異者折而從彼，蓋禁令不立而然。聖賢在上猶反手，惡在校是非、角勝負哉！

而徒以新說奇論闢之，則子思、孟子之失遂彰。范育序《正蒙》，謂此書以六經所未載，聖人所不言者與浮屠、老子辯；豈非以病爲藥，而與寇盜設郛郭助之捍禦乎？嗚呼！道果止於孟子而遂絶耶？其果至是而復傳耶？孔子曰「學而時習之」，然則不習而已矣。

按浮屠書言識心，非曰識此心；言見性，非曰見此性；其滅非斷滅，其覺非覺知；其所謂道，固非吾所有，而吾所謂道，亦非彼所知也。予每患自昔儒者與浮屠辯，不越此四端，不合之以自同，則離之以自異，然不知其所謂而彊言之，則其失愈大，其害愈深矣。予欲析言，則其詞類浮屠，故略發之而已。昔列禦寇自言忘其身而能御風，又言至誠者入火不爝，入水不溺，以是爲道，大妄矣！若浮屠之妄，則又何止此！其言天地之表，六合之外，無際無極，皆其身所親歷，足所親履，目習見而耳習聞也；以爲世外瓌特廣博之論，置之可矣。今儒者乃援引《大傳》「天地絪緼」，「通晝夜之道而知」，「不疾而速，不行而至」，子思「誠之不可揜」，孟子「大而化」「聖而不可知」，而曰「吾所有之道，蓋若是也」；譬之者以自同，毁之者以自異，嘻，末矣！

習學記言序目・皇朝文鑒四

論

歐陽氏《朋黨論》，舊傳謂其能極小人之情狀，故奸邪忌惡尤深；蘇氏爲《續論》，欲剪戮元惡而撫用其餘。按自古小人害正，比而仇君子，人主必保護愛惜，每加擊逐，使君子恃以自安，小人爲黨，君子不爲黨也。如養鸚鵡孔鸞，猫犬常伺其隙，備豫稍不謹，搏而食之無救矣。孟子言「魯穆公無人乎子思之側，則不能安子思」；穆公猶然，況舜、文王乎！此論乃言「小人無朋，其暫爲朋者僞也」，必君子而後有朋，欲人主「退小人之僞朋，用君子之真朋」；是則人主真以爲有黨而不善退，將愈重其蔽，而安能解其惑哉！且君子固未嘗能去小人，安有戮其首惡而不撫用其餘以滋國患者？至引州綽、邢蒯爲比，則是方求免之不暇，而預以得志自處，蘇氏又過矣。始終用元祐，自無可憾；用慶曆不終，乃深可惜耳。歐陽氏迫切之論，失古人意，徒使人悲傷而不足以爲據也。

蘇洵自比賈誼，曾鞏、王安石皆畏其筆，至以爲過之，歐陽氏比於荀卿。嘉祐後，布衣特起，名冠當時而高後世，李覯、王回豈敢望也！《權書》、《衡論》、《幾策》多談兵，論爲將，草野未除，去誼固遠，今所取者一二而已。《六經論》尤失理，皆以爲聖人機權之用，乃異聞也；故家庭所講，不能深造，誤其子矣。或傳洵自挾一書誦習，二子不得見，他日竊視之，《戰國策》也，洵聞而嘆息。此雖未可信，然觀其遺文，大略可見矣。又傳富、韓方欲整齊驕卒，洵始見之，因顯言治兵當用嚴，引李光弼事，二公以爲漏密事，頗駭動，故久而無成。又二子應制舉，洵戒軾用直言對策，得不黜，晚歲力撼宰相，修《因革禮》，未奏卒。古人謂招之不來，况不待其自至而馳騁以求之乎！

敘諸論，舜、禹、皋陶辨析名理，伊、傅、周、召繼之，《典》、《誥》所載論事之始也，至孔、孟折衷大義，無遺憾矣。春秋時，管仲、晏子、子産、叔向、左氏善爲論，漢人賈誼、司馬遷、劉向、揚雄、班固善爲論，後千餘年，無有及者，雖韓愈、柳宗元、歐陽修、王安石、曾鞏間起，不能髣髴也。蓋道無偏倚，惟精卓簡至者獨造；詞必枝葉，非衍暢條達者難工；此後世所以不逮古人也。獨蘇軾用一語，立一意，架虚行危，縱横倏忽，數千百言，讀者皆如其所欲出，推者莫知其所自來，雖理有未精，而詞之所至莫或過焉，蓋古今論議之傑也。軾自以爲「如萬斛泉源，不擇地而出，在平地一日千里無難，及其與山石曲折，隨物賦形而不可知」。嗟夫！古人豈必有此文而後有此論哉？

以文爲論，自蘇氏始，而科舉希世之學，爛漫放逸，無復實理，不可收拾矣。劉敞、王回好援古義，有深遠之思，學者更試求之。

蘇轍論古之英雄，惟漢高帝不可及；「英雄」二字，先秦無有，乃流俗所稱也。其論北狄，言「當養兵自重，卓然獨立，不聽外國之妄求，而生吾中國之氣。如此數十年間，天下摧折之志復壯，則北狄非吾所當畏」。孔子言「善人爲邦百年，可以勝殘去殺」，或以爲太緩；孟子言深耕易耨之民，「可使制梃以撻秦、楚之堅甲利兵」，或以爲太速；然則安能養兵數十年而後氣可生、志可壯耶？是氣不生而志不壯也，此亦流俗所稱也。夫有貴於儒者，其所立所識非必高出流俗，要使不墮於流俗，而後可以振俗矣。

以形勢論天下，春秋猶無之，蓋出於戰國辯士揣摩之學。六國初，尚夷狄擯秦，孝公用商鞅變法致富强，未嘗恃關爲固也。及秦亡，而賈誼、司馬遷乃罪子嬰不能守險以自安；且天下方共起而滅秦，就使閉關不出，未知可保歲月否？何去非亦伸其説，以爲章邯、李由不知以攻爲守而以守爲攻，曰此兵家之事。余觀苻堅既敗，亦欲委關東於敵，豈非知兵？然秦地終不能有也。夫形勝必視大勢所歸，勢未離則可以攻，可以守，今雖極揣摩者之論，曾不如孔子順一言；而孟子又稱教人以耕桑，便能與殷、周並興，恐亦當細考。

唐庚《憫俗》：「今四方萬里之國，而無恢大閎遠之風以充之」，「百工所造，商賈所鬻，士女所服，日益狹陋」，謂崇、觀、宣、政間也，其敝至渡江且百年猶在。淳熙中，上下皆有從窄之論，余甚憂之。邇來服用乃更疏闊，大冠高髻，廣袖滿領，莫知所從始，豈庚所言恢大閎遠者幸會旋復，將以充而壽之，殆天意耶！

策

尹洙早悟先識，言必中慮，同時莫能及，《叙燕》、《息戍》、《(法)〔兵〕制》，與賈誼相上下，適會其時，故但爲救敗之策爾。源亦善論事，非擅所長於空文者也。

救時莫如養力，辨道莫如平氣。石介以其忿嫉不忍之意，發於偏宕太過之辭，激猶可與爲善者之心，堅已陷於邪者之敵，莫不震動驚駭，群而攻之，故回挽無毫髮而傷敗積丘陵矣，哀哉！然自學者言之，則見善明，立志果，殉道重，視身輕，自謂「《大過》上六，當其任」，則其節有足取也。今所録皆放此，可以覽觀矣。

蘇氏《勸親睦》，欲復小宗。古稱「繼禰者爲小宗」，其言不詳。夫五世之服已遷，而百年之家未散，則宗道宜若可續矣；必也豫儲其四，使迭進而無窮，則將不勝其宗，而乖争陵犯之患方起；蓋少年鋭於論事，未暇深考也。古者賦禄制田，其權在上，貧富貴賤無大逾越，而爲之宗以維之，故長者不傲，幼者不侮，而和親雍睦之教可行。後世崛起自致，貧富貴賤各極其欲，榮悴異門，交相爲病，於是賢者謝宗以自遠，不肖〔者〕挾長以行私，蓋闔閭之不暇，而安能善其俗哉！夫宗者，貴而賢者也，富而義者也，非是二者而擁虚器以臨之，教令之所不行也。故貴而賢，富而義，則上禮異之，命爲〔其〕宗；爵不必親而疏者可畀也，田不必子而貧者可共也，施舍賙惠，惟族是與，損歌童舞女之奉，厚吊死恤孤之恩，族人依倚，特爲宗主，無犯義，無干刑，相趨於實而不惟其名之徇，此今日立宗之要也。

議

宋祁《祖宗配侑議》，太祖、太宗、真宗三廟不遷及親祠皆侑，仁宗意已定，有司即而言之爾。按周公郊祀后稷以配天，蓋前乎此周人，未知所始，周公特推崇之也。武王雖克殷有天下，周公以爲德莫盛於文王，故宗祀於明堂以配上帝；故孔子曰：「是以四海之内，各以其職來祭。」夫必原其始而不私其功，此周公之所以爲孝，可爲萬世法也。祁之議，因人主之欲而爲典禮可也，故其言曰：「自爾有司不敢輕議」，又加多焉爾。昔漢宣帝尊孝武而夏侯勝不從，以爲詔書不可用，得罪幾死。儒生守經，有時而中，專門之學，未可一切以爲陋也。

曾鞏《救災議》，米百萬斛，錢五十萬貫爾，何至懇迫繁縷如此！若大議論，又將安出？豈其時議者真庸奴耶？鞏文雖工，然此議及《鑒湖序》，乃文人之累也。

呂大鈞《世守邊郡議》，言「在商時，古公以皮幣、犬馬、珠玉事獯鬻，而商王不知；在周時，晉國拜戎不暇，而周室不與；三代禦邊之略，蓋可知已」。雖非透底之論，然既封建諸侯，則勢固然矣。今既自有其天下，不以與人，則守邊以衛百姓，安得不自任其責？徒曰是廣遠而不可守，委民命於夷狄，縱其搏食乎？方周衰不能主令，諸侯莫輔，猶且伊川爲戎，荆蠻問鼎。今邊不能禦，坐視入内地，噫，將焉及矣！

制策

孔文仲《制策》，視漢不足，視唐有餘矣；然劉蕡策自較前代十數等。

説書經義

蘇軾説《春秋》，慶曆、嘉祐時文也；（黄）〔張〕庭堅《書義》，熙、豐時文也；王安石談經，未至悖理，然人情不順者，盡罷詩賦故也。辟廱太學既並設，答義者日競於巧，破題多用四句，相爲儷偶。隆興初有對《易》義破題云：「天地有自然之文，聖人法之以爲出治之本；陰陽有不息之用，聖人體之以收必治之功」；主司大稱贊，以爲得太平文體，擢爲第一。主司所謂太平，則崇、觀、宣、政時也。乾道中，主司欲革四句對偶之弊；答者言：「聖人不求其臣之徇己，故其臣無得而議己」，遂據上第。淳熙初，學者厭破題襯貼纖靡，頗復釐改；答者云：「以己體民，而後尊卑之情通；以國觀民，而後安危之理顯」，學官不能奪，卒置首選。然設科斅學，先已雜見《春秋》傳記，其所訓釋，猶未能盡合義理之中，漢加甚焉。今雖以破題分巧拙，要未足病，視義理當否耳。以前三破題言之：天地雖有自然之文，陰陽雖有不息之用，治道之本末或不在此，則其言出治於先而必治於後者，虚詞也。聖人固不求臣之徇己，然使其尚有可議，固當議之，豈以爲無得而議乎？又無得而議，非聖賢事，則其悖理甚矣。至於以己體民，以國觀民，雖其辭甚巧，而其理不謬，則比前作爲勝。誠使知義理者常爲主司，學者不得以悖理之文希合於一時，雖因今之時文不改，亦自足以得士。不然，雖屢變其法，而學者之趨向亦終不能一。豈四句對偶，一冒工拙，可爲損益哉！俗有「五道不如一道，一道不如一冒」之語。

書

范質《戒兒侄詩》，向敏中《留别知己序》，晏殊《中園賦》，韓琦《閲古堂記》，文彦博《晁錯論》，富弼《答陳（推）〔都〕官書》，本朝名輔相飭己立志之方，可概見也。王曾既中第，或謂「狀元三場，一生吃著不盡」；王正色拒之，以爲「平生之志不在温飽」，後生學者傳以爲口實。歐陽修既執政，人有賀之者，答以「惟不求而得與既得而不患失」；然余病其侵尋於官職矣，而吕氏嫌余此論太高，余亦不敢竟其説而止。大抵自唐中世，天下治體爲宇文融、李林甫、王鉷之流剥壞皆盡，大變於古；後爲相如李吉甫、裴度、李德裕，皆無救弊起廢之略。獨一陸贄欲有所爲，未幾竄死；至今數百年，終無策以振起之。賢愚同軌，邪正並轍，苟免其身，而復以其敝遺後人。然則雖不思得，不患失，而卒與庸衆人同歸於温飽者，無異以盡民財爲能，以盡民命爲功，至其他刀筆毫末之巧拙而夸競不已也。嗚呼！此有志者之所當深思也。

劉奕與韓、范論岐州中路修山城事，以爲「關中之事所以多失之者，上輕之而不思，下隨之而不言，增少而爲多，積小以成大」。余嘗嘆天下不幸有倉猝之變起，則舉世紛然，争思其所不當爲，爲其所不及思以病民；夷狄奸雄未至甚害，而執事不肖，驟殘倏虐，上下相驅，以百姓爲芻狗，故其根本不日而蹙亡矣。蓋事决知其無益而不妄爲者，乃救敗扶傾之本，雖賢智憂國之臣，未能行也。

司馬、范氏論鐘律：按律止於寸，固不能生尺，度、律異物，其用各殊，尺又安能生律也！凡物度數必由分寸起，自杪忽有形之可積，十而成毫，毫十而氂，氂十而分，寸尺尋丈皆已具焉，乃自然之數也。故宫繫於分，分不繫於宫；黄鐘繫於寸，寸不繫於黄鐘也。謂度、量、權衡皆生於黄鐘而以黍起分者，獨劉歆妄作新説爾，古無是也。古之制律，自分而九之以爲宫，自寸而九之以爲黄鐘，樂或未和，則反之數術以求於分寸，必得其和而后止，舜所謂「欲聞六律五聲」者聞此也。今用千二百黍實之管，因其所至，遂以爲律，斷取其三以爲空徑，其説易至是乎？此歆之妄作新説誤後世也。「㮚氏爲量，量之以爲鬴，深尺，内方尺而圜其外，其實一鬴，其臀一寸，其實一豆，其耳三寸，其實一升，重一鈞，其聲中黄鍾之宫。」《考工記》雖非《周官》，然歆以前書也。王莽之量，左耳爲升，右爲合龠，而重二鈞，其説曰「起於黄鍾之龠」；而又謂「千二百黍重十二銖，亦起於黄鍾之龠」，亦歆之妄作新説誤後世也。其他象類諸説，怪妄尤甚，而儒者信之，過矣。舜既考律知聲，樂成而諧，無相奪倫，千有餘年之後，其器尚存，孔子聽之至於忘味，豈惟聖人之盛德，亦足以知其制器之精也。今司馬、范氏，不惟古義是求，而譊譊焉相與論王莽、劉歆之制作，終其身而不已，豈其德與器俱有所未至哉！

按程氏答張載論定性，「動亦定，静亦定，無將迎，無内外」；「當在外時，何者爲内」？「天地普萬物而無心，聖人順萬事而無情」；「擴然而大公，物來而順應」；「有爲爲應迹，明覺爲自然」；「内外兩忘，無事則定，定則明」；「喜怒不繫於心而繫於物」：皆老、佛、莊、列常語也。程、張攻斥老、佛至深，然盡用其學而不自知者，以《易大傳》誤之，而又自於《易》誤解也。子思雖漸失古人本統，然猶未至此；孟子稍萌芽，其後儒者則無不然矣。且佛、老之學所以爲不可入周、孔聖人之道者，蓋周、孔聖人以建德爲本，以勞謙爲用，故其所立能與天地相終始，而吾身之區區不與焉。佛、老則處身過高，而以德業爲應世，其偶可爲者則爲之，所立未毫髮，而自夸甚於丘山。至其壞敗喪失，使中國胥爲夷狄，安存轉爲淪亡而不能救，而亦不以爲己責也。嗟夫！未有自坐佛、老病處，而揭其號曰「我固辨佛、老以明聖人之道者」也。

陳師道在同時四人中，惟詩推敬黄庭堅；若文學識尚，自視非其輩倫，言論未嘗及也。所師獨曾鞏，至與孔子同稱，歐、蘇皆不滿也。《與曾布書》，頗詳事情；《擬武舉策》，陳義尤高，誚賈誼「無以自容安能容匈奴」！師道爲此語數十年，有靖康之禍，此非不能容匈奴者所致，乃自容而又容匈奴者致之也。學欲至之捷而守之迂，迂捷同軌，則知德者不貴也；識欲覺之先而持之後，先後一轍，則知務者不許也。惜乎師道見理未盡，而執志甚堅，上不能爲王回、孫侔，下不能爲石延年、尹洙也！

因張舜民《與石司理書》載歐陽氏語：「文學止於潤身，政事可以及物」，修猶爲此言，始悟人之窮力苦心於學問文詞者，徒欲藻飾華澤其身而已，聖賢之事業，非所以責之也。

觀陳師錫《答陳瓘書》，天下不知王安石之罪而尊其聖者皆是也，天下安得不亡？瓘之所知，亦不過蔡京兄弟而已，悲夫！自古而然。仲由不知衛輒，揚雄不知王莽，蔡邕不知董卓，荀彧不知曹操，王導不知王敦，陷其身名，敗其家國者衆矣！安得許邵、郭泰、管寧之流而與之論乎？

策問

歐陽氏《策問》，爲三代禮樂井田而發者五，似若嘆先王之道不得行於後世者。其言則雖以三代爲是，而其意則不以漢、唐爲非；豈特不以爲非，而直謂唐太宗之治能幾乎三王，則三代固不必論矣；故其制度紀綱，儀物名數，皆以唐爲是而詳著之。以余觀太宗之治，曾不能望齊桓之十一也，而何三王之可幾哉！然則歐陽氏之學，非能陋漢、唐而復三代，蓋助漢、唐而黜三代者也。孔子曰：「名不正則言不順，言不順則事不成，事不成則禮樂不興，禮樂不興則刑罰不中，刑罰不中則民無所措手足。」秦、漢以來，名不正，言不順，而急於事成，故以刑罰持之，使民無以措其手足，而宛轉於鞭笞金鐵之中，則禮樂安得而可興？孔子又曰：「君子之行也，度於禮，施取其厚，事舉其中，斂從其薄，如是，則（一）〔以〕丘亦足矣；若不度於禮而貪冒無厭，則雖以田賦，將又不足。」夫三代之井田所以必行者，謂其能度於禮也；後世以貪冒無厭者賦其民，則奚以井爲，而猶諄諄焉議其末乎！

歐陽氏又疑《周禮》六官之屬五萬餘人，不耕而賦，何以給之。按《漢表》宰相至佐史十二萬餘人，而千里之地爲公田者數十餘萬井，此皆淺事，何足疑也！其言天地萬物之統，特綱舉草論；若夫周、召道德性命之要言，經治揆物之成迹，《詩》、《書》所不能備，獨《周官》備之，修固未能知也。漢武、何休何足以較是非，而姑謂「其祭祀、衣服、車旗似有可採者」，則尤淺矣。

雜　著

劉敞《〔貴〕〔責〕和氏璧》：《左氏》「楚燕魯侯，好以大屈，既而悔之；椒舉以爲『齊與晉、越欲此久矣，君其備禦三鄰』，魯侯懼而歸之」；蓋設説者，而敞信之。其言和氏〔璧〕再刖足，抱璞而號，亦辯士設説也，敞又信之，遂按爲的論矣。知自貴而不輕用寶，誠責士之美意；然忽寶不用，自失股肱，無與圖存，乃人主之大諱也。古人於此，未嘗不兢兢焉，故曰「翕受敷施，九德咸事」；「旁招俊乂，列於庶位」；「人之好我，示我周行」。子貢曰：「有美玉於斯，韞櫝而藏諸？求善賈而沽諸？」子曰：「沽之哉！沽之哉！我待賈者也。」然則謂「和不哀其身而哀其玉」以爲和罪，而吴起、韓非非二君之過者，偏説也。夫敞豈以得於科目者爲進退出處之正，而遽輕天下士也哉？

曾鞏雜識孫甫、狄青事，又記余靖、高居簡事，大抵於當時所謂善人君子多不與，不知其意欲以何爲？狄青拔自卒伍，爲執政矣，能勝儂智高，適當爾，而鞏稱之勤勤，且盡排孫沔諸人。滕宗諒以過用公使錢爲罪，朝廷議罰，意有輕重，調和歸中，亦常理也，孫甫何遽憂憤至欲去諫列，而鞏遂以爲能「不黨而知過」，獨於甫是賢乎？鞏不附王安石，流落外補，汲汲自納於人主，其詞皆諂而哀；及叙漢高帝十不及，神宗以爲「優劣論」，非史家體；行韓維詞忤上意坐罰金，雖非其罪；要之犖文與識皆未達於大道，而自許無敵，後生隨和，亦於學有害。

傳

柳開諸文及《補亡先生傳》，邵雍諸詩及《無名君傳》，雖深淺精粗，所造不同，至於尊己陋物，叫呼以自譽，失古人爲學之本意，則其病一也。且開以藩籬未涉之狂氣，安得使人舍其自安之奥室以從我？而雍固山林玩世之異迹也，人亦胡爲因其曠蕩無畛畦之見，遂混而從之？孔子謂「不知而作我無是」，「中庸至德民鮮能」，學者審其所處而已。

總論

此書二千五百餘篇，綱條大者十數，義類百數，其因文示義，不徒以文，余所謂必約而歸於正道者千餘數，蓋一代之統紀略具焉，後有欲明吕氏之學者，宜於此求之矣。初吕氏没，龍川陳亮祭之曰：「孔氏之家法，儒者世守之，得其粗而遺其精，則流而爲度數刑名；聖人之妙用，英豪竊聞之，徇其流而忘其源，則變而爲權譎縱横。故孝悌忠信常不足以趨天下之變，而材術辨智常不足以定天下之經。」「雖高明之獨見，猶小智之自營；雖篤厚而守正，猶孤壘之易傾。蓋常欲整兩漢而下，庶幾復見三代之英；匪曰自我，成之在兄。方夜半之劇論，嘆古來之未曾。」「兄獨疑其未通，我引數而力争。」夫三代之英及孔氏，豈於家法之外別有妙用，使英豪竊聞之哉？亮嘗言「程氏《易傳》似桓玄《起居注》」，吕氏黽勉答之，所謂「夜半劇論」者，吕氏常笑以爲「自知非豪傑，被同甫差排做」，蓋難之也。吕氏既葬明招山，亮與潘景愈使余嗣其學；余顧從游晚，吕氏俊賢衆，辭不敢當，然不幸不死，後四十年，舊人皆盡，吕氏之學未知其孰傳也！併追記於此。

仕學規範·作文

〔宋〕張鎡　撰

《仕學規範·作文》四卷

宋　張鎡　撰

張鎡(一一五三—一二三五),字功甫,號約齋,臨安(今浙江杭州)人。官奉議郎,直秘閣。開禧初,參與謀誅韓侂胄;復與宰相史彌遠忤,遭貶斥。嘗與陸游、楊萬里等相唱和。有《南湖集》。

《仕學規範》四十卷,分爲學、行己、涖官、陰德、作文、作詩六類。其卷三十二至三十五共四卷爲「作文」,節録宋名公文士論著,如《小畜文集》、《元豐類稿》、《張乖崖語録》、《步里客談》、《麗澤文説》等。引述原文,且著出處,内容大抵爲闡述作文之法,品析各類文體,記載宋時文壇之傳聞逸事。爲較早的以輯録諸家之文而成書的文話著作,「輯」而不「作」爲其主要方式。

有宋刻本(收入《北京圖書館古籍珍本叢刊》第六十八册,書目文獻出版社)、清孔氏嶽雪樓抄本(藏於北京大學圖書館)、《四庫全書》本,今據宋刻本録入。宋刻本字跡漫漶處,參校《四庫全書》本。

(丁錫根)

仕學規範・作文卷一

宋 張鎡 撰

真宗嘗以御製《釋典文字法音集》三十卷，天禧中詔學僧二十一人於傳法院箋注，楊大年充提舉注釋院事。製中有六種震動之語，一僧探而箋之，暗碎繁駁將三百字。大年都抹去，自下二句止八字，曰「地體本静，動必有變」。其簡當若此。

夏英公父官於河北，景德中契丹犯河北，遂没於陣。後公爲舍人，丁母憂，起復奉使契丹，公辭不行。其表云：「父没王事，身丁母憂。義不戴天，難下穹廬之拜；禮當枕塊，忍聞禁𣙬之音。」當時以爲四六偶對最精絶者。

丁晉公貶崖時，大臣實有力焉。後十二年，丁以秘監召還光州致仕。時大臣出鎮許田，丁以啓謝之，其略曰：「三十年門館游從，不無事契；一萬里風波往復，盡出生成。」其婉約皆此。又《自夔漕召還知制誥謝兩府啓》：「二星入蜀，雖分按察之權；五月渡瀘，皆是提封之地。」後云：「謹當揣摩往行，軌躅前修。效謹密於孔光，不言温木；體風流於謝傅，且詠蒼苔。」

小説載盧携貌陋，嘗以文章謁韋宙，韋氏子弟多肆輕侮。宙語之曰：「盧雖人物不揚，然觀其文章有首尾，異日必貴。」後竟如其言。本朝夏英公亦嘗以文章謁盛文肅公，文肅曰：「子文章有館閣氣，異日必顯。」後亦如其言。然余嘗究之文章，雖皆出於心術，而實有兩等：有山林草野之文，有朝廷臺閣之文。山林草野之文，則其氣枯槁憔悴，乃道不得行著書立言者之所尚也。朝廷臺閣之文，則其氣温潤豐縟，乃道得行著書立言者之所尚也。故本朝楊大年、宋宣獻、宋莒公、胡武平所撰制詔，皆婉美淳厚，過於前世燕、許、常、楊遠甚，而其爲人亦各類其文章。王安國常語余曰：「文章格調，須是官樣。」豈安國言官樣亦謂有館閣氣耶？又今世樂藝亦有兩般格調：若教坊格調，則婉媚風流；外道格調，則粗野嘲哳。至於村歌社舞，則又甚焉。兹亦與文章相類。已上出《皇朝類苑》

夫文傳道而明心也，古聖人不得已而爲之也。既不得已而爲之，又欲乎句之難道耶，又欲乎義之難曉耶？必不然矣，請以六經明之。《詩》三百篇皆儷其句，諧其音，可以播管弦，薦宗廟，子之所熟也。《書》者上古之書，二帝三王之世之文也，言古文者無出於此，則曰：「惠迪吉，從逆凶。」又曰：「德日新，萬邦惟懷。志自滿，九族乃離。」在《禮·儒行》者，夫子之文也，則曰：「衣冠中，動作謹，大遜如慢，小遜如僞」云云者。在《樂》則曰：「鼓無當於五聲，五聲不得不和；水無當於五色，五色不得不章。」在《春秋》則全以屬辭比事爲教，不可備引焉。在《易》則曰：「乾道成男，坤道成女。」「日月運行，一寒一暑。」夫豈句之難道邪，夫豈義之難曉邪？今爲文而捨六

經，又何法焉？若第取其《書》之所謂「吊由靈」而《易》所謂「朋合簪」者，模其語而謂之古，亦文之弊也。出《小畜文集》

漢州進士楊交同時獲郡解，攜文來謁，公厚禮之。閒日謂李畋與張逵曰：「漢州楊秀才可惜許一舉及第了，儻更爲文十年，狀元不難得。」逵請問之，公曰：「昨閲其文，辭旨甚優，氣骨未實。欲期大受，須是功全。是知文章優劣，本乎精神，富貴高卑，在乎形器。吾以是觀人，十得八九矣。」明年，交果一舉及第。

公謂畋曰：「爲文之要，須是賓主分明，揭搕浄潔。應用如布帛，所須者與之，文章如珠玉，不可妄示與非人，慮有按劍之怒，子宜謹之。」並出《張乖崖語録》

沈隱侯曰：「古今儒士爲文，當從三易：易見事一也；易識字二也；易讀誦三也。」邢子才嘗曰：「沈侯文章，用事不使人覺，若胸臆語，深以此服之。」杜工部作詩類多故實，不似用事者，是皆得作者之奧。樊宗師爲文奧澀不可讀，亦自名家。才不逮宗師者，固不可效其體，劉勰《文心雕龍》論之至矣。出宋文景公《雜志》

宋子京云：「余每見舊所作文章，憎之，必欲燒棄。」梅堯臣喜曰：「公文進矣」。

又云：「文章必自名一家，然後可以傳不朽。若體規畫圓，准方作矩，終爲人之臣僕。古人譏屋下架屋，信然。陸機曰：『謝朝花於已披，啓夕秀於未振。』韓愈曰：『惟陳言之務去。』此乃

爲文之要。」出宋子京《筆記》

歐陽公《答徐秘校書》云：「所寄近著尤佳，論議正宜如此。然著撰苟多，他日更自精擇，少去其繁，則峻潔矣。然不必勉强，勉强簡節之，則不流暢，須待自然之至，如其當宜在心也。」

又云：「作文之體，初欲奔馳，久當收節，使簡重嚴正。或時肆放以自舒，勿爲一體，則盡善矣。」並出《廬陵文集》

某嘗患近世之文，辭弗顧於理，理弗顧於事，以襞積故實爲有學，以雕繪語句爲精新。譬之擷奇花之英，積而玩之，雖光華馨采，鮮縟可愛，求其根柢濟用，則蔑如也。出《臨川文集》

曾南豐《與王介甫書》云：「歐公更欲足下少開廓，其文勿用造語及模擬前人。歐云孟、韓文雖高，不必似之也，取其自然耳。」出《元豐類稿》

先生與僕論作史之法，先生曰：「《新唐書》叙事好簡略其辭，故其事多鬱而不明，此作史之㡀也。且文章豈有繁簡也？意必欲多，則冗長而不足讀；必欲其簡，則僻澀令人不喜讀。假令《新唐書》載卓文君事，不過止曰『少嘗竊卓氏以逃』，如此而已。班固載此事，乃近五百字，讀之不覺其繁也。且文君之事亦何補於天下後世哉？然作史之法，不得不如是，故可謂之文如風行水上，出於自然也。若不出於自然，而有意於繁簡，則失之矣。《唐書進表》云：『其事則增於前，其文則省於舊』，且《新唐書》所以不及兩漢文章者，其病正在此兩句也，又反以爲工，何哉？然

新舊唐史各有長短，未易優劣也。」出《元城先生語録》

徐公仲車曰：「凡人爲文，必出諸己而簡易，乃爲佳耳。爲文正如爲人，若有辛苦態度，便不自然。」

爲文必學《春秋》，然後言語有法。近世學者多以《春秋》爲深隱不可學，蓋不知者也。且聖人之言曷嘗務奇險，求後世之不曉。趙啖曰：「《春秋》明白如日月，簡易如天地。」此最爲至論。某少讀《貨殖傳》，見所謂「人棄我取，人取我與」，遂悟爲學法。蓋學能知人所不能知，爲文能用人所不能用，斯爲善矣。

文字須渾成而不斷續，滔滔如江河，斯爲極妙。若退之近之矣，然未及孟子之一二。人當先養其氣，氣全則精神全。其爲文則剛而敏，治事則有果斷，所謂先立其大者也。故凡人之文必如其氣。班固之文可謂新美，然體格和順，無太史公之嚴。近世孫明復及徂徠公之文，雖不若歐陽之豐富新美，然自嚴毅可畏。已上出《節孝先生語》

蘇明允《上田樞密書》云：「曩者見執事於益州，當時之文淺狹可笑，飢寒窮困亂其心，而聲律記問又從而破壞其體，不足觀也。凡數年來，退居草野，自分永棄，與世俗日疏闊，得以大肆其力於文章。詩人之優柔，騷人之清深，孟、韓之温淳，遷、固之雄剛，孫、吴之簡切，投之所嚮，無不如意。常以爲董生得聖人之經，其失也流而爲迂；鼂錯得聖人之權，其失也流而爲詐。有二子之才而不流者，其惟賈生乎！」

明允《上歐陽公書》云：「執事之文章，天下之人莫不知之。然竊以爲某之知特深，愈於天下之人，何者？孟子之文語約而意深，不爲巉刻斬絶之言，而其鋒不可犯。韓子之文如長江大河，渾浩流轉，魚黿蛟龍萬怪遑惑，而抑絶蔽掩，不使自露，而人望見其淵然之光、蒼然之色，亦自畏避，不敢迫視。執事之文紆餘委備，往復萬折，而條達疏暢，無所間斷，氣盡語極，急言竭論而容與閑易，無艱難辛苦之態。此三者皆斷然自爲一家之文也。」

東坡云：「某生好爲文，思之至深，以爲文者氣之所形。然文不可以學而能，氣可以養而致。」

《與侄帖》云：「二郎：得書知汝安，并議論可喜，書字亦進，文字亦苦無難處，止有一事與汝說。凡文字少小時須令氣象峥嶸，采色絢爛，漸老漸熟，乃造平淡。其實不是平淡，乃絢爛之極也。汝只見爹伯而今平淡，一向只學此樣，何不取舊日應舉時文字，看高下抑揚，如龍蛇捉不住。當且學此，書字亦然，善思吾言。」

東坡云：「頃歲，孫莘老識文忠公，乘間以文字問之。云無他術，唯勤讀書而多爲之自工。世人患作文字少又懶讀書，每一篇出，即求過人，如此少有至者。疵病不必待人指摘，多作自能見之。」此公以其嘗試者告人，故尤有味。

《答李豸書》云：「惠示古賦近詩，詞氣卓越，意趣不凡，甚可喜也。但微傷冗，後當稍收斂之，今未可也。足下之文正如川之方增，極其所至，霜降水落，自見涯涘，然不可不知也。」

《與謝師民書》云：「示文觀之熟矣，大略如行雲流水，初無定質。但常行於所當行，常止於不可不止，文理自然，姿態橫生。孔子曰『言之不文，行之不遠。』又曰『辭達而已矣。』夫言止於達意，疑若不文，是大不然。求物之妙如繫風捕影，能使是物了然於心者，蓋千萬人而不一遇也，而況能使了然於口與手者乎！是之謂辭達。辭至於能達，則文不可勝用矣。」已上出《三蘇文集》

仕學規範·作文卷二

山谷《答外甥洪駒父書》云：「學工夫已多，讀書貫穿，自當造平淡，且置之。可勤讀董、賈、劉向諸文字，學作議論文字，更取蘇明允文字讀之。古文要氣質渾厚，勿太雕琢。」

謂王子飛云：「陳履常作文，深知古人之關鍵，其論事，救首尾如常山之蛇，時輩未見其比，公有意於學者，不可不往掃斯人之門。古人云『讀書十年，不如一詣習主簿』，端有此理。」

《與王觀復書》云：「所送新詩，皆興寄高遠，但語生硬，不諧律吕，或詞氣不逮初造意時，此病亦只是讀書未精博耳。長袖善舞，多錢善賈，不虚語也。南陽劉勰嘗論文章之難云：『意翻空而易奇，文證實而難工。』此語亦是。沈、謝輩爲儒林宗主時，好作奇語，故後生立論如此。好作奇語，自是文章病，但當以理爲主，理得而辭順，文章自然出羣拔萃。觀杜子美到夔州後詩，韓退之自潮州還朝後文章，皆不煩繩削而自合矣。往年嘗請問東坡先生作文章之法，東坡云：『但熟讀《禮記·檀弓》，當得之。』既而取《檀弓》二篇讀數百過，然後知後世作文章不及古人之病如觀日月也。文章蓋自建安以來，好作奇語，故其氣象衰苶，其病至今猶在，唯陳伯玉、韓退之、李習之，近世歐陽永叔、王介甫、蘇子瞻、秦少游乃無此病耳。」

謂洪駒父云：「諸文亦皆好，但少古人繩墨耳，可更熟讀司馬子長、韓退之文章。凡作一文皆須有宗有趣，終始關鍵，有開有闔，如四瀆雖納百川，或匯而爲廣澤，汪洋千里，要自發源注海耳。」

謂王立之云：「若欲作楚詞，追配古人，直須熟讀《楚詞》。觀古人用意曲折處，講學之，然後下筆。譬如巧女文繡妙一世，若欲作錦，必得錦機，乃能成錦爾。」

《與王觀復書》云：「所寄《釋權》一篇，詞筆縱横，極見日新之效。更須治經，深其淵源，乃可到古人耳。青瑣祭文語意甚工，但用字時有未安處。自作語最難，老杜作詩，退之作文，無一字無來處。蓋後人讀書少，故謂韓、杜自作此語耳。古之能爲文章者，真能陶冶萬物，雖取古人之陳言，入於翰墨，如靈丹一粒，點鐵成金也。文章最爲儒者之末事，然須索學之，又不可不知其曲折，幸熟思之。至於推之使高，如泰山之崇崛，如垂天之雲。作之使雄壯，如滄江八月之濤，海運吞舟之魚。又不可守繩墨，令儉陋也。」已上出《南昌文集》

曾南豐辟陳無己、邢和叔爲《英宗皇帝實録》檢討官。初呈藳，無己便蒙許可。至邢乃遭横筆，又微聲數稱亂道。邢尚氣，跽以請曰：「願善誘。」南豐笑曰：「措辭自有律令，一不當，即是亂道。請公讀，試爲公檃括。」邢疾讀至百餘字，南豐曰：「少止。」涉筆書數句，邢復讀，南豐應口

以書，略不經意。既畢，授歸就編，凡閱數十過，終不能有所增損，始大服。自爾識關鍵，以文章軒輊諸公間。出《陳後山文集序》

沈存中云：「韓退之集中《羅池神碑銘》有『春與猿吟兮，秋與鶴飛』。今驗石刻，乃『春與猿吟兮，秋鶴與飛』。古人多用此格，如《楚詞》『吉日兮辰良』，又『蕙肴烝兮蘭藉，奠桂酒兮椒漿』。蓋欲相錯成文，則語勢矯健耳。」出《筆談》

陳後山云：「永叔謂爲文有三多：看多，做多，商量多也。」余以古文爲三等：周爲上，七國次之，漢爲下。周之文雅；七國之文壯偉，其失騁；漢之文華贍，其失緩，東漢而下無取焉。

莊、荀皆文士而有學者，其《說劍》、《成相》、《賦篇》與屈《騷》何異？揚子雲之文好奇而卒不能奇也，故思苦而詞艱。善爲文者因事以出奇，江河之行順下而已，至其觸山赴谷，風摶物激，然後盡天下之變。子雲唯好奇，故不能奇也。

寧拙毋巧，寧朴毋華，寧粗毋弱，寧僻毋俗，詩文皆然。已上出《後山詩話》

李方叔云：「常言俗語，文章所忌。要在斵句清新，令高妙出羣，須衆中拈出時，使人人讀之特然奇絶者，方見工夫也。又不可使言語有塵埃氣，唯輕快玲瓏。作文時，先取古人者再三，直須境熟，然後沉思格體，看其當如何措置。却將欲作之文，暗裏鋪摹經畫了，方敢下筆，踏古人蹤跡以取句法。既做成，連日改之，十分改就，見得別無瑕疵，再將古人者又讀數過，看與所作合與不合。若不相遠，不致乖背，方寫浄本，出示他人。貴合衆論，非獨耐看，兼少問難耳。人之爲文，切忌塵坌，須是一言一句，動衆駭俗，使人知其妙意新語，中心降歎，不厭諷味，方成文字也。」

凡文章之不可無者有四：一曰體，二曰志，三曰氣，四曰韻。述之以事，本之以道，考其理之所在，辨其義之所宜。庳高巨細，包括并載而無所遺；左右上下，各若有職而不亂者，體也。體立於此，折衷其是非，去取其可否，不狥於流俗，不謬於聖人，抑揚損益以稱其事，彌縫貫穿以足其言，行吾學行之力，從吾制作之用者，志也。充其體於立意之始，從其志於造語之際，生之於心，應之於言，心在和平則温厚典雅，心在安敬則矜莊威重。大焉可使如雷霆之奮，鼓舞萬物；小焉可使如絡脉之行，出入無間者，氣也。如金石之有聲，而玉之聲清越；如草木之有華，而蘭之臭芬薌。如鷄鶩之間而有鶴，清而不羣；犬羊之間而有麟，仁而不猛。如登培塿之丘，以觀崇山峻嶺之秀色；涉潢汙之澤，以觀寒溪澄潭之清流。如朱絃之有遺音，太羹之有遺味者，韻也。文章之無體，譬之無耳目口鼻，不能成人。文章之無志，譬之雖有耳目口鼻，而不知視聽臭味所能，若土木偶人，形質皆具而無所用之。文章之無氣，雖知視聽臭味，而血氣不充於内，手足不衛於外，若奄奄病人，支離顚顇，生意消削。文章之無韻，譬之壯夫，其軀幹枵然，骨强氣盛，而神色昏瞢，言動凡濁，則庸俗鄙人而已。

有體有志有氣有韻，夫是之謂成全。四者成全，然於其間各因天姿才品，以見其情狀。故其言迂疏矯厲，不切事情，此山林之文也。其人不必居藪澤，其間不必論巖谷也，其氣與韻則然也。其言鄙俚猥近，不離塵垢，此市井之文也。其人不必坐廛肆，其間不必論財利也，其氣與韻則然也。其言豐容安豫，不儉不陋，此朝廷卿士之文也。其人不必列官寺，其間不必論職業也，其氣與韻則然也。其言寬仁忠厚，有任重容天下之風，此廟堂公輔之文也。其人不必位臺鼎，其間不必論相業也，其氣與韻則然也。正直之人其文敬以則，邪諛之人其言夸以浮，功名之人其言激以毅，苟且之人其言懦以愚，捭闔從横之人其言辯以私，刻核忮忍之人其言深以盡。則士欲以文章顯名後世者，不可不謹其所言之文，不可不謹乎所養之德也如此。

又云：「東坡教人讀《戰國策》，學説利害。讀賈誼、晁錯、趙充國章疏，學論事。讀《莊子》，學論理性。又須熟讀《論語》、《孟子》、《檀弓》，要志趣正當。讀韓、柳，令記得數百篇，要知作文體面。」

爲文不可率易，恐慣了人不見工夫處。

《史記》，其意深遠，則其言愈緩；其事繁碎，則其言愈簡。此《詩》、《春秋》之義也。已上出《方叔文集》

爲文要有温柔敦厚之氣，對人主語言及章疏，文字温柔敦厚尤不可無。蓋君子之所養，要令暴慢邪僻之氣不設於身體。出《龜山語録》

唐子西云：「凡爲文，上句重，下句輕，則或爲上句壓倒。《晝錦堂記》云：『仕宦而至將相，富貴而歸故鄉。』下云『此人情之所榮，而今昔之所同也』。非此兩句，莫能承上句。《居士集序》云：『言有大而非夸。』此雖只一句，而體勢則甚重。下乃云：『學者信之，衆人疑焉。』非用兩句，亦載上句不起。韓退之《與人書》云：『泥水馬弱不敢出，不果鞠躬親問而以書。』若無『而以書』三字，則上重甚矣。此爲文之法也。」

又云：「古之作者，初無意於造語，所謂因事以陳辭。如《北征》一篇，直紀行役耳。忽云『或紅如丹砂，或黑如點漆。雨露之所濡，甘苦齊結實』。此類是也。文章只如人作家書乃是。並出《唐子西語録》」

仕學規範·作文卷三

晁以道言：「近見東坡説『凡人作文字，須是筆頭上挽得數萬斤起，可以言文字也。』余曰：『豈非興來筆力千鈞重乎？』」出王歸叟《詩文發源》

古語云：「大匠不示人以璞。」蓋恐人見其斧鑿痕迹也。黄魯直於相國寺得宋子京《唐史藁》一册，歸而熟觀之，自是文章日進。此無他，見其竄易句字與初造意時不同，而識其用意處也。讀歐公文，疑其自肺腑流出而無斵削工夫，及見其草，逮其成篇與始落筆，十不存五六者，乃知爲文不可容易。班固云：「急趋無善步」，良有以也。出《曲洧舊聞》

李格非善論文章，嘗曰：「諸葛孔明《出師表》、劉伶《酒德頌》、陶淵明《歸去來詞》、李令伯《乞養親表》，皆沛然如肺肝中流出，殊不見斧鑿痕。是數君子在後漢之末、兩晉之間，初未嘗欲以文章名世，而其詞意超邁如此，是知文章以氣爲主，氣以誠爲主。」

王文公居鍾山，有客自黄州來，公曰：「東坡近日有何作？」對曰：「東坡宿於臨皐亭，醉夢中而起，作《寳相藏記》千餘言，才點定一兩字而已，有墨本適留舟中。」公遣健步往取而至。時月出東方，林影在地，公展讀於風簷，喜見鬚眉。曰：「子瞻人中龍也，然有一字未穩。」客請願聞之，公曰：「日勝日負，不若日勝日貧耳。」東坡聞之，撫掌大笑，以公爲知言。並出《冷齋夜話》

歐陽文忠公每爲文，既成，必自竄易，至有不留本初一字者。其爲文章，則書而傅之屋壁，出入觀省之。至于尺牘單簡，亦必立藁，其精審如此。每一篇出，士大夫皆傳寫諷誦，唯睹其渾然天成，莫究斧鑿之跡也。

楊文公凡爲文章，所用故事，常令子姪諸生檢討出處，每段用小片紙録之。文既成，則綴粘所録而蓄之，時人謂之衲被焉。並出《吕氏家塾記》

周恭叔《謝范内翰書》云：「昔之君子，無意於爲文，蓋嘗養其文之所自出者，不使好惡憂患忿懥恐懼一動於中，故其心正則氣全。愚謂六經之文，聖賢之事業，皆由此其選也。」出《恭叔文集》

王侍郎剛中語云：「文字使人擊節賞歎，未如使人肅然生敬。」

張茂先稱左思《三都賦》使讀之者盡而有餘，久而更新。此最是作文字好處，未知左思果能爾耶？

林文節公子中言讀《孟子》而悟文章法，嘗云：「『以釜甑爨以鐵耕乎？』他人書此，不知當幾百言也。」黄端冕纓云：「『輕暖不足於體歟？』亦不減此。」

古人因意生文，故自然文彩照映。今人直鑿空造作之語爾，雖華麗，不足貴也。

讀人文字，便欲篇篇出人意表。自下筆，則每自恕，是大惑也。正當反此乃佳。章叔度憲云：「每下一字，俗間言語，無一字無來處，此陳無己、黄魯直作詩法也。」下字有倒用語格力勝者，如「吉日兮辰良」，「必我行也」，「爲漢患者」。

凡爲文章，皆須凡例先定。如張安道作《蘇明允墓表》，或曰蘇君，或曰先生，或曰明允。言歐陽永叔，或名，或字：皆凡例不先定，致輕重不等。已上出《步里客談》

古人學問，必有師友淵源。漢楊惲一書，迥出當時流輩，則司馬遷外甥故也。

老坡作文，工於命意，必超然獨立於衆人之上，如《趙清獻碑》。世間稱治人者曰寬，立朝者曰直，蓋已大矣。則進於二者，又有説焉。故曰：「其於治郡，不專於寬；時出猛政，嚴而不殘。其在朝廷，不專於直；爲國愛人，掩其疵疾。」如吾家蜀公堅卧不起，人知其高而不稱其用，則爲碑銘曰：「世皆謂公貴身賤名，孰知其功，聖人之清。」然後知其有功於世也。又曰：「君實之用，出而時施，如彼水火，寧除渴饑。公雖不用，亦相其行，如彼山川，出雲相望。」然後知其相爲表裏，廢一不可也。此皆非世人所能到者，平日得意處，多如此，其源蓋出於《莊子》。故其論劉伶、莊子、阮千里、閻立本，皆於世人意外，别出眼目，其平日取舍文章，亦多以此爲法。並出《潛溪詩眼》

予近作《示客》云：「刺美風化，緩而不迫，謂之風。采摭事物，摛華布體，謂之賦。推明政治，莊語得失，謂之雅。形容盛德，揚勵休功，謂之頌。幽憂憤悱，寓之比興，謂之騷。感觸事物，託於文章，謂之辭。程事較功，考實定名，謂之銘。援古刺今，箴戒得失，謂之箴。猗迂抑揚，永言，謂之歌。非皷非鐘，徒歌，謂之謡。步驟馳騁，斐然成章，謂之行。品秩先後，叙而推之，謂之引。聲音雜比，高下短長，謂之曲。吁嗟慨歌，悲憂深思，謂之吟。吟詠情性，總合而言志，謂之詩。蘇、李而上，高簡古澹，謂之古。沈、宋而下，法律精切，謂之律：此詩之衆體也。帝王之言，出法度以制人者，謂之制。絲綸之語，若日月之垂照者，謂之詔。制與詔同，詔亦制也。道其常而作彝憲者，謂之典。陳其謀而成嘉猷者，謂之謨。順其理而迪之者，謂之訓。屬其人而告之者，謂之誥。即師衆而申之者，謂之誓。因官使而命之者，謂之命。出於上者謂之教，行於下者謂之令。時而戒之者勑也，言而喻之者宣也，諮而揚之者贊也，登而崇之者册也。言其倫而析之者論也，度其宜而揆之者議也。别嫌疑而明之者辨也，正是非而著之者説也。記者記其事也，紀者紀其實也。書者纘而述焉者也，策者條而對焉者也。傳者傳而信之也，序者緒而陳之也。碑者披列事功而載之金石也，碣者揭示操行而立之墓隧也。誄者累其素履而質之鬼神也，誌者識其行藏而謹其終始也。檄者激發人心而喻之禍福也，移者自近移遠使之周知也。表者布臣子之心，致君父之前也。牋者修儲后之問，伸宫閫之儀也。簡者質言之而略也，啓者文言之而詳也。狀者言之公上也，牒者用之於官府也。捷書不緘，插羽而傳之者，露布也。尺牘無封，指事而陳之者，劄子也。青黄黼黻，經緯以相成者，總謂之文也：此文之異名。」客有問古今體制之不一

者，勞於應答，乃著之篇以示焉。出《珊瑚鉤詩話》

士大夫作小說，雜說所聞見以爲游戲，而或者暴人之短私爲喜怒，此何理哉？世傳《碧雲騢》一卷，爲梅聖俞作，歷詆慶曆以來公卿隱過，雖范文正公亦不免。議者遂謂聖俞游諸公間，官竟不達，懟而爲此以報之。君子成人之美，正使萬有一不至，爲賢者諱，況未必有實。聖俞賢者，豈至是哉？後聞乃襄陽魏泰所爲，託之聖俞也。豈特累諸公，又將以誣聖俞。歐陽文忠公《歸田》末，自言以唐李肇爲法，而少異者，不記人之過惡，君子之用心當如此也。出《石林避暑録》

孫元忠朴學士，嘗問歐陽公爲文之法。公云：「於吾姪，豈有惜？只是要熟耳。變化姿態，皆從熟處出也。」

吕居仁云：「老蘇嘗自言『升裏轉，斗裏量』，因聞此遂悟文章妙處。文章紆餘委曲，說盡事理，惟歐陽公爲得之。至曾子固，加之字字有法度，無遺恨矣。文章有本末首尾，元無一言亂說，觀少游五十策可見。」

又曰：「《孟子》『或問百里奚自鬻於秦』一章與韓退之論『思元賓而不見，見元賓之所與者，猶吾元賓也』，又曾子固《答李沿書》，最見抑揚反覆處，如此等類，宜皆詳讀。」

歐陽公謂：「退之爲《樊宗師墓誌》，便似樊文。其始出於司馬子長爲《長卿傳》如其文。惟其過之，故兼之也。」

居仁云：「文章須要説盡事情，如韓非諸書大略可見。至於一唱三歎，有遺音者，則非有所養不能也。如《論語》、《禮記》文字，簡淡不厭，似非《左氏》所可及也。《列子》氣平文緩，亦非《莊子》步驟所能到也。東坡晚年叙事文字多法柳子厚，而豪邁之氣，非柳所能及也。」

張文潛云：「《詩》三百篇，雖云婦人女子小夫賤隸所爲，要之非深於文章者不能作。如『七月在野』至『入我床下』，於『七月』以下，皆不道破，直至『十月』，方言『蟋蟀』，非深於文章者能爲之邪？」已上出吕氏《童蒙訓》

仕學規範·作文卷四

吕居仁云：「東坡《三馬贊》：『振鬣長鳴，萬馬皆瘖。』此皆記不傳之妙。學文者能涵泳此等語，自然有入處。」

《左氏》之文語有盡而意無窮，如「獻子辭梗陽人」一段，所謂一唱三歎，有遺音者也。如此等處，皆是學文養氣之本，不可不深思也。

班固敘事詳密有次第，專學《左氏》，如敘霍、上官相失之由，正學《左氏》記秦穆、晉惠相失處也。

《孫子》十三篇，論戰守次第與山川險易長短小大之狀，皆曲盡其妙。摧高發隱，使物無遁情，此尤文章妙處。

讀三蘇進策，涵養吾氣，他日下筆，自然文字滂霈，無吝嗇處。

韓退之文渾大廣遠難窺測，柳子厚文分明見規摹次第。初學者當先學柳文，後熟韓文，則工夫自易。

張文潛嘗云：「但把秦漢以前文字熟讀，自然滔滔地流也。」又云：「近世所當專學者惟東坡。」

古人文章一句是一句，句句皆可作題目，如《尚書》。可見後人文章累千百言，不能就一句事理。只如《選》詩，有高古氣味，自唐以下無復此意，此皆不可不知也。

文章不分明指切而從容委曲，辭不迫切而意以獨至，惟《左傳》爲然。如當時諸國往來之辭與當時君臣相告相誚之語，蓋可見矣。亦是當時聖人餘澤未遠，涵養自别，故辭氣不迫如此，非後世人專學言語者也。

讀《莊子》，令人意寬思大敢作；讀《左傳》，便使人入法度，不敢容易：此二書不可偏廢也。近世讀東坡、魯直詩，亦類此。

文章大要須以西漢爲宗，此人所可及也。至於上面一等，則須審己才分，不可勉强作也。如秦少游之才，終身從東坡步驟次第，止宗西漢，可謂善學矣。

《檀弓》云：「南宫縚之妻之姑之喪」，三「之」不能去其一。「進使者而問故」，夫子之所以問使者，使者之所以答夫子，一「進」字足矣。豈不餘一言，約不失一辭，諒哉。

陸士衡《文賦》云：「立片言以居要，乃一篇之警策。」此要論也。文章無警策則不足以傳世，蓋不能竦動世人。如老杜及唐人諸詩無不如此，但晉、宋間人，專致力於此，故失於綺靡而無高古氣味。老杜詩云：「句不驚人死不休」，所謂驚人句，即警策也。《漢高紀》詔令雄健，《孝文紀》詔令温潤，去先秦古書不遠，後世不能及。至《孝武紀》詔令始事文采，文亦寖衰矣。

醫書論脉之形狀、病之證驗，無一字妄發，乃於借物爲諭，尤見工夫。大抵見之既明，則發之於言語，自然分曉，觀此等書可見。

又云：「東坡云：『意盡而言止者，天下之至言也。然而言止而意不盡，尤爲極至，如《禮記》、《左氏》可見。』」

韓退之《答李翺書》、老蘇《上歐公書》，最見爲文養氣妙處。西漢自王褒以下，文字專事詞藻，不復簡古，而谷永等書雜引經傳，無復己見，而古學遠矣。此學者所宜深戒。

《檀弓》與《左氏》紀太子申生事詳略不同，讀《左氏》，然後知《檀弓》之高遠也。

作文必要悟入處，悟入必自工夫中來，非僥倖可得也。如老蘇之於文，魯直之於詩，蓋盡此理矣。

老杜云：「新詩改罷自長吟」，文字頻改，工夫自出。

學者須做有用文字，不可盡力虚言。有用文字，議論文字是也。議論文字須以董仲舒、劉向爲主，《禮記》、《周禮》及《新序》、《説苑》之類，皆當貫穿熟考，則做一日，便有一日工夫。近世文

字如曾子固諸序，尤須詳味。已上出吕氏《童蒙訓》

張子韶云：「文字有眼目處，當涵泳之，使書味存於胸中則益矣。韓子曰『沉浸醲郁，含英咀華』，正謂此也。」

又云：「歐陽公之文粹如金玉，東坡之文浩如河漢，盛矣哉！」

又云：「書猶麴糵，學者猶秫稻，秫稻必得麴糵，則酒醴可成。不然，雖有秫稻，無所用之。今所讀之書，有其文雄深者，有其文典雅者，有富麗者，有俊逸者，合是數者，雜然列于胸中而咀嚼之，猶以麴糵和秫稻也。醞釀既久，則凡發於文章，形於議論，必自然秀絶過人矣。故經史之外百家文集，不可不觀也。」

人云歐公《五代史》，其間議論，多感嘆，又多設疑。蓋感嘆則動人，設疑則意廣，此作文之法也。已上出張横浦《日新》

四六之工在於裁剪，若全句對全句，亦何以見工？四六以經語對經語，史語對史語，詩語對詩語，方妥帖。

太祖郊祀，陶穀作赦文，不以「籩豆有楚」對「黍稷非馨」，而曰：「豆籩陳有楚之儀，黍稷奉惟馨之薦。」近世王初寮在翰苑作《寶籙宫青詞》云：「上天之載無聲，下民之虐匪降。」時人許其裁剪。

王荆公在金陵，有中使傳宣撫問，并賜銀合茶藥，令中外各作一表，既具藁，無可於公意者。公乃自作，今見集中。其詞云：「信使恩言，有華原隰；寳奩珍劑，增賁丘園。」蓋五事見四句中，言約意盡，衆以爲不及也。

王岐公在中書最久，生日例有禮物之賜。集中謝表，其用事多同而語不蹈襲。唐李衛公作《文箴》，譬諸日月，雖終古常見，而光景常新。

四六全在編類古語：唐李義山有《金鑰》，宋景文有一字至十字對，司馬文正亦有《金桴》，王岐公最多。

靖康間，劉觀中遠作《百官賀徽廟還京表》云：「漢殿上皇，本是野田之叟；唐朝肅帝，又非揖遜之君。」何㮚文縝時爲中書侍郎，索筆塗之，用此二事，別作一聯云：「擁篲却行，陋未央之過禮；執鞚前引，笑靈武之曲恭。」文縝以四六知名，其《謝召還表》云：「兩曾參之是非，浮言猶在；一王尊之賢佞，更世乃明。」已上出《四六談麈》

凡爲文須要有主客，先識主客，然後成文字。如今作文，須當使一件故事，後却以己説佐之，此是不知主客也。須是先自己意，然後以故事佐吾説方可。

古人用故事，當頭便使者，必有疑難，或與己説異，故便用引話頭出己見，到這田地，方喚做不隨人脚根轉。

凡爲文章，須是文字外别有一物主之，方爲高勝。韓愈之文濟以經術，杜甫之詩本於忠義，太白妙處有輕天下之氣：此衆人所不及也。

作文字，須認體位，謹布置，如大匠掄材，各著色額。廳堂亭榭等屋，材料制度，色色區别，不可一律，如大廳材料，不可作亭榭使用也。已上出蒲氏《漫齋語録》

東坡在儋耳時，葛延之自江陰擔簦萬里，絶海往見，留一月。坡嘗誨以作文之法曰：「儋州雖百家之聚，州人所須，取之市而足，然不可徒得也，必有一物以攝之，然後爲己用。所謂一物者，錢是也。作文亦然，天下之事散在經、子、史中，不可徒使，必得一物以攝之，然後爲己用。所謂一物者，意是也。不得錢，不可以取物；不得意，不可以用事：此作文之要也。」延之拜其言而書諸紳。出《韻語陽秋》

作文，他人所詳者，我略；他人所略者，我詳。若用言語，必不得已，只與點過。

須做過人工夫，方解做過人文字，如何操筆，便會做好文字。

看文字，須要看他過换處及接處。

結文字，須要精神，不要閑言語。

文字不必多用事，只用意便得。

文字貴曲折斡旋。

文字一意，貴生段數多。

凡做文字，每段結處，必要緊切可以動人言語。凡造語，不要塵俗熟爛。

凡作簡短文字，必要轉處多，凡一轉，必有意思則可。

大抵做文字，不可放令慢，轉處不假助語而自連接者爲上。然會做文字者，亦時一用之於所當用也。

文字若緩，須多看雜文。雜文須看他節奏緊處，若意思新，轉處多，則自然不緩。善轉者如短兵相接，蓋謂不兩行又轉也。講題若轉多，恐碎了文字，須轉雖多，只是一意方可。若使覺得碎，則不成文字。若鋪叙處間架令新不陳，多警策句，則亦不緩。

凡作文須要言語健，須會振發，轉换亦不要思量遠過，纔過便晦。

文字有三等：上焉藏鋒不露，讀之自有滋味；中焉步驟馳騁，飛沙走石；下焉用意庸庸，專事造語。

鼓氣以勢壯爲美，勢不可以不息，不息則流宕而忘返。亦猶絲竹繁奏，必有希聲窈眇，聽之者悦。聞如川流迅激，必有洄洑逶迤，觀之者不厭。已上出《麗澤文説》

餘師録

〔宋〕王正德 撰

《餘師録》四卷

宋　王正德　撰

王正德，正史無傳。據書前《餘師録原序》：「紹熙四年（一一九二）冬至日，海陵（今江蘇泰州）王正德引」，則當爲南宋光宗時人。

王氏早年有志於文，一生未爲世用。晚年家居，時人多往問「爲文正法」，疲於應對。因選輯前人論文之語而成此書，以代口述，「使歸而求之有餘師」，故名《餘師録》。所選名家從陳後山、皇甫湜直至韓子蒼、洪邁共五十五家，上自三國（魏文帝曹丕），下至宋代，未按時代先後，有失體例。然或採取書信序跋之論文者（如李泰伯《答李觀書》、洪邁《楚東酬倡序》），或截取成書之片斷（如劉知幾《史通》、顔之推《顔氏家訓》），或迻録碑銘傳誌之資料，「去取之間，頗爲不苟」（《四庫全書總目提要》卷一九五），大抵着眼於論文章之取尚、利病、作法、要素及其功能效用等材料，尚稱精當。所取雖多爲習見之篇章，但當時遺籍後不盡傳者，亦往往而有。有的篇章在文字上有校勘之助，但亦徵引時有小誤。此種採集衆説、不加論斷的編纂方式，亦爲後世文話之常用體裁。

此書不見宋代公私書目著録，久無傳本。《四庫全書總目提要》云：「惟載於《永樂大典》中，首尾雖完具，而不分卷數。」文淵閣《四庫全書》本約略篇頁，釐爲四卷；并考其訛缺，註於句下。今即據以録入。此外尚有墨海金壺本（收清嘉慶十四年〔一八一〇〕張海鵬刻本）、《守山閣叢書》本（收道光年間刻本）等。

（王宜瑗）

餘師録原序

余不肖，無所用於世，承先人緒業，懼弗克負荷，故於斯文竊有志焉。早從當世大君子遊，走天下幾半。窮困來歸，獨坐墻根，曝晴景，翻故書，以娱日。或以其虚名來問爲文正法，余舊學荒落，口塞不得對。慨念前輩論文章利病甚具，散在方册，時舉一二以告之，久輒忘去。問者緜屬，老嬾疲於譸應，而僕僕尋檢，又不可以應猝。因記憶平時所誦，令兒輩抄録以遺或者，使歸而求之有餘師，因題曰《餘師録》。若夫歲月之後先，字畫之謬誤，彼此之是非，名稱之不倫，皆不復次第、推擇，觀者以意求之，余之志也。紹熙四年冬至日，海陵王正德引。

餘師録卷一

宋　王正德　撰

陳後山

陳後山《送邢居實序》云：「始吾得生年十五六，識度氣志，已如成人，有其質也，如木之始生，玉之始琢，顧其所成就，何如爾！　生可不勉乎？　夫學以明理，文以述志，思以通其學，氣以達其文。　古之人導其聰明，廣其見聞，所以學也；　正志完氣，所以言也。　王氏之學如脱墼耳，案其形模而出之，不待修飾而成器矣，求其爲〔元〕〔桓〕璧彝鼎，其可得乎！　昔者子孔子謂闕黨童子『非求益，乃欲速者也』。　坐則居位，行則先人，其志盈矣，無以復加矣，而闕黨童子後無聞焉。子韓子謂張童子曰：『長與少異，有成人之禮焉。』童子之所學不足尚之，『宜息其已學，而勤其未學可也』。　童子以數歲通二經，則奇矣；　使四五十而不加，又何奇？　而張童子後無傳焉。　吾年如邢生時，見子曾子於江漢之間，獻其説餘十萬言，高自譽道，子曾子不以爲狂，而報書曰：『持之以厚。』吾之不失身，子曾子之賜也。　吾以爲三君子之言可法。」

《答江端禮書》云：「學始于身而成于性，欲善其身而不明於善，所謂徒善者也。徒善者，非善之正也，是故學者所以明善也。學，外也；思，内也。學以佐行，思以佐學，古之制也。若其自得，則在子矣。言以述志，文以成言，約之以義，行之以信，近則致其用，遠則致其傳，文之質也。大以爲小，小以爲大，簡而不約，盈而不餘，文之用也。正心完氣，廣之以學，斯至矣。」

《答秦觀書》云：「僕於詩初無師法，然少好之，而老不厭，數以千計。及一見黄豫章，盡焚其藁而學也。豫章以爲譬之弈焉：弟子高師一着，僅能及之，争先則後矣。僕之詩，豫章之詩也。豫章之學博矣，而得法於杜少陵。其學少陵而不爲者也，故其詩近之，而其進未已也。」

《答晁深之書》：「士之好爲師，舊矣！子問而不以告，豈其有所不足於師而莫知所以告耶？士能致誠殫敬，刳其心以求於師，未有不告者也。不誠不敬，則不足以得之；有以得之，而心不至焉，則又不足以受之也。雖然，教自外至者也。外以導内，於是有以自得之，則至矣。自是而觀，士何以教子，子何待於士耶？士方盛時，氣血動於内，容色佻於外；得之則感，失之則悲；氣冒其心，性亂於習；百廢一存，惟欲之知。夫才如水焉，窒而撓之不濁，牛馬污穢日滋而科斗生焉，可不畏乎？夫少而好色，僕與子同，而今悔之。以僕之悔，故不願子爲之也。」

《章善序》云：「名在於善而實不至，謂之盜；身在於善而意不至，謂之僞；意在於善而義不至，謂之徒善。徒善者，非古之制也。」案：此條係《送邢居實序》中語。《章善序》三字誤。本書整理者案：四庫館臣所案非是，原書不誤。

《詩話》云：「杜之詩法，韓之文法也。詩文各有體，韓以文爲詩，杜以詩爲文，故不工爾。蘇子瞻曰：子美之詩，退之之文，魯公之書，皆集大成者也。學詩當以子美爲師，有規矩，故可學。退之於詩，本無解處，以才高而好耳。淵明不爲詩，寫其胸中之妙耳。學杜不成，不失爲工；無韓之才與陶之妙，而學其詩，終爲樂天耳。

「余以古文爲三等：周爲上，七國次之，漢爲下。周之文雅；七國之文壯偉，其失騁；漢之文華贍，其失緩；東漢而下，無取焉。

「詩欲其好，則不能好矣。王介甫以工，蘇子瞻以新，黄魯直以奇，而杜子美之詩，奇常、工易、新陳，莫不好也。

「退之作記，記其事爾；今之記，乃論也。少游謂《醉翁亭記》亦用賦體。

「莊子、荀卿皆文士而有學者，其《説劍》、《成相》、《賦篇》，與屈《騷》何異？

「孫莘老喜論文，謂退之《平淮西碑》叙如書，銘如詩。秦少游謂退之《元和聖德詩》於韓文爲下，與《淮西碑》如出兩手，蓋其少作也。

「韓退之《上尊號表》曰：『析木天街，星辰清潤，北嶽醫閭，鬼神受職。』曾子固《賀赦表》曰：『鉤陳太微，星緯咸若，崑崙渤澥，波濤不驚。』世莫能輕重之也。

「國初士大夫例能四六，然用偶語與故事爾。楊文公筆力豪贍，體亦變，而不脱唐末五代之氣；又喜用古語，以巧對爲工，乃進士賦體耳。歐陽公始以文體爲對屬，又善叙事，不用故事陳言，而文益高，次退之云。

「范文正公爲《岳陽樓記》，用對語説時景，世以爲奇。尹師魯讀之曰：『此傳奇體耳。』《傳奇》，唐裴鉶所著小説也。

「魏文帝曰：『文以意爲主，以氣爲輔，以詞爲衛。』子桓不足以及此，其有所傳乎？

「魯直《與方蒙書》云：『近世少年多不肯治經術及精讀史書，乃縱酒以助詩，恐致遠則泥，想生自追之琢之，離此語病也。』

「章子厚謂『屈氏《楚詞》，如《騷》乃效《頌》，其次效《雅》，最後效《風》。鮑（昭）〔照〕詩華而不弱，陶潛詩切於事情，但不文耳。』」

皇甫湜

皇甫湜《諭業》云：「燕公之文，如楩木楠枝，締造大廈，上棟下宇，孕育氣象，可變陰陽而閲寒暑，坐天子而朝羣后。許公之文，如應鐘鼖鼓笙簧錞磬，崇牙樹羽，考以宫縣，可以奉神明、享宗廟。李北海之文，如赤羽元甲，延亘平野，如雲如風，有貙有虎，闐然鼓之，吁可畏也。賈常侍之文，如高冠華簪、曳裾鳴玉，立於廊廟，非法不言，可以望爲羽儀，咨以道義。李員外之文，則如金輦玉輦、雕龍綵鳳，外雖丹青可掬，内亦肌體不充。獨孤尚書之文，如危峰絶壁，穿倚霄漢，長松怪石，傾倒溪壑；然而略無和暢，雅德者避之。楊崖州之文，如長橋新建，鐵騎夜渡，雄震威厲，動心駭魄；然而鼓作多容，君子所戒。權文公之文，如朱門大第，氣勢宏敞，廊廡廪厩，户牖悉周；然而不能有新規勝槩，令人竦觀。韓吏部之文，如長江秋注，千里一道，衝飈激浪，汙流不滯；然而施諸灌溉，或寡於用。李襄陽之文，如燕市夜鴻，華亭曉鶴，嘹唳亦足驚聽；然而材力偕鮮，瞥然高遠。故友沈諮議之文，則如隼擊鷹厲，滅没空碧，崇蘭繁榮，曜光揚蕤，雖迅舉秀擢，而能沛艾絶景。」

作《韓文公銘文》云：「先生之作，無員無方，至是歸工。扶經之心，執聖之權，尚友作者，歐邪觝異，以扶孔氏，存皇之極。茹古涵今，無有端涯，渾渾灝灝，不可窺校。及其酣放，凌紙怪發，鯨鏗春麗，震耀天下；然而栗密窈眇，章妥句適，精能之至，出神入天。嗚呼，極矣！後人無以加之矣，自姬氏以來一人而已矣！」

「功不十倍，不可以果志；力不兼兩，不可以角敵。號猿貫蝨、徹札飲羽，必非一歲之決拾；仰馬出魚，理心順氣，必非容易之搏拊。淺鬭庸種，無嘉苗；纇絇疎織，無良帛。夫欲利其獲，不若優其爲獲之方；若欲顯其能，不若優其爲顯之道。求諸人，不若求諸己；馳其華，不若馳其實。彼則趦趄於卿士之門，我則婆娑於聖賢之域；彼則巾車於名利之場，我則冠履於文史之囿。道寢而後進，業勤而後索。以其勞於彼，曷若勤於此；以其背於路，曷若齎於家。鮪可薦也，不慮網罟之不逢；橘可貢也，不慮包匭之不入。務出人之名，安得不厲出人之器？戰横行之陣，安得不振横行之略？書不千軸，不可以語化；文不百代，不可以知變。體無常軌，言無常宗，物無常用，景無常取，在覃其理，覈其微，賦物而窮其致。詠歌者，極性情之本；載述者，遵良直之旨。觸類而長，不失其要。此大略也。」

蘇明允

蘇明允《上歐公書》云：「孟子之文，語約而意盡，不爲巉刻斬絶之言，而其鋒不可犯。韓子之文，如長江大河，渾灝流轉，魚黿蛟龍，萬怪惶惑，而抑遏蔽掩，不使自露，而人望見其淵然之光、蒼然之色，亦自畏避，不敢迫視。執事之文，紆餘委備，往復百折，而條達疎暢，無所間斷；氣盡語極，急言竭論，而容與閑易，無艱難勞苦之態。此三者皆斷然自成一家之文也。惟李翺之文，其味黯然而長，其光油然而幽，俯仰揖遜，有執事之態。陸贄之文，遣言措意，切近的當，有執事之實。而執事之才，又自有過人者，蓋執事之文，非孟子、韓子之文，而歐陽子之文也。」

《與孫叔静書》云：「所示文字已細觀。必欲求所未至，如《中正論》引舜爲正，此時文之病。

凡作論，但欲意立而理明，不必覓事應副，誠未之思爾。」

《類要序》云：「晏元獻公出東南，起童子入秘閣讀書，遂膺召命入翰林爲學士。真宗特寵待之，每進見勞問，及所以任屬之者，羣臣莫能及。皇太子就學，公以選入侍。太子即皇帝位，是爲仁宗，公遂筦國樞要，任政事，位宰相，其在朝廷五十餘年。常以文學謀議爲任，所爲賦頌、銘碑、制詔、册命、書奏、議論之文傳天下，尤長於詩，天下皆吟誦之。當真宗之世，天下無事，方輯福應，推功德，修封禪，及后土、山川、老子諸祠，以報禮上下。左右前後之臣，非工儒學、妙於語言、能討論古今、潤色太平之業者，不能稱其位。公於是時爲學者宗，天下慕其聲名。人皆見公應於外者之不窮，而不知公之得於内者何也。及得公所爲《類要》上中下帙，總七十四篇，凡若干門，皆公所手抄，廼知六藝、太史、百家之言，騷人墨客之文章，至於地志、族譜、佛老、方伎之衆説，旁及九州之外蠻夷荒忽詭變奇跡之序録，皆披尋紬繹，而於三才萬物變化、情僞是非、興壞之理，顯隱細鉅之委曲，莫不究盡。公之得於内者，在此也。公之所以光顯於世者，有以哉！觀公之所自致者如此，則知士不素學而處從官大臣之列，備文儒道德之任，其能不餒且病乎？此公之書所以爲可傳也。」

曾子固

曾子固作《蘇明允哀詞》云：「爲文少或百字，多或千言。其指事析理，引物託諭，侈能盡之約，遠能見之近，大能使之微，小能使之著，煩能不亂，肆能不流。其雄壯雋偉，若決江河而下也；其輝光明白，若引星辰而上也。」

《逸事》云：「陳後山初携文卷見南豐先生，先生覽之，問曰：『曾讀《史記》否？』後山對曰：『自幼年即讀之矣。』南豐曰：『不然。要當且置它書，熟讀《史記》三兩年爾。』後山如南豐之言讀之後，再以文卷見南豐，南豐曰：『如是足也。』」

作《王容季文集叙》云：「叙事莫如《書》，其在《堯典》述命羲和，宅土，測日晷星候氣，揆民物緩急兼蠻夷鳥獸，其財成輔相，備三才萬物之理，以治百官，授萬民，興衆功，可謂博矣，然其言不過數十。其於《舜典》，則曰：『在璿璣玉衡以齊七政。』蓋堯之時，觀天以曆象，至舜，又察之璣衡。聖人之法，至後世而益備也。曰七者，則日月五星；曰政者，則羲和之職，無不在焉。其體至大，蓋一言而盡，可謂微矣。其言微，故學者所不得不盡心。能盡心，然後能自得之。此所以爲經而歷千餘年，蓋能得之者少也。《易》、《詩》、《禮》、《春秋》、《論語》皆然。其曰測之而益深，窮之而益遠，信也。世既衰，能言者益少。承孔子者，孟子而已；承孟子者，揚子而已。揚子之稱孟子曰：『知言之要，知德之奥。』若揚子，則亦足以幾乎此矣。其次能叙事，使可行於遠者，若子夏、左丘明、司馬遷、韓愈，亦可謂拔出之材，其言庶乎有益者也。」

《與王介甫書》云：「歐公更欲足下少開廓其文，勿用造語，及模擬前人。韓孟之文雖高，不必似之也，取其自然耳。」

又作《王子直文集序》云：「至治之極，教化既成，道德同而風俗一。言理者，雖異人殊世，未嘗不同其指，何則？理當故無二也。是以《詩》、《書》之文，自唐虞以來，至秦魯之際，其相去千餘歲，其作者非一人，至於其間，嘗更衰亂，然學者尚蒙餘澤，雖其文數萬，而其所發明更相表裏，如一人之説，不如時世之遠，作者之衆也。嗚呼！上下之間漸摩陶冶，至於如此，豈非盛哉？自三代教養之法廢，先王之澤熄，學者人人異見，而諸子各自爲家，豈其固相反哉？不當於理，故不能一也。由漢以來，益遠於治，故學者雖有瓌奇拔出之材，而其文能馳騁上下、偉麗可喜者甚衆，然是非取舍，不當於聖人之意者，亦已多矣。故其説未嘗一，而聖人之道未嘗明也。士之生於是時，其言能當於理者，亦可謂難矣。由是觀之，則文章之得失，豈不繫於治亂哉？」

作《王平甫文集序》云：「王平甫既殁，其家集其遺文爲百卷，屬余序。平甫自少已傑然以材高見於世，爲文，思若决河，語出驚人，一時争傳誦之。其學問尤敏，而資之以不倦，至晚愈篤，博覽强記，於書無所不通，其明於是非得失之理，爲尤詳。其文閎富典重，其詩博而深矣。自周衰，先王之遺文既喪。漢興，文學猶爲近古；及其衰，而陵夷盡矣。至唐，久之而能言之士始幾於漢；及其衰，而遂泯泯矣。宋受命百有餘年，天下文章復侔於唐漢之盛。蓋自周衰至今千有餘歲，斯文濱於泯滅，能自拔起以追於古者，此三世而已。各於其盛時，士之能以特見於世者，率常不過三數人。其世之不數，其人之難得如此。平甫之文能特見於世者也。」

宋景文

宋景文《答許判官書》云：「近文一編，研覽數日，足下以韓氏爲歸，善矣！退之，介孟而追孔者也。凡文章於論著、應用有二體。所謂論著者，必貫穿質正，分明是非，拾前人所遺以寤後覺，非如應用一時，竊取古人語句苟而成也。足下既曰：『論著願精思之，無令有遺恨』，則韓之徒矣。」

晁補之

晁補之序《變離騷》謂「宋玉親原弟子，《高唐》既靡，不足於風，『大言小言』，義無所宿。至《登徒子》，靡甚矣」。謂「《上林》、《子虛》、《甘泉》、《羽獵》之作，賦之閎衍於是乎極，然皆不若《大人》、《反離騷》之高妙；然猶歸之於正義，過《高唐》」云。謂《李夫人》、《長門賦》「皆非義理之正，然辭渾麗不可棄」。謂「曹植賦最多，要無一篇逮漢者，賦卑弱自植始。然植文於魏諸子中特出，而植好古，自漢而上遺文皆一一規模之，《九愁》、《九詠》倣《楚詞》者也，然已繁促。嗚呼！《離騷》自此益變矣」。謂王粲詩「有古風。《登樓》之作，去《楚詞》遠，又不及漢；然猶過潘岳、陸機

《閑居》、《懷舊》衆作。晉之文，上不逮漢而下愧唐。陸雲與兄機自吴入晉，張華一見大賞之，然華文亦謝漢唐，未足稱於後來也。陸雲《九愍》之作，蓋倣《九辨》而下，思而不貳，差近《楚詞》，非若機之《歎逝》，止愛生而悲死。《文賦》止翰墨事而已，舍曰體弱，則其義亦可取也」。謂「晉宋而下文益破碎，而鮑（昭）〔照〕以詩鳴，長於雜興，渾厚近古，蓋五言始於蘇李而成於（昭）〔照〕。《蕪城》之作，不愧其詩，故獨出宋世。又以劉濞事諷劉瑱，有心哉，於此者」。謂江淹「用寡而文麗。又梁文益卑弱，然猶蒙虎之皮，尚區區楚人步驟」云。謂「唐李白詩文最號不襲前人，而《鳴皐》一篇，首尾《楚詞》也。王維生韓柳前纔數十年，雖淺鮮未足與言義，然低昂宛轉，頗有楚人之態。元結振奇，自成一家，其辭義幽約，譬古鐘磬不諧於里耳，而可尋玩。要曰羣言之異味，亦可貴也。顧況文不多，約而可觀。《問大鈞》理勝，《招北客》詞勝。《阿房宫賦》云『亦使後人而復哀後人』，皆唐賦之不可廢者也。皮日休《九諷》專效《離騷》，其《反招魂》，靳靳如影守形，然如畫者謹形而失貌。嗚呼！《離騷》自此散矣」。

序《續楚詞》云：「息夫躬絶命詞甚高」，謂「韓愈博極羣書，奇辭奥旨，如取諸室中。以其涉博，故能約而爲《十操》。夫孔子於《三百篇》皆弦歌之，操亦弦歌之詞也。愈操詞，取興幽眇，怨而不言，最近《離騷》。《離騷》本古詩之衍者，至漢而衍極，故《離騷》亡。操與詩賦同出而異名，蓋衍復於約者，約故去古不遠，然則後之欲爲《離騷》者，惟約故近之。《十操》取其四，以近《楚詞》也。」

又云：「文者，氣之形。太史公周覽四海名山大川，與燕趙間豪傑遊，故其文章疏蕩，頗有奇氣，然未嘗役意學爲如此之文也。氣充乎其中，而動乎其言也。譬顔魯公性忠烈，故雖字畫亦剛勁，類其爲人，皆未可求之筆墨蹊逕間也。」

補之見鮮于大夫侁於汶上，大夫曰：「文辭欲平不欲怒，如《詩》曰：『維北有斗，不可以挹酒漿』，而後人因云：『援北斗兮勺桂漿』，又云：『北斗勺美酒』，此皆其平者也，用北斗以勺，蓋夸矣。又張之則怒，至有云：『上天揭取北斗柄』，則怒且竭矣。」此大夫修辭之意也。

張嵲

張嵲序《管子》云：「余讀《管子》，然後知莊生、晁錯、董生之語時出於《管子》也。不獨此爾，凡《漢書》之雅馴者，率多本《管子》。《管子》，天下之奇文也，所以著見於天下後世者，豈徒其功烈哉！及讀《白心》、《心術》上下、《内業》諸篇，則未嘗不廢書而歎，益知其功業之所本，然後知世之知《管子》者殊淺也。」

劉跂

劉跂《與孫秀才書》云：「辭章之變隨世損益，故前人謂英華出於情性。賈生峻發，則文潔而體清；子政簡易，則趣昭而事博；子雲沉寂，則志隱而味深；平子淹通，則慮周而藻密。」

劉禹錫

劉禹錫序柳子厚文云：「八音與政通，而文章與時高下。三代之文至戰國而病，涉秦漢復起；漢之文至列國而病，唐興復起。夫政厖而土裂，三光五嶽之氣分，大音不完，故必混一而後大振。初貞元中，上方嚮文章，昭回之光，下飾萬物，天下文士争執所長，與時而奮，粲然如繁星麗天，而芒寒色正，人望而敬者，五行而已。柳子厚，其望而敬者歟？」「子厚之喪，韓退之誌其墓，且以書來弔曰：『哀哉，若人之不淑！吾嘗評其文，雄深雅健，似司馬子長，崔、蔡不足多也。』皇甫湜於文章少所推讓，亦以退之之言爲然。」

又云：「天以正氣付偉人，必飾之，使光耀于世，粹和絪緼積于中，鏗鏘發越形乎文。文之細大，視道之行止，故得其位者，文非空言，咸繫於訏謨宥密，庸可不紀。惟唐以神武定天下，羣慝既讋，驟示以文，《韶》、《英》之音與鉦鼓相襲，故起文章爲大臣者，魏文貞以諫諍顯，高常侍以智略奮，岑江陵以潤色聞，無草昧汗馬之勞，而任遇在功臣上，唐之貴文至矣哉！」

「漢廷以賢良文學徵有道之士，公孫弘條對第一，席其勢鼓行人間，取丞相且侯。使漢有得人之聲，伊弘發也。皇唐文物與漢同風。天后朝，燕國公説以詞標文苑徵；玄宗朝，曲江公九齡以道伴伊吕徵；德宗朝，天水姜公輔、杜陵韋公執誼、河東裴公垍以賢良方正徵；憲宗朝，河南元公稹、京兆韋公謹以才識兼茂徵；隴西牛公僧孺、李公宗閔以能直言極諫徵；咸用對策甲於天下，繼爲有聲宰相，古今相望，落落然如騎星辰，與夫起版築、飯牛者異矣。」

柳子厚

柳子厚謂《列子》「文辭類《莊子》，而尤質厚，少僞作，好文者可廢耶？」謂「《文子》十二篇，其傳曰老子弟子。其辭時若有可取，其旨意皆本老子。然考其書，蓋駁書也。其渾而類者少，竊取他書以合之者多，凡孟子輩數家，皆見剽竊，嶢然而出其類，其意緒文辭（义）〔叉〕牙案：「牙」字原本作「互」，蓋因「互」字本作「㸦」而誤。古書往往皆然，今改正。相牴而不合，不知人之增益之歟？或者衆爲聚斂以成其書歟？然觀其往往有可立者，又頗惜之，憫其爲之也勞。今刊去謬惡亂雜者，取其似是者，又頗爲發其意，藏於家」。

謂「《鬼谷子》要爲無取。漢時劉向、班固録書，無《鬼谷子》。《鬼谷子》後出而險盭峭薄，學者宜其不道，而世之言縱横者，葆其書尤甚。晚迺益出七術，怪繆異甚，不可考校。其言益奇而道益陿，使人狙狂失守而易於陷墜」。

「讀賈誼《鵩賦》，嘉其詞，而學者以爲盡出《鶡冠子》。余往來京師，求《鶡冠子》，無所見。至長沙，始得其書。讀之，盡鄙淺言也，唯誼所引用者爲美，餘無可者。」

《答楊京兆書》謂「世之言士者，先文章。文章，士之末也；然立言存乎其中，即末而操其本，可十七八，未易忽也。」「宗元自小學爲文章，中間聯得甲乙科第，至尚書郎，專百官章奏，然未能究知爲文之道。自貶官來，無事，讀百家書，上下馳騁，乃少得知文章利病。去年吴武陵來，美其齒少，才氣壯健，可以興西漢之文章，日與之言，因爲之出十數篇，庶幾鏗鏘陶冶，時時得見古人情狀。然彼古人亦人爾，夫何遠哉！凡人可以言古，不可以言今，桓譚亦云：親見揚子雲容貌，不能動人，安肯傳其書？誠使博如莊周，哀如屈原，奥如孟軻，壯如李斯，峻如馬遷，富如相如，明如賈誼，專如揚雄，猶爲今之人，則世之高者至少矣。由此觀之，古之人未始不薄於當世，而榮於後世也。」

讀《國語》，云：「予病其文勝而言厖，好詐詭以反倫，其道舛逆。而學者以其文也，咸嗜悦焉，服膺呻吟者，至比六經，則溺其文必信其實，是聖人之道翳也。余勇不自制，以當後世之訕怒，輒乃黜其不臧，究世之繆，凡爲六十七篇，命之曰：《非國語》。」

《與楊誨之書》云：「足下所爲書言文章極正，其辭奥雅，後來之駛於是道者，吾子且爲蒲梢、駃騠，何可當也？但用《莊子》、《國語》文字太多，反累正氣。果能遺是，則大善矣。」

《與嚴厚輿書》云：「吾子文甚暢達，恢恢乎其闢大路將疾馳也，攻其車，肥其馬，長其策，調其六轡，中道而行大都，舍是，又奚師歟？謀於知道而考諸古，師不乏矣。」

《與袁秀才書》云：「文以行爲本，在先誡其中。其外者，當先讀六經，次《論語》，孟軻書皆經言，《左氏》、《國語》、莊周、屈原之辭，稍采取之。穀梁子、太史公甚峻潔，可以出入。餘書俟文成，異日討也。其歸在不出孔氏，此古人賢士所懔懔者，求孔子之道，不於異書。秀才志於道，切勿怪、勿雜、勿務速顯，道苟成則勃焉爾，久則蔚焉爾。源而流者，歲旱不涸；蓄穀者，不病凶年；蓄珠玉者，不虞殍死矣。然則成而久者，其術可見。雖孔子在，爲秀才計，不過如此。」

《答杜温夫書》云：「見生用助字，不當律令，唯以此奉答生。所謂乎、歟、耶、哉、夫者，疑辭也；矣、耳、焉、也者，決辭也；今生則一之。宜考前聞人所使用，與吾言類且異，詳思之，則一益也。」

作《西漢文類序》云：「商周之前，文簡而野；魏晉以降，則蕩而靡；得其中者，漢氏；漢氏之東，則衰矣。當文帝時，始得賈生明儒術。武帝尤好焉，而公孫弘、董仲舒、司馬遷、相如之徒作，風雅益盛，敷施天下，自天子至公卿大夫士庶人咸通焉。於是宣於詔策，達於奏議，諷於辭賦，傳於歌謡，由高祖訖哀、平，四方之文章，蓋爛然矣。班固修其書，拔其尤者，充于簡册，則二百三十年間，列辟之達道、名臣之大範、賢能之志業、黔黎之風美列焉。」

作《楊評事集序》云：「文有二道：辭令褒貶，本乎著作者也；導揚諷諭，本乎比興者也。著作者流，蓋出於《書》之《謨》、《訓》，《易》之《象》、《繫》，《春秋》之筆削，其要在於高壯廣厚，詞正而理備，謂宜藏於簡册者也。比興者流，蓋出於虞夏之詠歌、商周之風雅，其要在於麗則清越，言暢意美，謂宜流於謡誦者也。兹二者，考其旨意，乖離不合，秉筆之士，常偏勝獨得，而罕有兼者焉。厥有能而專美，命之曰藝成。雖古文雅之盛世，不能並肩而生。唐興以來稱是選而不怍者，梓潼陳拾遺。其後燕文貞以述作之餘攻比興，而莫能極；張曲江以比興之隟窮著述，而不克備。其餘各探一隅，相與背馳於道者，其去彌遠。文之難兼，斯亦甚矣。」

餘師録卷二

韓退之

韓退之《答劉嚴夫書》云：案：《昌黎集》作劉正夫，樊汝霖註云：「正夫或作巖夫，字子耕，給事劉伯芻之子，元和十年登第。」今作嚴，疑誤。「或謂爲文宜何師，必謹對曰：宜師古聖賢人。曰：古聖賢人所爲書具存，辭皆不同，宜何師？必謹對曰：師其意，不師其辭。又問曰：文宜易宜難？必謹對曰：無難易，惟其是而已矣。如是而已，非固開其爲此而禁其爲彼也。夫百物朝夕所見者，人皆不注視也；及睹其異者，則共觀而言之。夫文豈異於是乎？漢朝人莫不能爲文，獨司馬相如、太史公、劉向、揚雄爲之最。然則用功深者，其收名也遠；若皆與世沉浮，不自樹立，雖不爲當時所怪，亦必無後世之傳也。足下家中百物皆賴而用也，然其所珍愛者，必非常物。夫君子之於文，豈異於是乎？今後進之爲文，能深探而力取之，以古聖賢人爲法者，雖未必皆是，要若有司馬相如、太史公、劉向、揚雄之徒出，必自於此，不自於循常之徒也。若聖人之道，不用文則已，用則必尚其能者。能者非他，能自樹立、不因循者是也。有文字來，誰不爲文？然其存於今者，必其能者也，顧常以此爲説耳。」

《送陳彤序》云：「讀書以爲學，纘言以爲文，非誇多而鬭靡也，蓋學所以爲道，文所以爲理耳。」

作《孟郊墓銘》云：「其詩劌目鉥心，物迎縷解，鈎章棘句，掐擢胃腎，神施鬼設，間見層出，唯其大翫於詞，而與世採掇，人皆劫劫，我獨有餘。」

作《柳宗元墓銘》云：「少年已自成人，能取進士第，嶄然見頭角。」「儁傑廉悍，論議證據古今，出入經史百子，踔厲風發，率常屈其座人，名聲大振。」

作《樊紹述墓銘》云：「愈從其家求書，得書，號《魁紀公》者三十卷，曰《樊子》者又三十卷，《春秋習傳》十五卷，表牋、状策、書序、傳記、紀志、説論、今文、讚銘凡二百九十一篇，道路所遇及器物門里雜銘二百二十，賦十，詩七百又十九，曰：多矣哉，古未嘗有也。然而必出於己，不蹈襲前人一言一句，又何其難也！必出入仁義，其富若生蓄萬物，必具海含地負，放恣從横，無所統紀，然而不煩於繩削而自合也。嗚呼！紹述於斯術，其可謂至於斯極者矣。」「銘曰：惟古於詞必己出，降而不能乃剽賊，後皆指前公相襲，從漢迄今用一律。寥寥久哉莫覺屬，神徂聖伏道絶塞。既極乃通發紹述，文從字順各識職，有欲求之此其躅。」

作《進平淮西碑文表》云：「竊惟自古神聖之君既立殊功異德，卓絶之跡，必有奇能辯博之士爲時而生，持簡操筆，從而寫之，各有品章條貫，然後帝王之美，巍巍煌煌，充滿天地。其載於《書》，則堯舜二《典》、夏之《禹貢》、商之《盤庚》、周之《五誥》；於《詩》，則《玄鳥》、《長發》，歸美商宗，《清廟》、《臣工》，大小二《雅》，周王是歌，辭事相稱，善并美具，號以爲經，從始至今，莫敢指斥。嚮使撰次，不得其人，文字曖昧，雖有美實，其誰觀之？辭迹俱亡，善惡惟一，然則兹事至大，不可輕以屬人。」

《送王塤序》云：「吾常以爲孔子之道大而能博，門弟子不能偏觀而盡識也，故學焉，而皆得其性之所近。其後離散分處諸侯之國，又各以所能授弟子，原遠而末益分。蓋子夏之學，其後有田子方，子方之後，流而爲莊周，故周之書，喜稱子方之爲人。荀卿之書，語聖人，必曰：孔子、子弓。子弓之事業莫傳，惟太史公著弟子傳，有姓名字，曰馯臂子弓。子弓受《易》於商瞿。孟軻師子思，子思之學蓋出曾子。自孔子没，羣弟子莫不有書，獨孟軻氏之傳得其宗。故余少而樂觀焉。太原王塤示予所爲文，好舉孟子之所道者，與之言，信悦孟子而屢贊其文辭。夫沿河而下，苟不止，雖有疾遲，必至於海。如不得其道也，雖疾不至，終莫得而止焉。按今《昌黎集》作『雖疾不止，終莫幸而至焉。』故學者必謹其所道。道於楊、墨、老、莊、佛之學，而欲之聖人之道，猶航斷港絶潢，以望至於海也。故求觀聖人之道者，必自孟子始。今塤之所由，既幾於知道，如又得其船與檝，知沿而不止,嗚呼! 其可量也哉!」

黄魯直

黄魯直《與洪駒父書》云:「如甥才器筆力,當求配於古人,勿以賢於流俗,遂自足也。然忠信孝友,是此物之根本,極須加意涵養,以敦厚醇粹,使根深蒂固,然後枝葉茂也。」

又云:「學詩工夫以多讀書貫穿,自當造平淡。可勤讀董、賈、劉向諸文字,學作論議文字,更取蘇明允文字讀之。古文要氣質渾厚,勿太彫琢。」

《與徐師川書》云:「學有要道,讀書須一言一句,自求己事,方見古人用心處,如此則不虚用功。又欲進道,須謝去外慕,廼得全功。古人云:縱此欲者,喪人善事,置之一處,無事不辦。」

又云:「讀書須精治一經,知古人關捩子,然後所見書傳,知其指趣,觀世故在吾術内。古人所謂『膽欲大而心欲小』,不以世之毁譽愛憎動,此膽欲大也;非法不言,非道不行,此心欲小也。文章乃其粉澤,要須探其根本。本固則世故之風雨不能漂摇,古之特立獨行者用此道耳。」

《與王立之書》云:「劉勰《文心雕龍》、劉子玄《史通》二書所論,雖未極高,然譏評古人,大中文病,不可不知也。」

又云:「作賦要須以宋玉、賈誼、相如、子美爲師,略依倣其步驟,乃有古風。老杜詠吴生畫云：『畫手看前輩，吴生遠擅場』，蓋古人於能事不獨求誇時輩，要須於前輩中擅場耳。」

又云：「思義理則欲精，知古今則欲博，學文則觀古人之規模，孔子曰：『觚不觚，觚哉，觚哉！』」

又云：「欲作《楚詞》，追配古人，直須熟讀《楚詞》，觀古人用意曲折處，講學之，然後下筆，譬如巧女文繡，妙絶一世，欲作錦，必得錦機乃成錦耳。」

《答曹荀龍書》云：「讀書勿求多，要須貫穿，使義理融暢，下筆時庶不蹇吃也。」

《與趙伯充書》云：「學老杜詩，所謂刻鵠不成尚類鶩也。學晚唐諸人詩，所謂作法於凉，其敝猶貪；作法於貪，敝將若之何？要須讀得通貫，因人講之。百許年來，詩非無好處，但不用學，亦如書字，須要以鍾、王爲法耳。」

《答洪駒父書》云：「凡爲文須熟讀司馬子長、韓退之文，每作一文，皆須有宗有趣，終始關鍵，有開有闔，如四瀆雖納百川，或匯而爲廣澤，汪洋千里，要自發源注海耳。《罵犬文》雖雄奇，然不作可也。東坡文章妙天下，其短處在好罵，切勿襲其軌也。」

又云：「治經欲鉤其深，觀史欲會其事，二者皆須精熟。涉獵而已，無此功也。」

又云：「文章以理爲主。」

《答王雲書》云：「陳履常正字，天下士也，讀書如禹之治水，知天下之絡脉有開有塞，而至於九川滌源，四海會同者也。其作詩，淵源得老杜句法，今之詩人不能當也。至於作文，深知古人之關鍵，其論事，救首救尾，如常山之蛇，時輩未見其比。公有意於學，不可不往掃斯人之門。古人云：『讀書十年，不如一詣習主簿。』端有此理。」

《答王周彦書》云：「元祐初，與秦少游、張文潛論詩，二公初謂不然，久之，東坡先生以爲一代之詩，當推魯直。二公遂捨舊而圖新，其初改轅易轍，如枯絃㗛軫，雖成聲而疎闊跌宕，不滿人耳。少焉遂能使師曠忘味，鍾期改容也。如足下之作，深之以經術之義味，宏之以史氏之品藻，合之以作者之規模，不但使兩川之豪士拱手也。」

《答王觀復書》云：「新詩興寄高遠；但語生硬，不諧律吕，或辭氣不逮初造意時，此病亦只是讀書未精博耳。『長袖善舞，多財善賈』，不虚語也。南陽劉勰案：《梁書》劉勰本傳「東莞莒人」，此作「南陽」，未詳所本。常論文章之難云：『意翻空而易奇，言徵實而難巧。』此語亦是沈、謝輩爲儒林宗主時，好作奇語，故後生立論如此。案《文心雕龍》云：「方其搦翰，氣倍詞前。暨乎篇成，半折心始。何則，意翻空而易奇，言徵實而難巧也。」此乃謂爲文者言不能足志。此引之失其本旨，何焯嘗譏其誤。好作奇語，自是文章一病，要當以理爲主，理得而辭順，文章自然出羣。觀杜子美到夔州後詩，韓退之自潮州還朝後文章，不煩繩削而自合矣。往年嘗問東坡先生作文章之法，東坡云：『但熟讀《禮記・檀弓》，當得之。』既而取《檀弓》二篇，讀數百遍，然後知後世作文章不及古人之病，如觀日月也。文章蓋自建安以來，好作奇語，故其氣象萎薾，其病至今猶在；惟陳伯玉、韓退之、李習之，近世歐陽永叔、王介甫、蘇子瞻、秦少游乃無此病耳。」

又云：「所寄詩多佳句，猶恨雕琢功多耳。但熟觀杜子美到夔州後古律詩，便得句法，簡易而大巧出焉，平淡如山高水深，似欲不可企及。文章成就，更無斧鑿痕，乃爲佳作耳。」

《與何静翁書》云：「所寄詩醇淡而有句法，所論史事不隨世許可，取明於己者而論古人，語約而意深，文章之法度蓋當如是。以足下所已得者，而能充其所未至，生乎千載之下，可以見千載之人也。然江出汶山，按汶山即岷山，《山海經》「江出汶郭之東南，逕蜀郡。」《史記·夏本紀》「汶嶓既蓺」。今蜀中猶稱汶川也。《韻會》云：「岷通作汶，六書故別作崏、𡸳、岐。」水力才能汎觴，至於併大川三百、小川三千，然後往而與洞庭、彭蠡同波，下而與南溟、北海同味。今足下之學識，汶山有源之水也；大川三百，足下求之師；小川三千，足下求之友。方將觀足下之水波，能偏與諸生爲德也。」

又云：「或傳王荆公稱《竹樓記》勝歐陽公《醉翁亭記》，或曰：『此非荆公之言也。』某以謂荆公出此言未失也。荆公評文章常先體制，而後工拙。蓋嘗觀蘇子瞻《醉白堂記》，戲曰：『文辭雖極工，然不是《醉白堂記》，乃是《韓白優劣論》耳。』以此考之，優《竹樓記》而劣《醉翁亭記》，是荆公之説不疑也。」

又云：「曾舍人作《高安學記》，極道學之所由廢興，論士大夫之師友淵源，常出於一世豪傑之士，至於長育人才而成就之，則在當塗之君子。其言有關係，可以爲法戒。」

又云：「歐陽公謂退之爲《樊宗師誌》，便似樊文，其始出於司馬子長爲《長卿傳》如其文，惟其過之，故兼之也。」

又云：「龍圖孫學士覺喜論文，謂退之《淮西碑》叙如《書》，銘如《詩》。子瞻謂杜詩、韓文、顔書、左史皆集大成也。」

又云：「蘇子由云：『詩人歌咏文武征伐之事，其於克密曰：「無矢我陵，我陵我阿；無飲我泉，我泉我池。」其於克崇曰：「崇墉言言，臨衝閑閑，執訊連連，攸馘安安。是類是禡，是致是附，四方以無侮。」其於克商曰：「維師尚父，時維鷹揚，凉彼武王，肆伐大商，會朝清明。」其形容征伐之事極於此矣。退之作《元和聖德詩》言劉闢之死，曰：「婉婉弱子，赤立傴僂，牽頭曳足，先斷腰膂。次及其徒，體骸撑拄。末乃取闢，駭汗如雨。揮刀紛紜，争切膾脯。」此李斯頌秦所不忍言，而退之自謂無媿於《雅》、《頌》，何其陋也！』」

范文正公

范文正公作《尹師魯集叙》云：「予觀《堯典》、舜歌而下，文章之作醇醨迭變，代無窮乎。惟折末揚本，去鄭復雅，左右聖人之道者難之。近則唐貞元、元和之間，韓退之主盟于文，而古道最盛。懿、僖以降，寖及五代，其體薄弱。皇朝柳仲塗起而麾之，髦俊率從焉。仲塗門人能師經探道、有文於天下者，多矣。洎楊大年以應用之才獨步當世，學者刻辭鏤意，有希髣髴，未暇及古也。其間甚者，專事藻飾，破碎《大雅》，反謂古道不適於用，廢而弗學者。久之，洛陽尹師魯少有高識，不逐時輩，從穆伯長游，力爲古文，而師魯深於《春秋》，故其文謹嚴，辭約而理精，章奏、疏議，大見風采。士林方聳慕焉，遽得歐陽永叔從而大振之，由是天下之文一變，其深有功於道歟？」

陳長文

陳長文《步里客談》云：「張思叔繹云：『王介甫《虎圖詩》只說一箇似字，老杜只一句道盡：臨軒忽覺無丹青。』」

「余嘗疑《三器論》非退之文章，又疑《下邳侯傳》是後人擬作。退之傳毛穎，以文滑稽耳，正如伶人作戲，初出一諢語，滿場皆笑，此語豈再出耶？《毛穎傳贊》『賞不酬勞，以老見疎，秦真少恩哉』，甚似太史公筆勢。《董晉行狀》書回紇、李懷光二事，似左氏文字。通解非退之文『之乎者也』下皆未當，其誣退之多矣。

「范蔚宗《黃憲傳》最佳。憲初無事迹，蔚宗直以語言橅寫叔度，形容體段，使後人見之。此最妙處。其他傳，即《馮衍》、《馬援》勝，蓋得二人文字照映，便覺此傳不同。以此知班固前書不可及者，亦得太史公、司馬相如、賈誼、董仲舒、晁錯、劉向諸人文字作皮草爾。

「《東坡志林》云：『晉無文章，只《歸去來》一篇。唐無文章，只《盤谷序》一篇。』嘗欲倣《盤谷序》一篇文字，竟不能成。」文章態度如風雲變滅，水波成文，直因勢而然，必欲執一時之迹，以爲定體，乃欲繫風搏影也。蘇公恐不如此。

「《羅池廟碑》古本以『涉有新船』爲『步有新船』，『春與猿吟兮秋與鶴飛』作『秋鶴與飛』。歐陽永叔以『步有新船』爲是，而『秋鶴與飛』爲不然。説者以是爲歐、韓文字之分，蓋篤論也。

「陳無己詩云：『睿思殿裏春夜半，燈火闌殘歌舞散。自書細字答邊臣，萬國風煙入長筭。』『燈火闌殘歌舞散』，乃村鎮夜深景致，恐睿思殿不如是也。《李白畫像詩》曰：『醉色欲盡玉色起，分明尚帶金井水。烏紗白紵真天人，不用更著山巖裏。』真奇語也。至言『平生潦倒向丘壑，禁省不識將軍尊』，則與東坡所謂『平生不識高將軍，手涴吾足乃敢嗔』，不侔矣。

「柳子厚《先友記》迺用孔子七十《弟子傳》體，若《貞符》及《雅》，則以《盤》《誥》、詩人之文爲祖矣。

「退之《進學解》云：『沈浸釀郁，案「釀郁」今本韓文作「醲郁」，此作「釀」字，蓋據魏仲舉五百家注本所載。含英咀華，作爲文章，其書滿家。上規姚、姒，渾渾無涯。周《誥》、殷《盤》，詰屈聱牙。《春秋》謹嚴，

《左氏》浮誇。《易》奇而法，《詩》正而葩。下逮《莊》、《騷》，太史所録，子雲、相如，同工異曲。』此退之作文章法也。『記事者，必提其要；纂言者，必鉤其玄。』是亦學文術也。

「或曰：『東坡作《富鄭公神道碑銘》學《商頌》，《温公神道碑銘》學《魯頌》』，此論近之。

「蘇子由代兄作《趙閱道神道碑》云：『臣嘗逮事仁宗皇帝，未嘗覩也，萬世無不見；未嘗爲也，萬世無不舉。』子瞻笑曰：『尚答制科策耶？』

「老杜作詩，筆力可方太史公，如《郭元振故宅》等詩，便是與之作傳。如《桃竹杖引》一種文章，則又未易髣髴也。

「退之傚玉川子《月蝕詩》，乃删盧仝冗語耳，非傚玉川也。韓雖法度森嚴，便無盧仝豪放之氣。

「下字有倒用語格力勝者，如『吉日兮辰良』、『必我也爲漢患』者。

「賈誼《鵩賦》文章源流自《檀弓》來。案：此條不甚可解，疑有脱文誤字。

「古人作斷句，輒旁入他意，最爲警策，如老杜云：『鷄蟲得失無了時，注目寒山倚江閣』是也。黄魯直作《水仙花詩》亦用此體，云：『坐對真成被花惱，出門一笑大江橫。』至陳無己云：『李杜齊名吾豈敢，晚風無樹不鳴蟬』，則直不類矣。」

劉器之

劉器之謂馬永卿云：「吾友後生，未可遽立議論以褒貶古今，蓋見聞未廣、涉世淺故也。且如孔子，萬世師也，方孟僖子且死，戒其嗣懿子師孔子，時孔子年尚少也。又齊景公與晏子適魯問禮，時孔子方年三十。其後孔子年五十餘，方歷聘諸國，十有四年而歸魯，時孔子年六十八歲，乃始删《詩》、《書》，繫《周易》，作《春秋》，只數年間了却一生著述。蓋是時學問成矣，涉世深矣，故其述作始可爲萬世法。譬如積水千仞之源，一日决之，滔滔汩汩，直至于海，其源深矣。若夫潢潦之水，乍盈乍涸，終不能有所至者，其源淺也。古人著書多在暮年，蓋爲此也。」

又云：「西漢樂章可齊三代。舊見《禮樂志·房中樂十七章》，觀其格韻高嚴，規模簡古，駸駸乎商周之《頌》。噫！異哉！此高帝一時佐命功臣，下至叔孫通輩，皆不能爲此歌。尋推其源，乃唐山夫人所作。服虔曰：『高帝姬也。』韋昭曰：『唐山，姓也。』而漢乃有此人。縱使《竹竿》、《載馳》，方之陋矣。」按《唐山歌》在樂府中，誠爲高古，然與《三百篇》豈可同日？而語至謂「《竹竿》、《載馳》，方之陋矣！」論似過當。

又云：「《新唐書》叙事好簡略，其詞簡，故其事多鬱而不明，此作史之弊也。且文章豈有繁簡？必欲多，則文冗而不足讀；必欲簡，則僻澀令人不喜。假令《新唐書》載卓文君事，不過止曰：『少嘗竊卓氏』，如此而已；而班固載此事乃近五百字，讀之不覺其繁也。且文君之事，亦何補於天下後世哉？然作史之法，不得不如是。故謂文如風行水上，出於自然也。若不出於自然而有意於繁簡，則失之矣。《唐書進表》云：『其事則增於前，其文則省於舊。』且《新唐書》所以不如兩漢文章者，其病正在此兩句也，而反以爲工，何哉？」

沈括

沈括云：「穆修、張景嘗同造朝，待旦于東華門。方論文次，適見有奔馬踐犬以死，二人各記其事，以較工拙。穆修曰：『馬逸，有黄犬遇蹄而以斃。』景曰：『有犬死奔馬之下。』時文體新變，二人之語皆拙澀，當時自謂之工，傳之至今。」

張芸叟

張芸叟嘗語諸子曰：「孔安國序《書》謂：伏羲、神農、黄帝之書，謂之《三墳》，言大道也，即今《素問》與《靈樞經》十八篇是也。按：《素問》、《靈樞》其書雖古，亦非黄帝之本文。芸叟謂即是《三墳》，未免臆説。學者以爲醫書，置而不講，何淺繆哉！夫是書也，窮天地之原，總五行之變；指性命之根柢，識鬼神之情狀；近可以養一身，遠可以治天下，小可以祛疾病，大可以致神仙。大《易》相爲表裏，自非聖人，孰能與於此哉？夫爲學而不知《墳》、《典》，是猶好高而不登山，好水而不臨海，好樂而不聞《英》、《莖》、《韶》、《濩》，終蔽士也。」

「關中前輩有段延齡者，始見於皇祐、嘉祐間，與姚嗣宗游，爲文法歐陽永叔，氣格範模似是深切，好事者有所不能辨。其言汪洋浩博，從容瀏亮。斂而蓄之，不可測其深；決而放之，不可窮其遠。若春夏之敷華，秋冬之閉藏，時亦有頓挫拂鬱、裂眦衝冠、不平之氣，大抵摭取唐人之菁華，集而爲己用。余嘗患學者空言而屈行事。漢之諸儒若董仲舒、賈誼皆一時之冠，仲舒專經術，賈誼諳世務。誼所陳之策，當時大臣指以爲疏闊，歷千七百年，今實行其事，享其利，若合符契。然中間非無佼佼之才、按「佼佼」原本誤作「鉸鉸」，今改正。譊譊之口，與駕虛説而惑世者，良有間矣。唐末有劉蜕者，勵志爲文，非齋戒祓除，未嘗落筆。多至十數萬言，歎世之人莫我知，藏之櫝中，埋之地下，號曰『文塚』。今段君之文，幸不在土中，又不傳於世，人胡不鑿終南山之石，錮以北山之鐵，以待後人之知者哉！」

「劉都官，其先會稽人，詩僅百篇，古、律相參。明著者，較然可見；含思者，求之愈深。悽切則不可復觀，平淡則幾於無味。至於華藻組繡，豪肆放蕩，衆體具備，而卒歸於雅正。醒醉沐浴於山水間，與种太質輩爲詩酒友，真所謂五陵之豪客也。」

「世謂樂天之文閑和夷暢，任其自然，當其立意命辭，必得之容易。予今再見樂天藁草，雖四句詩，必加塗抹，有至十數字者，何也？豈其良玉必加雕琢，大匠不敢廢斤斧耶？不然，魁紀公應是一揮而成，文不加點也。」

「本朝自明道、景祐間始以文學相高，故子瞻、師魯兄弟、歐陽永叔、梅聖俞爲文，皆宗主《六經》，發爲文采，脱去晚唐五代氣格，直造退之、子厚之閫奥，故能渾灝包含，莫測涯涘。見者皆晃耀耳目，天下學者争相矜尚，謂之古文，皆以不識其人、不習其文爲深耻，乃不知君子之言本來如此也。今執筆之士，雖名家自負，亦繫當時諸公爲之倡率，楷模風流，漸漬之所成。故相距七八十年，長老之人猶能傳誦以教人。其爲澤也，厚哉！今筆蹟粲然，腑肺傾倒，於師魯至矣。予得以終日反復於衡茅環堵之中，有如促膝坐談，揖讓之不暇。借使諸公皆無恙，又安得比肩接袂，踵門而過我哉？其爲觀也，盛矣！嗚呼！孟軻尚友，所恨者殊時；楚子用賢，實取於他國。儻使九原之可作，何居十世之猶存？筆札在前，嘆息何已。」

「予之先人大夫君植性勤强，孜孜好學，接物之外，手不舍卷。每見子弟惰游，必切責之，且曰：『我老尚如此，在汝等方學爲人，顧已優游，虚過日月。汝不見市井百工之爲乎？先鷄而起，四體不貸其勞，如此者終歲，猶不能逃饑凍。汝將學聖人事業，志圖富貴，而苟簡暇日，天豈汝假耶？』」

「退之詩，惟《虢園二十一詠》爲最工。語不過二十字，而意思含蓄過於數千百言者。至爲

《石鼓歌》，極其致思，凡累數百言，曾不得鼓之彷彿，豈其注意造作，求以過人，與夫不假琢磨、得之自然者，遂有間邪？ 由是觀之，凡人爲文，言約而事該，文省而旨遠者爲嘉。」

「司馬遷年二十，南遊江淮，上會稽，探禹穴，窺九疑，浮沅湘，北涉汶泗，講業齊魯之郊，過梁楚，西使巴蜀，天下靡所不至。晚年方敢論次前世之事，著書成文，地理、古今治忽，無所不總。故學者居一室之内，守簡策，膠舊聞，任獨見，以決天下事，鮮有不謬者。」

司空圖

司空圖《題柳柳州集》云：「金之精麄，效其聲皆可辨也，豈清於磬而渾於鐘哉？ 然則作者爲文爲詩，格亦可見，豈當善於彼而不善於此耶？ 觀文人之爲詩，詩人之爲文，始皆繫其所尚。所尚既專，則搜研愈至，故能炫其工於不朽，亦猶力巨而鬬者，所持之器各異，而皆能濟勝，以爲勍敵也。 愚常覽韓吏部歌詩數百首，其驅駕氣勢，若掀雷抉電於天地之間，物狀奇怪，不得不鼓舞而徇其呼吸也。 其次皇甫祠部文集，所作亦爲遒逸，非無意於淵密，蓋或未遑耳。 今於華下方得柳詩，味其探搜之致，亦深遠矣。 俾其窮而克壽，玩精極思，則固非瑣瑣者輕可擬議其優劣。又嘗觀杜子美《祭太尉房公文》、李太白《寺碑贊》，按《李白集》無《寺碑贊》，惟《化城寺大鐘銘》，係七言體類歌詩。「寺碑贊」三字，當是「寺鐘銘」之誤。 宏拔清厲，乃其歌詩。 張曲江五言沉鬱，亦其文筆也，豈相傷哉？噫！後之學者褊淺，片詞隻句未能自辨，已側目相詆訾矣。痛哉！因題柳集文末，庶俾後之詮評者，無或偏説以蓋全工。」

孔毅甫

孔毅甫《雜説》云：「唐房玄齡與中書侍郎褚遂良受詔重撰《晉書》，於是奏取太子右庶子許敬宗、中書舍人來濟、著作郎陸亢仕、劉子翼、前雍州刺史令狐德棻、太子舍人李義府、薛元超、起居郎上官儀等八人分功撰録，以臧榮緒《晉書》爲主，參考諸家，甚爲詳洽。然史家多是文詠之士，好采詭謬碎事，以廣異聞。又所評論，競爲綺艷，不求篤實，由是頗爲學者所譏。惟李淳風深明星曆，善於著述，所修《天文》、《律曆》、《五行》三志，最可觀，采太宗自著宣、武二帝及陸機、王羲之四論，於是總題云：『御撰』。余以爲史之失自陳壽始。觀《吴志・諸葛恪傳》載題驢謝馬事，乃知《晉史》冗記，有自來矣。晉張輔云：『司馬遷叙三千年事，惟五十萬言；班固叙二百年事，乃八十萬言。故謂固不如遷。』自昔史氏所書，兩人一事，必曰：『語在某人傳。』《晉書》載王隱諫祖納奕棋一段，幾二百字，兩傳俱出，此爲文煩矣。觀《魏志・管寧傳》注胡昭脱晉帝於死，而口終不言，以爲賢於丙吉。又觀《晉・載記・慕容超傳》呼延平之活超也，與丙吉事正相類，而史氏文不足以起之，故奄奄如此，可爲長太息也。《晉書・隱逸・夏仲御傳》，史臣欲效太史公

《樂書》文章，而不知筆力短弱，乃失事情，使人讀而覺之爲可笑也。許邁當在《隱逸傳》而以綴王羲之之後，失次矣。」

李泰伯

李泰伯《答李觀書》云：「來書謂孔子之後有孟、荀、揚、王、韓、柳，國朝柳如京、王黄州、孫、丁、按「孫丁」是孫何、丁謂，《宋史・孫何傳》「十歲識音韻，十五善屬文，在貢籍中，甚有聲。與丁謂齊名，時輩號爲『孫丁』」是也。原本作「十」字，誤。張晦之及今范、歐陽，皆其繼者也。而自謙讓，以爲畚土壤、築太山，欲登於前賢之閫，而問其何如。足下年少初仕，不汲汲於進取，而轉從寂寞之道，此非今人之心，古人之心也。曾子曰：『尊其所聞，則高明矣；行其所知，則光大矣。』荀取之以明，守之以誠，尚可爲聖人之徒，矧曰『前賢之閫』哉！然謂之賢者，豈非所論列十數公乎？足下欲以爲法，當考其所爲工拙，不宜但徇其名也。孟氏、荀、揚醇疵之説，聞之舊矣，不可復輕重。文中子之書已泯絶，唯《中説》行，然出於門人所記，觀其意義，往往有奇奧處，而陷在虚夸腐脆之間。《隋書》無本傳，又不得案其行事。退之之文，如大饗祖廟，天下之物，苟其可薦者，莫不在焉。佐平淮西，解深州圍，功德卓犖，在聽聞者，不可揜。誠哉！其命世也。子厚得韓之奇，於正則劣矣。以黨王叔文，不得爲善士於朝。近者如京先倡古道，以志氣聞；黄州學而未之得，然其人諤諤有風標。彼孫、丁之文，舉人之雄者耳，其立朝，不聞有所建明，而胎天下之禍，爲吾徒羞。晦之之辭不奇，諸所著文，未足可嘉；至於議論，則識精才健，無遠不到，若《洪範》、《王霸篇》，籠絡天人，錘鍛古今，雖子厚好爲論，尚未及也。先朝文士唯此人耳。惜其疏俊，得罪于世，故立身不可不謹。若子厚、晦之皆非凡人，被惡名，雖欲自新，而死期至矣。范公、歐陽蓋爲賈誼、劉向之事業，窮高致遠，未易量也。足下以愚言爲不妄，則可法與否，昭昭然矣。」

作《延平集序》云：「世俗見孔子不用而作《經》，乃言：聖賢得志，則在行事，不在書也。噫！孔子誠不用矣，堯、舜、禹、湯時，聖賢有不得志者乎？奚其爲《典》、《謨》、《訓》、《誥》哉？成王、周公時，有不得志者乎？奚其爲《雅》、《頌》哉？心之志，志之言，言之文，若凍餒然，孰謂得志而不衣食哉？用之大，其言者愈大。《虞書》之曆象日月星辰，夏后之賦貢九州，周人之職三百六十官，不已大乎？今之君子固多靳儒，至於布衣閭巷，尚曰：『賢者行而已，不必文也。』彼顏、閔氏時，夫子在，蓋無可復言，非爲有德行不著書也。游、夏之徒不在德行科，亦不措一辭。子思、孟軻豈無德行乎？是皆不才子無功於文，而雷同此説，以自慰耳。」

作《陳公燮字序》云：「夫子多能鄙事，以博奕爲賢乎已。詞人之作，或因於物，或發乎情，雖不有用，幸愈乎博奕也，而俗儒必非之。《五子之歌》韻矣，《繫辭》首章對矣，使今世爲之，將以聲律坐矣。禮有本末，用有先後，本末副焉，固醇矣。有其本以慢其末，古人或不免焉；略其本而詳其末，今人豈少哉？雖然，自治可也。父兄之於子弟，師之於徒，亦可也。欲以區區之有而齊天下之人，汰哉！見人一動作，一笑語，衣冠裳履之間，則斷夫賢不肖，張目大言，以不恤强禦爲烈，此今人之蔽也。道之不行，蓋儒者自取之。秦燔書，漢鉤黨，使典章淪陷，人士閫厄，到今恨之，豈唯在上者之過？有由然也。夫知道者，無古無今，無王無霸，無治無亂，惟用與不用耳。」

餘師録卷三

顔之推

顔之推《家訓》云：「夫文章者，原出五經：詔命、策檄，生於《書》者也；序述、論議，生於《易》者也；歌詠、賦頌，生於《詩》者也；祭祀、哀誄，生於《禮》者也；書奏、箴銘，生於《春秋》者也。朝廷憲章，軍旅誓誥，敷顯仁義，發明功德，牧民建國，不可暫無。一本作「施用多途」至於陶冶性靈，從容諷諫，入其滋味，亦樂事也。行有餘力，則可習之。然而自古文人，多陷輕薄。屈原露才揚己，顯暴君過；宋玉體貌容冶，見遇俳優；東方曼倩滑稽不雅，司馬長卿竊貲無操；王褒過章《僮約》，揚雄德敗《美新》；李陵降辱夷虜，劉歆反覆莽世；傅毅黨附權門，班固盜竊父史；趙元叔抗疏過度，馮敬通浮華擯壓；馬季長佞媚獲誚，蔡伯喈同惡受誅；吴質詆忤鄉里，曹植悖慢犯法；杜篤乞假無厭，路粹隘狹已甚；陳琳實號麤疏，繁欽性無檢格；劉楨屈强輸作，王粲率躁見嫌；孔融、禰衡誕傲致殞，楊修、丁廙扇動取斃；阮籍無禮敗俗，嵇康凌物凶終；傅玄忿鬬免官，孫楚矜誇凌上；陸機犯順履險，潘岳乾没取危；顔延年負氣摧黜，謝靈運空疏亂紀；王元長凶賊自貽，謝玄暉侮慢見及。凡此諸人，皆其翹秀者，不能悉紀，大較如此。至于帝王，亦或未免。自昔天子而有才華者，唯漢武、魏太祖、文帝、明帝、宋孝武帝，皆負世議，非懿德之君也。自子游、子夏、荀況、孟軻、枚乘、賈誼、蘇武、張衡、左思之儔，有盛名而免過患者，時復聞之，但其損敗居多爾。每嘗思之，原其所積。文章之體，標舉興會，發引性靈，使人矜伐，故忽於持操，果於進取。今世文士，此患彌切。一字愜當，一句清巧，神厲九霄，志凌千載，自吟自賞，不覺更有旁人。加以砂礫所傷，慘於矛戟；諷刺之禍，速乎風塵。深宜防慮，以保元吉。

「學問有利鈍，文章有巧拙。鈍學累功，不妨精熟；拙文研思，終歸蚩鄙。但成學士，自足爲人，必乏天才，勿强操筆也。吾見世人至無才思，自謂清華，流布醜拙，亦已衆矣，江南號爲詅力正反。癡符。近在并州，有一士族，好爲可笑詩賦，誂撆上音窕，相呼誘也。下音瞥。邢、魏諸公，衆共嘲弄，戲相讚説，便擊牛釃酒，招延聲譽。其妻，明鑒婦人也，泣而諫之。此人嘆曰：『才華不爲妻子所容，何况行路？』至死不覺。自見之謂明，此誠難也。

「學爲文章，先謀親友，得其評裁，知可施行，一本無此四字。然後出手。慎勿師心自任，取笑旁人。自古執筆爲文章，何可勝言，然至於宏麗精華，不過數十篇爾。但使不失體裁，辭義可觀，便稱才士。要須動俗蓋世，亦俟河之清乎。

「或問揚雄曰：『吾子少而好賦？』雄曰：『然。童子雕蟲篆刻，壯夫不爲也。』余竊非之曰：虞舜歌《南風》之詩，周公作《鴟鴞》之詠，吉甫、史克《雅》、《頌》之美者，未聞皆在幼年累德也。孔子曰：『不學《詩》，無以言。』『自衛反魯，樂正，《雅》、《頌》各得其所。』大明孝道，引《詩》證之，揚雄安敢忽之也？若論『詩人之賦麗以則，辭人之賦麗以淫』，但知變之而已，又未知雄自爲壯夫何如也？著《劇秦美新》，妄投于閣，周章怖慴，不達天命，童子之爲爾！袁亮以勝《老子》，按「袁亮」，今本作「桓譚」。葛洪以方仲尼，使人嘆息。此人直以曉算術、解陰陽，故著《太玄經》，爲數子所惑。其遺言餘行，孫卿、屈原之不及，安敢望大聖之清塵？且《太玄》今竟何用乎？不翅覆醬瓿而已。

「齊世有辛毗者，清幹之士，官至行臺尚書，嗤鄙文學，嘲劉逖云：『君輩辭藻譬若朝菌，須臾之翫，非宏才也，豈比吾徒十丈松樹，常有風霜，不可凋悴。』劉應之曰：『既有寒木，又發春華，何如也？』辛笑曰：『可哉！』

「凡爲文章，猶乘騏驥，雖有逸氣，當以御策制之，勿使流亂軌躅，放意填阬岸也。文章當以理致爲心腎，氣調爲筋骨，事義爲皮膚，華麗爲冠冕。今世相承趨末棄本，率多浮艷。辭與理競，辭勝而理伏；事與才争，事繁而才損。放逸者，流宕而忘歸；穿鑿者，補綴而不足。時俗如此，安能獨違？但務去太甚爾。必有盛才重譽，改革體裁者，實吾所希。古人之文，宏才逸氣，體度風格，去今實遠，但緝綴疏朴，未爲密緻爾。今世音律諧靡，章句偶對，諱避精詳，賢於往昔多矣，宜以古之製裁爲本，今之辭調爲末，並須兩存，不可偏棄也。

「沈隱侯曰：『文章當從三易：易見事，一也；易識字，二也；易讀誦，三也。』邢子才常曰：『沈侯文章用事不使人覺，若胸臆語也。』按「易見事」以下，原本脱去，今據《家訓》添入。深以此服之。祖孝徵亦嘗謂吾曰：『沈詩云：「崖傾護石髓」，此豈似用事耶？』邢子才、魏收俱有重名，時俗準的，以爲師匠。邢賞服沈約而輕任昉，魏愛慕任昉而毁沈約，每於譚讌，辭色以之，鄴下紛紜，各爲朋黨。祖孝徵嘗謂吾曰：『任沈之是非，乃邢魏之優劣也。』」

「《吴均集》有《破鏡賦》：『昔者邑號朝歌，顔淵不舍；里名勝母，曾參斂襟。』按《淮南子》云：「《墨子・非樂》『不入朝歌』」，鄒陽書亦云：「邑號朝歌，墨翟廻車。」今作顔淵，蓋據《論語譔考讖》。蓋忌夫惡名之傷實也。破鏡乃是凶逆之獸，事見《漢書》，爲文幸避此名也。比世往往見有和人詩者，題云『敬同』。《孝經》云：『資於事父以事君而敬同』，不可輕言也。梁世費旭詩云：『不知是耶非』，殷澐詩云：『飄颻雲母舟』，簡文曰：『旭既不識其父，澐又飄颻其母。』此雖悉古事，不可用也。世人或有引《詩》『伐鼓淵淵』者，《宋書》已有屢遊之誚，如此流比，幸須避之。『北面事親，別舅摛渭陽之詠；堂上養老，送兄賦柏山之悲。』皆大失也。舉此一隅，觸塗宜謹。

「凡代人爲文，皆作彼語，理宜然矣。至於哀傷凶禍之辭，不可輒代。蔡邕爲胡金盈作《母靈表頌》曰：『悲母氏之不永』，『倐委我而夙喪。』又爲胡顥作其父銘曰：『葬我考議郎君。』《袁三公頌》曰：『猗歟我祖，出自有嬀。』王粲《爲潘文則思親詩》云：『躬此勞瘁，鞠予小人，庶我顯妣，克保遐年』，而並載乎邕、粲之集，此例甚衆。古人之所行，今世以爲諱也。陳思王《武帝誄》『遂深永蟄之思』，潘岳《悼亡賦》『乃愴手澤之遺』，是方父於蟲，譬婦爲考也。蔡邕《楊秉碑》云『統大麓之重』，潘尼《贈盧景宣詩》云『九五思飛龍』，孫楚《王驃騎誄》云『奄忽登遐』，陸機《父誄》云『億兆宅心』，謹叙百揆』，《姊誄》云『俔天之妹』。今爲此言，則朝廷之罪人也。王粲《贈楊德祖詩》云『我君餞之，其樂洩洩』，不可妄施人子，况儲君乎？

「挽歌辭者，或云古者虞殯之歌，或云出自田横之客，皆爲生者悼往告哀之意。陸平原多爲死人自嘆之言，詩格既無此例，又乖製作大意。

「凡詩人之作，刺箴、美頌各有源流，未嘗混雜，善惡同篇也。陸機爲《齊謳篇》，前叙山川物産風教之盛，後章忽鄙山川之情，殊失厥體。其爲《吴趨行》，何不陳子光、夫差乎？《京洛行》何不述赧王、靈帝乎？

「自古宏才博學，用事誤者有矣。百家雜説，或有不同，書儻湮滅，後人不見，故未敢輕議。今指知决紕繆者，略舉一兩端以爲誡云。《詩》云：『有鷕雉鳴』，又曰：『雉鳴求其牡』，《毛傳》亦曰：『鷕，雌雉聲』。又云：『雉之朝雊，尚求其雌。』鄭玄注《月令》亦云：『雊，雄雉鳴。』潘岳賦曰

『雉鷕鷕以朝雊』，是則混雜其雌雄矣。《詩》云『孔懷兄弟』，孔，甚也；懷，思也，言甚可思也。陸機《與長沙顧母書》述從祖弟士璜死，乃言：『痛心拔腦，有如孔懷。』心既痛矣，即爲甚思，何故方言『有如』也？觀其此意，當謂親兄弟爲『孔懷』。《詩》云：『父母孔邇』，而呼二親爲『孔邇』，於義通乎？《異物志》云：『擁劍狀如蟹，但一螯偏大爾。』何遜詩云『躍魚如擁劍』，是不分魚蟹也。《漢書》：『御史府中列柏樹，常有野鳥數千棲宿其上，晨去暮來，號朝夕鳥。』而文士往往誤作烏鳶用之。《抱朴子》説項曼都詐稱得仙，自云：『仙人以流霞一杯與我飲之，輒不饑渴。』而簡文詩云『霞流抱朴椀』，亦猶郭象以惠施之辨爲莊周言也。《後漢書》：『囚司徒崔烈以鋃鐺鎖。』上音狼，下音當。鋃鐺，大鏁也，世間多誤作金銀字。武烈太子亦是數千卷學士，嘗作詩云：『銀鏁三公脚，刀撞僕射頭』，爲俗所誤。」

李朴

李朴《送徐行中序》云：「吾嘗論唐人文章，下韓退之爲柳子厚，下柳子厚爲劉夢得，下劉夢得爲杜牧，下杜牧爲李翺、皇甫湜，最下者爲元稹、白居易。蓋元、白以澄澹簡質爲工，而流入於鄙近，譬如哇淫之歌，雖足以快心便耳，而類乏《韶》、《濩》。翺、湜優柔泛濫，而詞不掩理。杜牧清深勁峻，而體乏步驟。夢得俊逸麗縟，而時窘邊幅。子厚雄健飄肆，有懸崖峭壑之勢，不幸不發於仁義，而發於躁誕。至退之而後淳粹温潤，騣騣乎爲六經之苗裔。何則？文章者，天地之奇氣，造物者常嗇於與人，故愚者終身而不得，智者得其幽微之思，勇者得其果敢之氣，辨者得其玲瓏之聲，巧者得其藻繪之容。是數者雖能得而不能盡，然猶足以取高於斯世。蓋必有兼是數者之才，而後得其純全中正之氣，經緯五藏，雕鏤萬化，明以寓物象之形容，幽以露鬼神之奇怪，小而歌詠乎蟲魚鳥獸之情，大而羽翼乎禮樂刑政之具，隨時抑揚，爲歌頌譏刺之音，以舒發其懽愉、愁嘆、堙鬱之志，而終始出入於仁義，爲禹稷之《謨》、伊周之《訓》、箕子之《疇》、伏羲之《易》、孔子之《春秋》，而天地之藴始盡矣。」

《書柳子厚集》云：「子厚文辭淳正，雖不及退之，至氣格雄絶，亦退之所不及。然子厚論著，大抵非怨懟必刺毀。《辨論語》下篇尤害道，論天地陰陽，猶果蓏草木，不能賞功罰罪，雖詼諧之詞，施於仁義教化，其蠢膸歟？至若傳河間、李赤事，以譏切當世，屬意明白，而卒身自蹈其弊，豈所謂工於訶人，而拙於用己耶？吾不賓夫論之如是也。」

《與楊宣德書》：「唐人稱子美爲詩史者，謂能紀一時事耳。至於『安得廣厦千萬間』，爲《茅屋歌》；『安得壯士提天綱』，爲《石犀行》；『安得壯士挽天河』，爲《洗兵馬》；又安在其不相襲也。故論文者當論其是與否，不必以好異夸世俗爲能。六經不以文論，後之洸洋奔肆、不見邊幅，莫如馬遷、荀況之書，言辭相似者，十三四。遷載趙武靈王欲胡服，與商君論變法，百餘言間，不同才數字。如傳蘇秦説六國，見魏王而曰：『魏，天下强國也；王，天下之賢王也。』見楚王，又曰：『楚，天下之强國也；王，天下之賢王也。』執事能謂二人者淺狹，無他有耶？」

《書鍾陵集》云：「文章取足於辨理，詞有餘而意不足者，如人之附贅愈多而愈病，非有簡質者乏步驟，泛濫者夸侈麗也。蓄之厚，則徑省而不浮；養之薄，則亂雜而無統。不可以相能也。張元淳出其父仲通《鍾陵集》若干卷以示余，余見而異之曰：斯文也，其辨理之文歟？粹而温，簡而嚴，徑直而優游，辨析而有體。不爲虛辭濫説，以取世俗之嗜好；而終始曲折，要必出入於仁義。以扶導於教化，因物寓意，發爲歌詩，可諷可勸，可興可感。至五言古風，尤澄澹峻拔，讀之如與幽人烈士正冠而道古，使人竦然生愛敬之意。表奏論議，切情近事，以道人之所難言，與夫治亂安危之隱而未見者，無不審訂規畫，而反覆之。凛凛乎忠義之氣，溢於中而形於外者也。」

《謁顧子敦侍郎書》云：「文章涉秦漢而病。夫六經之於道，譬猶一氣之運，産出萬化，孟軻、揚雄爲之五行四時之用。蓋《書》道治亂興廢之迹，故其辭顯；《春秋》賞善絶惡歸諸正，故其辭微；《易》以四象告吉凶，故其辭深而通；《禮》以齋莊恭敬之心，達於籩豆玉帛，故其辭典而嚴；《詩》以君臣父子之情，詠於竹，絃於絲，故其辭婉而順。下三代，而道德之意不傳；在戰國，則蘇秦、張儀以縱横病，韓非、申、商以刑名病，莊周、列禦寇又取仁義法度而搥提絶滅之，爲窈茫荒怪之説。漢司馬遷得其汪洋峻逸之氣，以馳騁上下數千載，而顛倒横斜，識不逮理。歷晉、魏、齊、梁而光沉氣塞，埋藏腐蝕，頹波横波，淫靡一轍。唐興，三光五嶽之氣不分，文風復起，韓愈得其温淳深潤，以爲貫道之器；柳子厚得其豪健雄肆，飄逸果决者，僅足窺馬遷之藩鍵，而類發於躁誕。下至孫樵、杜牧，峻峰激流，景出象外，而裂窘邊幅。李翺、劉禹錫，刮垢見奇，清勁可愛，而體乏雄渾。皇甫湜、白居易閑澹簡質，斵去雕篆，而拙迹每見，回宫轉角之音，隨時間作，類乏《韶》、《夏》，皆淫哇而不可聽。某駑鈍，竊亦有志於古者。側聞閤下以德行文章取名於時，士之有志於道者，争出所長，來筮駑駿，聽於下風。竊自增氣，不識龍門之下，可以袵草褐而一叩乎？」

蘇籀

蘇籀叙蘇轍子由遺言云：「公爲籀講《老子》數篇曰：高於《孟子》二三等矣。按蘇氏父子皆尊《孟子》，此或非轍之言，疑因轍有《老子注》而附會之。

「公言：仲尼《春秋》，或是令丘明作傳，以相發明。

「東坡幼年作《却鼠刀銘》，公作《缸硯賦》，曾祖稱之，命佳紙繕寫，裝飾釘於所居壁上。

「公曰：子瞻之文奇，余之文但穩耳。

「張十二之文，波瀾有餘，而出入整理，骨格不足；秦七波瀾不及張，而出入徑健，簡捷過之。要知二人後來文士之冠冕也。

「賈誼、宋玉賦皆天成自然，張華《鷦鷯賦》亦佳妙。子瞻諸文皆有奇氣，至《赤壁賦》髣髴屈原、宋玉之作，漢唐諸公皆莫及也。

「公曰：余少年苦不達爲文之節度，讀《上林賦》，如觀君子佩玉冠冕，還折揖讓，音吐皆中規矩，終日威儀，無不可觀。

「公曰：予少作文，要使心如旋床，大事大圓成，小事小圓轉，每句如珠圓。

「公曰：余《黄樓賦》學《兩都賦》體，晚年來不作此工夫之文。

「公曰：『申包胥哭秦庭』一章，子瞻誦之，得爲文之法。

「公曰：范蜀公少年儀矩任真，爲文善腹藁。作賦場屋中，默坐至日晏無一語，及下筆，頃刻而就，同試者笑之，范公遂魁成都。

「公曰：莊周《養生主》一篇，誦之如龍行空，爪趾鱗翼，所及皆自合規矩，可謂奇文。

「唐儲光羲詩高處似陶淵明，平處似王摩詰。

「歐陽公碑版，今世第一。集中《怪竹辯》，乃甚無謂，非所以示後世。

「唐皇甫湜論朝廷文字以燕、許爲宗，文奇則怪矣。

「公曰：李方叔文似唐蕭、李，所以可喜；韓駒詩似儲光羲。

「公曰：讀書須學爲文，餘事作詩人耳。

「公曰：讀書百遍，經義自見。

「族兄在廷問：『學文如何？』曰：『前輩但看多、做多而已。』

「公言：班固諸叙可以爲作文法式。

「公曰：李太白詩過人，其平生所享，如浮花浪蘂。其詩云：『羅幃卷舒似有人，開明月直入無心』，可猜不可及。

「公論唐人開元燕、許云：『文氣不振，倔强其間，自韓退之一變復古，追還西漢之舊。』然在許昌，觀《唐文粹》，稱其碑頌，往往愛張、蘇之作。又覽唐皇甫湜持正《諭業》，云：『所譽燕、許文極當。文奇則涉怪，施之朝廷，不須怪也。』蓋亦取燕、許矣。」

汪藻

汪藻作《蘇魏公文集序》云：「所貴於文者，以能明當世之務，達群物之情，使千載之下讀之者，如出乎其時，如見其人也。若夫善立言者不然，文雖同乎人，而其所以爲文，有非人之所得而同者。《孟子》七篇之書，叙戰國諸侯之事，與夫梁齊君臣之語，其辭極於辯博，若無以異乎戰國之文也；揚子之書數萬言，言秦漢之際，爲最詳，簡雅而閎深，若無以異乎西漢之文也。至其推性命之隱，發天人之微，粹然一歸於正，使學者師用，比之六經，則當時所謂儀、秦、犀首、谷永、杜欽輩，豈惟無以望其門墻，殆冠履之不侔也。宋興百餘年，文章之變屢矣。楊文公倡之於前，歐陽文忠公繼之於後，至元豐、元祐間，斯文幾於古而無遺恨矣。蓋吾宋極盛之時也。」

作《鮑欽止小集序》云：「古之作者無意於文也，理至而文則隨之，如印印泥，如風行水上，縱橫錯綜，粲然而成者，夫豈待繩削而後合哉！六經之書，皆是物也。逮左氏傳《春秋》，屈原作《離騷》，始以文章自爲一家，而稍與經分。漢公孫弘、董仲舒、蕭望之、匡衡，以經術顯者也；司馬遷、相如、枚乘、王褒，以文章著者也，當是時，已不能合而爲一，况凌夷至於後世，流別而爲六七，靡靡然入於流連光景之文哉？其去經也遠矣。本朝自熙寧、元豐，士以談經相高，而黜雕蟲篆刻之習，庶幾其復古矣。學者用意太過，文章之氣日衰。欽止少從王氏學，又嘗見眉山蘇公，故其文汪洋閎肆，粹然一本於經，而筆力豪放，自見於馳騁之間，深入墨客騷人之域，於二者可謂兼之。自黄魯直、張文潛没，欽止之詩文獨行於世，而詩尤高妙清新，每一篇出，士大夫争相讀熟。余嘗恨未見其全書，今得此集，讀之曰：嗟乎！欽止於斯文，可謂豪髮無遺恨矣。」

作《永州柳先生祠堂記》云：「周衰，言文章之盛者，莫如漢唐。賈誼馳騁於孝文之初，時漢興纔二十餘年耳。談治道，述騷辭，追還三代之風，如此其速，自是踵相躡有人，末而至於劉向、揚雄，益精深不可及，去古未遠故也。唐承貞觀、開元習治之餘，以文章顯者，如陳子昂、蕭穎士、李邕、燕、許之流，固不爲無人，而東漢以來猥并之氣未除也。至元和，始粹然一返於正。其所以臻此者，非先生及昌黎韓公之力歟？故以唐三百年，世所推尊者曰『韓柳』而已，豈非盛哉？」

吕居仁

吕居仁作《遠遊堂詩集序》云：「頃歲，嘗與學者論學詩當識活法。所謂活法者，規矩備具而能出於規矩之外，變化不測而卒亦不背規矩也。是道也，蓋有定法而無定法，無定法而有定法。知是者，則可以語活法矣。世之學者，知規矩固已甚難，况能遽出規矩之外而有變化不測乎？謝玄暉有言：『好詩流轉圓美如彈丸』，此真活法也。玄暉雖未能實踐此理，言亦至矣。近世黄魯直首變前作之弊，而後學者知所趨向，畢精盡知左規右矩，庶幾至於變化不測而遠與古人比，蓋皆由此道入也。然予區區淺末之論，皆漢魏以來有意於文者之法，而非無意於文者之法也。孔子曰：『興於詩。』又曰：『詩可以興，可以觀，可以羣，可以怨。邇之事父，遠之事君，多識於鳥獸草木之名。』今之爲詩者，果可以使人讀之而能『興、觀、羣、怨』矣乎？果可以使人讀之而能知所以事父事君，而能識鳥獸草木之名乎？爲之而不能使人如是，則如勿作。雖然，文猶質也，質猶文也，君子於文有不得已焉者也。吾友夏均父，蘄人也，賢而有文章。其於詩，蓋得所謂規矩備具，而出於規矩之外、變化不測者。其天才於流輩獨高，衆苦不足，而均父常用之若不盡也。」

「潘邠老語饒德操云：『作長詩須有次第本末，方成文字。譬如做客見主人，須先入大門，見主人，升階，就坐，説話，乃退。今人作文字，都無本末、次第，緣不知此理也。」』

「《孟子》『或問百里奚自鬻於秦』一章，與韓退之論『思元賓而不見，見元賓之所與者，猶吾元賓也』，及曾子固《答李沿書》，最見抑揚反覆處，如此等類，宜皆詳讀。

「《論語》、《禮記》文字簡淡不厭，似非左氏所可及也。《列子》氣平文緩，亦非《莊子》步驟所能至也。東坡晚年叙事文字多法柳子厚，而豪邁之氣非子厚所能及也。

「左氏之文，語有盡而意無窮，如『獻子辭梗陽人』一段，所謂一唱三歎有遺音者也。如此等處，皆是學文養氣之本，不可不深思也。

「班固叙事，詳密有次第，專學左氏，如叙霍、上官相失之由，正學左氏記秦穆、晉惠相失處也。

「《孫子》十三篇論戰守次第，與山川險易長短小大之狀，皆曲盡其妙，推高發隱，使物無遁情。此尤文章妙處。

「讀三蘇進策，涵養吾氣，他日下筆，自然文字滂沛無吝嗇處。韓退之文，渾大廣遠難闚測。柳子厚文，分明見規模次第。初學者當先學柳文，後熟韓文，則工夫自易。

「古人文章一句是一句，句句皆可作題目，如《尚書》可見。後人文章累千百言，不能就一句事理。只如《選》詩，有高古氣味，自唐以下，無復此意。此皆不可不知也。

「徐師川云：爲詩文常患意不屬。或只得一句，語意便盡；欲足成一章，又惡其不相稱。但能知意不屬，則學可進矣。凡注意作詩文，或得一兩句而止，若未有其次句，即不若且休，養鋭以待新意。若盡力須要相屬，譬如力不敵而苦戰，一敗之後，意氣沮矣。

「文氣不分明指切，從容委曲，而意以獨至，惟《左傳》爲然。如當時諸國往來之辭，與當時君臣相告相讓之語，蓋可見矣。亦是當時聖人餘澤未遠，涵養自别，故辭氣不迫如此，非後世人專學言語者也。

「文章大要須以西漢爲宗，此人所可及也。至於上面一等，則須審己才分，不可勉强作也。如秦少游之才，終身從東坡，步驟次第，止宗西漢，可謂善學矣。

「陸士衡《文賦》云：『立片言以居要，乃一篇之警策。』此要論也。文章無警策，則不足以傳世，蓋不能竦動世人，如老杜及唐人諸詩，無不如此。但晉宋間人專致力如此，故失於綺靡而無高古氣味。老杜詩云：『語不驚人死不休』，所謂驚人句，即警策也。

「《載馳》詩反覆説盡情意，學者宜考；《蒹葭》説得事理明白，尤宜致思也。

「《漢高紀》詔令雄健，《孝文紀》詔令温潤，去先秦古書不遠，後世不能及至。《孝武紀》詔令，始事文采，文亦寖衰矣。

「老杜歌行最見次第，出入本末，而東坡長句波瀾浩大、變化不測，如作雜劇，打猛諢入，却打猛諢出也。

「東坡云：『意盡而言止者，天下之至言也。然而言止而意不盡，尤爲極至。如《禮記》、《左傳》可見。』」

「韓退之《答李翊書》、老蘇《上歐公書》，最見學文養氣妙處。」

「西漢自王褒以下，文字專事詞藻，不復簡古，而谷永等書，雜引經傳，無復己見，而古學遠矣。此學者所宜深戒。」

「《檀弓》與左氏紀太子申生事，詳略不同。讀左氏，然後知《檀弓》之高遠也。」

「劉勰《辨騷》云：『叙情怨，則鬱伊而易感；述離居，則愴怏而難懷。』此知文者也。言以述志，文以宣言，睹此可知，但其間自有遠近高下，抑揚微顯。」

「作文必要悟入處，悟入必自工夫中來，非僥倖可得也。如老蘇之於文，魯直之於詩，蓋盡此理矣。」

「老杜云：『新詩改罷自長吟』，文字頻改，工夫自出。近世歐公先貼於壁，時加竄定，有終篇不留一字者。」

「學者須做有用文字，不可盡力於虚言。有用文字，議論文字是也。議論文字，須以董仲舒、劉向等爲主，《禮記》、《周禮》及《新序》、《説苑》之類，皆當貫穿熟考，則做一日，便有一日工夫。

近世文字，如曾子固諸序，尤須詳味。

「左氏『景公欲更晏子之宅』一段，反覆再三，至於辭理俱盡，無復餘藴，此當深考也。

「醫書論脉之形狀，病之證驗，無一字妄發，乃於借物爲諭，尤見工夫。大抵見之既明，則發之於言語，自然分曉。觀此等書可見。

「劉知幾云：叙事之省，其流有二焉：一曰省句，二曰省字。如《左傳》宋華耦來盟，稱其先人得罪於宋，『魯人以爲敏。』夫以鈍者稱敏，魯人爲鈍人也，記中有注解。則明焉者所嗤，此爲省句也。《春秋經》曰：『隕石於宋五。』夫聞之隕，視之石，數之五。加以一字太詳，減其一字太略，求諸折中簡要合理，此爲省字也。其反於是者，若《公羊》稱『郤克眇，季孫行父禿，孫良夫跛。齊使跛者逆跛者，禿者逆禿者，眇者逆眇者』，蓋宜除『跛者』已下字，但云『各以其類逆』者。必於事皆再述，此於文殊費，尤爲煩句也。《漢書·張蒼傳》云：『年老口中無齒』，蓋於此一句之中，去『年』及『口中』可矣。此六文成句，而三字妄加，此爲煩字也。然則省句爲易，省字爲難。

《吕氏家塾廣記》云：「歐陽文忠公每爲文既成，必自竄易，至有不留本初一字者。其爲大文章，則書而傳之屋壁，出入觀省之。至於尺牘單簡，亦必立藁。其精審如此。每一篇出，士大夫皆傳寫諷誦，唯睹其渾然天成，莫究斧鑿之跡也。曾於諸子學舍中見《與劉原父書》一書十數本。

「劉摯作《張文定玉堂集叙》云：『甚哉！辭之不可以已也。夫萬事異理，非言不命；四方以異情，非辭弗通。《詩》不云乎，「辭之輯矣，民之洽矣。」《傳》亦有之，「子産有辭，諸侯賴之。」是以君天下者，必使其臣贊爲辭而後出之。周御史掌贊書，漢尚書作詔文，此其官之見於古者。歷代因之，其任愈重。夫以堂宁之一言，行乎四方萬里之外，不高深簡嚴，不足以重王體，又欲其誠之宣；不優柔曲折，不足以究民聽，又欲其言之約。三代而上，經聖人所定，不可尚已。三代而下，作者汙隆，隨時屢變。其間承平之時，訓詞深厚，號令温雅，有古風烈；而傾側之際，書詔所下，武夫悍卒，揮涕感動，終於享好治之譽，建持危之功，則潤色之效，豈小補哉？自慶曆至於熙寧，惟仁祖恭儉寬大，英祖克篤前烈，主上長駕遠馭，略不世出，三朝政績，巍巍焕焕，非尋常耳目所能觀聽。而於斯時典册告命，多出公手。上之仁心德意，國之威福所指，明布諭下，昭如日星。至學士大夫、都邑野人，莫不曉然，知治道之所以然，雖政績固自卓越，而述作之妙，知有助哉！至於供奉歌頌祠祝贊戒，勒之金石，播之樂府，多者千百，少數十言，體制紛紛，各得其度，衆人不給，我獨贏餘，又何其富也。」

唐子西

唐子西《論文》云：「古樂府命題皆有主意，後之人用樂府爲題者，直代其人而措辭。如《公無渡河》，須作妻止其夫之辭。太白輩或失之，惟退之《琴操》得體。

「六經已後，便有司馬遷；三百五篇之後，便有杜子美。六經不可學，亦不可不學，故作文當學司馬遷，作詩當學杜子美。二書亦須常讀，所謂不可一日無此君也。

「司馬遷敢亂道，却好；班固不敢亂道，却不好。不亂道又好，是《左傳》；亂道又不好，是《唐書》。八識田中若有一毫，《唐書》亦爲來生種業。

「晚學遽讀《新唐書》，輒能壞人文格。《舊唐書》贊語云：『人安漢道之寬平，不厭高皇之嫚罵。』其論唐亡云：『決江海以救焚，焚收而溺至；引鴆爵以止渴，渴止而身亡。』亦自有佳處。

「近世士大夫習爲時學，忌博聞者率引經以自强。余謂挾天子以令諸侯，諸侯必從，然謂之尊君，則不可；挾六經以令百氏，百氏必服，然謂之知經，則不可。

「東坡赴定武，過京師，館於城外一園之中，余時年十八，謁之。問余觀甚書？余云：方讀《晉書》。卒問其中有甚好亭子名？余茫然失對，始悟前輩觀書用意蓋如此。」

《上蔡司空書》云：「文章於道有離有合，不可一槩忽也。前世韓退之、柳子厚，近世歐陽永叔、尹師魯、王深父輩，皆有文在人間。其詞何嘗不合於經？其旨何嘗不入於道？行之於世，豈得無補，而可以忽略，都不加意乎？竊觀閤下輔政既以經術，取士又使習律習射，而醫算書畫悉皆置博士，此其用意，豈獨遺文章乎？而自頃以來，此道幾廢，場屋之間，人自爲體，而立意造語，無復法度。宜詔有司，取士以古文爲法。所謂古文，雖不同偶儷，而散語之中，暗有聲調，其步驟馳騁，亦皆有節奏，非但如今日苟然而已。今士大夫間亦有知此道者，而時所不尚，皆相率遁去，不能自見於世。宜稍稍收聚而進用之，使學者知所趨向，不過數年，文體自變，使後世論宋朝古文復興，自閣下始，此亦閣下之所願也。」

「魏文帝即位，求孔融之文，以爲不減班、揚。晉武帝踐阼，詔定諸葛亮故事，而比之周《誥》。融既魏武之讎恨，而亮亦晉宣之仇敵，二人之言宜非當時之所欲聞，而並見收録，惟恐其墜失，蕩然無忌，猶有先王大公至正之道存焉。此吾所以特有取於魏、晉也。」

葉夢得

葉夢得云：「古書多奇險。或謂當時文體云爾。然《列子》字古而辭平，《老子》字與辭俱平，偶儷音諧，略同秦漢間工於文者，而視古則稍異，乃知奇險未必皆其體，亦各自其爲之者。至孟子、莊周，雄辨閎衍，如決江河，如蒸雲霧，殆不可以文論，蓋自其爲道出之。《商書》、《伊訓》、《説命》等非不平，而《盤庚》特異；周《詩》、《雅》、《頌》非不平，而《鴟鴞》、《雲漢》二篇殆不容讀。豈非繫其人乎？使西漢之文不傳後世，乃見《太玄》，謂西漢皆然，亦不可矣。文章自東漢後頓衰，至齊梁而掃地。豈惟其文之衰？觀當時人物立身謀國，未有一特然出羣者，何以獨能施之於文？至唐，終始三百年，僅能成一韓退之。使退之如王、楊、盧、駱之徒，亦不能爲矣。」

許顗

許顗云：「古人文章不可輕易，反覆熟讀，加意思索，庶幾其見之。東坡《送安惇落第詩》云：『故書不厭百回讀，熟讀深思子自知。』僕嘗以此語銘座右，而書諸紳也。」

《潛溪詩話》云：「老坡作文，工於命意，必超然獨立於衆人之上。如《趙清獻碑》，世間稱治人者曰寬，立朝者曰直，蓋已大矣；則進於二者，又有説焉。故曰：『其於治郡，不專於寬，時出猛政，嚴而不殘；其在朝廷，不專於直，爲國愛人，掩其疵疾。』如吾家蜀公堅卧不起，人知其高而不稱其用，則爲碑銘曰：『世皆謂公貴身賤名，孰知其功侔聖人之清』，然後知其有功於世也。又曰：『君實之用，出而時施，如彼水火，寧除渴飢；公雖不用，亦相其行，如彼山川，出雲相望』，然後知其相爲表裏，廢一不可也。此皆非世人所能到者，平日得意處多如此。其源蓋出於《莊子》，故其論劉伶、莊子、阮千里、閻立本，皆於世人意外，别出眼目。其平日取舍，文章亦多以此爲法。晚年乃言之曰：『詞，達而已。詞至於達，則疑於不文，是不然。求物之妙，如繫風捕影，能了然於心者，千萬人而不一遇也，况能了然於手與口乎？是之謂詞達。詞至於達，則文不可勝用矣。』」

王彦輔

王彦輔《麈史》：「《楚詞・招魂》、《大招》，其末盛稱洞房翠帷之飾，美顔秀領之列，瓊漿胾羹之烹，新歌鄭、衛之娱，日夜沉湎與象棋、六博之樂，夫所以訾楚者深矣。其卒云：『魂兮歸來，正始昆只』，言往者既不可以正，尚或以解於後耳。又曰：『賞罰當只，尚進士只』；案《楚詞》今本作「尚賢士只」。國家爲只，尚三王只。』皆思其來，而反其政者也。

「梁任昉集秦漢以來文章名之始目，曰《文章緣起》。自《詩》、賦、《離騷》，至於勢、約，案「勢約」原作「藝約」。昉此編終於崔瑗《草書勢》、王褒《僮約》，共八十五也。今改正。八十五題，可謂博矣。既載相如《喻蜀》，不録揚雄《劇美》；録《解嘲》，而不取韓非《説難》；取劉向《列女傳》，而遺陳壽《三國志》評。至韓、柳、元結、孫樵，又作原，如《原道》、《原性》之類；又作讀，如《讀儀禮》、《鶡冠》之類；又作書，如《書段太尉逸事》；訟，如《訟風伯》；訂，如《訂樂》等篇。嗚呼！文之體，可謂極矣。今略疏之，續彦昇之志也。任昉以『三言詩』起晉夏侯湛，唐劉存以爲始於『鷺于飛，醉言歸』；任以『頌』起漢之王褒，劉以始於周公《時邁》；任以『檄』起漢陳琳檄曹操，劉以始於張儀檄楚；任以『碑』起於漢惠帝作《四皓碑》，劉以《管子》謂無懷氏封太山，刻石紀功爲碑；任以『銘』起於始皇登會稽山，劉以蔡邕《銘論》：『黄帝有金兒之銘。』其始也。若此者，尚十餘條，或討其事名之，或因其成篇而論，雖有不同，然不害其多聞之益。

「《顔氏家訓》亦足以爲良，至論文章，以游、夏、孟、荀、枚乘、張衡、左思爲狂，而又詆忤子雲，吾不取焉。唐柳冕常言：『文章當以氣爲主』，而世以謂賦者，古詩之流，亦足以觀其志。如王沂公作狀元，爲《殿試有物混成賦》，其間曰：『得我之小者，散而爲草木；得我之大者，聚而爲山川。』此有陶鎔萬物之度，後果爲相。范文正《賦金在鎔》曰：『若令區别妍蚩，願爲軒鑒；儻使削平禍亂，請就干將。』人以謂有出將入相之器，果爲名臣。」

王履道

王履道《答吴檢法書》云：「辱枉書并近詩。伏承吏事簡少，雍容文史，樂道無悶，起居休勝，感慰不已。某廢放之久，雖非幻未證，而諸幻已空；無還尚隔，而可還略盡。公獨以文，何耶？少小之過，不由師授，妄作文，果何物哉？向上諸聖，雖寓此以見仁義道德之意，然文非仁、非義、非道、非德，實則辭也。《易》有聖人之道四，而以言者尚其辭。辭之爲尚，欲以行遠，不工則不達。謂文曰道，吾不求工，此非某之所敢知。將求天下之工於辭者，斯則有以驗之。辭必工而可出，愈出而不窮，屈原以來，作者皆睹此秘而可操以馭者。竊嘗有得於莊周、司馬相如。周之論風，其辭若與風俱鳴於衆竅，掩卷而坐，猶覺翏翏之逼耳。其論真人曰：『與乎！其觚而不堅也；張乎！其虛而不華也。邴邴乎，其似喜乎？崔乎，其不得已乎？」凡累數十句，危如易轉之卵而層起，曼如獨繅之蠒而不絶。相如賦《大人》有言曰：『低昂夭蟜，反以驕驁；詘折隆穹，躩以連卷。沛艾赳螑，仡以佁儗兮；放散畔岸，驤以孱顔。』如此等甚多，則夫乘雲氣、御飛龍之狀，亦可想見，架空鑿堅、刊陳趨新，何其來之亹亹也。有得於此，則太史公《龜筴日者傳》可識其機杼。韓退之《南山詩》、柳子厚《晉問》，不能以汪洋屈河伯。頃在京國，每以語人，固有不以爲難者，指事而擬之，率不過三數語，則重複宕跌，不復從順而識職。年來竄身荒遠斗絶之地，意謂文人勝士所不遊。近徙春陵，有以公《壺中五如石詩》相示者，輒誦『剜苔捫月，激電浮瀛』之句，『數過侏儒觀』一節，若專車焉，則必枕鼓之士，某雖未多見公它作，必知公之不窮也。」

作《鄄城杜澤之詩集序》云：「詩於文章，雖止一端，而律度至嚴，資取至廣，寫景狀物之作無窮盡，天地、造化、四時、月星、雨雪、江河、濤波、草木、華實、風土之宜，鳥獸、羽毛、鳴聲之辨，耳聞而目及者，皆吾詩之所取。登高望遠，感慨欣戚，別離酬贈，興寄輾轉，發於人情而達於世故。哀思而不傷，和樂而不流，要必合於理義之歸。掎摭故實，追詠當時之事，則又欲意到辭達，不類後世所作，而觀者至於太息流涕，若身親見之。詩之工，其難如此。故天下之書，雖山經、地志，花譜、藥録，小説細碎，當無所不讀。古今之詩，雖巖棲谷隱，漏篇缺句，衆體瓌怪，當無所不講。前輩長老以此用心至苦，終身不以爲易，謏謏然，常若有所思，惟恐見聞之不富，句法之不逮古人也。蓋專於詩者，每如是。李太白、杜子美它文不多見於世；韓退之、柳子厚、劉夢得文冠百代，其詩皆天下之奇作，而言詩者終不以先李杜，則李杜於詩專故也。論人者以全，論詩者以專。全者，不千一；而專者，吾何疾焉。鄄城杜公澤之，某不及見其人，而見其詩，精深婉約，華而不綺，清而不癯，刊陳而趨新，出險而掇奇，人所甚嗇，而公獨裕。然擬古諸篇，尤得唐人格法，至其貫穿該洽，熟復殫盡，則前輩長老多聞博識之風，猶可想見。蓋公自熙寧中擢進士第，及與先生長者游，至老手不釋書，平居作詩，不一日輟。故某探言公用志之專，以序公詩，且以風吾黨之士工未盡而力有餘者，使尚勉焉。」

餘師録卷四

朱少章

朱少章云：「歐公在潁上，日取《新唐書》列傳，令子棐讀，而公卧聽之。至《藩鎮傳叙》，嗟賞曰：『若皆如此傳，其筆力亦不可及也。』

「東坡嘗謂劉壯輿曰：『《三國志注》中好事甚多，道原欲修之而不果，君不可辭也。』壯輿曰：『端明曷不爲之？』坡曰：『某雖工於語言，恐不是當行家。』」

吕原明

吕原明《雜記》云：「杜子美詩云：『文章一小技，於道未爲尊。』文者，載道之器，安得謂之小技？顧所用何如耳。韓退之詩曰：『文章豈不貴，經訓乃菑畬。』此説有可取焉。」

潘子真

潘子真《詩話》云：「東坡作《表忠觀碑》，荆公置坐隅，葉致遠、楊德逢二人在坐。公曰：『斯作絶似西漢。』德逢曰：『司馬相如、揚雄之流乎？』公曰：『相如賦《子虚》、《大人》洎《喻蜀文》、《封禪書》耳。雄所著《太玄》、《法言》，以準《易》、《論語》，未見其叙事典贍若此也。直須與子長馳騁上下。』坐客又從而贊之，公曰：『畢竟似子長何語？』坐客悚然，公徐曰：『《楚漢以來諸侯王表》也。』」又云：「南豐先生曾子固言，《阿房宫賦》『鼎鐺玉石，金塊珠礫，棄擲邐迤，秦人視之，亦不甚惜。』『塊』當作『塊』，蓋言秦人視珠玉如土塊瓦礫也。又言，此賦宏壯巨麗，馳騁上下，累數百言，至『楚人一炬，可憐焦土』，其論盛衰之變，判於此矣。」

劉知幾

劉知幾《史通》云：「夫人樞機之發，亹亹不窮，必有餘音足句，爲其始末。是以伊、惟、夫、蓋，發語之端也；焉、哉、矣、兮，斷句之助也。去之，則言語不足；加之，則章句獲全。」又云：「《李陵集》有《答蘇武書》，詞彩壯麗，音句流靡，觀其文體，不類西漢人，殆後人所爲，假稱陵作也。缺而不載，良有以焉。遷史編於李《傳》中，斯爲謬矣。」按《答蘇武書》，梁蕭統始收之《文選》，班固時尚未之見，非有意缺之也。至《史記》，《李陵傳》僅附李廣後，並不載是書，知幾之論誤矣。

又云：「章句之言，有顯有晦。顯也者，繁詞縟説，理盡於篇中；晦也者，省字約文，事溢於句外。然則晦之與顯，優劣不同，較可知也。《夏書》云：『啓呱呱而泣，予弗子。』《周書》云：『前徒倒戈，血流漂杵。』《虞書》云：『四罪而天下咸服。』此皆文如闊略，而語實周贍，故覽之者初疑其易，而爲之者方覺其難。既而丘明授經，師範尼父，雖煩約有殊，而隱晦無異，故其綱紀而言邦俗也，則有士會爲政，（魯）〔晉〕國之盜奔秦；『邢遷如歸，衛國忘亡。』其款曲而言大事也，則有『使婦人飲之酒，以犀革裹之，比及宋，手足皆見』；『師人多寒，王巡而拊之，三軍之士皆如挾纊。』斯皆言近而旨遠，辭淺而義深，雖發語已殫，而含意未盡。晦之時義，不亦大哉！洎班、馬二史，亦時有斯語，至若高祖亡蕭何，如失左右手；漢兵敗績，濉水爲之不流；董生乘馬三年，不知牝牡；翟公之門，可設雀羅；此皆用晦之道也。」

又云：「《左傳》叙晉敗於邲，先濟者賞，而云：『上軍下軍争舟，按邲戰「中軍下軍争舟」，時上軍固未動也。此云「上軍」，誤。舟中之指可掬。』夫不言攀舟亂，以刃斷指，而曰『舟指可掬』，則讀者自睹其事矣。至王劭《齊志》述高季武破敵於韓陵，追奔逐北，而云：『夜半方歸，槊血滿袖。』夫不言奮勇深入，擊刺甚多，而但稱『槊血滿袖』，則聞者亦知其義矣。蓋二者，文雖缺略，理甚昭著。」

李方叔

李方叔云：「文章之不可無者有四：一曰體，二曰志，三曰氣，四曰韻。述之以事，本之以道；考其理之所在，辨其義之所宜；庳高巨細，包括并載而無所遺，左右上下，各有其職而不亂者：體也。體立於此，折衷其是非，去取其可否；不狥於流俗，不謬於聖人；抑揚損益以稱其事，彌縫貫穿以足其言；行吾學行之力，從吾制作之用者：志也。充其體於立意之始，從其志於造語之際；生之於心，應之於口；心在和平，則温厚典雅，心在恭敬，則矜莊威重；大焉，可使如雷霆之奮，鼓舞萬物，小焉，可使如絡脉之行，出入無間者：氣也。如金石之有聲，而玉之聲清越，如草木之有華，而蘭之臭芬薌；如鷄鶩之間而有鶴，清而不羣，犬羊之間而有麟，仁而不猛；如登培塿之丘，以觀崇山峻嶺之秀色，涉潢汙之澤，以觀寒溪澄潭之清流；如朱絃之有遺音，太羹之有遺味者：韻也。文章之無體，譬之無耳目口鼻，不能成人。文章之無志，譬之雖有耳目口鼻，而不知視聽臭味之所能，若土木偶人，形質皆具而無所用之。文章之無氣，雖知視聽臭味，而血氣不充於內，手足不衛於外，若奄奄病人，支離顚頓，生意消削。文章之無韻，譬之壯夫，其軀幹枵然，骨强氣盛，而神色昏瞢，言動凡濁，則庸俗鄙人而已。有體，有志，有氣，有韻，夫是謂成全。四者成全，然後於其間，各因天姿才品以見其情狀。故其言迂疏矯厲，不切事情，此山林之文也；其人不必居藪澤，其間不必論巖谷也，其氣與韻則然也。其言鄙俚猥近，不離塵垢，此市井之文也；其人不必坐廛肆，其間不必論財利也，其氣與韻則然也。其言豐容安豫，不險不陋，此朝廷卿士之文也；其人不必列官寺，其間不必論職業也，其氣與韻則然也。其言寬仁忠厚，有任重容天下之風，此廟堂公輔之文也；其人不必位台鼎，其間不必論相業也，其氣與韻則然也。正直之人，其文敬以則；邪諛之人，其言夸以浮；功名之人，其言激以毅；苟且之人，其言懦而愚；捭闔從横之人，其言辯以私；刻核忮忍之人，其言深以盡。則士欲以文章顯名後世者，不可不謹其所言之文，不可不謹乎所養之德也如此。」

「東坡教人讀《戰國策》，學説利害；讀賈誼、晁錯、趙充國章疏，學論事；讀《莊子》，學論理性。又須熟讀《論語》、《孟子》、《檀弓》，要志趣正當；讀韓、柳，令記得數百篇，要知作文體面。宋子京《筆記》云：『余每見舊所作文章，憎之，必欲燒棄。』梅堯臣嘉曰：『公之文進矣。』」

又云：「常言俗語，文章所忌。要在斵句清新，令高妙出羣，須衆中拈出時，使人人讀之，特然奇絶者，方見工夫也。又不可使言語有塵埃氣，唯輕快玲瓏，使文采如月之光華。嘗見先生長者欲爲文時，先取古人者，再三讀之，直須境熟，然後沉思格體，看其當如何措置，却將欲作之文，暗裏鋪摹經畫了，方敢下筆。踏古人蹤跡，以取句法；既做成，連日改之；十分改就，見得别無瑕疵，再將古人者又讀數過，看與所作合與不合？若不相懸遠，不致乖背，方寫净本，出示他人。

貴合衆論，非獨耐看，兼少問難耳。人之爲文，切忌塵坌，須是一言一句，動衆駭俗，使人知其妙意新語，中心降歎，不厭諷味，方成文字也。」

秦會之

秦會之《示孫》云：「曾南豐辟陳無己、邢和叔爲英宗皇帝實録檢討官。初呈藁，無己便蒙許可；至邢，乃遭横筆，又微聲數稱『亂道』。邢尚氣，踸以請曰：『願善誘』。南豐笑曰：『措辭自有律令，一不當，即是亂道。請公讀，試爲公隳括。』邢疾讀至有百餘字，南豐曰：『少止。』涉筆書數句。邢復讀，南豐應口以書，略不經意。既畢，授歸就編。歸，閱數十過，終不能有所增損，始大服。自爾識關鍵，以文章軒輊諸公間。初，南豐未冠，從歐陽公遊；又先以道義友王荆公。間携王文編示歐公，公曰：『文不如是，反累正氣。』荆公聞，痛自洒濯，終不能脱。晚歲掉頭揆路，棲遲丘壑，始有蕭散氣象，然猶琢句，曰：『木落山林成自獻，水歸洲渚得横陳』，『一水護田將緑遶，兩山排闥送青來』，雕篆之士，雖膾炙談藪，而於公則未爲老成也。山谷高吟，交臂老杜，至古文，不自謂所長，每推無己，但云：『得句法於曾太史。』故荆公詩曰：『曾子文章世無有，水之江漢星之斗。』無己詩曰：『向來一瓣香，敬爲曾南豐。』蓋南豐淵源西漢，無己親炙南豐。射策始西漢，而董相爲舉首，平津踵武，擢爲第一。無己雖不事舉業，而擬試二篇，論正似董，辭嚴過公孫，而乃困於穎尾，不知飽味，每有良朋，况也永歎而已。」

范元實

潛溪范元實《詩眼》云：「孫莘老嘗謂老杜《北征詩》勝退之《南山詩》，王平甫以爲《南山》勝《北征》，終不能相服。時山谷尚少，乃曰：『若論工巧，則《北征》不及《南山》；若書一代之事，以與《國風》、《雅》、《頌》相爲表裏，則《北征》不可無，而《南山》雖不作，未害也。』二公之論遂定。時曾子固曰：『司馬遷學《莊子》，班固學左氏，班、馬之優劣，即莊、左之優劣也。』公又曰：『司馬遷學《莊子》，既造其妙；班固學左氏，未造其妙也。然《莊子》多寓言，駕空爲文章；左氏皆書事實，而文詞不減《莊子》，則左氏爲難。』子固亦以爲然。」

裴度

裴度《寄李翺書》云：「昔人有見小人之違道者，耻與之同形貌，共衣服，遂思倒置眉目，反易冠帶，不知其倒之之非也。故文之異，在氣格之高下，思致之淺深，不在磔裂章句，隳廢聲韻也；人之異，在風神之清濁，心志之通塞，不在於倒置眉目，反易冠帶也。」

洪覺範 按僧惠洪，字覺範，姓喻氏。後易名德洪。此以洪爲姓，非是。然晁氏《讀書志》標目，亦稱「洪覺範」云。

洪覺範《冷齋夜話》云：「李格非善論文章，嘗曰：『諸葛孔明《出師表》、劉伶《酒德頌》、陶淵明《歸去來辭》、李令伯《乞養親表》，皆沛然如肺肝中流出，殊不見斧鑿痕。是數君子在後漢之末、兩晉之間，初未嘗欲以文章名世，而其辭意超邁如此，是知文章以氣爲主，氣以誠爲主。』」

蔡 絛

蔡絛《西清詩話》云：「王文公見東坡《醉白堂記》云：『此乃是《韓白優劣論》。』東坡聞之，曰：『不若介甫《虔州學記》，乃學校策耳。』二公相誚或如此，然勝處，未嘗不相傾慕。元祐間，東坡奉祠西太一宫，見公舊時詩云：『楊柳鳴蜩緑暗，荷花落日紅酣。三十六陂春水，白頭想見江南。』注目久之，曰：『此老，野狐精也。』」

陸士衡 案此條前引陸機之言，後引孫覿之言，文不相屬，以「陸士衡」標題，疑有脱誤。

陸士衡《文賦》云：「詩緣情而綺靡，賦體物而瀏亮，碑披文而相質，誄纏綿而悽愴，銘博約而温潤，箴頓挫而清壯，頌優游以彬蔚，論精微而通暢，奏平徹以閑雅，説煒曄而譎誑。」孫仲益云：

「某見前輩文字，褒賞一時名士，如東坡最多，可往往過其實。惟荆公未嘗以言假人，而南豐爲尤嚴。比見郭祥正得荆公數帖，皆稱道其詩者，中一帖云：『子固之言，不知所謂，豈非足下天才超軼，尚當繩以古詩之法乎？』是知祥正者，荆公所予，而南豐不予也。」

張説

張説《與徐堅論近世文章説》曰：「李嶠、崔融、薛稷、宋之問之文，如良金美玉，無施不可。富嘉謨如孤峰絶岸，壁立萬仞，濃雲鬱興，震雷俱發，誠可畏也，若施於廊廟，駭矣。閻朝隱如麗服靚粧，燕歌趙舞，觀者忘疲，若類之《風》、《雅》，則罪人矣。」堅問：「今世奈何？」説曰：「韓休之文，如太羹、玄酒，有典則而薄滋味。許景先如豐肌膩體，雖穠華可愛，而乏風骨。張九齡如輕縑素練，實濟時用，而窘邊幅。王翰如瓊杯玉斝，雖爛然可珍，而名玷缺。」堅謂篤論云。

魏文帝

魏文帝《典論》云：「夫文，本同而末異。蓋奏議宜雅，書論宜理，銘誄尚質，詩賦欲麗，此四科不同，故能之者偏也，唯通才能備其體。文以氣爲主，氣之清濁有體，不可力彊而致。譬諸音樂，曲度雖均，節奏同檢，至於引氣不齊，巧拙有素，雖在父兄，不能以移子弟。」

蘇東坡

蘇東坡《與秦太虚書》云：「太虚未免求禄仕，方應舉求之，應舉不可必，竊爲君謀，宜多著書。如所示論兵及盜賊等數篇，但以此得數十首，皆卓然有可用之實者，不須及時事也。但旋作此書，亦不可廢應舉。」

《答李廌書》云：「惠示古賦、近詩，詞氣卓越，意趣不凡，甚可喜也。但微傷冗，後當稍收斂之，今未可也。足下之文，正如川之方增，當極其所至，霜降水落，自見涯涘，然不可不知也。」

《答張文潜書》云：「惠示文編，三復感嘆。甚矣，君之似子由也。子由之文實勝僕，而世俗不知，乃以爲不如。其爲人，深不願人知之，其文如其爲人，故汪洋澹泊，有一唱三歎之聲，而其秀傑之氣，終不可没。作《黄樓賦》，乃稍自振厲，若欲以警發憒憒者，而或者便謂僕代作，此尤可笑。是殆見吾善者機也。文字之衰，未有如今日者也，其源實出於王氏。王氏之文，未必不善也，而患在於好使人同己。自孔子不能使人同，顔淵之仁、子路之勇，不能以相移；而王氏欲以其學同天下。地之美者，同於生物，不同於所生。惟荒瘠斥鹵之地，彌望皆黄茅白葦，此則王氏之所同也。」

《答虔倅俞括書》云：「孔子曰：『辭，達而已矣。』物固有是理，患不知；知之，患不能達之於口與手。所謂文者，能達是而已。文人之盛莫如近世，然私所敬慕者，獨陸宣公一人。家有《奏議》善本，頃侍講讀，嘗繕寫進御，區區之忠，自謂庶幾於孟軻之敬王。且欲推此學於天下，使家藏此方，人挾此藥，以待世之病，豈非仁人君子之至情也哉！今觀所示議論，自東漢以下十篇，皆欲酌古以馭今，有意於濟時之用，而不志於耳目之觀美，此正平生所望於朋友與凡學道之君子也。然去歲在都下見一醫工，頗藝而窮，慨然謂僕曰：『人所以服藥，爲治病耳。若適於口，莫如芻豢，何以藥爲？今孫氏、劉氏皆以藥顯。孫氏期於治病，不擇甘苦；而劉氏專務適口。病者宜安所去取，而劉氏富倍孫氏，此何理也？』使君斯文未必售於世，然售不售，豈吾儕所當掛口哉？」

《答王庠書》云：「所示著述文字，皆有古作者風力，大略能道意所欲言者。孔子曰：『辭，達而已矣。』辭至於達，止矣，不可以有加矣。《經説》一篇，誠哉，是言也。西漢以來以文設科，而文始衰。自賈誼、司馬遷，其文已不逮先秦古書，况其下者？文章猶爾，况所謂道德者乎？若論周勃，則恐不然。平、勃未嘗一日忘漢，陸賈爲之謀，至矣。彼視禄、産，猶几上肉，但將相調和，則大計自定。若如君言，先事經營，則吕后覺悟，誅兩人，而漢亡矣。某少時好議論古人，既老，涉世更變，往往悔其言之過，故樂以此告君也。儒者之病，多空文而少實用，賈誼、陸贄之學，殆不傳於世。老病且死，獨欲教子弟，豈意姻親中，乃有王郎乎？」

《答謝民師書》云：「所示書教及詩賦、雜文，觀之熟矣。大略如行雲流水，初無定質，但常行於所當行，常止於不可不止，文理自然，姿態橫生。孔子曰：『言之不文，行之不遠。』又曰：『詞，達而已矣。』夫言止於達意，則疑若不文。是大不然。求物之妙，如繫風捕影，能使是物了然於心者，蓋千萬人而不一遇也，而况能使了然於口與手乎？是之謂詞達。詞至於能達，則文不可勝用矣。揚雄好爲艱深之詞，以文淺易之説；若正言之，則人人知之矣。此正所謂『雕蟲篆刻』者。其《太玄》、《法言》皆是物也，而獨悔於賦，何哉？終身雕蟲而獨變其音節，便謂之『經』，可乎？屈原作《離騷經》，蓋《風》、《雅》之再變者，雖與日月争光可也，可以其似賦而謂之『雕蟲』乎？使賈誼見孔子，升堂有餘矣；而乃以賦鄙之，至與司馬相如同科。雄之陋如此比者甚衆。可與知者道，難與俗人言也，因論文偶及之耳。歐陽文忠公言：『文章如精金美玉，市有定價，非人所能以口舌貴賤也。』紛紛多言，豈能有益於左右！愧悚不已。」

《答劉沔都曹書》云：「識真者少，蓋從古所病。梁蕭統集《文選》，世以爲工；以軾觀之，拙於文而陋於識者，莫統若也。宋玉賦《高唐》、《神女》，其初略陳所夢之因，如子虚、亡是公相與問答，皆賦矣，而統謂之叙，此與兒童之見何異？李陵、蘇武贈别長安，而詩有江、漢之語；及陵與武書，詞句儇淺，正齊梁間小兒所擬作，决非西漢文，而統不悟，劉子玄獨知之。范蔚宗作《蔡琰傳》載其二詩，亦非是。董卓已死，琰乃流落；方卓之亂，伯喈尚無恙也，而詩乃云以卓亂故，流入於胡，此豈真琰語哉？其筆勢乃效建安七子者，非東漢詩也。李太白、韓退之、白樂天詩文，皆爲庸俗所亂，可爲太息。」

《南行詩叙》云：「夫昔之爲文者，非能爲之爲工，乃不能不爲之爲工也。山川之有雲，草木之有華實，充滿勃鬱，而見於外，夫雖欲無有，其可得邪？自少聞家君之論文，以爲古之聖人有所不能自已而作者，故軾與弟轍爲文至多，而未嘗敢有作文意。」

《梟繹先生詩集叙》云：「昔吾先君適京師，與卿士大夫遊，歸以語軾曰：『自今以往，文章其日工而道將散矣。士慕遠而忽近，貴華而賤實，吾已見其兆矣。』以魯人梟繹先先生之詩文十餘篇示軾曰：『小子識之，後數十年，天下無復爲斯文者也。先生之詩文，皆有爲而作，精悍確苦，言必中當世之過。鑿鑿乎，如五穀必可以療飢；斷斷乎，如藥石必可以伐病。其遊談以爲高，枝詞以爲觀美者，先生無一言焉。』其後二十餘年，先君既没，而其言存。士之爲文者，莫不超然出於形器之表，微言高論，既以鄙陋漢唐，而其反復論難，正言不諱，如先生之文者，世莫之貴矣。」

《王定國詩集序》云：「太史公論詩，以爲《國風》好色而不淫，《小雅》怨誹而不亂。以余觀之，是特識變風、變雅耳，烏睹詩之正乎？昔先王之澤衰，然後變風發乎情，雖衰而未竭，是以猶止於禮義，以爲賢於無所止者而已。若夫發乎性之忠孝者，其詩豈可同日語哉？古今詩人衆矣，而杜子美爲首，豈非以其流落飢寒，終身不用，而一飯未嘗忘君也歟？」

《樂全先生文集叙》云：「孔北海志大而論高，功烈不見於世，然英偉豪傑之氣，自爲一時所宗。其論盛孝章、郗鴻豫書，慨然有烈丈夫之風。諸葛孔明不以文章自名，而開物成務之姿，綜練名實之意，自見於言語，至《出師表》，簡而盡，直而不肆，大哉言乎，與《伊訓》、《説命》相表裏，非秦漢以來，以事君爲悦者所能至也。」

錢希白

按《青箱雜記》，馬氏、晁氏俱云：「吴處厚撰。」《宋志》作「黄朝英」，誤。朝英所撰，係《緗素雜記》。此作「錢希白」，亦誤。希白所撰，係《洞微志》。

錢希白《青箱雜記》云：「范文正公幼孤，隨母適朱氏，因冒朱姓，名悦。後復本姓，以啓謝時宰，曰：『志在投秦，入境遂稱於張禄；名非霸越，乘舟乃效於陶朱。』以范雎、范蠡亦嘗改姓名，故云。又僞蜀翰林學士范禹偁，亦嘗冒張姓，復姓，有啓謝郡守云：『昔年上第，誤標張禄之名；今日故園，復作范雎之裔。』然不若文正公之精巧。

「余皇祐壬辰歲，取國學解，試《律設大法賦》得第一名，時樞密邵公亢、翰林賈公黯、密直蔡公抗、修注江公休，並爲考試官，按蔡抗，《宋史》有二人，此乃蔡挺之兄。抗爲樞密直學士，非樞密院編修直祕閣之蔡抗也。「江林」當作「江休復」，判鹽鐵院修起居注者是也。江公尤見知，語余曰：『滿場程試，皆使蕭何，唯足下使蕭規對漢約，足見其追琢細膩。又所問春秋策，對答詳備。及賦押秋荼之密，用唐宗赦受縑事，諸君皆不見，云只有「秦法繁於秋荼，密於凝脂。」然則君何出？』余避席斂衽，因對曰：『《文選・策秀才文》有

「解秋荼之密網。」唐宗赦受縑事,出杜佑《通典》,《唐書》即不載。』公大喜,又曰:『滿場使次骨,皆作「刺骨」對「凝脂」,惟足下用《杜周傳》作「次骨」,又對「吹毛」。只這,亦堪作解元。』

「本朝夏英公亦嘗以文章謁盛文肅,文肅曰:『子文章有館閣氣,異日必顯。』後亦如其言。然余嘗究之,文章雖皆出於心術,而實有兩等:有山林草野之文,有朝廷臺閣之文。山林草野之文,則其氣枯槁憔悴,乃道不得行、著書立言者之所尚也。朝廷臺閣之文,其氣温潤豐縟,乃得位於時、演綸視草者之所尚也。故本朝楊大年、宋宣獻、宋莒公、胡武平,每撰制詔,皆婉美淳厚,過於前世燕、許、盧、楊遠甚。卜其爲人,亦各類其文章。王安國嘗語余曰:『文章格調須是官樣。』豈安國言『官樣』,亦謂有館閣氣耶?又今世樂藝,亦有兩般格調:若教坊格調,則婉媚風流;外道格調,則麄野嘲哳。至於村歌社舞,則又甚焉。玆亦與文章相類。

「楊文公爲執政所忌,母病,謁告,不俟朝旨,徑歸韓城。與弟倚居,踰年不調。公有啓謝朝中親友曰:『介推母子,願歸綿上之田;伯夷弟兄,甘受首陽之餓。』後除知汝州,而希旨言事者,攻議不已。公又有啓與親友曰:『已擠溝壑,猶下石而未休;方困蒺藜,尚關弓而相射。』胡武平嘗奉勑撰《温成皇后哀册文》,受旨以温成嘗因禁卒竊發,捍衛有功,而秉筆者不能文其實。公乃用西漢莽何羅觸瑟、馮媛當熊二事,以狀其意曰:『在昔禁闈,誰何弛衛,觸瑟方驚,當熊已厲。』覽者無不歎服。王禹偁尤精四六,有同時與之在翰林而大拜者,王以啓賀之曰:『三神山上,曾陪鶴駕之遊;六學士中，獨有漁翁之歎。』以白樂天嘗有詩云：『元和六學士，五相一漁翁』故也。」

李宗諤

按《倦游雜録》八卷，《宋·藝文志》及馬氏、晁氏俱云：「張師正撰」，此云：「李宗諤」，似誤。

李宗諤《倦游雜録》云：「終慎思，大名人，家貧苦學，衣冠故敝，風貌寢陋，始來應舉。魏之舉人視之蔑如也。既就試，遂爲解首。其《謝解啓》曰：『三年於此，衆人悉指於毛生；一軍皆驚，大將果歸於韓信。』又董儲郎中愍其窮，嘗以書薦於士人之富者，庶濡涸轍，而士人殊無哀王孫之意。終復取書歸，而具啓納於董曰：『魯箭高飛，謂聊城之必下；秦都不割，懷趙璧以空歸。』人多嘉其切當。」

張君芳

按《湘山野録》六卷，《宋·藝文志》、馬氏《通考》、晁氏《讀書志》俱題「僧文瑩撰」。張君房所撰，係《乘異記》、《脞説》、《雲笈七籤》也，此誤。又以「房」爲「芳」，更誤。

張君芳《湘山野録》云：「真宗即位之次年，賜李繼遷姓名，而復進封西平王，時宋湜、宋白、蘇易簡、張洎在翰林，俾草詔册。皆不稱旨，惟宋公湜深順上意，必欲推先帝欲封之意，因進辭曰：『先皇帝早深西顧，欲議真封，屬軒鼎之俄遷，逮漢壇之未建。故兹遺命，特付眇躬。爾宜望弓劍以拜恩，守疆場而效節。』上大喜。不數月，參大政。

「晏元獻公撰《章懿李太后神道碑》，破題云：『五嶽峥嶸，崑山出玉；四溟浩渺，麗水生金。』蓋言誕育聖躬，實繫懿后，奈仁宗夙以母儀事明肅劉太后，膺先帝擁佑之託，難爲直致，然論者則愛其善比也。獨仁宗不悦，謂晏曰：『何不直言誕育朕躬，使天下知之？』晏公具以前意奏之，曰：『此等事，卿宜直之，區區不足較，當更别改。』晏曰：『已焚草於神寢。』上終不悦。逮升祔二后赦文，孫承旨抃當筆，協聖意，直叙曰：『章懿太后丕擁慶羡，實生眇冲。顧復之恩深，保綏之念重。神御既往，仙遊斯邈。嗟乎！爲天下之母，育天下之君，不逮乎九重之承顔，不及乎四海之致養。念言一至，追慕增結。』上覽之，感泣彌月，明賜之外，悉以東宫舊玩密賚之；歲餘，參大政。」

歐陽永叔

歐陽永叔《歸田録》云：「夏英公竦父官於河北，景德中，契丹犯河北，遂殁於陣。後公爲舍人，丁母憂，起復奉使契丹，公辭不行，其表云：『父殁王事，身丁母憂。義不戴天，難下穹廬之拜；禮當枕塊，忍聞禁韎之音。』當時以爲四六偶對最爲精絶。」

楊億

楊億《談苑》云：「陶穀晉開運中爲詞臣，時北戎來侵，而楊光遠以青州叛。大將馬節卒，少帝召穀草文以祭之。穀立具草以奏曰：『漢北有不賓之虜，山東屯伐叛之師。雲陣未收，將星先落。』少帝甚激賞。」

僧文瑩

僧文瑩《玉壺清話》云：「王狀元君貺天聖庚午甲科及第，元豐戊午，垂五十年，方有重金之賜。謝表特優，略云：『横金三紀，未佩隨身之魚；賜帶萬釘，改觀在廷之目。豈伊散任，得拜恩章，車服以庸，品儀辨等。國朝故事，惟二府刻毬路之花；按《夢溪筆談》「宋太宗創方團毬帶，賜二府文臣。其後樞密使兼侍中張耆、王貽永皆特賜。」《宋史・拱辰傳》「元豐初轉南院使，賜金方團帶。」《邵氏聞見録》云：「拱辰出判北京時，賜笏，帶毬露金帶，佩魚。」以「路」作「露」。而范成大詩：「苔架塵侵毬路暗，花書墨漬笏頭斑。」又仍作「路」。蓋「毬路」是花樣之名，故費氏《蜀錦譜》有「毬露錦。」《齊東野語》載「御府臨六朝唐人法帖，用毬露錦本。」係俗呼，不必有定字也。文武近班，通一例號羣仙之樣。特承面命，越度朝規，此蓋陛下寵厚老臣，禮加常例，憫事三朝之舊，俾偕四輔之榮。奉以垂腰，既表重鏐之麗；寶之在體，更增上笏之華。』」按江淹《擬袁太尉淑從駕詩》「和惠頒上笏，恩渥浹下筵。」疑用此。

李翺

李翺《答皇甫湜書》：「僕近寫得《唐書》。史官才薄，言詞鄙淺，不足以發揚高祖、太宗列聖明德，使後之觀者文采不及周漢之書。僕以爲西漢十一帝，高祖起布衣，定天下，豁達大度，東漢所不及。其餘唯文、宣二帝爲優，自惠、景以下，亦不皆明於東漢明、章兩帝。而前漢事跡灼然傳在人口者，以司馬遷、班固叙述高簡之工，故學者悦而習焉，其讀之詳也。足下讀范蔚宗《漢書》、陳壽《三國志》、王隱《晉書》，生熟何如左丘明、司馬遷、班固書之温習哉？故温習者，事迹彰；而罕讀者，事迹晦。讀之疏數，在詞之高下，理必然也。唐有天下，聖明繼於周漢；而史官叙事，曾不如范蔚宗、陳壽所爲，況足擬望左丘明、司馬遷、班固之文哉？僕文采雖不足以希左丘明、司馬子長，足下視僕叙高愍女、楊烈婦，豈盡出班孟堅、蔡伯喈之下耶？」

又《答朱載言書》：「行己莫如恭，自責莫如厚，接衆莫如宏，用心莫如直，進道莫如勇，受益莫如擇友，好學莫如改過。此聞之於師者也。相人之術有三：迫之以利，而審其邪正；設之以事，而察其厚薄；問之以謀，而觀其智與不智，則賢不肖分矣。此聞之於友者也。列天地，立君臣，親父子，别夫婦，明長幼，浹朋友，《六經》之旨也。浩乎若江海，高乎若丘山，赫乎若日火，包乎若天地，掇章稱詠，津潤怪麗，六經之詞也。創意造言，皆不相師。故其讀《春秋》也，如未嘗有《詩》也；其讀《詩》也，如未嘗有《易》也；其讀《易》也，如未嘗有《書》也；其讀屈原、莊周也，如未嘗有《六經》也。故義深則意遠，意遠則理辯，理辯則氣直，氣直則詞盛，詞盛則文工。如山有恒、華、嵩、衡焉，其同者，高也；其草木之榮，不必均也。如瀆有濟、淮、河、江焉，其同者，出源到海也；其曲直淺深、色之黄白，不必均也。如百品之雜焉，其同者，飽於腹也；其鹹酸苦辛，不必均也。此因學而知者，此創意之大歸也。天下之語文章，有六説焉：其尚異者，則曰文章辭句奇險而已；其好理者，則曰文章叙意苟通而已；其溺於時者，則曰文章必當對；其病於時者，則曰文章必不當對；其愛難者，則曰文章宜深，不當易；其愛易者，則曰文章宜通，不當難。此皆情有所偏，滯而不流，未識文章之所主也。義不深不至於理，言不信不在於教勸，而詞句怪麗者，有之矣，《劇秦美新》、王褒《僮約》是也。其理往往有是者，而詞章不能工者，有之矣，劉氏《人物志》、王氏《中説》、傅氏《太公家教》是也。古之人能極於工而已，不知其辭之對與否、易與難也。《詩》曰：『憂心悄悄，愠於羣小』，此非對也。又曰：『遘閔既多，受侮不少』，此非不對也。《書》曰：『聖讒説殄行，震驚朕師』，《詩》曰：『菀彼桑柔，其下侯旬，捋采其劉，瘼此下民』，此非易也。《書》曰：『允恭克讓，光被四表，格於上下。』《詩》曰：『十畝之間兮，桑者閑閑兮，行與子旋兮』，此非難也。學者不知其方，而稱説云云，如前所陳者，非吾之敢聞也。《六經》之後，百家之言(與)〔興〕，老聃、列禦寇、莊周、鶡冠、田穰苴、孫武、屈原、宋玉、孟軻、吴起、商鞅、墨翟、鬼谷子、荀况、韓非、李斯、賈誼、枚乘、司馬遷、相如、劉向、揚雄，皆足以自成一家之文，學者之所師歸也。故義雖深、理雖當，詞不工者不成文，宜不能傳也。文、理、義三者兼並，乃能獨立於一時而不泯滅於後代，能必傳也。仲尼曰：『言之無文，行之不遠。』子貢曰：『文猶質也，質猶文也。虎豹之鞟，猶犬羊之轉。』此之謂也。陸機曰：『怵他人之我先』，韓退之曰：『唯陳言之務去。』假令述笑哂之狀，曰『莞爾』，則《論語》言之矣；曰『啞啞』，則《易》言之矣；曰『粲然』，則穀梁子言之矣；曰『攸爾』，則班固言之矣；曰『囅然』，左思言之矣。吾復言之，與前文何以異也？此造言之大歸也。」

孔臧

孔臧《與子琳書》云：「聞汝與諸友講肄《書》、傳，孜孜晝夜，衎衎不怠，善矣！人之進道，唯問其志，取必以漸，勤則得多。山澗至，柔石爲之穿；蝎蟲至，弱木爲之弊。然而能以微脆之形，陷堅剛之體，豈非致之有漸乎？」

胡（孜）〔仔〕

胡（孜）〔仔〕《漁隱叢話》云：「高適年五十，始學爲詩，而與李杜抗衡。正獻公杜衍暮年乃學草書，筆勢翩翩，遂逼晉魏。孰謂秉燭不逮夜遊哉？」

韓子蒼

韓子蒼《上宰相書》云：「某幼而喜爲文，至今二十年矣。於文無所不觀，始誦其言，中探其義，卒明其道。其言，則自簡編以來，凡可以使人駭心動目者，皆是也；其義，則學士大夫類能言之矣。故缺而不論，而獨論其道焉。夫文者，何爲也？聖人所以探深索隱而化天下者也。是故神而明之者，君也；輔而翼之者，相也；輔而陳之者，卿大夫也，而士不預焉。夏商以前，其文逸矣，然見於後世者，非宓羲、堯、舜、禹、湯之所爲，則皋陶、益、稷、伊、傅之所作也。當是時，不聞有卿大夫以文顯於世，而况於士乎？彼非有所不能也，文事興於上，則在下者無事乎此也。今夫《易》之彖象，則是聖人所以開物成務者也；《詩》之風諭，則是聖人所以移風美教者也；《書》之訓誓，則是聖人所以發號敷命；而《春秋》之紀事，則是聖人所以勸善懲惡者也。此數者皆聖人所操持以爲化天下之具，則士安得預其間哉！周衰，開物成務之道不行於上，而後孔子彖而象之；勸善懲惡之道不行於上，而後孔子筆則筆、削則削；以至移風美教之道不行，而後三百五篇定焉；發號敷命之道不行，而後百篇叙焉。凡孔子之所修，皆上述堯、舜、禹、湯，而下述益、稷、伊、傅，以示後世而已，非有意乎自爲文也。後之學者，不求其道，而求其義；不求其義，而求其言。求其言者，斯爲下矣。而尚有不能盡，則其餘道，豈萬分之一乎？嗚呼！自六經而後，文體何其多變也！其源皆出於六經，而寖失其體。是故學彖象者，其流則爲論、爲義；學筆削者，其流則爲傳、爲記；學三百五篇者，其流則爲箴、銘、賦、贊；學百篇者，其流則爲表、啓、疏、檄。又於其間增之以浮誇，雜之以靡麗，則文之用於下者多，而施於上者寡矣。故後世工文者，率皆布衣窮居之士，而時君國相以是爲虚飾，凡先王所以化天下之具，至是而爲一小技爾。豈不深可惜哉！宋以文德爲治，今上睿文益高，赫赫昭昭，已高出五帝三王之右矣；又選於衆而用相公。伏惟相公，以大儒經世之文，當元宰秉鈞之任。以昌言，則益稷；以賡歌，則臯陶；以對揚，則傅説；其設於政事，則又兼前代之軌模，聳遠方之瞻聽。蓋道之不行千有餘歲矣，於此時，而吾君神明之於上，吾相輔翼之於下，則是萬世之一時也。以今準古，雖無預於文，然上既責學者以古聖人之道，而士困於餘習，文不能近六經，至有漢晉之弊，有志之士咸知患此，而獨未有推言之者。某不佞，以爲當萬世之一時而不言，則古道當何時而興耶？方今去孔子已千歲，而去夏商則又遠矣，如欲恢復古道，必將自其言始。使立言者其體稍近六經，則於道或得其一二。下焉，不爲漢晉之文；上焉，有以助吾君、吾相化天下之道，甚非小補也。」

洪邁

洪邁作《楚東酬倡序》云：「次韻作詩，於古無有。春秋時，列國以百數，聘問相銜於道，拜賜告成，責言葳事，周旋交際，蓋未嘗不賦詩，然所取正在三百篇中，初非抒意作也。蘇、李河梁之别，建安之七子，潘、陸、顔、何、陶、沈、二謝『洞庭』、『瀟湘』之関，『池草』、『澄江』之句，曲水、斜川之集，聯翩迭出，重酬累贈，雙聲疊韻，浮音切響，法度森嚴，圓轉流麗，獨未聞以韻爲工者高。蜀州嚴鄭公、韋近、按韋氏見於杜集最多，可指名者沮、濟、見素、宙、偃、瀆、班、諷、有夏、之晉、匡、贊、迢等是也。不載名者尹、書記、評事、贊善、司直、郎官、侍御、少府等是也。獨不見有韋近，而諸韋中惟迢自潭移韶，杜以詩往復者數四，疑近乃迢字之譌。郭受來往杜少陵間，有唱必報，率不過和意而已。韓詩三百七十一，唯《陸渾山火》一篇曰「次韻」，而與孟東野變化上下者，乃四之。按韓詩，唐李漢編者，三百八十一首；宋五百家注魏仲舉所集者，三百九十；本朝顧嗣立集注三百八十七篇，益以集外者爲四百十三。此云「三百七十一」，恐誤。《陸渾山火》詩集作「用韻」，洪興祖云：「作次韻者非是」，劉貢父謂「用其韻者，不必次」。然湜此詩不見於世，貢父何所據而云耶？韓孟聯句，見韓集者十篇，尚有《有所思》、《遺興》、《贈劍客》三篇，見於孟集，蓋居酬和諸詩十之四云。十聯句中使其以工韻爲勝，吾知其神施鬼設，百出而百不窮，磊隗春容，靡紫青而撖膠葛也。自夢得、樂天、微之諸人，茲體稍出，極於東坡、山谷，以一吟一詠轉相簡答，未嘗不次韻。妍詞秘思，因險見奇，搜羅捷出，争先得之爲快。潏潏乎，舟一葉而杭灩滪也；岌岌乎，其索驪龍之睡也；盎盎乎，朝華之舞春；琅琅乎，朱絃之三歎也；翼乎，鵬鶚之戛秋空也；淵乎，其色傾國也。詩至是極矣。」

履齋示兒編・文説

〔宋〕孫奕　撰

《履齋示兒編・文説》三卷

宋 孫奕 撰

孫奕，字季昭，號履齋，廬陵(今江西吉安)人。寧宗時嘗官侍從。

《履齋示兒編》二十三卷，凡總説、經説、文説、詩説、正誤、雜記、字説七類。其中卷七、卷八爲文説，卷九前半亦爲文説(後小半爲詩説)，今録取其文説部分。

孫氏作於開禧元年(一二〇五)之自序稱：「考評經傳，漁獵訓詁，非敢以污當代英明之眼，姑以示之子孫，故名曰《示兒編》。」其書雜引經史文賦之説，於用字、選詞、句法、音韵等分析闡述，頗爲具體細緻。然徵據既繁，時有筆誤。

有元劉氏學禮堂刊本(藏北京國家圖書館)、文淵閣《四庫全書》本。《知不足齋叢書》本有盧文弨等人評註之語，并有顧廣圻「辛未年(嘉慶十六年)重校補」，《叢書集成》本據以收入。今即據《知不足齋叢書》本録入本書。

(丁錫根)

履齋示兒編・文説卷一

宋　孫奕　撰

史重複

書有意異而言同者，有意同而言異者。如「矜而不争」，「羣而不黨」，言同而意異者也。「足食足兵」，「民信之矣」，言異而意同者也。然前之言人皆知之，後之言無子貢三者之問，孰知其兵食之外，又有信也？古人之立言深嚴如此，若夫後世則不然。良史之才，古今莫不以遷、固爲稱首。《史記・孟嘗君傳》言「馮公形容狀貌」，乃四字而一意。西漢《張禹傳》言「後堂理絲竹管絃」，乃四字而二物。《昭帝贊》言周成「有管、蔡四國流言之變」，夫舉四國則管、蔡已在其中矣，乃四字而駢文。《南史・恩倖傳序》云：「謀於管仲，齊桓有召陵之師；邇於易牙，小白掩陽門之扇。」小白即齊桓也，不亦重複乎？獨韓退之作《王仲舒碑》，又作誌；蘇子瞻作《司馬君實行狀》，又作碑：其事雖同，其辭則異。雖然，左氏此患亦或不免。文公五年，「臧文仲聞六與蓼滅，曰：『皋陶庭堅不祀忽諸。』」六、蓼二國，皆皋陶之後，楚滅之。按文公十八年，「才子八人」注云：「庭堅，皋陶字也。」則此既言皋陶，又言庭堅，何耶？文弨案：劉越石

「宣尼悲獲麟，西狩涕孔某。」又有「長卿達」「相如慢」兩聯，待檢。　志祖案：謝惠連《秋懷詩》「雖好相如達，不同長卿慢。」

文重複

漢人文章最爲近古，然文之重複，亦自漢儒倡之。賈生《過秦論》曰：「席卷天下，包舉宇内，囊括四海之意，并吞八荒之心。」四句而一意也。至於陸士衡《文賦序》曰：「妍媸好惡」，四字而二意也。張景陽之《七命》既曰「犖嶅爲之擗摽」，又曰「孀老爲之嗚咽」，豈犖嶅、孀老，果二義乎？既曰「按以商王之箸」，又曰「承以帝辛之杯」，豈商王、帝辛果二人乎？既曰「蹙封豨」，又曰「僨馮豕」，豈封豨、馮豕果二物乎？

承舛襲譌

絲竹、管絃，均二物耳。班孟堅既不之審，遽書此以爲張禹後堂之盛，王羲之又拾以序蘭亭，則承舛襲譌而不自知也。

祖述文意

歐陽文忠公初得昌黎文，嘗曰：「苟得禄矣，當盡力於斯文，以償予素志。」居無幾何，公以文章獨步當世，而於昌黎不無所得。觀其詞語豐潤，意緒婉曲，俯仰揖遜，步驟馳騁，皆得韓子之體。故《本論》似《原道》，《上范司諫書》似《諫臣論》，《書梅聖俞詩稾》似《送孟東野序》，《縱囚論》、《怪竹辯》斷句，皆似《原人》。蓋其横翔捷出，不減韓作，而平澹詳贍過之。若夫《羅池碑》曰：「春與猿吟兮，秋鶴與飛。」則退之又自深得《離騷・東皇太一歌》「吉日兮辰良」之句法。《寄崔立之詩》曰：「歡華不滿眼，咎責塞兩儀」，則又深造乎班固《賓戲》「福不盈眦，禍溢於世」魏人章疏亦云「福不盈眦，禍將溢世。」之遺意，其前輩各相祖述類如此。

祖意而勝

東坡《喜雨亭記》云：「使天而雨珠，則寒者不得以爲襦；使天而雨玉，則飢者不得以爲粟。」即劉陶《改鑄大錢議》有曰：「就使當今沙礫化爲南金，瓦石變爲和玉，使百姓飢無所食，渴無所飲」之遺意。然不如東坡辭婉意明，所謂出藍更青者也。

擬聖作經

作經以擬聖者，其後儒之僭者乎？自非僭者，則揚雄不作《太玄經》以擬《易》漢，王長文亦不作《通玄經》以擬《易》晉，劉向不作《洪範五行傳》以擬《書》漢，陳黯亦不作《禹誥》以擬《書》唐，而

《虞卿春秋》趙相。《吕氏春秋》秦相吕不韋。《楚漢春秋》陸賈。《吴越春秋》趙曄。《晉春秋》檀道鸞。鯤案：檀道鸞書名《續晉陽秋》，晉人避諱，改陽爲春也。孫盛、鄧粲書名《晉陽秋》，又有習鑿齒《漢晉陽秋》。《唐春秋》吴兢。之類無聞焉。《漢尚書》孔衍。《隋尚書》王劭。《後漢尚書》《漢魏尚書》並孔衍。《續書》王通。《續尚書》唐陳正卿。之類無有焉。揚雄不作《法言》以擬《論語》之精微，王通不作《中説》以擬《論語》之緼奥。嗚呼！《孝經》孔子所論也，孰知郭良輔又變爲《武孝經》，唐。鄭氏又易爲《女孝經》，唐侯莫陳邈妻。以至《農孝經》皇朝賈元道。《酒孝經》，不著撰人名氏。紛紛而出。《爾雅》周公所記也，孔鮒又轉爲《小爾雅》，不著撰人名氏。疑爲楚孔鮒撰，後乃别行。張揖又衍爲《廣雅》，魏。以至《博雅》，張揖。志祖案：《博雅》即《廣雅》也。避隋煬帝諱改名，季昭乃誤以爲二書。《埤雅》，陸農師。譊譊而興。配《孝經》者，又有馬融之《忠經》。林少穎《羣經辨惑》云：「馬融作《忠經》，《崇文總目》又載海鵬撰《忠經》，失其姓氏。」志祖案，海鵬姓海，何云失其姓氏。準《論語》者，又有宋尚宫之《女論語》。唐内人宋若莘著，見《唐書·宋若昭傳》皆其僭之尤者乎？

史體因革

自編年變爲紀，爲書，爲表，爲世家，爲列傳也。司馬遷躋項羽於紀，與帝王並，則失史體。遷、固列吕后於紀，不没其實，則合《春秋》法。《史記》始制八書，《前漢》改爲十志，《東觀漢書》曰記，華嶠《後漢》曰典，張勃曰録，《吳録》。何法盛曰說，《晉中興書》。《五代史》曰考，《司天考》。其實一也。如遷曰《平準》，固曰《食貨》；《前》曰《地理》，《後》曰《郡國》；書曰《河渠》，志曰《溝洫》；書曰《封禪》，志曰《郊祀》。班易《天官》爲《天文》，范易《禮樂》爲《禮儀》。鯤案：誤以司馬彪爲范蔚宗。律與曆、禮與樂、兵與刑，或分或合。《百官》、《輿服》固所無，曄增之；《五行》、《藝文》，馬所闕，班補之。隋獨著《經籍》，唐特出《選舉》，沿革紛如也。自太史公效周譜以爲表，桓譚說。何法盛改表爲注，以至諸侯稍卑，當别於天子，故稱世家。然陳勝、吳廣起自羣盜，遷不應特舉而列之。唯《三國》以吳、蜀儕之列國爲當。傳之爲體，大抵記公卿之行事，遷始傳《循吏》，晉曰《良吏》，《三國》則闕。曄始傳《文苑》，隋曰《文學》，唐曰《文藝》。後漢爲《獨行》，唐爲《卓行》，五代《一行》焉。後漢爲《方術》，魏爲《方伎》，晉《藝術》焉。自晉至唐，改東都《逸民》爲《隱逸》。自唐以來，改南、北《孝義》爲《孝友》。《列女》不見於西漢，《義兒》獨見於《五代》。遷、固皆作《佞幸》，南、北曰《恩幸》。魏晉俱作《后妃》，五季曰《家人》，稱號雖異，體制不殊也。

古今之言詳略

聖人之言，文約而意已盡，自然不可易，而非若後世君子好自立論也。觀孔子之言性曰「相近」而已，而孟子曰「善」，荀子曰「惡」，揚子曰「混」，何其彰彰也。觀孔子之言三代相因，曰「損益可知」而已，而董仲舒曰「上忠、上敬、上文」，太史公曰「忠以舒，敬以鬼，文以僿」，何其紛紛也。至於「行夏之時」，一語而已，後世乃有建子、建丑、建寅、三正、三統之擾擾。《禮記・大傳》「改正朔」疏云：「周子、商丑、夏寅，是改正也。周夜半、商雞鳴、夏平旦，是易朔也。」三正、三統見《前漢・律曆志》篇。《春秋》之書，一編年而已；後世遂變而爲紀、書、世家、列傳，甚者書變而爲志、爲表，志又變而爲攷，《五代史》。列傳又衍而爲叙傳。《前漢》。「河出圖，洛出書」，《論語》與《易・大傳》兩言之而已，《春秋緯》乃言「河以通乾出天苞，洛以流坤吐地符。河龍圖發，洛龜書感。《河圖》有九篇，《洛書》有六篇。」「中人以上」，「中人以下」，曰「可」與「不可語上」而已。《語》六。芋尹無宇辭曰：「人有十等。」昭公七年。班固《古今人表》分九等，《前》。司馬遷儒之外五家，孟堅儒之外八流。盧景亮撰《于敻神道碑》。或增或損，或因或革，紛紛籍籍，殆有不可勝言者矣。

句法同

伊尹有「不被堯舜之澤，若己推而納之溝中。」張平子得之，於賦曰：「人或不得其所，若己納之於隍。」范睢「一飯之德必償，睚眦之怨必報。」孔融得之，於書曰：「睚眦之怨必讎，一餐之惠必報。」黄魯直《學優齋銘》曰：「學哉身哉，身哉學哉。」句法使班孟堅《典引》曰：「唐哉皇哉，皇哉唐哉。」其祖出益稷，曰：「臣哉鄰哉，鄰哉臣哉。」杜子美《南郊賦》曰：「九五之後，人人自以（爲）

遭唐虞；四十年來，家家自以爲稷卨。」句法使曹子建《與楊德祖書》曰：「人人自謂握靈蛇之珠，家家自謂抱荆山之玉。」其源出崔駰《達旨》曰：「家家有以樂和，人人有以自優。」及揚雄《解嘲》曰：「家家自以爲稷卨，人人自以爲皋陶。」退之《進學解》曰：「口不絶吟於六藝之文，手不停披於百家之篇。」句法使夏侯湛《抵疑》曰：「志不輟著述之業，口不釋雅頌之音。」李白《上裴長史書》曰：「何王公大人之門，不可揮長劍乎？」句法用鄒陽《上吴王書》曰：「何王之門，不可曳長裾乎？」唐啖助曰：「設教於本，其敝且末；設教於末，敝將奈何？」句法使唐太宗《帝範》曰：「取法於上，僅得其中；取法於中，不免爲下。」并貞觀二十二年徐惠上疏曰：「作法於儉，尤恐其奢；作法於奢，何以制後？」其祖出渾罕曰：「作法於凉，其敝猶貪；作法於貪，敝將若之何？」昭四年。

文意同

孟子：「不教民而用之，謂之殃民。」《告子》下。即孔子：「以不教民戰，是謂棄之」《論語》十三。之遺意。孟子：「分人以財謂之惠，教人以善謂之忠。」《滕文》上。即孔子：「愛之能勿勞乎，忠焉能勿誨乎」《憲問》。之遺意。孟子曰：「子産惠而不知爲政」《離婁》下。即孔子曰：「子産惠人也」《憲問》。之遺意。孟子曰：「大人者，言不必信，行不必果。」《離婁》下。即孔子曰：「言必信，行必果，硜硜然，小人哉」《子路》。之遺意。孟子：「詖辭知其所蔽，淫辭知其所陷，邪辭知其所離，遯辭知其所窮。」《公孫》上。即《易・大傳》：「將叛者其辭慚，中心疑者其辭枝；吉人之辭寡，躁人之辭多；誣善之人其辭游，失其守者其辭屈」之遺意。《祭統》云：「養則觀其順也，喪則觀其哀也，祭則觀其敬而順也：盡此三道者，孝子之行也。」即《孝經》：「居則致其敬，養則致其樂，病則致其憂，喪則致其哀，祭則致其嚴：五者備矣，然後能事親」之遺意。《左傳序》：「學者優而柔之，使自求之；厭而飫之，使自趍之」，即與東方朔《答客難》：「枉而直之，使自得之；優而柔之，使自求之；揆而度之，使自索之」同。《中庸》曰：「施諸己而不願，亦勿施於人。」即子曰：「己所不欲，勿施於人。」《語》十五。之遺意。荀子曰：「勞苦之事，則爭先之。饒樂之事，則能讓。」即子曰：「仁者先難而後獲」之遺意。《語》六。

經同文

舜告禹曰：「衆非元后何戴，后非衆罔與守邦。」伊尹告太甲曰：「民非后，罔克胥匡以生；后非民，罔以辟四方。」《曲禮》：「愛而知其惡，憎而知其善。」《大學》：「好而知其惡，惡而知其美。」《儒行》：「禮之以，和爲貴。」有子曰：「禮之用，和爲貴。」《禮器》曰：「經禮三百，曲禮三千。」《中庸》曰：「禮儀三百，威儀三千。」《少儀》曰：「士依於德，游於藝。」子曰：「依於仁，游於藝。」《語》七。《仲尼燕居》曰：「明乎郊社之義，嘗禘之禮，治國其如指諸掌而已乎？」《中庸》曰：「明乎郊社之禮，禘嘗之義，治國其如示諸掌乎？」子産曰：「夫禮，天之經也，地之義也，民之行也，天地之經，而民是則之。」昭二十五。子曰：「夫孝，天之經也，地之義也，民之行也，天地之經，而民是則之。」《三才章》。「孔文子之將攻大叔也，訪於仲尼。仲尼曰：『胡簋之事，則嘗學之矣；甲兵之事，未之聞也。』」哀十一年。「衛靈公問陳於孔子，孔子對曰：『俎豆之事，則嘗聞之矣；軍旅之事，未之學也。』」《語》十五。

經異文

《周官》曰：「唐虞百官，夏商官倍。」《明堂位》曰：「有虞氏官五十，夏后氏官百；殷二百，周三百。」孟子曰：「夏曰校，殷曰序。」《明堂位》曰：「序，夏后氏之學也。」《禮記》曰：「五十不從力征。」《周禮》曰：「國中六十，野則六十有五，皆征之。」《記》曰：「天子有世婦，有嬪。」《周禮・天官》所序，先見九嬪，次則見世婦。《王制》、《孟子》皆載公侯地方百里，伯七十里，子男五十里。《周禮・大司徒》云：「諸公之地，封疆方五百里；諸侯之地，封疆方四百里。諸伯之地三百里，諸子之地二百里，諸男之地方百里。」《地官・遂人》：「凡治野，夫間有遂，十夫有溝，百夫有洫，千夫有澮，萬夫有川。」《冬官・匠人》：「爲溝洫，田首謂之遂，井間謂之溝，成間謂之洫，同間謂之澮。」孟子言：「有布縷之征，粟米之征，力役之征。」《周禮·載師》言：「宅不毛者有里布，田不耕者出屋粟，凡民無職事者，出夫家之征。」《語》曰：「夫子之道，忠恕而已矣。」《里仁》。《中庸》曰：「忠恕違道不遠。」子曰：「夏禮吾能言之，杞不足徵也；殷禮吾能言之，宋不足徵也。文獻不足故也，足則吾能徵之矣。」《八佾》。孔子曰：「吾欲觀夏道，是故之杞，而不足徵也，吾得夏時焉。吾欲觀殷道，是故之宋，而不足徵也，吾得坤乾焉。坤乾之義，夏時之等，吾以是觀之。」《禮運》。子曰：「夫民，教之以德，齊之以禮，則民有格心。教之以政，齊之以刑，則民有遯心。」《緇衣》。子曰：「道之以政，齊之以刑，則民免而無恥。道之以德，齊之以禮，有恥且格。」《爲政》。《檀弓》曰：「兄弟，吾哭諸廟；父之友，吾哭諸廟門之外；師，吾哭諸寢；朋友，吾哭諸寢門之外；所知，吾哭諸野。」《奔喪》曰：「哭父之黨於廟，母妻之黨於寢，師於廟門外，朋友於寢門外，所識於野張帷。」《曲禮》曰：「父之讎弗與共戴天，兄弟之讎不反兵，交游之讎不同國。」《檀弓》曰：「子夏問於孔子曰：『居父母之仇如之何？』夫子曰：『寢苫枕干不仕，弗與共天下也。遇諸市朝，不反兵而鬬。』曰：『請問居昆弟子之仇如之何？』曰：『仕弗與其國，銜君命而使，雖遇之不鬬。』曰：『請問居從父昆弟之仇如之何？』曰：『不爲魁主人，能則執兵陪其後。』」《調人》曰：「凡和難父之讎，避諸海外；兄弟之讎，避諸千里之外；從父兄弟之讎，不同國。」揚子曰：「子游、子夏得其書矣，未得其所以書也。宰我、子貢得其言矣，未得其所以言也。顔淵、閔子得其行矣，未得其所以行也。」《君子篇》。與《論語》德行政事言語文學之説大異。左氏曰：「裨諶謀於野則獲，謀於邑則否。」襄三十一年。與《論語》「爲命，裨諶草創之」之説大異。

史同文

蒯通爲漢言之，則曰：「秦失其鹿，天下共逐。」蘇世長爲唐言之，則曰：「隋失其鹿，天下共逐。」狄仁傑爲張光輔言之，則曰：「一越王死，百越王生。」房琯爲第五琦言之，則曰：「一國忠死，一國忠生。」「衛青在位，淮南寢謀。」何武上封事之語也。《漢·辛慶忌傳》。「汲黯在朝，淮南寢謀。」韋處厚上疏之語也。《唐·裴度傳》。「富貴不歸故鄉，如衣錦夜行。」項籍思歸之語也。《前》。「富貴不歸故鄉，如衣繡夜行。」漢武爲朱買臣言也。《前》。蘇章曰：「今夕蘇孺文與故人飲者，私恩也；明日冀州刺史按事者，公法也。」遂舉正其罪。《後漢》。源懷曰：「今日源懷與故人飲酒之座，非鞫獄之所也；明日公庭，始爲使人檢鎮將元尼須。罪狀之處。」既而懷欲劾尼須。《後魏》。文帝勞軍細柳，先驅至，不得入。都尉曰：「軍中聞將軍令，不聞天子詔。」上至，使使持節詔將軍，乃開壁門。後戒太子曰：「周亞夫真可任。」《亞夫傳》。太宗使宦官至段志玄所，志玄謂「軍門不可夜開」，手敕「不辨真僞」，留之至明。太宗曰：「真將軍。」《唐》。貢禹曰：「冠一免，可復冠乎？」《前》。司馬騰曰：「門一杜，其可開乎？」《晉》。叔孫通曰：「本一摇，天下震動。」狄仁傑曰：「本一摇，天下危矣。」張釋之曰：「廷尉，天下之平也。一傾，民安所措手足。」李素立諫高祖曰：「三尺之法一摇，則民無所措手足。」堯「朝有進善之旌」，《漢文紀》。舜「有告善之旌」《管子·桓公問》。「畫地爲牢執不入，削木爲吏議不對。」司馬子長《報任少卿書》。「畫地爲獄，議不入；刻木爲吏，期不對。」《路温舒傳》。「敢於殺人而不敢於養人。」《前·刑法志》。「忍於殺人而不忍於刑人。」仲長統《昌言》。「死諸葛走生仲達。」《晉·宣帝紀》。「死姚崇算生張説。」《唐明皇録》。「死劉楨芘生顧揔。」《幽怪録》。「寧我薄人，無人薄我。」宣十二年「寧我負卿，無卿負我。」《魏氏春秋》。「寧我負人，無人負我。」孫盛《雜記》。「野禽殫，走犬烹。」《前·蒯通傳》。「狡兔死，良狗烹。」《韓信傳》。「無異使羊將狼，皆不爲肯用。」《張良傳》。「其治如狼牧羊，不可令治民。」《義縱傳》。

履齋示兒編・文説卷二

史異文

《前・高帝贊》曰：「劉向頌云：『漢帝本系，出自唐帝。』」由是推之，漢承堯運，德祚已盛。叙傳又曰：「皇矣漢祖，纂堯之緒。」《後漢》杜林議郊祀制乃謂「漢業特起，功不緣堯。」《宣帝紀》曰：「神爵三年八月，詔益吏百石以下俸十五。」韋昭曰：「若食一斛則益五斗。」荀悦《漢紀》云：「益吏百石以下俸五十斛。」劉輔上書曰：「腐木不可以爲柱，卑人不可以爲主。」荀《紀》云：「腐木不可以爲柱，人婢不可以爲主。」東漢《仇覽傳》「爲蒲亭長」，化不孝子陳元。謝承以爲陽遂亭長，化不孝子羊元。《唐書・來濟傳》宣城石仲覽，《高智周傳》江都石仲覽。《唐・百官志》云：「平章事自李靖始。」《郭正一傳》「自正一始。」《百官志》云：「太宗設官七百三十員。」《曹確傳》乃曰：「太宗著令文武官六百四十三員。」《兵志》曰：「天下府兵六百三十有四，而在關中者二百六十有一。」陸贄《奏議》謂置府兵八百，而關中五百。《太宗實録》云：「貞觀四年，天下斷死罪二十九人。七年，天下死囚凡三百九十人，自詣朝堂。」《實録》乃云「二百九十九人。」白居易《樂府》云：「死囚四百來歸獄。」《舊·本紀》統紀年代記皆云二百九十人。温公《考異》曰：「今從《新書·刑法志》。」《新書·刑法志》云：「貞觀四年，天下斷死罪二十九人。六年，親録囚徒，憫死罪者三百九十人，縱之還家，期以明年秋即刑。及期，囚皆詣朝堂，無後者，太宗嘉其誠信，悉原之。」班固《賓戲》曰：「孔席不煖，墨突不黔。」《淮南子·修務訓》篇曰：「孔子無黔突，墨子無煖席。」《前·食貨志》「晁錯曰：『堯、禹有九年之水，湯有七年之旱，而國亡捐瘠者，以蓄積多而備完具也。』」《荀子·富國》篇云：「禹十年水，湯七年旱，而天下無菜色者。十年之後，年穀俱熟，而陳積有餘。是無他故焉，知本末源流之謂也。」晉荀勗曰：「省吏不如省官，省官不如省事，省事不如清心。」唐李德裕曰：「省事不如省官，省官不如省吏。」《白居易傳》云：「九歲暗識聲律。」元稹《白氏長慶集》云：「五六歲識聲韻。」又《白氏長慶集》云：「雞林賈人求市其詩頗切，自云本國宰相每以百金换一篇。」本傳乃云：「雞林行賈售其國相，率篇易一金。」

經史異

《易》曰：「養賢以及萬民。」蕭何曰：「養其民以致賢人。」《舜典》曰：「四罪而天下咸服。」《前·鮑宣時政書》曰：「堯放四罪而天下服。」《孟子》曰：「夏曰校，殷曰序，周曰庠。」《前·儒林傳》曰：「夏曰校，殷曰庠，周曰序。」《孟子》曰：「庾公之斯，學射於尹公之他。」《離婁》下。《左氏》襄十四年：「尹公他學射於庾公差。」《孟子》曰：「詩亡然後《春秋》作。」《文中子》曰：「《小雅》廢《春秋》作。」《文中子・王道篇》：「叔恬曰：『舜一歲而巡五嶽。』」《舜典》止巡四嶽。

破題道盡

爲文有三難，命意上也，破題次也，遣辭又其次也。不善遣辭，則莫能敷暢其意，不善涵蓄題意，破題何自而道盡哉？則是破題尤難者也。嘗即是而觀古文，第一句便道盡題意而盡善盡美者，我國朝得三人焉。歐陽文忠公《縱囚論》曰：「信義行於君子，刑戮施於小人。」則一句道盡太宗求名之意矣。其後《韓文公廟碑》，蘇文忠有：「匹夫而爲百世師，一言爲天下法。」又一句道盡昌黎之道義矣。百有餘年，至周益公必大《三忠堂碑》，其曰：「文章天下之公器，萬世不可得而私也。節義天下之大閑，萬世不可得而踰也。」謂：「文忠歐陽公以文鳴，忠襄楊公、忠簡胡公俱以忠義鳴。」故首句已道盡三公平生事實。然太宗、文公二人耳，皆易道；三忠既三人，又兩塗，尤難道。公兩句無一字無來處，殆與歐、蘇争光。不寧惟是，以言乎表，則《誕皇孫賀重華宮》曰：「有天下傳之子，初微黄屋之心；受帝祉施於孫，俶誕青宫之冑。」《乞致仕》曰：「三千同臣心，甫際興王之運；七十致君事，適臨告老之年。」《謝復益國公》曰：「華陽黑水，裂地而封；舊物青氈，從天而下。」以言乎啓，則《賀陳右相》曰：「底績政塗，奮庸揆路。濟巨川汝作舟楫，式資利涉之功；若和羹爾惟鹽梅，更賴均調之助。」《賀王德言除工部侍郎》曰：「擢登起部，仍直鑾坡。閶闔晨趨，班冠貳卿之玉筍；絲綸夜草，燭摇内相之金蓮。」《賀直院楊給事》椿曰：「塗歸東省，僕直北門。論事激昂，百辟憚回天之力；摛文掞麗，四方傳擲地之聲。」《謝劉守再送朱墨錢》曰：「長者賜，不敢辭，正惟禮屈。小人腹，已屬饜，過爲身謀。」凡此皆字字破的，篇篇出奇。只在首聯，其題意粲然；靡所不載，可謂文中虎也。公平昔所著，可觀不可殫，姑舉此，則嘗鼎一臠可知矣。

作文法

艮齋先生謝公昌國自起部丐祠歸渝上，嘗往謁焉。春容浹日，無所不論，因求作文之法。先生曰：「余少時讀昌黎文得四字，取爲文法，平生用不盡。」乃跽而請曰：「四字謂何？」答曰：「奇而法，正而葩。《易》、《詩》之禮，盡在是矣，文體亦不過是。」然文貴乎奇，過於奇則豔，故濟之以法。文貴乎正，過於正則朴，故濟之以葩。奇而有法度，正而有葩華，兩兩相濟，不至偏勝，則古作者不難到，況今文乎！又嘗得尚書張公茂獻《文箴》曰：「作文有三病：意到而辭不達，如訟者抱直理，口訥莫伸，一病。辭達而調不工，如委巷相爾汝，俚鄙厭聞，二病。調工而體不健，如堂堂衣冠美丈夫，而無精神，三病。」又曰：「非積氣之清以爲日月星辰，則日月星辰不足以爲天下之文；非馭氣之正以爲充實之文，則文雖文不足以議自然之文。」是説也，雖詩人之優遠，騷客之靚深，史家之詳贍，一舉而兼之，又豈特舉子之文而已哉。

賦要識題

前輩作賦，須看韻脚，誠不易之論。然近年主司，亦有以韻脚誤人者，如吉州出「明哲通天地之心」，韻脚云「此其實通而無間者」，而所取不主禮刑。「三代有道之長」，韻脚云「三代長久，其故可知」，而所取乃專主教太子。筠州出「明主謹養其和」，以「知本末源流之謂也」爲韻，而所取不主財貨。乃知作賦須就題熟認，不可參入外意，必若太學出「天子當陽」，韻脚云「天子當陽，照臨萬國」，則以陽字爲太陽，却不可不從。

賦須韻脚意全

賀方回言學詩於前輩，得八句云：「平淡不流於淺俗，奇古不流於怪癖。題詠不窘於物象，叙事不病於聲律。比興深者通物理，用事工者如己出。格見於成篇，渾然不可隽；氣出於言外，浩然不可屈。」盡心於此，守而不失，請借此以爲八韻之法。苟妙達此旨，始可言賦。昔秦少游《賦郭子儀單騎見虜》第四韻云：「兹蓋事方急則宜有異謀，軍既孤則難拘常法，遭彼虜之勁悍，屬我師之困乏。較之力則理必敗露，示以誠則意當親狎，我得不徹衛四環，去兵兩夾，雖鋒無鏌鎁之鋭，而勢有泰山之壓。踞鞍以出，若無擒虎之威；失隊而驚，如棄華元之甲。」押險韻而意全，若此乃爲盡善。凡八韻皆即此，可反三隅矣。近歲效莆陽體者，雖貴意全，然疊字多而失之冗，句法長而失之强，此非善學柳下惠者也。若解試、省試，尤貴得體，切宜知之。

賦貴巧於使事

高安解試《由也升堂賦》，滿場皆苦其無故實。林振體狀題意，獨得活法，只用孔門同時之事映帶。其第六聯云：「攀鱗附翼，仰窺在寢之淵；聞禮學詩，下視過庭之鯉。」主文李先之朴撫案稱賞曰：「祇消此聯，已見由也果在堂上矣。」遂寘首選。艮齋先生謝尚書嘗云：「未第時試《仁義天下之表制賦》，當時從游場屋者，衆皆閣筆，無以體表制者。自作第四韻散句有曰：『民多拱極之星，世絶駭輿之馬。』爲表制設也。有學生曾其性者，巧於移掇，上添兩句云：『如天其大，民皆拱極之星；若路以由，世絶駭輿之馬。』非特唤醒得題目意透，又以星襯仁天，馬襯義路，表制在其中矣，較有工夫，乃占第一，予次之。」作者不可不知。

賦以一字見工夫

東坡有曰：「詩賦以一字見工拙。」誠哉是言。嘗記前輩説歐公柄文衡，出《堯舜性仁賦》，取劉煇天下第一。首聯句曰：「世陶極治之風，雖稽於古；内積安行之德，蓋稟於天。」劉來謁謝，頗自矜，公雖喜之，而嫌其「積」字不是性，爲改作「蘊」，劉頓駭服。紹興己卯，廬陵秋試《大衍天地之樞賦》劉明老破題八字云：「法著大衍，理闢萬殊。」主司喜其「闢」字包盡題意，取爲冠場。有用該字者，皆末綴其後。太學復出魁者，亦不過用此八字。郭昌明首冠《宜春賦》曰：「重明麗正化天下」，第三隔云：「德增日日之新，斯能凝命；世被風風之教，孰不胥然。」以風風對日日，真不經人道語也。

履齋示兒編・文説卷三

聲畫押韻貴乎審

初，誠齋先生楊公考校湖南漕試，同寮有取易義爲魁。先生見卷子上書「盡」字作「尽」，必欲擯斥。考官乃上庠人，力争不可。先生云：「明日揭牓，有喧傳以爲場屋取得個尺二秀才，則吾輩將胡顔？」竟黜之。廬陵出《聖武爲天下君賦》，小賦押君字者，隔句皆押能、羣韻，而多寫作群。當時有數人作者賦甚工，意必前列，而竟不挂名。後主文出院，與勸駕言及此，甚嗟惜之。且云：「二十文韻中無群字，凡如此寫者，皆不敢取。」又出《三代有道之長賦》，三字韻或押殽函者，並行黜落。蓋函音諴，見二十七咸，其與三字同韻，乃「函人惟恐傷人」之函。胡南切臨江軍出《順天爲日新之教賦》，教字韻效、傚二字，寫出効、倣，不從「文」而從「力」者，並不取，所謂顔魯公有干禄字，即此可知。後之人凡書者不可不辨其畫，押者不可不審其聲。

雙音字貴詳審

林德頌垌《賦文精義》云：「如《車攻宣王復古賦》，復字本獨音扶又反，俗音伏。熊淳押舊字云：『苟根本之謀，在我素講，則統緒之託，指期可復。』皆本音也。沈之才押肅字云：『所嗟古制之久泯，豈謂此詩之能復？』此用俗音也，理當從經釋文是。然恐主文用俗音，故須上請。」予按，《經釋文・車攻序》「復古」、「復文」皆無音，唯「復會」獨音扶又反，復古之復當音伏，訓反也，復會之復訓又也。則此復古熊淳押去聲非是，沈之才押入聲乃是，林德頌顧第弗深究也。林又云：「如渾天儀字，本音胡本反，葉重聞《天行健賦》云：『爰有稚圭，擬形容於轉轂；故令平子，妙制作於渾儀。』此誤作平音用也。如姚鳳《渾天羲和之舊器賦》云：『妙契洪造，器名渾天』，此是矣。」予稽諸《揚雄傳》「大潭思渾天」，顏師古音「胡昆反」，揚子《重黎篇》「或問渾天」，温公音「胡本切」，則二音皆得通押，不可謂誤。張教授炳在廬陵郡學，出《孟荀羽翼六經賦》，羽有兩音，上聲者五音之羽，去聲者羽翼之羽。有上請者，許押上聲，乃是落韻。

協韻雖亦作字不可重押

如秦少游《君臣相正國之肥賦》，第五韻云：「因知正主而御邪臣者，難以成乎安强。正臣而事邪主者，不能浸乎明昌。美聖時之會聚，當直道以更相。蓋上下交孚兮，若從繩之糾畫。故民俗阜蕃也，常飽德以康彊。所以舜申后稷之忠，民或飢而可救。唐相韓休之鯁，己雖瘠以何傷？」係中魁選。有訟其重疊用韻，遂殿舉朝旨，今後詩賦，如押安强，即不得押康彊矣。蓋十陽韻中彊字亦作强故也。

用事貴審

凡用事須探究本文，不可以虚對實，如陳傅良《漢斵琱爲樸賦》云：「吏尚刻深，弊見於乾封元鼎；意多穿鑿，機形於五鳳黄龍。」按《漢·郊祀志》，武帝封泰山，改元封元年，明年「夏旱。公孫(柳)[卿]曰：『黄帝時封則天旱，乾封三年。』乃下詔曰：『天意欲乾封乎？』」乾音干，則乾封非年號也，以對五鳳，則爲偏矣。

祭文簡古

世傳北狄來祭皇太后文，楊大年捧讀，空紙無一字，即自撰曰：「惟靈巫山一朵雲，閬苑一團雪，桃源一枝花，秋空一輪月。豈期雲散雪消，花殘月缺？伏惟尚享。」時仁皇深喜其敏速。志祖案：錢詹事大昕云：「大年卒於天禧四年，其時仁宗未即位也。章獻之崩，則大年死已久矣。其詞輕豔，不可施於母后，此委巷無稽之談，而季昭采之，誤矣。」歐陽文忠公奉母夫人喪歸廬陵，道過臨江，李觀以著作佐郎知清江縣，太守命作祭文，應聲而成曰：「孟軻亞聖，母教之也。夫人有子如軻，雖死何憾！尚享。」公聽之甚悲感，且擊節稱賞。二者雖皆祭文，然體律簡古，詞意超絶，真得尹師魯止用五百字可記之法，使施之他文，無不可者，故表而出之。

對用人名

觀皇甫嵩《醉鄉日月》有徵人名，必分品類，則用字之法，貴乎親切，於是略試申之。如風雲中用朱雲、斛律明月，則申以李淳風、南霽雲、高霞寓、韋雲起、袁天綱、崔日用。鳥獸中用魏豹、扁鵲，則申以伯虎、仲熊、叔豹、季騧、梁鴻、高鳳、賈彪、郭象、陳黿、朱鳳、崔駰、朱虎、孔鯉、祝鮀、石季龍、韓擒虎。草木中用鄧艾、越椒，則申以薛柳、張松、張華、崔寔、王筠、盧杞、元德秀、高仙芝。布帛中用季布、爰絲，則申以黄裳、黥布、伍被、陸扆、田布、常衮。顔色如衛青、李白，則申以陶朱、李赤、師丹、李絳、朱邑、黄香、白圭、黄霸、龔黄、元白、赤松子、黄石公。形體如張耳、伯牙，則申以隸首、姜肱、馯臂、公肩、班叔皮、習鑿齒。親族如王郎、衛子夫，則申以竇王孫、嬰嚴公子、彭祖羊叔子、祜劉伯祖。祐家具如劉盆子、公孫杵臼，則申以袁盎、京房、臧宮、渾室、管輅、張衡、□□□高甑生。州郡如馮唐、孔光，則申以王吉、法真、欒廣、李通、張衡、李歆、賈夔、杜撫、欒巴、馮道、馬嚴、李賀。又以門目觸目而長之，如國名用馬周、董晉、李漢、馮唐、吴漢、路隋、孫楚、蘇秦、唐儉、虞翻、西周、東周、前漢、後漢。帝王用趙堯、王舜、貢禹、張湯、田文、蘇武。卦名用楊震、來恒、李巽、苗復、唐臨、崔涣、蘇安恒、温大有、賈敦頤、韓思復、程知節、韋思謙、薛大鼎、沈既濟。金玉用韓瑗、唐璿、蘇環、蕭瑀、周瑜、李珏、王珪、房琯、郭璞、庾琛、衛玠、劉琨、蔣琬、劉璋、張守珪、李抱玉。數目用九方皋、百里奚、員半千、武平一、張九齡、權萬紀、雷萬春、程千里、武三思、方萬頃、張萬福、鄂千秋。山川用劉元海、馬子山、安禄山、倪若水、段干木、韋巨源、孔北海、李西河、賈山、和嶠、賈島、李源、常淮、李峴、王潮、李漢、袁崧、温嶠、山簡、江淹。四時用子夏、杜秋、雷萬春、車千秋、韋夏卿、趙冬曦。四方用東園公、北宫錡、姚南仲、公西華、東方朔、西門豹、南宫适、北宫黝、東施、西施、南阮、北阮，以至高皇、小白；倪寬、王猛；夏馥、黄香；劉晨、叔夜；谷永、牟長；傅喜、馮驩；李固、徐堅；梅福、王祥；許遠、袁高；婁敬、杜欽；周仁、韓信、馮道、劉德；祖逖、宗均；張衡、郗鑒；祖乙、仲壬、田甲、庖丁；謝安、穆寧；陽虎、樂羊、牛崇、馬援；來濟、到洽；馬良、羊祜；宰我、夷吾；京房、渾室；伯夷、儀狄；灌夫、馮婦；徐孺子、來護兒；金安上、白敏中；司馬遷、公羊高；徐有功、蘇無畏；曹無傷、申不害；蘇味道、婁師德；史叔賓、宗楚客；堯辟邪、《北史》堯暄字辟邪。霍去病；冉伯牛、桑宏羊；劉黑闥、杜黄裳；田仁會、崔信明。凡此皆可以類求，所謂世間未有無對者也。

過庭録

〔宋〕樓昉 撰

《過庭録》一卷

宋 樓昉 撰

樓昉，字暘叔，號迂齋，鄞（今浙江寧波）人。紹熙四年（一一九三）進士，累官從事郎、宗正寺簿、守興化軍。從吕祖謙學，并師法吕氏《古文關鍵》，編選《崇古文訣》（一名《迂齋古文標注》），篇目增多，發明亦精，學者便之。教授鄉里，從學者數百人。有《中興小傳》、《宋十朝綱目》、《東漢詔令》等。

此書僅十一條，似非完帙。零錦碎玉，均稱精當。説助辭虚字有助「文字之妙」，柳宗元與《國語》之離合，《史記》「有俠氣」，作游士、游俠傳「分外精神」，論文章結構需「一節高如一節」，「須留最好者在後面」及論四六對句應「縷貫脉聯，文從字順」等，堪稱卓識，啓沃人心。

宋范公偁、清宋翔鳳等亦有《過庭録》，名同實異。樓氏此書僅見《説郛》卷四十九，涵芬樓本，商務印書館一九二七年版。已收入上海古籍出版社一九八八年《説郛三種》本。今即據以録入。

（王宜瑗）

過庭録

宋 樓昉 撰

作文用虚字 文字之妙，只在幾箇助辭虚字上。看柳子厚《答韋中立》、《嚴厚與》二書，便得此法。助辭虚字是過接斡旋、千轉萬化處。

古人用字 古人字，明用不如暗用；前代故事，實説不如虚説；五行家之言，以爲明合不如暗合，供實不如供虚。知此説，可以悟作文之法。有一朋友聞之擊節。

諸家文章 予嘗取韓退之《答張籍》、《李翺》、柳子厚《答韋中立》、老蘇《上田樞密》、子由《上韓太尉書》、曾南豐《答王介甫書》、陳後山《答秦少游書》與前輩諸公凡論文處，别作一册寫出，類聚觀之，不特可見各人自有法度，亦可以見各人自有工夫，此與親承面命有何異哉！

柳文學《國語》 柳子厚文字多學《國語》，却著《非國語》論若干篇，豈私其所自得而諱其所從來耶？ 至《答韋中立書》則云：「參之《國語》以著其潔。」又云：「左丘明、太史公、《國語》可出入。」此却是子厚自瞞不得處，不覺説出，亦可見其資刻薄。

太史公有俠義 太史公作蘇秦、張儀、范雎、荆軻傳分外精神，蓋子長胸中有許多俠氣，所謂爬着他癢處。若使之作董仲舒等傳，則必不逮，以其非當行也。

王蠋無傳　王蠋義不北面于燕，非戰國士也。太史公不自爲立傳，僅以附之《田單傳》末，子長自有深意，單之勝因于蠋之死也。

同字　太史公云：「同子驂乘，袁絲色變。」同子，趙談也。顔師古註：「蓋以父名談故也。」近王明清《揮麈録》屢字劉摯莘老爲同老，王之大父名莘，字樂道，本太史公舊也。史丞相本字光叔，婿五人潘氏，潘又李參政泰法婿也，于稱謂不便，故以同叔易之。此惟潘、李可稱耳。予故與朋舊問名字，偶與祖宗相配者，槩可以同字稱，人往往詰予，不知固有所本云。

太史公筆　太史公筆力豪放，而語激壯頓挫，如所謂「長袖善舞，多財善賈」、「女無美惡，入宮見妬；士無賢不肖，入朝見嫉」等語，皆切近端的。贊尤奇。《屈原賈誼》、《荆軻》兩贊，當爲第一，讀之使人鼓舞痛快，而繼之以泫然泣下也。韓退之《毛穎贊》，可繼其後。

《晉問》　柳河東《晉問》節目凡八：先説山河，次説兵器，次説馬，次説木，次説魚鹽，次説晉霸，末乃歸之唐堯遺風。一節高如一節，而武陵之説自廢。蓋子厚先有最後一節，前面只是布置敷衍，旋旋引入。譬人鬻珍器重寶，終不成纔有人求看，便把第一最好者示人也；須從平常之物，持與之看，却到珍奇之物，自然懽喜贊歎。彼之觀漸異，則吾之寶漸重。前人常謂作文字須留最好者在後面，吕太史亦云：「文章結尾如散場後底板，若好者相排鋪在前面，後面只平平結果，則無可笑者矣。」

文字　予少時每持「非聖賢之書不敢觀」之説，他書未掛眼。有一朋友謂某曰：「天下惟一種刻薄人，善作文字。」後因閲《戰國策》、《韓非子》、《吕氏春秋》，方悟此法。蓋模寫物態，考核事情，幾于文致傅會操切者之所爲，非精密者不能到，使和緩長厚多可爲之，則平凡矣。若刻薄之事自可不爲，刻薄之念自不可作。亦先有六經、孔孟義理之説，先入而爲之主，則百家之書，反爲我役而不能爲我害矣。此須魯男子乃能學，不然癡人面前不可説夢也。

四六　前輩評四六，謂經句對經句，子句對子句，史句對史句，詩句對詩句，最爲的當，且於體製諧協。以予觀之，若《書》句自對《書》句之類尤佳。六經循還，自相對之；若不得已，以史句分曉處，對子句或經句，亦不奈何。大要主於縷貫脉聯，文從字順而已，不必大拘。如「在武丁時」對「作召公考」，「惟女一德」對「子今三年」，「天惟顯思」對「民亦勞止」，「有能奮庸」對「爰立作相」，「經營四方」對「飲御諸友」之類，固是天造地設；若「萬人留田」對「三事就緒」，不免以史句對經句，緣有氣力，所以不覺。若「獨有天幸」對「不自意全」，以史句對史句，則尤妙。古人詩句，亦有可用之於表啓者，若用之於制誥，則不尊嚴，不可不知。開禧間，有以家世平章軍國者，遇宗祀，予爲代作加恩制，末聯云：「伊尹格於天，伊陟格於帝，既助予克享之誠；巫咸乂王家，巫賢乂有殷，尚勉爾交修之誼。」蓋四人家世輔相，格天帝施之於郊祀，禮成之後乃更自親切耳。

崇古文訣評文

〔宋〕樓昉 撰

《崇古文訣評文》一卷

宋 樓昉 撰

《崇古文訣》收録《史》、《漢》至宋人古文近二百篇，收文範圍較廣，繁簡適中，雖祖其師吕祖謙《古文關鍵》，却能矯其過簡過嚴之失。《直齋書録解題》及《文獻通考》都曾著録此書，作五卷。清人所著録多爲二十卷。陸心源《皕宋樓藏書志》載宋刊本《迂齋先生標注崇古文訣》二十卷，其前有陳振孫《序》云：「得一百六十八篇，爲之標注以詒學者。」又劉克莊《後村大全集》卷九十六有《迂齋標注古文序》云：「迂齋標注者一百六十有八篇……既刊標注十首卷。」可見宋時此書卷數已有五卷、十許卷、二十卷之多寡不同。疑當時即廣爲流傳，坊間任意分割所致。今尚存國家圖書館藏宋刊二十卷本。元刊本不僅增二十卷爲三十五卷，且據《天禄琳琅書目後編》「解題」云：「凡文百九十三首，先秦三家，兩漢十家，三國一家，六朝二家，唐四家，宋二十九家，而韓歐文爲多。」則較原書又多出二十六篇，且選文上限亦推至先秦。其後明人刻本，亦從元刊本。《四庫》著録内府藏本，則爲明刻，惟《提要》對於五卷之説「疑傳寫者誤脱『三十』二字」，似不確。以明刻本與《四庫》本對校，可見四庫館臣已是正明刻本多處錯誤，惜仍有微瑕。今以文淵閣《四庫全書》本爲底本，參校明刻本，删去選文、整理其評語而成。

（羅立剛）

崇古文訣評文

宋　樓昉　撰

《崇古文訣》原序

文者，載道之器。古之君子非有意於爲文，而不能不盡心於明道，故曰「辭達而已矣」。能達其辭，於道非深切著明，則道不見也。此文之有關鍵，非深於文者安能發揮其藴奥，而探古人之用心哉？四明樓公假守莆邦，積其平時苦學之力，紬繹古作，抽其關鍵以惠後學。廣文陳君鋟諸梓以傳之，使世之學者優游而深求，饜飫而自得。豈惟文章之能事可畢，古人之用心於是乎可推也。寶慶丁亥端月既望延平姚珤序。

《答燕惠王書》

樂毅

可以見燕昭王、樂毅君臣相與之際，略似蜀昭烈、諸葛武侯。書詞明白，洞見肺腑。

《上秦皇逐客書》 李斯

此先秦古書也。中間兩三節，一反一覆，一起一伏，略加轉換數個字，而精神愈出，意思愈明，無限曲折變態，誰謂文章之妙不在虛字助詞乎？

《卜　居》 屈平

此屈原陽爲不知善惡之所在，假託著龜以決之，非果未能審於所向而求之神也。居，謂立身所安之地，非宫室之居也。

《漁　父》 屈平

漁父，蓋古巢、由之流、荷蕢丈人之屬。或曰亦原託之也。

《九歌·東皇太一》 屈平

太一，天之貴神，祠在楚東，故曰東皇。此篇蓋言己至誠盡禮以事神，願神之欣悦安寧，以寄人臣竭力盡忠，愛君不已之意。

《九歌・雲中君》　屈平

雲中君，謂靈神也。《前漢・郊祀志》言漢武帝置壽宫神君，亦此類。言神降而與神接，故既去而人思之不忘，因以寄臣子慕君之意。

《九歌・湘君》　屈平

湘君，謂堯長女娥皇，爲舜正妃。舜巡狩崩於蒼梧，二妃遂死於江湘之間。此篇情意曲折尤多，皆以陰寓忠愛慕君之意也。

《九歌・湘夫人》　屈平

此篇情意與《湘君》篇同。正妃爲「君」，則次妃降稱「夫人」，所謂「沅有芷兮澧有蘭，思公子兮未敢言」，其詞甚平，乃所以爲相思之至也。

《大司命》

《周禮・大宗伯》「祀司命」疏云：三臺，上臺曰司命；又，文昌第四宫亦曰司命。故有兩司命。原非徼福於司命也，所謂順受其正者。

《少　司　命》

末章蓋言神能驅除邪惡，擁護良善，宜爲下民之所取正。則與前篇意合。

《東　君》

此即迎日之祭也。

《河　伯》

晦翁云：「巫與河伯既相别矣，而波猶來迎，魚猶來送，眷眷之無已也。屈原豈至是而始嘆君恩之薄乎？」

《山　鬼》

此篇反覆曲折，言己始以志行之潔，才能之高，見珍愛於懷王；已亦愛慕懷王，納忠效善，而終困於讒，不能使之開寤；君雖未忍遽忘，卒爲所蔽，而己之拳拳，終不忘君也。

《賜南粵王佗書》 文帝

委曲回護，不自尊大，而所據者，正所以感動而諷諭之者深矣。讀文帝此書，非但忠厚惻怛，能服夷狄之心，又且明白正大，得待夷狄之體。

《政事書》 賈誼

本末宏闊，首尾該貫。議論雖未免純駁之雜，然自董仲舒以前未有言及此者。文氣筆力則當爲西漢第一。

《過秦論》 賈誼

秦始終興亡之變，盡在此書。

《吊屈原賦》 賈誼

誼謫長沙，不得意，投書吊屈原而因以自諭。然譏議時人太分明，其才甚高，其志甚大，而量亦狹矣。

《請立梁王疏》

賈誼

深識事勢，議論剴切，筆力老健。至吴楚之反而説始驗，至主父偃之出而策始行。信乎其通達國體也。

《鵩　賦》

賈誼

其詞汗漫恍惚，盖皆遺世忘形之説。此太史公讀之而有同死生，齊物我，令人爽然自失之嘆也。誼謫長沙，抑鬱不自得，適有鵩入之異，長沙地卑濕，恐壽不得長，故爲此賦，推原死生之理以自遣也。

《解　嘲》

揚雄

此又是一様文字體格，其實陰寓譏時之意，而陽詠嘆之。《進學解》、《送窮文》皆出於此。

《喻巴蜀檄》

司馬相如

一篇之文全是爲武帝文過飾非，最害人主心術。然文字委曲回護，出脱得不覺又不怯。全然道使者、有司不是，也要教百姓當一半不是，最善爲辭，深得告諭之體。

《難蜀父老文》　司馬相如

武帝事西南夷，豈是好事？其實相如只是强分疏，却又要强説道理，至以禹治水爲比，可謂牽合矣。使人主觀之，乃所以助成其好大喜功之習，非所以正救其失也。然文字自佳。

《自序》　司馬遷

家世源流，論著本末，備見於此。篇終自叙處文字，反覆委折，有開闔變化之妙，尤宜玩味。

《答任安書》　司馬遷

反覆曲折，首尾相續，叙事明白，讀之令人感激悲痛。然看得豪氣猶未盡除。

《兩都賦序》　班固

讀《兩都賦序》，則知詞賦之作，亦可以觀世變，非一切鋪張誇大之謂也。本朝吴處厚《賦評》，唐説齋《中興賦序》，亦得此意。

《兩都賦》 班固

所謂極衆庶之所眩曜。

《東都賦》 班固

所謂折以今之法度，當合兩篇兼看。

兩賦大抵前篇極其鋪張，後篇從而收斂。前篇已爲後篇折難之地。以周比並秦，彼此相形，優劣自見。十分折難得倒，更主張西都不得了。

《封事》 劉向

鋪叙有倫，首尾相應，又須要看向所處是何地位。味其書詞，方知其忠愛懇惻之意，與他人不同。

《報友人孫會宗書》 楊惲

楊敞子，太史公外孫。宣帝雖刻深，取禍亦有自。

《擇賢疏》　王嘉

論事深切，達於世變。西漢末文字，惟梅福、王嘉書最好，亦可以見漢家故事。

《讓太常博士書》　劉歆

辨難攻擊之體，峻潔有力。

《出師表》　諸葛亮

規模正大，志念深遠，詳味乃見。吴、魏二國未識有此人物，有此文章否？

《後出師表》　諸葛亮

一篇首尾多是説事不可已之意，所以不可已者，以「漢賊不兩立，王業不偏安」故也。血脉聯屬，條貫統紀，森然不亂，宜與前《表》兼看。

《詣建平王上書》

江淹

此書當兼《任安》、《會宗》、《孟容》三書看。規模布置雖同，然心曲間事自有各别。子長未免豪放，楊惲未免忿怨，子厚未免文飾。此書自始至末，似無不平處，須是子細詳味，方見得文通託此自雪。若悲惋凄愴之態，當於《恨賦》見之。

《北山移文》

孔稚圭

建康蔣山是也，周顒所隱之地。此篇當看節奏紆徐，虚字轉折處。然造語駢儷，下字新奇，所當詳味。

《昌黎文集序》

李漢

退之諸生，或爲祭文，或爲行狀，淺深疏密，居然可見。漢乃其婿也，故爲序云。

《爭臣論》

韓愈

此篇是箴規攻擊體，是反難文字之格，當以《范司諫書》相兼看。

《祭兄子老成文》　韓愈

文字反覆曲折，悲痛悽惋，道出肺腑中事，而藁然慈良之意見於言外。

《原　道》　韓愈

詞嚴意正，攻擊佛老有開闔縱捨，文字如引繩貫珠。

《原　毁》　韓愈

曲盡人情。

《贈張童子序》　韓愈

想得一時諸公所以贈童子者，必無此等説話，惟褒美耳。張童子得此一鞭，安得不益進於善？陳無己《答邢居實書》可參看。

《南海神廟碑》 韓愈

敘事狀物之妙。

《殿中少監馬君墓銘》 韓愈

敘事有法，辭極簡嚴，而意味深長，結尾絶佳，感慨傷悼之情見於言外。三世皆有舊，故其言如此。退之所作墓誌最多，篇篇各有體制，未嘗相襲。

《祭柳子厚文》 韓愈

雖尊稱子厚而中含不滿之意。

《送孟東野序》 韓愈

曲盡文字變態之妙。

《送李愿歸盤谷序》　韓愈

一節是形容得意人，一節是形容閒居人，一節是形容奔走伺候人，却結在「人賢不肖何如也」一句上。終篇全舉李愿説話，自説只數語，其實非李愿言，此又别是一格式。

《鱷魚文》　韓愈

辭嚴義正，真可以感動鱷魚。

《柳州羅池廟碑》　韓愈

叙事有倫，句法矯健，中含譏諷之意。

《平淮西碑》　韓愈

布置回護，叙事有法。

又批云：看他抑揚起伏，鋪張回護，布置收拾之法，當與《元和聖德詩》並看。

《張中丞傳後序》 韓愈

反覆攻擊，然後己之説伸，而人之説廢。此論難折服格。

《唐故河中府法曹張君墓碣》 韓愈

前面二百餘字，丁寧反覆，委蛇曲折，讀之使人感動。以其人無事業可紀載，故其體如此。退之前後銘墓多矣，而面子箇箇不同，此類可見。

《進學解》 韓愈

設爲師、弟子詰難之詞，以伸其己意。機軸自揚雄《解嘲》、班固《賓戲》來。

《上張僕射第二書》 韓愈

不深排痛抵，而微諷諭之，詞意婉切，讀之者自是感動。比之子厚《李睦州服氣書》便厲聲色矣。

《毛穎傳》　韓愈

筆事收拾得盡善，將無作有，所謂以文滑稽者，贊尤高古，是學《史記》文字。

《歐陽生哀辭》　韓愈

詹死於京師，而不在父母之旁，未必免於「或者」之疑。父母不得見其死，則哀之深。故此文多是推原詹之本心，且言詹之心即父母之意。紆餘曲折，曲盡其妙。

《送窮文》　韓愈

前面許多鋪陳布置，結裹收拾盡在後面。看到後面方知前面盡是戲言。然則退之此文非是送窮，乃是固窮。機軸之妙，熟讀方見。《進學解》是設爲師、弟子問難之詞，此是設爲人鬼問難之詞，可以參觀。

《後二十九日復上宰相書》　韓愈

以周公與當時之事反覆對説，而求士之緩急，居然可見。雖是退之切於求進，然理亦如此。

《與孟簡尚書書》 韓愈

出脱孟子，是自出脱；推尊孟子，亦是自推尊。文字抑揚格。此一篇須看大開闔。

《燕喜亭記》 韓愈

看他規模布置、前後節級相承處，可與《戴氏堂》比並看。

《送石洪處士序》 韓愈

看前面「大夫」「從事」四轉反覆，又看後面四轉祝辭，有無限曲折變態，愈轉愈佳，中間一聯用三句譬喻，意聯屬而語不重疊。後山作《參（廖）〔寥〕序》用此格。

《答李翊書》 韓愈

吕居仁說：「退之《答李翊書》最見爲文養氣妙處。」

《東池戴氏堂記》

柳宗元

脉絡相生，節奏相應，無一字放過。此文如引繩貫珠，循環之無端，如常山之蛇，救首救尾，如累九層之臺，一級高一級而豐約不差毫釐。池因堂而勝，堂因人而勝。戴氏之父子人物又因子厚之文而勝，使無子厚大手筆爲之發揮，則戴氏亦一録録人爾，况其池與堂乎？當如此看。

《捕蛇者説》

柳宗元

犯死捕蛇，乃以爲幸，更役復賦，反以爲不幸，此豈人之情也哉？必有甚不得已者耳。此文抑揚起伏，宛轉斡旋，含無限悲傷悽惋之態。若轉以上聞，所謂「言之者無罪，聞之者足以戒。」

《愚溪詩序》

柳宗元

只一箇「愚」字，旁引曲取，横説竪説，更無窮已。宛轉紆徐，含意深遠，自「不愚」而入於「愚」，自「愚」而終於「不愚」，屢變而不可詰，此文字妙處。

《種樹郭槖駞傳》

柳宗元

凡事有心則費力，求工則反拙，曲盡種植之妙，非特爲種植作也，與《捕蛇説》同一機栝。

《梓　人　傳》

柳宗元

東萊批抹盡之。抑揚好，一節應一節。規模從《吕氏春秋》來，但他人不曾讀，故不能用，且不知子厚來處耳。

《封　建　論》

柳宗元

以封建爲不得已，以秦爲公天下之制，皆非正論，所以引周之失、秦之得證佐甚詳，然皆有説以破之。但文字絶好，所謂强辭奪正理。

《先聖文宣王廟碑》

柳宗元

此文所以不可及者，以其是柳州文宣王廟，更移在他州不得。

《與韓愈論史官書》　柳宗元

掊擊辯難之體。沈著痛快，可以想見其人。

《與李睦州論服氣書》　柳宗元

曉警深切，詞氣勁拔開闔，曲盡其妙，所恨太厲聲色。

《答韋中立書》　柳宗元

看後面三節，則子厚平生用力於文字之功，一一可考。韓退之與本朝老蘇、陳後山，凡以文名家者，人人皆有經歷，但各有入頭處與自得處耳。

《段太尉逸事狀》　柳宗元

筆力老健，真有作史手段。

《答許京兆書》

柳宗元

規模從司馬子長《答任安書》來。子厚自知不合附麗，而終以王叔文等爲可以興堯舜之道，其迷而不反者歟？

《晉　問》

柳宗元

晉國之美多矣，自山河而兵，自兵而馬，曰木，曰魚，曰鹽，一節細如一節，至於晉文公之霸業，盛矣。然以道觀之，亦何足貴？却有一項最可貴者，曰堯之遺風也。至此，則前面所舉可以盡廢，此是善占地步。一着最高特地留在後面説，譬如賈人之善售物者，必不肯先將好底出來。

《乞　巧　文》

柳宗元

當與《送窮文》相對看。然退之之固窮乃其真情，子厚抱拙終身，豈其本心歟？看他詰難過度處。

《答皇甫湜書》 李翺

觀翺此書，直欲以當代史筆自任，中間品量前代史筆之高下，發明人所未及。

《待漏院記》 王禹偁

句句見待漏意。是時五代氣習未除，未免稍俳。然詞嚴氣正，可以想見其人，亦自得體。

《壽域碑》 王禹偁

此篇造語新奇。

《岳陽樓記》 范仲淹

首尾布置與中間狀物之妙，不可及矣。然最妙處在臨了斷遣一轉語，乃知此老胸襟宇量，直與岳陽洞庭同其廣大。

《答趙元昊書》　范仲淹

反覆攻擊，既不失中國之體，亦不失夷狄之心。最宜詳味。

《嚴先生祠堂記》　范仲淹

字少詞嚴，筆力老健。

《謹　習　疏》　司馬光

此書説禮與它人説禮不同，援據的當，措陳明白，誠篤懇切，可以見此老愛君憂國之心。

《諫院題名記》　司馬光

首尾二百來字而包括無餘。識治體，明職守，筆力高簡如此，可以想見其人。

《保　業》　司馬光

議論純厚，文字切當，當與《無逸》篇參看。

《與吴相書》 司馬光

深切著明。

《智伯論》 司馬光

議論確的。

《慶曆兵録叙》 宋祁

叙事有法，能繁而不亂。

《畫舫齋記》 歐陽修

文字宛轉，以見出險而不忘險之意，且言前日之險，亦以仕宦自取之爾。

《相州晝錦堂記》 歐陽修

文字委曲，善於形容。

《醉翁亭記》

歐陽修

此文所謂筆端有畫，又如累疊階級，一層高一層，遂旋上去都不覺。

《論狄青》

歐陽修

曲盡人情事體。當時歐公只是爲龍圖閣直學士而已。

《論日曆》

歐陽修

可以見本朝典故及前後作史沿襲之失。公爲史官而議論如此，真得史官之職者也。

《上范司諫書》

歐陽修

此文出於韓退之《諫臣論》之後，亦頗祖其遺意，而文字無一語一言與之重疊，真是可與爭衡。

《祭丁元珍文》 歐陽修

譏貶雖近乎太過，然一時之毀譽，決不能掩千古之是非。觀此文，然後知枉之語爲有味也。

《秋聲賦》 歐陽修

模寫之工，轉折之妙，悲壯頓挫，無一字塵涴。

《祭蘇子美文》 歐陽修

卓犖俊邁。

《峽州至喜亭記》 歐陽修

不言蜀之險，則無以見後來之喜；不言險之不測，則無以見人情喜幸之深。此文字布置斡旋之法。

《豐樂亭記》　歐陽修

不歸功於己而歸功於上，最爲得體。叙干戈用武以至平定休息施於滁，則又著題詩也。讀之使人興懷古之想。

《有美堂記》　歐陽修

將他州外郡宛轉假借，比並形容，而錢塘之（之）美自見，此别是一格。

《讀李翺文》　歐陽修

文有離合收拾。在後面數語上，亦有感之言也。

《五代史一行傳論》　歐陽修

不敢以無人待後世，忠厚之至也。而所得者，又寂寥寡少如此，有悲傷不滿之意焉。

《五代史伶官傳論》　歐陽修

只看盛衰兩節，斷盡莊宗始終，又須推原昔何爲而盛，今何爲而衰。其盛也，以其有志；其衰也，以其溺心。憂深思遠，詞嚴氣勁，千萬世之龜鑒，隱然言意之表。

《五代史宦者傳論》　歐陽修

讀之使人憤痛而悲傷，深於世變之言也。

《送徐無黨南歸序》　歐陽修

轉折過換妙。

《論杜韓范富》　歐陽修

辯君子朋黨，大臣專權，曲盡其情，足以轉移人主心術之微，彌縫國政之闕。

《潭州新學詩并序》　王安石

筆力高簡，百來字中有多少回旋委折，真所謂以一當百者。

《新田詩并序》　王安石

唐多流民，以水利廢而多凶年故也。而此詩此序，讀之全然不覺。往復宛轉，含無限意思，真文字之妙。

《揚州龍興十方講院記》　王安石

以儒者而爲浮屠氏之文，得體者最難。自首至尾，抑揚高下，重彼所以傷此，感嘆之意見於言外。

《桂州新城記》　王安石

法度森嚴，詞意涵蓄，其褒余公處，亦兼有抑揚，不輕易下一語。

《信州興造記》　王安石

意有發明，文有涵蓄。叙事有法，又其餘事。

《讀〈孟嘗君傳〉》　王安石

轉折有力，首尾無百餘字，嚴勁緊束而宛轉凡四五處，此筆力之絶。

《答韶州張殿丞書》　王安石

文字宛轉抑揚，中間一節，曲盡作史情態。古今史筆得失，只在公私疑信之間，其論甚備。

《答段縫書》　王安石

不純以魯鞏爲賢，亦不以爲不賢；不純以段縫爲不是，亦不以爲是。開闔宛轉，一收一放，非特善出脱魯鞏，尤善自出脱。

《明州新刻漏銘》 王安石

當與坡公《徐州蓮華漏銘》兼看。坡公之超卓，荆公之收斂，於此可見。

《族　譜　引》 蘇洵

議論簡嚴，字數少而曲折多。非特文章之妙，可以見忠厚氣象。不可草草看過。

《張益州畫像記》 蘇洵

詞氣嚴重有法度。説不必有像，而亦不可以無像，此三四轉奇甚。最好處是善回護蜀人。公，蜀人也，所以尤難。

《審　勢》 蘇洵

看他筆勢句法，回護轉换，救首救尾之妙。縱横之習，亦見於此。

《仲兄文甫字説》　蘇洵

狀物最妙，所謂大能使之小，遠能使之近，此等文字，古今自有數。

《管　仲》　蘇洵

老泉諸論中，惟此論最純正。開闔抑揚之妙，責得管仲最深切。意在言外。

《木　假　山　記》　蘇洵

首尾不過四百以下字，而起伏開闔，有無限曲折，此老可謂妙於文字者矣。其終蓋以三峰比父子三人。

《送石昌言北使引》　蘇洵

議論好，筆力頓挫而雄偉，曲盡事物情狀。

《名二子說》

蘇洵

字數不多而宛轉折旋，有無限意思。此文字之妙。觀此老之所以逆料二子之終身，不差毫釐，可謂深知二子矣。與《木假山記》相出入。

《明論》

蘇洵

此等意脉，自《戰國策》來，曲盡事情。

主意只是「不測」，亦是一要字。雖未免挾數用術之説，然理亦如此，兵法攻堅攻瑕亦然。

《上韓樞密書》

蘇洵

議論精切，筆勢縱横，開闔變化，曲盡其妙。辭嚴氣勁，筆端收斂頓挫，十分回斡精神。深識天下之勢。而議論頗從《韓非》、《孫武》等書來。

《上富丞相書》

蘇洵

此篇須看抑揚開闔處，秤停得斤兩好。富公爲相，頗欲更張庶事，群小人多不樂者，故預爲之憂。

《上神宗皇帝書》　蘇軾

一篇之文，幾萬餘言，精彩處都在閒語上，有憂深思遠之意，有柔行巽入之態。當深切著明，則深切著明；當委曲含蓄，則委曲含蓄，真得告君之體。廷對當倣此。

《喜雨亭記》　蘇軾

蟬蜕汙濁之中，蜉蝣塵埃之外，所謂以文爲戲者。

《祭歐陽公文》　蘇軾

模寫小人情狀極其底蘊，介甫門下觀之，能無怒乎？然歐陽公之存亡，其關於否泰消長之運如此，非坡公筆力能及也。

《表忠觀碑》　蘇軾

發明吴越之功與德，全是以他國形容比並出來，方見朝廷坐收土地，不勞兵革，知他是全了多少生靈來墳墓上尤切。意在言外，文極典雅。

《徐州上皇帝書》 蘇軾

思慮精密，利害周盡，肝膽呈露，而筆力亦隨之。决江河而注之海，未足以喻其勢也。

《策略五》 蘇軾

此篇主意在通下情。間架整，波瀾闊，議論佳，可爲策格。作散文生疏，苦於斷續不相連者，或語句費力者，熟讀不患不進。

《贊王元之畫像》 蘇軾

器局大。讀此可以想見公與元之之爲人。

《三槐堂銘》 蘇軾

太宗始欲相王晉公祐，公請以百口保符彦卿不反，忤太宗意，遂不相。親戚有惜之者。曰：「吾雖不做，兒子二郎必做。」二郎，文正公旦也。發明天人意好，序文理致甚長，然亦人所可到。

至於銘詩，則不可及矣。學者須是看了序文，且掩卷默想銘文當如何下語，却來看他所作，方有長進。

《稼説送張琥》　蘇軾

觀坡公此説，豈以一世之盛名自居者哉？其朋友兄弟之相切磋者如此，此所以名益盛而學益進也。

《徐州蓮華漏銘》　蘇軾

坡公最長於物理上推測到義理精微處，妙於形容而引歸吏身上尤佳。

《范增論》　蘇軾

項羽殺宋義，便是要迫義帝，弑義帝便是要去范增。蓋宋義是義帝所愛，而義帝是范增所立，三人死生、存亡、去就最相關涉。推原得出，筆力老健，無一箇字閒。此坡公海外文字，故有老氣。

《代張方平諫用兵書》 蘇軾

説利害深切，得老臣諫君之體。

《倡勇敢》 蘇軾

回斡精神，變態百出，首尾相救，曲盡人情物理。看東坡文字，須學他無中生有。

《大悲閣記》 蘇軾

看拈起甚麽一種話頭，便被他對副了。觀此文如生蛇活龍，不惟義理通徹，亦是佛書精熟之故，所謂「信手拈來物物真」者。

《除吕公著守司空制》 蘇軾

此篇識體而加以俊邁，四六文字難得有血脉。以舊宰相平章軍國，此是求舊；元老大臣人望所歸，此是用衆，故以求舊用衆爲主張。公著是夷簡之子，解相印仍舊平章，故中間至末後叙述如此。

《齊州閔子祠堂記》　蘇轍

文字有關鎖，首尾相綰，發明理致。

《臣事三》　蘇轍

精華果鋭神氣之説，前此直是未有人説及此。推明模寫之工，與邦直相似，邦直文差刻畫太過。

《上樞密韓太尉書》　蘇轍

胸臆之談，筆勢規摹，從司馬子長《自叙》中來，從歐陽公轉韓太尉身上，可謂奇險。子由時方十九歲，或云老泉代作。

《臣事一》　蘇轍

權臣重臣，最難分别，觀此論則瞭然矣。此等議論，有益於人主。

《論經筵第一劄子》

程頤

此等議論，關涉大。自《伊訓》、《説命》、《無逸》、《立政》之後，方見此等文字。

《論經筵第二劄子》

程頤

探本之論，後世以爲迂緩，古人以爲急切。

《春秋傳序》

程頤

自有《春秋》以來，惟孟子説得最好，後來太史公聞之董生數語好。自伊川之學行，而後《春秋》之用顯。

《相國寺維摩院聽琴序》

曾鞏

法度之文，妙於開闔，可以觀世變。自歐、曾以前有此等議論，至二程則粹矣。

《擬硯臺記》　曾鞏

狀物之妙，非常人可及，自有撫州，即有此風景。隱於前日而顯於今者，以今日有臺而前日無臺也。臺成而景現，則此臺之勝，不言可知。

《撫州顔魯公祠堂記》　曾鞏

議論正，筆力高，簡而有法，質而不俚。

《〈戰國策〉目録序》　曾鞏

議論正，關鍵密，質而不俚，太史公之流亞也。咀嚼愈有味。

《移滄州過闕上殿奏疏》　曾鞏

看他布置、開闔、文勢，次求其叙事、措詞之法，而一篇大意所以詳於歸美，廼所以切於警戒，不可專以歸美觀。

《書魏鄭公傳後》

曾鞏

專是論後世削藁之失，反覆攻擊，宛轉發明。後面三轉論難，每轉愈佳，此等議論有益於世，足以破千載之惑。

《法　原》

李清臣

以警策語易陳言，以傑特句發新意，所謂化臭腐爲神奇者。

《勢　原》

李清臣

能道他人説不出底意思，文字傷於刻削太深些子。

《議兵策上》

李清臣

文勢縱横，變態百出，可喜可愕。深於兵書者也。

《議兵策中》

李清臣

文字如長江大河，一瀉千里，略無間斷，考究精詳而序事實融化。用字、精神皆當學。

《禮論》

李清臣

禮者，先天地，亘古今以長存，出於自然，非聖人率意而創爲之，所以人不可一日而無禮也。

《書五代郭崇韜卷後》

張耒

説盡古今固位吝權者之情狀，思深計工，反成淺拙。此論極有理，意味深長，儘可索玩。

《送秦少章叙》

張耒

此皆老於世故之後方有此等議論，凡學文當知此理，深味然後有進益。

《答李推官書》

張耒

曲盡作文之妙。

《書〈韓退之傳〉後》

張耒

議論新，亦有所感之言。又批云：人心不是畏慕賞與罰之勢，畏慕賞與罰之理而已。衰世亡國，何嘗無賞罰？無其理，徒有其勢，所以做不行耳。此實天下之至論，非但爲退之發也。

《文帝論》

張耒

義論精確，節奏雍容，意新而語工。

《法制論》

張耒

便是任人不任法之説，只是不説破。「示天下以意」一句，便含任人意了。

《論法上》

張耒

反本之論，亦頗參之以莊周之説。

《論法下》　張耒

議論好，文勢委蛇曲折，用字尤工。

《陳湯論》　張耒

千餘年論議不决之事，自出意見爲之折衷區處，如身預其間而目擊其事者，非特文字之妙也。

《遠慮策》　張耒

筆力俊偉，議論不凡，蓋東坡父子在嘉祐間亦有此等説話。當時契丹盛强，故如此。然專取武帝，以爲非窮兵勞民之主，不可以爲訓。學他文字可也。

《楚議》　張耒

秦滅六國，楚最無罪。懷王不復，楚人皆憐之如親戚，諸侯由是不直秦。數世之後，秦卒以楚亡。天理人心，從可見矣。

《書王知載〈朐山雜咏〉後》

黄庭堅

深於詩人之旨。

《苦　筍　賦》

黄庭堅

文字簡嚴，微有譏諷。

《晁　錯　論》

秦觀

措詞雅健，議論不蹈常習故。

《上林秀州書》

陳師道

必是讀《儀禮》熟，故其區别精。非特議論好，讀其文，氣正詞嚴，凛然有自重難進、不可回撓之勢。此後山所以爲後山，而曾子固諸公欲羅致而不可得也。

《〈王平甫文集〉後序》 陳師道

此篇豈特文字之妙，其發明平甫生平所以自守，與其所以可傳者，可以勵後之人。後山亦因以自見也。

《秦少游叙》 陳師道

有意氣而不越繩尺，守規矩而不失窘步，可謂兼之矣。

《思亭記》 陳師道

節奏相生，血脉相續，無窮之意見於言外。

《送參寥序》 陳師道

僧道潛自號參寥子，與東坡游最密。此文首尾僅二百餘字，而抑揚開闔，變態不一，最可貴也。

《與秦少游書》　陳師道

委曲而不失正，嚴厲而不傷和。深得不惡而嚴之道，可謂善處矣。

《上蘇公書》　陳師道

讀此書，則知前輩師友間相切磋正救如此，自是一等忠厚氣象。

《袁州學記》　李覯

議論關涉，筆力老健。

《呂公著制》　鄧潤甫

縝密温潤，有制誥體。元祐詞臣，東坡之外，便當還他。清望之深，全在結尾數語。

《文彦博平章軍國重事制》　鄧潤甫

尊重簡嚴。

《義田記》

錢公輔

規模布置好，如累九層之臺，一級高一級，用字親切。

《〈南豐集〉序》

王震

自少至壯，自壯至老，凡三節，曲盡南豐平生涉歷，既可以見朝廷之用不用，又可以見文之老壯，學之進退。結尾一節，嘆息其用之不盡，尤有餘味。

《送湖南某使君序》

劉敞

湖南多蠻寇，即三苗氏之族。

《存舊論》

唐庚

議論好，切時便今，通俗而不失正，與世之好爲高談闊論者不同，爲國家者不可不知。「存舊」兩字已自好了。

《名治論》

唐庚

議論考究，切中事情，文學平淡有精神，是他親見熙寧、崇觀間一等紛更誇大之弊，故其説如此，與《存舊論》相出入。

議論切實，漢宣帝説「漢家自有制度」，亦是此意。

《家藏古硯銘》

唐庚

文見於此而寄興在彼，蓋不特爲硯銘作，中含譏諷。

《議賞論》

唐庚

議論精確，文詞雅健，意有含蓄，能發明他人所不能到。不可以淺近求，宜深味之。

《上席侍郎書》

唐庚

古人未嘗釁事以爲功，故有功不爲誇，無功不爲慊。若恥於無功，則不安於無事矣，發明甚佳。

此是規諷宣、政間紛紜制作之弊，何丞相則何臬也。

《書〈洛陽名園記〉後》　李格非

園囿何關於世道輕重，所以然者，興廢可以占盛衰，盛衰可以占治亂。盛衰不過洛陽，而治亂關於天下。斯文之作，爲洛陽非爲園囿；爲天下非爲洛陽也。文字不過二百字，而其中該括無限盛衰治亂之變。意有含蓄，事存鑒戒，讀之令人感嘆。

《光武論》　何去非

見得親切，故斷得分明，説用兵情態好。

《上皇帝萬言書》　胡寅

貫穿百代之興亡，曉暢當今之事勢。氣完力壯，論正詞確，當爲中興以來奏疏第一。

《論遣使劄子》　胡寅

根本經誼，曉暢事情，毅然有不可奪之色。

《再論遣使劄子》　胡寅

説利害明切，却是就理上見得如此。

《灃州譙門記》　胡寅

詞嚴誼正，可謂雄偉不弱者矣。

《上高宗封事》　胡銓

論正詞嚴，誼形於色。晦翁謂可與日月争光，信哉！

《假陸賈對》　胡宏

議論正大，規摹開闊，不可獨以文字觀。而抑揚起伏，假設高帝、陸賈問對之辭，尤可玩味。

《治安劄子》　趙霈

愛君憂國，詞氣凛凛，真有古諍臣之風。

《崇古文訣》後叙

迂齋先生深於古文，嘗掇取菁華以惠四明學者。迨分教金華，橫經璧水，傳授浸廣，天下始知所宗師。森曩偕先生季弟爲館下生，就得繕本，玩味不釋，恨未鋟梓。適先生守莆，幸備泠官，因間叩請，盡得所藏。自先秦迄於我宋，上下千餘年間，其穎出者網羅無遺軼。竊謂古今文章，浩無津涯，學者窮日之力，不啻河伯之望海若。此篇鉤玄而提要，抉幽而洩庾，波詭濤譎，星回漢翻，眩晃萬狀，一經指摘，關鍵瞭然。其幸後學弘矣。子曰：「人莫不飲食也，鮮能知味也。」先生之於文，其知味也歟？ 陳森跋。

懷古録

〔宋〕陳模 撰

《懷古録》一卷

宋 陳模 撰

陳模，字子宏，盧陵（今江西吉安）人。生當南宋后期。師從熊晉仲，與時億、張塌交游，似以布衣終身。

此書成於宋理宗寶祐二年甲寅（一二五四）。書首有曾原一（字子實）寶祐三年乙卯（一二五五）序，謂淳祐八年戊申（一二四八）曾與陳模相會於洪州（今江西南昌），共同評説李商隱、杜甫詩；九年後再會，得見《懷古録》，稱其「上下古今，文章關紐，人物臧否，一一區析探索，不見真是非不止也」。此書共三卷，大抵上卷論詩，中卷論樂府，下卷論文，亦間有内容交叉處。作者以「率本敷明先正之所以言，時或參之己見」爲宗旨，頗多有得之見。在下卷論文方面，所涉甚廣。如論文風之平淡與頓挫、論行文先後之輕重緩急、論虚字「也」、「者」之妙用，論文字之繁簡等，均有精當之言。在對諸家評論中，尤稱道歐陽修，甚至認爲歐文優於韓、柳文：「蓋韓、柳以其做作，有迹可尋，而歐文則自然之中有許多〔佳〕處，故難學。」可見對其鄉賢推崇之高。

《懷古録》僅存明鈔本，收在《説集》叢鈔之中，今藏中國科學院圖書館。另有傅增湘校鈔本，今藏北京國家圖書館，亦同出一源。中華書局一九九三年鄭必俊《懷古録校注》本即以明鈔本爲底本，今據以收録卷下部分，并重加整理。

（王宜瑗）

懷古録

宋　陳模　撰

東坡文似《戰國策》者，不特是善捭闔，説利益似之，至如起頭便驚人處亦似之。如《海外論武王》起句云「武王非聖人」之類是也。此乃文字一浪一波處，譬如長江大河滚起，一波方下，又一浪起，蓋其起伏處氣勢大。

東坡云：「銘不似叙，銘不似詩，銘不似贊。」蓋叙已言之者，銘不必重出；詩則〔鋪〕叙，銘要高古；贊則稱頌其美而已，銘則不專贊頌。如歐公《〔尹〕師魯墓誌》云：「藏之則深，固之密，石可朽，銘〔不〕滅。」若曰以如此之人而葬於此，後當有考於此，欲以詔後之人也。惟退之諸銘最高古，篇篇多此意，如曰「是惟子厚之室，既固既安，以利其嗣人」之類是也。亦有銘文或不然者，然銘之體却當如此。

歐公《答徐無黨書》云：「作文之體，初欲奔馳，久當收斂，使簡重嚴正，或時放肆以自舒，勿爲一體，則盡善。」此數語真作文之大訣。如今作文章，不可一樣平平，須要參之十二段，雄健頓挫方好。謝艮齋云：「諤因讀《進學解》『《易》奇而法，《詩》正而葩』，遂悟作文之法，蓋要奇中有正，正中有奇。如作騷亦不可一樣學騷語，須要參入些己意，或長或短，變態自放肆些子方好。」

文〔平〕〔章〕只須平平説起，至下面漸緊。只以一行看，須要重在下；以數行看，須要重在後；以一篇看，須要重在尾方是。若只起頭驚人，後面無以副之，則只山澗水相似，在山闞闞聲纔震出，到前面却又泯然無聲，則文字不奈看。

曾樽齋云：「文字須要自我作古。其次師經，師古文又次之。」

《詩》本於六義。先儒言，風、雅、頌其經，賦、比、興其緯，説最明白。又言，風非《國風》之風，雅非《小雅》之雅，頌非《商頌》、《魯頌》之頌。蓋如秦詩則有富强之風，唐詩則有儉陋之風。齊之風緩，衛之風淫，陳之風巫。一詩有一種氣象，是之謂風。如「赳赳武夫，公〔城〕〔侯〕干城」；「天生蒸民，有物有則」。議論正大者，皆謂之雅。如「樂只君子，福履綏之」；「之子于歸，宜其家人」。贊美之者，皆謂之頌。頌則止於歸美，風與雅則有美有刺，此則風、雅、頌之大綱。賦之爲言鋪也，敷也。鋪者，鋪陳其事，敷繹其意。「齒如瓠犀，螓首蛾眉」；「齊侯之子，衛侯之妻」，此則鋪敷其事者，即賦。以其有所贊美，賦而有頌體者也，貴麗之風可見矣。「有匪君子，如切如磋，如琢如磨。瑟兮僩兮，赫兮咺兮」，此等敷繹其意者，亦賦也。以其有所贊美，且莊正，則賦而兼頌、雅者也，整飭之風可見矣。所謂風、雅、頌其經，賦、比、興其緯者，可以是推。興者偶言是物，而興起是事，初無所比喻。如「瞻彼淇澳，緑竹猗猗」，則言君子而偶及於竹，〔是之謂興〕。「殷其靁（是），在（謂）南山之陽」，則言及君子行役而偶及於靁，是之謂興。比則有明白之比，有隱然之比。「齒如瓠犀」，「手如柔荑」，「如圭如璧，如金如錫」，明白之比者也。「關關雎鳩，在河之洲」，雎鳩則比后妃之有別，河洲則比后妃之處於幽閑；「南有樛木，葛藟縈之」，則比后妃之能屈尊而接下；「摽有梅，其實三兮」，則比盛年之易衰。此則隱然之比者也。明白者，徒比者也，人皆知之。隱然者，興而比者也。讀者但以興，不覺是比，此其意味尤深長。後來如越人「山有木兮木有枝，心説君兮君不知」。此真得詩人之興者也。陳後山「葉落風不起，山空花自紅」，興中寓比而不覺，此真得詩人之興而比者也。

馬遷諸贊，不特是文（之）〔字〕高，見識也高，如贊不疑云：「塞侯微巧。」贊叔孫通曰：「〔制禮〕進退，與時變化，卒爲漢〔家〕儒宗。」又論申、韓：「皆出於老子《道德》之意。」皆是表然獨見，此如《春秋》之筆，片辭之間，他人便可將此起一篇之議論。《原道》曰：「鰥寡孤獨有養也。」歐公曰：「佛於此時鼓其雄誕之説。」東坡論老、莊之徒著書，以其由不得志於天下。此皆片辭之間，可以起一篇議論者。《堯典》只載「〔乃〕命羲和」四字，及論朱與共工、鯀等，堯便知其非，舜則堯亦以「聞之」。只舉此數字，而形容得堯光宅天下氣象可見矣。前輩言，馬遷作《管仲傳》只載與鮑叔結交一二事，《晏子傳》只載越石父一二事，《孟子傳》只載鄒衍、淳于髡諸子大言無當等事，却隱然形容得孟子好。《封禪書》但言「余從祭天地」，具載其所見如此，蓋「俎豆珪幣之詳，獻酬之禮，有司存」。所以形容武帝惑溺者自見。《西南夷傳》只詳載張騫、唐蒙、司馬相如等事，而所以形容武帝經理西夷者亦自見，其所以爲高。前輩又言，温公《通鑑》載昌黎《送文(鴨)〔暢〕序》，甚有意思；而《唐書》載《進學解》。所以作史大段要識（底本原缺十二字）

歐公吉州（底本原缺十九字）有成方收拾，如此頓挫，蓋於平淡中有頓挫處，有雄健處，又時乎有寬大氣象，開一步説處，又時乎有句句轉處。蓋其晚年所見愈高，不作文而自不能不文，不用字照當，而其血脉有自然之照當。曾南豐得歐文之反覆處，却無那雄健頓挫；陳同父得歐文之寬大處，却無歐文之拙而好處。然歐文亦自霜降水涸，自然收斂到平淡，所以於其有許多好處。若才用功而便要學其中平淡，則先失之易矣。誠齋云：「以歐公之法度，用韓、柳之句律。」要當先參此機軸。柳子厚謂退之《淮西碑》猶用冒子，以某爲之，便説用兵起。東坡惟《六一居士集叙》尚用破題。洪容齋云：「屈原《漁父》、枚乘《七發》、雄《解嘲》、退之《進學解》之類，皆須托或人以起意，惟東坡《(起)〔杞〕菊》題起云：『吁嗟先生，誰使汝坐堂上稱太守，殆如飛龍搏鵬，騫翔於煙霄九萬里之外，豈巢林翾羽者所能探其涯涘哉！』」東坡自言：「吾文如萬斛泉源，不擇地而出。」即此可見。

《周易》：「潛龍勿用，陽在下也。」「或躍在淵，自試也。」下面「也」字皆是解上面一句。歐陽

《醉翁亭記》，「也」字深得其體。雖只是疊「也」字，却落落地一氣相屬，不覺藏得許多功夫。《公羊》之「也」字亦然。如「王正月者何？王正月也」，此等極簡古。賈誼《過秦論》「嗚呼！仁義不施，攻守之勢異也」。與退之《柳子厚墓誌》云：「其文學辭章，必不能力以傳於後，如今無疑也。」皆是收拾許多之意，決斷而頓挫於此兩箇「也」字，其斤兩甚重。

文字又有洋洋地平説，忽然回頭來，變作千斤兩許。東坡《晁錯論》「夫以七國之彊而驟削之，其爲變豈足怪哉！」又云：「乃爲自全之計，欲使天子自將而己居守。」却從下而忽起一句云：「且夫發七國之難者誰乎？」東萊批云：「如平波淺瀨中，忽跳起一浪。」《史記》、韓文疑辭從死處下，決辭從活處下，如《滕王閣記》「聞所謂滕王閣者」，乃放《檀弓》「魯人有（顔闔）〔周豐〕也者」，下「者」字之類是矣。三代以前下疑辭，後世下決辭，如此自然與人不同。

東坡海外論，脱灑似《權書》，且句句轉，疑論斷決。如云：「增之去善矣，不去，羽必殺增。」如云：「夫豈獨非其意，將必力争而不聽也。」都是架虚描摹事意，而敢於如此斷當。其海外論盡如斷公案相似，文字所以雄健。

《史記》諸贊，初看時若甚散漫，後面忽將一兩句冷説繳起。如《王翦贊》云：「尺有所短，寸有所長。」又云：「翦爲宿將，始皇師之，然不能輔秦建德。」云云，「彼各有所短也」。贊虞卿云：

「庸夫且知其不可，況（夫）〔賢〕人乎！ 然虞卿非窮愁，亦不能著書以自見於後世云。」此等最有意味。 此是（於）〔放〕去收來處。 退之《毛穎傳》贊云：「毛氏有兩族」云云，「賞不酬勞，以老見疏，秦真少恩哉！」全得遷《史》氣象。〔班〕彪亦有。 如贊成帝云：「臣之姑充後宫爲婕妤，兄弟父子侍帷幄，數爲臣言成帝善修容儀，升車正立，不内顧。」皆是閑話引起，却换話頭開拓説。 歐陽公《唐書》諸《帝紀贊》，固是文字好，然盡是粘住説，却少脱灑氣象。

文字不可使古書全句，須着與他添減，或轉幾字方是。 賈誼《新書》四十餘篇，被馬遷紐聚意思，自做一篇括了，王（禹偁）〔稱〕作《東都事略》，每於傳中只詳叙官爵，歷任官無發越，惟於《東坡傳》，把《萬言書》融減，自作一段，不用其辭，而用其意，却得作史之法。 馬遷（十）〔八〕《書》筆力非細，動是下一字，三五板方照應，且是文勢趕到後，一氣不歇減，内中不可添減一段。 東坡《萬言書》似覺中間文氣略索處了。

班固《贊》引《過秦論》，馬遷亦引。 但是班固内中略改了數字，皆不及馬遷者。 優劣只此亦可見。 前輩言，馬遷載孝文時，「廩廩改正服（朔服色）封禪矣，謙謙未成於今。 嗚呼，豈不仁哉！」此無限意味。 而班固乃言：「斷獄數百，幾（到）〔致〕刑措。 嗚呼仁哉。」便都盡了。 遷《賈誼贊》云：「同死生，輕去就，又爽然自失。」班固《賈誼贊》不及此。 要之馬遷真作史才也。 前輩云，馬遷紀二千四百〔年〕事，止此五十餘萬言。 班固只紀二百餘〔年〕事，却八十餘萬言。 要之却不可如此論。蓋當馬遷之時，前古聖賢多無可稽考處，又遭（文）〔焚〕書之後，只據金匱石室所藏，與耳目所及搜究者而爲之，所以有詳有略。而班固紀漢事，則漢事燦然在目可考，有不容略者。班固固有不及馬遷者，却非以辭之多寡論。晦翁曰：「太史公〔書〕疏爽，班固書密塞。」使固書而能如遷之疏爽，則辭雖多亦奚害？

今之言作古文者，但知當減字，其實非也。古人爲文，有多而少之者，有少而多之者。劉元城曰：「馬遷叙相如、卓文君事，費數百辭。若以别人爲之，則不過曰：『少嘗私竊卓氏以逃。』殊不知作史之體當如此。」又論《新唐書進表》云：「其事則多於前，其文則（滅）〔減〕於舊。」以爲不足於《新唐書》者，正坐此兩句。蓋有不容於不多者，亦有不容於不少者，但看用之如何爾。馬遷傳平原君使楚，毛遂願行。君曰：「先生處勝門之下幾年於此矣？」曰：「三年於此矣。」君曰：「先生處勝門之下三年於此矣，左右未有所稱誦，勝未有所聞，是先生無所有也。先生不能，先生留。」又傳魯仲連：「新垣衍曰：『吾聞魯仲連先生，齊國之高士也。衍，人臣也，使事有職，吾不願見魯仲連先生。』及見衍，衍曰：『吾視居此圍城之中者，皆有求於平原君者也，今吾觀先生之玉貌，非有求於平原君者也。』」洪容齋批云：「是此等重沓熟復，如駿馬下駐千丈坡，其文勢正爾。風行於上而水波，天下之至文也。」若以今人減字法律之，則平原君當減云：「先生處勝門之下亦久矣，而左右無所稱，願留」。魯仲連當減云：「吾觀處圍城中者，皆有求於平原君，先生之玉貌獨不然。」如此則不特文氣薾然不足道，且不見得當時反覆抵拒毛遂及諄諄然稱先生而尊崇仲連等氣象。此則不容於不多之者也。孟子曰：「良人者所仰望而終身也，今若此！」一段，許多事只將「若此」兩字括之，若更重叙過，則不勝費辭，且無意味。又如《尚書》「如岱禮」、「如西禮」，文意亦足，不必重出。則此不容於不減之者也。《公羊傳》晉郤克聘齊一段，(跛)〔跛〕以(跛)〔跛〕逆，眇以眇逆，前輩謂不若各以其(數)〔類〕迓，則一句省十數句。此却當減而不減者也。蓋或多而少之，或少而多之，蓋要用之各得其當。奈何今之論文者，只專以減字爲工。且如退之《麟解》云：「有聖人者出，必知麟。〔麟〕之出果不爲不祥也。」若以減字減之，當云：「有聖人者出，必能知麟之非不祥也。」然此須重出麟字，而衍作一句，則冷語婉變，且飽滿充壯而有餘味。又如《石鼎聯句序》，言道士彌明聯句(識)〔譏〕侯、劉二子，應口輒發，愈出愈奇。而二子營度終日，卒不能奇。只是以兩三句，被他自淺至深，改頭换面，衍作一篇。使當時只作數句括了，則如何形容得二子被窘困之狀。此皆少而多之者也。又如老泉《禮論》云：「彼爲吾君，彼爲吾父，彼爲吾兄。而聖人者，必使之拜其君，必使之拜其父，必使之拜其兄。」若減之云：「彼爲吾君父兄，而聖人者必使之拜其君父兄」，則上下文勢便不好，便接不著。是皆有不容於不多之者。《孟子》「口之於味也」一段，若減云：「耳目鼻口之於聲色臭味」，則便不條暢。嘗觀遷叙高帝封功臣，逐一云某人幾千户、某人幾百户，此可不詳而詳之者，以見高帝之豁達不吝賞處。《樊噲傳》云，某却敵，斬首十五級，賜爵國大夫；某登，斬首二十三級，賜爵列大夫；某戰却敵，斬首十六級，捕虜十一人，賜爵五大夫。此等瑣細，不必具載而載之者，以見樊噲初焉所能戰勝之功止於此，而逐一論報者已如此，其視夫功大者不報，如韓信之下齊，下燕、趙，爲漢收天下三分之二者，有間矣。此等詳其不必詳者，又不止於要作文法，又且皆有深意。若論作文，而但欲以減字爲工，是知其一而不知其二者也。

歐公《晝錦堂記》略有退之《盤谷序》氣象，如青天白日，人皆知之。至於《峽州至喜（雨）亭記》好處，人知之者便少。以其氣象蒼然也。

善畫者曰石老而潤。蓋氣象雖老蒼，而又有滋潤可愛者方好。如退之《進學解》、墓銘之類，一見雖若嶄岩，而細觀之，自有可使人愛玩處。故凡專作減字鉤章棘句之文者，其實中無所得，以此欺眩世俗。謂以艱深之辭，文淺陋之説，一讀雖能鉤棘人喉舌，仔細玩嚼，則枯槁全無意味。豈特他人厭之，彼若是再讀，亦自厭之矣。

使古事，一句做兩句使，數句却作一句使，用其辭不用其意，用其意不用其辭。作詩，以不用其辭爲奪胎體，不用其意爲换骨體。

後山云：「退之作記，記其事，今之記乃論也。」蓋言其體製。然亦不可拘於體製。若徒具題目興造之由，而無所發明，則滔滔者皆是。須是每篇有所發明，有警策過人處，方可傳遠。只如東坡作《寶繪堂記》，却反説愛畫者自是一病。作《思堂記》却説有所思便不好。都是後面略略收歸來題目，便捉縛他不住。《衆妙堂記》只説夢起，《蓋公堂記》只説鄉人有病瘖者起，凡數百言，只於後面一兩行説作堂之意，此等又豈可以律以常體？又如《赤壁賦》二，自我作古，又豈可律之以《楚辭》拍調？杜詩云：「一洗萬古凡馬空。」當以此法論。

前輩云：「退之《琴操》，子厚不能爲；子厚《鐃歌鼓吹曲》，退之不能爲。」然嘗謂退之墓銘及箴等，子厚不能及；子厚遊山水，若《鈷鉧潭》等諸記，退之亦未必能及。要之各有所歸。

劉斯立《學易堂記》固是好。樽齋云：「文法好處只用得一迴新，蓋常用則腐。」然豈特文法之體，亦不可守常用一律。且如文字簡古底，須要時出一二篇光明俊偉者參錯乎其間方好看。邵伯温云：「六經皆經孔聖手，然讀《書》者如未嘗有《詩》，讀《詩》如未嘗有《易》。六經者各自一般氣象。」嘗謂一經之中，亦自氣象不同。《典》、《謨》之雅奥，《禹貢》之嚴整，《五子之歌》、《伊訓》、《説命》、《太甲》等之明暢，周《誥》、殷《盤》之聱牙佶屈，亦自不同。《詩》之《風》、《雅》、《頌》，亦氣象不同。是以退之之文難及者，以其備諸體，杜詩難及者，亦以備諸體。

誠齋以謝艮齋《南曹院記》似曾南豐，《送陳塤秀才叙》似歐公。周益公以曾樽齋《同班小録叙》似歐公。然艮齋所作尤勝樽齋者。蓋樽齋此《叙》，文似歐而情不似歐；艮齋文不似歐而情似歐。

退之《曹成王碑》，是他露手脚做作處。

誠齋〔云〕：「小簡本朝惟山谷一人。」今觀《刀筆集》，不特是語言好，多是理致藥石有用之言，他人所以不及。

誠齋云：「作文貴轉多。《孟子》答陳相、《史記·伯夷傳》、子由《上劉原父書》，皆有此法。」故東坡海外論最高者，以句句轉。退之《獲麟解》亦然。

樽齋云：「作古文須要不法度而自法度。」

《赤壁賦》大概是樂極悲生。大凡文字言晝則及夜，言夜則及晝。文字理致相生，當如此。

劉勰云：「文徵實而難工，〔意〕翻空而易奇。」吕東〔萊〕《左氏博議》多是想象處説得好，(生)〔方〕是翻〔空〕之機軸。

老泉《木假山記》最好，然比歐文，則猶微傷刻露，不似歐心氣和平。《六經論》文勝於理，不及《權書》、《衡論》。

歐文好者，説得情好，且如《晝錦堂記》，文字却猶不及。至如説韓公乃從來富貴，其所以榮者，在名垂後世之類，説得情出。退之《盤谷叙》好者，不只是文字，却亦説得情好。故歐蘇之文更不下艱辛之字，多只是情好。韓柳多只是文好，説得情好處少。

梅聖俞亦有《峴山記》，把重在人立説。歐公作此記亦然。但是歐文説得較好。蓋有同此題，用此説，有不可改者，致此却只聞刀筆。

作史書，至文不勝實，愛之而知其惡，惡之而知其善，方是信史。

墓誌銘乃納諸壙中者，要之只是叙出處大概，使其有好處，人自知之，却不必誇大。神道碑却要筆力，發出他平生好處，張皇幽眇。蓋碑是揭諸道傍者，體製當然。東坡做《温公墓誌銘》，其神道碑極好。看其彼詳（其）〔此〕略，叙事變處。

文字有題〔目〕不好處，須着借景説起。如欲説甲，甲無可〔説〕處，甲與乙鄰，乙却好説，只得借乙説起。歐公《（送僧惟演）〔釋秘演詩集〕叙》，始終把石曼卿同説之類也。

文字到後面，須要參入一段好意，方見筆力不乏，退之所謂紆餘是已。

前輩云，文章只如作家書方是。韓退之《祭十二郎文》，其叙情雖已自然，然猶有做作處。至如歐公《論尹師魯墓誌》，未嘗作文，而文字亦自然好。蓋歐公晚年收斂之文字多如此。樽齋云：「韓、柳尚可學，歐文則難學。」蓋韓、柳以其做作，有迹可尋，而歐文則自然之中有許多〔佳〕處，故難學。

歐文好處多在於冷語。如《春秋論》云：「甚高之（行）〔節〕，難明之（節）〔善〕，亦何望於《春秋》歟！」又如《正統論》「是〔不然也〕，各於其黨也」。此等是冷語。又如東坡「封建非聖人意也」，後又曰：「封建非聖人意也，勢也。」亦是冷語。但歐文平淡中下冷語，人都不覺。人不曉者，則以爲此等語似冗長，可以去之，却不知極有味。但今爲文者，文勢到此，自然下冷語方好，却不可勉强學他。歐文中間拙處，他却不是不會作好語，但他不做，故意下此等拙語。譬如王右軍寫字，或作一兩筆拙筆時，却拙得來好。

誠齋云：「文章妙處在感慨。」樽齋：「〔誠〕齋《易傳後叙》勝《前叙》，以其感慨。」老蘇《(帝)譽〔妃〕論》云：「遷之説出於疑《詩》，鄭之説出於信遷矣。」疑《詩》信《史》，便是一篇議論之骨。作文論須要如此有骨，方斷當得倒。

議論要斷當，句法要典實。西漢文章多典實，仲舒《三策》句句多可出題。又如馬遷《報任少卿書》「修身者智之符也」之類是也。是之謂立言。

《七月》一詩，所以叙王業之艱難，興於農桑。如言「(之一)〔一之〕日觱發，二之日栗列」。言到人事，「三之日于耜，四之日舉趾。同我婦子，饁彼南畝」。所謂遠則千里，近則目前，開闔之間，文奇而意盡。康節云：「自從(剛)〔删〕後更無詩。」要非虚言。《禮記》文如《檀弓》，《書》文如《伊訓》，《詩》文如《七月》，法尤彰。

退之《畫馬詩》，叙事多而不煩，似《顧命》。李(太白)〔泰伯〕《袁州學記》用《禹貢》句法，便簡古。

《左傳》自僖公以後紀載多泛濫，文法亦泛濫。

樽齋云：嘗入京，遇一蜀士。偶同邸，樽齋先修刺見之，聞樽齋爲廬陵人，乃曰：「廬陵歐陽永叔，也會做文字。」樽齋請曰：「何以見之？」曰：「但觀某詩叙，只六七十字，内中説得關國家興廢去。」蓋文字須要關治亂理致，方爲有用。

荆溪林下偶談

〔宋〕吴子良　撰

《荆溪林下偶談》四卷

宋　吴子良　撰

吴子良（一一九七——一二五六），字明輔，號荆溪，台州臨海（今屬浙江）人。寶慶二年（一二二六）進士。累官湖南轉運副使、太府少卿。寶祐四年（一二五六），因忤史嵩之、鄭清之而罷職，尋卒。著有《荆溪集》，已佚。傳見《宋史翼》卷二十九。

此書原無撰者名氏，《四庫全書總目提要》卷一九五據《南溪詩話》等材料考出其作者爲吴子良，可以信從。吴氏先從陳耆卿（篔窗）學，後又登葉適之門，書中對二人敬禮有加，推崇備至，其文論思想尤與葉氏一脉相承。

此書乃兼評詩文之作。其論文者，範圍甚廣，自《尚書》、《孟子》及於韓柳歐蘇葉諸人之文，均有評賞鑒裁。於北宋推重歐氏，「本朝四六以歐公爲第一」，其古文則兼擅「和平之言難工」與「感慨之詞易好」之長；於南宋則以葉適爲翹楚，「水心篇篇法言，句句莊語」，其多篇墓誌文「隨其資質，與之形貌」，各具面目，絶不雷同。其論爲文要素乃理、氣、法，論韓愈《獲麟解》、柳宗元《游黄溪記》句式仿《史記》，論「四六與古文同一關鍵」，論作文難而爲人所深識更難，論「好罵爲文章大病」，論唐人雜説仿於《孟子》齊人乞墦一段，以及指責詞科習氣等，均能自抒卓識，《四庫全書總目提要》評其「所見頗多精確」，符合實際。

此書曾被後人分裂爲二：論文者輯爲《木筆雜鈔》二卷，論詩者輯爲《吴氏詩話》二卷，均收入曹溶《學海類編》中。《四庫全書總目提要》并録三書，且予辨明。尤謂《木筆雜鈔》摘鈔成書，「别標新名，又僞撰小序弁於首，蓋姦黠書賈所爲，曹溶不辨而收之耳。」（卷一二七）

此書有明抄本、明萬曆繡水沈氏刊本（即《寶顔堂秘笈》續集本）、明末刊本（殘本，曾爲吴興嘉業堂所藏）、藝海樓抄本（亦曾藏於嘉業堂，見《嘉業堂藏書志》卷四）及《四庫全書》本。今據明萬曆繡水沈氏刊本録入。該刊本校訂者郁嘉慶云：「（此書）昔分爲八卷，今作四卷」，而四庫館臣云：「（明人）姚士粦所合併」。

（王宜瑗）

荆溪林下偶談卷一

宋 吳子良 撰

退之《原性》

退之既以「仁義禮智信」言性，則不當立三品之論。今别爲三品，而以品之下者爲惡，則是仁義禮智信亦可謂之惡歟？其言之自相抵牾如此。又曰：「上者可學，下者可制，而品則孔子謂『不移』也。」夫孔子所謂「下愚不移」者，謂其自暴自棄者爾。若下者可制，則不得謂之自暴自棄，亦不得謂之不移也。無乃亦與孔子之言異乎？

退之作墓銘

曾子固云：「銘誌義近於史，而亦有與史異者。蓋史於善惡無不書，而銘特古之人有功績材行志義之美者，懼後世不知，則必銘而見之。或存於廟，或置於墓，一也。」吾觀退之作《王適墓銘》，載娶侯高女一事，幾二百言，此豈足示後耶？然退之作銘數十，時亦有諷有勸，諒非特虚美而已。《題歐陽詹哀辭》謂：「古之道，不苟毁譽於人，則吾之爲斯文，皆有實也。」史稱劉乂者，持去退之金數斤曰：「此諛墓中人而得之者，不如與劉君爲壽！」以退之剛直，不肯諛生人以取富貴，乃能諛墓中人而得金耶？獨其與王用作神道碑，所得鞍馬白玉帶，蓋表而後受，退之於此固未能免俗。然他無所見也。乂，小人，欲奪金而設辭耳。

柳子厚《龍城録》

《舊唐史》譏退之爲《羅池廟碑》，以實柳人之妄。然余按，《龍城録》云：「羅池北龍城，勝地也，役者得白石，上微辨刻書云：『龍城柳，神所守，驅厲鬼，山左首，福土氓，制九醜。』予得之，不詳其理，持欲隱余於斯歟？」審如是，則碑中所載子厚「告其部將」等云云，未必皆柳人之妄，而詩所謂「驅厲鬼兮山之左」，豈亦用石刻語耶？然子厚嘗曰：「聖人之道不窮異以爲神，不〔授〕〔援〕天以爲高。」其《月令》、《論斷》、《刑論》、《天説》、《措説》、《非國語》等篇皆此意，而《龍城録》乃多眩怪不經，又何也？

文字序語結語

《尚書》諸序初總爲一篇，《毛詩序》亦然，《史記》有《自序》，《西漢書・揚雄傳》通載《法言》

諸序，放此也。其曰：「作《五帝本紀第一》」、「作《夏本紀第二》」、「譔《學行》」、「譔《吾子》」之類，與「作《堯典》」、「作《舜典》」之義同，蓋序語也。韓退之《原鬼》篇末亦云：「作《原鬼》。」晦庵《考異》謂：「古書篇題多在後，荀子諸賦是也。但此篇前既有題，不應復出。」以愚觀之，此乃結語，非篇題也。其文意以爲適丁民有物怪之時，故作《原鬼》以明之。如《史記·河渠書》末云：「余從負薪塞宣房，悲《瓠子》之詩而作《河渠書》。」退之正祖此。又《送竇平序》末亦云：「昌黎韓愈嘉趙南海之能得人，壯從事之答於知己，不憚行於遠也。又樂貽周之愛其族叔父，能合文辭以寵榮之，作《送竇從事少府平序》。」後人沿襲者甚多，如李習之《高愍女碑》云：「余既悲而嘉之，於是作《高愍女碑》。」杜牧《原十六衛》云：「作《原十六衛》。」賈同《責荀》云：「故作《責荀》以示來者。」孫復《儒辱》云：「故作《儒辱》。」荆公《閔習》云：「作《閔習》。」豈皆篇題之謂哉？

《白虎通》司空解

《白虎通》云：「司空主土，不言土言空者，謂空尚主之，何況於實，以微見著也」。漢儒之謬如此，可發千載之一笑。

鳩杖

蔣考叔，天台人，名鶚，嘗著《蒙齋門人録》，内載漢用鳩杖事，舉《風俗通》云：「俗説高祖與項羽戰於京索間，遁於薄中，羽追求之，時鳩鳴其上，追之者以爲必無人，遂脱。及即位，異此鳩，故作鳩杖以扶老。」愚謂俗説恐未必然。按《後漢·禮儀志》云：「仲秋之月，縣道皆按户比民。年始七十者，授之以玉杖，餔之糜粥。八十九十禮有加，賜玉杖長尺，端以鳩鳥爲飾。鳩者，不噎之鳥也，欲老人不噎。」

王介甫初字介卿

《王深甫集》有《臨河寄介卿詩》，《曾南豐集》亦有《寄王介卿詩》，《能改齋漫録》載南豐《懷友篇》，蓋集中所遺者。其篇末「作《懷友》書兩通，一自藏，一納介卿家。」

孟郊年四十六登第

《東野墓誌》云：「年幾五十，始以尊夫人之命來集京師，從進士試。既得，即去。」《史》云：「年五十，得進士第。」樊汝霖云：「時郊年五十四。」三説不同。按《唐登科記》，郊登第在貞元十二年李程榜。又按《墓誌》，郊死於元和九年，年六十四。自元和元年逆數而上，至貞元十二年，凡十九年矣，郊登第當是年四十六。又退之《薦士詩》：「酸寒溧陽尉，五十幾何耄。」蓋郊登第四年，方調溧陽尉也。《誌》謂之「幾五十」是矣，《史》與樊說失之。然郊《集》中有《落第詩》、《再下第詩》，又有《下第東南行》及《下第東歸留別長安知己》等詩，則郊前此嘗累舉京師矣。今《誌》謂之「年幾五十，始以尊夫人之命來集京師」，又何也？

《文選·君子行》

《文選·樂府四首》稱「古辭，不知作者姓氏」。然《君子行》，李善本無之，此篇載於《曹子建集》，意即子建作也。

曹鄴、謝逸詩

曹鄴《讀〈李斯傳〉詩》云：「一車致三轂，本圖行地速。不知駕馭難，舉足成顛覆。欺暗尚不然，欺明當自戮。難將一人手，掩得天下目。不見三尺墳，雲陽草中綠。」姚鉉《文粹》只摘取四句，一篇之精英盡矣。《文鑑》載謝逸《閨恨詩》亦止六韻，削去曼語，一歸之正，便靄然有《行露》之風。此亦編集文字之一法也。

郡丞之謂守丞

《陳勝傳》："陳守令皆不在，獨守丞與戰譙門中。"師古曰："郡丞之居守者，一曰郡守之丞。"

《拜禹言》

"貞元十五年六月二十九日，隴西李翺敬拜禹之堂下。自賓階升，北面立，弗敢嘆，弗敢祈，退降，復敬再拜。笑而歸，且歌曰：惟天地之無窮，哀人生之長勤。往者余弗及，來者余弗聞，已而已而！"此李翺《拜禹言》，見集中，姚鉉取之於《文粹》。所歌即屈原《遠游》中語也，蓋與接輿、楊朱、唐衢、韓愈同意，可悲矣。

韓柳文法祖《史記》

退之《獲麟解》云："角者，吾知其爲牛；鬣者，吾知其爲馬；犬豖豺狼麋鹿，吾知其爲犬豖豺狼麋鹿也。惟麟也，不可知。"句法蓋祖《史記·老子傳》云："孔子謂弟子曰：『鳥，吾知其能飛；獸，吾知其能走；魚，吾知其能游。走者，可以爲罔；游者，可以爲綸；飛者，可以爲矰；至於龍，吾不知其乘風雲而上天。』"子厚《游黄溪記》云："北之晉，西適豳，東極吴，南至楚越之交，其間名山水而州者以百數，永最善。環永之治百里，北至於浯溪，西至於溪之源，南至於瀧泉，東至於黄溪東屯，其間名山水而村者以百數，黄溪最善。」句法亦祖《史記·西南夷傳》：「西南夷君長以什數，夜郎最大；自滇以北君長以什數，邛都最大。」

後山、簡齋詩

後山詩：「俗子推不去，可人費招呼。」氣象淺露，絶少含蓄。陳簡齋又模而衍之曰：「俗子令我病，紛然來座隅；賢士費懷思，不受折簡呼。」可謂短於識而拙於才者也。

黄亢臨水詩

《文鑑》載黄亢《臨水詩》云：「去年昨日水，今日到何處？」蓋蹈襲杜牧《題安州浮雲寺樓寄湖州張郎中》云：「當時樓下水，今日到何處？」

吕東萊詩

東萊先生《送宋子華通判長沙詩》云：「木脱獻羣峰，雲生失前浦。」蓋用荆公「暮林摇落獻羣峰」、「木落崗巒因自獻」，少陵「歸雲擁樹失山村」之語。

東坡、于湖詩

東坡《大風留金山兩日》云：「塔上一鈴獨自語，明日顛風當斷渡。」于湖詩云：「塔上一鈴語，湖頭三日風。」用坡語也。

杜子美、錢詩

錢起云：「山来指樵火，峰去惜花林」，不若子美云：「青惜峰巒過，黄知橘柚来。」

退之詩善形容

退之《贈無本詩》有云：「風蟬碎錦纈，緑池垤菡萏。英芝擢荒榛，孤翮起連焱。」《醉贈張徹》云：「君詩多態度，藹藹春空雲。東野動驚俗，天葩吐奇芬。張籍學古淡，軒昂避雞羣。」至論李杜，則云：「想當施手時，巨(忍)〔刃〕磨天揚。垠厓劃崩豁，乾坤擺雷硠。」其形容諸人之詩，亦可謂奇巧矣。

岑參詩

岑參詩：「来亦一布衣，去亦一布衣，羞見關門吏，還從舊路歸。」于武陵祖其語意云：「猶爲布衣容，羞入故關中。」賈島亦云：「有耻長爲客，無成又入關。」唐詩人類多哀窮悼屈之語。通塞，命也。世間冠佩煌煌如坐塗炭，可羞者多矣；爲布衣，何可羞耶！

山谷詩意與退之同

韓退之《病中贈張十八詩》意奇語雄，序其與藉談辨有云：「吾欲盈其氣，不令見麾幢。牛羊滿田野，解旆束空杠」云云，「迴軍與角逐，斫樹收窮龐。」後山谷《次韻答薛樂道》云：「薛侯筆如椽，峥嶸来索敵。出門决一戰，不見旗鼓迹。令嚴初不動，帳下聞吹笛；乍奔水上軍，拔幟入趙壁，長驅劇崩摧，百萬俱辟易。」正與退之詩意同，才力殆不相下也。

左經臣詩

左緯，字經臣，黄巖人，能詩。陳了翁嘗喜其「一别又經無數日，百年能得幾多時」之句，以爲「非特辭意清逸，可玩味也；老於世幻，逝景迅速，讀之能無警乎」？然此乃古人已道之句耳。戴叔倫《寄朱山人》云：「此别又萬里，少年能幾時？」杜荀鶴《送人游江南》云：「能禁幾度别？即到白頭時。」魏野《寄唐異》云：「能銷幾度别？便是一生休。」但經臣語尤婉而不迫爾。

山谷詩與杜牧、鄭谷同意

張祜有句云：「故國三千里，深宫二十年」，以此得名。故杜牧云：「可憐『故國三千里』，虚唱《宫詞》滿後宫。」鄭谷亦云：「張生有國三千里，知者惟應杜紫微。」秦少游有詞云：「醉卧古藤陰下」，故山谷云：「少游『醉卧古藤下』，誰與愁眉唱一盃，解作江南斷腸句，只今惟有賀方回。」正與杜、鄭語意同。

王季友詩

唐王季友《觀于舍人壁畫山水詩》云：「野人宿在人家少，朝見此山謂山曉。半壁仍棲嶺上雲，開簾放出湖中鳥。獨坐長松是阿誰，再三招手起來遲。于公大笑向予説，小弟丹青能爾爲！」語意淺陋，類兒童幼學者。山谷《題鄭防畫夾》云：「惠崇煙雨歸鴈，坐我瀟湘洞庭。欲换扁(再)〔舟〕歸去，故人言是丹青。」大略與季友相類，然語簡趣遠，工於季友百倍矣。

江文通

《能改齋漫録》云：「江文通《擬湯休詩》『日暮碧雲合，佳人殊未来。』蓋用魏文帝《秋胡行》

云：『朝與佳人期，日夕殊不来。』梁武帝《鼓角吹横曲》云：『日落登雍臺，佳人殊未来。』梁沈約《洛陽道》云：『佳人殊未来，日暮空徙倚。』二人所用，又襲江也。」余謂江不但用魏文語；後之襲江，亦非止此二人。淮南小山《招隱士》云：「王孫游兮不歸，春草生兮萋萋。」陸士衡《擬庭中有奇樹》云：「芳草久已茂，佳人竟不歸。」即招隱語也。謝靈運詩：「圓景早已滿，佳人殊未適。」蓋又祖士衡。而江則兼用陸、謝及魏文語也。其後，唐韋莊《章臺夜思》云：「芳草已云暮，故人殊未来。」寇萊公《楚江夜懷》云：「明月夜還滿，故人秋未来。」無非蹈襲前語，而視陸、謝則又絶類矣。

柳子厚《祭吕衡州文》

柳子厚《祭吕衡州文》云：「嗚呼化光！今復何爲乎？止乎行乎？昧乎明乎？豈蕩爲太空與化無窮乎，將結爲光耀以助臨照乎？豈爲雨爲露以澤下土乎，將爲雷爲霆以泄怨怒乎？豈爲鳳、爲麟、爲景星、爲慶雲以寓其神乎，將爲金、爲錫、爲圭、爲璧以棲其魄乎？豈復爲賢人以續其志，將奮爲神明以遂其義乎？」後秦少游《吊鎛鍾文》全放此，云：「嗚呼鍾乎！今焉在乎？豈復爲激宮流羽以嗣其故乎，將憑化而遷改易制以周於用乎？豈爲錢、爲鎛、爲銍、爲釜以供耕稼之職，將爲鼎鼐以效烹飪之功乎？豈爲浮圖老子之像，巍然瞻仰於緇素乎，豈爲麟趾裹蹄之形，翕然爲玩於邦國乎？豈爲干越之劍，氣如虹霓，掃除妖氛於指顧之間乎，將爲百鍊之鑑，湛如止水，别妍醜於高堂之上乎？」然子厚又放《楚辭·卜居篇》耳。

飲墨

俚俗謂不能文者，爲「胸中無墨」，蓋亦有據。《通典》載北齊策秀才，書有濫劣者，飲墨水一升。東坡《監試呈諸試官》云：「麻衣如再着，墨水真可飲。」山谷《次韻楊明叔》云：「睥睨紈袴兒，可飲三斗墨。」又《題子瞻畫竹石》云：「東坡老人翰林翁，醉時吐出胸中墨。」唐王勃屬文初不精思，先磨墨汁數升，酣飲，引被覆面卧。及寤，援筆成篇，不改一字，人謂勃爲腹稿。

食酒

飲酒謂之「食酒」。《于定國傳》：「定國食酒至數石不亂。」如淳曰：「食酒，猶言喜酒。」師古曰：「若依如氏之説，食字當音嗜。此説非也。食酒者，謂能多飲，費盡其酒，猶云食言焉。今流俗書輒改食字作飲字，失其真也。」然「食酒至數石不亂」，可謂善飲，古今所罕有也。柳子厚《序飲》亦云：「吾病痞，不能食酒，至是醉焉。」

蒲禹卿諫蜀王衍幸秦

蜀王衍荒淫，惑於宦人王承休，遂决秦州之幸。詔下，中外切諫，母后泣而止之，以至絶食，衍皆不從。前秦州節度判官蒲禹卿叩馬泣血，上表累千五百餘言，且曰：「望陛下以名教而自節，以禮樂而自防；循道德之規，受師傅之訓；知社稷之不易，想稼穡之最難；惜高祖之基扃，似太宗之臨御。賢賢易色，孜孜爲心。無稽之言勿聽，弗詢之謀勿用。聽五音而受諫，以三鏡而照懷。少止息於諸處林亭，多看覽於前王書史。別修上德，用卜遠圖，莫遣色荒，勿令酒惑，常親政事，勿恣閒游。」又曰：「陛下與唐主方申歡好，信幣交馳，但慮閩道聖駕親行，別懷疑忌，其或專差使命，請陛下境上會盟，未審聖躬去與不去？」又曰：「陛下纂承以來，率意頻離宫闕，勞心費力，有何所爲？此際依然整蹕，又擬遠別宸宫。昔秦王之鑾駕不回，煬帝之龍舟不返。」又曰：「忍教置却宗祧，言將道斷，使蒸民以何托？令慈母以何辜？若不慮於危亡，但恐乖於仁孝。」又曰：「劉禪俄降於鄧艾，李勢遽歸於桓温，皆爲不取直言，不恤政事，不信王道，不念生靈，以至國人之心，無一可保；山河之險，無一可憑。」衍竟不從。行至緜谷，唐師已入其境，狼狽而歸。遂降魏王繼岌。當五代時，忠義之士落落如辰星，歐公作《史》，嘗有「五代無全人」之嘆；幸而有焉，則又爲之咨嗟嘆息，反覆不置。如蒲禹卿之忠諫，非特蜀之所少，亦天下之所希有也。

然《史》中曾不少概見，但云「衍幸秦州，羣臣切諫」而已，豈歐公偶失此耶？予於《太平廣記》得此事，故表而出之。

東萊《野步》詩

司空圖有「棋聲花院閉」之句，東坡喜之，以爲「吾嘗獨游五老峰，入白鶴觀，松陰滿地，不見一人，惟聞棋聲，然後知此句之工也」。故作詩有云：「誰與棋者，户外屨二，不聞人聲，時聞落子。」東萊《野步》亦云：「幽人不可親，棋聲時出户。」即此意也。

劉義《落葉詩》

《苕溪漁隱》載劉義《落葉詩》云：「返蟻難尋穴，歸禽易見巢。」黄巖左經臣亦有《落葉詩》：「禽巢先覺曉，蟻穴未知霜。」意同而工又過之矣。

荆溪林下偶談卷二

《離騷》名義

太史公言："離騷者，遭憂也。"離訓遭，騷訓憂。屈原以此命名其文，則賦也。故班固《藝文志》有"屈原賦二十五篇"。梁昭明集《文選》，不併歸賦門，而别名之曰"騷"，後人沿襲，皆以"騷"稱，可謂無義。篇題名義且不知，况文乎？

冷齋誤載邵堯夫詩

《冷齋夜話》云："余客漳水，見瑩中姪勝柔自九江來，出詩示余曰：『仁者難逢思有常，平居慎勿恃何妨。争先世路機關惡，近後語言滋味長。適口物多終作疾，快心事過必爲傷。與其病後思良藥，不若病前能自防。』余謂勝柔曰：『公痴叔詩如食鯽魚，惟恐遭骨刺。』"此詩，邵堯夫作，而冷齋誤以爲瑩中。或者瑩中手書此詩，冷齋不知爲堯夫作歟？

録囚

世俗誤以「録囚」爲「慮囚」，按《雋不疑傳》：「每行縣録囚徒還」，師古曰：「省録之，知其情狀有寃滯與否。今云『慮囚』，本録音之去者耳，音力具反。而近俗訛其文，遂爲思慮之慮。」然則「録」誤爲「慮」，自唐已然矣。

桃源

淵明《桃花源記》初無仙語，蓋緣詩中有「奇蹤隱五百，一朝敞神界」之句，後人不審，遂多以爲仙。如韓退之詩云：「神仙有無何渺茫，桃源之説尤荒唐。」劉禹錫云：「仙家一出尋無踪，至今流水山重重。」王維云：「初因避地去人間，及至成仙遂不還。」又云：「重來遍是桃花水，不下仙源何處尋。」王逢原亦云：「惟天地之茫茫兮，故神仙之或容；惟昔王之制治兮，惡魅魑之人逢。逮後世之陵夷兮，固神鬼之争雄。」此皆求之過也。惟王荆公詩與東坡《和桃源詩》所言最爲得實，可以破千載之惑矣。

坡賦祖《莊子》

《莊子内篇·德充符》云："自其異者視之，肝膽楚越也；自其同者觀之，萬物皆一也。"東坡《赤壁賦》云："蓋將自其變者觀之，雖天地曾不能以一瞬；自其不變者觀之，則物與我皆無盡也。而又何羨乎？"蓋用《莊子》語意。

《文章緣起》

梁任昉有《文章緣起》一卷，著秦漢以來文章名目之始。按"論"之名起於秦漢以前，《荀子·禮論》《樂論》、《莊子·齊物論》、慎到《十二論》、吕不韋《八覽》《六論》是也。至漢則有賈誼《過秦論》。昉乃以王褒《四子講德論》爲始，誤矣。

西山江西湖南之政

西山初守泉南，士民愛之如父母。後帥隆興，頗抑强扶弱，謗譽幾相半。改帥潭，士民愛之，復如泉南。後西山退居，書於册云："洪之政駁，任氣爲之也；湘之政醇，任理爲之也。"若公，可謂知過進德者矣。

知文難

柳子厚云：「夫文爲之難，知之愈難耳。」是知文之難甚於爲文之難也。蓋世有能爲文者，其識見猶倚於一偏，況不能爲文者乎？昌黎《毛穎傳》，楊誨之猶大笑，以爲怪。誨之蓋與柳子厚交游，號稍有才者也。東坡謂南豐編《太白集》，如《贈懷素草書歌并笑矣乎》等篇非太白詩而濫與集中。東萊編《文鑑》，晦庵未以爲然。以諸有識者，所見尚不同如此，則俗人之論易爲紛紛，宜無足怪也。故韓文公則爲時人笑且排，下筆稱意，則人必怪之。歐公作《尹師魯墓銘》，則或以爲疵謬。歐公初取東坡，則羣嘲聚駡者動滿千百。而東坡亦言張文潛、秦少游「士之超軼絶塵者，士駭所未聞，不能無異同，故紛紛之論亦嘗及吾與二子。吾策之審矣。士如良金美玉，市有定價，豈可以愛憎口舌貴賤之歟」？作《太息》一篇，使秦少章藏於家，三年然後出之。蓋三年後，當論定也。往時水心先生汲引後進，如飢渴然。自周南仲死，文字之傳未有所屬；晚得篔窗陳壽老，即傾倒付囑之。時士論猶未厭，水心舉《太息》一篇爲證，且謂「他日之論終當定於今日。」今纔十數年，世上文字日益衰落，而篔窗卓然爲學者所宗，則論定固無疑。然水心之文，世猶深知之者少；則於篔窗之文，宜亦未必盡知之也。更一二百年後，以俟作者，然後論益定耳。

水心合銘陳同甫、王道甫

水心少與陳龍川游，龍川才高而學未粹，氣豪而心未平，水心每以爲然也，作《抱膝軒詩》，鎸誚規責，切中其病。是時，水心初起而龍川已有盛名，龍川雖不樂亦不怒。垂死，猶托銘於水心曰：「銘或不信，吾當虛空中與子辨。」故水心《祭龍川文》云：「子不余謬，懸俾余銘，且曰：『必信，視我如生。』疇昔之言，余豈敢苟？哀哉此酒，能復飲否？」水心既嘗爲銘而病耗失之，後乃爲《集序》，精峭卓特，歎其才不爲世所知；世所知者，科目耳。又謂：同甫之學，惟東萊知之，晦庵不予又不能奪，而予猶不曉，皆所謂必信者。後諸子再求銘，水心遂以陳同甫、王道甫合爲一銘，蓋用太史公老子、韓非及魯連、鄒陽同傳之意。老子非韓非之比，然異端著書則同；魯連非鄒陽之比，然慷慨言事則同。陳同甫之視王道甫，雖差有高下，而有志復讎、不畏權倖則同。其言大義大慮大節，以爲「春秋戰國之材無是」，稱揚同父至矣！末後微寓抑揚，其論尤正，又與昌黎評柳子厚略相類。水心於龍川，自少至老，自生至死，只守一説，而後輩不知本末，或以爲疑。此要當爲知者道也。

沙漲江合出宰相

《國史・章得象傳》：閩中謡云：「南臺江合出宰相」，至得象相時，沙涌可涉。台州舊有謡云：「下渡沙漲出宰相」，至謝子肅爲相果驗。

爲文須遇佳題伸直筆

爲文須遇佳題，伸直筆；不然，則文雖工，不足貴也。今世以掌制爲儒者至榮，夫不能堪其任者，固不足爲榮矣。就能堪其任，而朝廷或繆於升黜，不必遇佳題；朝廷或牽於忌諱，不能伸直筆：則掌制乃儒者之至辱也。開禧間，廟堂欲以水心直北門，水心辭不能，且云：「某作一詔，當用十日半月，恐不及事。」蓋是時國論已非，水心正慮墮此二者，故設辭耳。篔窗初入館，史相極傾慕。未幾意嚮不合，語人曰：「陳壽老好一臺諫官，只太執耳！」後又遣所親諭意，欲以爲權直學士院。篔窗答云：「某不能以文字與人改，不可爲權直。」史聞之不樂，篔窗遂久不遷。蓋史當國，凡代言者必進稿本，史或手自塗抹，或令館人删改。如辛卯火灾，陳立道卓草《罪己求言詔》，有云：「朕爲人子孫，而不能保守宗廟；爲人父母，而不能安全井邑。」儘有意味。史惡其太直，不用；再具稿，復不用；至三具稿，復不付出。叩之，則曰：「令敷文竄改矣。」敷文，其子宅之也。陳但飲氣而已。所謂儒者之至辱，又不止於無佳題、枉直筆而已。當時代言之人，猶不自知恥，可嘆也。

子美《草堂詩》

子美《草堂詩》云：「舊犬喜我歸，低徊入衣裾。鄰舍喜我歸，沽酒携胡蘆。大官喜我来，遣騎問所須。城郭喜我来，賓客溢村墟。」蓋用《木蘭詩》云：「爺娘聞女来，出郭相扶將。阿姊聞妹来，當户理紅粧。小弟聞姊来，磨刀霍霍向猪羊。」但連用古人句，亦不可爲法也。

詩人以草爲諷

自《離騷》以草爲諷諭，詩人多效之者。退之《秋懷》云：「白露下百草，蕭蘭共憔悴。青青四墻下，已復生滿地。」樂天《咸陽原上草》云：「野火燒不盡，春風吹又生。」僧贊寧詩：「要路花争發，閒門草易荒。」《後山詩集》：「牆頭霜下草，又作一番新。」後徐師川詩：「遍地閒花草，乘春傍路生。」意皆有所譏也。

曹緯詩

杜詩：「冉冉征途間，誰是長年者？」曹緯蹈襲之，云：「爲問征途間，誰如此山者？」

寬於一天下

杜牧《贈宣州元處士》云：「蓬蒿三畝居，寬於一天下。」潘興嗣《逍遥亭詩》用其語，云：「寬於一天下，原憲惟桑樞。」

《行色》、《野色詩》

司馬池《行色詩》云：「冷於陂水淡於秋，遠陌初窮見渡頭。賴得丹青無畫處，畫成應遣一生愁。」前輩稱之。此詩惟第一句最有味。范文正公《野色詩》：「非煙亦非霧，冥冥映樓臺。白鳥忽點破，夕陽還照開。肯隨芳草歇，疑逐遠帆来。誰會山公意，登高醉始回。」第二聯亦豈下於池詩乎？此梅聖俞所謂「狀難寫之景如在目前」也。

四六與古文同一關鍵

本朝四六以歐公爲第一，蘇王次之。然歐公本工時文，早年所爲四六，見《别集》，皆排比而綺靡。自爲古文後，方一洗去，遂與初作迥然不同。他日見二蘇四六，亦謂其不減古文，蓋四六與古文同一關鍵也。然二蘇四六尚議論，有氣焰；而荆公則以辭趣典雅爲主；能兼之者，歐公耳。水心於歐公四六，暗誦如流，而所作亦甚似之。顧其簡淡朴素，無一毫嫵媚之態，行於自然，無用事用句之癖，尤世俗所難識也。水心與篔窗論四六，篔窗云：「歐做得五六分，蘇四五分，王三分。」水心笑曰：「歐更與饒一兩分可也。」水心見篔窗四六數篇，如《代謝希孟上錢相》之類，深歎賞之。蓋理趣深而光焰長，以文人之華藻，立儒者之典刑，合歐蘇王爲一家者也。真西山嘗謂余四六「頗淡净而有味」，余謝不敢當，因言本得法於篔窗，然才短終不能到也。

孔子問禮於老子

孔子適周，問禮於老子。老子曰：「吾聞良賈深藏若虛，君子盛德，容貌若愚。去子之虛氣與多慾，態色與淫志，是皆無益於子之身。吾所以告子者，若是而已。」夫孔子以禮問聃，則聃非不知禮者；而聃之言如此，亦豈非禮之意？然而獨諱言禮，顧以爲禮者忠信之薄而亂之首也。蓋聃之於禮，尚其意不尚其文；然使文而可廢，則意亦不能以獨立矣，此老子鑑文之弊，而矯枉過正之言也。或謂有二老子，絶滅禮樂之老子，與孔子問禮之老子不同。兼太史公《老子傳》多疑詞，既稱「莫知其所終」，又稱「百六十餘歲或二百餘歲」；既稱太史儋即老子，又稱非也。世莫知其然否，意者有二老子，而太史公不能斷邪。余謂老子所答問禮之言，即是《道德》五千言之旨。其論禮之意則是，其廢禮之文則非耳。太史公雖不能斷，然亦卒斷之曰：「老子，隱君子也。」既曰隱，則其年莫得詳，亦宜矣。且太史公去周近，尚不能斷；後二千餘年，將何所據而斷耶？

二公不免於癡

歐公記菱溪石，慮後人取去，則以劉氏子孫不能長有此石爲戒。東坡記四菩薩畫，慮後人取去，則既以父母感動人子，而亦以廣明之賊不能全子孫而有此畫爲戒。以僕觀之，石雖奇，畫雖工，要皆外物耳。歐公之移置二石，雖非取爲己有，其爲取一也。東坡既知捨此畫矣，而猶汲汲恐他人之取，其爲不能捨亦一也。石與畫自二公不能不戀戀，而欲使他人不戀戀，得乎？中人以上，不待戒；中人以下，苟萌貪心，雖刑禍立至，尚不知戒，況身後盛衰乎？且東坡之捨此畫，曰爲父母也，安知他人取之者，不亦曰爲父母乎？然則二公之見，猶不免於癡矣。郁云：米元章臨終，焚所玩法書名畫，即是此意。

鮀

台之諺稱水母以鰕爲眼，蓋非虛語。《廣韻》言鮀即水母也，以鰕爲目。

文字有江湖之思

文字有江湖之思，起於《楚辭》「嫋嫋兮秋風，洞庭波兮木葉下」。模想無窮之趣如在目前，後人多倣之者。杜子美云：「蒹葭離披去，天水相與永。」意近似而語亦老。陳止齋《送葉正則赴吴幕》云：「秋水能隔人，白蘋况連空。」意尤遠而語加活。水心《送王成叟姪》云：「林黄橘柚重，渚白蒹葭輕。」意含蓄而語不費。

讀《中興頌詩》

讀《中興頌詩》，前後非一，惟黄魯直、潘大臨皆可爲世主規鍳；若張文潛之作，雖無之可也。陳去非篇末云：「小儒五載憂國淚，杖藜今日溪水側。」欲搜奇句謝兩公，風作浪涌空心惻。」蓋當建炎亂離奔走之際，猶庶幾少陵不忘君之意耳。張安國篇末亦云：「北望神皋雙淚落，只今何人老文學。」語亦頓挫含蓄。然首句云：「錦綳兒啼思塞酥」，雖曰紀事，其淫褻亦甚矣。首以淫褻犯分之語，似非臣子所宜言；至於末句，乃若愛君憂國者，則吾未敢信也。

文有正氣素質

文雖奇，不可損正氣；文雖工，不可掩素質。

爲文大概有三

爲文大概有三：主之以理，張之以氣，束之以法。

前輩不肯妄改已成文字

前輩爲文，雖或爲流俗嗤點，然不肯輒輕改，蓋意趣規模已定，輕重抑揚已不苟，難於遷就投合也。歐公作《范文正公神道碑》載吕范交歡弭怨始末，范公之子堯夫不樂，欲删改，公不從，堯夫竟自删去一二處。公謂蘇明允曰：「《范公碑》爲其子弟擅於石本移動，使人恨之。」荆公作《錢公輔母墓銘》，錢以不載甲科通判出身及諸孫名，欲有所增損，荆公答之甚詳。大略謂「一甲科通判，苟粗知爲詞賦，雖閭巷小人皆可以得之，何足道哉！故銘以謂閭巷之士以爲夫人榮，明天下有識者不以置悲歡榮辱於其心也。」「七孫業文有可道，固不宜略；若皆兒童，賢不肖未可知，列之，於義何當也？」又云：「鄙文自有意義，不可改也。宜以見還，而别求能如足下意者爲之耳。」

東坡作《王晉卿墨繪堂記》，内云：「鍾繇至以此嘔血發塚，宋孝武、王僧虔至以此相忌，桓玄之走舸，王涯之複壁，皆以兒戲害而國，凶而身，此留意之禍也。」王嫌所引用非美事，請改之。坡答云：「不使則已，即不當改。」蓋人情喜諛而多避忌，雖范、錢、王聞人猶不免，何怪流俗之紛紛乎？而作者之文，固不肯諛，固不肯避忌，雖與范、錢、王厚善，亦終不爲改也。水心作《汪參政勃墓誌》，有云：「佐佑執政，共持國論。」執政蓋與秦檜同時者也，汪之孫浙東憲綱不樂，請改。水心答云：「凡秦檜時執政，某未有言其善者；獨以先正厚德故，勉爲此。自謂已極稱揚，不知盛意猶未足也。」汪請益力，終不從。未幾，水心死，趙蹈中方刊文集未就，門下有受汪囑者，竟爲除去「佐佑執政」四字。碑本亦除之。非水心意也。水心答書，惜不見集中。退之云：「吾之爲此文，豈取其句讀不類於今者邪？思古人而不得見，學古道則欲兼通其詞。通其詞者，本志於古道者也。古之道，不苟毁譽於人，則吾之爲斯文，皆有實也。」然則妄改以投合，則失其實矣。穆伯長貧甚，爲一僧寺記。有賈人致白金求書姓名，伯長擲金於地，曰：「吾寧餓死，終不以匪人污吾文也！」夫求書姓名且不可，而肯妄改以投合乎？前古作者所爲墓誌及他文，後多收入史傳。使當時苟務投合，則已不能自信，豈能信世乎？水心爲《篔窗集序》，末云：「趨捨一心之信，否臧百世之公。」此二句最有味，學文者宜思焉。故凡欺誑以爲文者，文雖工，必不傳也。

水心文不爲無益之語

自古文字如韓、歐、蘇，猶間有無益之言，如説酒，説婦人，或諸謔之類。惟水心篇篇法言，句句莊重。

水心文可資爲史

水心文本用編年法，自淳熙後道學興廢、立君用兵始末、國勢污隆、君子小人離合消長，歷歷可見，後之爲史者當資焉。

陳後山詩

《復齋漫録》載：「陳後山詩云：『平生精力盡於詩』，蓋出於温公《上通鑑表》『臣之精力盡於此書』之語。」予觀杜荀鶴《贈山中詩友》云：「平生心力盡於文」，亦恐其語偶同耳。

寇萊公詩

萊公詩：「野水無人渡，孤舟盡日横。」人謂其有宰相器。然韋應物亦有「野水無人舟自横」

之句，豈亦便可擬其爲宰相耶？

崑崙月窟東巉巖

杜詩：「被堅執鋭略西極，崑崙月窟東巉巖。」崑崙、月窟在西，而謂之東，何也？前後註詩者皆不分曉解此義。詩意蓋謂：魏將軍略地至西方之極，而回顧崑崙、月窟，却在東也。

荆溪林下偶談卷三

水心文不蹈襲

水心與篔窗論文至夜半，曰：「四十年前曾與吕丈説。」吕丈，東萊也。因問篔窗：「某文如何？」時案上置牡丹數瓶，篔窗曰：「譬如此牡丹花，他人只一種，先生能數十百種，蓋極文章之變者。」水心曰：「此安敢當。但譬之人家觴客，或雖金銀器照座，然不免出於假借；自家羅列，僅瓷缶瓦盃，然却是自家物色。」水心蓋謂不蹈襲前人耳。瓷瓦雖謙辭，不蹈襲，則實語也。然〔不〕蹈襲最難，必有異禀絶識，融會古今文字於胸中，而灑然自出一機軸方可。不然，則雖臨紙雕鏤，祇益爲下耳。韓昌黎爲《樊宗師墓誌》言其所著述至多，凡七十五卷又一千四十餘篇，「古未嘗有」，而「不蹈襲前人一言一句」，又以爲「文從字順」，則樊之文亦高矣。然今傳於世者，僅數篇，皆艱澀，幾不可句。則所謂「文從字順」者安在？此不可曉也。

退之慚筆

王黄州以昌黎《祭裴太常文》「甑石之儲，常空於私室；方丈之食，每盛於賓筵」爲慚筆，蓋不免類俳。陳止齋亦以昌黎《顔子不貳過論》爲慚筆，蓋不免有科舉氣。余觀昌黎《祭薛中丞文》，豈亦所謂慚筆者邪？然《顔子論》乃少作，不足怪。二祭文皆爲衆人作，則稍屈筆力，以略傍衆人意。雖退之，亦有不得已焉耳。

水心文章之妙

四時異景，萬卉殊態，乃見化工之妙；肥瘠各稱，妍淡曲盡，乃見畫工之妙。水心爲諸人墓誌，廊廟者赫奕，州縣者艱勤，經行者粹醇，辭華者秀穎，馳騁者奇崛，隱遯者幽深，抑鬱者悲愴，隨其資質，與之形貌，可以見文章之妙。

歐公《文林》

歐公凡遇後進投卷可采者，悉録之，爲一册，名曰《文林》。公爲一世文宗，於後進片言隻字，乃珍重如此，今人可以鑒矣！

東坡享文人之至樂

王德父名象祖，臨海人，早從丘宗卿入蜀，有志義立學，工古文，晚爲水心所知。德父嘗爲余言：「自古享文人之至樂者，莫如東坡。在徐州作一黄鶴樓，不自爲記，而使弟子由、門人秦太虚爲賦，客陳無己爲銘，但自袖手爲詩而已。有此弟，有此門人，有此客，可以指呼如意而雄視百代文人，至樂孰過於此？」余謂自古山水游觀之處，遇名筆者已罕；幸而遇，則大者文一篇，小者詩一聯而止耳。未有同時三文而皆卓然可以傳不朽者，坡之詩又未論也。盛山十二詩，唱者止如此，和者固不能無優劣。退之《滕王閣記》云：「文列三王之右，與有榮焉。」此特退之謙辭。如退之《記》，固宜傳；三王，如勃之《序》，雖載人口而綺麗卑弱乃爾，其餘可知也。以同時遇三文而皆可傳，自古惟黄鶴樓耳。

水心能斷大事

水心平生静重寡言，有雅量，喜愠不形於色，然能斷大事。紹熙末年，光廟不過重華宫，諫者盈庭，中外洶洶。未幾，壽皇將大漸，諸公計無所出。水心時爲司業御史，黄公度使其婿太學生王棐仲温密問水心曰：「今若更不成服，當何如？」水心曰：「如此，却是獨夫也。」仲温歸以告黄公，公大悟，而内禪之議起於此。

晦翁斬大囚

晦翁帥潭，一日得趙丞相簡密報：「已立嘉王爲今上，當首以經筵召公。」晦翁藏簡袖中，竟入獄，取大囚十八人立斬之。纔畢，而登極赦至。

劉正字不階墀

王參預帥閩，以貴倨御僚屬。正字劉公朔，時爲福清宰，初至，以法不當階墀，令吏先白之，參預怒，劉公候客位，連日不得見。竟棄去，曰：「吾不妨教學子以活！」參預使吏覘之，則已過大義渡矣。不得已，使吏挽回，批報以省元特免階墀，他不爲例。劉公在福清，每出，遇市巷小兒讀書者，必下車，問其讀何書，爲解説訓誨之。市巷小兒皆相習爲士，而邑之士風特盛，福清之政，至今人稱之。

陳龍川省試

陳龍川自大理獄出，赴省試。試出，過陳止齋，舉第一場書義破，止齋笑云：「又休了。」舉第二場《勉强行道大有功論》破云：「天下豈有道外之功哉？」止齋笑云：「出門便見哉。然此一句却有理。」又舉第三場策起云：「天下大勢之所趨，天地鬼神不能易；而易之者，人也。」止齋云：「此番得了！」既而果中榜。

沙溪驛詩

興化沙溪驛有詩題壁上云：「沙溪祇是舊沙溪，今日重來路欲迷。獨有暮鴉知我意，白雲深處盡情啼。」不知何人作。

水心薦周南仲

韓侂冑當國，欲以水心直學士院，草《用兵詔》，水心謝不能爲四六。易彦章見水心，言：「院吏自有見成本子，何難？」蓋兒童之論，非知水心者。既而衛清叔被命，草詔云：「百年爲墟，誰任諸人之責；一日縱敵，遂貽數世之憂。」清叔見水心舉似，誤以「爲墟」爲「成墟」，水心問之，衛憫然。他日周南仲至，水心謂：「清叔文字近頗長進，然『成墟』字可疑。」南仲愕曰：「本『爲墟』字，何改也？」水心方知南仲實代作，蓋南仲，其姻家也。水心因薦南仲宜爲文字官，遂召試館職。

魁輔碑

陳自强本太學服膺齋生，既當國，齋中爲立碑，刻「魁輔」二大字。雷參政孝友時爲學官，作記稱頌以諂之，刻大字之下。陳敗，雷欲磨去以泯其迹，諸生不從。一日諸生赴公試，雷遣人亟磨去之。嘉定更化，雷復顯用，反攻他人爲附韓，而欲自表其非韓黨，可嘆也。

詞人懷古思舊

詞人即事睹景，懷古思舊，感慨悲吟，情不能已。今舉其最工者，如劉禹錫《金陵詩》：「山圍故國周遭在，潮打空城寂寞回。淮水東邊舊時月，夜深還過女牆來。」愚溪詩：「溪水悠悠春自來，草堂無主燕飛回。隔簾惟見中庭草，一樹山榴依舊開。」又「草聖數行留斷壁，木奴千樹屬鄰家。惟見里門通德榜，殘陽寂歷出樵車。」竇鞏《南游詩》：「傷心欲問前朝事，惟見江流去不回。日暮東風春草緑，鷓鴣飛上越王臺。」東坡《昆陽城賦》：「横門豁以四達，故道宛其未改；彼野人之何知，方傴僂而畦菜。」張安國《題黄州東坡詩》：「老仙騎鶴去，稺子飯牛歌。」蓋人已逝而迹猶存，迹雖存而景隨變。《古今詞》云：「語言百出，究其意趣，大概不越諸此。而近世倣效尤多，遂成塵腐，亦不足貴矣。」

和平之言難工

和平之言難工，感慨之詞易好，近世文人能兼之者，惟歐陽公。如《吉州學記》之類，和平而工者也；如《豐樂亭記》之類，感慨而好者也。然《豐樂亭記》意雖感慨，辭猶和平；至於《蘇子美集序》之類，則純乎感慨矣。乃若憤悶不平如王逢原，悲傷無聊如邢居實，則感慨而失之也。

陳簡齋詩

簡齋之詩晚而工，如「木落太湖白，梅開南紀明」、「慷慨賦詩還自恨，徘徊舒嘯却生哀」、「山林有約吾當去，天地無情子亦饑」、「樓頭客子杪秋後，日落君山元氣中」、「世亂不妨松偃蹇，村空更覺水潺湲」，皆佳句。又有《晚晴獨步》及《題董宗禹園》、《先志亭》等古詩，亦皆佳。

陳元爲杜韓之先驅

唐之古詩，未有杜子美，先有陳子昂；唐之古文，未有韓退之，先有元次山。陳、元蓋杜、韓之先驅也，至杜、韓益彬彬耳。

詞科習氣

東坡言：「妄論利害，攙説得失，爲制科習氣。」余謂近世詞科亦有一般習氣：意主於諂，辭主於誇，虎頭鼠尾，外肥中枵，此詞科習氣也。能消磨盡者難耳。東萊早年文章在詞科中最號傑然者，然藻繢排比之態，要亦消磨未盡。中年方就平實，惜其不多作而遂無年耳。

李習之諸人文字

文字之雅淡不浮、混融不琢、優游不迫者，李習之、歐陽永叔、王介甫、王深甫、李太白、張文潛，雖其淺深不同而大略相近。居其最，則歐公也。淳熙間，歐文盛行，陳君舉、陳同甫尤宗之。水心云：「君舉初學歐不成，後乃學張文潛；而文潛亦未易到。」

劉原父文

劉原父文醇雅，有西漢風。與歐公同時，爲歐公名盛所掩，而歐、曾、蘇、王亦不甚稱其文。劉嘗嘆：「百年後當有知我者！」至東萊編《文鑑》，多取原父文，幾與歐、曾、蘇、王並，而水心亦亟稱之，於是方論定。

晦翁按唐與正

金華唐仲友，字與正，博學工文，熟於度數。居與陳同甫爲鄰。同甫雖工文，而以强辨俠氣自負，度數非其所長。唐意輕之，而忌其名盛。一日，爲太學公試官，故出《禮記》度數題以困之。同甫技窮見黜。既揭榜，唐取同甫卷示諸考官，咸笑其空疏。同甫深恨。唐知台州，大修學，又修貢院，建中津橋，政頗有聲，而私於官妓，其子又頗通賄賂。同甫訪唐於台州，知其事，具以告晦翁。時高炳如爲台州倅，才不如唐，唐亦頗輕之。晦翁爲浙東提舉，按行至台，炳如前途迓而訴之。晦翁至，即先索州印，逮吏旁午，或至夜半未已，州人頗駭。唐與時相王季海爲鄉人，先密申朝嫌省避，晦翁按章及後，季海爲改唐江西憲，而晦翁力請去職，蓋唐雖有才，然任數，要非端士。或謂晦翁至州，竟按去之，足矣；何必如是張皇乎？同甫之至台州，士子奔凑求見。黄巖謝希孟與同甫有故，先一日與樓大防諸公飲巾山上，以待之。賦詩有云：「須臾細語夾簾言，説盡尊拳并毒拳。」語已可怪。既而同甫至，希孟借郡中伎樂燕之東湖。同甫在坐，與官伎語，酒至不即飲，希孟怒詰責之，遂相詈擊，妓樂皆驚散。明日有輕薄子爲謔詞，末云：「何時一樽酒，重與細論文。」一州傳以爲笑。

銘詩

銘詩之工者，昌黎、六一、水心爲最。東坡《表忠觀碑銘》云：「仰天誓江，月星晦蒙。强弩射（湖）〔潮〕，江海爲東。」只此四句，便見錢璆忠勇英烈之氣，閉爍乾坤。《上清儲祥宫碑銘》云：「於皇祖宗，在帝左右；風馬雲車，從帝來狩。閲視新宫，察民之言，佑我文母，及其孝孫。」讀之儼然如畫，悚然如見，而天帝與祖宗所以念下民、眷子孫之意，又仁慈惻怛。如此，後之爲文者，非不欲極力模寫，往往形貌雖具，而神氣索然矣。

近世詩人

《大序》云：「亡國之音哀以思」，退之論魏晉以降以文鳴者，「其聲清以浮，其節數以急，其辭淫以哀，其志弛以肆」。近世詩人争效唐律，就其工者論之，即退之所謂魏晉以降者也，而况其不能工者乎？

范（睢）〔雎〕蔡澤

范（睢）〔雎〕、蔡澤者，僥倖之尤耳。若澤詭説（睢）〔雎〕而代之相，無分工寸謀於秦，而遷於二子皆稱其「羈旅入秦，繼踵取卿相，垂功於天下」，又曰：「二子不因困厄，其能激乎？」遷之繆如此，非所謂退處士而進姦雄者歟？

漢武帝用王恢議擊匈奴

夷狄叛服不常，以恩信結之，猶懼其變，而況以詐先之乎？漢武帝建元六年，匈奴請和親。王恢議請擊之，韓安國以爲不如和親便，羣臣多附安國，帝乃許和親。然不三載，復從王恢之策，欲誘致以利而伏兵擊之。是不以恩信結之，而以詐先之也，匈奴安得而不叛？自是而後，入上谷，入雁門，入代，殺太守，殺都尉，殺掠吏民，漢無一日不被其擾，而帝亦恥初謀之不遂。命將出師無虛歲，而海内耗矣，蓋自王恢之謀始也。初帝命恢與韓安國擊閩越，〔懷〕〔淮〕南王安上書諫，而安國無一語，知其事雖可已，而名義猶正也；至是，則力争不可，知其名義太不正也。使恢謀不行，匈奴未必屢叛。武帝雖黷武，亦豈如是甚哉！

衛青重汲黯

衛青，一奴虜也，然貴爲大將軍，日見尊寵，汲黯與之抗禮不拜，而青愈賢之，數請問國家朝廷所疑，遇黯加於平日。公孫弘號爲儒者，反怨黯之面折，而陰欲擠之死地，曾一奴虜之不若也，哀哉！

東坡、〔穎〕〔潁〕濱論三良事

東坡《秦穆公墓詩》云："昔公生不誅孟明，豈有死之日，而忍用其良。乃知三子殉公意，亦如齊之二子從田横。古人感一飯，尚能殺其身；今人不復見此等，乃以所見疑古人。"子由和篇云："泉上秦伯墳，下埋三良士。三良百夫特，豈爲無益死？當年不幸見迫脅，詩人尚記臨穴惴。豈如田横海中客，中原皆漢無報所。秦國吞西周，康公穆公子，盡力事康公，穆公不爲負，豈必殺身從之游？夫子乃以侯嬴所爲疑三子。王澤既未竭，君子不爲詭。三良殉公意，要自不得已。"二詩不同，愚謂子由之説稍近。君子進退存亡，要不失正而已，豈苟爲匹夫之諒哉！論者罕能知此。如王仲宣云："結髮事明主，受恩良不貲。臨没要之死，安得不相隨？"曹子建亦云："生時等榮樂，既没同憂患。"若然，則是三良者，特荆軻、聶政之徒耳。東坡晚年《和淵明詩》云："三子死一言，所死良已微。賢哉晏平仲，事君不以私。我豈犬馬哉，從君求蓋帷。殺身固有道，大節要不虧。君爲社稷死，我則同其歸。顧命有治亂，臣子得從違。魏顆貞孝愛，三良安足希！"蓋其飽更世故，閲義理熟矣。前詩作於壯年氣鋭之時，意亦有所激而云也。

唐德宗時太學風俗不美

余讀《何蕃傳》，朱泚之亂，太學諸生舉將從之，来請起蕃。蕃正色叱之，六館之士不從亂。嘗疑六館之士如此其衆，豈能守節義者獨蕃一人而已乎？至讀柳子厚《與太學諸生書》云：「僕少時常有意游太學，受師説，以植志持身焉。當時説者咸曰：太學諸生聚爲朋曹，侮老慢賢，有墮窳敗業而利口食者，有崇飾惡言而肆鬭訟者，有陵傲長上而誶罵有司者。其退然自克特殊異者，無幾耳。」乃知當時太學風俗不美如此，其欲從泚無疑。

相如《美人賦》

宋玉《諷賦》載於《古文苑》，大略與《登徒子好色賦》相類，然二賦蓋設辭以諷楚王耳。司馬相如擬《諷賦》而作《美人賦》，亦謂「臣不好色」，則人知其爲誣也。有不好色而能盗文君者乎？此可以發千載之一笑。

名紙

梁何思澄終日造謁，每宿昔作名紙一束，曉便命駕，朝賢無不悉狎。名紙蓋起於此，今人謂之名贊，非也。

《乞巧文》似《送窮文》

子厚《乞巧文》與退之《送窮文》絶類，亦是擬揚子雲《逐貧賦》，特名異耳。

荆溪林下偶談卷四

聖上親政二事

紹定之末史相薨，聖上親政。即日，梁成大、李知孝出國門。西山在泉聞之，喜甚，曰：「二凶去矣！閩特犬豕，越乃虺蛇。」蓋梁，閩人；李，越人也。未幾，並除洪公咨夔、王公遂爲察官，西山尤喜，曰：「四十年無此矣！」余嘗歎息此二事與石徂徠所頌慶曆何以異，蓋進賢退不肖固難，而決裂迅疾如此者尤難，此非特聖主英斷追蹤堯舜，亦是天理人心終無泯滅時節。特其一晦一明，各關氣數；而氣數未嘗不回，世人但隨氣數以爲變遷者，真冥愚無知者也。余《賀西山起廢再知泉州啓》云：「弊事萬端，終有轉旋之理；仁心一點，本無歇息之期。」時紹定五年之冬也，至六年之冬，果驗。又云：「百轉窮通，吾何榮以何辱；一番用舍，世有重而有輕。」西山頗稱賞。

太史公《循吏傳》

太史公《循吏傳》文簡而高，意淡而遠，班孟堅《循吏傳》不及也。

《賈誼傳贊》

曩見曹器遠侍郎稱止齋最愛《史記》諸傳贊，如《賈誼傳贊》，尤喜爲人誦之。蓋語簡而意含蓄，咀嚼儘有味也。

張守節《史記正義》

張守節爲《史記正義》云：「班《書》與《史記》同者五十餘卷，少加異者，不弱即劣。《史記》五十一萬六千五百言，序二千四百一十三年事。《漢書》八十一萬言，序二百二十五年事。遷引父致意，班《書》父修而固蔽之，優劣可知矣。」余謂此言止論才，未論識也。《堯》、《舜典》，當時史官作也，形容堯舜盛德，發揮堯舜心術，鋪序堯舜政教，不過千餘言，而坦然明白，整整有次第，詳悉無纖遺，後世史官曾足窺其藩哉！曾子固謂不特當時史官不可及，凡當時執筆而隨者，意其亦皆聖賢之徒也。要之，論後世史才，以遷爲勝；然視古已霄壤矣。按班固《序傳》，稱「叔皮惟聖人之道然後盡心焉」，尊其父至矣，謂之「蔽其父」者，非也。

司馬貞、張守節論《史記》

司馬貞云：「《史記》『十二紀』象歲星一周，『八書』法天時八節，『十表』倣剛柔十日，『三十世家』比月有三旬，『七十列傳』取懸車之暮齒，『百三十篇』象閏餘而成歲。」張守節亦云：「而獨以列傳七十象一行七十二日。言七十者，舉全數也；餘二日象閏數也。」余按遷書本無此語，蓋後人穿鑿臆説也，亦可謂繆矣。

程蘇分黨

山谷稱周濂溪「胸次如光風霽月」，又云：「西風壯士淚，多爲程顥滴。」東坡爲濂溪詩云：「夫子豈我輩，造物乃其徒。」蓋蘇氏師友未嘗不起敬於周程如此。惜乎後因嘻笑而成仇敵也。

李悦齋《和登樓賦》

悦齋李季允《和王仲宣登樓賦》不特語言工，其愛君戀國、感事憂時，忠操過仲宣矣。

水心詩

水心詩早已精嚴，晚尤高遠。古調好爲七言八句，語不多而味甚長，其間與少陵争衡者非一，而義理尤過之。難以全篇概舉，姑舉其近體成聯者：「花傳春色枝枝到，雨遞秋聲點點分」，此分量不同，周匝無際也；「江當闊處水新漲，春到極頭花倍添」，此地位已到，功力倍進也；「萬卉有情風暖後，一筇無伴月明邊」，此惠和夷清，氣象也；「包容花竹春留卷，謝遣蒲荷雪滿涯」，此陽舒陰慘，規模也；「隔垣孤響度別井，暗泉通此感通處」，無限斷也；「舉世聲中動浮生，胥帶來此真實處」，非安排也；「峙巖橋畔船辭柁，冷水觀邊花發枝」，此往而復来也；「有兒有女後應好，同穴同時今奈何」，此哀而不傷也；「此日深探應徹底，他時直上自摩空」，此高下本一體，特有等級也；「蓍蔡羲前識，《簫韶》舜後音。」此古今同一機，初無起止也。所謂關於義理者如此，雖少陵未必能追攀。至於「因上峊嶢覽吴越，遂從開闢數羲皇」，此等境界，此等襟度，想像無窮極，則惟子美能之。他如：「驛梅吹凍蕊，柁雨送春聲」、「緑圍齊長柳，紅糝半含桃」、「聽雞催謁駕，立馬待紬書」、「野影晨迷樹，天文夜照城」、「曬書天象切，浴硯海光翻」、「地深湘渚浪，天遠桂陽城」，置杜集中，何以别？乃若「遺臘冰千筯，勾春柳一絲」、「燐迷王弼宅，蒿長孟郊墳」、「帆色掛曉月，艣音穿夕煙」、「門邀百客醉，囊諱一金存」、「難招古渡外，空老夕陽濱」，又特其細者。

四靈詩

水心之門趙師秀紫芝、徐照道暉、璣致中、翁卷靈舒，工爲唐律，專以賈島、姚合、劉得仁爲法，其徒尊爲「四靈」，翕然效之，有「八俊」之目。水心廣納後輩，頗加稱獎。其詳見《徐道暉墓誌》，而末乃云：「尚以年不及乎開元、元和之盛，而君既死。」蓋雖不没其所長，而亦終不滿也。後爲《王木叔詩序》，謂木叔「不喜唐詩，聞者皆以爲疑。夫争妍鬭巧，極外物之意態，唐人所長也；及要其終不足以定其志之所守，唐人所短也。木叔之評，其可忽諸？」又《跋劉潛夫詩卷》謂「謝顯道稱不如流連光景之詩，此論既行，而詩因以廢矣。潛夫能以謝公所薄者自鑒，而進於古人不已，參《雅》《頌》，軼《風》《騷》可也，何必『四靈』哉！」此跋既出，爲唐律者頗怨，而後人不知，反以爲水心崇尚晚唐者，誤也。水心稱當時詩人可以獨步者，李季章、趙蹈中耳。近時學者歆艷「四靈」，剽竊模倣，愈陋愈下，可歎也哉！

好罵文字之大病

山谷《答洪駒父書》云：「《罵犬文》雖雄奇，不作可也。東坡文章妙天下，其短處在好罵，切勿襲其軌也。」往時永嘉薛子長有俊才，至老不第，文字頗有罵譏、不平之氣。水心爲其集序，微不滿焉。余少時未涉事，亦頗喜爲譏切之文，箕裔紬以質水心，水心曰：「雋甚。吾鄉薛象先端明，其初聲名滿天下，特少雋耳。然當吴之年，未有吴之筆也。吴年少筆老，脱似王逢原；但好駡，氣未平，亦似王逢原耳。」後二年，余以新藁見水心，曰：「此番氣漸平，宜更平可也。」余因是知好駡乃文字之大病，能克去此等氣象，不特文字進，其胸中所養亦宏矣。

山谷《思邢惇夫詩》

西山嘗舉山谷詩云：「惇夫若在鐫此老，不令平地生崎嶇。」余曰：「『鐫』字未穩。事父母，幾諫不聽，則號泣而隨之耳，子豈應鐫其父邪？然邢恕游程氏之門，早歲立節如此，而晚乃顛倒錯繆，師友且不能而挽回之矣，豈一子所能鐫邪？

止齋《送陳益之詩》

止齋《送陳益之詩》甚工，且有理致。首云：「論事不欲如戎兵，欲如衣冠佩玉嚴整而和平；作文不欲如組繡，欲如疏林茂麓窈窕而敷榮。」蓋陳益之年正盛，論事豪勇，而作文喜爲詰屈聱牙，故以此勉之。又云：「楨幹盍亦煩繩墨，風味何如餘典則？」末云：「君看《風》《雅》詩三百，亦有初章三嘆息。」皆有深長之意，學者所當思也。益之自負用世才幹，而脱略邊幅不羈，故又以繩墨典則規之。

水心因啓事薦士

水心舊爲監司，有一舉員未發，批付書吏，令搜檢僚屬通啓，内有兩句云：「氣禀天下之至清，品列人間之最上。」吏既檢呈，即日剡薦。惜不記其姓名耳。

止齋得謗

止齋倅福州，年正盛，聰明果决，帥梁丞相一委聽之。有富人訴僕竊盗，僕辭連其主之女，止齋必欲逮女以問。諸寓公營救不獲，於是有〔傳艮〕〔索賄〕之謗。未幾，論去。後止齋歷郡守部使者，死之日，囊橐枵然，僅餘白金數十兩以殮。其子貧困，謁先友黄文叔尚書於建康，頗周之。止齋得謗如此，至今猶有未盡知者，可嘆也。

蘇雲卿

蘇雲卿，廣漢人，身長七尺，美髭髯，寡言笑，與張丞相德遠爲友。靖康蜀擾，避地豫章東湖之南，包巾布褐，治圃種蔬，耘植溉注，皆有法，視他圃獨勝。夜則織履，履堅緻，涉遠難敗，人争取之，名曰「蘇公草鞋」。德遠入相，貽書致厚幣，屬帥、漕曰：「雲卿，管、樂流亞也。聞今灌園東湖，斯人非折簡可招，爲我詣其廬，必致之。」帥、漕更野服，作游客入圃。翁方運鋤，客揖，與語良久，延入，坐土炕，汲泉煮茗，案無他物，惟《西漢史》一册。客問翁鄉里，曰：「廣漢」。客又問：「張德遠亦廣漢人，嘗識之否？」翁爲言德遠家世歷歷。客曰：「德遠之才，可爲宰相否？」翁掉頭不可。客問何以，翁曰：「惜其長於知君子，短於識小人。」二客徐拱立出書幣，謂：「某等非游客，承乏帥、漕，張丞相命，屈先生共濟大業。」翁色變，喉間隱隱有聲，似怨張暴己蹤跡。帥、漕呼輿隸約同載，翁謝以翌日當納謁。晨興候之，户閉，闃無人聲，抉而闖焉，則書幣不啓，翁已遁矣，人莫知所之。帥、漕復命，德遠拊几嘆曰：「求之不早，實懷竊位之羞。」作箴以識之云：「雲卿風節，高於傅霖。予期與之，共濟當今。山潛水杳，邈不可尋。弗力弗早，予罪曷鍼！」其圃今屬郡人宋自適正父，趙章泉名其室曰：「灌園庵」。雲卿，今入《國史·遺逸傳》。

木尚書訴鄭景元

永嘉木尚書待問，少從學於鄭敷文。敷文，大儒也，名伯熊，字景望。其弟名伯英，字景元，負氣尚義之士也，登甲科爲第四名，以母老不肯仕宦，奉岳祠、養母不出者二十年。紹興末，上

《中興急務書》十篇，極言秦檜之罪，文亦豪健浩博，諸公忌而畏之。孝廟朝無人爲提拔，景元亦不屑求用，晚自號歸愚翁，有《歸愚集》。其婿蔡行之帥閩，爲之鋟版三山。永嘉稱敷文爲大鄭公，景元爲小鄭公，一時英俊皆推尊之。敷文死後，木尚書造宅侵鄭氏地界，景元不平，往與木詈詬而手擊之，景元亦大爲木之子弟所箠。明日木訴之郡，逮景元。時景元待次教官，扶其母以出，木慚悚退縮而止。木素無聞望，止以大魁爲從官爾。因此事，永嘉人薄之。

紹熙立君詔

紹熙末，光廟有疾，嘉王之立，起於水心先生與徐子宜之謀。趙忠定令水心草詔，序孝廟大漸，所以立嘉王之故，云：「病無嘗藥之人，崩乏居喪之主。」忠定不肯用，别爲之。水心曰：「禍將作矣，吾當亟去。」蓋爲立君大事，不明言其故，必有小人造謗興讒，以禍諸君子者。水心竟不言功，隨即去國。徐子宜本爲都司，以功進從官。未幾，（托）〔侂〕冑果造謗，忠定貶死，而子宜亦遠竄。水心既不言功受賞，亦不因功受禍，若水心可謂知幾卓識之君子矣。此事游丞相語余，謂得之於先忠公之説如此。又云：「先忠公嘗説如水心先生樣人，若出而用於朝，時節必大好。」忠公名仲鴻，後以僞學與水心同入黨籍坐廢者也。其謚曰忠，眞窗爲謚議。

東萊以譽望取士

淳熙間，永嘉英俊如陳君舉、陳蕃叟、蔡行之、陳益之六七輩，同時並起，皆赴太學補試。芮國器爲祭酒，東萊爲學官。東萊告芮公曰：「永嘉新俊，不可不收拾。」君舉訪東萊，東萊語以一《春秋》題，且言破意。就試，果出此題，君舉徑用此破，且以語蕃叟。蕃叟，其從弟也。遂皆中榜。此葢以譽望取士，猶有唐人之意，似私而實公也。

蔡行之省試

蔡行之本從止齋學，既以《春秋》爲補魁，止齋遂改爲賦以避之。東萊爲省試官，得一《春秋》卷甚工，東萊曰：「此必小蔡也。且令讀書養望三年。」以其草册投之帳頂上。未幾，東萊以病先出院。衆試官入其室，見帳頂上有一草卷甚工，謂此必東萊所甚喜，而欲置前列者，遂定爲首選。此事水心先生云。

陳止齋

止齋年近三十，聚徒於城南茶院，其徒數百人，文名大震。初赴補試，纔抵浙江亭，未脱草屨，方外士及太學諸生迓而求見者如雲。吳琚，貴公子也，冠帶執刺，候見於旅邸，已昏夜矣。既入學，芮祭酒即差爲太學舉録，令二子拜之齋序。止齋辭不敢當，徑遯之天台山國清寺，士友紛然從之者數月。其時止齋有《待遇集》板行，人争誦之。既登第，後盡焚其舊藁，獨從鄭景望講義理之學，從薛常州講經制之學。其後，止齋文學日進，大與曩時異。嘗言太祖肇基，紀綱法度甚正，可以繼三代，所著《建隆編》是也。於成周制度講究甚詳，有《周禮説》，嘗以進光廟。紹熙間，光廟以疾不過重華宫，止齋力諫，至牽御衣，衣爲之裂。除中書舍人，不拜命而去，後謚曰「文節」。止齋之文，初則工巧綺麗，後則平淡優游，委蛇宛轉，無一毫少作之態。其詩意深義精，而語尤高，後學但知其時文，罕有識此者。蔡行之亦鋟其集於三山。但水心取其學，取其詩，不甚取其文，蓋其文頗失之孱，始初時文氣，終消磨不盡也。

魏鶴山言事去國

寶慶初，朝貴多不敢輕接客，接亦不敢一語及時事。魏鶴山爲右史，論事方岌岌。一日獨會客，余亦在坐。鶴山言：「《易·泰卦》只説一『通』字，今日在上者多猜防掩蔽，而下情不通於上；在下者多料想鶩傳，而上情不通於下。如何得有泰之象？」他日復上封事，首論《泰卦》，即此意也。故相欲觀諸公意，嚮有一從官招諸從官飲，因言：「今日之事正如主人設醴觴客，爲客者當荷主人美意。乃或指摘主人某事未是，某事未善，豈禮耶？」衆唯唯無語，鶴山獨謂：「不然。主人招客，固美意；然或所言議背理，不合人情，爲客者亦可强從命耶？」故相聞此語，知决難兩立。鶴山於是有靖州之行。

《堯》《舜典》

《堯典》有君道焉，猶《易》之《乾》也；《舜典》有臣道焉，猶《易》之《坤》也。《詩》《周南》《召南》亦然。

《尚書》文法

今人但知六經載義理，不知其文章皆有法度。如《書》之《禹貢》，最當熟看。《舜典》載巡狩事云：「歲二月東巡狩，至於岱宗，柴，望秩於山川，肆覲東后，協時月正日，同律度量衡，修五禮、五玉、三帛、二生、一死贄，如五器，卒乃復。」其事甚縈。下載五月南巡狩，則但云「至於南岳，如岱禮」一句而已。八月西巡狩，但云「至於西岳，如初。」十一月朔巡狩，但云「至北岳，如西禮。」不復詳載望秩、協同、禮玉等語，蓋文法變化，所謂「如岱禮」、「如初」、「如西禮」之類，語活而意盡，皆作文之法也。至於《伊訓》、《太甲》、《咸有一德》、《説命》、《無逸》等篇，皆平正明白，其文多整，後世偶句蓋起於此。

聖賢道統

《典》《謨》中皋陶論九德，當居第一；禹議論，次之；夔論樂，又次之；益亦有告戒，又次之。其後伊尹言一德，仲虺言建中，傅説言學，箕子言九疇，周公言無逸，召公言敬德，此皆是道統之傳，爲後世所宗者也。至孔子、曾子、子思、子孟子，則類聚而究切之，無遺誼矣。孟子論道統亦云：「若伊尹、萊朱則見而知之。」萊朱即仲虺也。但孟子獨不拈出箕子，豈以僅及見武王，而不及見文王耶？

《孟子》文法

《孟子》七篇，不特推言義理，廣大而精微，其文法極可觀。如齊人乞墦一段尤妙，唐人雜説之類，蓋倣於此。

甘蔗謂之諸蔗，亦謂之都蔗

相如賦云：「諸蔗巴苴。」注云：「甘柘也。」曹子建《都蔗詩》云：「都蔗雖甘，杖之必折；巧言雖美，用之必滅。」《六帖》云：「張協有《都蔗賦》。」

唐任翻詩

唐項斯、周朴、任翻皆赤城人，能詩，見《赤城志》。按《唐文志》：項斯詩一卷，周朴詩二卷，任翻詩一卷。獨翻詩，世罕傳者，今郡齋有翻小集，僅十篇而已。翻有《題巾子廣軒詩》，集中不載。詩云：「絶頂新秋生夜涼，鶴溪松露滴衣裳。前村月照半江水，僧在翠微開竹房。」

此老吳姓，第不知其名與字，與葉水心先生交好。觀其篇中亟稱水心先生不置，故知之。然考之水心集中，止有水心《即事兼謝吳氏表宣義》六首及《答吳明輔》一書而已，他竟無吳姓文字。昔分爲八卷，今作四卷。秀州拙修居士郁嘉慶跋。

黄氏日抄·讀文集

〔宋〕黄震 撰

《黄氏日抄·讀文集》十卷

宋　黄震　撰

黄震（一二一三—一二八〇），字東發，號於越，慈溪（今屬浙江）人。寶祐四年（一二五六）進士。爲史館檢閲，出判廣德軍，知撫州，後移浙東提舉常平。爲學宗尚朱熹，門人私謚文潔先生。有《古今紀要》、《黄氏日抄》等。傳見《宋史》卷四三八。

《黄氏日抄》共九十五卷，爲其讀經史子集諸書之筆記。今選録卷五十九至六十八《讀文集》者十卷，分别對韓愈、柳宗元、歐陽修、蘇軾、曾鞏、王安石、黄庭堅、汪藻、范成大、葉適等十家文集，予以摘抄，斷以己意，亦有僅録名言雋語而不加評騭者。黄氏稽經考史，一折衷於朱子，然亦不拘門户。大抵推崇韓愈「明聖道，以六經之文爲諸儒之倡」，功不下孟子；而斥柳宗元「不根於道」、「是非多謬於聖人」，尤對王安石之治術，詆之甚力。但就文論文，則多平允精粹之語。認爲柳氏記志人物、模寫山水，「峻潔精奇，如明珠夜光，見輒奪目」，又指出「柳碑多排句」，一似「韓、柳未出時文體」，實可窺見駢、散之間相磨相融之複雜關係。於王安石，亦謂「荆公之文多澹靖」，「記誌極其精彩，彷佛昌黎」。於歐、蘇之爲人爲文，并予揄揚，以爲本朝文明之盛，歐、蘇之「文章」，正與伊洛之「義理」相埒。評析中亦多體會有得之見。本書又有輯佚、校勘之助。今人孔凡禮《范成大佚著輯存》（中華書局一九八三年）即從本書《范石湖文》卷輯得大量佚文。且范氏全集已佚，亦可從《日抄》中窺知其編次與概貌。

有元至元三年（一三三七）沈逵序本、耕餘樓刊本、乾隆三十二年（一七六七）新安汪佩鍔芸暉閣重刻宋本、《四庫全書》本。今據乾隆三十二年汪氏本録入，並以《四庫》本參校。

（王宜瑗　崔　銘）

黄氏日抄·讀文集一

宋 黄震 撰

韓文

古賦

《感二鳥賦》 豈真有羡於白烏鸜鵒？ 特因物託興，使賤人貴物者知警爾。

《復志賦》 退而守其志也。「歲行未復」云者，歲星十二年一周復，公自述幼孤時，未及十歲。

《閔己賦》 自傷不得其志，欲静以俟之。

《别知賦》 傷知心之難得，不忍楊儀之之去己也。

詩

《元和聖德詩》　典麗雄富。前輩或謂「揮刀紛(紛)〔紜〕,争刌膾脯」等語,異於文王「是致是附」氣象。愚謂亦各言其實,但恐於頌德之名不類。或云,公之意欲使藩鎮知懼。

《琴操》　大抵意味悠長,拱挹不盡。將古聖賢之作而述之耶?抑述古聖賢之意而作之耶?《猗蘭操》有云:「薺麥之茂,薺麥之有。君子之傷,君子之守。」辭約義精,尤當佩服。蓋能全其所自得者,投之患難而不變。志士仁人,平居無異儔伍,惟歷變而後可知。薺麥處雪霜而茂者,由薺麥之性,自有陽和,惟因君子之傷,乃足見君子之守也。《拘幽》之「亂」曰:「臣罪當誅兮,天王聖明。」至哉言乎! 昔師席王宗諭教授於鄞縣學官,余實從之游,聞其講《詩》至衛莊姜,慨然舉此章而言曰:「反己之切者,惟見己之不然,不見人之有不然。衛莊姜惟知爲婦之當順,而不見其夫之不義;惟知爲母之當慈,而不見其子之不孝。此心也,何心也? 充其類而廣之,大舜所謂『父母之不我愛,於我何哉』之心也。文王所謂『臣罪當誅兮,天王聖明』之心也。《凱風》孝子謂『母氏聖善,我無令人』,亦此心也。羅仲素謂『天下無不是底父母』,即所以指明此心也。」

《南山》詩　險語層出,合看其布置處。

《謝自然》詩　指其輕舉之事，爲幽明雜亂，人鬼相殘，不知人生常理而棄其身。卓哉！正大之見乎？

《秋懷》詩　寄興悠遠，多感歎，自斂退之意。

《赴江陵途中》詩　次叙明密，是記事之體。内有云：「早知大理官，不列三后儔。何況親犴獄，敲榜發姦偷。」此語可警世俗。蓋比肩唐虞之朝者，大禹、皋陶、稷、契也。禹平水土，稷教播種，而契教以人倫，是爲「三后」，獨皋陶不預焉。三后子孫爲三代，享國長久。雖益之後爲秦，亦綿延千百祀，獨皋陶之後無聞焉。或謂皋陶之所司者，刑也。漢高祖再整宇宙，一時際會，如蕭、曹、韓信、張良。蕭之後爲蕭梁，曹之後爲曹魏。張良好道，家學至今名天師者，亦其後。獨韓信夷族，以其所用者兵，而刑之大者也。皋陶明刑，所以輔唐虞之仁。雖不當以漢事比，然且不得列三后之儔。則刑之不可易言，昭昭也。司刑君子，其可不盡心歟！

《醉贈張秘書》　謂座客能文，性情浩浩，爲得酒意。而「富兒」「紅裙」之醉，如聚飛蚊，可謂逸興？卒章有云：「至寶不雕琢，神功謝鋤耘。」此謂文字混然天成之妙也。公之自得蓋如此。

《送惠師》、《〔送〕靈師》　皆叙其游歷勝概，終律之以正道。

《縣齋有懷》　自叙平生甚詳。

《岳陽樓》　叙洞庭之勝。

《薦士》詩　叙六朝之陋爲「搜春摘花卉」，叙國朝之盛爲「奮猛卷海潦」。論文者可以觀矣。

《鶖鸆》詩　高自稱譽，陋視凡子也。

《山石》詩　清峻。

《汴泗交流》詩　叙教戰。

《雉帶箭》　峻特有變態。

《條山蒼》　簡淡有餘興。

《贈鄭兵曹》詩　慷慨。

《桃源圖》　前立兩柱，一叙圖，一叙詩，方雙合。叙事中間云「大蛇中斷喪前王，五馬南渡開新主」，只提秦、晉，包盡六百年。結云「世俗寧知僞與真，至今傳者武陵人」，與「神仙有無何渺茫，桃源之説誠荒唐」相應，皆明之以正理。

《贈侯喜》　以釣魚況人事，捨小求大。

《八月十五夜贈張功曹》　感慨多興。内云「判司卑官不堪説，未免捶楚塵埃間」。然則唐之判司、簿尉類然歟？然唐人之待卑官雖嚴，而卑官之行法於人，猶得以伸其嚴。如劉仁軌爲陳倉尉，搒殺中貴人，折衝都尉魯寧是也。我朝判司、簿尉以待新進士，而筦庫監當不以辱之。其於判司、簿尉，視唐重矣。奈何朝廷視之雖重，世俗待之益卑。苦役苛責，甚於奴僕。官之辱，法之屈也，此事關繫世道。

《謁衡嶽祠》 惻怛之忱，正直之操，坡老所謂「能開衡山之雲」者也。

《杏花》詩 「（釣）鈎輈」，《字釋》云「鷓鴣聲」。

《感春》 謂春風漫誕之可悲，甚於秋霜摧落之不足惜。此意亦奇。東坡謂「春蟾投醪光陸離，不比秋光，只爲離人照斷腸」，皆是此意翻出。

《孟東野失子》詩云「蝮蛇生子時，坼裂腸與肝」。愚往年見臨安無夢和尚説蠏散子後即枯死，云出佛經。

《落齒》詩 結以「語訛默固好，嚼廢軟還美」，翻説最佳。

《赤藤杖歌》 「赤龍拔鬚」、「羲和遺鞭」等語，形容奇怪。韓詩多類此。然此類皆從莊生寓言來。

《送石處士赴河陽幕》 「風雲入壯懷，泉石別幽耳」，最工。

《辛卯雪》 「萬玉妃」之句，《李花》「萬堆雪」之句，《寄盧仝》「猶上虛空跨騄駬」之句，《醉留東野》「爲雲」「爲龍」之句，皆立怪以驚人者。

《招楊之罘》 柏、馬之喻，愛之使進。而《誰氏子》之作，謂稱道士爲癡狂，尤正論也。

《石鼓歌》、《雙鳥詩》 尤怪特，「雙鳥」必有所指，豈異端歟！

《贈劉師服》詩　可與《落齒》詩參看。

《聽穎師琴》有曰「喧啾百鳥羣，忽見孤鳳凰」；《贈張十八》詩有曰「龍文百斛鼎，筆力可獨扛」，皆工於形容。

《調張籍》　形容李、杜文章，尤極奇妙。

《寄崔立之》　狀世俗羡科第之榮。

《月蝕詩》　律玉川子之豪，歸之雅正，尤切諷諫。結句仁厚有味。

《短檠歌》　有感慨意。

《符讀書城南》　世多議其以富貴誘子，是固然矣。然亦人情誘小兒讀書之常，愈於後世之飾僞者。

《病鴟》詩　有不絶小人戒誘使善之意。

《華山》詩　形容女冠之易動俗。

《書皇甫湜》詩　謂留意園池，猶「《爾雅》注蟲魚」，「枉思」「掎摭」，「捨業孔顔」。愚謂此可鍼世俗之失。蓋園池之適，無非玩物。仲舒潛心大業，三年不窺園。知汲汲於所當務者，外誘不期而絶也。

《路傍堠》　以下皆公南遷時詩。乍食鱟魚、章舉，歎驚，面汗。「惟蛇舊所識」，開籠縱之。

蛤，即蝦蟇，亦初不下喉也。

《寄李大夫》　以年過半百，來日無多，有「少年樂新知，衰暮思故友」之句。

《南山有高樹行》、《猛虎行》　皆贈李宗閔，巧喻而力詆。文之鋪叙、頓挫甚佳。

《送澄觀》詩　「我欲收斂加冠巾」，其於《送靈師》亦嘗云「方將斂之道，且欲冠其顛」。人其人之心，在在不放，獨惜其論大顛，語少斟酌耳。

《山南鄭相公酬答》詩　「烹斡力健倔」，「斡」當作「鮮」；「茫漫華墨間」，「華」當作「筆」。《音釋序》李少卿云：「耵聹」，耳垢也。上都挺切，下乃挺切。

《讀東方朔雜事》、《譴瘧鬼》二詩　皆稽滑以諷。瘧云顓頊子也。

《示兒》詩　以有屋自慰，與《符讀書》詩正相終始。

《喜雪》、《春雪》、《詠雪》等作　皆曲盡形容之妙，層出無窮。

《蒲萄》詩　以「馬乳」對「龍鬚」。今俗呼蒲萄爲馬乳。而竹之有龍鬚，亦經見於此。「作」字讀與「做」同。《方橋》詩「作」字與「過」字同押。

《遺興》詩　「斷送一生惟有酒」，《贈鄭兵曹》詩「破除萬事無過酒」。山谷詞各於其下去一「酒」字，天然妙對。

《記夢》　結句「安能從汝巢神仙」，李少卿謂「仙」當作「山」。此韻與「間」字連押，當作「山」

尤分明。

《詠筍》與《詠雪》詩　相類，形容層出。

《送張侍郎》　以下諸詩皆隨裴相公東征時作。

《示姪孫湘》　以下諸詩皆貶潮州時作。

雜　文

《原道》　嗚呼！　自昔聖帝明王所以措生民於理，使其得自別於夷狄、禽獸者，備於《原道》之書矣。　孔、孟没，異端熾，千有餘年。　而後得《原道》之書辭而闢之，昭如矣。　奈何溺於異端之士，吹毛求釁，竊附《程録》，尚欲陰爲異端報讎耶！　此程門高弟尹和靖力排語録之非歟？《程録》嘗謂「愛主情而言」，蓋辨析精微之極也。「仁者愛人」，此正吾夫子之言，豈可因以「博愛爲仁」非《原道》哉？　彼以煦煦爲仁，而此以博愛爲仁，正將以吾道之大，擴其所見之小也。《原道》不可非也。《程録》雖嘗以虚位之説爲非，此决非程氏之言也。　夫道二，仁與不仁而已，此正孟子之言，豈可反以「道德虚位」非《原道》哉？　仁與義爲道德，去仁與義亦自以爲道德，故特指其位爲虚，而未嘗以道德爲虚也。《原道》不可非也。《程録》又載：「昌黎言治國平天下，止及正心，而不及致知格物。」此殆程子一時偶然之言也。　孔子言修己以安百姓，孟子言篤恭而天下平，皆不過舉其要而言，豈必盡及「致知格物」之條目而後可以爲自修，而顧乃以此非《原道》哉！異端言心而外其天下國家者，故昌黎言治國平天下而特推其本於「正心」耳。《原道》不可非也。非之之説三，皆不過爲異端報讎；譬之之説一，又不過爲異端借影。《原道》曰：「堯以是傳之舜，舜以是傳之禹，禹以是傳之湯，湯以是傳之文、武、周公，文、武、周公傳之孔子，孔子傳之孟軻，軻之死，不得其傳焉。」所謂傳者，前後相承之名也。所謂道者，即《原道》之書所謂其位君、臣、父、子，其教禮、樂、刑、政，其文《詩》、《書》、《易》、《春秋》，以至絲麻、宫室、粟米、蔬果、魚肉，皆道之實也。故曰「以是而傳」。以是者，指《原道》之書所謂「道」者而言之，以明中國聖人皆以此道而爲治也。故他日論異端又曰：果孰爲而孰傳之耶？正言此之所謂道者無非實，而其傳具有自來；彼之所謂道者無非虚，而初無所自傳云爾，非他有面相授受之密傳也。託附《程録》者，乃發爲異説。稱譽《原道》，以爲此必有所見；若無所見，所謂傳者，傳个甚麽？嗚呼，異哉！堯、舜、禹、湯、文、武、周公、孔、孟相傳之道，備見於《原道》一書，豈復他有險怪歇後語，陰幽不可名言如異端，所謂不立文字、單傳心印之傳者哉？或者此類多出於上蔡謝氏之門歟！蓋不以愛爲仁，而以覺爲仁，必欲掃除乍見赤子入井之心者，上蔡之言也，二程無之也。謂有不二法門，而言道無精粗彼此之分者，上蔡之言也，二程無之也。載僧人總老之言，謂嘿而識之，是識个甚麽？無入而不自得，是得个甚麽者？亦上蔡之言也，二程無之也。凡今所議《原道》三説，往往類此。愚故意其爲上蔡謝氏之門依倣而託於《程録》也。學者無以其語出於《程録》，而遽非《原道》，必以孔、孟之説而稽之，則於讀《原道》幾矣。

《原性》　論與生俱生，而其所以爲性者五：仁、義、禮、智、信，最爲端的。性有三品之説，正從孔子「上智下愚不移」中來，於理無毫髮之背。至伊洛添氣質説，又較精微。蓋風氣日開，議論日精，得氣質之性與天地之性對説，而後孟子專指性善之説舉以屬之天地之性，其説方始無偏。此於孟子之説有功，而於孔子之説無傷。實則孔子言性，包舉大體；孟子之説，特指本源，而言性無出於孔子者矣。奈何「三品」之説本於「上智、下愚」之説，而後進喜聞伊洛近日之説，或至攻詆昌黎耶？

《原毁》　傷後世議論之不公，爲國家者不可不察也。

《原人》　謂命於兩間，爲夷狄禽獸之主。主而暴之，不得爲主之道。故聖人一視而同仁，篤近而舉遠。此説已見仁之全體大用，漢唐諸儒不及也。本朝《西銘》又加精密。

《原鬼》　謂鬼無形聲，而接於民者，物之怪。説亦工。原之爲義，皆推明正理，以祛世俗之蔽者乎？古然而今亦然，理然而事亦然，則亦何俟乎公之原。

《行難》之作　嘉陸叅之服善。

《對禹問》　所以明傳子之義，定天下萬世之常也。

《雜說四首》《龍喻》言君不可以無臣。《醫喻》言治不可以恃安。《鶴喻》言人不可以貌取。《馬喻》言世未嘗無逸俗之賢。

《讀荀》 謂孟尊孔，揚尊孟，而荀在軻、雄之間，劑量審矣。是亦於其言而定之，蓋謂荀未嘗知尊孟故爾。若不於其言，而於其人，揚則未必不劣於荀。此韓公他日獨以孟、荀並言歟？雖然，荀又豈孟伍哉？故又曰「軻之死，不得其傳。」嗚呼！公之劑量諸儒，審矣。

《鶡冠子》 十六篇，韓子悲其人之不遇。鶡似雞，以死鬬。楚俗以飾冠，示武也。至今西班稱「鶡弁」云。

《讀儀禮》 以聖人之制度而掇其要。

《讀墨子》 進而比之曰：孔墨。夫墨子，孟子所深闢。韓子，尊孟者也，何議論之相反至此？豈孟防其流弊，而韓論其本心歟？

《獲麟解》 大意謂麟，祥物也；但出非其時，人不謂之祥。蓋以自況，而不直說，遂成文法之妙。

《師說》 前起後收，中排三節，皆以輕重相形：初以聖與愚相形，聖且從師，況愚乎？次以子與身相（似）〔形〕，子且擇師，況身乎？次以巫醫、樂師、百工與士大夫相形，巫、樂、百工且從師，況士大夫乎？公之提誨後學，亦可謂深切著明矣，而文法則自然而成者也。

之也。

《進學解》類賦體，逐段布置，各有韻。「豨苓」之「豨」，音喜，猪也。即木猪苓。

《本政論》謂周以文弊，後不知所承，而盡窮古，始以明民。不知古者，神而化之，不使知之也。

《守戒》謂諸侯於君當爲翰蕃，譬之宅於山者，施陷穽；宅於都者，固扃鐍。甚切。其後譬以賁育之不戒，童子之不抗，魯雞之不期，蜀雞之不支，尤語工而意切。國不得其人以預備之，雖强猶弱歟！

《圬者王承福》不敢一日怠其事，其得也。不肯一以妻子勞其心，其過也。操鏝入富貴之家，至一再過之，則爲墟，可爲世戒也。

《五箴》之作　年四十八，謂「聰明不及於前時，道德日負於初心」。而「游」也、「言」也、「行」也、「好惡」與「知名」也，各自爲之箴。拳拳進德之心也。

《後漢三賢贊》王充作《養性》，王符著《潛夫》，仲長統著《昌言》，皆傷其不顯於世而贊之。

《諱辯》既舉嫌名、二名之不諱，復舉周公、孔子、曾參不諱，而宦官宮妾之所諱，以相形反覆攻擊，燎然明白。然諛暗成俗，至今諱者益甚。何哉？愚嘗考諱之所始，乃周制：子孫奉祀廟中，不敢斥其父祖之名，而以謚易之，所謂「卒哭」，乃諱也。今人少壯無恙，而多方回避其名，以爲諱，是敬之所以瀆之，而預死其人於生之日也。異哉！

《訟風伯》 譏小人沮君之澤，甚工。

《伯夷頌》 謂無求而爲之，萬世一人。反結一語，謂「微二子，亂臣賊子接迹於後世」。尤奇絶！

《子産不毁鄉校頌》 戒爲人臣者忌人言而蒙主聽。

《釋言》 述人有讒公於鄭相國、李舍人者，而卒不行也。再三宛轉，文法極妙。

《愛直》一篇，謂李君房之從南陽公，「有所不知，知之未嘗不爲之思；有所不疑，疑之未嘗不爲之言」。愚謂：今之賓僚於所事，猶古者卿大夫士於諸侯，盖有君道焉。自封建廢而爲郡縣之吏，自世卿易而爲遞遷之官，萍梗相逢，休戚無關，而治道遂不可以望古。若李君房，其行古之道者乎！

《張中丞傳後叙》 閱「李翰所爲《張巡傳》」而作也。補記載之遺落，暴赤心之英烈。千載之下，凛凛生氣。

《燕喜亭記》 工於狀物，《掌書廳記》工於言情，《畫記》工於叙事，《藍田丞廳記》叙崔斯立盤鬱之懷，《修滕王閣記》自叙慨慕遐想之意。隨物賦形，沛然各縱其所之，無拘也。近世爲記者，僅述歲月工費，拘澀不成文理，或守格局，各成窠段，曰：此金石之文，與今文異。嗚呼，異哉！

《猫相乳》 叙事極簡明。論士大夫富貴得之於功，或失之於德；得之於身，或失之於子孫。

《策問十三首》　只舉一事之可疑者爲問，而不設疑辭。古人大體蓋如此。今之問者徒爲疑辭，而初無疑事。

《諫臣論》　以陽城之賢而作也。

《改葬服議》　改葬服緦，惟子於父母爲然。

《省試學生代齋郎議》　齋郎，士大夫子弟習宗廟之事者。歲久，命之官。學生，則以經藝試。司業，將以贊教化者也，不可反代小勞之事。

《禘祫議》　謂獻、懿二主宜居東向之位；毀瘞始於晉魏，不可行。

《顔子不貳過論》　謂「止之於始萌」。

《何蕃傳》　載朱泚之亂，蕃一正色，而六館無從亂者。

書　啓

《與李秘書》　論小功須追服。

《答張籍》兩書　諄諄然自解未可著書闢佛之意，及解駁雜之議。其實張籍，益友也，愛公之深者也。

《與孟東野書》、《答竇存亮書》　皆叙交際次第，自成文法。

《上李實尚書》叙其政；《賀白兔》辭巧。

《上李侍郎書》云：「大之爲河海，高之爲山嶽。明之爲日月，幽之爲鬼神。纖之爲珠璣華實，變之爲雷霆風雨。」《答尉遲生書》云：「本深而末茂，形大而聲宏，行峻而言厲，心醇而氣和。昭晰者無疑，優游者有餘。」《上于頔相公書》云：「變化若雷霆，浩汗若河漢。正聲諧韶濩，勁氣沮金石。」凡皆形容文章之妙，公實道胸中之自得者。

《上鄭相公》兩啓　皆自訴所欲言。

《上宰相》三書　昌黎三上光範書，世多譏其自鬻。然生爲大丈夫，正蘄爲天下國家用。孔子嘗歷聘列國，孟子亦嘗游説諸侯矣。如公才氣，千古一人。亦同流俗困於科舉，而不得少見於世。故直攄其抱負以自達於進退人才者。雖頗失之少年鋭氣，而實皆發於直情徑行。始則曉以古者成就人才之道，次則動以一己饑寒之迫，終則警以天下未治，反不能如周公禮士之勤。光範門雖尊，公直與之肝膈無間。然則公之抱負者爲何如，而可譏其自鬻哉！終南捷徑，少室索價，陽退陰進，不由真情，此則不鬻之鬻，乃公罪人耳。

《答侯繼書》、《答崔立之書》　皆試黜時所作。雖微有不平，而直述其邁往不羣之氣，亦奇矣。

《答李翊書》　自叙歷學之次第，然後及其養所自出者。當熟味，如面承公之教我可也。

《代張籍書》就「盲」字上發明，不爲悲苦之辭。死中求活法也。

《答李師錫》就李元賓説來，宛轉緊切。

《答陳生書》謂「事親以誠」，不待於外而後爲養。「汲汲於科名，以不得進爲親之羞者惑也。」此非特可鍼陳生之病，萬世而下，爲吾徒者，皆當拳拳服膺。

《上張僕射書》唐制：持節某州諸軍事，蓋以節度使統支郡之權，而其屬爲兩。今之職官，唐使院也。今之曹官，唐州院也。州院於今爲録事參軍之居。使院於今爲僉廳，不以使院稱之。唯都吏、孔目官所居，尚名使院，即其遺稱也。故韓公所上張建封書，「在使院中，小吏持院中故事來示」之語，此唐制稱使院之證也。

《上于襄陽書》言先進、後進前後相須之道；《與崔羣書》言交際之情，宛轉悠遠；《與陳京書》言於貴官門墻易疏之狀，尤明切動人。

《答馮宿書》言「在京城，不一至貴人之門。人之所趨，僕之所傲」。其《與衛中行書》云：「所入比前百倍，視吾飲食衣服，亦有異乎？」「其所不忘於仕進者，亦將少行乎其志耳。」由是觀之，公之三《上宰相書》，豈階權勢、求富貴哉！宰相，人才所由進；磊落明白以告之，公之本心，如青天白日。後世旁蹊曲徑，暮夜鑽刺，而陰求陽辭，心口爲二，妄意廉退之名，真墦間乞祭之徒耳。

《諫張僕射擊毬》謂「馳毬於場，蕩摇振撓，不三四年，無全馬矣」。而人「五藏之繫絡甚微，坐立必懸垂於胸臆之間，以之顛頓馳騁，嗚呼危哉！」此說，富貴少俊者所宜深知。

《與馮宿論文》謂稱意者，人以爲怪，「下筆令人慚」，「則人以爲好」，「古文真何用於今，以俟知者知耳」。公殆矯其說，以振起一世之庸庸者乎？然歷數百年至本朝，歐陽公方能得公之文於殘棄而發揚之，否者，終於湮没。自歐陽公以來，雖曰家藏而人誦，殆不過野人議璧，隨和稱好。及自執筆爲文，鮮有不與之持。真知公之文者，又幾何人哉？愚嘗嘆息而爲之自警曰：人誰不講孔、孟之學，至遇事則往往而違其訓；人誰不讀韓、歐之文，至執筆則往往而非其體。人莫不飲食，鮮能知其味。不心誠求之，是真無益哉！

《與陸員外薦士書》公薦侯喜以下九人。此唐之公薦進士法也。

《與邢尚書書》謂布衣、王公「事勢相須」，文極清快。

《爲人求薦書》以「伯樂一顧，價增三倍」爲喻，蓋公薦於司貢士者也。《應科目時與韋舍人書》以怪物困於窮涸自況，而望其「一舉手、一投足，轉之清波」。此又公之自薦者也。

《答劉正夫書》論爲文，譬之「百物朝夕所見者，人皆不注視；及睹其異者，則衆觀之」。又謂「用功深者，其收名也遠」。《答陳商書》喻以「齊王好竽」，而鼓以瑟。「所謂工於瑟，而不工於求齊」。合是兩書而觀之，庸庸者不足以自見；怪怪者非所以諧俗。公所告語，雖各隨其病而藥之,「功深」一語,則均所當務而根本之論乎!

《與孟簡書》 因解安傳奉釋事,遂極言釋氏之非。張籍嘗勸之著書攻釋,則辭之。

《答呂毉山人書》 自謂「世無孔子,不當在弟子之列」。蓋山人,矜誕人也,責公以不能如信陵執轡。公故盛其説以折之。

《答元侍御書》 以甄濟識安禄山必反,其子逢「刻身立行」,足下能樂道其善,「倶宜牽聯得書」。「足下年尚强,嗣德有繼,將大書特書,屢書不一書」。文氣横生,可愛也。

《與袁相公書》 薦樊宗師云:「奇寶横棄道側,而閤下篋櫝尚有少缺不滿之處。」瑰語也。

《與柳公綽書》 盛言其以書生率先揚兵淮右之壯,形容如見。次書,言遠調軍士,「浮寄孤懸,形勢銷弱」。「若募土人」,「愛護鄉里,勇於自戰;調兵滿萬,不如召募數千」。此則萬世可行之通論也。

《與李尚書書》云「接過客俗子,絶口不挂時事,務爲崇深以拒止嫉妒之口」。此語亦涉世者所當知。

序

《送孟東野序》 自「物不得其平則鳴」一語,由物而至人之所言,又至「天之於時」,又至人言之精者爲文。歷序唐、虞、三代、秦、漢以及於唐。節節申以鳴之説。然後歸之「東野以詩鳴」。終之曰：「不知天將和其聲，以鳴國家之盛耶？抑將窮餓其身，思愁其心腸，而使自鳴其不幸也？」歸宿有味，而所以勸止東野之不平者有道矣。師友之義，於斯乎在。而世徒以文觀之，豈惟不知公，抑不知文者耳！「桴鼓」之「桴」，音浮，擊鼓柄也。與「乘桴浮海」音「夫」者不同。見《與柳公綽書》，出《左傳》。

《送許郢州序》云「爲刺史者，常私於其民，不以實應乎府；爲觀察使者，常急於其賦，不以情信乎州。繇是刺史不安其官，觀察使不得其政。財已竭而斂不休，人已窮而賦愈急」。愚按：刺史，漢監司之名。在唐則爲州，猶今太守之稱，蓋守郡者也。觀察使，唐監司之名。本朝始去其權，僅存虛號。在唐則專有一道之兵財，權重於今之監司者也。觀察使既專有兵財，其征取於支郡之刺史，猶今州郡促縣道財賦之類也。征取之欲無厭，生民之出有限。公謂府常急於財可，謂州常私於民不可。府既急於財，而州又不私於民，則竭下奉上，患將安極？此事豈可使州與府同耶？郢爲襄陽支郡，而爲襄陽者于頔，公主人也。故勉郢州以應襄陽之需，殆非公論。否則公客於于，見觀察使督賦支郡之難，而未見支郡督賦百姓之難尤可念耶？

《送齊皞序》齊皞之兄爲相，有司以嫌不取之登第。公謂其生於私，夫取舍於其人可也。於其勢而取之，私也。於其勢之可嫌而故舍之，亦私也。公之論精矣。然舍之私，尚猶愈於取之私。

《李愿盤谷序》　按：李少卿《音義序》謂得王仲至家善本，「『盤之土』『土』爲『下』，『窅而深』『深』爲『空』。」今讀「盤之土，維子之稼」，韻不叶，「下」與「稼」則協矣。又「下」與「中」字對用，有義也。「窈而深，廓其有容」，韻亦不協，「空」與「容」則協矣。又「空」則有「容」，比「深」字義尤精也。合從李少卿之説而讀之。「徜徉」之「徜」音常。《京尹不臺參答友人書》云：「赤令尚與中丞分道而行，何況京尹？」

《送牛堪登第序》　唐人登第，無進謝有司之門者。

《贈崔復州序》　謂「官至刺史，亦榮矣」。「民窮斂愈急」。而連帥不以信，此爲刺史之難也。「崔君爲復州，而連帥則于公。崔君之仁足以蘇復人，于公之賢足以庸崔君。崔君將有其榮，而無其難者乎？」愚謂此書善爲詞於上下之間。回視《送許郢州序》，無其立語之弊矣。

《贈張童子序》　謂明經之得難，而童子之得易。勉以勤其所未學。

《送文暢師序》　論「民之初生，固若禽獸夷狄」；然今「安居暇食，優游生死，與禽獸異者」，聖人之教之賜也，而文暢不知。可謂辨之明而諭之切矣。扶持正教，開明人心，與《原道》之書相表裏。

《送楊儀之序》　「知其客可信其主」之説，亦足見唐人之辟官，不於人情，而於其才也。苟於其人情而辟之，則亦足以覘其主，顧賢否相反爾。

《送廖道士序》 謂郴「當中州清淑之氣，蜿蟺扶輿磅礴而鬱積，其水土之所生，神氣之所感，白金水銀丹砂石英鍾乳橘柚之包，竹箭之美，千尋之名材，不能獨當之也；意必有魁奇忠信材德之民生其間」。

《送王含序》 悲醉鄉之徒不遇。

《送孟琯序》 「善雖不吾與，吾將强而附；不善雖不吾惡，吾將强而拒。」

《送王塤秀才序》 「自孔子没」，「獨孟軻氏之傳得其宗」，「故求觀聖人之道者，必自孟子始」。譬之「沿河而下，苟不止，雖有疾遲，必至於海；如不得其道也，雖疾不止，終莫幸而至焉」。

《荆潭唱和序》 「和平之音淡薄，而愁思之聲要妙；歡愉之辭難工，而窮苦之言易好。」

《送高閒上人》 論張旭草書「見山水崖谷，鳥獸蟲魚，草木之花實，日月列星，風雨水火，雷霆霹靂，歌舞戰鬭，天地事物之變，可喜可愕，一寓於書。故旭之書，變動猶鬼神，不可端倪」。

《送殷侑使回鶻〔序〕》 謂「今人適數百里，出門惘惘有離别可憐之色；持被入直三省，丁寧顧婢子語，刺刺不能休。今子使萬里外國，獨無幾微出於言面，豈不真知輕重大丈夫哉！」以上皆借事形容，曲盡文字之妙。

《送石洪序》 「若河決下流而東注，若駟馬駕輕車就熟路，而王良造父爲之先後也，若燭照數計而龜卜也」。

《韋侍講序》「其拒而不受於懷也，若築河堤以障屋霤。其容而消之也，若水之於海，冰之於夏日。其玩而忘之以文辭也，若奏金石以破蟋蟀之鳴，蟲飛之聲。」以上皆雜喻形容，亦曲盡文字之妙。

《送温造序》伯樂一過冀北，馬遂空。非無馬也，無良馬也。「東都固士大夫之冀北也」。「以石生爲才，以禮爲羅，羅而致之幕下」。「以温生爲才，以禮爲羅，又羅而致之幕下」。「朝取一人焉，拔其尤；暮取一人焉，拔其尤」。「若是而稱曰：大夫烏公一鎮河陽，而東都處士之廬無人焉。豈不可也」。「愈資二生以待老，今皆爲有力者奪之，其何能無介然於懷耶？生既至，其爲吾以前所稱爲天下賀，以後所稱，爲吾致私怨於盡取」。曲盡變態。

《送鄭權尚書序》敘事工密。

《送韓約侍御序》明屯田之功。

《石鼎聯句序》道家學公所闢，侯喜公所教而愛之者。今形容二子屈服彌明之狀如此，略不爲喜掩覆。公之文不欺蓋如此。

祭文

《祭田横墓》感横義高，能得士心。

《歐陽生哀辭》　閩越之人舉進士繇詹始。詹死京師，而父母悲之，公故爲之辭，以爲解。若曰「詹在側，雖無離憂，其志不樂；詹在京師，雖有離憂，其志樂」。詹所謂「以志養志」，公豈特解其父母心，亦善爲詹解者歟！　然詹固一時不幸，而閩越之人違父母，雖死不歸，今遂成俗。彼其父母之志，果皆如公所謂否耶？

《祭薛助教》　有「後三月」，此用《史記》「後九月」文法也。「雪虐風饕」出《祭張員外》。

《祭裴太常》　「擔石之儲，常空於私室；方丈之食，每盛於賓筵」。說貧而好客，奇絶。

《潮州祈晴》　「稻既穗矣，而雨不得，熟以穫也；蠶起且眠矣，而雨不得，老以簇也」。語佳甚。稻之穗，與蠶之眠同時，則南方氣候之早歟！　又祭云：「糞除天地山川，清風時興，白日顯行。」

《祭柳子厚》　「犧罇青黃，乃木之灾」。

《武侍御畫佛文》　以妄塞悲。

《祭十二郎文》　當成誦。

墓銘

《崔評事翰》　「苟親矣，雖不肖收之如賢；苟賢矣，雖貧賤待之如貴人」。

《考功盧君》「婆娑嬉游，未有捨所爲爲人意」。

《助教薛君》「帥武人，君爲作書奏，讀不識句，傳一幕以爲笑」。「益棄奇，與人爲同」。

《(祭)〔登〕封尉盧殷》「無書不讀，然止用以資爲詩」，「竟饑寒死」。

吕氏子炅，棄妻謝母學仙王屋山。李素爲河南尹，使吏卒脱其道士衣，押送還其母。公所作《誰氏子》詩，豈正此吕歟？

石洪本姓烏石蘭，九代祖猛從拓拔，始獨姓石。

韋丹舉明經，授遠安令，以讓其兄；復通五經登科，刺洪州，計口受俸，教人爲瓦屋，築堤扞江。銘有曰：「慊慊爲人，矯矯爲官。」

《胡評事銘》　三字句。

《張法曹》「吾志非不如古人，吾才豈不如今人而至於是，而死於是耶！」

《苗參軍誌》「其季生君卒之三月」遺腹。

「後夫人」繼室也。見《韋丹誌》，又《楊燕奇誌》。前夫人從葬舅姑祧次。「前進士」，見《孔戡墓誌》，指韋夫人弟。

《路應神道碑》「逢水旱，喜賤出與民；歲熟，以其得收，常有贏利」。

《鄭儋神道碑》「削四鄰之交賄，省姱嬉之大燕」，「簾閣據几終日，不知有人」。二夫人各別爲墓，不合葬。

《劉統軍》「魁顔鉅鼻」。可代隆準。

《徐偃王廟》謂徐與秦俱出伯益，秦以强吞諸侯，徐當穆王無道，諸侯咸賓，穆王伐之，不忍鬭其民，走彭城。秦鬼久饑，徐有廟存，仁與暴異也。偃王名誕，立廟者名放。「揭虔妥靈」。「無怪風劇雨」。並同上。「陊剥不治」。陊，池耳切，聲近耻字，俗云耻剥者，疑此字也。

《袁氏廟碑》袁出陳人。

《房啓銘》「目濡耳染，不學以能」。「材公之爲」。「不相漁劫」。同上。「姊婿」。出《太原郡公碑》。

《曹成王李皐碑》「痛自刮磨豪習，委已於學」。「耻一不通」，「内外斬斬」。「伐之，二年尤張」。

《王適墓銘》以怪文狀狂士，極可觀，今間節一二：「懷奇負氣」，「名節可以戾契致」，戾，練結反。契，苦結反。「不喜聞生語，一見輒戒門以絶」，「對語驚人」，「踏門告曰：『天下奇男子王適。』」「奴視法度士」。「妻上谷侯氏處士高女。高固奇士，曰：『一女憐之，必嫁官人，不以與凡子。』」

《李虚中誌》深於五行書，好道士説，以水銀爲黄金，服之冀果不死。將疾，夢大山裂，流出赤黄物如金。左人曰，是所謂大還者，卒疽發背死。山者艮，艮爲背，裂而流赤黄，疽象也。大還者，大歸也。其告之矣。

董溪，故丞相子，「賓接門下，推舉人士，侍側無虛口，退而見其人，淡若與之無情者」。銘曰：「不我者天。」

孟東野爲詩，鉤章棘句，神施鬼設，間見層出。人皆劫劫，我獨有餘。年踰五十，始選爲溧陽尉，卒於興元軍參謀，是曰「貞曜先生」。

獨孤郁，「月開日益，卓然早成」。故相權公德輿登君於門，歸以其子。此文贅婿之名也。

張季友，「自署其末與封」。謂非親書者。

劉昌裔與吴少誠交（壤）〔懽〕曰：「俱天子人，奚爲相傷？」「兩界耕桑交跡。」爽音霜，慶音羌，叶韻如此。愚按：《詩》有「德音不爽，壽考不忘」。又「黍稷稻粱，農夫之慶」。又《易》云：「積善之家，必有餘慶；積不善之家，必有餘殃。」《詩》《易》皆叶韻者。故公於劉昌裔之銘曰：「維德不爽，後人之慶。」惜二字體韻未收入平聲也。

衛之玄聞南方多水銀、丹砂，雜他奇藥，爊爲黄金，可餌以不死。即去，遂踰嶺，得藥，試如方，不效。曰：「方良是，我治之未至耳。」留三年，藥終不能爲黄金，未幾竟死。

張署拜京兆府司録，諸曹白事，不敢平面視。

胡珦音向非其身力，不以衣食。自刻削，不干人。孤身旅長安，致官九卿爲大家。七子皆有學守，女嫁名人。

權德輿字載之，生三歲知變四聲，四歲能爲詩。薦士於公者：其言可信，不以其人布衣不用；即不可信，雖大官勢人交言，一不以綴意。考進士踵相躡爲宰相達官。

《平淮西碑》「文恬武嬉」。「士飽而歌，馬騰於槽」。「今旰而起，左餐右粥」。「惟斷乃成」。

《南海廟碑》多雋語。「上雨旁風」，「取具臨時」。「盲風怪雨，發作無節」。「雲陰解駁，日光穿漏」。「闔廟旋艫，祥飆送颿；旗纛旌麾，飛揚晻靄。鐃鼓嘲轟，高管噭譟。武夫奮棹，工師唱和。穹龜長魚，踴躍後先。乾端坤倪，軒豁呈露」。

《處州孔子廟碑》公以社稷不屋而壇，不如夫子巍然當座。張文潛稱廟貌起於後世，祭天地亦不屋而壇耳。

《羅池廟碑》柳子厚既治柳三年，與部將魏忠、謝寧、歐陽翼飲酒，謂曰：「明年吾死，死爲神，三年爲廟祀我。」及期而死。三年，侯降州之後堂，翼等見而拜之。其夕，夢翼而告曰：「館我羅池。」「步有新船」。「鵝之山兮柳之水，桂樹團團兮白石齒齒」。

《黄陵廟》湘出全，灕出道，合於永以入洞庭。廟在灕、湘尾，洞庭口，祠舜二妃：長娥皇曰君；次女英曰夫人。

《王仲舒碑銘》讀書著文，其譽藹鬱。與陽城遏延齡不得相，德宗初怏怏無奈，久嘉之，顧列曰：「第幾人必王某也。」果然。爲蘇州，堤松江路，賦調，自爲書與人期，吏無及門而集。觀察江西，禁浮屠誑誘，壞其舍以葺公宇。「秀出班行」，「簡古而蔚」。

韓弘帥汴，承五亂之後，苗蓐而髮櫛之。汴之南則蔡，吴少誠爲亂；北則鄆，李師道爲亂。弘助平二寇，歸京師，位中書。壽五十八。李師古之起事也，或曰：「剪棘夷道，兵且至矣。」公曰：「兵來不除道也。」詐窮旋軍。其朝京師，天子曰：「大臣不可以暑行，其秋之待。」公曰：「君爲仁，臣爲恭，可矣。」遂行。「人得一笑語，重於金帛之賜」。

柳子厚得柳州，劉夢得禹錫亦在遣中，當詣播州。子厚泣曰：「播州非人所居，而夢得親在堂，願以柳易播。」夢得於是改刺連州。嗚呼！士窮乃見節義。今夫平居里巷相慕悦，酒食游戲相徵逐，詡詡强笑語以相取下，握手出肺肝相示，指天日涕泣，誓生死不相背負，真若可信；一旦臨小利害，僅如毛髮比，反眼若不相識；落陷穽，不一引手救，反擠之又下石焉者，皆是也。此宜禽獸夷狄所不忍爲，而其人自視以爲得計，聞子厚之風，亦可少愧矣。向使子厚在臺省時，自持其身已能如司馬刺史時，亦自不斥；斥時有人力能舉之，且必復用不窮。然子厚斥不久，窮不極，雖有出於人，其文學辭章，必不能自力以傳於後如今，無疑也。雖使得所願，爲將相於一時，以彼易此，孰得孰失，必有能辨之者。並《墓誌》。

鄭羣不爲翕翕熱，亦不爲崖岸斬絶之行。俸禄入門，與其所過逢飲酒舞歌，費盡不顧問。遇其空無時，客至，清坐相看，竟日不能設食。

《孔戣誌》「古之老於鄉者，將自佚，非自苦；閭井田宅具在，親戚之不仕與倦而歸者，不在東阡在北陌，可杖屨來往也」。「明州歲貢海蟲淡菜蛤蚶可食之屬，自海抵京師，道路水陸，遞夫積功歲爲四十三萬六千人，奏疏罷之」。「蕃舶之至泊步，有下碇之稅，始至有閱貨之燕，犀珠磊落，賄及僕隸，公皆罷之」。

《殿中少監馬君》繼祖，北平王燧之孫。「姆抱幼子立側，眉眼如畫，髮漆黑，肌肉玉雪可憐，殿中君也。當是時，見王於北亭，猶高山深林，龍虎變化不測，傑魁人也；退見少傅，翠竹碧梧，鸞鵠停峙，能守其業者也；幼子娟好靜秀，瑶環瑜珥，蘭茁其牙，稱其家兒也。」

樊宗師「不襲蹈前人一言一句」，天得也。銘曰：「惟古於詞必己出，降而不能乃剽賊。」「海含地負」，「文從字順」。

《李邦銘》「愈下而微，既極復飛」。

張徹「嘗從余學，選於諸生而嫁與之」。「世慕顧以行，子揭揭也」。「猛厲」音烈。

李楚金「爲貝州司法，其刺史不悦於民，將去官，民相率讙譁，手瓦石，需其出擊之。司法君奮曰：『是何敢爾！』屬小吏百餘人持兵仗以出，立木署之曰：『刺史出，民有敢觀者，殺之木下！』民聞，皆驚相告，散去」。

李干「遇方士柳泌，從受藥法，服之下血，病死。余不知服食説自何世起，殺人不可計，而世慕尚之益至。今直取親與游而以藥敗者六七公，爲世誡。工部歸登狂痛號呼，唾血以斃。殿中李虛中疽發其背死。刑部李孫且死謂余曰：『我爲藥誤。』其季建，一旦無病死。孟簡屏人曰：『我得秘藥，不可獨不死，今遺子一器。』别一年而病，病二歲竟卒。盧坦死時，溺出血肉。李道古食泌藥，五十死海上。蘄不死，乃速得死，臨死，乃悔。後之好者又曰：『彼死者皆不得其道也，我則不然。』始病，曰：『藥動故病，病去藥行，乃不死矣。』及且死，又悔。嗚呼！可哀也已，可哀也已！

韓紳卿遷涇陽令，破豪家水碾，利民田百萬頃。

韓滂，老成之子。歸後其祖介。

《盧氏誌》「外王父」。

雜　文

《送窮》事始顓頊高辛時。祖揚雄，有《逐貧賦》。「怪怪奇奇」，「蠅營狗苟」，「延之上座」。

《鱷魚文》「伈伈」，悉忱反，恐貌。

狀

《丞相董晉行狀》請牒考功并太常議謚，牒史館，公自稱故吏。朱泚之亂，説李懷光不與。

「天下安危，宰相之能與否可見；謀議於上前者，不足道」。「未嘗言兵」。

《與盧郎中薦侯喜狀》「身在貧賤，爲天下所不知，獨見遇於大賢，乃可貴耳」。

《論權停舉選狀》「以歲之旱，權停舉選，省費而足食也。竊以十口之家，益一二人未有所費。今京師人不啻百萬，舉者不過五七千人，并僮僕，不當京師百之一。舉選者皆齎持資用，以有易無，未見其弊」。

天旱人饑，乞停税至來年。唐制：國子館生三百人，(大)〔太〕學館生五百人，四門館生五百人，名三館學生。

《馬府君行狀》趙奢號馬服君，子孫由是以馬爲氏。

梁悦報讎殺人，公詣請集議奏聞，酌宜而處。

表

《爲宰相賀雪表》「春雲始繁，時雪遂降」。是冬雪愆期，雖春亦賀。

《進順宗實録表》李吉甫以韋處厚所撰，令公重修。

《賀白龜狀》謂獲蔡之兆。

《進撰淮西碑狀》「乾坤之容，日月之光，知其不可繪畫。」

碑本賜韓弘,弘寄絹五百匹充人事,謝云:「恩由上致,利則臣歸。」

《論佛骨表》之説正矣。

《潮州謝表》稱頌功德之不暇,直勸東巡泰山,而自任鋪張,雖古人不多讓。甚矣憲宗之不可與忠言,而公也汲汲乎苟全性命,良可悲矣夫!表多近世引用之句,如「鋪張對天之閎休,揚厲無前之偉績。編之乎詩書之册而無愧,措之〔乎〕天地之間而無虧」。「旋乾轉坤,關機闔開,雷厲風飛,日月清照」。公之貶潮,佛者謂此禍福之報,然佛骨一入而憲宗已晏駕,公即移袁,福未央也。禍福誰(在)任耶?

《賀慶雲》等表,皆文人諛語。牽於時俗,無足論者。《請上尊號》,尤甚。

《賀太陽不虧表》此皆我朝先正所不爲者。

辨張平叔奏變鹽法,利害較然。言數人羅鹽之擾也。所由。

外　集

謂范蠡背君而去,又招大夫種,使竟承賜劍之詔,無事君之義,爲人謀而不忠。愚謂種方假疾,句踐即賜劍,蠡稱「不可與共安樂」之言驗矣。蠡不去,與俱死,何益?句踐豈能弘夏禹之烈者哉!明哲保身,蠡未爲無所見,種不去而及,豈蠡陷之使然?而曰由拔句踐之劍,其言似微刻也。然則事君不可則去之乎？曰：君臣以義合，君辱臣死，處變之義也；功成身退，處常之義也。使句踐棲會稽時，蠡捨而去之，又招種欲所去之，蠡則爲萬世罪人。

《答劉秀才論史》歷叙「人禍」、「天刑」，謂「粗知自愛，實不敢爲」，「館中非無人，必將有作者」。然則館中人皆不知自愛耶？

《通解》謂「堯之前千萬年，不知讓，許由哀天下之愚，以争爲能，廼高揖辭堯，讓之教行，許由爲之師。桀之前千萬年，不知忠，龍逢哀天下之不仁，睹君父百姓入水火而不救，於是盡言就烹。忠之教行，龍逢爲之師」。「周之前千萬年，不知義之可以换其生。伯夷哀天下之偷，且以强則服，〔食〕薇逃山而死」。「義之教行，伯夷爲之師」。嗚呼！以天下讓舜者，堯也。謂許由辭而不受者，莊生之寓言，以戲薄天下也，無其事也。桀之前，由禹以達五帝三皇，皆治世，未有君父百姓入水火者也。桀始暴，而龍逢以諫死，世道之不幸耳！逢非有心哀天下之不仁，而特以身立教也。龍逢既以諫死，而謂伯夷之餓死，爲前千萬年不知義之可以换生。又誣而自背其説也。讓也，忠也，義也，皆人心所固有也。聖帝明王，繼天立極，幾年於此。不幸遭世之變，始有矯矯自見其間者，龍逢、伯夷是也。許由非其比也。豈開闢以來所未知，而三子者昉之耶？

《鄠人對》鄠，胡古反。京兆縣名。剔股以瘳母疾，雖非聖賢之中道，實孝子一念之誠切也。爲對鄠人之説者，何忍且薄耶？謂「希免輸」，謂「不腰於市，已黷於政」，謂「以一身爲孝，是辨其祖父皆無孝」。嗚呼！窮鄉小民，藥餌何有？父母呼吸死生之際，號天叫地，救急無門，身之不卹，而「希免輸」乎？世之「剔股以救母」者，疾未有不瘳，而子亦不知其痛，未有病創者，殆天地神明之哀其誠也。救母何罪，而可腰於市乎？當仁不讓於師，而古亦以蓋前人之愆爲孝，未聞以祖父無孝稱，而子不可行孝者也。况倉卒剔股，偶然希有之事，不當責其祖父之必有也。祖父未有，而子孫有之，顯其祖父者也。且孝猶忠耳。顔杲卿駡賊殺身，顔之祖父生死於太平無事之世，豈嘗有是事乎？國史大書杲卿之忠，不聞其爲形祖父之不忠，豈旌孝子之孝爲形祖父之無孝乎？嗚呼！爲對鄠人之説者，何忍且薄耶？

《直諫表》證三王已下治亂，而謂開闢已來，未有如大漢前後，已幾於不倫矣。謂先朝用幼僧矯堅之言迎佛骨，臣上諫，投荒州。未得一年，上天降大禍，先朝升遐。如彼骨可憑，臣家族合至灰滅，先朝合享如山之壽矣。竊意此非人臣之所宜言，公所必不爲也。

《外集》五卷，大抵文緩而衍，不類昌黎天成之筆。揆之於理，又多可疑如此。按李漢叙，稱最厚且親，收拾遺文無所墜，併目録共四十一卷。然則《外集》何從而來哉？又孰爲之收拾耶？五卷之多，惟《論史》一書，柳柳州嘗辨之，可審其爲韓，餘孰與稽耶？趙臺卿於孟子有言，又有外書四篇，其文不能弘深，後世依倣而託之者。愚於昌黎之《外集》，蓋不能盡信云。

順宗實録五卷

順宗自貞元二十一年二月即位，罷宫市，禁選宫觀婢，禁五坊小兒張雀羅囊蛇之擾，停鹽鐵使月進，出後宫并教坊妓女，人情大悦。然上自二十年九月已得風疾，不能言。越人王叔文，初以碁進東宫；杭人王伾侍書，寢陋吴語，上所褻狎。至是，植黨用事，韋執誼倚之爲相。叔文欲謀兵權，遠近大懼。未幾，叔文、執誼交惡，心腹内離。外有韋皋、裴垍、嚴綬等箋表，而中官劉光奇等屢以啓上。八月，傳位太子，貶王叔文渝州，明年殺之。伾開州，執誼崖州，皆死。載張萬福、陸贄、陽城三賢始末極詳，見第九卷。載伾、叔文、執誼三不肖情狀亦詳，見第十卷。《唐書》不就用之爲傳，而更他爲，何哉？班固之用《史記》全文，於是不可及。而李巽巖長編，未嘗改歐、蘇所紀先正言行，於是爲善述矣。鹵莽，胡古反。不用心貌，與草莽之莽各音。字皆從犬，在兩廾中。載太子名云從水傍享，淳字也。

東坡作《韓文公廟碑》，詞絢雲錦，氣矗霄漢，振古一奇絶也。然一言以蔽之，不過謂其間氣所生，不爲死生禍福奪。此殆坡公胸中所自得，因之而發歟？若文公之所以爲文者，則似未暇盡及也。蓋自孟子没，而異端作，中國之不爲夷狄者幾希。公始出而排斥之。天地之所以位，人之所以異於禽獸，中國之所以異於夷狄，一一條析明盡，而世始昭若發蒙。孔、孟而後，所以扶植綱常者，公一人而已。孟子没而邪説熾，性理之不蕩於空虚者尤希。公始出，而指喜、怒、哀、樂、愛、惡、欲七者以爲情，指仁、義、禮、智、信五者以爲性。人獨於五者之要指仁與義二者，謂由是而之焉則爲道。且謂捨是而言道者，非吾之所謂道。孔、孟而後所以辨析義理者，文公一人而已。夫惟綱常，非徒禮樂刑政之可扶也，我朝是以復極其根於性命之源。性非徒三品之可盡也，我朝是以復析其微於本然之性，氣質之性之别。功有相因，理日以明，譬之事業，文公則撥亂世而反之正者也。我朝諸儒則於反正之後，究極治要，制禮作樂，躋世太平者也。文公之所以爲文者，其大若此。豈曰「文起八代之衰」，止於文字之文而已哉？

臨川王氏嘗爲詩以譏昌黎曰：「紛紛易盡百年身，舉世無人識道真。力去陳言誇末俗，可憐無補費精神。」然世未有以其言爲然者也。蓋人生一日，必盡一日之事，此即造化生生不息之理。今謂「百年」「易盡」，而先自棄不爲者，偷也，異端之言也。人生未有一日不由於斯道，此即盈天地間昭然著見之理。今謂道爲有真而人不能識者，誕也，異端之言也。世更八代，異端肆行，昌黎始出而斥異端，明聖道，以六經之文爲諸儒之倡。其有補斯世，論者謂功不在孟子下。今臨川譏其「無補」、「枉費精神」者，蓋其溺於異端之學所見然也，不足疵昌黎也。且王氏雖習異端，初未嘗槁馘山林，恪守朴陋。求其所謂「道」之「真」者，亦不過費竭「精神」，從事文墨，正欲學爲昌黎而特未至耳！奈何身自爲之而反以譏人邪？近世大儒晦庵先生校昌黎文，乃取臨川之詩附其後。愚觀晦庵平日於昌黎實敬其人，實愛其文，獨以其未免詩酒浮華，志在利禄，而微有嘆息之辭。瑕瑜不相揜，已極議論之公矣。今附此詩則所未曉。且「枉費精神」之説，陸象山正以此譏晦庵。而其説正自臨川王氏來，亦豈其然乎？又世傳昌黎嘗與大顛書，其文陋甚，《昌黎集》無之，東坡先生嘗辨其爲僞矣。昌黎本以刑部侍郎到潮州，還朝久之，乃遷吏部。歐陽公所得大顛書石本，乃稱吏部侍郎，此可知其爲僞尤明。晦庵亦以其書爲真而録於後，亦所未曉。併書誌疑，以俟來者察焉。

嘗聞長老言：「自昔詩文，類不免差誤。惟昌黎之文，少陵之詩，獨無之。」然歐陽公嘗議昌黎羨二鳥之光榮；張文潜嘗議其記夫子廟，不當以有屋爲勝於社稷；陸放翁嘗議其詠石鼓文，不當謂删詩時失編入。凡此，誠亦不免言語之疵。至若言及經義，而是非不繆於聖人，則文人皆無昌黎比者矣。

黄氏日抄・讀文集二

柳文

詩歌曲

《平淮夷雅》「天造神斷」。「鏗鍧炳耀，盪人耳目」。「威命是荷」之「荷」，音何。注：《左・昭七年》：「弗克負荷。」平聲。

《唐鐃歌鼓吹曲十二篇》：《晉陽武》，《獸之窮》李密，《戰武牢》王充、建德，《涇水黄》薛仁杲，「怒飛飢嘯」，《奔鯨沛》輔氏，《苞枿》梁，《河右平》李軌，《鐵山碎》突厥，「突厥」之「厥」九勿切，《靖本邦》劉武周，《吐谷渾》平聲。李靖滅吐谷渾，《高昌》李靖滅高昌，《東蠻》既克東蠻謝氏，圖蠻夷如王會，「呥嗢」下乙骨切。

《視民詩》房、杜。

《貞符》謂漢儒以瑞物爲受命之符者，非也。「惟人之初，總總而生，林林而羣」。「交焉而争，睽焉而鬥。力大者搏，齒利者齧，爪剛者決，羣衆者軋，兵良者殺」。「然後強有力者出而治之」。「而君臣什伍之法立」。於是有聖人曰黃帝、堯、舜、禹、湯、武，「德實受命之符」，是故受命不於天，於其人；休符不於祥，於其仁。「縱史」上子勇切，下音勇，出《漢書·衡山王傳》。

賦

《佩韋賦》謂讀古書，覩直道守節者則壯之，常懼過失中庸，故作。愚謂子厚所守者何節，而懼其過耶？韋，注皮繩。

《瓶賦》謂鴟夷敗衆，不如瓶之挹潔。東坡注：謂補揚子雲《酒箴》之答。「居井之眉」，「眉」，井邊也。

《牛賦》謂利滿天下，肩尻莫保。

《解祟賦》豁天淵而覆原燎。

《懲咎賦》念往吝作。

《閔生賦》「重華幽而野死兮，世莫得其僞真」。豈本《汲冢書》之説歟？

《夢歸賦》「惟夢之爲歸」。「佁儗」。上敕吏反，下音毅反。

《囚山賦》「曾不畝平而又高」。「側耕危穫」。「井眢」。烏九切，見《宣十三年》。

《愈膏肓疾賦》　晏相謂不類柳文。

愚前年到浦東場，有澶所作憚字讀。今觀柳文《鐃歌・芭栟篇》：「澶漫萬里宣唐風。」杜詩亦云：「澶漫山東二百州。」皆音憚，散遠也。音義與浦東所見並同。

論

《封建論》　生人之初，羣聚而求治，聖人因而撫之，而賞罰廢置之，遂因之爲封建，聖人不世出，諸侯相吞而併於秦，秦懲其弊而郡縣之，世變使然也。子厚之論是也。其説固具於《吕覽》矣。然因而撫之者，與天下爲公，吞而併之者，以天下爲私，瞭然可知也。向使不從而撫之，先其未一而併之，則三代爲私，勢既併於一，復分而予諸人，則秦爲公矣。今子厚乃謂因之者不得已，而公天下自秦始，非也。不然則激也。柳子厚之激，以唐之嘗議封建，將以明理道也。其言曰：「繼世而理者，上果賢乎？下果不肖乎？」及夫郡邑，「朝拜而不道，夕斥之矣；夕受之而不法，朝斥之矣」。誠哉，是言也。抑愚又有感焉耳。唐之欲仕其人也，有公薦，既仕其人也，有考功，故賢者可使其在上，而不道不法者，可以朝夕斥。今也，場屋之士，資格之官，無復問其賢否，賢者必不肯枉道干人，而不賢者遂得志。然則今之郡邑者，上果賢乎，下果不肖乎，不道不法者，果朝斥之夕斥之乎？嗚呼，悲夫！尚忍言之，然則如之何，曰：公薦未可復，擇名臣以嚴考功，而用西漢久任之法，則庶幾。

《四維論》、《天爵論》　子厚謂「廉與恥，義之小節」，而病管子「四維」之言，又謂天之貴斯人，在剛健純粹，而病孟子「天爵」之言。夫廉與恥，豈特小節？廉縱可屬於義，恥則當屬於禮，又不當盡指爲義之小節也。管子之以「維」言者，蓋指爲治之範防耳，又非如子厚之所謂。子厚何乃不知廉恥之爲大節耶？夫仁義忠信，得之於天，昭昭也。子厚乃謂此存乎人者，而獨指剛健純粹之氣爲得於天。至論剛健，則又指爲孜孜之志；論純粹，則又指爲爽達之明，且證之曰：「敏以求之，明之謂也；爲之不倦，志之謂也。」自今觀之，求之爲之，信皆人爾，何乃反謂之天，其理果安在？而子厚至以此易彼耶？夫以廉恥爲小節，而又强明自貴，如之何不陷叔文之黨，執迷終身乎？吾今而後，知子厚之所以爲子厚矣。

《守道論》　以守道不如守官非聖人之言。且謂官所以行道，未有守官而失道，守道而失官之事者，其論正矣。然愚猶謂：守道，我之事也；守官，非我之所可必也。若董狐爲史官，以死是官，與道俱守也。舍是而必曰守官，吾恐官之守，道之離也。盍亦反其言而言曰：守官不如守道，庶幾官可守則守，不可則去之，而道未嘗不守也。

《時令論》二篇　專病《月令》，謂聖人「不窮異以爲神，不引天以爲高」。凡政令「有俟時而行之者，有不俟時而行之者」。又反時令之變，「特瞽史之語，非出於聖人者也」。或曰：「所以防昏亂之術也。」然聖人立中道以示後，「未聞威之以怪，而使之時而爲善」。愚謂此正論也。

《斷刑論》下　謂「賞務速，不必春夏；罰務速，不必秋冬」，是矣。而謂「蒼蒼者焉能與吾事」，「古之言天，愚蚩蚩者耳」，何言之無忌憚若是哉！

《辨侵伐論》　罪大而師有鐘鼓曰伐，罪小而無曰侵。

《六逆論》　謂少陵長，小加大，淫破義，三者誠爲亂矣。賤妨貴，言擇嗣也。貴而愚，賤而聖且賢，貴不足尚也。遠間親，新間舊，言任用也。親而舊者愚，遠而新者聖且賢，〔親〕不足與也，舊不足恃也。辨之良是。

議

《守原議》　守原雖得人，不當謀之寺人。

《駁復讎議》　武后時，徐元慶手刃父讎。陳子昂建議誅之，而旌其閭，著爲令。駁謂旌與誅，莫得而並，當考正其曲直，所論甚精。合與昌黎《復讎議》參看。

辨

《封弟辨》　謂不當因其戲而成之，甚當。

《辨〈列子〉》 論劉向稱列子鄭穆公時人，非也，實與魯穆公同時。其文類《莊子》，而尤質厚，好文者可廢耶？謹取之而已矣！

《辨〈文子〉》 《文子》十二篇，本《老子》，然駁書也。不知人之增益之歟？或者衆爲聚斂以成其書歟？今刊去謬亂，取其近似者。

《〈論語〉辨》 曾參少孔子四十六歲，曾子老而死，是書記曾子之死，吾意曾子弟子爲之也。或曰：孔子弟子嘗雜記其言，然而卒成其書者，曾氏之徒也。謂「堯曰」記唐虞禹湯有天下之事，爲孔子常諷道之辭。

《辨〈鬼谷子〉》 謂劉向、班固録書，無《鬼谷子》，蓋晚出。晚又益出七術，言益奇而道益陿，今元冀又文之以《指要》，嗚呼，其爲好術也過矣。

《辨〈晏子春秋〉》 謂墨好儉，晏子以儉名於世，疑墨之徒爲之，宜列之墨家，非晏子爲墨也。爲是書者，墨之道也。

《辨〈亢倉子〉》 謂《亢桑子》取莊周語而益之，其爲空言尤也。録書無《亢倉子》。

《辨〈鶡冠子〉》 謂盡鄙淺語也。惟賈誼《鵩賦》所引用爲美，意好事者僞爲其書，反取《鵩賦》以文飾之，非誼有所取之。太史公《伯夷傳》稱賈子曰：「貪夫殉財」云云，不稱鶡冠子。愚按所辨皆當。

碑

《箕子碑》「進死以併命，誠仁矣，無益吾祀故不爲。委身以存祀，誠仁矣，與亡吾國故不忍。」「及天命既改，生人以正，乃出大法，用爲聖師。」「天地變化，我得其正，其大人歟！於戲！」「向使紂惡未稔而自斃，武庚念亂以圖存，國無其人，誰與興理，是固人事之或然者也。然則先生隱忍而爲此，其有志於斯乎？」愚謂子厚發明箕子之道，善矣。但恐不當於三人分重輕。

《道州文宣王廟碑》「夫子之道閎肆尊顯，二帝三王其無以侔大也，然其堂庭卑陋，椽棟毁墜，曾不及浮屠外説，克壯厥居。」

《柳州碑》仲尼之道，與王化遠邇。

《二妃碑》二妃爲子而父堯，爲婦而夫舜。

《饒娥碑》饒娥父溺死，娥走哭水上，三日不食，耳鼻流血，氣盡伏死。明日屍出，黿魚鼉蛟浮死萬數。

《南睢陽廟碑》記南霽雲也。然一句一事，始終屬對，全似韓、柳未出時文體，與子厚他文不類，當是少年作。按柳碑多排句，非韓比。近世晦翁嘗以年考之，乃子厚晚年作。殆自騁以從俗耶？

六卷、七卷皆浮屠家碑銘，其理蕩而不可究詰，其辭遁而不可明喻，惟《南嶽》、《大明》二碑，僅明白可曉，姑録之。《南嶽》之碑曰：「有來受律者，吾師示之以尊嚴整齊，明列義類，而人知其所不爲。有來求道者，吾師示之以高廣通達，一空其有，而人知其所必至。」《大明》之碑曰：「儒以禮立仁義，無之則壞；佛以律持定慧，去之則喪。」愚謂此二者，立語未爲盡瑩，而理則近是。蓋二碑所主者律，而餘多言禪也。律者嚴潔其身，佛所教人之本旨。而禪之説創於達磨，自稱教外别傳。佛書初無此説也。律以斷惡修善，而禪者謂惡不必斷，善不必修，惟問心之有无如何。苟無心殺人而殺人，即殺人爲無罪，至駡其師瞿曇爲乾矢撅，爲一棒打殺，作死狗煑喫，亦爲無心，故無罪者也。律出於佛，其徒憚而小之；禪不出於佛，其徒張而大之，使人不得而詰其罪者也。然則世之言佛者，將安從乎？

狀

段太尉逸事凡三：其一，斷汾陽王子晞軍擾市者十七人頭；其二，賣馬代償大將焦令諶所取旱歲農人穀；其三，朱泚致其婿韋晤綾三百疋，棲之司農治事堂梁上。文高事覈，曲盡其妙。

《柳渾行狀》 渾年十餘歲，有稱神巫告曰：「若相法，當夭且賤，幸而爲釋，可以緩而死耳，位禄非若事也。」公學益篤，舉進士，仕至宰相。李元平有名，公曰：「喋喋銜玉而賈石者也。」貞元初，上親擇郎吏，分宰京師外部。公曰：「陛下當擇臣輩以輔聖德，臣當選京兆以承大化，京兆當求令長以親細事，夫然後宜。」榜音彭，所以輔弓弩，其音去聲者，笞也，音謗者進船也。葬令：五品以上爲碑，龜趺螭首；降五等爲碣，方趺圓首。見《楊凝碣》。不知二者之於君其末也。「萬不試而一出焉」《呂君誄》。「海禍」謂溺死也，出《崔君權墓誌》。

表銘碣誄誌

馬君、孟君、凌君誌銘，皆貶後作，與昌黎相上下，餘或多俳語。番禺音潘愚。二山名，在南海，今廣州，見四卷。氣乘肺溢爲水浮膚。孟常謙。李中丞服紫丹，暴下赤黑，薨。

卷十一誌碣誄，皆老作。狀姜甹戚里之態，獨孤申叔之文而夭，趙弘之孤來章哀而得其父之葬，張因去印綬，爲黄、老，而哭猶子以死，虞鳴鶴從鄉賦而終逆旅，吊慶交户，覃季子愛書而貧不仕，皆事覈文古，傑然者也。「世相重侯」、「浩浩呻呼，革爲和聲。」《柳評事銘》。「以生富貴，畜妓，能傳宫中聲，賢豪大夫多與連歡，後加老風病。」「有載酒來，則出妓，搏髀笑戲，觀者尚識承平王孫故態。」姜甹。「如遭孔子，是有兩顔氏也。」獨孤申叔。「[言+利]」直廉切，言利美也。「二百舉武。」趙弘。「百郡之選，叢於京師。」《虞鳴鶴誄》。

卷十二皆誌其族之葬，惟其父諱鎮，及從父弟宗直者，柳州時作。「無兄弟，移其睦於朋友。」《叔父墓跋》，子厚自謂。誌父所友六十七人於碑陰。

卷十三自母夫人以下，終於雷五，皆誌婦人。雷五之姨母爲子厚妓妾，故亦得誌。子厚女和娘，得病更名佛婢。既病，去髮爲尼，號初心，然不免死。年十歲，其母微也，故爲父子〔晚〕。

《河間劉氏誌》劉者，王叔文母也。所誌，盛稱叔文文武功業，且謂知道之士，爲蒼生惜焉。宗元其自謂知道乎，吁！「一畝之宅，言笑不聞於鄰。」《崔氏志》。

對

《設漁者對》喻智伯以貪敗。

《愚溪對》設溪神援惡溪、弱水、濁涇、黑水，皆有其實，而予不愚。柳子用貪泉對，泉不貪，飲而南者貪也，汝獨招愚者居焉，則汝之實也，因自陳其愚。文極精妙。此雖子厚自戲之辭，然愚謂溪之愚可辭，而子厚傑然文人也，乃終身(賢)〔陷〕叔文而不知悟，其身之愚，可得辭耶？

《對賀者》之末曰：「嘻笑之怒，甚乎裂眥，長歌之哀，過乎慟哭，庸詎知吾之浩浩非戚戚之尤者乎？」愚謂子厚此言，大痛無聲者也。雖悔可追。

《天對》不可曉。

問　答

《晉問》以地(儉)〔險〕也，兵革也，馬之良、木之大、鹽之富也，文公之霸也，皆不如堯之遺風焉。理正而文工。

《答問》及《起廢答》自傷不復用。《起廢》謂躄浮圖、病顙駒皆廢十年而有遭，子厚之廢亦十年。「舒翹揚英」《答問》。「抗首出臆」《起廢答》謂駒也。

説

《天説》以天地爲無知喻諸果蓏，怨天甚矣，其果何哉？

《鶻説》鶻以鳥之盈握者燠爪掌，旦則縱之，望其往，苟東矣，是日不東逐。南北亦然。

《朝日説》旦見曰朝，暮見曰夕。詩曰：「莫肯朝夕。」朝，音潮。漢儀：夕則兩郎向瑣闈拜，謂之夕郎。

《捕蛇説》有益於世。

《禬音乍説》水旱蟲癘之方則黜其神不祭，然則事之不治亦當黜其人。

《乘桴説》真妄説也。子厚妙於文耳，敢議經乎？

《説車》　亦有益處世。

《謫龍説》　扶風馬孺子見奇女墜地，謫龍也，化爲白龍登天。文極佳。

《復吾子松説》　謂壽夭貴賤皆寓也，非造物，亦怨辭歟。

《羆説》　楚有獵能吹竹爲百獸之音。致鹿而恐，則致貙而鹿去；致貙而恐，則致虎而貙去；虎致愈恐，則致羆以去虎；虎去而羆食之。不善内而恃外者，未有不爲羆之食也。

《八駿圖説》　駿馬，馬之類；聖人，人之類。求以異形者非。蝎音曷，木中蟲，非螫毒音歇者見《天説注》。白羲之「羲」音蟻。八驥，馬名。

傳

《宋清傳》　清市藥燒券不責報，報者益厚，非市道交，而士大夫反争爲不已。

《郭橐駞傳》　戒煩苛之擾。

《（章）〔童〕區寄傳》　區寄十一歲，賊豪掠賣之，討殺二豪。

《梓人傳》　喻爲相者之道也。文字宏闊。

《李赤傳》　感於厠鬼而死，反以世爲溷，以溷爲帝居清都，世皆笑赤之惑也。及至是非取與，决不爲赤者，幾人耶？

《蝜蝂傳》譏貪者。

騷

《乞巧文》「今聞天孫不樂其獨〔得〕，將蹈石梁，欵天津，儷於神夫。」「抽黄對白。」「駢四儷六，錦心繡口。」

《罵尸蟲文》道士言人有尸蟲，處腹中，伺人隱微，日庚申，讒於帝。柳子特不信，爲文罵之。

《斬曲几文》謂物貴乎直，末代淫巧，揉木爲几。愚恐几乃古之年高者席地時所凴手，其形抱身，不容不曲。几，非後世所用也。

《宥蝮蛇文》彼居榛中，不汝賊而殺之，暴矣！

《憎王孫文》王孫者，湘山間獸名，與猿異性，擾人者。

《逐畢方文》畢方如鶴，一足，赤文白喙，火妖也。出《山海經》。

《辨伏神文》買伏神得老芋而病加甚。

《愬螭文》零陵有螭，室於江。唐登浴其涯，螭牽以入，一夕，浮水上。

《哀溺文》零陵善游者，腰千錢，遂溺死。

《招海賈文》 戒其貪利犯危也。

吊贊箴戒

《吊萇弘》。《吊屈原》。《吊樂毅》。

《伊尹五就桀贊》 「不夏、商其心，心乎生民而已。」「湯誠仁，其功遲，桀誠不仁，朝吾從而暮及於天下可也」，於是就桀，卒不可。

《梁丘據贊》 齊景有嬖，曰梁丘子。晏子躬相，梁丘不毁。愛其不飽，告君使賜。嗚呼，豈惟賢不逮古，嬖亦莫類。梁丘可思，又況晏氏！

《霹靂琴》焦桐。

明皇得異馬於河。帝西幸，馬入渭水，化爲龍。

《敵戒》 「皆知敵之仇，而不知爲益之尤；皆知敵之害，而不知爲利之大。」「敵存而懼，敵去而舞。」

《臨江之麋》 畋得麋麑，日抱就犬，習示之，忘己之麋也。與犬狎三年，麋出門見外犬，走欲與爲戲，外犬殺食之，麋至死不悟。

《黔之驢》 驢一鳴，虎大駭，然視之，覺無異能者。稍近益狎，驢不勝怒，蹄之。虎因喜，計之曰：「技止此耳。」因跳踉大㘎，斷其喉，盡其肉乃去。

《永某氏之鼠》　永有某氏者，以生歲直子，鼠，子神也，因愛鼠。倉廩庖厨，悉以恣鼠不問，飲食大率鼠之餘也。數歲，某氏徙居他州，後人來居，假五六猫，撤瓦灌穴，羅捕之，殺鼠如丘。嗚呼！　彼以其飽食無禍爲可常也哉！

銘雜題

《漢原廟銘》　登布衣於萬乘，化環堵爲四海，基岱岳之高，源洪河之長。

《安豐縣孝門銘》　李興刃股肉救父疾。又廬墓晝夜哭，廬上産紫芝白芝，廬中醴泉涌出。

《舜禹之事》　使堯一日得舜而與天下，吾見小争於朝，大争於野。至堯已忘於人，舜已繫於人，天下曰：久矣，舜之君(成)〔我〕也。夫然後能揖讓受終。

《咸宜》　興王之臣，多起汙賤，彼固公侯卿相器也，獨其始之不幸，其進晚耳，而人猶幸之。亡王之臣，多死冠盜，彼固寇戮困餓器也，獨其始之幸，其死後耳，而人猶禍之。余是以咸宜之。

《鞭賈》　鞭賈宜五十，必曰五萬。有富者子，愛其黄而澤，酬五萬。濯之，黄者梔，澤者蠟也，出郊，馬踶，因大擊，鞭(析)〔折〕爲五六，墜地傷焉。今之梔其(言)〔貌〕，蠟其(貌)〔言〕，賈於朝者，驅之陳力之列以禦乎物，以責其大擊之效，烏有不折其用，而獲墜傷之患者乎？

《吏商》 汙吏之爲商，不若廉吏之利博。

《東海若》 二瓠喻學佛者。

題序

《題毛穎傳》 讀之若捕龍蛇、搏虎豹，急與之角而力不敢暇，信韓子之怪於文也。 世之模擬竄竊，取青媲白，肥皮厚肉，柔筋脆骨，而以爲辭者之讀之也，其大笑固宜。

《西漢文類序》 文之近古而尤壯麗，莫若漢之西京，若開羣玉之府，漢氏之東，則既衰矣。

《王氏詩序》 紛綸華耀，繼武而起。 士大夫掉鞅於文囿者，咸不得攀而倫之。 操斧於班、郢之門，斯强顔耳。

《送獨孤書記序》 曳裾戎幙之下，專弄文墨，爲壯夫捧腹，甚未可也。

《聯句序》 琅琅清響，交動左右。

《送蕭鍊序》 先禮而冠，賀聲盈耳。

《送薛存義序》 謂吏蓋民之役，今我受其直，怠其事，豈惟怠之，又從而盜之。

《送辛生序》 士叢於京師，京兆尹歲貢秀才，常與百郡相抗。 闔户塞竇，而得榮名者，連畛而起。

《宴南池序》 連山倒垂，萬象在下。南池。

《蓬屋序》 棟宇簡易，僅除風雨。蓬屋。

《送婁圖南序》 今將以呼嘘爲食，咀嚼爲神，無事爲閑，不死爲生，則深山之木石，大澤之黿蛇，皆老而久，其於道何如也。送婁圖南。

《元山人南游序》 黄鵠一去，青冥無極。

《送僧浩初序》 專闢退之之闢佛。愚謂退之言仁義，而子厚異端；退之行忠直，而子厚邪黨，尚不知愧，而反操戈焉。子厚自以爲智不遂，當矯名曰愚。吾見其真愚耳。

記

《監祭使壁記》 《周禮》有祭僕，誅其不敬者，漢以侍御史監祠，唐《開元禮》以御史監祠，曰監祭使。

《四門助教廳壁記》 周置虞庠於四郊。後魏立學於四門，置助教二十人。唐始合於〔大〕〔太〕學，省助教至三人。

《盩厔縣新食堂記》 合羣吏食於堂，謂禮食之來古也。今京師百官，咸有斯制。

《諸使》 古者交政於四方，謂之使。今受命臨戎，職無所統屬者，亦謂之使。凡使之號，專焉而行其道者也。

《嶺南饗軍堂記》 文佳。

《邠寧進奏院記》 周有邑具湯沐。漢有邸奉朝請。唐有院備進奏。

全義縣城北門，或曰不利於吏，塞之百年。盧遵始復其舊。

《邕州茅亭記》 以白雲爲藩籬，碧山爲屏風。

《零陵永州復乳穴記》 石鍾乳必在深山窮林，連之人告盡者五載矣。崔公至，逾月，穴人以乳復告，以其不貪，故以誠告也。

道州鼻亭神，象祠也。河東薛公剌是州，毁之。

《永州龍興寺息壤記》 寺東北陬，堂之地隆然負塼甓而起者，廣四步，高一尺五寸，夷之而又高，凡持鍤者盡死，由是人莫敢夷。《史記》及《漢志》有地長之占，甘茂盟息壤，異書有記鮌竊帝之息壤，以堙洪水。

《永州鐵爐步志》 永州北郭有步，蓋嘗有鍜鐵者居之。人去而爐毁者不知年矣，獨有其號冒而存。今世有負其姓而立於天下者，曰：「吾門大，他不我敵也。」問其位與德，曰：「久矣其先也。」其冒於號有異於兹步者乎？ 大者桀冒禹，紂冒湯，幽、厲冒文、武，以傲天下。而姑大其故號以至於敗，爲世笑僇。

《游黄溪記》　名山水而州者以百數，永最善；其間名山水而村者以百數，黄溪最善。黄神王姓，莽之世也。莽既死，黄與王聲相邇，神更號黄氏，逃來，擇其深峭者潛焉。西山。鈷鉧潭。鈷，公魯反。袁家渴。音褐，水反流。以其境過清不可久居。紛紅駭緑。民橋其上。

書

寄許孟容與楊憑、裴塤、蕭俛、李建、顧十郎諸書，皆貶所悲苦之詞。其可憐者，《與楊憑之書》曰：「有之而恥言者，上也」；「有之而言之者，次也」；「無之而工言者，賊也」；「無之而不言者，土木類也」。又曰：「公卿之大任，莫若索士。」子厚初貶時，年三十三。重膇馳僞切。《(並)〔與〕蕭俛書》。《與李建書》：悶即出游，游復多恐。暫得一笑，已復不樂。如囚拘圜土，一遇和景，負墻搔摩，伸展支體。當此之時，亦以爲適，然顧地窺天，不過尋丈，終不得出，豈復能久爲舒暢哉？

《與顧十郎書》，自稱門生，而以郎稱其人，豈郎者所以稱其主之名歟？

《與韓愈論史官書》　蓋正論也。

《與吕恭書》　辯石書之僞。

老陽九老陰六，在《易正義・乾篇》中，非一行爲之。見《與劉禹錫書》。

僕之爲文久矣，然心少之，不務也，以爲是博弈之雄耳。務富文采，不顧事實，以炳然誘後生，是猶用文錦覆陷穽也。若蟦蛭然，雖鳴其音聲，誰爲聽之？《答吴武陵論非國語書》。

子厚作《孟子評》、《非國語》二書，今《非國語》見集中，而《孟子評》無之，豈子厚能悔之而不以傳歟？將劉禹錫恐其重得罪名教，爲掩其惡歟？

《與友人論文書》有曰：「漁獵前作，戕賊文史。」甚矣，文之不可不已出也。

《答元饒州書》「弊政之大，莫若賄賂行而征賦亂。貧者無貲以求於吏，有貧之實不得貧之名；富者操其羸以市於吏，無富之名而有富之實。」「夫如是不一定經界、覈名實，而姑重改作，其可理乎？」

《與崔（饒）〔連〕州論石鍾乳》「草木之生也依於土，然有居山之陰陽，或近水，或附石，其性移焉。況鍾乳直產於石，依而產者，固不一性，故君子慎焉。取其色之美，而不必惟其土之信。」

愚按此書復喻以方物，喻以人，復證之他藥，文最可觀。

《答周君巢書》「丈人盛譽山澤之臞，以爲壽且神。今夫山澤之臞，掘草烹石，以私其筋骨而日以益愚，他人莫利，己獨以愉，若是者愈千百年，滋所謂夭也。不爲方士所惑，仕雖未達，無忘生人之患，則聖人之道幸甚。」

《與李睦州服氣書》「兄由服氣以來，貌加老而心少歡愉。吴武陵先作書，道黃帝及列仙方士皆死狀，兄陽德其言，而陰黜其忠，是不可變之尤者也。今吴子之師，已遭諾而退矣。愚敢厲鋭擐堅，鳴鐘鼓以進，決於城下。愚幼嘗嗜音，不得碩師，卒大慚。及長，嗜書，亦不得碩師，又大慚。今兄之服氣，果誰師耶？去味以即淡，去樂以即愁。悴悴焉，膚日皺，肌日虚，守無所師之術，尊不可傳之書，徒曰我能堅壁拒境，以爲强大，是豈所謂强而大也哉？」愚按此子厚達理之言也。文又精妙，故節録稍詳。

《與楊誨之第二書》云：「傅説曰：惟狂克念作聖。」按今書非傅説之言。

《賀進士王參元失火書》「足下讀古人書，爲文章，而進不能取顯貴者，足下家有積貨，士之好廉名者，皆畏忌不敢道足下之善，以公道之難明而世之多嫌也。乃今幸爲天火之所滌蕩，凡衆之疑慮舉爲灰埃，黔其廬，赭其垣，以示其無有，而足下之才能乃可以顯白而不污，是祝融回禄之相吾子。僕與幾道十年之相知，不若兹火一夕之爲足下譽也。」「滫」息有切。「瀡」息委切。見《王參元書》。「覼縷」好視也，一曰委曲，見三十卷《許京兆書》。

《答韋中立論師道書》「魏晉以下不事師，獨韓愈奮不顧流俗，抗顔而爲師，世果羣怪聚罵，愈以是得狂名。蜀之南犬吠日，嶺之南犬吠雪，吠所怪也。孫昌胤薦笏言於卿士曰：『某子冠畢。』咸憮然。京兆尹鄭叔則怫然曳笏却立，曰：『何預我耶？』廷中皆大笑，天下不以非鄭尹，而以快孫子，何哉？獨爲所不爲也。」此書後段説爲文之法極詳。

穀梁子曰：「心志既通而名譽不聞，友之過也。」見《答元公瑾書》。退之所敬者，司馬遷、揚雄。遷於退之固相上下，若雄者，如《太玄》、《法言》及《四愁賦》，退之獨未作耳，决作之，加恢奇，至他文過揚雄遠甚。雄文遺言措意，頗短局滯澀，不若退之猖狂恣睢，肆意有所作。《答韋珩書》。潔然盛服而與負塗者處。《答廖有方》。鼓行於秀造之列，此其戈矛矣。《答蕭纂書》。觀文章，宜若懸衡然，增之銖兩則俯，反是則仰，無可私者。《答吴秀才》。來柳州，見一刺史，即周孔之。京師顯人以千數，又宜得周孔千百，何吾生胸中擾擾焉多周孔哉。《復杜温夫》。曹沫之「沫」莫具切，見《武相公啓》。求珠於海，而徑寸先得，則衆皆怏然罷去，知奇寶之有歸也。《賀趙江陵宗儒辟武都符載爲記室》。

啓表奏議狀

啓皆獻文求哀之辭，表多世俗稱頌之語，氣索理短，未見柳之能過人者。

《賀破東平》　蓋李師道所據淄青也。　櫻桃即含桃。

《廣南鄭相公奏百姓産三男》、《台州奏五色雲》　《名例律》：官與父祖諱同者不居。子厚以祖名察躬，辭監察御史。奉勑，二名不偏諱，不合辭讓。《訴苗損狀》：「恤人則深，減數非廣」。二月一日爲中和節，《進農書》。《賀破東平》：「罪止一夫，恩加百姓。」

祭文

《祭楊憑詹事》稱丈人，自稱子婿，然則謂外舅丈人其來久矣。「狼荒。」《祭穆質文》。「濛汜」音蒙似，日次處，見《祭崔少卿文》。

《祭張後餘辭》引莊周之説，以爲人之君子，天之小人。子厚怨天，隨寓而發也。

《祭纛》〔澧〕〔灃〕有大特，化爲巨梓，秦人憑神，乃建茸頭。漢宗蚩尤，亦作靈旗。

《祭六伯母》自稱侄男。《祭丈母》、《祭弟》自稱八哥而不具銜。

詩

吴歈工折柳。歈音俞，巴歈歌也。鑿池曰污尊。污，烏瓜切。齊諧笑柏塗。音荼，《東方朔〔詩〕〔傳〕》：老柏塗。饒醉鼻成皶。切意，此世俗所謂酒皶鼻。傖父。吴人謂中國人爲傖。以上並見《同劉院長》。《酬韶州》「拾其餘韻」，蓋不用其韻也；《奉和楊尚書》依本詩韻，此用其韻也。古者和詩不用韻。《韋道安》，遇故刺史被盗，女爲所掠，道安縛致之，刺史歸賄納女以報，道安辭焉。《楊白花》。欸音襖。乃音靄。一聲山水淥。《漁翁》。竫人長九寸。蹩躠。

非國語

子厚以《國語》文深閎傑異，而説多誣淫，作《非國語》。愚觀所作，非獨駁難多造理，文亦奇峭。今節録下方。

三女奔密。母曰：必致之王。康公不獻。一年王滅密。　非曰：勿受之則可矣，教子而媚王以女，非正也。

宣王不藉千畝，虢公諫。三十九年，戰於千畝，敗績。　非曰：古之必藉千畝者，禮之飾也。然而存其禮爲勸乎農也，未若時使而不奪其力，節用而不殫其財，則食固人之大急，不勸而勸矣。三推之道，存乎亡乎，皆可以爲國矣。敗於戎而引是以合焉，夫何怪而不屬也。愚謂子厚論勸農之本善矣，謂勸農之禮可亡則過矣。是禮也，古人體天愛民一念真誠之發，豈姑以是飾乎？

三川震，伯陽父曰：周將亡矣。　非曰：山川者，特天地之物也。陰與陽者，氣而游乎其間者也。或會或離，其孰能知之？　愚謂人者天地之心，天地不得其寧，而曰「惡與乎我」，此子厚怨天之論所發也。

宣王料民，及幽王，乃廢滅。　非曰：是幽之悖亂不足以取滅，而料民以禍之也。

劉康公聘魯，叔孫宣子、東門子家皆侈，歸告王曰：其亡乎？東門不可以事二君，叔孫不可以事三君。　非曰：泰侈之德惡矣，其死亡也有之矣，而孰能必其時之蚤暮耶？　設令時之可必，又孰能必其君之壽夭耶？

郤至告捷於周，單襄公曰：「兵在其頸者，其郤至之謂乎？」明年死難。　非曰：執筆者以其及也，而必求其惡以播於後世，然則有大惡幸而得終者，則固掩矣。

穀、洛鬥，將毀王宮，王壅之。　亂於是乎始生。　非曰：天將毀王宮而勿壅，則王罪大矣，奚以守先王之國？　壅之誠是也，王室之亂且卑，在德，而又奚穀、洛之鬥而懲之也？

將鑄無射，單襄公曰：「不可。」　非曰：是何取於鐘之備也。　聖人既理定，作樂以象之，非樂能移風易俗也。　愚謂子厚之論是矣。　而立語易也。　禮樂皆由人心生，聖人因而文之，還以導人心者也。人生而有舉動，聖人因具舉動而約之禮，否則肆矣；　人生而有謳吟，聖人因其謳吟而和之樂，否則蕩矣。　約之禮而和之樂，隨其事而施之用，上自朝廷，下達閭巷，使人日習而悠然契焉。　非心邪念淫聲慢色不得以干其間，此古人禮樂之用。而治定作樂，則又子孫象祖宗之功德，以薦之郊廟，所謂隨其事而施之用之大者也。　單子伶州鳩論樂之成政殖財，誠誕而無理。　子厚獨指其象治，而謂不能移風易俗，又矯之太過，故曰立語易也。

長勺之役，公曰：「小大之獄，必以情斷。」劌曰：「可以一戰。」　非曰：徒以斷獄爲戰之具，則吾未之信也。

季桓子穿井，得土缶，中有羊焉。　使人問仲尼曰：「吾穿井獲狗，何也？」仲尼曰：「以某所聞者羊也。」　非曰：孔氏惡能窮物怪之形？是必誣聖人矣。史之記地坼犬出者有之矣。近世京兆杜濟穿井獲土缶，中有狗焉，投之於河，化爲龍。

吴伐越，隳會稽，獲骨節專車。　非曰：辨大骨、石（弩）〔砮〕以爲異，其知聖人也亦外矣。

桓公輕幣，諸侯垂橐而入，稇載而歸。　非曰：又奚控焉？悉國之貨以利交天下耶？

申生敗狄，讒言將起，狐突杜門不出，君子曰：「善深謀。」　非曰：覩其將敗而杜其門，則奸矣。

里克殺奚齊，荀息死之。　非曰：間君之惑，排長嗣而擁非正，其於中正也遠矣。不得中正而復其言，亂也。

里克既殺卓子，使告重耳曰：「盍入乎？」舅犯曰：「不可。」秦穆公使吊曰：「時不可失。」舅犯曰：「不可。」　非曰：狐偃之爲重耳謀者亦迂矣。重耳兄也，夷吾弟也；重耳賢也，夷吾昧也。若重耳早從里克、秦伯之言而入，則國可以無嚮者之禍，而兄弟之愛可全而有。

秦穆公獲晉侯，公子縶曰：「殺之利。」公孫枝曰：「不可。」　非曰：向使穆公告於王，以王命黜夷吾而立重耳，則誰敢不服？

秦伯歸女五人，懷嬴與焉。　非曰：重耳之受懷嬴，不得已也。秦伯乃行非禮以强乎人。愚謂秦之歸固非矣，重耳之受亦非也，不得已而受，亦終始禮待之可也。

鉏麑。　非曰：麑之死固善矣，然宣子爲政之良，麑胡不聞之，乃以假寐爲賢耶？　愚謂麑之心特生於政之良，怵惕於將朝盛服之寐耳。麑而賢必能諫其君，必不受君之命以賊宣子，今爲之賊而不忍害，可言宣子之賢，麑不足問也。

公子楊干亂行，魏絳斬其僕。　非曰：公子貴，不能討，而稟命者死，非能刑也。　然則絳宜奈何？　止公子以請君之命。

逐欒盈。　非曰：當其時不能討，後之人何罪？

黃熊。　非曰：鮌之爲夏郊也，禹之父也，非爲熊也，熊之說，好事者爲之。

圍鼓。　非曰：城之畔而歸己者有三：逃暴而附德者，麻之；力屈而愛死者，與之以不死；反常以求利者，君子不受也。

嗜芰。　非曰：屈子以禮之末，忍絶其父將死之言，吾未敢賢乎爾也。　禮曰：「思其所嗜。」屈建曾無思乎？

外集

《披沙揀金賦》。《迎長日賦》。《記里鼓賦》。

《劉叟傳》 叟以御龍術進魯公，内龍先備，明年果大旱，命劉叟出龍，果大雨。

《河間傳》 志貞婦一敗於强暴，以計殺其夫，卒狂亂以死。子厚借以明恩之難恃。愚以爲士之砥節礪行，終不免移於富貴利欲者多矣。正當引以自戒，而不必計其恩之可恃否也。

《太府李卿外婦馬淑誌》 本南康謳者，善瑟，葬湘水以嗣靈音云。

《請復尊號表》 皆諛辭也。子厚内集已多有之。爲京兆時事業止此而已乎？

《與衛淮南石琴薦》 出當州龍壁灘下，蓋石可薦琴者。以上外集上下卷

柳以文與韓並稱焉。韓文論事説理，一一明白透徹，無可指擇者，所謂貫道之器非歟？柳之達於上聽者，皆諛辭；致於公卿大臣者，皆罪謫後羞縮無聊之語；碑碣等作，亦老筆與俳語相半；間及經旨義理，則是非多謬於聖人。凡皆不根於道故也。惟紀志人物，以寄其嘲駡；模寫山水，以舒其抑鬱，則峻潔精奇，如明珠夜光，見輒奪目。此蓋子厚放浪之久，自寫胸臆，不事諛，不求哀，不關經義。又皆晚年之作，所謂大肆其力於文章者也。故愚於韓文無擇，於柳不能無擇焉。而非徒曰並稱。然此猶以文論也。若以人品論，則歐陽子謂「如夷夏之不同」矣。歐陽子論文，亦不屑稱韓、柳，而稱韓、李，李指李翺云。

黄氏日抄·讀文集三

歐陽文

詩

《顔跖》　總説處提顔子云：「豈減跖所榮？」跖本無榮顔，本不當與跖較榮辱，而歐公云爾，全用「所」字斡意，蓋跖自以爲榮者。若説「跖之榮」，則非矣。初讀疑之，三味乃見。

《黄牛峽》詩　「不是黄牛滯客舟」，謂江惡舟遲，常見此石在山也。

《憶山》詩　説三峽「江如自天傾，岸立兩崖閂」。

《哭曼卿》　謂「才高不少下，闊若與世疏」。

《送惠勤》詩　叙東南宫居、飲食、山水之勝，捨之而從我求仁義。

《水谷夜行》詩　「微風動凉襟，曉氣清餘睡。」見平旦氣象，極工。此詩説蘇子美詩雄，梅聖俞詩清。

《班班林間鳩》寄其夫人之詩也。云「易安由寡求」，此其爲家之法。

《暮春》詩「游絲最無事，百尺拖晴光。」有太平氣象。

《牡丹圖》有「元化朴散」之語，然洛陽以此成俗，而歐公初譜之，亦助其瀾者也。

《憎蚊》詩始以乾坤廣大之語，終以麟鳳不見之語。咏微物，而先以大者言之，文法也。

「掃庭露青天，坐月蔭嘉木。汝寧無他時，忍此見迫促？」語意清絶矣。

《寄題滄浪亭》「風高月白最宜夜」，極切。末借鴟夷言之：「崎嶇世路欲脱去，反以身試蛟龍淵。豈如扁舟任飄兀，紅蕖渌浪摇醉眠。」翻得絶佳。

《菱溪大石》一詩，形容布置，可觀文法。

《紫石屏歌》，文之奇者也；《廬山高》詩，文之豪者也。《橄欖》詩言忠愛；《答子華安〔撫〕》詩，指陳治道之要者也。《橄欖》詩曰：「錫飴兒女甜，遺味久則那。」《奉答子華》詩曰：「蠹弊革僥倖，濫官絶貪昏，牧羊而去狼，未爲不仁人。」

《梅聖俞寄銀杏》詩：「鵝毛贈千里，所重以其人。鴨脚雖百箇，得之誠可珍。」又七卷《李侯家鴨脚》云：「鴨脚生江南。」自注云：「京師無鴨脚，李駙馬自南方移植。」蓋銀杏名鴨脚，中原所無也。今江南有草名鴨脚，而此果則自名銀杏。

車螯，一名車娥，歐詩有泥居殼屋之語。　蚓無心。八卷《怪竹辯》。

《贈沈博士遵歌》　言琴調《醉翁吟》也，云：「我昔被謫居滁上，名雖爲翁實少年。」前詩又云：「我時四十猶强力，自號醉翁聊戲客。」

《送吴生》　論改過甚暢。

《樂哉襄陽人送劉從廣》　先序襄陽之勝，而勉以德化，其文騷以婉。

《洗兒歌》　爲聖俞作，簡而勁。

《夜聞風聲》　「苦暑君勿厭，初凉君勿歡，暑在物猶盛，凉歸歲將寒」云云，「不獨草木爾，君形安得完」，此等善觀時變，感慨有味。

《白鸜鵒》詩　先將白兔説，擺兩陣方合説，又三節而終焉。　文法最可觀。乾蝦字出《清明前》詩。

《又酬聖俞韻》　「歡情雖漸鮮，老意益相親」，形容晚年交游之意最工。頭魚，海魚之大而謫死者。

《歸田春夏》詩　有味，殆《田園雜興》之祖歟！

《明妃曲》　「推手爲琵却手琶」，是「琵琶」兩字也。

《鬼車》一首，先序其聲之怪，次述老婢撲燈之説，以言其所以爲怪，終之不足怪，而呼婢炷燈焉，且亂之曰：「須臾雲散衆星出，夜静皎月流清光。」曲盡文章之妙矣。《讀書》一首，始言讀書之樂，中言仕宦不暇讀，而終之以乃知讀書之樂無限。前後照暎，文亦甚妙。

鵯鵊者，催明之鳥，京師謂之夏鷄。

《贈李士寧》一首，文宏放。

《感事四首》　闢學仙者之妄，甚精切，如曰：「一旦隨物化，反言仙已成。」如曰：「等爲不在世，與鬼亦何殊？」

《昇天檜》一首，其説謂老子自此乘白鹿昇天，如上虞劉樊升仙木之類也。歐詩曰：「惟能乘變化，所以爲神仙。驅鸞駕鶴須臾間，飄忽不見如雲煙。奈何此鹿起平地，更假草木相攀緣？乃知神仙事茫昧，真僞莫究徒相傳。」

齊州有舜泉。

「四字丹書萬仞崖」四句，見《戲石唐山隱者》末章。

古　賦

《蟬聲賦》、《秋聲賦》之脱灑，《病暑賦》、《憎蒼蠅賦》之布置，皆當成誦。《山中之樂一首贈慧勤》者，摹寫變化，亦一大奇。

論

《正統論》　費辭數千言，不過進秦於三代。秦果三代哉？其説謂周之君臣稽首自歸於秦，周果誠心授有德者哉？謂桀、紂不廢夏、商之（説）〔統〕，則始皇未可廢秦。始皇豈亦承祖宗深仁厚澤數百年素定之天下，如桀、紂雖不肖亦不得不以其祖宗之故，俾襲世次者哉？且其欲尊秦也，則咎論者之私東晉、私元魏，然東晉豈不正於秦？元魏豈不賢於秦？而公切切然抑彼揚此者，豈私秦哉？秦何人，而公私之哉？豈難累萬言？世豈有以公故，而謂秦三代者哉？

《本論》　謂堯、舜三代時禮義明，佛不能入，善矣。復使當時其人已入，其法不行，則爲確論。今按佛生方當周之衰，去中國極遠，不相通。至漢開西域，而佛説久益盛，至後漢以漸入中國者，時勢（則）〔使〕然，非昔不能入而今可入也。謂「禮義者勝佛之本」，當「修其本以勝之」，善矣。然人不爲佛之徒，屋不爲佛之居，徒有其虚文浮傳於世，如異説妖術之類，則可使人講明禮義，此之信，不彼之信，是爲勝之。今按齊、梁、元魏以來，自萬乘以下尊事之，人民歸其陷誘，右袒夷狄以攻吾中國之仁義，山川爲其吞併，立寨中國以朘吾民生之膏血，雖有禮義，已無所施，顧反日講而修之，則佛無所施，奚必火其書，廬其居？又果何見也？且公之爲此説，特譬之善醫者不攻其疾，務養其氣耳。獨不聞「若藥不瞑眩，厥疾不瘳」乎？客邪外毒，深入心腹，而不攻之去，且立而視其死矣，何氣之可養？養氣之說，特可施之攻疾已去之後。疾已危劇，氣僅一縷，捨疾不攻，而徒曰「養氣」，亦何氣之可養乎？甚矣。攻佛法之害政，昌黎之說盡之。攻佛教之害人心，晦菴之說盡之。不能明言其所以害，而徒疾聲大呼以泄其憤，石徂徠之《怪說》盡之。歐陽公所謂上續昌黎斯文之傳者，正以闢佛一事。然《本論》不過就昌黎改易新說，而適以消剛爲柔，如閉關息兵，惟敵之縱，而曰我修政事者爾。嗚呼！殆所謂能言距楊墨者，皆聖人之徒歟？

《朋黨論》謂君子有真朋，足以解萬世人主之疑；《爲君難論》謂用人聽言專決之失，在於違衆，足以指萬世人主之迷。

《易或問》謂「大衍，筮占之一法」，《繫辭》非聖人之作，穆姜道《乾卦文言》乃先夫子之生十五年，筮占之法雖是而言則非，「蓍數無所配合，陰陽無老少，乾坤無定策」。乾用九，坤用六，皆謂以其所用者名爻。

《春秋論》謂學者不信經而信傳，「不信孔子而信三子」。隱公非攝，趙盾非弑，許世子止非不嘗藥，亂之者，三子也。起隱公，止獲麟，皆因舊史而修之，義不在此也。卓哉之見，讀《春秋》者，可以三隅反矣。

《泰誓論》謂十一年伐紂，即武王即位之十一年，無文王稱王改元之說，一惟取信於經。

《縱囚論》 上下相賊字恐太甚，要是三代後盛事。若夫聖人「不立異以爲高，不逆情以干譽」，則至論也。

神道碑墓誌

《丞相文惠公陳堯佐神道碑》 潮州戮鱷魚，壽州活饑民自出米爲倡，而浙堤錢塘薪土易竹籠石，滑州築陳公堤，治開封一以誠，諭少年無犯法者，凡公外庸之略如此。爲太常丞十三年不遷，爲起居郎七年不遷，而十典大藩，六爲轉運使，位極人臣，壽八十二。與伯仲堯叟、〔堯〕咨已貴，而諫議公省華尚無恙，天下以陳氏世家爲榮。

《范文正公神道碑》 幼孤刻苦，慨然有志於天下；爲諫官，以争廢郭后貶；制西賊，參大政：碑中所著，皆繫天下國家之大者。

《王質神道碑》 盜殺其徒而自首，原之，所以疑壞其黨，而開其自新。若殺而不首，既獲而亦原，非法意。

文簡公程琳治益州，燈夕火起，預戒人救止，不以白。有言軍謀變者，笑曰：「吾自知之。」卒無事。治開封數歲，治益精明。爲三司，禁中有所取，未嘗予。爲參政，每宰相欲有所私，輒衆折之。西北宿重兵，嘗任河北、陜西之重，威惠信著。

《王文正神道碑》　概言其爲賢宰相，而徐述其寡言笑、善處大事數項，終以不求恩澤。

晏元獻爲相，當元昊反，請罷監軍，無以陣圖授諸將，此最革弊之大者。

余靖居四諫官之一，使虜得其要領，破儂智高，經制五管十年，移檄而交趾平。

張谷羸而能久，冀褒贈以榮其親。

周太（傅）〔博〕行三年喪，歐公發越甚至。

唐介之父之墓，發明有子之榮。

《瀧岡阡表》　述其母記父之言，謂「祭而豐不如養之薄」，謂治死獄嘗求其生。

丁寶臣喪其兄三年。

薛奎舉進士，爲州第一，以讓王嚴；析富人貲爲三，以嫁其三女；治蜀，尹京，寬猛異施；參大政，慚不及古人，而懼後世譏。歐公與王拱辰，皆其婿也。

王拱辰之父爲潁州司法，有朱氏殺盜當死，公曰：「爲法所以輔善而禁惡也，今殺良民，爲惡盜報仇，豈法意耶？」

蔡君謨之弟君山誌自無狀，有一節深一節，文法極可觀。誌黄夢升，文法亦類之。

誌薛簡肅之子質夫死而無後，論「自古賢人君子未必有後，其功德名譽垂世而不朽者，非皆因其子孫而傳」，「爲善者可以不懈，爲簡肅公者可以無憾」，發明精切。

誌尹師魯，天下未必盡知其材，其言哀痛。

歐陽載誅浮圖誘民投水者。杜杞平蠻殺降。公於程文簡，既爲神道碑，又誌其墓。

《杜祁公墓誌》　公越人，葬應天府。三代皆顯官，家故饒財。然愚按《邵氏聞見録》，謂其貧依濟陰宰，蓋初年流落事也。

尹源，師魯之兄。

梅讓者，詢之兄，堯臣字聖俞之父。

蘇舜欽，字子美，祁公之婿，以祠神會廢居滄浪，今蘇州韓園也。鎖廳事載其誌云：「鎖其廳去，舉進士。」

王堯臣體量西事，薦用韓、范；安撫涇、原，言將不中御；權三司使，去蠹弊積錢數千萬；爲樞密副使，裁損濫恩。

吴育治開封，京師肅清；元昊反，獨言其不足責。

李端懿，大長公主之子，每曰：「士起寒苦，以學行自名，至牽利欲，遂亡其所守，况驕佚易習而生長富貴間耶？」

許元長於治財。先是錢不足償，賈人入粟塞下者少。公請高塞粟之價，下南鹽以償之，使東南去滯積，而西北之粟盈，曰：「此輕重之術也。」歲漕不給，治千艘，浮江而上，所過州縣，留三月食，其餘悉發，而州縣之廪，遠近以次相補。由是不數月，京師足食。而爲司十三年，餘粟百萬，不獻羨餘。

孫甫，字之翰，在諫院多直言，雖爲杜祁公所薦，尹洙所善，言之不避。

梅聖俞窮而工詩。

江鄰幾亦長於詩。

薛長孺、良孺墓誌　皆簡肅公奎之猶子。

《徂徠先生墓誌》　葬五世未葬者七十喪；作《慶曆詩》，褒貶大臣；太學之興自先生始。

《樞副胡宿墓誌》　興湖學，築塘，封還楊懷敏詞頭，清儉謹重，發不可回，而其要歸於忠厚。少嘗善一浮圖，謂有秘術，能化瓦石爲黄金，公曰：「非吾欲也。」

《蔡君謨誌》　諱襄，四諫官之一。救唐介，知泉、福，有惠政，興學校、經術，定表制，禁蠱毒，教醫藥，治京談笑無留事，治財纖悉皆可法，不書《温成皇后碑》。

《劉敞仲原誌》　知制誥，封還石全彬詞頭；奉使，知虜山川；諫仁宗受尊號；治揚、鄆、永興，皆有惠政；博學無不通，一揮九制。

三十七卷皆宗室墓誌，無一壽者。

狀

《蔡齊行狀》 倅濰州，有刻税印者，緩其獄；丁謂欲邀致相，拒不受；不爲太后記景德寺；知密州，除公税，弛鹽禁；沮（惕）〔楊〕太妃垂簾，辨荆王獄；勸納叛蠻，不聽，後爲亂；契丹兵屯幽州，公料其必不動。狀之終曰：「按兵部尚書於今爲三品，其法當謚，敢告有司。」然則行狀爲謚議設也，不著三代姓氏。

《許逖行狀》 諭邊事，趙普稱之；知興元，修蕭何山河堰；諭（京）〔荆〕湖蠻；知揚州，笞子弟不法者，曰：「此非吏法，乃代汝父兄教也。」

記

《泗州先春亭記》 先叙其修堤，次餞勞之亭，次通漕之亭，然後歸先春亭，而證以單子過陳，見其「川澤不陂，梁客至，不授館，羈旅無所寓」之説，謂皆三代爲政之法，而張侯之善爲政也。

《夷陵縣至喜堂〔記〕》 先叙其儉陋，次叙朱侯能變其俗，次自叙得善地而忘其憂。

《峽州至喜亭記》 叙岷江之險，舟人至此而喜。

《御書閣記》 爲登真宫作也。善回護，而不主佛、老之説。

《畫舫齋記》　始言爲燕居而作，次反言舟之履險，而終歸舟行之樂，三節照應。

《王彦章畫像記》　述其以奇取勝以嘆時事，文字展轉不窮。

《穀城縣夫子廟記》　釋奠有樂無尸，而釋菜無樂，皆禮之略者，今於其略者又不備焉。

《吉州學記》　思見道化之成。

《豐樂亭記》　叙滁於五代被兵，而今無事，以歸德於上。

《醉翁亭記》　以文爲戲者也。

《滁州菱溪石記》　僞吴時貴將劉金園石六，公取其二，尚存者置郡治，因以劉氏興衰爲戒，使後來者不復取而去。

《海陵許氏南園記》　許子春以發運使治七十六州之材，治數畝地以爲園，不足施其智，亦不足書，而記其三世孝悌之迹，庶幾園有連理駢枝之木、不争巢不擇子而哺之禽鳥焉。

《真州東園記》　爲發運使施正（君）〔臣〕、許子春、判官馬仲塗三人相得而作，記園池之勝皆疇昔榛莽。

《浮槎山記》　取陸羽《茶經》善論水，以山水爲上，江次之，井爲下。浮槎乃山水之亂泉漫流者。張又新載劉伯芻、李季卿列水次第，不次浮槎而次龍池爲非。

《有美堂記》　天下之兼得其至美與其樂者，惟錢塘；而錢塘之兼美，惟有美堂盡得之。

《相州晝錦堂記》 載韓公大節，出晝錦之榮之外。
《仁宗御飛白記》 因子履得御賜而及朝廷一時之盛。
《峴山亭記》 記羊叔子遺風。

序

《章望之字表民序》 列一鄉一國以至天下萬世之望。
《秘演詩集序》、《惟儼文集序》 二僧皆石曼卿故交，因曼卿而序之。
《詩譜後序》 載慶曆四年始得《詩譜》於絳州而補正之。謂先儒之論非悖理害經者不必相詆訾，盡其説而不通，然後得以論正。
《集古録目序》 論犀象珠玉皆難得之物，而好之者無不至；古刻字書非難得而不至者，好之不力也。自序好之專一，終不以彼易此。
《蘇氏文集序》 爲子美作，傷其不遇。
《鄭荀改名序》 論諸子獨荀卿好聖人，學荀卿而又進焉，則孰能禦？
《韻總》五篇，僧鑒聿所類，序其用心之專。
《送楊寘序》 言學琴於孫道滋，其樂可以忘疾。

送曾鞏試黜而歸，不非同進，不罪有司，思廣其學而堅其守。

田晝之祖爲將，平蜀、江南有功。天下既定，而晝以白衣試有司，因與之登夷陵，慨然覽王師嚮所用武之山川。

《謝氏詩序》 謝景山母好學通經，女弟希孟能詩。

《送張唐民歸青州序》 三代王道備，士生其間，故多賢。後世士有賢者，尤可貴於三代之士。

《送王陶序》 君子之用剛，審力視時，而又深戒於其初。

《孫子後序》 注《孫子》者三家：曹公、杜牧、陳皞，而梅聖俞復爲之注。

梅氏詩集，謂「非詩之能窮人，殆窮者而後工也」。惜聖俞幸生盛世，「老不得志，而爲窮者之詩」。

宋秘丞，宣獻公之子，不以門地驕人，學問好古，常若不足。

送徐無黨，死而不朽者，惟修於身，其次施於事；勤一世盡心於文字間者，可悲也。

廖倚謂無黿書出洛之事。

《外制集序》 仁宗用韓、富、范，鋭意太平，公知制誥。

《禮部唱和序》 從〔王著〕〔五人者〕考貢士六千五百，「絶不通人者五十日」，因相爲歌詩，以

「宣其底滯」。

《内制集序》　論青詞、齋文用釋、老之説，祈禳秘祝近里巷之事，而制誥拘於四六，果可謂之文章歟？

《帝王世次圖〔序〕》　闢太史公本紀之失。凡帝王事可法於後世者，孔子蓋論著之矣；久遠難明，不知不害，爲君子者，不道也。

《思潁序》、《歸田録序》　皆誌求閑之意，但《歸田序》有「不能依阿取容」一語，雖反説以譏世，理恐未安。

《六一居士傳》　記藏書一萬卷，集録金石遺文一千卷，琴一張，棋一局，酒一壺，與己爲六一。以軒裳珪組爲累，而以老於五物之間爲適。

書

《通進司上書》　言治西賊三事，其一曰通漕運，乞浚治汴渠，求裴耀卿所開陸運十八里，泝河而入渭，以通水運；又自武昌、漢陽、襄、郢沿漢十一二州漕物，頓之南陽，爲輕車，置十五六鋪以入關，以通陸運。其二曰盡地利，乞驅游手及鄉兵以耕閑田。其三曰權商賈，謂大商不妬販夫之分其利。今國家反妬大商之分其利，欲專而反損。

《準詔言事上書》　謂非無兵，無將，無財，無禦戎之策，無可任之臣，而患不謹號令，不明賞罰，不責功實。

《答陝西安撫范龍圖辭辟命》　謂「非惟在上者以知人爲難，士雖貧賤，以身許人，固亦不易」。

《答李翊書》　言「性非學者所急」，且釋《中庸》「率性」，謂「性無常，必有以率之」。亦異乎諸儒之爲訓矣。

《上杜中丞》　論舉石介爲主簿，尋被罷而不争。議論婉切，極可觀。

《與曾鞏論氏族》　謂「考於《史記》皆不合」。

策問

《周禮》六官之屬五萬餘人，「如其不耕而賦，何以給之」？

疑《中庸》「誠明」之説，恐未安。又疑大傳生卦之説。

《周禮》詢事讀法，一歲凡幾，疑官不得安其府，民不得安其居。

祭文

《祈晴雨祭文》

外集

詩

多與尹師魯、梅聖俞作，云：「師魯天下才。」又詩云：「聖俞翹楚才。」嘗答聖俞詩云：「文會忝余盟，詩壇推子將。」公以文自任，謂詩不及聖俞也。

《捕蝗》詩　言蝗當早捕，或以踐苗爲戒而不捕者非。

落頭鮮均州俗好腐魚落頭鮮，見第六卷《送黄通之》詩。

《贈王介甫》詩　「翰林風月三千首，吏部文章二百年，老去自憐心尚在，後來誰與子争先。」見第七卷凡八句。

致仕後，詩尤灑落，見第七卷。

賦

《螟蛉賦》　謂「儒家之子卒爲商，世家之子卒爲皂隸」，是「螟蛉之不若也」。此爲感慨，餘不及此。

《州名急就章》　以州名叶韻，自一字至二十四字，惟高、富、瀧、當四州偶遺。

論

時論三篇，《原弊》言農，《兵儲》言屯耕，《塞垣》言邊界。

《石鷁論》　謂左氏以石隕爲星，鷁退爲風；公羊言視石數鷁而次其言；穀梁言（微）物而謹記其數，皆非也。

《三年無改問》　謂蹈道則未。愚按夫子之言甚明，無可辨者，今以其喪服言，恐非本旨。

《易或問》　謂《繫辭》非聖人之言。

《詩解》　自是一家。

墓誌銘

《祁公碑銘》云，負材與畜德者所享不同。

《楊公誌》「始分弘農之籍，籍錢塘。」

《先君墓表》母述其言，謂祭必泣曰：「祭而豐，不如養之薄也。」御酒食又泣曰：「昔不足而今有餘，其何及也？」爲吏夜燭治官書，曰：「求其生猶失之死，而況世常求其死也？」

記

《樊侯廟灾記》盗有刳神像之腹者，既而大雨雹，人咸駭，謂神怒。公謂侯「不能保其心腹腎腸，而反貽怒於無罪之民」，「風霆雨雹，天所以震耀威罰有司者，侯又得以濫用之耶？」「豈適會民之自灾也邪？」愚謂公正論也，不必更設疑辭耳。

《東齋記》爲河南主簿張應之作也。謂「閑居平心以養思慮」，「故曰齋」。「每體之不康，則取六經、百氏若古人述作之文章誦之，愛其深博閎達、雄富偉麗之説，則必茫乎以思，暢乎以平，釋然不知疾之在體。」愚謂此公自得之趣，託之以發者也。

《偃虹堤記》洞庭，天下之險，而岳陽，荆潭黔蜀四會之衝也。以百步之隄，禦天下至險不測之虞，惠其民而及於荆潭黔蜀，凡往來湖中，無遠邇之人，皆蒙其利焉。則滕侯之惠利，可以數計哉？夫事不患於不成，而患於易壞，自古賢智之士，爲其民捍患興利，其遺跡往往而在，使其繼者皆如已往之心，則民到於今受其賜，天下豈有遺利乎？

《大明水記》陸羽《茶經》論山水上，江水次，井水下，未嘗品第天下之水味。至張又新爲《煎茶水記》，始云劉伯芻謂水七等，又載羽爲李秀卿論水有二十種。水味有美惡而已，欲求天下之水，一一而次第之者，妄説也。羽論水，惡渟浸而喜泉源，故井取汲者，江雖長，然衆水雜聚，故次山水，惟此説近物理云。

《三琴記》吾家三琴，其一金暉，一石暉，一玉暉。金暉聲暢而遠，石暉清實而緩，玉暉和而有餘。然惟石暉無光，置之燭下，黑白分明，老人之所宜也。琴曲不必多學，要於自適；琴亦不必多藏，然已有之不必棄。

序

《送方希則序》希則茂才入官，三舉進士不利。昔公孫嘗退歸，鄉人再推，射策遂第一。更生書數十上，每聞報罷，而終爲漢名臣。以希則之資材識業而沈冥鬱堙者，豈非天將張之而固翕之耶？夫良工晚成者器之大，後發先至者驥之良，異日垂光虹蜺，濯髮雲漢，使諸儒後生企仰而不暇，此固希則褚囊中所畜爾。

《送陳經秀才序》　隋煬帝初營宫洛陽，〔望〕〔登〕邙山南望，曰：「此豈非龍門耶？」世因謂之龍門，非《禹貢》所謂龍門者也。然山形中斷，巖崖缺呀，若斷若鑱。山兩麓浸流中，可以登高顧望。自長夏而往，纔十八里。然洛陽多達官，不可輒輕出，幸時一往，則騶奴從騎，吏屬遮道，唱呵後先，前儐旁扶，登覽未周，意已怠矣。故非有激流上下，與魚鳥相遨游徙倚之適也。然能得此者，惟卑且閑者能之。

《送楊子聰序》　河南，大府也。參軍欲進自達，不可得。其間能以頭角頎然而出者，鮮矣。其才能之美，非有異乎衆，莫能也。其能出其頭角矣，若去而之他州郡，不特頎然而出矣。

《送廖倚序》　元氣之融結爲山川，山川之秀麗稱衡湘，其蒸爲雲霓，其生爲杞梓，人居其間，得之爲俊傑。秀才生衡山之陽，而秀麗之精英者，得之猶多，故其文則雲霓，其材則杞梓。

《送梅聖俞序》　至寶潛乎山川之幽，而能先羣物以貴於世者，負其有異而已。士固有潛乎卑位，而與夫庸庸之流，俯仰上下，然卒不混者，其文章才美之光氣，亦有輝然而特見者矣。梅君聖俞其所謂輝然特見而精者耶？余嘗與之徜徉於嵩洛之下，每得絶崖倒壑，深林古宇，則必相與吟哦其間，始而歡然以相得，終則暢然覺乎薰蒸浸漬之爲益也。

《删正〈黄庭經〉序》　無仙子自號無仙，以警世人之學仙者也。禹走天下，乘四載，治百川，可謂勞其形矣，而壽百年。顔子蕭然卧於陋巷，簞食瓢飲，外不誘於物，内不動於心，可謂至樂矣，而年不及三十。蓋命有短長，禀之於天，非人力之所能爲也；惟不自戕賊，而各盡其天年，則二人之所同。《黄庭經》者，魏晉間道士養生之書也，世人執奇怪訛舛之書，欲求生而反害其生者，可不哀哉？若大雅君子，則豈取於此？

《傳易圖序》謂「今《周易》所載，非孔子《文言》之全」，「皆出乎講師臨時之説」。且謂「今行世者，惟有王弼《易》，其源出於費氏，孔子之古經亡矣」。愚謂此公一人之言爾。

《月石硯屏歌序》張景出虢州治石橋，一石中有月形，石色紫而月白，月中有樹森森然，其文黑而枝葉老勁，雖工畫者不能爲。

傳

《桑懌傳》懌，開封雍丘人。舉進士，再不中，耕汝潁間，歲凶，汝旁諸縣多盜，懌白令，召少年戒盜不可爲，少年皆諾。有老父死未斂，盜脱其衣，懌疑少年王生者，夜入其家，探其篋，不使知覺。明日縛之，詰共盜者，送縣皆伏法。又嘗之郟城，遇盜，獨格殺數人。又聞襄城有盜十許人，獨提一劔以往，殺數人，縛其餘。汝旁縣爲之無盜。京（城）〔西〕轉運司奏其事，授郟城尉，俘惡盜王伯。明道、景祐之交，有惡盜二十三人不能捕，樞密院召懌至京，使（名）〔往〕捕。懌變爲盜服，入一媪家，饋之如盜，媪以爲真盜，稍就語及羣盜，曰：「彼聞桑懌來，皆遁矣。」又聞懌閉營不出，今皆還，某在某處。懌盡鉤得之。部分軍士，凡二十三人，一日皆獲。交趾獠叛，殺海上巡檢，往者數輩，不能定。因命懌往，盡手殺。還授閤門祗候，讓不受。予謂曰：「讓必不聽，徒以好名取譏。」懌歎曰：「譏何累，若欲避名，則善皆不可爲已。」卒讓之。

書

《上范司諫書》　謂天下事惟宰相可行，惟臺諫可言，然臺諫失職，取譏百世，所繫尤重。司諫之赴召，人已期其必爲諫官。爲諫官矣，乃久不言。士平居患不得言，得言矣，乃有待，是終無一人言也。鋪叙有法，與昌黎《諫臣論》相表裏。

《與張秀才書》　謂市之門，旦而啓，商者趨焉，賈者坐焉，持寶而欲價者之焉，賚金而求寶者亦之焉，閑民無資攘臂以游者亦之焉。洛陽，天下之大市也，來而欲價者有矣，坐而爲之輕重者有矣，(子)〔予〕居其間，其官位學行，無動人也，是非可否，不足取信也，其亦無資而攘臂以游者也。又書云：生於孔子之絶後，而反欲求堯舜之已前，所謂務高言而鮮事實者也。夫二典之文豈不爲文，孟軻之言道豈不爲道，而其事乃世人之甚易知而近者，蓋切於事實而已。

《與石推官》　攻其書法之怪。

《與高司諫書》　攻其不救范希文也。　云「希文平生剛正，今以言事觸宰相，足下不能爲辨其非辜，不過作一不才諫官爾。　乃反昂然自得，毁其賢以爲當黜。　夫力所不能爲，乃愚者之不逮；以智文其過，此君子之賊也。　且希文果不賢耶？　當其驟用時，何不一爲天子辨其不賢，待其自敗，然後隨而非之？　若果賢耶，則今日天子與宰相以忤意逐賢人，足下不得不言。　是則足下以希文爲賢，亦不免責；　以爲不賢，亦不免責。　前日又聞御史臺牓朝堂，戒百官不得越職言事，是可言者惟諫官爾。　若足下又遂不言，是天下無得言者也。　昨日安（石）〔道〕貶官，師魯待罪，足下猶能以面目見士大夫，出入朝中，稱諫官，是不復知人間有羞恥事！　若猶以希文爲不賢而當逐，則予所言乃是朋邪，願足下直攜此書於朝，使正予罪而誅之，使天下釋然知希文之當逐，亦諫臣之一效也。」此書既上，高若訥果以聞於朝，而公貶夷陵令。

《與尹師魯書》　公貶後作也。　云「五六十年來，天生此輩，沉默畏怪，布在世間，相師成風。　忽見吾輩作此事，下至竈間老婢，亦相驚怪，交口議之。　不知此事古人日日有也。　每見前世有名人，當論事時，感激不避誅死，及到貶所，則戚戚怨嗟，有不堪，雖韓文公不免此累。　用此戒安道，慎勿作戚戚之文。　師魯（無）〔察〕修此語，則處之之心，又可知矣。」争氣。《與謝景山書》：「荀子曰：有争氣者，不可與辨。」

《答孫正之書》　三十年前，尚好文華，嗜酒歌呼，聖人爲樂而不知其非也。　及後少識聖人之道而博其經，咎則已布出而不可追矣。

《與王源叔問古碑字》　縣有古碑，《圖經》以爲儒翟先生碑，其題額乃云喜儒學先生碑，「學」字疑非「翟」字，莫有識者，《説文》亦不載。

《與陳員外書》　言「狀牒之原，古惟鉛刀竹木。而削札爲刺，止達姓名；寓書於簡，止爲問好。官府公事，上而下者，曰符曰檄；下而上者，曰狀；位等相往來，曰移曰牒；非公事以意曉下，曰教；下以私自達其長候問請謝，曰牋記書啓。唐世稍增，如於刺謁，有參候起因爲狀，五代始復以候問請謝，加狀牒之儀如公事。」「肩從齒序。」

《答宋咸書》　「聖人之言，在人情不遠。」

《答陳知明書》　士之相知，「不必接其迹也」。

《問王深甫》　唐時有五月一日會朝之禮。

祝文

祈雨旱非人力之能爲，雨者神龍之所作。

譜

《歐陽譜圖序》　少康封庶子，守禹祀，是爲越。至句踐五世孫無疆，爲楚所滅。楚封其子蹄於烏程歐餘山之陽，爲歐陽亭侯，子孫遂以爲氏。其後居千乘者，所謂歐陽生，居渤海者，所謂渤海赫赫歐陽堅石。堅石名建，趙王倫之亂見殺，其族南奔長沙，至歐陽琮爲吉州刺史，因家吉州。琮八世生萬，又爲吉州安福令。而歐陽公之祖，始居沙溪，沙溪分屬永豐。公初孤，母攜居隨州，老居潁州，惟葬母嘗一歸吉州，時年四十七。

《硯譜》端石出端溪，本以子石爲上，俗訛以紫石爲上，然十無一二發墨者。歙石出龍尾溪，以金星爲貴，有鋒铓者尤佳，大抵多發墨。端又以北嵓爲上，龍尾又以深溪爲上，較其優劣，龍尾遠出端溪上。相州古瓦，朽腐不可用，今人澄泥作瓦埋土中，久乃用爲硯，凡瓦皆發墨，優於石。

記跋

《洛陽牡丹記》洛陽於牡丹不名而直曰花，以名之著不假曰牡丹而可知也。其品曰姚黄、曰魏紫、曰細葉壽安、曰鞓紅、曰牛家黄、曰潛溪緋、曰左紫、曰獻來紅、曰葉底紫、曰鶴翎紅、曰添色紅、曰倒暈檀心、曰朱砂紅、曰九蘂真珠、曰延州紅、曰多葉紫、曰麤葉壽安、曰丹州紅、曰蓮花萼、曰一百五、曰鹿胎花、曰甘草黄、曰一擫紅、曰玉板白。洛陽至東京六驛，舊不進花，其進自留守李迪始。花不接不佳，其接以社後重陽前。花木去地五七寸，截之，乃接封，以堆蒻葉作菴罩之，南向留小户達氣，至春乃去，此接花法也。種花盡去舊土，以細土用白斂末一片和之，以殺蟲之食根者，此種花法也。澆花用日未出或日西時，九月，旬一澆，十月、十一月，三二日一澆，正月隔日一澆，二月一日一澆，此澆花法也。花每生每去，其小者止留一二朶，花落即剪其枝，勿容結子，春初去蒻菴，即護以棘使氣暖，此養花法也。

《讀李翺文》　謂「韓愈嘗有賦，不過羨二鳥之光榮，歎一飽之無時爾」。翺爲《幽懷賦》，「慮行道之猶非，又怪神堯以一旅取天下，後世子孫不能以天下取河北爲憂」。然公蓋有感之言也。

《論尹師魯墓誌》　謂「述其文曰簡而有法」，「惟《春秋》可當」；「述其學曰通知古今」，惟孔、孟可當。愚意文簡有法，各隨其宜，豈必《春秋》？通知古今，各隨其分，豈必孔、孟？未聞文王謚文而孔文子不可謂之文也。公與師魯平生交，而故爲譏貶，何哉？俄又云：「然在師魯，猶爲末事。」若果末事，何必《春秋》然後可當，孔、孟然後可當？愚恐其首尾又自背馳也。

《書荔枝譜後》　「牡丹，花之絶而無甘實；荔枝，果之絶而非名花。」「二者不兼萬物之美，故各得極其精。」

《跋學士院題名》　云宰輔有任責之憂，神仙無爵禄之寵，既都榮顯，又享清閑，惟學士也。頃俾參政，却思玉堂，如在天上。

《題青州山齋》　不意平生想見而不能道以言者，乃爲己有。

程文

《斵雕爲樸賦》第四韻結聯云：「圭磨嶽鎮，歸璞玉以全真；罍去山雲，表瓦罇而務德。」愚恐無此理，鎮圭雲罍，古人制度，非漢人之所斵雕。且斵雕者，史臣形容反樸之意然爾。《三皇設言民不違論》破題即云：「夫至治之極也，塗耳目以愚民之識，暢希夷以合道之極。」然則歐公初年，其學亦自黄老來也。

易童子問

不赦者，良醫之針石；赦者，奔馬之委轡。出《策問》。

公自述其見也，然世有伊川傳矣，至《繫辭》則謂與《文言》、《説卦》皆非聖人。

内制

自序近體不可言文章，其論高矣。繼言集録以備退閑檢視，嘆士大夫之盛衰，幾於世俗之論，殊無謂也。

表狀啓

《謝宣召入翰林狀》　使車入里，君命在門。閭巷驚傳，豈識朝廷之故事；搢紳竦歎，以爲儒者之至榮。恩既異於常倫，人愈難於稱職。

乞出表狀，多怨蔣之奇、彭（永思）〔思永〕之攻己詆斥，語多不平。繼乞根究飛語之所從來，事卒得直，二人貶而公亦出。

《乞出表》　退止一辭，今臣三請。云云老將疾以偕來，形與神而俱瘁。昔而少健，黔驢之伎已窮；今也病衰，駑馬之疲難强。始露肺肝之懇，乞收骸骨歸。又忠信所以事上，理無弗踐之空言；進退各有其宜，力或不能而當止。雖禮者引年之制，必待及時；而身有負薪之憂，亦容辭仕。又口誦退休之言，身貪榮進之寵。既自違於言行，豈不愧於心顔。雖聖度之兼容，必公議之難遏。必也處之無愧，然後得以爲榮。

《上胥學士（意）〔偃〕啓》等，皆少年之作，一句一故事，非晚年明白言意者比。

《回李舍人》　惟帝制之坦明，必訓辭之深厚。金相玉振，焕三代之文章；雷動風行，警四方之耳目。遂歸鴻筆，增重本朝。

奏議

《論麟州事宜》　謂「有之則困河東，棄之則失河外，莫若擇一土豪，委之自守，非王吉不可。苟善守則世任之。」愚謂此古要荒之法，而我太祖禦西北邊之故智也。安邊之策，莫此爲上。河東一路，實收錢自足支遣，乞罷鑄鐵錢，毋誘民犯死。河東緣邊地禁不耕，而仰糴北界，陳四害，乞耕禁地。契丹劉三掇自向化南歸，陳可納者五。

《上時宰書》　論河北地産，謂東負大海，鹽税弛以利民；西有高山，産寶又官禁不取。惟有平地可耕者，又少所助，不過酒税而用度無常，及用不足，則不過上干朝廷，乞銀絹而配疲民，號爲變轉爾。惟官減費移有無，尚可裨萬一。

論韓、范、杜、富相繼罷黜，小人必讒爲朋黨專權者。

《論兩制以上罷舉轉運使副省府推判官》　皆因仲淹等出外欺妄攻擊。

論契丹侵銀坊冶谷地界，乃爲元昊所敗，慮我乘虚，必解仇復合，此將來之患，不可不憂。

薦王安石、吕公著充諫官。

《論罷修奉先寺等》　謂紀綱隳頽，未能整緝，而務修祠廟，託名祖宗，張大事體，要〔其〕所歸，止爲小人圖利。睦親宅神御殿，於禮不宜，乞寢罷。慶基殿，只令三司整補，不理勞績。奉先寺，乞勒寺家自修。

乞不幸温成廟。

論陳執中不學無識，乞罷相；論狄青得軍情，有訛言，乞罷樞使：皆極言無隱，如指斥已死之姦。此時公爲法從，非居言職也，而言若此，可謂無負論思之選矣。嗚呼！執中不以官職爲房奩物，狄青不以智高難辨之骸欺朝廷，自今觀之，皆庶幾大臣之事者，而公與同朝，略不少恕。後世具位之臣，豈復有執中、狄青之比？而稱功頌德者，同然一辭，亦果何哉？

第四卷三狀並論修河，謂故道淤高，水不然行，故決。惟當順導防捍之。李仲昌小人，主修六塔河之説不可用。

《水灾疏》乞立皇嗣，去狄青，用《五行傳》簡宗廟則水爲災，及水陰類、武臣亦陰類爲説。再論水灾，乞用包拯、張瓌、吕公著、王安石，并乞安撫京東西，及住上供米救兩浙旱。

《論賈昌朝除樞密劄子》謂聽言「在先察毁譽之人」，陛下用昌朝「雖斷自聖心」，亦左右「積漸稱譽之力」。此語極道得婉而切。

第六卷乞編學士院制詔，須朝廷降指揮，所貴久遠遵行。

《論郭皇后影殿》説内臣監修，利於偷竊官物，僥求恩賞，故多起事端，務廣興作。

《論選皇子》説兖國公主既出降，今誰與語言，可承顔色。此善於乘機之論也。

《封回梁舉直内降》　論舉直不欲受過於其身，寧彰陛下之過於中外，此罪重於元犯。乞删去《九經正義》中讖緯。

《議學狀》云：「人之材行若不因臨事而見，則守常循理，無異衆人。苟欲異衆，則必爲迂僻奇怪，以取德行之名。」愚謂此天下名言也，觀近世徐霖輩可見。

《論日曆狀》　元修撰之官，惟據諸司供報而不敢書所見聞。又撰述既成，必録本進呈。今乞並考驗事實，及乞更不進本。

許懷德不進第二讓官表，歐公再論之不恕。

《乞定兩制員數》　謂官以難得爲貴，人以得職爲榮。

論包拯連逐三司使張方平、宋祈，代其位，蹊田奪牛，豈得無過；整冠納履，當避可疑。拯雖本無心，而今後言事者不爲人信，諫諍之效，因拯而壞，爲朝廷惜。

論舊納茶税，今變租錢，其害五。

《論均税》　希旨額外生數，乞罷均。

《論臺諫官唐介等早牽復》　謂方今諫人主易，論大臣難。介等因言大臣，得罪不悔，王陶因韓絳薦舉，與絳争議，徇公滅私，乞召還介等。

薦布衣劉羲叟、蘇洵、陳烈舉、胡瑗居太學，梅堯臣充直講，蘇軾應制科，章望之、曾鞏、王回充館職，劉攽、吕惠卿充館職，乞與尹洙孤子構一官，皆汲汲人材，忠厚盛心也。蘇洵舉詞謂「履行淳固」，淳字似未切，或者學雖縱横而操履自正。謂惠卿「端雅」，豈其初年心術未露，亦飭躬盜名者耶？

辭侍讀，謂學士相承多兼此職，云學士俸薄，朝恩添請，官以人輕，一至於此。其再辭，謂既已陳述，若不踐言，則貪榮冒寵，不止尋常之責，而虚辭飾讓，又爲矯僞之人。

辭給事中，謂自以疾病求罷，豈可又轉一官。

乞洪州，凡上七劄，拳拳以乞便營緝墳墓爲言。

《論權貴子弟衝移選人》。

聖躬康裕乞許臣寮上殿。

水入（大）〔太〕社，乞專大臣充修（大）〔太〕社（大）〔太〕稷使。

契丹求御容，既已許之，不可中止。

《祀儀》十七祭，並乞據《開寶通禮》自外而内。

乞禁舉人懷挾。

論西班之濫，干求内降人乞加本罪二等。

乞相度權住所開孟陽新河，謂所掘墳墓骨殖，子孫環守號慟，其甚貧者，用火燒焚。是中原風俗，皆以焚骨爲痛。今鎮江一帶望近淮鄉，已無火化者，以火化其親，惟浙間數郡愚民耳。又云所開新河入白溝河，下源高仰，水勢難行。

《保舉人行止》　乞指定。

乞館職官用《崇文總目》將見缺書於三館取索校定。

乞罷放燈。

禁雕文字。

學士院舉臺官只獨員，不肯隨衆同舉。

舉丁寶臣，因遭儂賊事停官也。

馬政劄子云：唐世牧地，西起隴右金城平凉天水，外暨河曲，内則岐豳涇寧，東接銀夏，又東至樓煩，皆唐養馬之地。今河東嵐石間，及汾河之側，乃唐樓煩監地。又狀只據見在草地打量，已爲民間侵耕地，上更不根究。

《論逐路取人劄子》　謂王者無外，天下一家，盡聚諸路貢士混合爲一，而惟材是擇。若逐路分取，則東南之人，合格而落者多矣；西北之人，不合格而得者多矣。

《乞獎用孫沔》　謂慶曆罷兵二十餘年，經用舊人惟孫沔在。

《言西邊事宜》　謂祚諒必叛，今人謀武備，非慶曆時恬不知兵之比，當以五路之兵番休出入,移前日所擾我者擾之。

論館職兩劄,謂「取士之失在先材能而後儒學,先吏事而後文章。」愚謂儒學非止館職、文章之謂,或者公之門庭然歟?

翰林學士爲内制,中書舍人知制誥爲外制,并雜學士待制通爲兩制。館職三路:進士高科;大臣薦舉;歲月疇勞。

論青苗兩劄,有曰:田野之民,不知周官泉府爲何物,但見官中放債,每錢一百文要二十文利爾。又曰:夏料錢春中俵散,青黄不接以爲濟惠,尚有説焉。秋料於五月俵散,正是蠶麥登熟,何名濟闕,直放債取利爾。乞散錢不取息,乞秋料罷而不散,此簡切語也。

辭吏侍三劄,英宗踐祚恩也。乞出共七劄,主濮議爲吕誨諸人所攻也。謝手詔兩劄,蒙宣諭復留也。

乞出劄,辨臺官所論陰醜事也。乞致仕劄,既得請守亳,因以疾辭也。上殿劄,明司馬公乞立英宗,不自言功也。

辭青州劄,自亳州得除也。辭兵部尚書劄,領青州而辭其所除官也。乞青州劄,既到青州一年後也。辭太原府劄,自青州易鎮時也。乞致仕劄,到太原申前請也。次劄援太宗時太常少卿孔承恭年六十一致仕。自是歸老潁上,而奏議終矣。

奏事録

記仁宗四十年不御爐，不揮扇，至嘉祐八年設爐火而上益不豫。

濮議

歐陽晚年之鬱鬱者，被陰私之謗也。時議之謗及陰私者，激於公主濮議之力也。而公之主濮議深苦，至集爲《濮議》者四卷，録其次第，又設爲或問以發明之。然滔滔數萬言，皆以《禮記》「爲所生父母降服」一語爲未嘗因降服而不稱父母耳。然既明言所後者三年，而於所生者降服，則尊無二上明矣。謂所生父母者，蓋本其初而名之，非有兩父母也。未爲人之後，以生我者爲父母；已爲人之後，以命我者爲父母。立言者於既命之後，而指本生之稱，自宜因其舊以父母稱，未必其人同此一時並稱兩父母也。公亦何苦力辨而至於困辱危身哉？況帝王正統，相傳有自，又非可常人比耶！

崇文總目

《易類》《易》三家：田何、焦贛、費直也。田何傳施、孟、梁丘最盛，至後漢陳元、鄭衆、康成傳費《易》，而田《易》亡。及王弼爲注，亦用卦象相離之經，其傳至今。

《書類》　伏生所傳爲《今文尚書》，孔惠所藏屋壁，安國所定者，號《古文尚書》。陳隋間，孔傳獨行，晉梅賾以伏生《舜典》足其篇，唐孝明不喜隸古，更今文行於世。

《詩類》　魯申公、齊轅固、燕韓嬰，與河間毛公，號《四詩》。平帝時，毛始列於學。其後馬融、賈逵、鄭衆、康成皆毛學。

《禮類》　漢興，禮出淹中，后戴諸儒補綴，得百餘篇。三鄭王肅之徒，皆精其學。

《樂類》　樂之沿革，惟見史志。

《春秋類》　公羊高、穀梁赤、左丘明、鄒氏、夾氏。自漢惟三家盛行。

于役志

貶夷陵時行程也。

歸田録

太祖初幸相國寺，僧録贊寧奏：「見在佛不拜過去佛。」故至今焚香不拜。

李庶幾在餅肆中，一餅熟成一韻。太宗聞之大怒，故孫何爲第一。

馮道、和凝同在中書。和問馮新靴價，馮舉左足曰：「九百」，和詬小吏：「吾靴何用一千八百？」馮徐舉右足曰：「此亦九百。」於是烘堂大笑。

舊制：侍衛親軍與殿前分兩司，自侍衛司不置馬步軍都指揮使，而馬與步自分爲二，故與殿前司爲三衙。

仁宗至和二年不豫，兩府至寢閤問聖體，見用漆唾盂，素甆盞藥，衾褥皆黄紵，色皆故暗，宫人遽取新衾覆其上。

内中舊有玉石三清像，在真游殿。而大内火，遷玉清；玉清火，遷洞真；洞真火，遷上清；上清火，遷景靈；景靈權，亟遷迎祥池水心殿，都人謂之行火真君。

觀文殿是隋煬帝殿名。

張齊賢體肥大，飲食至一大桶。晏元獻清瘦如削，筯卷半餅食之。元獻幕客王琪骨立，張亢肥大。琪謂亢牛，亢謂琪猴。琪嘲亢曰：「張亢觸墻成八字。」亢應聲曰：「王琪望月叫三聲。」

湯餅，唐謂之不托，晉束晳《餅賦》已有饅頭之稱。

淮南糟蟹，一器數十蟹，以皂筴半挺置其中，則經歲不沙。愚頃見吴司户良弼云：「蟹掩入椒一粒不沙。」樓税院瑛云：「蟹以夜糟不沙」，併記於此。歐公又載翡翠盞屑金。又犀解爲小塊，紙裹寘懷中，待熱急擣，應手如粉。

澎浪磯訛爲彭郎，小孤山訛爲小姑，而謂彭郎爲小姑之婿，小姑立廟封聖母。愚往歲聞平江村落有伍子胥廟，訛爲姊夫，杜拾遺訛爲十姨，亦塑女形，而村民爲併廟云嫁姊夫。世所謂神類此者衆。

《詩話》：國朝詩僧九人，進士許洞會之，分題出一紙，約曰：「不得犯此一字。」其字乃山水風雲竹石花草雪霜星月禽鳥之類，於是諸僧皆閣筆。

筆　説

《老氏説》謂老氏比諸子爲簡要。愚觀老氏首言：「道可道，非常道。」又曰：「可道非道。」是首破天下萬世常行之理，而後來之蕩空者，皆從而衍之也。又謂其覈見人情尤精。愚觀其翕張予奪，皆揣摩之術也。又謂其治人之術爲至。愚觀其卑退不争，又鉤致之術也。公之譽老氏者三説，似皆可疑。

《富貴貧賤説》「貧賤常思富貴，富貴必履危機。」「惟不思而得，既得而不患失者，其庶幾乎？」愚謂此公涉世之言。

《鐘莛説》「聲在木乎？在銅乎？」「果在空器之中乎？」愚謂此禪家風旛之説也。兩物相應，造化自然，初無可議。

《學書静中至樂説》「不寓心於物者，真所謂至人也。寓於有益者，君子也。」愚按：「寓於有益」，主學書也，「君子」則自謂也。而又有羡於「至人」，則老、莊之説先入爲主也。夫至人者，莊子創爲戲言，以薄聖人，非果有其人也。至人之次，爲真人，其後有秦始皇、魏太武嘗實其名，而至人則至今未聞也，何羡之有？

《菊説》家菊性凉味甘，野菊性熱味苦。

《道無常名説》謂「道無常名，所以尊於萬物」。此不可曉，愚恐道流行於萬物間，非别爲一物在萬物之上也。

試　筆

《琴枕説》「老、莊之徒多〔萬〕〔寓〕物以盡人情，信有心也哉！」愚不知何説。

王文康公戒子弟：吾平生不以全幅紙作封皮。

佛書數十萬言可數談而盡。愚謂此名言也，佛書初無可言，多作提頭敷衍耳。

樂　府

皆艷詞也。

集古録

多收墟墓碑，間有事迹與史不同者，以證史之訛缺。自後漢以來，公卿之門生故吏始立碑頌德，以伸感慕。至唐而子孫立碑。

苟有可以用於世，不必皆聖賢之作。蚩尤作五兵，紂作漆器，不以二人之惡而廢萬世之利也。篆字出於李斯亦然。

《梁書》言武帝得王羲之所書千字，命周興嗣以韻次之，今法帖有漢章帝百餘字，有海鹹河淡之類。

吴季子墓銘，世傳孔子書。按孔子未嘗至吴。開元殷仲容摸搨以傳，大曆中蕭定又刻於石。

碑者，石柱耳。古者刻石爲碑，謂之碑銘。後世伐石刻文，既非同柱石，不宜謂之碑文。元積稱修桐柏宫碑，甚無謂也。

漢有銀青金紫之號。青紫者，綬也；金銀乃其印章，綬所以繫印。後世官不佩印，此名虚設矣。隋唐有隨身魚袋，而青紫爲服色，所謂金紫者，服紫衣而佩金魚耳。

李德裕立茅山三像：老君、孔子、尹真人。而自號上清玄都大洞三景弟子。

今之使額皆唐宦者之職。

社稷壇制見唐遷新禮記。

何仙姑，衡州人，晚年黑瘦一衰媪。

佛之徒曰無生者，畏死也；老之徒曰不死者，貪生也。死生天地之常理，畏者不可苟免，貪者不可苟得。

附録

《祭歐公文》荆公、東坡者，極可觀。吴充爲行狀，韓魏公爲誌銘，皆典實。蘇轍爲神道碑，不及也。論孔子文不在兹乎，而叙及漢唐文字殊未安。語亦有未安處，如云「秦人雖以塗炭遇之，不能廢也」。又云「嘉祐之政，世多以爲得」，不明言得者何事。云「歷七郡守」，歷七郡可矣，既曰歷，又曰守，似贅，豈刊本誤耶？史傳凡四，後二傳文方簡明。

《事迹》公之子發等所述，公平生之行事備焉。凡傳、誌皆取此。其載《唐書》成，公不肯看詳列傳，宋公歎曰：「自古文人好相凌掩，此事前未有也。」愚謂宋公文澀語苦，歐公不欲分受後世之譏耳。宋公感之，益自知其文之不合於歐公也。

神清洞。謝絳游嵩山，見峭壁有若四字云「神清之洞」，疑古苔蘚自成文。

公之子棐知襄州，曾布執政，其婦兄魏泰來居襄，占公私田園，棐抑之，坐貶，後入黨籍。

歐公年譜

公吉州永豐人，綿州推官名觀之子，四歲而孤，隨母鄭依其舅家於隨。年十歲，借書李氏，得昌黎文於敝簏中，乞得之，力學焉。二十歲自隨州薦名禮部。二十四歲當天聖八年，以再薦，魁禮部。三十歲責司諫高若訥不救范文正，坐貶夷陵令。年三十四，范公起爲陜西經略，辟公掌書記，不就。三十七知諫院。三十八使河東，四言麟州不可廢。又使河北，救降卒幾被殺者二千人。三十九坐孤甥張氏置産事出知滁州。四十二知揚州。四十三移潁州，樂西湖之勝將卜焉。四十四知應天州。四十六丁母憂歸潁州，明年歸葬母吉州，冬復還居潁。四十八爲翰林學士兼史館。明年上書論宰相陳執中，出使契丹。五十一知貢舉。五十二知開封府。五十三充御試詳定官。五十四拜樞密副使。明年參知政事。五十七輔英宗即位。年六十争濮議。明年去國。六十二知青州，始令長子發築室於潁。六十四乞知壽州，更號六一居士。明年致仕。年六十六薨。

唐文三變，至韓文公，方能盡掃八代之衰，追配六經之作。嗚呼，亦難哉！文公没未幾，俳語之習已復如舊。天下事創之難，而傳之尤不易，故治日常少，而亂日常多，蓋往往而然矣。歐陽公起，十歲孤童，得文公遺文六卷於李氏敝簏，酷好而疾趨之，能使古文粲然復興，今垂三百年，如公尚存時。非有卓絶之資，超絶前古，疇克至此迹？其文詞益温而自然暢達，夫豈人力之所可强？宋興百年，元氣胥會，鍾之異人，固應然爾。蘇文忠公繼生是時，公實奬掖而與之俱。歐陽公之模寫事情，使人宛然如見；蘇公之開陳治道，使人惻然動心：皆前無古人矣。然蘇公以公繼韓文公，上達孔、孟，謂即孔子之所謂斯文，此則其一門之授受所見然耳。公雖亦闢異端，而不免歸尊老氏，思慕至人。辨《繫辭》非聖人之言，謂嬴秦當繼三代之統，視韓文公《原道》、《原性》等作已恐不同，況孔子之所謂斯文者，又非言語文字之云乎？故求義理者，必於伊、洛；言文章者，必於歐、蘇。盛哉我朝，諸儒輩出！學者惟其所之焉，特不必指此爲彼爾。

黄氏日抄・讀文集四

蘇文

詩

「土苴」作平聲押，當考。又「噫」去聲，本飽氣；作嘆息用，亦當考。按《莊子》：「土苴以治天下。」指糞草也，當作上聲。若平聲，則別有義矣。「大塊噫氣，」非嘆息，當作平聲；若去聲，亦別有文義。

徑山道中詩，「聽瑩」本上聲，惑也；作去聲押，則義訓爲浄。「榜」與「謗」同音，本作「榜」，進船也。此詩跨涉四五韻不相通者。前輩只取聲韻相近，則協而易讀，不可以近世之程文用韻律之也。

「清齋」二字，出七卷《惜花》篇。「蓬沓」，《於潛女》，大銀櫛之名也。「罷亞」二字，稻之態，非作稻名也。《登玲瓏山》詩:「翠浪舞翻紅罷亞,白雲穿破碧玲瓏。」又《答任師中家漢公》詩:「罷亞百頃稻,雍容千年儲。」皆用虚字對。

《次韻沈長官》:「不獨飯山嘲我瘦,也應糠覈怪君肥。」又十卷中有《次韻王鞏泛舟》詩:「沈君清瘦不勝衣,邊老便便帶十圍。」皆肥瘦之對。

《次韻曹輔》:「從來佳茗似佳人。」此句恰與「若把西湖比西子」是天生之對。《次韻毛滂》:「芋火」對「懶殘」。「懶」字是作「嬾」字讀,俗只用「嬾」字。

論

論八首。東坡寫景詠物,論説天下事,無一不曲盡其妙,如化工之賦形萬物。至論孔子從先進,謂先進爲仕進之初,論正統不過虚名,篡弑者與聖人同稱而無害,而反斥章子貶曹魏之非,恐亦文人之自主其説,未必聖人之本旨,萬世之通言也。吁!中庸之不可能,固如此哉!

策問

謂職官令録與郡守四者,爲國家棄材之委,而仕不達者之所盤桓而無聊,此從世輕外之弊也。謂郡縣皆土木之像,而像安出?與南軒記灕江堯山之詞合。謂土木之像,巍然於上,而籩豆籩簠俯伏以就，與晦翁席地以祠夫子之説合。謂漢因秦制不害爲漢，唐因隋制不害爲唐，又況積安不事於改，此當坡老晚年變王氏紛更之弊而言，與其所上萬(年)〔言〕書論新法者合。然少年策略等説，因過於革，今其爲説，亦恐微過於因。惟聖人通其變之説爲無弊歟？

雜　文

《明正》　謂自悲者爲惑，謂人之無與而不悲者爲正，善於曉人者也。然人情亦安能無悲？若頑不之恤，又非人情，殆類異端之説，恐亦未得以爲正也。

《稼説》論厚積薄發，《(自)〔日〕喻》論道之難見，蓋爲不務學者戒也。

《問養生》　曰和曰安，察物之精，自得之趣也。

虎畏不懼己者，其證有三，似有此理。

謂六一翁均五物爲一。歐陽子不免寓情於物，然亦人之情。蘇子廣之以齊物之説，則莊老之學，未必歐陽命名之本心也。

湯泉七，惟驪山居勝絶，而坐明皇之累，以爲抱器適用不擇所處之戒，蓋借以警世爾。

字同義異，可破世俗以經解經之弊。

「詩至於杜子美，文至於韓退之，書至於顔魯公，畫至於吴道子，古今之變，天下之能事畢矣。」此東坡博學高識知味之言，然大要引三君子以重道子。

叙說

謂牡丹草木之智巧便佞者也，形容精矣。然猶以宋廣平鐵心石腸賦梅花自解，而身爲之記。巧佞之惑人，雖明知者不免歟！

張湯宜無後，以達賢有後；揚雄宜有後，以盜名無後。此特爲晁補之發揚前人之幽光耳。司馬公無後，蔽賢盜名者耶？雖然，公之言不害其警世。

叙顔邑繹詩，論精實而無枝詞，以及世變；叙王定國詩，論流落而無怨誹，以原古始。議論關涉，論詩者可觀也。

聖散子治一切傷寒。

叙田表聖奏議，憂治世危明主之説極高，歸之二宗之聖尤高。以賈太傅爲比，以待來者舉行，意味殊深長矣！

孔北海英才，孔明王佐，張安道崖絶重臣也。蘇子引二人以叙張之文，以其皆不求以文鳴，非以其人若是班也。引伊尹、太公、管、樂、淮陰、諸葛，證范文正公以事業之素定於畎畝，材品雖不同，文正真無愧古人者也。引孔、孟、昌黎，證歐陽子以斯文之可以扶世變。然歐陽子闢異端、追古作，真與昌黎等。推而達之，孔孟之斯文尚有濂洛在，且非此之謂文也。其末也，復斷自韓愈以下，雜引陸贄、李白爲比，而不復言孔孟，豈蘇子雖推本孔孟借以張大之，而其劑量則固自有在耶？

字楊薦以尊己，俾自愛重，而毋恃聰明，後學所當深味。與妄自尊大爲尊者，其説正相南北。

表　狀

《徐州賀河平》一聯：「方其決也，本吏失其防而非天意；及其復也，蓋天助有德而非人功。」此與散文無異，不過言理，但取其齊比易讀，蓋表啓本如此。

表　啓

《賀坤成節》：「放億萬之羽毛，未若消兵以全赤子；飯無數之緇褐，豈如散廩以活飢民。」此類皆説理，不求工於文。近世表啓，文雖工而理缺矣。二十七卷啓三十首，皆散文之句，語相似而便於讀耳。陸宣公奏議體也。

書

《上韓太尉》　謂西漢之衰，其大臣守尋常而不務大略；東漢之末，士大夫多奇節而不循正道。富公與太尉，皆號爲寬長者，而不可犯以非義。

《上富丞相書》謂明公勇冠天下，仁及百世，天下士不可進説也。衛武九十有五，猶日箴戒於國。明公居其全，天下效其偏，無棄卓越狡悍者。

《上曾丞相書》謂「鬻千金之璧者，不於肆；坐五達之衢，呶呶自以爲希世之珍，則其所鬻者可知矣」。愚謂此真善喻，而相天下士莫此爲切也。何近世士大夫鑽刺其門者爲上賓，而靖退自將者略不過而問耶？嗚呼！此千金之璧不可得而見，珍其所珍，非吾之所謂珍也。

《上兩制書》言任法好名之弊。

《上劉侍讀書》言「天下之所少者，非才也，氣也」。愚謂人才以氣爲主，此論得之。又言凡所以成者其氣也，其所以敗者其才也。愚謂此主論之過，幾於偏矣。氣者人之所得以生，才者足以有爲之名。人皆可與爲善，是爲天之降才，亦以其有爲，故謂之氣。推此以爲天下國家，皆以才名之。氣養以直，則所發剛大，故人才以氣爲主。其實成天下之事者才也，遂吾身之才者氣也。才氣雖異名，二之亦不可。今以才爲敗，是見才於流弊，而不見才於本原，見才於後世，而不見才於古人也。

《上韓魏公論場務書》議以官權與民，於擾攘急迫之中，行寬大閒暇久長之政。

《上蔡省主論放欠書》皆更數赦，而曹吏不許。

《答安師孟書》云：「吾子既得不驕，而日知其所不足。」以其既第也。

《上韓丞相論災傷》云：重復檢按，則飢民索之溝壑間矣。論均税云：民安其舊無所歸怨，今用一切之法，而民怨始有所歸矣。又云：某在錢塘每執筆斷犯鹽者，未嘗不流涕也。又云：兩浙之民，以鹽得罪者歲萬七千人，終不能禁。

《上文侍中論捕盜賞輕》。

《上文侍中論榷鹽》謂禍莫大於作始。

答舒焕、黄魯直以下諸書，皆道情契，不及國事。

《與秦太虚書》說在黄州挂錢梁上，日用百五十錢之法，武昌山水佳絶，食物多賤，人情相與之樂，善處困者也。

《答李琮》問王天常論叛蠻乞弟事：可且罷諸將兵，獨精選一轉運使及一瀘州知州，經畫如趙充國之於先零，鄧訓之征羌及月支胡，李固援益州刺史張喬破滅叛羌〔倒〕〔例〕，舉祝良、張喬平交趾而不遣兵，皆磨以歲月，萬全之舉也。初漢永和中遣中郎將尹就討叛羌，益州諺曰：「虜來尚可，尹來殺我！」遣兵之擾如此，可不謹哉！

《與朱鄂州書》論養子不舉之事甚悉。

記

《凌虚臺記》末句云：「蓋世有足恃者，而不在乎臺之存亡也。」其論甚高，其文尤妙，終篇收拾盡在此句，而意在言外，諷詠不盡。昔王師席所謂文之韻者此類。

《中和勝相院記》言「佛之難成，勞苦卑辱，非僥倖小民之所樂」。「今刻其患，專取其利，治其荒唐之説，務爲不可知」。愚謂作院記如此，斯忠於佛者矣。

《墨君堂記》謂「得志遂茂而不驕，不得志瘁瘠而不辱」。論竹至此，斯不玩物矣。

《墨妙亭記》知命者必盡人事，然後理足而無憾。真理到之言，可以發明孟子不立巖墻之説。

錢塘六井，唐李長源所作。清湖中，相國井。其西爲西井。西而北爲金牛池。又北而西附城爲方井，爲白龜池。又北而東，錢塘縣治南爲小方井。而金牛之廢久矣。嘉祐中，沈文通絶河而至美俗坊，爲南井。其疏湧金池爲上中下，則熙寧五年陳述古。

《大悲閣記》其中無心，其口無言，其身無爲，則飽食游嬉而已，是爲大以欺佛者也。

《超然臺記》謂物皆可樂，人之所欲無窮，而物之可以足吾欲者有盡，無往而不樂者，蓋游於物之外也。

《雩泉記》謂吁嗟以求雨而神應之，吁嗟其所不獲，而吏弗應，爲媿於神。愚謂此反己之至而求神之本也。吾平時哀吾民之吁嗟，神其有不一旦哀吾之吁嗟者乎！

《醉白堂記》反覆將白樂天、韓魏公參錯相形，而終之以取名也廉之説，尊韓之意，隱然自見於言外矣。

《蓋公堂記》喻人以氣爲主，食爲輔，而病藥之過，以明蕭、曹牧民於百戰，一切與之休息而天下安。善乎！其揚蓋公之清净也。繁文之弊，至今極矣，其禍民殆不減百戰。嗚呼！安得如蓋公之説而一洗之。

《李氏山房藏書記》謂昔見書之難，而今有書不讀。

《寶繪堂記》論古之嗜書畫有害其國、凶其身者，君子可寓意於物，而不可留意於物，譬之烟雲之過眼，百鳥之感耳，豈不欣然接之，去而不復念也。

《滕縣公堂記》謂宫室有所從受，而傳之無窮，今日不治，後日之費必倍，此論亦居官者所當深察也。

《思堂記》特主無思之説。愚謂心之官則思，自古未聞無思之説。天下何思何慮，言理有自然不待思者也。不思而得，言德盛仁熟，不必思者也。如朋從爾思、思而不學之類，則戒人之過於思也。思不可無也。東坡才高識敏，事既立就，而又習用道家之説，以愛惜精神爲心，故劍言無思，非孔孟教人意也。自得之趣，不可以訓者也。

《石氏畫苑記》 子由嘗言：「所貴於畫者，爲其似也，似猶可貴，况其真者？吾行都邑田野，所見人物，皆吾畫笥也。所不見者，獨鬼神耳。當賴畫而識，然人亦安用見鬼？」此説正合愚素心，欲宣之言而莫能者，敬書以破世俗嗜畫之癖。

碑

《李太白碑陰記》 東坡奇才逸筆，簸弄千古，甚至武王不見恕，而李太白之失節，孔北海之無成，獨拳拳痛惜，抆拭而大書之。蓋其平生備歷危難，萬變不懾，專以氣爲主，二子亦負其奇氣而不幸者，神交千載，共一太息也。

《表忠觀碑》 「先王之志，我則行之。」「匪私于錢，惟以勸忠。」此等識高理到，發明精切。錢王功德，真有如東坡所言者，非過也。歐陽公作《五代史》，反加譏詆。雖頌言其美，史責其全，不可例論。然唐末五代，天下肝腦塗地，獨錢氏全護百萬生靈之命若無事時，越百年未嘗失臣節，而例以僭亂之儔，略無旌别於其間，不已寃乎？征賦之重，當是小國事大，外治軍旅，戰争之世，賦其財而全其生，有不容不然者，此豈可以承平事責之哉？我有宋混一而後可以薄賦，此昔太祖救民之功所以爲大矣。

《宸奎閣碑》 論懷璉指佛之妙與孔老合者，欲以寤仁宗。此論恐當於本原上觀，若徒以言之偶合者，則東坡嘗謂六經字同義異，不可牽據矣。何乃不充其類耶？賜龍腦鉢盂，對使者焚之，而用瓦鐵，此則璉能自守其法，然辭之則可，焚之者慢上以取名也，理亦未安。「函胡」二字，出《石鐘山記》。

傳

《陳希亮公弼傳》 公平生不肯爲墓誌，而自輯公弼之遺事爲之傳。公弼之剛勁敏決有大過人者，然學公弼不成，吾恐其爲郅都之流，道德之味無餘也。讀是傳者，又不可不内自省。《方山子傳》，則公弼之幼子名慥，官不及而以乃父遺風放浪山澤者耳。非蘇子之善形容，一介之豪，何以垂名後世耶？

青詞祝文

青詞祝文，皆以情與神語。

行狀

温公德業三王佐，坡老文章萬古奇，凛凛遺編生氣在，史遷而下固無之。

神道碑

《富鄭公神道碑》　以公使虜比萊公澶淵之功爲〔多〕，宋興百年安靖，二公之力。偉論也。

《趙清獻公神道碑》　謂在官守不專於寬，在言責不專於直，善觀人者。

温公之得人心，生榮死哀，自堯舜三代之佐皆無其比者，何哉？嗚呼！事蓋有因變而彰者矣。王安石行新法，天下苦之，公以争新法不便，辭樞副不拜，退居洛十五年，人心感其我愛，而悲其身之退者爲何如！一旦值二聖臨御，順民心之所欲相而相之，凡天下之所（善）〔苦〕於安石者，一洗而盡，人心之鬱於久望而決於一遂者爲何如！望之十五年之久，慰之一旦之頃，而俄薨背於三月之遽，人心之伸於久鬱而驚其忽逝者又何如！嗚呼！温公之得人心，蓋有因事變而彰者矣。堯舜三代之佐，始終與天下相忘於無事，帝力且不知其有，况相臣乎？蘇子不此之言而歸之天，要其歸（皆）〔旨〕天地，其論高矣！公之事業，不於安石欺神廟之日，而伸於二聖更新法之初，蘇子不特歸重於二聖之進用，而尤歸重於神廟之深知，尤高論哉！

墓誌銘

《范景仁墓誌銘》　形容景仁之潔己，與君實之救世同科，非蘇子其孰能察之？

四十卷皆記偈佛家語。

後　集

銘

《鼎銘》　謂禹鼎爲用器，此灼然考見始末之論。

雜　文

《外曾祖程公逸事》　直冤獄報應，可爲世訓。

《剛説》　辨太剛則折云：「士患不剛耳，折不折天也，非剛之罪。」此論甚壯。

《續養生論》　載鉛虎汞龍之説。

策

擬策剴切而忠厚，蓋東坡晚年閲變既深之文。

蘇子謂武王非聖人，孔子所不敢言也。謂孔氏之家法，孟軻始亂之，儒者所不忍言也。謂荀文若爲聖人之徒，自昔立議論者無此言也。於武王、孟子何損？於荀文若何益？獨可爲蘇子惜耳。

謂周之東遷，爲一敗而鬻田宅。歷舉避寇遷都未有不亡，不即亡未有能復振者爲證，可爲萬世明戒矣。我朝當陽九之厄，所失纔河北三數郡，中原固自若也。汪黄謀擁駕而南，宗忠簡二十五疏力請還京而不見聽，忠簡憂死，中原始失，可不痛哉。

謂秦遠交近攻，以次取齊爲巧，空國以舉楚爲拙，雖涉權術，亦名言也。

謂秦罷侯置守爲時所趨，可矣；以柳宗元之論爲萬世法，恐主之已甚也。昔五帝三王以盛德爲天下共主，而聽其人之自治；秦始力戰而兼有之，尺布斗粟皆輸王府矣。顧以帝王爲私，秦爲公，孰公孰私耶？

論揚雄譏子胥、種、蠡爲兒童之見。愚謂雄譏種、蠡不强諫則過矣。子胥以楚臣子而鞭荆王尸，籍館之事，是預弑逆之謀也，譏之未爲過。又以論商鞅、弘羊之功爲史遷大罪，此固有感之言，然亦足爲萬世警。

增勸羽立義帝，使爲楚謀歟，事成將置羽何地？爲羽謀歟，又將置義帝何地？故羽欲成事，勢不得不殺義帝，既殺義帝，則身犯弑逆之名，勢不得不亡。增之拙謀，莫此爲甚。而蘇子以論增之功，既誤矣。增實事羽爲君，義帝不過增所假設以欺人者，乃謂增與羽比肩而事義帝，力能誅羽則誅之，何哉？

論春秋戰國之士爲天民之秀傑而失職者，善觀世變作。亦足以見東坡胸次宏闊，足以包容天下之士。然戰國世變，難以常論；而士之淪胥其間，往往多盗賊小人之爲。若盡以爲天民之秀傑，則恐大過。顧天下紛擾，政教莫施，士隨時以自媒，亦難以當世事責之耳。

《鄭子華論》　備載不以疑忌殺人者爲盛德事，其説甚厚，有補將來。古有攝主，秦漢以來以母后攝。此論甚精，足以破歐陽子隱公非攝之説。

表狀劄子

《謝除兩職兼禮部尚書表》　説講學事，老成忠切，極可玩。

啓

《揚州到任啓》　「但未歸田之須臾，猶思報國之萬一。」警語也。

書

杭州上執政兩書、揚州上呂相書，論災傷民事，婉切動人。愚謂古今善言天下事，如賈誼之宏闊，陸宣公之的切，蘇子瞻之暢達，皆間世人豪，天佑人之國家而篤生者也。

答謝舉廉一書，論辭達之説，謂揚雄以艱深文淺易，《太玄》、《法言》皆雕蟲者，而徒費於辭。

《答劉（沔）〔沔〕書》　譏《文選》。

記　碑

《通惠泉記》　謂長安昊天觀井水與惠山泉通。

《韓文公廟碑》　非東坡不能爲此，非文公不足以當此，千古奇觀也。

墓誌神道碑

文定公遠識雅量，不動如山，可謂國之重臣矣。而蘇子之銘公，首曰：「大道之行，士貴其身；維人求我，匪我求人。」然則公之所能不動，非以是哉？有志之士，蓋亦知所用力之地矣。

《滕元發墓誌銘》。《王子立墓誌銘》。寶月師、陸道士墓誌。

《趙康靖公槩神道碑》　碑首論我朝以仁爲家法，一時卿相大臣含垢匿瑕氣象，使人爲之鄙吝消釋。就館漣水，以鄧餘慶不法而去之，已足占其平生所到。及身爲漣水，捐公帑之利，歲免殺魚十餘萬，此其一念之仁，又如何哉！

釋　教

東坡爲儒者言，論天下事，明白如見；爲佛者言，談苦空法，宛轉無窮。惟以儒證佛，則不可曉，如《南華長老題名記》，援子思、孟子之類是也。

奏　議

東坡平日議論，多雜佛老，獨《議學校貢舉書》斥士大夫主佛老之爲非，可不謂忠於告君者哉！

《買燈狀》　「内帑所儲，孰非民力！」最爲警策語。

《上皇帝書》　結人心、厚風俗、存紀綱三事，忠厚婉切，東坡平生喜功之念，於是一掃，於懲戒王安石新法之餘矣。再書尤極痛快。如曰：「是非邪正兩言而足，豈有別生義理，曲加粉飾，而能欺天下哉？」此論痛快，犂然當心，不特朝廷行事爲然，人生一舉動以上，皆可反觀矣。

《京東除盗狀》　欲權免三百斤以下鹽税，庶幾盍亦反其本者，不疾惡於末流之弊而已也。

《徐州上皇帝書》　及山川形勝，久長大計，區區於簿書期會之間者，可以觀矣。

《乞醫病囚狀》　具載治平手詔，熙寧劄子，折衷其説，毋坐獄官罪，而課醫病者功罪。

在登州日，乞還水軍以禦戎，乞罷榷鹽以弭盗。

《給田募役狀》　乞毋取役法寬剩錢，而陳差役五利二弊，條合行十二事。

《乞免給散青苗錢斛狀》有云：「農家量入爲出，縮衣節〔只〕〔口〕，雖貧亦足。若令分外得錢，則費廣，何所不至？不可設法網民，使快一時非理之用，而不慮後日催納之患，以萬乘君父之尊，而負放債取利之謗。」皆痛切之言也。

《論每事降詔約束狀》　謂天子法天，無言而治，大事乃言。在三代爲訓誥誓命，漢以下爲制誥，皆所以鼓舞天下，不輕用也。今一事一詔，褻慢王言，莫此爲甚。願重惜王言，待大事而發，則天下聳然敬應。

《辨館職策問》第二首，備述與温公争役法事。

論鬼章凡四狀，謂阿里骨董氊賊臣僞書求立，執政不審，輕授節鉞，而鬼章叛。今雖得鬼章，不足輒賀，亦不可輕殺。當〔責〕其與温溪心共討阿里骨，所謂以夷狄攻〔夷狄〕。又且乞戒邊吏，毋擾郡縣諸羌之地，使兵連無窮。可謂精密之見矣。

葉祖洽，狀元也，初考官定第三等，覆考官定第五等。時東坡爲編排官，亦奏乞黜落。然則一日之長，定於風簾燭影片時之下，特寄於幸不幸耳。科甲何足以論天下士哉？知貢舉備奏巡鋪内臣摧辱舉子，而巡鋪始於練亨父爲試官，凌忽致喧鬨而然。欲立法，羅織舉人者，罰之。

諭恩榜得官貪冒者衆，經明行修請（記）〔託〕者衆，並行廢罷，科甲舊出聖意，今著定令則非矣。

富弼母在殯，仁宗罷春燕。

《災沴狀》說容芘小人極切。

周穜乞用安石配享神廟，東坡悔舉自劾，力言小人不可復縱之狀。

《乞賜州學書板狀》惟恐養士之不廣。近世爲師儒官屑屑然惟務限節士子者，可以觀矣。

捉顔益顔章禁勘，而人户並納好絹，得禁戢之要領也。

《乞度牒修廨宇狀》云：「孫沔作中和堂，梅摯作有美堂，蔡襄作清暑堂，皆務創新，不肯修舊。」旨哉言乎！足以窮官廨朽壞之原矣。

《論高麗進奉狀》得光武閉玉關之意。相如張騫輩小人，生事夷狄以弊中國者，當愧死地下也。

《論役法狀》　辨差役雇役利害明白。

奏西湖不可廢五事，及申省六條，既開葑以復湖，復閘閉江潮，不得入鹽橋河，而引湖水入清湖河者凡五道，以相灌輸，可爲杭州萬世功矣！

《奏户部勾取度牒狀》云：「不惜飢民，而惜此數百紙度牒，惜毫毛之費，致丘山之損。」

《應詔論四事狀》有云：民之疾苦，州縣官日夜殘傷其肌體，散離其父子，破壞其生業，爲國斂怨，而了無絲毫上助國用。某人市易户抵當積欠鹽錢産業當酒揀下絹。賒欠錢數目雖多，皆是空文，放之則損虛名而收實惠，不放則存虛數而受實禍，三五年後，勢窮理盡，不得不放，當此之時，亦不得謂之聖恩矣。

《奏浙西災傷》　預於七月起請乞準來年賑濟，其貼黄有云：「豐熟不須先知，人（又）〔人〕争奏災傷，正合預備，相顧不言。」旨哉言乎！　東坡陳乞痛快警切，往往類此。　至云：「如所司以謂不須準備，即令各具保明結罪。」此則東坡之智所以防人之罔奏者也。

《乞禁商旅通外國狀》　備載慶曆以後編勅，而許聽蕃國商販自元豐八年始。

《相度準備賑濟狀》　云所乞數目雖廣，而所損錢數不多，若待饑饉已成，然後垂救，則所費十倍，無救於事。　凡四狀。　第四狀云：　開春纔見米價增長，便將義倉常平米賤價出糶，但市價不長，則一郡之民人人受賜。

《乞椿管錢氏地利房錢修墳廟》　拳拳忠厚之意，見於言外。

奏開石門河以避浮山嶮，用侯臨之策也。奏鑿吴江以疏太湖之溢，繳單鍔之書也。集衆義以利無窮，用心之廣大如此。

乞郡兩劄，平生出處莫詳焉。惜其氣之未平耳。

單鍔論吴中水利，大略謂譬之一身，五堰則首也，荆溪則咽喉也，百瀆則心也，震澤則腹也，傍通太湖衆瀆，則脉絡衆竅也，吴江則足也，五堰以上，受宣、歙、池陽、九江之水，使入蕪湖。百瀆在宜興，今存者四十九條。自西堰之下，衆川由荆溪入震澤，注於江以入海，地傾東南，其勢然也。自慶曆二年，欲便糧運，遂築北堤，横截江流五六十里，遂致震澤之水常溢。今欲泄震澤之水，莫若以吴江岸鑿其土爲木橋千所，以通糧運，而隨橋衖開茭蘆爲港走水。

《奏(聞)〔閉〕糴狀》　檢會編勑諸興販斛㪷，雖遇災傷，官司不得禁止。

《乞備賑濟狀》　常平錢米只許糶糴，以平市價，全活自衆，若召募工役及依乞丐人例給與，則本錢日耗。乞立法不得支用。

汝陰尉李直方捕盜乞酬賞。

論理積欠，官之所得至微，而胥徒所取，蓋無虚日。俗謂此等爲縣胥食邑户。水旱不肯放税，例皆拖欠兩税。較其所欠與依實檢放無異。明堂赦放，非獨失信於上帝。所在轉運提刑皆以催欠爲先務，不復以卹民爲意。蓋函矢異業，所居使然。轉運司隔州差官覆按，使官吏畏憚，不敢盡實檢放，小人淺見，只爲朝廷惜錢，不爲君父惜民。鬼腊。出《再論積欠劄子》。

《論綱梢欠折狀》載劉晏以一千貫造船，破五百貫爲干繫人欺隱之資，至杜侍御以一千石船，分造五百石船二隻，吴堯卿又勘會每船物料，估給無復寬剩，船始敗壞而餽運不繼。天下之大計，未嘗不成於大度之士，而敗於寒陋之小人也。今糧綱欠折，因點檢收税，刻剥得糧綱税錢一萬貫。而（今）〔令〕朝廷失陷綱運米三十萬石。

《乞罷税務賞格》謂人人務爲刻薄，以希歲終之賞。

《乞罷宿州修城》謂妨墳墓六千九百所。

《乞免五穀力勝税錢》謂以物與人，物盡而止，以法活人，法行無窮。

《奏内中車子争道》謂女不當與齋祠。

《論高麗買書利害》謂東平王子求書，漢大臣不予，晉韓起買玉環於鄭商人，子産不許。今若許買，則文書山積於高麗而雲布於契丹，使敵人周知山川險要，邊防利害，爲害至大，不可許。

《上圓丘合祭六議》謂祀上帝則地祇在焉，分祀有三不可：夏至不可舉大衆，一也；軍賞不可復加，二也；神祇所素歆，動則有吉凶禍福，三也。

《乞改居喪婚娶條》謂釋喪而婚，鄰於禽犢。

《奏馬徹不可屏出學》　謂三學凡有進獻文字，先經長貳看詳可否，甚非子産不毁鄉校、魏相去副封之意也。

《上進陸贄奏議》　謂智如子房而文則過，辨如賈誼而才不疎。

詩賦論題，備録上下全文，始於元祐六年五月二十六日東坡奏請，不掩其所不知也。無書不記如東坡，而待士之寬如此。己則淺學而阻難他人者，可觀矣。

赴定州以不得上殿朝辭，遂上書勸處静觀動，守安穩萬全之策。

謂戰兵尚不足於守，謂保甲不可驅之於戰。惟弓箭社人户與强虜爲鄰，自守骨肉墳墓，皆處必争之地，世世結髪與虜戰。再狀乞修整此社，時契丹已爲達靼所叛。

乞將陳損米乘饑年借貸上户，賑濟佃客。愚恐借貸必有追償之擾，以陳損而求易新，利官害民矣。

乞修北嶽安天元聖帝廟。定州曲陽縣。

《代張方平諫用兵書》　歷叙神廟朝諸臣用兵次第，「薛向爲横山之謀，韓絳效深入之計，師徒喪敗，方且以敗爲耻。於是王韶構禍於熙河，章惇造釁於横山，熊本發難於渝瀘，皆困弊腹心，取無用之地，以爲功。故沈起、劉彝復發於安南，使十餘萬人暴死十六五，而李憲之師，復出於洮州矣。今喜於一勝，凱捷稱賀，赫然耳目之觀耳。至遠方之民，肝腦屠於白刃，筋骨絶於餽餉，不得而見也； 慈父孝子孤臣寡婦之哭聲，不得而聞也。 譬猶屠殺以爲膳羞，食者甚美，死者甚苦，况用人之命以爲耳目之觀乎？」其言哀痛切至，真可爲萬世人主好用兵，人臣好生事者之戒。

《代〔勝〕〔滕〕甫論西夏書》 臣僚欲用兵西方，醫人欲下一日而愈者也。 臣願陛下之用兵，如彭祖之觀井，然後爲得也。

《代李琮論京東盜賊》 謂窮其黨而去之，不如因其材而用之。 使部内陰求豪猾之士，或有武力，或多權謀，或通知術數而曉兵，或家富於財而好施，皆召而勸奬，使以告捕自效。 但能拔擢數人，則一路自然競勸。 每州搜羅得一二十人，即耳目遍地，盜賊無容足之處矣。

吕誨〔記〕〔託〕温公以後事，無一言及家私，惟云今朝廷事尚可救，願公竭力。

内制

《安燾乞外郡不允》 榮親莫大於功名，養志不專於甘旨。

《繳文彦博吕公著免拜劄子》 《禮經》：「八十拜君命者，一坐再至。」謂傳命而拜，非朝見也，然則不免。 周天子賜齊桓公胙曰：「伯舅耋老，無下拜。」謂拜於堂上，非不拜也，然且不敢。 鍾繇以足疾乘車就坐，疑若不拜，然無明文。 馬燧延英不拜，蓋臨時優禮。 我祖宗朝如吕端老病，亦止臨時傳宣不拜。

《生擒鬼章奏告》歸功於祖宗。

《批答文彦博乞致仕》。《奏帖吕公著吕大防范純仁制》。《端午帖》。《阿里骨詔苗授制》。

《太后手詔裁減廕補》。《錫宴樂語》。

外制

王安石贈太傅制，司馬公、韓維三代封贈，吕惠卿責授，皆題之顯文暢者，可法也。

和陶詩

潁濱之序謂東坡謫居儋耳，華屋玉食之念不存於胸中，謂子瞻嘗稱轍詩有古人之風，自以爲不若，似皆非所宜言。述東坡之論陶詩，謂「質而實綺，癯而實腴」，則名言也。陶詩如「採菊東籬下，悠然見南山」等句，真機自然，直與天地上下同流。東坡擬和至盡，未免有心矣。然憂患之餘，有感於淵明之自適，其適者意在言外，不爲詩發也。君子讀其和詩而悲之。

「暫聚水上萍，忽散風中雲」二句，見第四卷《和與殷晉安詩》。

淵明《桃花源記》，叙武陵人自云先世避秦亂來此，則漁人所見，乃其子孫，非秦人不死者。

特其地深阻，與外人間隔耳，非有神異。東坡載蜀青城老人村，險遠不識鹽醬，亦桃源之比。仇池世稱福地，而王欽臣嘗奉使過之，有九十九泉，萬山所環，可避世如桃源。然則世有增廣桃源之事爲神仙者，甚矣其好怪也！使果神仙，安有不知今爲何世，而待問漁人者乎？

東坡之文，如長江大河，一瀉千里。至其混浩流轉，曲折變化之妙，則無復可以名狀。蓋能文之士莫之能尚也。而尤長於指陳世事，述叙民生疾苦。方其年少氣鋭，尚欲汛掃宿弊，更張百度，有賈太傅流涕漢庭之風。及既懲創王氏，一意忠厚，思與天下休息。其言切中民隱，發越懇到，使巖廊崇高之地，如親見閭閻哀痛之情，有不能不惻然感動者。真可垂訓萬世矣！嗚呼，休哉！然至義理之精微，則當求之伊洛之書。

黄氏日抄·讀文集五

曾南豐文

詩

「星宿」之「宿」作入聲，押韻見第四卷《山水屏》，詩云：「争險挂星宿。」

《麻姑山送南城羅尉》詩　可與歐公《廬山高》爲對。

「霧凇音夢送，齊地寒霧凝。」木上如雪之名，見第七卷《冬日》詩。

論議傳叙

《唐論》　歷數三代以後，惟太宗有天下之志，有天下之材，有治天下之效，而不得與先王並者，法度未備也。歛多就寡，文極有法，然太宗之未得與先王並者，亦恐實德之有媿耳。實德如先王，法度則古今異，宜豈必一一先王耶？

《爲人後議》　謂不當絶本生父母之名，豈爲濮議發耶？　然亦正論也。要必存本生之名可也。濮邸入繼大統又別。

《公族議》　謂祖免以外盡當衣食於縣官，意則厚矣，恐禮法不無等殺而先王未嘗以天下私其族耳，吁！　如民生何？

《講官議》　謂古禮，於朝則王及羣臣皆立，無獨坐者；　於燕則皆坐，無獨立者。坐云者，師所以命弟子，而譏當時請坐講者爲非是，欲以古制律今，而講官以弟子禮命其君耶？

《救災議》　以頓予民，不朝夕食之。其説佳。

《洪範傳》　布置大抵與荆公相類。

《太祖皇帝總叙》　謂漢高不及者十事，自三代以來撥亂之主未有及太祖也。元年户九十六萬，末年三百九萬，至元豐年一千三百九十一萬，於是覆露生民之澤深矣。

序

《新序目録序》　謂劉向所序三十篇，隋唐猶存，今所見者十篇，最爲近古，而不能無失。

《梁書目録序》　梁六紀、五十傳，史官姚察之子姚思廉所成。南豐之爲此序，辨佛患梁爲甚，而佛不能覩聖人之内。

《列女傳目録序》　劉向以成帝後宫趙衛之屬多自放，作《列女傳》篇，曹大家爲注，離其七篇爲十四，與《頌義》爲十五。嘉祐中，蘇頌復定爲八篇。南豐疑此傳稱《芣苢》、《柏舟》、《大車》之類，與今《詩序》不合，蓋不思今序衛宏所作出向之後也。

《禮閣新儀目録序》　《新儀》三十篇，韋公肅記開元至元和變禮。南豐謂「人之所未疾者不必改也，人之所既病者不可因也，何必一一以追先王之迹，能合乎先王之意而已」。余謂此名言也。

《戰國策目録序》　舊缺十一篇，南豐訪得之，而三十三篇者復完。且謂「此書論詐之便而蔽其患，言戰之善而諱其敗，有利焉而不勝其害，有得焉而不勝其失」。亦名言也。

《陳書目録序》　《陳書》六紀、三十傳亦姚察、姚思廉父子所成。南豐謂兼權計，明任使，恭儉愛人，則其始之所以興；惑邪臣，溺嬖妾，忘患縱欲，則其終之所以亡，莫非自己致者。而士之安貧樂義，亦不絶於其間。

《南齊書目録序》　江淹嘗爲《十志》，沈約又爲《齊紀》，梁蕭子顯别爲此書，凡五十九篇。南豐謂其改（折）〔析〕刻而文益下。

《唐令目録序》　凡三十篇，以常員定職官，以府衛設師徒，以口分永業授田，以租庸調賦役。南豐謂庶幾乎先王之意。

《徐幹中論目録序》　幹字偉長，北海人，生漢魏之間。魏太祖旌命之不就，獨考六藝，推孔孟之旨，爲《中論》二十餘篇。唐太宗嘗稱其《復三年喪》一篇，而今無之，則所存二十篇非全書也。南豐謂其不合於道者少。

《説苑目録序》　劉向所序凡二十篇，南豐謂所取往往不當於理。

《鮑溶詩集目録序》　溶，唐人也。南豐稱其清約謹嚴而違理者少。

《李白詩集後序》　白，蜀郡人。遊江淮，娶雲夢許氏。去，之齊魯，入吴，至長安，明皇召爲翰林供奉，不合去。北抵趙、魏、燕、晉，西涉岐、邠，歷商於，至洛陽，遊梁最久，復之齊魯，南遊淮、泗，再入吴，轉金陵，上秋浦、潯陽。卧廬山，永王璘以僞命逼致之。璘敗，白奔宿松，坐繫潯陽獄。宣撫崔涣與御史宋若思驗治，謂罪薄薦其才，不報。流夜郎，遂泛洞庭，上峽江，至巫山，以赦得釋，復如潯陽。族人陽冰爲當塗令，白過之，以病卒，年六十四。舊史稱白有逸才，志氣宏放，飄然有超世之心，南豐稱其實録。詩舊七百餘篇，宋敏求廣至九百餘篇，南豐乃考其先後而次第之。

《（宋）〔先〕大夫集後序》　南豐之祖也，事太宗、真宗。

《王深甫文集序》　深甫，王回也。福州侯官人，家於潁。嘗登第，爲主簿，即棄官。弟向，字子直，冏，字容季，兄弟皆以文學名，皆南豐序其文，荆公稱許之亦然。

《范貫之奏議集序》　貫之名師道，曾事仁宗爲言官，其子世京集其奏議十卷，南豐發明其遭遇之盛，云「所以明先帝之盛德於無窮也」。墓則清獻趙公爲誌。

《王平甫文集序》　平甫文百卷，南豐許其兼文與詩之工，可比漢唐之盛，不得志於時而求於内。

《强幾聖文集序》　幾聖名至，錢塘人，最爲韓魏公所知。其子浚明集其文二十卷，屬南豐爲序。

《思軒詩序》　撫州通判林君當旱蝗作軒，而能詩者賦之。

《序越州鑑湖圖》　湖周三百五十八里，漢順帝永和五年馬臻所創。南並山，北屬漕渠，東西距江，溉山陰、會稽兩縣十四鄉田九千頃。宋興，民始有盜湖爲田者。祥符間二十七户，慶曆間二户，爲田四頃。時三司轉運司猶切責州縣，復田爲湖。治平間盜者八千餘户，田七百餘頃，而湖廢幾盡矣。自此蔣堂、杜杞、吴奎、張次山、刁約、范師道、〔張〕〔施〕元長、張伯玉、陳宗〔喜〕〔言〕、趙〔誠〕等各爲之計，而廢日甚，蓋法令不行而苟且之俗勝也。昔謝靈運從宋文帝求會稽回踵湖爲田，太守孟顗不聽，又求休〔蝗〕〔崲〕湖爲田，顗又不聽。此湖繇漢，接錢氏不廢而今日乃廢，豈非苟且之俗勝哉？今謂湖不必復者曰湖田之入已饒，不知湖盡廢則湖之田亦旱矣；謂湖不必濬者，曰益堤壅水而已，不知會稽得尺，山陰半之。必也禁民爲田而歲以農隙濬湖，則蔣堂以後諸公成説具在，故南豐具載之以待來者。其事可載國史，而其文可成誦云。

《類要序》　晏元獻起童子至宰相，在朝廷餘五十年，常以文學謀議爲己任，其子知止集其書名《類要》云。

《相國寺維摩院聽琴（記説）〔序〕》　謂古之養其外者畢備琴，其未嘗去左右者也，而又内當得之心。蓋南豐之學如此琴者。洪規字方叔。

《張文叔文集序》　文叔名彦博，常從南豐游，其文未嘗輕出。其後其子仲偉始求公之序。

《館閣送錢純老知婺州詩序》　謂此館閣之禮而他司所無。

《齊州雜詩序》　此公爲齊州時詩也，愚按公詩多齊州所作，有欣焉安之之意，徒爲他州詩不多，作雖作，不樂之矣。豈齊其壯年試郡、而後則久困於外、不滿其當世之志耶？

《順濟王勅書祝文刻石序》　謂龍也。

《叙盜》　説凶年人食不足之意。

《贈黎安二生序》　二生蓋東坡薦於公者。説迂闊之弊，宛轉可佳。

《送周屯田序》　言古之致仕而歸者有養，然今之士不必，以動其意。

《送江任序》　説仕於近土知風俗之意，甚悉。

《送劉希聲序》　言至道當不息。

《送李材叔知柳州序》 解仕南土者不安之心。

《送趙宏序》 謂平寇在太守而不在兵。 前輩謂此文峻潔。

《送王希序》 叙江西游覽之勝，謂見西山最正且盡者，大梵寺之秋屏閣。

《王無咎字序》 謂人欲善其名字，而未嘗善其行。

《送蔡元振序》 謂古之從事皆自辟〔士〕，而今命於朝。 然惟其守之同者多矣，爲從事乃爾，於朝不爾者其幾耶？

書

《上歐陽學士書》 謂韓文公以來一人而已。 又書謂食民之食者，兵佛老也。 兵擇曠土而使之耕，佛老止今之爲者，舊徒之盡也不日矣。

《上蔡學士書》 又薦王安石，謂文甚古，行稱其文，知安石者尚少。 公亦以此薦之歐公。 又進其文。

《上杜丞相書》 勸以天下之材爲天下用。

《上齊工部書》 部使者數十萬家之命也，豈輕也哉。

《與撫州知州書》 言心之獨得。

《與孫司封書》 孔宗旦策儂智高必反，及反乃死之，請白其事。

《寄歐陽舍人書》 公謝其爲先祖銘墓也，理密文暢，可觀。

《與王介甫第一書》 報以歐公賞其文也，云歐公更欲足下少開廓其文，勿用造語及模擬前人，孟韓文雖高，不必似之也，取其自然耳。

《與介甫第二書》 云謗議之來誠有以召之，又比聞有相曉者，足下皆不受之。余謂此乃謂公忠於介甫之言也。

《謝章學士書》 自謂不能收身於世俗之外，力耕於大山長谷之中，以共饘粥之養，魚菽之祭，以其餘日考先王之遺文，竊六藝之微旨，以求其志意之所存，而足其自樂於己者。顧反去士君子之林，而夷於皂隸之間，捨自肆之安，而踐乎迫制之地，欲比於古之爲貧而仕者，可謂妄矣。愚謂此公道其中心所存者，令人慨然。又其《答袁陟書》云有可仕之道，而仕不仕固自有時，某之家苟能自足，便可以處而一意於學。

又《與王深甫書》 叙情尤悉，雖然力踐，固存乎人。

《答王深甫論揚雄書》 公謂揚雄處王莽之際，合於箕子之明夷。而夷甫以謂紂爲繼世，箕子乃同姓之臣，事與雄不同。又《美新》之文，恐箕子不爲也。公辨之曰，雄之辱於仕莽非無耻也，在我者亦彼之所不能易也。愚按雄本漢臣，既身受賊莽之僞命而又稱頌其功德，則爲雄者皆易於莽矣，南豐所謂莽所不能易者指何物耶？又王介甫謂雄之仕合於孔子無不可之義，夷甫謂雄德不(迨)〔逮〕聖人，於仕莽之際不能無差。公復辨之曰，孔子之無不可，孟子所謂聖之時也。雄亦爲《太玄賦》，稱「蕩然肆志，不拘攣兮」。愚按孔子無可無不可，恐不可獨指其無不可，況蕩然肆志是直小人之無忌憚，而可謂其似聖人耶？南豐大賢而議論若此，所未諭也。

《福州上執政書》 援詩以述養親之意，文甚贍。

記

《仙都觀三門記》 此記與《鵝湖院佛殿記》略同，皆以正義斥異端，有益世教。

《禿禿記》 記孫齊溺嬖寵殺子之事，文老事覈，尤卓然爲諸記之冠，視班馬史筆殆未知其何如耳。

《醒心亭記》 爲歐陽公守滁作，灑然使人醒者也。

《繁昌縣興造記》 太宗取宣之三邑爲太平州，而繁昌在焉。繁昌自唐昭宗爲邑，百四十年，當慶曆間夏希道，邑治始大備云。

《墨池記》 池在臨川城東之新城，池之上今爲州學。《記》曰：「夫人之有一能，而後人尚之如此，況仁人莊士之遺風餘思，被於來世者何如哉。」

《宜黄縣學記》 記有云務使人人學其性，此語似當審也。

《南軒記》 説隨所處而樂之意，淡静有味。

《兜率院記》 説異端無常業，所享已封君不如，而或反傾府空藏而棄與之。

《擬峴臺記》 模寫甚工，前輩取以爲文法者也。

《撫州顔魯公祠堂記》 發明魯公，切實無餘藴。

《歸老橋記》 爲武陵柳侯作，説人情之歸休，甚佳。

《尹公亭記》 尹洙嘗謫隨州，結茅爲亭，其後知州李禹卿增大之。

《廣德湖記》 湖舊名鷃脰，源出四明山，引北爲漕渠，東北入江，鄞西七鄉之田仰溉焉。大曆八年，縣令儲仙舟更今名。貞元元年，刺史任侗治而大之。大中之後有請爲田者，御史李後素驗視，得不廢。刺史李敬方與後素刻石見其事，謂湖成已三百年，則湖之興在梁齊之際歟。淳化二年，民盗湖爲田。至道二年，知州丘崇元復之。自太平興國以後，民冒取之。天僖二年，李夷庚又復之。天聖、景祐間，民又請，李昭爲郡言其事，請者始息。康定間，張峋爲令，築堤九千一百三十四丈，爲碶九，埭二十，亭二，植柳三萬一百。愚按陂湖水利，長吏急務。公通判越州記鑑湖，及守明州記廣德湖，皆根極始末，其一念在民爲何如。秦檜當國時，樓异守鄉郡，乃廢廣德湖，至今反不若鑑湖猶有遺迹，惜哉！

《齊州二堂記》 歷山堂以舜所耕之地，濼源堂以《春秋・桓十八年》所書之濼在焉。考地里甚精。

《襄州宜城縣長渠記》 春秋之世曰鄢水，其後曰夷水，又曰蠻水。白起壅水攻楚遂爲渠。本朝孫永復之，民賴其利。

《徐孺子祠堂記》 詳孺子處亂世之義。

《道山亭記》 備述七閩之險，而閩中獨夷曠，城中之三山西曰閩山，東曰九仙山，北曰粤王山。而道山亭者，閩山登覽之地也，作於程師孟。

《越州趙公救災記》 救荒之委折備焉。

制誥

制誥多平易，特散文之逐句相類者耳。擬制誥則遍言新更官制之意，此爲王介甫代發明者也。

表

表多平澹説意。

疏

《熙寧轉運對疏》 勸講學而得之於心。

劄子

《移滄州過闕上殿》 謂自民生以來，未有如大宋之隆。 且引詩而言之，曰歌其善者，所以啓其嚮慕興起之意，防其怠廢難久之請。 愚於是知公愛君之意深矣，然與警切規諫者，恐又别是一體。

《請令長貳自舉屬官》 引《書·冏命》及陸贄之説爲證，且曰：「非惟搜揚下位，亦以閲試大官。」

《請令州縣特舉士》 引歷代爲證甚悉，令通一藝以上，充都事主事掌故之屬，以士易吏也，謂之特舉之士。 愚恐風俗未易革，弊或益甚耳。

《請西北擇將東南益兵》 愚謂西北擇將如太祖法可也，東南益兵恐未易言也，兵豈在多也哉。

《議〔浮〕〔經〕費》 謂景德官一萬餘員，皇祐二萬餘員，治平總二萬四千員，則官倍於景德。

景德郊費六百萬，皇祐一千二百萬，治平一千三(十)〔百〕萬，則郊費亦倍於景德。使歲入如皇祐、治平而費如景德，則省半矣。

《請减五路城堡》謂將之於兵，猶奕之於棋，所保者必其地，所應者又合其變，故用力少而得筭多。昔張仁愿度河築三受降城，相去各四百餘里，首尾相應，减鎮兵數萬，所保者必其地也。仁愿之建三城皆不爲守備，曰：「寇至則併力出戰，回顧猶須斬之。」自是突厥不敢度山，所應者合其變也。愚按此説精於益兵之説，而文可讀誦。

《再議經費》謂臣待罪三班，按國初承舊，以供奉官、左右班殿直爲三班，員止三百，至天禧酒總四千二百有餘，至于今酒總一萬一千六百九十，宗室又八百七十。蓋景德員數已十倍於初，而今殆三倍於景德。吏部東西審官，與天下他費，尚必有近於此者，浮者必求其自而杜之，約者必本其由而從之。

《請改官制前預習行事務》此從更新制之一端也。劄中舉吏部言之以概其餘。此外又有《請整齊版籍》之劄，又《請以新制如周官六典爲書》，然恐泥於文爲矣，《六典》果皆周公之書乎？

《史館申請三道》别有《英宗實録院申請》。搜訪條例，皆爲史者當知。

《訪高麗世次》夫餘王得河伯女，生朱蒙，居紇升骨城，號高句麗，以高爲氏，傳子如栗，至孫莫來，當漢武元封四年爲縣。光武建武八年朝貢，莫來裔孫宫復爲王。十七傳而至德武，爲安東都督。至後唐同光、〔王成問〕〔天成間〕，屢入貢。明宗長興三年，再復拜其主建爲王，建生武，武生昭，當建隆、開寶來貢。昭生伷，生治，生誦，生詢，遞立。詢當真宗時入貢。凡蓋公參之國〔使〕〔史〕如此。

《論中書舍人録黄畫黄不書檢》　中書舍人稱臣書名於檢，而侍郎押字，自後舍人遂不書。竊尋故事未有可據而然也。

《議邊防給賜士卒只支頭子》　真宗東封，三司使丁謂奏：令殿前都指揮使曹璨，各與頭子，使兵士骨肉於各州請領。

任明州日，有高麗界託羅國人失風，奉旨安泊照管。

奏狀

《奏乞推恩狀》　潘興嗣，五歲以父任得官，二十二歲授德化尉，不行。朝廷察其高，以爲筠州推官，不就。今年五十六，欲照徐復、王回、孫侔、李覯例，官其子。又吴中復閑逸，陳樞不磨勘，皆公爲州時薦之朝者。

《乞賜〈唐六典〉狀》　唐初以尚書、中書、門下三省預天下事，至六官所主則一本於尚書。開元十四年，張説罷中書令，爲尚書右丞相，不知政事。自此政歸中書，而尚書但受成。神廟印《六典》賜近臣，其書稱中書令張説撰，疑張九齡所爲，不過述先代遺法，時尚書已不得其職矣。

《福州擬貢荔枝狀》　興化陳紫、福州江緑、興化方紅、又(陳)〔游〕家紫、小陳紫、宋公荔枝、周家紅、泉之藍家紅、漳之何家紅、泉之法石白、福之緑核、圓丁香，皆以次第著録。其外有虎皮、牛心、玳瑁、硫黄、朱柿、蒲桃、蚶殼、龍牙，皆以形名之，出福州。冰荔枝、蜜荔枝、丁香荔枝、雙髻小荔枝、真珠荔枝、無核荔枝，所出不一。十八娘，或謂閩王女好食而得名。將軍荔枝，五代時有此官種之。釵頭荔枝，以其小，粉紅荔枝以其淡，中元紅，以其晚，右二十品無次第。一品紅，言極品也，在福州宅堂。狀元紅，言第一也，出福州報國院。

《明州擬辭高麗饋送狀》　欲示小國以廉，且寬其力。

《辭修五朝國史》　以非一人所能辨。

啓

平易不華，文章之正也。

祭文　祝文　哀詞

祭歐公與王平甫二篇，極注意。祭黄君者，歎其不遇，有味也。

三十九卷之四十，皆居官時祈晴謝雨等作。

《蘇明允哀詞》 二蘇請公爲之。銘則請之歐公。

墓銘

《虞部戚公誌銘》 公，舜臣也，綸之子。知太湖縣，言賦茶之苛，歲用萬數，願棄勿採。知撫州，有祠號大帝者百餘，悉除之。南豐言其世德以比唐柳氏。舜臣之子師道，亦公爲銘。

《都官陳樞誌銘》 令旌德，州有所賦調，獨曰：「非吾土所有也。」爭或至十反，州聽然後止。南豐曰：令所試者大，則其事可勝傳耶。

《翰林學士錢藻誌銘》 公，錢王後。自和徙蘇，清約終其身。

《刑部王逵誌銘》 里胥捕罪人殺之，君求其情，爲奏讞，得不死。府史馮士元家富，啗諸貴人，君治之，竟其事。李京爲諫官劾君，及京罪斥監鄂州税，君爲湖北轉運，曰：「前事君職也，於吾何負哉？」與之歡（其）〔甚〕。京死，又力賙京家，奏官其子。

《司封孔延之誌銘》 廣西歲糴六百萬石，實不過能致數十萬石，君計歲糴二十萬而足，高其估以募商販，不糴於民。儂賊平南方，補虚名官者八百人，皆弛役而役歸窮下，君復其故。君，孔子四十七世孫，三子文仲、武仲、平仲。

《都官曾誼誌銘》　建昌南城人，其家學者自君始。其家故貧，罷吏歸，常闔門居，或日昃不得食。同職欲增賦役錢，争不得，自請罷去。

《王容季誌銘》　容季，名冋。與兄回、向，皆以文名當世，南豐爲之序。曰：「此三人者，皆世不常有，藉令有之，或出於燕，或出於越，又不可以得之一鄉一國也，未有同時並出，出於一家。如此之盛，若將使之有爲也，而不幸輒死，皆不得至於壽考，以盡其材，是有命矣！而命之至於

如此，何也？」愚謂此文之宛轉妙處，故特録之。

《都官舒元衡誌銘》　此篇説盛衰之際。文字可法。

《比部李丕誌銘》　叙契舊與其起家處可法。

《職方蘇序誌銘》　君，東坡之祖也。東坡請公爲銘。初蘇祐生唐季，至成都遇道士，屏人

謂：吾術能變化百物。辭不顧。祐生杲，以好施顯名。杲生序，好讀書，歲凶賣田賑鄉里。慶曆

初，立州縣學，士争欲執事學中，君獨戒子孫退避。序生涣、洵，後涣以進士起家，仕至都官，洵即

老泉云。

《庫部范端誌銘》　爲江都令，會歲旱，知揚州張若谷遣吏視民田，他吏還者白歲善，君還獨

白田實旱。若谷不是之，君持旱苗力争，乃卒是君所白。監雲安軍鹽井，議蠲鹽課以數萬。

《張(允)〔久〕中誌銘》　(允)〔久〕中名(待)〔持〕。所與遊，喜窮盡其是非得失，非其遊，遇之

温温惟謹。

《殿中丞徐元榆誌銘》　唐之亡，楊行密有淮南，稱吴。海州人徐温爲吴將，有功。温死，其養子知誥遂代楊氏有江淮之地，稱唐，復姓李氏，名昪。温己子知諫，生遜，遜生元榆，世事李氏。宋受命俘李氏，元榆亦隨之歸京師，棄官，死。公既序其次第，而復爲之言曰：盛衰之變，何其速也！然自前世無不若此，富貴之不可以久恃，亦何必異也。而世之不安其命者，方枉義挈挈以覬，幸而偶得之者，又惴惴恐失之，是豈可以常處也哉！

《都官王益誌銘》　益即荆公父也。督税未嘗急貧，笞罰惟豪劇吏。子七人，安仁、安道、安石、安國、安世、安禮、安上。

《衛尉金君誌銘》　君兄弟皆舉進士，諸子又皆舉進士，而己獨放山谷間，以恩受封。述其次第處文字起伏可讀。

《府率沈君誌銘》　以親戚恩得官。叙述佳。

《寶月塔銘》　醫僧也，剔脱處可法。

《曾氏銘》　回、向、同之母，公亮妹也。述其自處通塞之際，無不當理。

《錢氏銘》　劉凝之妻也，述其夫婦相成之賢，所謂筆端有畫，可以讀也。三代自叔叙上。

《黄氏銘》　述其事夫、教子、教孫三節，有味。

《吴氏銘》　荆公母也，愛前母子，曰：「甚於愛吾子，然後家人愛之能不異於吾子也。」其子有歸志，以不足於養爲憂，曰：「安於命者，非有待於(命)〔外〕也。」

《許氏銘》　沈括之母。

《謝氏銘》　荆公祖母。

《秘書李迂誌銘》　有田百餘頃，皆以與族人，獨留五頃，曰：「無令子孫以財自累也。」誌序李氏自皋陶以下甚詳，多其妻王氏所爲言。

《〔太〕常博〔士〕吴詳誌銘》　衣食常不自足，以家之有無葬，故葬不緩。或欲出錢，曰：「貧吾素也，喪乃欲爲利乎？」

《光録晁宗恪誌銘》　公之妻父也，妻名文柔，别有銘。

《太子賓客陳巽神道碑》　少客京師，有欲教公以化黄金者，公辭不受。

《秘監陳世卿神道碑》　知廣州，罷計口鬻鹽，人以休息。

《刑部張保雍神道碑》　李丞相迪用公通判永興，萊公代鎮，因奏留之。知漢州，夜四卒告兵變，械以徇安之。至明鞫得，卒實與謀，併棄之市。爲湖北漕，活鄂州、漢陽應死者三十八人。漢州民趙昌以畫名，公迄代不問。

行狀　傳

《刑部孫甫之翰行狀》　爲華州推官，倉粟惡，吏當負錢數百萬，公取舂之，可棄者十纔一二，吏遂得弛，負錢數十萬而已。知諫院，言益兵之弊，曰：「天下所以大困者，兵爲甚，又何益之耶？」徙晉州，近臣夜半叩城，終不爲開門。論保州之變，指杜公論益兵，詆二三大臣。至於洛水，又絀尹洙而伸劉滬。皆平生所友善者，不偏所好如此。

《徐復傳》　復精星曆，仁宗召見，官其子，賜復號「冲晦處士」。人或勸著書，復曰：「古聖賢書已具，顧學者不能求，吾復何爲以徼名後世哉？」復，莆田人，後家杭。

《洪渥傳》　渥得官時，兄老不可俱行，至官，量口用俸，掇其餘以歸，買田百畝居其兄。傳末論豪傑士多過《中庸》，如渥所存，人所易到，故載之云。

本朝政要策

《考課》　建隆初，以户口增耗爲吏升降。興國初，定三等之法以覈能否。雍熙間，閲班簿，始詔雷德驤以群臣功過俱對。淳化中，分京朝等考課爲三。久之廢京朝官考課，而置審官院，以錢若水主之；廢州縣官考課，歸流内銓，以蘇易簡主之；惟三班無改易。

《訓兵》　周世高平之役，命太祖取其驍勇爲禁衛。宋興，益修其法，興國有楊村之閱，咸平有東武之〔閱〕〔蒐〕。自此兵益廣，簡練遂疎，而黜廢之法恕矣。

《添兵》　唐罷府兵，置神武、神策爲禁兵，不過三數萬人。甲兵皆散在郡國，自河朔三鎮不統於京師，餘可舉者，太原、青社各十萬人，邠寧、〔宣〕武〔寧〕各六萬人，潞、〔滁〕〔徐〕、荆、揚各五萬人，襄、宣、壽、鎮海各二萬人，而觀察團練據要害者，亦各不下萬人。五代分裂，區區中州地嘗至數十萬人，養之既費，教與用又不得其理。至周世宗，始修兵制。我太祖舉中國之兵，纔十六萬人。太宗伐劉繼元，駕前兵蓋十餘萬，自是兵益廣。其後曹彬敗於祈溝關，在行者二十萬。楊業敗於陳家谷口，劉廷讓敗於君子館，全軍没焉。沿邊瘡痍兵不滿萬計，河朔悉科鄉民守城。咸平間，又集近京諸州丁壯爲兵，而西北邊請益兵不已。張齊賢謂調江淮八萬以益西師，劉承珪又取環慶諸州役兵；升爲禁兵，號振武。李元昊反河西，契丹謀棄約，西方遂益禁兵二十萬，北方益土兵二十萬，又益禁兵四萬指揮。及羣盗張海、郭邈山等劫京西，江淮皆警，大臣又令天下益兵，知諫院孫甫言天下所以大困者，兵爲甚，又可益之耶？

《兵器》　太祖命魏丕主作，每十日一進。有南北作坊，歲造甲鎧、〔具〕〔貝〕裝、鎗、劍、刀、鋸、械器、葫蘆、弩凡三萬二千。又有弓弩院，歲造弓、弩等千六百五十餘萬。諸州歲造六百二十餘萬。置五庫貯之。景德中，已可支三十年，權宜罷焉。

《城壘》周世宗時，韓通築李晏口，立十二縣。又葺祈州，及（築）〔闕〕游口三十六，遂通瀛莫。宋興，王全斌葺鎮州西山堡，劉遇築保州等五城。太宗命潘美移并州於榆次，又移於三交，得戎人之咽喉。

《佛教》建隆初，詔佛寺已廢於顯德，不復興。開寶，令僧尼百人許歲度一人。至道，又令三百人〔歲〕度一人，以誦經五百紙爲合格。

《任將》李漢超、馬仁瑀、韓令坤、賀惟忠、何繼筠等防北虜，郭進、武守琪、（季）〔李〕謙溥、李繼勛等禦太原，趙贊、姚内斌、董遵誨、王彦昇、馮繼業等備西戎。此篇發明太祖用將之術甚備，可讀。

《水災》竇儼論水沴所興，有數有政。

《汴水》論歷代浚導。

《刑法》淳化置審刑院，防大理、刑部二司之失。事從中覆，下宰相，再以聞，始行。

《管榷》言礬課則劉熙古，嚴茶禁則樊若水，峻酒榷則程能，變鹽令則楊允恭，古禁之尚疏者皆密焉。

《錢幣》江東鑄銅錢，自樊若水始。鉛錫雜鑄，自張齊賢始。淳化鑄大錢於蜀，自趙安易始，然不便即罷之。

《南蠻》　有用兵伐而克之，興國初翟守素平梅峒是也；有已克，赦而納之，咸平間曹克明收撫水是也；有納以恩信，章聖時謝德權之靖宜州是也。

《契丹》　虜騎六萬，太祖命田欽祚以三千人破之。其後天子伐晉，虜始復爲中國患。至真宗親征，講和之策遂定。

《折中倉》　折中之法，聽商人入粟，而趨江淮受茶鹽之給，公私便之。端拱、淳化皆曾復行。

《屯田》　自漢昭始田張掖，趙充國耕金城。曹操力農許下。晉用鄧艾田壽春，羊祜田襄陽，杜預田荆州，荀羡田東陽。隋耕朔方。唐屯振武。皆能服夷兼敵。宋興，雍熙間，始議屯田。是後開易水，疏雞距，修鮑河之利，邊屯以次立矣。神宗遺議臣東出宿亳、至壽春，西出許潁、至襄鄧，得田二十二萬頃，任事者難之，功不立。

《水利》　歷述史起以後興水利之臣，至本朝不果行。

《茶》　(正)〔貞〕元初，趙贊興茶税，張滂繼之，十取其一，王播又增其數，裴休立十二條。我朝議以見緡，折帛入中。天聖設三税法，景祐增鹽利爲四税，皇祐又用見緡之法。

金石録跋尾

《茅君碑》　三茅，名盈，次固，次衷，云漢景時人。梁普通中，張繹建碑，孫文韜書。

韓公井者，襄州南楚故城，有昭王井，傳言汲者死，不敢視。開元中，韓朝宗爲採訪使，移書諭神，飲者無恙，更今名。故城今謂之故墻，即鄢也。由梁太祖父名誠，避之，今猶然。

《桂陽周府君碑并碑陰》　歐公按《韶州圖經》，君以開武溪有功，立廟碑，名訛缺，而《圖經》不著其名，碑首題云「神漢」者，猶言「聖唐」也。南豐從知韶州王之才所得此本之詳，按《曲江縣圖經》，名昕。歐公蓋未之得也。其碑陰「曲江」字，皆作「曲紅」，而「蒼（陸）〔江〕」字、「江夏」，亦作「紅」，蓋古字通用也。永叔又記劉原父所得商洛之鼎銘云：「惟十有（四）〔三〕月旁死魄。」蔡君謨問：「十四月者何謂？」原父不能言。南豐謂古字如「亦」字作「奕」，「人」字作「仌」，皆字之重出，則此作「三」者，特「二」字耳。永叔、原父、君謨皆博識，而亦有所未達，故并見於此。凡皆南豐之説也，愚觀此説莫之曉。長兒在側，忽云《籀史》載古者人君繼世，踰年行即位之禮，然後改元。此類疑嗣王繼世，雖踰年未及改元，但以月數稱，故曰十有四月，不可以一歲不過十二月而疑也。如《南宮鼎文》有「十有二月」之文，《周牧敦銘》有「爲王十年，十三月」之文，凡《癸酉卣銘》有「十九月」之文，《商己酉尊銘》亦有「十九月」之文，又《姬鼎銘》有「十一月又三」之文，凡皆以月起數之例。愚因思之「亦」作「奕」，非重寫「亦」字，人之作「仌」亦非重寫「人」字，恐亦不可爲例，如曰「商王即位之十有四月」，恐亦有此理，而「四」字古作「（三）〔亖〕」字，凡古銘皆然，以「（一）〔三〕」字爲重寫「二」字難安。姑記以俟知者。

《唐開(宗)元寺卧禪師碑銘》　自河隴没於羌夷,惟寺多在。南豐謂虞夏之世,東漸西被,朔南曁,聲教則能令其信慕者,亦非特有佛而已也。彼以罪福報應之説動之,未若不動之以利害而使之心化,此先王之德所以爲盛也。余按此論甚高,前未之發。

《辱井銘》　銘十六字,可見者八字,曰:「辱井在(期)〔斯〕,可不戒乎?」又有陳後主辱井記,大略以其與張、孔二妃同投井也。愚按辱井可對貪泉。

《漢武郡太守阿陽李翕西狹頌》　郡有間道通梁、益,而臨溪危峻。李(會)〔翕〕與功曹李旻等,鑽燒大石,改高即平,人得夷塗,作頌刻石。歐公《集古録》以爲李會。熙寧十年,馬城出成州,所得此頌以視南豐,始知其爲李翕。漢元鼎,以汧隴西南接巴蜀,爲武都郡,後分爲興州、成州云。

南豐與荆公俱以文學名當世,最相好且相延譽。其論學皆主考古,其師尊皆主揚雄,其言治皆纖悉於制度而主《周禮》。荆公更官制,南豐多爲擬制誥以發之。豈公與荆公抱負亦略相似,特遇於世者不同耶? 抑聞古人有言,有治人無治法。三代之治忽,各係其君之賢否,法之詳未聞焉。三代君臣之謀猷,亦未嘗有一語及於法者。詳於法必略於人,秦法之密,漢網之疎,其效亦可睹矣。周之所以爲治者,盡見於《尚書·周官》之篇。後千餘年至王莽時,倏有所謂《周禮·六典》者出,曰此周公之法也。使果出於周,亦不過《周官》一篇注疏耳。然其煩苛若此,果可見之施行否耶？設果嘗行於周時，異事殊亦可行於後世否耶？我朝廷以仁立國，一切掃除煩苛，承平日久，或者反以寬弛爲厭，荆公遂勇爲新法？嗚呼！不忍言矣。南豐比荆公則能多論及本朝政要，又責誚荆公不能受人之言。使南豐得政當有可觀者乎？南豐之文多精覈，而荆公之文多澹靖；荆公之文多佛語，而南豐之文多闢佛；此又二公之不同者。而王震序曾南豐文，乃特誇其爲制誥大手筆，真所謂知其一者耶？

黄氏日抄·讀文集六

王荆公

古詩

詠陶縝畫菜，其後歸之老圃，而結云：「陶生養目渠養腹，各以所能爲物役。」愚謂荆公失言矣，畫菜可言物役，種菜豈可言物役耶？

《四皓詩》「采芝商山中，一視漢與秦」，一視之語，似欠斟酌。

《戲贈葉致遠詩》極言奕棋之弊，可爲世訓。

《桃源行》云「兒童生長與世隔」，考究得是，不爲世俗誕語。

《酬王詹叔訪茶利害》「豈（當）〔嘗〕榷其子，而爲民父母。」愚謂此二句語意精到，惜其臨事之弗思。

《送裴如晦宰吴江》　「當知耕牧地，往往茭蒲青。三江斷其二，泽水何由寧？」此四句説盡浙西水利之綱領。

《孔子詩》　孔子豈是文人詩料？且「自古未有如孔子」之語，此本發於孔門高弟，而孟子申述之者也。荆公乃謂其「蟣蠓何足知天高」，雖欲尊先聖，豈所以待先師，毋乃自道耶？

《揚雄》二首　其一以「孟子勸伐燕，伊尹干説亳」爲雄《美新》之比，何哉？其黨奸至辱聖賢耶？其一謂「聖賢樹立自有師」，此荆公師心自用發見之語也。

《漢文帝》　輕刑以全人之形體，短喪恐妨人於身後，荆公譏之，已不知文帝之心矣。惜露臺之費，薄灞陵之葬，亦痛駡之，何耶？

《秦〔始〕皇》　「天方獵中原」，恐非仁人之言也。

《東方朔》　「何如夷與惠，空復忤時人」，是以朔之直諫爲非耶？

《杜甫畫像》　説得公當。

《農具詩·襏襫》云：「勿妬市門人，綺紈被奴僮；當慙邊城戍，擐甲徂春冬。」就農人言之，善用其心者也。

《答陳正叔》　「天馬志萬里，駕鹽不如閑。」雖非中道，却是大氣。

《收鹽》詩　與《訪茶利害》同，皆能言不能行。

律詩

《題雱祠堂》「一日鳳鳥去，千秋梁木摧」，溺愛不明如此，孰謂「知子莫若父」耶？

《詳定試卷詩二首》有云：「文章直使看無纇，勛業安能保不磨？疑有高鴻在寥廓，未應迴首顧張羅。」言科舉不足以得士也。又云：「當時賜帛倡優等，今日論才將相中。細甚客卿因筆墨，卑於《爾雅》注魚蟲。」言詞賦非所以取士也。然皆不可。

《雪》詩「平治險穢非無德，潤澤焦枯是有才。」説得意思佳，但上一句正可言才，下一句正可言德，布置似顛倒耳。

《雨過》詩「誰似浮雲知進退，纔成霖雨便歸山。」

《寄育王》詩「入夜天寒最静便。」士大夫或自號「静便」，若其取此，果何等氣象耶？

《詠竹》「人憐直節生來瘦，自許高材老更剛。曾與蒿藜同雨露，終隨松柏到冰霜。」見其自少抱負不凡。

《嚴陵祠堂》「迹似磻溪應有待，世無西伯可能留？」荆公此言過矣。古今隱士人品各自不同，有抱天下之志而隱者，有無志於斯世而隱者，有志念澹薄本無操守而終變者。抱天下之志如伊尹、孔明是也，本無操守如盧藏用、种放之流是也。如嚴子陵特無志於世者，使其才足有爲，光武縱德薄於湯武，獨不名正於湯武乎？孔明尚輔一隅之先主，奈何子陵不輔中興之光武耶？士必待西伯而後出，孔子歷聘之志荒矣。

絶句

《謝公墩》「我名公字偶相同，我屋公墩在眼中；公去我來墩屬我，不應墩姓尚隨公。」劇戲之巧如此。

「繰成白雪桑重緑，割盡黄雲稻正青」一聯甚工，詩中重見。

「殺風景」三字見《戲蔣穎叔》。詩云：「但怪傳呼殺風景，豈知禪客夜相投。」

《讀漢書》詩「畢竟論心異恭顯，不妨迷國略相同。」此語爲京房、劉向發，不曉荆公何見也。

「緇郎」字見三十二卷《詠淵師》詩。

《揚子》詩「千秋止有一揚雄。」荆公每尊之以比孔子而略孟子，此其爲荆公之見識也。

《商鞅》詩「自古驅民在信誠，一言爲重百金輕。今人未可非商鞅，商鞅能令政必行。」荆公平生心事盡見此詩矣。然荆公雖博學而不明理，誠之一字固未易言，信之爲義必有其實，徙木三丈而酬金百斤，天下寧有此理？此正商鞅矯情以行詐耳，顧謂之信誠可乎？果誠信民將不令而從。謂誠信爲驅民之具，何耶？

《讀後漢書》云：「可憐竇武陳蕃輩，欲與天争漢鼎歸。」如公之言，則曹瞞輩盗竊神器皆順天者耶？

集句諸作雖似劇戲，其巧其博皆不可及。

賦、銘等皆淡古。

書　疏

《上仁宗皇帝言事書》　謂方今患在不知法度，陛下雖欲更革，而方今天下之人才不足，須復古者教之、養之、取之、任之之道，而後得其人。古之人欲有所爲，未嘗不先之以征誅，文王先征誅而後得意於天下，孔子所至使君臣捐所習，雖排逐而終不變。在上之聖人莫如文王，在下之聖人莫如孔子，欲有變革則其事如此。愚讀之駭然，蓋公之昏愎妄作盡見此書。使吾君仁宗而少售其言，豈待熙豐而後天下騷動哉！愚聞之有治人無治法，而公首言不知法度何也？何世不生材？何材不足用於世？而公首言人才不足何也？文王不長夏以革，孔子非甚不得已之事亦惟從衆，魯人爲長府則曰：「何必改作？」而公誣文王以征誅得志，誣孔子雖排逐而不變，何也？昔賈誼嘗言治安於漢文之世矣，事理精確議論偉然，文帝尚不爲之動，况乎我仁祖重厚之德又過文帝，而荆公陋弱之論遠慚賈生，薄而棄之，正不待食釣餌而後知其詐也。奈何公清苦之行，該博之學，納交韓、吕，(徉)〔佯〕退求進，言不用而名益顯，及神宗以鋭意斯世之心而卒聽之，公遂得以鄙夷當世之人才，效尤王莽之法度，朝廷竟以征誅爲威，公亦卒爲排逐而不變，悉如前日所言，悲夫！

辭集賢校理者四，辭同修起居注者前七後五，以後不復辭。

《擬上殿劄子》與前《上仁宗書》一同，獨於人才教養等説差略耳，公平生所見，想不出此。

《上五事劄子》自言和戎、青苗、免役、保甲、市易之利。

《議入廟劄子》蓋以帝居諒陰，臣僚言郊祀不當入廟也。公非其説，以爲陛下尚在諒陰之中，非可以制禮之時。愚謂吉凶不相參，郊廟之禮皆吉禮也，臣僚言不當入廟，而不能並者。郊禮已有遺恨，公又併以入廟爲無傷，豈以道事君學古入官之義哉？且古禮久廢，不過舉行而曰非可以制禮，何耶？

《論館職劄子》謂當試問日親近之説已當審，《本朝百年無事劄子》言我仁宗之爲君得之，歸之天助而勸其君以大有爲，則非矣。

言郊無二主及祭地無燎燔之禮，皆是。

《進字説劄子》、《改三經義誤字劄子》皆無義理，公自沉溺罔覺耳。

捨宅爲寺，捨田爲供，村夫野姥之事，亦動煩聖聽，公之不學無識如此。

《乞解機務》等劄子，往往皆狠愎不悛之言。

内制

簡淡有古意惟《敕牓交趾》一篇。考其時，熙寧八年，交趾入寇，以公新法擾民爲説，則公已不當内制之職矣。敕牓乃其所自爲，蓋公侵官以行私，且其時彗星示變，而敕牓有云「天示助順，已兆布新之祥」，果天意否耶？

外制召試三道，其二以散文爲之，以此知祖宗盛時制誥尚存古意，自宏詞之名立，而朝廷訓誥之文遂同場屋聲病之習矣。

表

《百寮賀復熙河》　此率其徒以欺上者也。

《進洪範表》　謂陛下足以黜天下之嵬瑣而紀綱憲令尚或紛如，當考箕子所述，以獨發深省，此誤上之言也。《除平章》等謝表動斥人以姦回、以讒誣，此狠愎之言也。而乞退之表曰「任怨特多於前輩」，曰「（智）〔義〕或不足以勝姦，而人人與之爲敵」，此執迷終身之言也。

議論

《郊宗議》辯其不同之義甚悉。

《答聖問賡歌事》釋《尚書》「慎乃憲」一句，稱「爲法以示人」，此正與經意相反。蓋公紛更一念之私所在而見也。

《看詳雜議》凡十四條，惟議不當廢發運及都水監爲正當，餘皆特變他人之説。議「廢宫觀使副都監」，此神宗偉舉也，惜公不能贊决之。世豈有國家大臣而爲左道異端看管祠廟之理？亦豈有未嘗識其祠廟而繫空銜以素餐，及一祠廟而數人重疊繫銜之理？世俗習慣，恬不爲怪，公好紛更而此獨不能贊决，何耶？禄以酬勞者也，不釐務，於義何取？而公乃曰等之無功罪，釐務則計日得遷，不釐務則不得計日而遷爲不均，此尤謬論也。漢以丞相史刺察州郡，謂之刺史，及本朝許元爲轉運使，諸路有米貴則(全)〔令〕輸錢以當年額，而爲之就米賤路分糴之；年額易辦而所收錢米常以有餘。

《詳定十二事議》温公請舊官九品之外，别分職任差遣爲十二等，王珪以爲難行，而荆公併非之。

《易泛論》釋《易》中字義甚詳。

《卦名解》始於剛柔始交之屯，輾轉次第用序卦之法而論其次，頗有牽强處。内云中孚者至誠之卦，无妄則不妄而已，此恐未安，無字與不字自是兩義也。

《河圖洛書義》謂圖以示天道，河通天而龍尚變，天道也。書以示人道，洛中地而龜尚占，人道也。義亦通，但未常不相關，而河通天之説恐難考。

《諫官論》謂諫官之置爲非。諫官士耳，而責以三公之事，主聽之而改，則是士制命而君聽。此公强狠自任，不恤人言之心所發也。狂夫之言，聖人擇焉，而可曰君聽命於士乎？

《伯夷論》謂伯夷未嘗有叩馬諫伐之事，而韓子之頌爲大不然，疑伯夷不過老死道路耳。果如公言，則孔子「求仁得仁，又何怨」之説，及「餓死首陽之下，民到于今稱之」之説，果何爲而發哉？甚矣，公之好異論疾正人而不顧經訓也！

《三聖人》指伊尹、夷、惠言之，謂各隨時制行以矯其弊。至孔子時，三聖人之弊各極於天下，乃出於聖之時，四人相爲終始，而集成非孔子一人之力。使三人者，當孔子時，皆足爲孔子，何哉？公之舛談也。

《周公論》謂荀子所載周公禮士之事無之，不過修養賢教士之法。愚謂荀卿所載，固不免後世增飾之説，然養賢教士乃公治定後旋爲之制，方其驅馳艱難時，安得而不下禮於士？荆公之論適足以啓後世富貴者簡賢之心，非有識之言也。

《子貢論》 闢《史記》所載説齊伐吴救魯之説，理有文暢，可以成誦。

《揚孟論》 言性，蓋公尊揚故牽合其説。

《材論》 謂天下未嘗無才，與前所上仁宗書正相反，而此論爲正。

《命解》 謂孔子不得行道，孟子不得行禮，此不過嫉世之言。

《對疑》 釋供奉官以下不得行親喪之意。

《洪範傳》 其字義多足取者。

《易象論解》 倣《序卦》言次第之義。

《周南詩次解》 亦倣《序卦》爲之。

《禮論》 謂荀卿不知禮，自是曉然之理。

《禮樂論》 以道家修養法釋先王立禮樂之意，則公溺於異端之見也。《大人論》亦涉異端。

《致一論》言安身崇德。《九卦論》言處困之道。皆於理無背。

《九變而賞罰可言論》 蓋釋莊周之言所未曉也。然其言曰：莊周古之荒唐人也，聖人者與之遇，約之不聽，殆將擯之海外，不使疑中國。此其言當書。

《夫子賢於堯舜論》 孟子此言不過以其集大成，功施萬世耳。而公以制法爲言，蓋借以發一己之私見。又以伊尹、伯夷、柳下惠、孔子四人相因而備，殊覺多事。且謂「道發乎伏羲而成乎

後大者耶？

堯舜」，昔揚雄以法爲言則可耳，道豈有待而成耶？　且又謂「繼而大之於禹」，堯舜之道豈待禹而

《三不欺論》　古人之言，自各有攸當，於理未礙，恐不必各指一事之偶不合者以難之也。

《王霸論》　明白可讀。

《性情論》　雖間於理未合，而謂情本非惡之説正。

《勇惠論》　孟子之説已明，不待言者也。

《仁智論》　按《里仁》一篇已明白。

《中述》之説平。　《行述》　謂孔子非求行道，恐是矯世。　愚按孔子嘗曰：「吾豈匏瓜也哉？　安能繫而弗食？」

《夔説》　謂集禹稷等衆臣成功，夔所以稱其樂之和美，非以爲伐，以美舜也。

《季子》　謂其葬子三號遂行，既聘而反，不盡哀爲非禮。　孔子稱之，蓋稱其葬之合於禮爾。

《荀卿》　辯其仁智之説爲失次。

《楊墨》　謂楊子爲己近於儒，墨子爲人遠於道。　公蓋有疑於孔子爲己爲人之分也，不知義理各有攸當，孔子之爲己是務實，楊朱之爲我是自私，兩不相干。　此説只合以孟子之説爲正。

《老子》　辯其「三十輻，共一轂，當其無，有車之用」，謂「無之所以爲用者，以有轂輻也；　無

之所以爲天下用者，以有禮樂刑政也。如其廢轂輻於車，廢禮樂刑政於天下，而坐求其無之爲用也，則亦近於愚矣」。愚按此論甚工，當寫出熟讀。

《莊周》謂其矯枉過正。

《原性》、《性説》二篇闢韓文公。

《對難》説命。

《禄隱》一篇，專爲揚雄飾事莽之非，然皆泛辭，無説可解。

《太古》謂太古之不可行。

《原教》謂善教者正己而不强民。

《原過》謂改過則復得其性。

《進説》謂楊叔明以父任得京官，不必自枉爲進士。然謂進士者皆枉己，則恐太過。

《取材》欲策進士以經學。愚謂人才皆可用，顧人主用之，如何必欲求多於藝文間？抑末耳。

《興賢》一篇亦可讀，謂：「商之興有仲虺、伊尹，其衰也，亦有三人；周之興，同心者十人，其衰也，亦有祭公謀父、内史過；兩漢之興也，有蕭、曹、寇、鄧之徒，其衰也，亦有王嘉、傅喜、陳蕃、李固之衆。」亦有之説極精神。

《委任》云：「不疑於物，物亦誠焉。」此名言也。然愚謂行之以明，然後無弊。若公於吕惠卿輩何嘗疑之？彼果以誠報公耶？

《知人》一篇明潔可讀，謂「貪人廉，淫人潔，佞人直」。

《風俗》言京師奢侈之弊。

《閔習》言「父母死，則燔而捐之水中」。

《復讎解》謂復讎之義，爲亂世之子弟言之。

《推命對》言貴賤天之所爲，但當力於仁義。文極工，當寫讀。

《使醫》以喻專任。愚謂有專任而治者，有專任而亂者，言不可若是其幾也。

《汴説》詆富貴人寵術士者。文甚工，可讀。

《議茶法》謂：「鞭扑流徒之罪，未嘗少弛，而私販私市者，亦未嘗絶於道路。昔〔桑〕弘羊榷酤，霍光罷其法，蓋義之勝利久矣。」嗚呼，方公爲此議，是非曉然，何他日之弗思耶？

《乞制置三司條例》謂「省勞費，去重斂，寬民力」。然則公之行此，自以爲可利天下也。

《相鶴經》謂作於浮丘伯，而淮南公得之嵩山，恐未必然。

《策問》十一道皆簡易。

《許氏世譜》許規嘗羈旅宣歙間，旁舍有呻吟且死指橐中有黄金十斤屬以骸骨者，規負其骨千里，並黄金致死者家。規蓋國初人，生三子遂、遜、迥。遂起家云。

《傷仲永》金谿農家子方仲永，五歲能詩，父日携之環丐於邑人，不使讀書，十二三歲而詩不及前，年二十而泯然衆人矣。教之不可已如此。

書

《答韓求仁書》前一段説《詩》，後説《論語》，皆有可觀。

《答龔深父書》謂揚雄之仕合於孔子「無不可」之義。吾斯之未能信也。公山弗擾以費叛，召子，欲往。欲往非真往也。向使其真往，必有救正之矣。豈至如揚雄從叛又復而歌頌之耶？

《答韶州張殿丞書》文字宛轉可觀。

《答司馬公書》執迷之説也。《答曾公立書》狠愎尤甚。答吕吉甫、王子醇書，又相從於惡者也。

《與陳和叔内翰書》謂其以券致饋，喻令來取，爲非交際之道，而不受陳誼，甚正，可以廉頑。

《答曾子固書》謂小説無所不讀，然後能知大體。嗚呼！此公之所以不能知大體歟？又謂方今亂俗不在於佛。嗚呼！此公之所以自誤而亂俗者歟？

《上相府執政》等書　皆公初年以私計擇官。其《上相府》有云：「牛羊之踐，不忍不仁於草木。」按《行葦》詩乃牧人禁止牛羊之辭，故曰牛羊勿踐履。或詩人感興之言未必出於牧人也，況可謂出於牛羊耶？

《與劉原父書》「昔梁王墮馬，賈生悲哀；泔魚傷人，曾子涕泣；今勞人費財於前，而利不遂於後，此某所以媿恨無窮也。」按公此言，其良心之一復歟？

《答吴孝宗書》　孝宗謂詩禮不可以相解，公謂惟詩禮足以相解。愚按詩言人情未必真有其事，禮則制度確然皆有其實。鄭康成以禮解詩或多拘泥，動以託興之言求之制度。至其解禮則的當精潔，後世雖有解者，不過衍之耳。吴孝宗之言，恐不爲無見也。

《答錢公輔書》　公輔以先人屬公爲銘，欲有所增損，而公斥之，至謂其甲科通判，市井小人皆可得之，何足道。蓋公之執拗暴厲多類此。

《與王逢原書》　謂窮而憂世近於救鄉鄰之鬬。

《上杜學士言開河書》　此公宰鄞時勤民之事也。當録出。

《與李參書》　云闔門與其子市，雖盡得子之財，猶不富也。其後公雖不能行，亦可謂善喻。然公本心常以榷民之利爲非，所行新法皆求所以利民，而不知適以擾之，故公終其身不悟。

《答段（縱）〔縫〕書》　爲曾子固辨謗。

《上運使孫司諫書》 諫其令吏民出錢募人捕盜。謂：「海旁之人雖日殺人而禁之，勢不止也。今重誘之，使相捕告，則州縣之獄必蕃，而民之陷刑者將衆。」此仁人之言也，公時爲令而敢以此諫切其部使者，仁者之勇也。

《上人書》 云：「文者，務爲有補於世而已。」又《與祖擇之書》謂二帝三王引而被之天下之民，孔子孟子書之策，皆聖人之所謂文也。愚謂論文至此不其盛矣乎。

《答王該書》 云：「不幸而無以養，故自縻於此。」此公作邑時言也，讀之於我心有戚戚焉。他日公亦云居非其好，任非其事；又云苟居竊食動輒媿心。

《答蔣穎叔書》 説佛家無性之義，然不可曉。

啓

《賀韓魏公啓》 「言衆人之所未嘗，任大臣之所不敢。」此確論也。公之啓皆平易如散文，但逐句字數相對以便讀耳。自宏詞之科既設，啓表遂爲程文，各以格名，無復氣象。

記

《君子齋記》 大略云天子諸侯謂之君，卿大夫謂之子，古之爲此名也，所以命天下之有德，故天下之有德通謂之君子。有其位無其德謂之君子，稱其位也；有其德無其位謂之君子，稱其德也。位在外也，遇而有之，則人以其名予之而以貌事之；德在我也，求而有之，則人以其實予之而心服之。終篇反覆歸重於德，可録出讀誦。

《桂州新城記》謂城郭非先王所恃以爲存，又不當以爲後，而歸重於得人，理正文婉。

《繁昌縣學記》謂奠先聖先師於學而無廟，古也。聖人與天地同其德，天地之大，萬物無可稱德，故其祀質而已，無文也。皆說得正大。

《芝閣記》實貶題而寄興以及其大者，意味無窮，猶爲諸記中第一。

《鄞縣經遊記》爲浚渠作也，當考。

《慈溪縣學記》起頭謂「天下不可一日而無政教，故學不可一日而亡於天下」。此兩句關涉大。

《揚州龍興講院記》結句云：「嗚呼！失之此而彼得焉，其有以也夫。」此文法之妙，世所共稱道者也。然邪説誣民，故浮屠之寺廟被四海，此何足以稱其賢而反借之以貶吾儒哉？

《石門亭記》文之變體也。

《撫州見山閣記》謂富工豪賈往往能廣宫室，吏亦當因其餘力以自娱樂，於理已短，又貶召伯甘棠之事爲非，尤未安。

《九曜閣記》、《揚州新園亭記》、《撫州三清殿記》　皆隨事立文法，精確老蒼。

序

《周禮》、《詩》、《書》三經義序，皆公自主其説。

《字説序》　謂「知此則於道德之意已十九」。何過耶！

《老杜詩後集序》云：「嗚呼！　詩其難，惟有甫哉？」

《石仲卿字序》　謂成人則貴而字之。《春秋》二百四十二年(問)〔間〕，字而不名者十二人而已，不失其所以貴乃爾少也。

《唐百家詩選序》　云：「廢日力於此，良可悔也。」可謂高論已。嗚呼！　公才高千古，無書不讀，於詩特游戲且悔之如此，況庸衆人平生矻矻於詩者乎？　雖然，惟其不如公，所以不知悔。

《送孫正之序》　以「不以時勝道」爲説，以孟子韓文公爲證，此正論也。

《胡叔才序》　以無禄位爲親榮，而指示其在我之榮。

祭　文

《祭范文正》　始贊其力行，終惜其不盡試。《祭歐陽公》　謂：「其積於中者，浩如江河之停蓄；其發於外者，爛如日星之光輝；其清音幽韻，凄如飄風急雨之驟至；其雄辭閎辯，快如輕車駿馬之奔馳。世之學者，無問乎識與不識，而讀其文則其人可知。」凡皆二公實録也。

《祭東向》稱「霜落之林，豪鷹隽鶻；萬鳥逃避，直摩蒼天」。又稱「如羈駿馬，以駕柴車；側身墮首，與蹇同芻」。此言其才而不遇，文皆精妙。

行狀

《曹瑋行狀》載邊功詳，可爲後世法。

墓誌銘

《孔道輔銘誌》以擊蛇爲小事而附其後，得體。

《曾致堯誌》爲其孫南豐作也。末論遇合處，宛轉可法。

《蘇安世誌》載其辨歐九見誣於首。

《節推陳之元誌》無實事以虚文反覆，可觀。

贈光禄趙師旦，儂賊時死節士也。

李餘慶作華亭海鹽二監，爲石堤自平望至吴江五十里，皆其倅秀州時也。

仲訥權明州推官，辯海賊數十。

臨川吴子善爲家有篤行，發明處極可觀。

《比部陳君銘》工。

傅立遺戒，以質田券還田主。

郭維知南豐，治豪猾觀政者。

奉化王文亮，導之後也。嘗渡浙江，有忘白金百斤者，留守三日以歸之。

《海陵簿許平誌》亦以虛文發明。

知興元王公，爲通判真定時，能化誘其帥王嗣宗之暴。載其他事皆可法。

劉牧均税江西，期年而後反，曰：「是役也，朝廷豈以爲他，亦曰愛人而已；今不深知其利害，而苟簡以成之，君雖以吾爲敏，而人必有不勝其弊者。」

陳夫人生子余翼，三歲而遊學四方，不相聞，在外十二年，以進士起家爲吏，始歸見夫人於鄉。世豈有三歲而遊學四方者耶？恐傳本訛耳。

文人不護細行，世有是言矣。亦孰知博學能文、其清修苦節有如荆公者乎？然公之文有論理者，必欲兼仁與智，而又通乎命；有論治者，必欲養士教士取士，然後以更天下之法度，其文率曖昧而不彰，迂弱而不振，未見其有犂然當人心，使人心開目明，誦詠不忘者。或者辨析義理之精微，經論治道之大要，固有待於致知之真儒耶？惟律詩出於自然，追蹤老杜；記誌極其精彩，髣髴昌黎；雖有作者，莫之能及公。其文人之護細行者乎？嗚呼！文亦何補於世？乃因細行而致大用，以其論理論治之差者，而施之天下則所傷多矣。

蜀人黄制參有大年且九十，作書撫州求《荆公集》，云：「人雖誤國，文則傳世。」此確論也，因附此。然公論治講理之文，與題詠記偈之文，如出兩手，又不當例觀也。咸淳八年十月再書。

黄氏日抄·讀文集七

黄 溍 翁 文

賦

賦十首。《對青竹》得於嘉州。意即吾鄉問碧玉之類也。《茶賦》謂「寒中瘠氣，莫甚於茶，或濟之鹽，勾賊破家」，「於是有胡桃松實」云云，蓋今用茶果云。

詩

《濂溪詩序》言「周茂叔人品甚高，胸中灑落，如光風霽月」。晦庵謂此語最善形容有道者氣象。而乃謂濂以志廉，豈濂溪二子壽、燾亦不詳家世之舊居以告耶？

《木之（郴郴）（彬彬）》詩謂知人之微。楊修之取禍，不如隰子之止伐木，隰子又不如百里奚之去虞也。郎罷出三卷《送少章》詩。西風壯士淚，多爲程顥滴。南窗讀書聲吾伊。四卷。海牛押簾。録貫。見卷六。銀茄。

但觀百世後，傳者非公侯。東坡移和靖配食水仙，見七卷詩注。暖足瓶名脚婆。唐婆鏡葉底開花，號羞天花，山谷云此鬼臼也。歲生一臼，滿十二歲可爲藥。今方家所用乃鬼燈檠草耳。

《書磨崖碑後》「撫軍監國太子事，何乃趣取大物爲？」「桃李春風一盃酒，江湖夜雨十年燈。」見九卷《寄黃幾復》詩。《嘲小德》詩「學語囀春鳥，塗窻行莫鵶。」蓮蓬。竹夫人改名青奴。「匹似無田過一生。」見十卷。今俗云「譬似」。「喪家狗」，喪本平聲，山谷詩云：「顧我今成喪家狗，期君早作濟川舟。」乃作去聲用。猫兒頭笋。見二卷。在官而可行其私，惟學而〔已〕。十三卷《壁陰齋銘》。行菴。王良翰剪棕作。川藞磋。見十四卷《演禪師贊》。「人得交游是風月，天開圖畫即江山」。

序

《胡宗元詩集序》、《王定國文集序》、《小山集序》皆山谷文之暢達變化，可壓卷者也。若成誦可長一格。十六卷。

《伯夷叔齊廟記》謂諫武王不用，去而餓死，則予疑之。陽夏謝景平曰：「二子之事，凡孔子之所不言，可無信也。」其初蓋出莊周，空無事實；其後司馬遷作《史記》列傳，韓愈作頌，事傳三人而空言成實。

楊惠之以塑工妙天下，爲八萬四千手眼觀音，不可措手，故作千手眼。今之作者皆祖惠之。

山谷請東坡作文法，云：「但熟讀《檀弓》。」

雜著以《莊周内篇論》爲第一，謂「由莊周以來，未見賞音者。晚得向秀、郭象陷莊周爲《齊物》之書」。以《論語斷論》爲第二，謂義理之會也，「不能心通性達，終無所得」。以《孟子斷篇》爲第三，謂子雲知孟子。

《解疑篇》 論御奴婢。云：「退自省，不肖之狀，在予躬者甚多。」

墓誌

狄遵禮知鄞縣，縣無訟。築亭觀，延閩人章望之講學，士子頗歸之。

吴革爲吉州，先是蹇周輔增鹽課二百萬，民已失生理。而魏綸上諸縣，增課九十五萬。公至則請令，後所增鹽勿以爲課。

韓復知五臺山寺務，司五臺供施，傾天下惡少年多竄僧籍中，囊橐爲奸，君擿其魁宿置於法。

劉禹爲德榮縣，鹽井淡而征不除，君爲歲蠲四十萬。

四會縣民岑探爲妖，經略使遣將童政捕斬，而政部曲多不法，黄幾復言於經略，謂「一童政之禍，百岑探不足」云。

山谷貶黔州時，李元叔仲良兄弟相繼周之。

山谷作銘誌簡明有法，多佳者。晁補之父與劉道原者，宛轉尤佳。

題跋

《題自書卷後》「予所僦舍雖上雨傍風，家本農耕，使不從進士，則田中之廬舍如是，又可不堪其憂耶？」

貧士不能相活，富子不足與語。

《牧護歌》是巴中賽神曲。又見別集。

巴蜀自古多奇士，獨不聞善書者。

菴非屋，不當從广。《三國〔志〕·焦光傳》云「居蝸牛廬中」，意是今菴。後漢皇甫規持節監關中兵，「親入菴廬巡視」，即用此「菴」字，爲有據依。

《列子》書有深禪妙句，蓋普通中事不自葱嶺傳來，信矣。

荆公勸俞清老脱逢掖，著僧伽黎，然生龜脱筒亦難堪忍，後數年見之，儒冠自若也。山谷又嘗跋贈清老，謂其忿慍，欲祝髮，曰：「免與俗子浮沉。」予曰：去而與祝髮者游，其中雖有道人，亦如沅江九肋龜爾，與俗子爲伍方自此始。男女昏嫁，渠儂墮地，自有衣食分，《詩》所謂「誕置之隘巷，牛羊腓字之」，其不應凍餓溝壑者，天不能殺也。今蹙眉終日者，正爲百草憂春雨耳。意天字當作人。

一幹一華而香有餘者，蘭；一幹五七華，而香不足者，蕙。

《爾雅》：「山有穴爲岫。」謝玄暉詩：「窻中列遠岫。」徐季海云：「孤岫龜形在。」皆誤用字。

荆公稱《竹樓記》勝《醉翁亭記》，山谷主之。

歐公賞和靖「疏影横斜」之句，山谷謂不如「雪後園林纔半樹，水邊籬落忽横枝」。

司馬談之子遷，劉向之子歆，班彪之子固，王銓之子隱，姚察之子簡，李藥師之子延壽，劉知幾之子餗，皆繼世汗簡。

狂僧誓酒文見二十七卷。

二十八、二十九兩卷，皆評書法，謂二王父子之後，惟張長史、顏魯公有韻，本朝則東坡。又論《遺教經》譯於姚秦弘始四年，在王右軍没後數年，至貞觀中行《遺教經》。

縣印却不祥。云昔有道人禁人競渡，不行，舟人有嘻笑者，道人云：「此有道術，夜當報我。」乃謁縣令，置床卧而借縣印閣其上。中夜有聲硜然，至印而止。吾鄉明州州印缺角，聞昔有太守李夷庚，精道術，嘗坐三江亭，望舶舟將至，戲以荔子殼置酒盃而撥之，舟亦與之俱旋，俄而舟不旋，夷庚驚曰：「此有報我者矣。」亟疊卓坐其下，而閣州印其上。俄有飛劍來，缺印一角，夷庚起而怒曰：「我戲爾。」乃遽耶作法沉荔子殼，舟亦沉。以今縣印事觀之，則有之矣。

或問不俗之狀，曰：「難言也。視其平居無以異於俗人，臨大節而不可奪，此不俗人也。」

山谷欲取所作詩文爲内篇，其不合周孔者爲外篇。二十六卷末。

外集

《墨竹賦》　陽虎、有若之似夫子，市人識之；顔回之具體，門人不知。

《贈李彦深》　「上丁分膰一飯飽，藏神夢訴羊蹴蔬」。

《上冢詩》　云「松楸十年拱」，和云「芝菌生畫栱」，「拱」與「栱」各字。

《送曹子方》詩　「子魚通印蠔破山」，愚聞子魚出興化通應港，有通應侯廟，故名。此魚以小爲貴，無通印者。東坡亦曾誤，蓋傳聞以「通應」爲「通印」。

《泊舟白沙江口》詩　「呼禹濟黄川」。「呼禹」字記出柳詩。

《題山谷大石》　「畏畏佳佳石谷水。」畏音委，佳音觜。

《催公静碾茶》　「雪裏過門多惡客。」自注云：不飲者爲惡，用之歟？觀之爲義，本自僧人來耳。

《與王子飛書》謂作牋古無此禮，近世李宗諤始以公狀施於私敬，如王元之、楊大年皆不用。故在高位而不可望以相知者未嘗與書，其可望以相知者不修世俗之禮。

「淫坊酒肆，即是道場。」見《成都府請六祖禪師文》。

《雨晴過石塘》詩「晴岫插天如畫屏。」余按山谷謂「岫爲山之穴，古作山用者非」。而今云「晴岫插天」幾自背其説矣。

揶揄作由音押。

《對雨寄趙正夫》「故人疊疊去，宰木上女蘿。」愚按注内翰作《曾紆墓誌》云：「宰上之木拱矣。」宰字代冢字用也。

《寄扶溝程太丞》之「扶亭大夫伯淳父，平生執鞭所欣慕」。

《會稽竹萌》詩「碩人俁俁舞，公庭余友昔。」或謂余詩不用經句，然則亦無此拘也。至蹀躞。《和侍講》詩。雨甲煙苗。菜杞。薩跛虀。《雪中詩》。

《次韻子高》「緑葉青陰啼鳥下，游絲飛絮落花餘。」見晚春意思。

《豫章先生傳》先生其先金華人。六世祖瞻以策干江南，用爲著作佐郎，知分寧縣。瞻生玘，玘生元吉，始(小)〔卜〕築水上。元吉生中理，中理生湜，湜生庶，嘗攝康州，實生先生。幼孤，從舅李公擇學。登治平四年第，調汝州葉縣尉，除大名府國子監教授。留守文潞公留之再任。先是眉山蘇公，見先生詩於孫莘老家，因以詩往來。蘇公以詩抵罪，先生亦罰金，直差知太和縣，移監德平鎮。過泗洲僧伽塔，作《發願文》，戒酒色肉，但朝粥午飯如浮屠法，時元豐七年三月也。召入館修《神宗實録》。丁母憂，除同修國史，辭疾，爲請郡奉祠。紹聖初，謂《實録》多誣，責涪州别駕，黔州安置。外兄作本路常平官，避嫌移戎州。徽宗登極叙復，又召爲吏部員外郎，不得拜。知太平州，九日而罷。以嘗作《荆州承天院塔記》，運判陳舉採摘其語，以爲謗國，除名編隸宜州，卒焉，年六十一。先生風韻灑落，胸中恢疏。事母孝，有曾、閔之行。遇郊當任子，舍其子而官其兄之子。嘗游灊皖，樂山谷（等）〔寺〕石牛洞之林泉，因自號山谷道人。王炎集其文，李彤再爲外集。諸孫謍近爲别集。

别　集

《毁璧序》　叙山谷之女兄事姨母之子洪民師，年二十五而卒。姑惡之不以葬，焚而投諸江，山谷築亭廬山而安之。

《通神論序》　論六經之旨深矣。近世劉敞、王安石之書，讀之亦思過半矣。

《馬文叔字序》元名景純。　名字加景，蓋自漢魏以來失之。《詩》云：「高山仰止，景行行止。」景行猶高山也。而曰景仰之者，余不知其説也。

《黄彝字説》 酒善溺人，故六彝皆以舟爲足。有而不規者，疏之也；無而置戒者，親之也。

轉輪藏始於雙林大士。

注《老子》「道可道」一章，注「常」字，云：「神鬼神帝，先天先地，自古以固存，所謂常也。」其注「無名」，云：「常無欲而生太空，太空忽生天地，天地以我爲始，故强名之曰無名。」愚按老子所言，雖非義理之正，就其本文，意儘明白，今山谷之注如此，則不曉其何説矣。

《杜詩箋》 請急請假也，晉令如此。

咳，苦革反。「籠竹」之「籠」，音永。蜀名大竹爲篣籠。竹葉出張華《輕薄篇》云：「蒼梧竹葉青，宜城九醖酒。」峽中養鵶雛，帶銅錫環獻神，名烏鬼。

《答王周彦書》有云：「孔孟之學不及於周公。」殆不曉其何義。

《戒讀書》 士大夫家，不可令讀書種子絶。

論作詩文云：「安樂温飽，君子所畏。」又自謂作詩在東坡下，文潛、少游上，雜文與無咎等耳。

《論俗呼字》 ⿱若⿰若若苴，泥不熟也。橙，橘屬也。棖，兩旁長木也。今人書凳爲橙，非是。榛音簇，疑今之金橘是也。⿱十眞眞音列挈，務出獨見，以乖迕人爲賢者也。傀儡或作魁礨，象古魁壘之士。袈裟，梵語，本云迦羅沙曳，此云不正色，譯書略梵語也。銃充仲切。䨦蒲迸切。使令人不便利也。

下手書，蓋不能書者，盡指節。《論周禮》酡食以酒爲餅，若今發膠餅，蓋炊餅也。旁曰帷，上曰幕，合曰幄，上承塵曰帟。

龍眼惟閩與南越有之，左思《蜀都賦》云：「旁植龍目。」亦不自知其失也。

青陽氏本洛陽。唐末有虞部者，官於蜀，留居井研煮鹽爲富人。凡巴蜀之青陽，皆以井研爲宗。山谷誌其墓者名希古。

眉山史氏自李順、王均之亂，悉散其倉廩而自匿，不汙其亂。有名褒與襄者始皆登第。峋嶁讀如苟塿，山顛也。

《牧護歌》巴峽祭神刳曲。木如瓠，擊而歌舞，蓋木瓠字誤爲牧護。

或謂范子政父祖皆名士，故宜賢。山谷曰：文王割烹，武王飩鼎，叔且舉而薦之，管蔡不食，誰能强之？

陳端夫、田武成學入仕，其意常欲一自洗於俎豆之間。

《題畫菜》不可使士大夫不知此味，不可使天下之民有此色。

烈風偃草木，客子當藏舟入浦溆中，强人力牽挽欲何之耶？

元符三年十二月甲辰夕雪寒呼酒，崇寧四年二月庚戌夜沉醉作草，皆在元豐發願不飲酒之後，不曉山谷之發願果何如？豈輕諾者耶？誰實强之而輕諾也？

《跋章草千字文》章草言可以通章奏耳，千字乃周興嗣取右軍帖中所有字作韻語，章帝時未有也。世乃以爲漢章帝書，謬矣。

「繆莖」音「綢繆」之「繆」，漢以來符璽書也。

史紹封乞書爲它日相見之資，山谷曰：「今日魯直即他日魯直，又安用書爲質耶？」

晉城劉仲叟多聞强識，《唐書·天文》、《地理》、《律曆》、《五行志》皆所更定，諸公仰成而已」。

山谷作《静照禪師真贊》：「遠山作眉紅杏腮，嫁與春風不用媒。」「阿婆三五少年日，也解東塗西抹來。」

書簡

極熱物能驅逐藥力，隨大府出，則十不得四五方。

陰陽家謂克己者爲官，既已從仕，則受制於官，不得悉如意也。

刲春鉏之股以啗於菟，豈能久堪耶？

數十年先生君子但用文章提獎後生，故華而不實。

世間鄙事有甚了期？一切放下專意修學。

涉獵百篇，不如深考一卷。

文章無他，但要直道而語不惝俗。

鐙盞古有短柄，沈約《四聲》云：「鐙盞柄曲。」

二難前輩用擬魏太子詩序云：楚襄時有宋玉、唐、景，梁孝王時有鄒、枚。某疑滕王閣會集，王氏有兄弟俱是顯人耳。

人生須輟生事之半，養一佳士，教子弟又當尊敬之，久而不倦，乃可以盡君子之心，而其功享。

涪翁孝友忠信，篤行君子人也。世但見其嗜佛老，工嘲詠，善品藻書畫，遂以蘇門學士例目之。今愚熟考其書，其論著雖先《莊子》而後《語》、《孟》，至晚年自刊其文，則欲以合於周、孔者爲内集，不合於周、孔者爲外集。其説經雖尊荆公而遺程子，至他日議論人物則謂周茂叔人品最高，謂程伯淳爲平生所欣慕。方蘇門與程子學術不同，其徒互相攻詆，獨涪翁超然其間，無一語黨同。方荆公欲挽俞清老削髮半山，涪翁亦屢諫不容。且識《列子》爲有禅語，而謂普通中事本不從葱嶺來。此其天資高明，不緇不磷，豈蘇門一時諸人可望哉？況公雖以流落無聊，平生好交僧人，游戲翰墨，要不過消遣世慮之爲，而究其説能垂芳百世者，實以天性之忠孝，吾儒之論説。至若禅家句眼不可究詰其是非者，等於戲劇，於公豈徒無益而已哉？讀涪翁之書而不于其本心之正大不可泯没者求之，豈惟不足知涪翁，亦恐自誤。

前輩多以其所居自名，東坡、涪翁則皆以其謫居之地名稱，涪翁亦足配東坡。若山谷乃灊皖間寺名，翁傾其林泉而樂之，故亦嘗稱山谷。然山谷本唐世蠻獠黄氏洞名，翁，黄民也，詎不當襲用，但宜稱涪翁云。

黄氏日抄・讀文集八

汪浮溪文

詩

《石舟歎》以宣和五年常州苦旱，乃竭支港之水通載石之舟而作也。《桃源行》似亦因當時求仙而作。《清谿行》作紀方臘之變。

竹枯蕈見《十月食笋詩》注。「班春古岩寺。」班春謂勸農也。二卷。

《有客來相問》詩　謂五代時賀水部所作。三卷。

《賦翁養源瑞松》詩云：「絶勝分封五大夫。」愚按五大夫者，秦爵名，非五人也。用分封字未安。紙絞紙撚也，見五卷。

外制

《錢汝士换武制》 謂雖唐近世二選亦迭爲之。十卷。

《李綱落職制》 用驩兜、少正卯爲比，得無已甚乎？ 大抵誣賢之言多援此。

《洪皓鐫二官》 以出使未還，而辭難合考。

《顔岐贈三代制》 初謂孔氏少衰而顔興，既非所宜言矣，繼用陳太丘事，而謂顔庶幾焉，得無少貶顔氏耶？

建炎紹興艱難之詔見十四卷。令人痛心，猶賴代王言者有若而人也。韓世忠以妻梁氏私求恩澤而自劾，降詔奬諭。

奏議

《繳孟忠厚文》 資援漢章帝欲封外家，而馬后不從。

《奏論諸將無功》 謂獨張俊明州，僅能少抗。不增兵益戍，反旋軍空城以挑之。未幾，果殘明州無噍類，是殺明州一城生靈，而陛下再有館頭之行者，張俊實使之也。杜充守建康，韓世忠守京口，劉光世守九江，而以王𤫉隸杜充，其措置非不善也。而世忠八九月間已掃鎮江所儲之貲，盡裝海舶，焚其城郭爲遁計。洎杜充力戰於前，世忠、王瓊卒不爲用，劉光世亦不出一兵，方與韓相朝夕飲宴。則朝廷失建康，虜犯兩浙，乘輿震驚者，韓世忠、王瓊使之也；失豫章，太母播遷，六宮流離者，劉光世使之也。而張俊方且以萬人殺虜數十人之功，冒朝廷不貲之賞，自明引軍至温，道路鷄犬，爲之一空。韓世忠逗遛秀州，放軍四掠，至執縛縣宰，以取軍糧。王瓊自信入閩，所過州縣，邀索動以千計。此事人皆知之，而不敢言者，以天步艱難，正藉此曹爲重，而不敢言耳。今日諸將，在古法皆當誅，然不可盡誅也。惟王瓊本隸杜充，充敗於前，而瓊不救，當先斬瓊。其他以次貶降，使以功贖過。如張俊之軍，獨可賞其有功將士耳。所以移軍輒遁者，俊也，罪亦安逃？

《乞修日曆狀》云：「漢法，太史公位丞相上，天下計書，先上太史公，副上丞相。唐及本朝，宰相皆兼史官，其重如此。」

《撫州乞罷造戰船狀》云：「威命臨之，上下便文，遞相逃責，至縣而極矣。推移不行，則浚民脂膏，以應期會。且以臣所領一州言之，歲得酒税錢不過六萬緡，而月樁大軍起綱、水脚、官吏軍兵請給衣賜、打箭頭鐵葉等錢，歲當用六十餘萬緡。以爲不取之於民，是欺陛下耳。」

《行在越州條具時政書》大要謂必陛下能使諸將，諸將能使士卒。其言懇切。又欲精擇偏裨十餘人，人付兵數千，直隸御前，而不隸諸將，以漸銷諸將之權。

《進書劄子》 設四類求之。一年表，二官閥，三政迹，四凡例。

《論僑寓州郡劄子》 東晉治金陵，於江南北僑立州郡，納流亡之人。故江都謂之南兖州，則兖州之人所歸也。京口謂之南徐州，則徐州之人所歸也。以至南豫州、南司州亦然。臣愚以爲莫若因此時用六朝僑寓法，分浙西諸縣，悉以兩河州郡名之。多印榜文，先行散布，候其入寇，徐以旗幟招之。彼既知所居各有定處，與鄉居無異，亦何爲而不歸我哉？

《論淮南屯田劄子》 虜師既退，國家非暫都金陵不可；而都金陵，非盡得淮南不可；欲保淮南，勢須屯田。

表

《行在百官謝許乘轎》 云：「方披棘以立朝，適雨霜之在候。慮乘款段，或至顛隮。乃曲軫於睿慈，俾獲安於徐步。」愚按此亦南渡後百官乘轎之事原也。

《皇子賀北郊禮成》六表 蓋北郊之禮，惟徽廟嘗行之。

啓

《到徽州鄉郡謝啓》 「城郭重來，疑千載去家之鶴。交游半在，或一時同隊之魚。」此瀟灑出塵之語也。

《答道士梁丹林》得請歸里，「丁令重來，嘆遼海千年之別；知章得請，分鑑湖一曲之秋」。

記

《洪州石頭驛記》天下事壞於以爲不足爲，故陳以道茀不治，單襄公知其必亡，晉以隸人之垣贏諸侯，而子産知其不能，道路次舍，亦豈政之細者耶？

《洪州右獄盡心堂記》「今吾與子，一杯相屬於此，亦思有向隅悲泣，滿堂爲之不樂者乎？亦思有捶楚之下，何求而不得者乎？亦思有禁切寒不得衣，饑不得食者乎？輕用民死，幾何其不挽弓自射也。」

《虔州神惠廟記》以神之受職爲言，得體。

《鎮江府月觀記》劉岑季高之所更新也。謂形勢之雄，足控制南北，豈直騷人羈客，區區登覽之勝。東曰海門，鴟夷子皮之所從逝也。西曰瓜步，魏佛貍之所嘗至也。其北廣陵，則謝太傅之所築埭而居。而江之中流，則祖豫州之所擊楫而逝也。今攬而納諸數楹之地，使千載之事，了然在吾目中，則季高之志可知矣。

《嚴州高風堂記》始謂帝王功成志得，必有輕天下之心，於是岩穴間，有不得而用者出，而百年之風俗係焉。漢之二祖，皆以布衣取天下。高祖時，有四皓莫能致。逮光武立，嚴子陵亦不爲帝留。是五人者，出處相類。然四皓晚從太子之招，而風節減於功名。子陵終高卧，故東漢之士尚風節，而以功名爲不足道。鋪叙既足，又接以四皓學伊尹，子陵學伯夷，然後獨歸之本題，之子陵而收焉。其文字布置極佳，可爲作文者之法。但以四皓比伊尹，子陵比伯夷，皆不同耳。

《廣德軍范文正公祠堂記》以浩然之氣爲主，謂公立朝如史魚、汲黯，憂國如賈誼、劉向，守邊如馬伏波、羊叔子，雖庸人孺子知之。獨筮仕之初有卓然大過人者，史失其傳，不得不紀，乃叙其事，而終以柳宗元上段太尉遺事，抑揚而收之。

《鎮江府大成殿記》謂道宫佛刹之立，其徒志堅而材足有立，既非事情矣。又謂吾夫子息争已亂之道，有功於世，何其卑邪？大抵道佛之盛，由世俗信邪爲禍福傾動所致。而其徒又無家可歸，相與丐乞經營，爲終身屯聚衣食之地，故成之易。夫子之道乃民生日用，常安習而與之相忘，既無異端之張皇誘脅，其學官乃朝廷所設，以教育人，士必待上之人甚崇重，然後爲士者肯於違父母、辭室家以從之游。屋之成否，蓋在朝廷，非士之事也，故成之難。是豈爲士者之才志，皆不異端若哉？夫子如天覆地載，民無能名，而又止以息争已亂爲功，此何等議論？甚矣！文墨之士，於儒道未嘗知味，而語言妄發之可羞也！

《鄭固道寓室記》「自淵明寓形宇内」一語，宛轉發意，文勢極可法。

《永州玩鷗亭記》 此浮溪貶所作也。如曰：「使吾心有以勝物，則李廣之石，可使爲虎；使吾爲物所勝，則樂令之弓，亦能爲蛇。苟吾心如木石而無所示，則鷗莫得而闞矣，何爲而不可玩哉？」語意極工。

《養浩齋記》 「貧富貴賤，死生禍福，皆足以入吾胸中，爲浩然之〔寇〕。」

《何山書堂記》 謂楷以其居爲寺者非也。

《殖齋記》 以苗喻德，文極委蛇。愚按此説本劉向《説苑》。

《翠微堂記》 「凡煙霏空翠之遇乎目，泉聲鳥哢之屬乎耳，風雲霧雨，從横合散於冲融杳靄之間，而有感於吾心者，皆取之以爲詩酒之用。」「古人有貴於山水之樂者如此，豈與夫槁項黄馘，欺世眩俗者同年而語哉？」

《種德堂記》 謂君子非屑屑然，置盛衰興廢於胸中，知修身以待其定而已。末援王祥、王覽隱居三十餘年，以孝悌著聞，及晉而子孫蕃大，更六朝、隋唐至譜牒不能傳。文意高爽可觀。近世水心亦作《種德菴記》，取而並觀，則知浮溪之過人遠矣。

《靖州營造記》 「叔孫昭子所館，雖一日必葺其墻屋。薛惠爲彭城令，橋梁郵亭不修，兄宣知其不能。」

序

《蘇魏公文集序》「文雖同乎人，而其所以爲文，有非人之所得而同者。」

《吴園先生張公春秋指南序》「孟子去孔子百餘年，於《書·武成》、《詩·雲漢》皆疑。至《春秋》則曰：『孔子成《春秋》而亂臣賊子懼。』未嘗片言置疑其間。其懼非懼聖人之書也，懼天下是非之公也。自三傳興，而聖人之經始不勝其煩，好異者冥思力探，無所不至，乃至子以父學爲非，弟子以師説爲愚，况其他哉！」愚按此説爲有理。至其《序洪興祖春秋本旨》，直謂仲尼復生不能易，而末乃歸之興祖可草《辟廱》、《封禅》之儀，則文人之妄意談經，其舛甚矣。

雜著

《與吴知録書》所重在文，而排王氏之經、伊川之學。

《郭永傳》永，大名人。建炎初，車駕幸維揚，宗澤守京師，永爲河北東路提點刑獄。澤檄永爲大名帥，杜充相掎角，永得檄大喜，即朝夕謀戰守具，因結東平權邦彦爲援。不數日，聲震河朔，已没州縣，皆叛寇應官軍。宗澤死，杜充移守京師，而以張益謙代，會范瓊亦脅邦彦南去，劉豫舉濟南入寇，大名孤處其間，力屈城陷。寇欲啗降之，永怒駡不絶，寇令斷所舉手，並其家害之。時，死節若劉韐、李若水、向子韶、霍安國、張克戩、楊邦乂，皆章章尤著，然詈賊不屈，無如永。

《王氏贊》　王氏屬時艱難，菆金陵正覽寺，十八年而啓之，棺衾皆腐敗，獨夫人面如生，自肩有蔓覆之，遂以爲奉佛之報，而爲之贊。愚謂棺衾之易腐者，艱難時菆殯器物不堅也，面目如生者，死而不化，世俗往往有之，皆不祥之事也，蔓延其上，棺壞而蔓及之，可哀之甚也，何贊爲？

《跋上舍題名》　〔我〕神宗始以經術（造）〔選〕士，（欲）遂頒三舍，天下未暇也。至徽宗益新月書季考之法，崇寧三年首命上舍生賜第者十六人。愚按學校講明義理，於鄉舉里選仕進之路無關也。變學法以啗士子，捨義理而爭利禄，壞前此千萬年之學校，禍後此千萬年之士習，蔡京平生之罪，此爲第一，而世乃習以爲當然。悲哉！

《陳文惠公遺事》　公相仁祖，忽夜分有御封至私第，公不啓封，來日奏曰：「今中宫虚位，張貴妃有寵，恐奸人傅會，請正母儀。若誠此事，臣不敢啓封。」仁祖首肯曰：「姑置之。」兹舉蓋開悟轉移於談笑之頃，一言興邦矣。

墓　誌

《汪伯彦丞相誌》　謂伯彦（和）〔知〕相州，頃高宗以康王使斡离不軍，至磁，而伯彦亟以帛書請王還相，躬服櫜鞬，以兵二千，逆王河上。王開大元帥府，以伯彦爲副，欲引兵渡河謀所向，伯彦獨決策，出北門濟子城，於是由大名歷鄆、濟二州，達於宋，復勸進，即位南京。未幾，伯彦有疾，乘輿南渡，咎不由之。愚按黄、汪誤國，三尺孺子能言之，而浮溪反許以中興功臣，此雖阿其所好之言，然自昔大臣得罪萬世者，當時何嘗無可書之事？大節一虧，衆美俱失，不可不戒也。自昔名人才士，一失足於富貴之門，唯見其是而不悟其非，卒與之俱辱而不自知，亦不可不戒也。

《汪澥開府》 澥預王安石釋經之議，又首傳其説。愚按浮溪愛澥者，而首譽及此，殆不辨是非矣。

《滕康樞密誌》 建炎三年，宰相吕頤浩，建幸武昌爲趨陜之計。既還建康，又建欲盡棄中原，焚室廬，徙居民於東南，公力持不可。李成力求淮南，吕頤浩欲從之，公命趣知徐州。公扈太后奉神主至洪州，劉光世不能守，金人渡江，退保（處）〔虔〕州，御史張延壽論之，謫永州，薨。

《蔣猷閣學誌》 猷，宜興人，政和宣和間直言人也。謂今羣臣無它能，唯以善候伺人主，承望大臣爲向背者，謂之才。又言内侍省不隸六（祭）〔察〕，又言三省吏官至四品，又言近倖建墳寺，論趙良嗣獻《平燕書》爲狂妄，論范之才謂滁水有鼎可出爲狂妄，論徐惕等進奉後苑。建炎三年避寇明州，卒於昌國縣蓬萊鄉，葬鄞縣隱學。

《傅楫待制誌》 楫定北郊之議。方建中靖國秋，見時事更張，曰：「禍其始此乎？」首引去。

《賈讜閣學誌》張邦昌僞赦至揚州，公適在焉，師臣國視莫敢發，公遽取書焚之，北向長號。

《待制張擴誌》公字彦實，嘗爲中書舍人，吴璘入覲，乞用團練承宣使恩爲其子换文資，公持不可。劉光世疾革，援例乞免其家差役科敷，又持不可。

《曾衢州紆誌》布第四子也。爲兩浙轉運，矯制招盗孫誠等。隆祐皇后葬，公爲修舉，議者欲稱園陵，公曰：「此特攢宫耳。」朝廷用其言。

《徽猷陳兖誌》金陵失守，陳興宗以金一篋委君。已而興宗陷虜，君展轉賊間，寧舍己槖而保興宗之金，訪其子歸之。

《中大夫陳彦恭誌》蔡京之黨王（相）〔桓〕欲增〔監〕鼓鑄，君曰：「山澤之利不可竭，祖宗之額不可踰。」

徐師仁嘗前徽宗修道史，時充潤文官凡四人，董晞淵尤長釋氏書，爲章句，流布四方。愚每謂異端之書，皆中國士人譔成，此亦其一證也。

《龍圖張根状》公二十一登第，四親在堂，以大父母年高，致其仕，則恩及之，遂以通直郎致仕，年三十一。是年大父母恩及其祖妣，以妻封及其母，未幾復以已得之服爲祖榮。及卧山林久，而朝廷落致仕起之。晚復以子之官，官其叔父，皆非故事，特旨從之。其既起也，提舉常平，田疇之墾，桑柘之植，溝防之修者，以千萬計。嘗極論和買之弊，以爲本路歲租百四十萬斛，給中都百〔三〕〔二〕十萬，而官〔兵〕度五十萬，使歲入如數，猶缺四十萬，舊以鹽利三十萬緡和羅，故雖凶歲不乏，自更法以來，州縣重取民耗米以給，民既不堪其苛，而和買四十萬緡，復以無所從出之錢給之。又言祖宗立國東南，上供額六百萬斛，賜發運司本錢數百萬緡，使歲廣糴以備非常，隨補〔徐〕〔隨〕取，此萬世良法也。自希恩者以爲羨餘獻之，故朝廷不足，則下諸路補發，勢必斂於民，爲無窮之害。臣以爲補發不當，復催盡以鹽額還漕司，糴本錢還發運司爲便。遷轉運使，會歲饑疫，朝廷責補發不已，又促輸納紬絹之期，追遠年無名之〔責〕，鬻官田者，大虧上供之數。公歷陳利害，奏罷之。且乞以封樁鹽，盡給和買還之民。徙兩浙，又言東南諸路闕乏之由，除贍學宗室，添置官兵，及非泛抛買外，茶鹽錢盡入榷貨務耳。若止分其半以予漕司，諸路當亦少寬。又乞罷土木，及人臣則節賜田産房廊，賜金帛，賜帶，疏奏，大臣、權倖皆怨。又因親書奏花綱事，字誤，遂坐以不恭之罪謫〔柳〕〔郴〕州，卒。張壽其子，李綱其婿。愚按浮溪所撰諸賢誌状，行事之可法，未有如公者也。故録之詳如此。

浮溪之文明徹高爽，歐蘇之外邈焉寡儔。艱難扈從之際，敷陳指斥，尤多痛快，殆有烈丈夫之氣。至其行責詞，則痛詆李綱；草麻制，則力褒秦檜；平居議論，則鄙經學而尊詞章。詞章陋習，滅没人才，一至此甚，不然公之成就豈止如今日所見而已哉？

黄氏日抄・讀文集九

范石湖文

詞賦雜詩

《館娃宫賦》　謂吴王未聞大道，宜其志荒。

《問天醫賦》　謂不敢以人勝天。

《望海亭賦》　設容辭以誇之。亂曰：「有是哉？吾將觀焉。」

《桂林中秋賦》　感九得秋而九徙。

楚詞四首：《幽誓》、《愍游》、《交難》、《將歸》。

古律詩《河豚嘆》　「百年三寸咽，水陸富肴蔌。一物不登俎，未負將軍腹。」

《荆公墓》　六言。「本意治功徙木，何心黨禍揚塵。報讎豈教行劫，作俑翻成不仁。」

《姑惡》詩　東坡云：「姑惡，姑惡！　姑不惡，妾命薄！」石湖謂「此句可以泣鬼」。　爲作《後姑惡》詩，首云：「姑惡婦所云，恐是婦偏辭。」斷曰：「姑不惡，婦不死。」

《舟行驟雨》　云「圓漪暈雨點，濺滴走波面」。

《後催租行》　「賣衣得錢都納却，病骨雖寒聊免縛。　去年衣盡到家口，大女臨岐兩分首。　今年次女已行媒，亦復驅將换升斗。　室中更有第三女，明年不怕催租苦。」

石湖初爲新安掾，謂歙溪爲浙江之源，正可言江。《述黄君謨州學記》　云「瀕江地卑，自徽至嚴二百灘，以乳灘爲最險。　徽之黄山三十六峰，以天都峰爲最高。　有温泉在黄山之朱沙峰下」。

《次韻胡邦衡》　「人窮名滿世，天定客還家。」

《贈倪文舉》　「朱門不炙鈞竿手，萬卷難供折腰具。」

《會散夜步詩》　「貪看雪樣滿街月，不上籃輿步砌歸。」自注云：「步砌，吴語也。」

第十三卷律詩，使虜道中作，云「汴河自泗州以北皆涸，草木生之，土人謂本朝鑾回即開」。

西瓜本燕北種，石湖謂今河南皆種之。

黄河將决處伏流先出，名曰澌水。

滑州爲河淪，布在濬州側積水中。

韓魏公墳無恙。《相州》詩註。

《曹操七十二疑塚》詩　云「聞説羣胡爲封土，世間隨事有知音」。

安肅軍北門外爲出塞路，大道，容數車方軌，十五里至白溝，亦名巨馬，本朝與遼人分界處，渡江即與太行俱北，至燕猶未斷。

涿北、燕南之間有灰洞，兩旁皆高岡。

蹋鴟巾，館伴所裹。

燕宫宏侈過汴京，亮所作也，龍津橋以玉石爲之。

第十四卷《游弁山》，石林故居已廢矣。餘詩皆浮湘入廣時所作。

《題浯溪》　謂元結寓譏爲非。

《游愚溪》注：「鈷鉧，熨斗也，潭形似之。」

蠻茶出脩江，治頭風。老酒留數年，南人珍之，故以「蠻茶」對「老酒」。一南人以蚺蛇皮作腰鼓，交趾以象革爲兜鍪，又以「蚺鼓」對「象鍪」，皆風土語也。

石湖帥廣之明年，乙未年，五十矣。是年正月二十八日，自廣易蜀，五月二十六至遂寧。紀行詩百三十五首。嚴關者，桂之守險處，至是出嶺矣。鏵觜者，在桂之興安縣五里，秦史禄疊石壇，前鋭如鏵，迎海陽，水分爲南北，即湘灕二水。南流爲灕，北流爲湘，言二水相合離。羅江者，嶺北初程，北流入湘江，趨清湘縣，全州界也，入零陵縣，永州界也，去零陵十里爲湘口，有滎水來自道州營道縣，湘水來自桂之海陽，至此合爲一江。按瀟水出九疑山，至永（興）〔與〕湘水合，豈即營水耶？湖嶺之間，湘水貫之，凡水皆會之，以瀟水合者曰瀟湘，以蒸水合者曰蒸湘，以沅水合者曰沅湘。浯溪在（析）〔祁〕陽縣南五里，自永州界入衡州，過潭州爲洞庭。其南曰青草湖，是爲重湖。由是而至湖北，之澧，之江陵，入蜀江，泝峽州，道始艱，有一百八盤，有鑽天三里，有蛇倒退，有麻線堆，有胡孫愁，有判命坡。峽爲蜀外第一州，湖北之極處。由是入歸州爲夔路矣。長石截入歸州郭下三分之二，水極險，爲人鮓甕，至巴東爲峽口，入巫山峽。其盤渦之大者，名漬淖。其地刀耕火種，斲山木盡蹶，候雨前一夕火之，藉其灰以糞。有物名笮，音作，竹索渡水者。自巫山還陸，避黑石諸灘，過鬼門關，入瞿唐，歷灩澦，爲夔州、萬州、合州，皆山也。至遂寧府，始見平川，遂寧則潼川路矣。達成都。淳熙四年丁酉，公出蜀。

《將至公安》詩云「我馬虺隤我僕痡，豈不懷歸畏簡書」。愚前年《上孫江陰大閱詩》有云「悠悠旆旌馬蕭蕭」。有同官云詩無用經句者，今《石湖集》中，此類甚多，豈近世晚唐詩始不用經語耶？

蜀音難曉，反以京洛音爲虜語，或是僭僞，時以中國自居也，既又諱之，改曰魯語。見《安福寺禮塔》詩注。

老宅即老人村也，舊名獠澤，石湖更今名。

索橋以繩架空。

萬州杏剔核方賣，以核爲杏仁。

「狠石」二字，三見此册。《湘口夜泊》詩云：「狠石蹲清漲。」《土門》詩云：「狠石卧中路。」並十六卷。《離堆行》云：「殘山狠石雙虎(鎖)〔卧〕。」十九卷。北秦太守金龍云地水涸致祭，即壅都江水，名(溺)〔攝〕水。又後册二十卷《瞿唐行》云「鑿峽疏川狠石破」。是石湖行川湘間，皆以狠名石。愚按皇甫湜《狠石銘》謂，秦皇發石驪山爲墳，礎有石屹立，人力莫施，故老相傳，遂以狠名。此語雖不經，而狠石之名已有。自來京口甘露寺亦有狠石，乃傳爲三國孫劉事，豈又展轉附會耶？

二十卷，公出蜀時詩也。江安近瀘州有張旗三灘，言湍急過之速也，有渡瀘亭，有韋臯紀功碑。《瞿唐行》注云：「灔澦撒髮不可犯，一夕水漲没之，名青草齊，遂略其頂而過。白鹽赤甲，峽口大山。黃巔黑石，皆峽中至險。入峽西岸有聖泉，舟人向之疾呼曰：人渴也。泉即迸下一杯許，復乾。黃魔灘下連人鮓甕。秭歸縣治，世傳宋玉宅。旗亭題宋玉東家。巫山不止十二峰，其大者十二峰，東西各一峰最奇。黃牛峽廟，爲黃牛神之居，門有石馬，即歐公所夢者。亦有虚高峰，上有黃牛，跡此山名。假十二峰。扇子峽，兩岸山尤奇，至荆渚回望，山無一點矣。南樓在鄂州。江州庾樓，後人以亮嘗刺江，故假鄂之名。大孤山，澎浪磯，皆在湖口。馬當伏，即小説載神助王勃一席清風處。

二十一卷，還直玉堂與還吴所作。

太湖靈祐觀，有垂絲檜。林屋洞，左又二門，曰雨、暘谷洞。毛公壇，劉根也，身生緑毛故云。銷夏灣，吴王避暑處。華山寺，在西山盡處，多泉泓。

《嘲（蛟）〔蚊〕四十韻》極工。層層而起，如昌黎《詠雪》詩。

二十二之二十六，多帥鄞所作。自鄞移金陵，將行，遍游諸山。至金陵而詩少，其所游鍾山、半山耳。

歸吴有《上元節物三（子）〔十〕二韻》，工緻。

釋氏謂常行爲般舟。行步之行。

馬齒莧中（付）〔有〕水銀。（雞）〔鴻〕頭，芡也，名水琉黄。爲對。

《白髭行》載四十四歲出疆，四十九使廣，復使蜀，又十年，垂雪毿毿作此。

所藏小峨眉，靈壁石也。煙江疊嶂，太湖石也。天柱峰，英石也。皆歸休時閑玩。

《甲辰除夜吟》多及閒適之意。

請息齋屢有作，則絶交之語，當有激也。

《夜坐有感》詩　説賣卜。

《丙午新正》詩　石湖年六十一矣。有云「人情舊雨非今雨，老境增年是減年。口不兩匙休盡穀，生能幾屐莫言錢」。自此皆退閒消遣之作矣。

《吴燈詩》「等閒三夕看，消費一年忙。」

《初夏詩》「雪白荼蘼紅（費）〔寶〕相，尚携春色見薰風。」

《田園雜興》内《題槐樹》云：「三公只得三株看，閑客清陰滿北窗。」《雪下菘》云：「朱門肉食無風味，只作尋常菜把供。」其閒居動息皆以墻外人物聲爲節。

《重陽後菊》「世情兒女無高韻，只看重陽一日花。」

《送炭龔養正》「煩君笑領婆歡喜。」

《靈岩》「雪浪長風三萬頃，蒼煙古木二千秋。」

《圍田歎》四首　言大家之妨細民。

《素羹》詩「新法儂家骨董羹。」

《元日立春》「併煩傳菜手，同捧頌椒盤。」

吴農忌五月甲申、乙酉雨，尤忌乙酉。二十七卷《梅雨》注。又忌立秋雷。二十九卷《秋雷歎》。

《臘月村田樂府十首》《冬舂行》、冬舂不炷。《燈市行》、《祭竈詞》、《口數粥行》、《爆竹行》、《燒火盆行》、《照田蚕詞》、《分歲詞》、《賣癡獃詞》、《打灰堆詞》。

梧子能墮髮。三十三卷《霜後十二絶》。

虎丘石井在張又新《東南水品》第三，久廢，不知其處。石湖以大方井語壁老，復之。

《白玉樓步虛詞序》 甚工，類韓文《畫記》。

《愛雪歌》 「棹夫披簑舞白鳳，灘子挽繂拖素虬。」末句云：「須臾未遽妨性命，呼童盡捲風簾鉤。」

龔養正《元日六言》 「流年五十踰二，明日半百過三。」石湖次韻「歲踰耳順俄七，年去古稀只三」。龔五十三，范六十七。

奏狀

《繳僞會齊仲斷案》 爲中書時所奏。初，乾道六年七月四日指揮，限三日毀印，湖州齊仲以八月十七日有犯，斷以死罪，謂在三日外也。石湖謂：七月七日降指揮，十一日方關户部檢法案，金部之與法案，同一曹局，頃步之間，八日方能關行，而况傳至外州！合更審會湖州出榜的日，仍豁限三日，勑限外照本人所犯日子，然後處斷。愚謂此仁人之舉也。記之。

主管殿前司公事王友直奏：男娶左翼軍統制趙渥女，以渥分戍泉南，免避親嫌。石湖謂：如渥比者，始可權免爾。劉錡之於劉汜，不避子姪之嫌，吴璘之於姚仲，不避姻家之嫌，皆至敗事。蓋兵家利害，動關生殺，非若州縣官止於舉劾而已。令諸軍不得因今來指揮，輒容合避親充將佐。

節使知宗士銖，乞照嗣王例，全支米麥等恩數。石湖奏：立愛惟親，固聖人之用心，法行自近始，亦聖治之先務。貴近無尺寸者，相習如此，異時勳臣戰士，若復越制請求，則如之何而拒之？

《論宋貺召命》　貺蓋秦檜親昵者。以上皆中書所奏。

廣西無酒稅商舶所入，祖宗撥諸路錢物助之。湖北軍衣絹四萬二千匹；湖南絹一萬五千匹、綿一萬兩；廣東米二萬二千石，提鹽司鹽一千五百萬斤，韶州岑水場銅五十二萬斤，付本路鑄錢一十五萬貫。總計一百一十餘萬貫，並充廣西支遣。建炎兵興，諸路不復撥到，所籍者官賣鹽耳。廣西漕司歲發鄂州大軍經略司買爲靖州共二十一萬貫，歲撥諸經費及諸司循例支遣，共五十二萬二千八百貫，通計七十三萬一百貫，均撥鹽數。諸州出賣，除收息充歲計外，又別支鹽附賣，以六分爲大軍買馬及靖州歲計，四分助諸州，又計一十九萬四千一百貫有畸。紹興八年六月，改官賣鹽，行客鈔，利歸鹽司分隸起發。時漕臣高繹，止具舊來經費已失四分所管十九萬四千一百餘貫之利。又使擬鈔法，必及歲額，以太半不可指準之錢，爲一路歲計，以致諸州困乏，軍無贍養。後因鈔鹽不行，乾道四年六月四日，復令官賣，廣東鹽廢弛，以不得過西路爲説。乾道七年六月二十八日，復通行客鈔。石湖入蜀，值宜州對境南丹州莫延葚入省地作過，謂皆因邕、宜、融邊郡無錢糧，軍政廢弛所致。力請於朝，以復行官賣鹽爲第一事。

繼又條四事：一、乞招填諸州將兵；二、乞以前提刑滕膺效用，軍發赴行在，逃亡者招充本路效用，小弱者斷給據自便；三、以廣西人少，一保動隔山川，改户長法，止以三十户爲一科；四、以簿尉規避上司，別差無藉者攝之，乞禁止。

又劾宜州兵官不之任，及冒領邊賞。

又轄鈐將副，老者與祠。

乞改四月十五科舉爲三月十五，以免冒暑。

乞以銓試三場分日。凡皆帥廣時奏。

奏西蜀酒課重。上爲出上供錢四十七萬，對減折估。

成州東柯鎮太平監之間，去虜境三十里，有銀坑，恐啓戎心，棧塞之。

論安撫司不當辟城寨，官事屬制司。凡皆帥蜀時奏也。

薦知繁昌縣鮑信叔，詣州抱酒税額而減酤價，罷市征，商旅悦集，縣計以充，補解前官欠三年，減饒民户，猶有餘積。愚謂以信叔爲能吏則可耳，後不可繼，必有受其弊者。然楊萬里、尤袤皆薦之。

知處州，上殿陳日力、國力、人力之説。謂稽古禮文之事太繁，承平虛費之習未盡。

又陳録問事，謂法云：「令吏依句宣讀，無得隱漏，令囚自通情，以合其款。」詳此法意，不止讀成案而已。今離絶其文，嘈囋其語，造次而畢。欲委長吏點無干碍吏人先附囚口責狀，覆案無差，然後亦點無干碍吏人依句宣讀。

又陳閲軍事，按令惟郡守兵官，得破不堪披帶人當直，其餘專用厢軍。今憚肄習而戀司局，降就厢軍，或徑降剩（貪）〔員〕，是簡閲未精也。舊制營房損漏，兵官不得替移，霖雨經時，有司先葺營寨，今有營無屋，雜處閭井，是營伍未立也。

召對劄。乞招閲弓手。其後爲右史，又直前奏之。

論不舉子。準紹興八年指揮，貧乏妊娠，支常平米四斗。十五年改支一石。又令殺子之家父母、鄰保、收生人皆徒罪。先是蘇軾知密州，盤量寬剩，得數百石，專儲以養棄兒。

乞議減浙東丁錢。

松陽縣創義役，囑交代樓璩行之餘五縣。其後上殿，取湖沂繕寫規約，頒之天下。後又以此義舉，乞免處州丁鹽絹。

乞除歸明歸正（字）〔人〕，以示一家。

乞避兄成象立班。照慶曆八年，李端懿復防禦使，與弟沂州防禦使端願同班，端願乞下之例，從之。又：元豐六年，亦有兄任起居郎，弟中書舍人，班兄之下。成象工部，石湖禮部。

《論重征莫甚於沿江》 如蘄之江口，池之雁汊，號大小法場。上而至荆峽，往往有是名。虚舟往來爲力勝，本無奇貨而妄呼名件爲虚喝，宜征百金，先抛千金之數爲花數。客費日多，則物日涌，錢日輕。乞禁沿江置場繁併，并州縣於支港小路私置處省之。

内殿論奏讞。嚴限剋期報應。論準令，給囚之物許支錢；準格，在禁之囚許支米。錢許於贜罰等，支米無名色。乞令運司下州縣，苗米截撥，闕米則合支錢收糴。

應詔編進勤政故實。首一條，謂：乾之所以爲天者，自强不息而已。愚按：本文「自强不息」，乃主人事言之，非乾也，法乾者也。

内殿論左右史郎左，舍人右。侍立典故。唐制：凡御殿，二史立左右紫宸閣，臨軒即立螭頭，皆得密聞王言。國朝淳化二年，始置直崇政殿。慶曆二年，歐陽修同修起居注，移立御前，曰：「起居注非殿中秖候人，不當立座後。」隆興元年，胡銓乞復侍立故事，御史臺會到經筵例，宰執臺諫奏事，權立禁殿，臣僚奏事時，立御座前，閤門契勘，垂拱殿常朝，自來二史無侍立指揮，今請比附後殿輪立。旨從之，餘依舊。

承平絹價不滿一貫，而二貫滿疋定贜罪，寛之也。其後兵興物貴，紹興三年，詔疋準三貫。石湖以時價已至六七千，合更量增一貫。和買取民財，隨時增價，定民罪則減之，聖政所大不忍也。

《論銅錢入北》　乞聚茶榷場，專以見錢出賣，而輕其價，則錢之在北者必來。以管仲藏石壁來天下貨財爲證。又論蕃貨皆非吾中國不可無之物，而誘吾泉寶以去，欲權住明州蕃舶。及北使回，又奏四明温陵商舶糴買（出）〔山〕東麻豆，彼減價而須見錢，錢過界者不勝計。

使回奏。諜者詭姓遁跡，冒九死而圖萬全，索隱察微，問一二而知十百。此非妄男子所能，非其人不可汎遣。用晉遣人覘宋事。

内殿論獻説迎合布衣補官之弊。

論知人。不知其人而使之，不集事，則均受不才之名。各以其長，易地使之，皆以才稱。將帥爲其下告贓，乞此外一切原之。

賑濟須分就遠鄉。

論修史須立程限。

奏。交州進奉，政和五年指揮，經過州軍，更不復禮。紹興二十六年，施鉅帥廣，報謁移庖，遂爲例。至是絶之。

《論馬政四弊》　邕州買馬大弊二。蠻人先驅一二百瘦病者爲馬樣，邀以買此而後大隊至。暨至，亦雜以半。買馬司典吏與招馬人歲久爲弊，一也。横山寨無草場，支錢悉爲官吏乾没，不以時得草，二也。沿路損馬大弊二。所至無橋道，涉水貪程，一也。州縣不與草料，但計囑押人而去，二也。買之弊乞擇官，損之弊乞馬病隨（萬）〔寓〕留醫。

又奏。静江府興安縣，客旅私販水銀入建陽、邵武賣異色錦私，涉宜（用）〔州〕蠻界，至邕州溪洞，邀蠻人教止易銀，而以私錦售易之。官價錦當銀三十五兩，私錦只十五兩。致官錦無用。獨一色銀，易馬不足。且誘省地民負荷而縛賣之，或夾帶姦細。乞禁約於建陽、邵武出錦之源。

淳熙元年指揮，戰馬買四尺四寸以上。石湖乞四尺三寸以上帶分亦選貴，蓋自紹興六年指揮買四尺二寸以上也。廣中元無戰馬，羅殿、自杞諸蠻以錦綵博之大理。大理即南詔也。諸蠻驅至横山場互市，每低一寸，減銀十兩，如四尺四寸者，銀四十一兩，三寸即三十一兩。自横山至邕州七程，至經略司又十八程。其道自邕、賓、象、静江出湖南。紹興十年三月指揮，經由州縣，於經制錢立科應副，湖南自全州至行在，並遵依。而廣西科税户，税户陪些小錢物，折與管押兵校，而馬斃於饑渴矣。石湖奏乞一體行。又買馬久弊，銀則雜銅，名四六銀，鹽則減斤，百得七十，皆爲邊吏乾没。石湖以乾道九年到任，（楷）〔措〕置銀不夾帶，鹽足斤兩。又印給支買憑由，每量到馬疋，即批上尺寸斤兩。蠻人感悦，得馬最多。

出嶺又奏。乞常切檢察準格買馬，不及千五百疋，展磨勘一年，多二百疋，減磨勘，千疋轉官。淳熙六年，多千二百五疋。

廣西管州二十五，四在海之南，二十一在海之北。在海北者，外邊諸蠻，内雜洞猺，而邕、宜爲最要害。邕州管東南第十三，一將，五千一百人，淳熙初，僅存七百七十餘人。宜州管第十二，副將，淳熙初存五百三十餘人。又多差押馬催綱接送雜役，在營者皆老病，與無兵同。邕州馬，元額一千六百疋，至是亦僅二十七疋而已。石湖申乞復行官賣鹽，以其事力招填邕州買馬。銀鹽繒錦數十百萬，皆在横山庫，無城護藏，無兵鎮壓，乞將邕州守臣，常擇折衝禦侮之材，經司駐静江。是時，見兵亦不滿二千人。石湖蒐强壯一千人并駐泊下，揀百八十四人與摧鋒軍，本司效用。軍結隊上教旬兩披PLACEHOLDER。蓋自何佾爲帥，隆興間，申揀得五百人教閲，今方再教之。使郡將常以此存心，太祖養兵之法，何至反成蠹國哉！近世，見在軍不蒐而反添刺孱弱以益其蠹，可怪也。石湖練兵之外，又團結猺人，作三節措置。先結邊洞省民，授器教陣。次諭稍近猺人，團結立誓，然後許通博易。最後又遣勇敢，以近猺爲鄉導，深入不賓處，如前諭之。他日遠猺有犯，須先破近猺，近猺有犯，先及邊團，則官兵固已至矣。是年，静江管下溪洞猺人，結成五十五團，置桑江寨以統屬之。其義寧、臨桂、古縣一帶，深山團結不盡者二十四聚落，亦緣此不敢犯邊。又置博易兩場，以防其窮迫。山之北置義寧縣，西山之南置濳溪隘，下皆具圖册奏聞。摧鋒軍，本東路駐劄，分二百人於西路静江，東路尚二千六百人，又欲抽回静江者。石湖屢申不發，謂固西路所以固東路也。東路管十四州軍，駐韶州，非邊面故云。

昭、賀二州旱，既賑之，又乞減四等以下户田租之半。

官賣鹽既行，闕防三事：一慮漕司撥與諸郡抑配；二慮取羸擡價，民食貴鹽；三慮倉吏減斤，多裝籠葉。

自廣易蜀，申八劄而後行，皆在任措置軍民馬政實事，俾後來者接續。

五十一卷以後，皆帥蜀時奏劄。（一）初，邛部州首領蒙備歿，弟崖韈繼。蠻俗，襲兄者妻其嫂蒙備妻嗚呼殿悦其幼弟部義而歸烏蒙，部義從之，結烏蒙兩抹。又旁近蠻謀取崖襪而代之，相攻未決。乾道九年春、冬，吐蕃、青羌兩寇黎州，崖襪、部義皆常助我，有功。至是，荆南府探聞其略，謂賞不均，而邛部擾，乞賞部義。石湖得其實，申嚴斥堠而已。具言蜀西皆與諸蕃接，爲唐邊害，本朝經撫之，且吐蕃、南詔瓜分西南，無警二百餘年，歲歲備弛。近歲忽有雅州、碉門之寇。乾道，吐蕃復寇黎州。遂併嘉、雅、威、茂四州，永康、石泉二軍，凡七郡一體措置。教將兵，修堡寨，并講明寨户土丁團結，各自爲戰，以省戍役。乞給度牒五百道濟其用。

又，旌黎州死事者五人：推官黎商老，巡檢王勝，監税杜立，指使崔俊、楊滌。并乞除放黎州欠負。其説曰：乾道寇入，致欠錢引一萬五百四十道，而總領司置獄雅州，抑吏均陪錢引萬餘，必非出自吏胥之家，掊領居民，漁奪商賈，何所不至，民困誅求，反思有寇之歲，無此追擾。望聖慈計其大者，指此錢引下總司，特免催理。

又以鳳州迫大散關，乞下興元都統補其軍，以階、成、西和、鳳四州關外爲北界首，乞從諸司共選辟守臣。凡其措畫西蜀邊防，大略如此。

蜀自失陜，竭其力養關外軍，而折估最病民。折估者，蜀酒課名也。公契勘：成都一郡，元額四萬八千四百八十貫，見收四十萬八千六百四十貫，縣額十五萬六千四百四十貫，見收三十九萬二百七十貫。遂并覈實。四路共六十二州，内十三州元無折估，五州不申敗缺，餘四十四州，各有重額，共奏減四十七萬二千五百四十三道錢引，計十分内減八釐三毫有奇，以總領司經費外事，故僧道度牒截撥對減。奏凡三四上，其要有曰：去四川數十年之害，培其本根，徐用其力，國家長計也。又曰：遠方州縣吏爲（入）朝廷根本憂者幾人，折估不辦，上司怪怒，百方貼補上塲，陛下赤子而不恤，後日意外之患，其間貪墨又或並緣此，所以實聞於朝廷者寡也。又曰：出納之司，徒見枝葉粗存，不知本根將撥。又曰：望陛下斷自宸衷，與帷幄大臣決之，不須更付有司。彼有司者，但知出納之吝，安知根本之憂。及得旨蠲放，又奏：舊以增額補敗闕，有司以增數爲不係帳錢而敗闕不問，有司今後不得掠取係帳錢。已而四路州縣節次申，七月十五日以後，百姓各啓建感恩祝聖道場，五日或七日，乞照前仁宗免榷河北鹽故事，宣付史館。時淳熙三年也。公之拳拳根本者如此。

劄　子

薦樊漢廣除知雅州，謝讶吏而挂冠，官已至朝請郎，咫尺奏薦而不問，時年五十六。孫松壽告老，年六十六。

（開）〔關〕外階、成、西和、鳳四州，歲苦和糴。而鳳州在魚開前百九十里，係嘉陵江源，灘石水澁。階、成、西和去江愈遠，無由漕運，和糴莫免。公契勘：川秦軍糧減到利、閬、興州、大興軍等處，官糴買瀘、叙客米多支錢，并利州酒息共百萬，以增添四州及金、洋州、興元府糴，本使官自糴買通，利路諸州並不科糴。

奏關外四州灾傷，准令安撫司體量措置，轉運司檢放展閣，常平司糶給借貸，提刑司覺察安濫。

茶馬司歲起川秦兩司馬百五十一綱，差成都、潼川、利路兵三千六百餘人管押。馬斃大半，逃亡不返，又於内解雇夫錢一半，每名二十八道，尅衆兵月糧充之公，申乞措約蠲免。先是以宣撫司權重，罷之，復制置司，而關外都統不關報事，宜公申審。

乞提刑依限決獄。檢準乾道令，限五月下旬起離，雖未被旨，亦行。

興元、洋州等處，建炎依陜西法抽結。義士在關外四州，則名忠勇軍，與免科率。大散關之戰，能爲官軍先鋒。後因差役規法浸壞，乾道三年，虞雍公宣撫得旨，增結梁、洋一帶，計二萬六千餘人，立爲專法。大要一語：非因調發，不許差使。蓋朝廷無毫釐養兵之費，而實寓正軍數萬於民間，所當愛護。至是都統郭鈞議差守關隘，公以雍公專法争之。

四川城寨兵官八十六闕，舊制司差辟，公至是申明，且乞所給付身勿付幹事人，並從吏部皮筒遞付。

黎州青羌失互市，寇邊。公乞未可許，且謂：蠻夷最畏西兵，號喫人肉，乞增西兵。蓋黎州，蜀門户也。白水寨將王文才叛歸羌，公募致斬之。

乾興二十七年指揮，罷衙兵司提轄官。公至是再準指揮。

論邦本劄子。得民有道，仁之而已。省繇役，薄賦斂，蠲其疾苦而便安之，使民力有餘而其心油然知后德之撫我，則雖天不能使之變，而況蠻夷盗賊水旱之作，安能摇其本而輕動哉？酒者，西蜀酒估之患，捐錢五十萬代之，償令一下，驩呼祝聖者，沸天隱地。關外和糴之困，免糴令下，邊氓或至感涕。於是知民之易德，有如此者。更願益加聖心，深詔内外執事，凡民疾苦，悉以上聞。苟可惠利，勿率故常，使光天之下，至於海隅，蒼生罔不被堯舜之澤，則衆心成城，天下可運諸掌矣。

論支移劄子。内郡拖欠，因循弗償。邊守望輕，莫能理索，擁其空城，坐受艱窘。羣蠻習見，意輕中國。如眉州(翰)〔輸〕叙州米萬石，止與百石、五十石，或全不應副。乞責四路漕臣參酌，别立中制。

論兵貧。軍中貿遷，不無搔擾，將兵幹當，亦廢教習。

論(入)〔吏〕廩。俸給不以時得，當專責之漕司，不應廩稍息絶，坐視不顧。並蜀事。

論朝市儀注。一乞令編攔人寬出班路，使縉紳次序安行，此朝廷之儀。二乞俟屬車禁衛盡絶，方許民庶通行，此扈從之儀。三乞有當避道、分道、斂馬側立之類，一如儀制，此街道之儀。以下還朝奏事。

論二廣獄事。憲司吏指摘片言，以控扼邀求不滿所欲，則追逮送勘，故酷吏寧殺囚於獄，以免後災。深廣有數十年無詳覆事至憲司者，豈真無死囚哉？

貢院添卷首長條背印。

知明州奏事。皇子魏王鎮明七年，而公承之。

奏：倚閣諸司錢十五萬貫住，罷不合幫錢米十之二三。罷供進局，還行鋪錢。此於救弊爲有大造。

又奏：減免舶船抽解。

又奏：將舶船客貨抄數估直若干，候回舶，亦將博買中國貨物，估直與來貨價同，方令登舟，使別無餘力可换銅錢，以絶舊來輕舠載錢，潛行數程，以俟大舟洩錢莫道之弊。愚恐徒擾而無補，如不科其抽解，竟禁其貿易足矣。

又奏：揀汰水軍，立每年條制。

又奏：配軍分送屯駐軍。暨歸朝，進海界圖本，諸盜發，各責地分官員。及將海船五千八百八十七隻結甲，遇獲賊，根治同甲。愚恐巡尉非弭海盜之官，海船不能止他船爲盜。滄溟浩渺，責人以所難能，或未可耳。

又：乞截上供錢萬貫糴米定海縣倉，以給出海兵船口食。此恐官司未必可行。乞配軍役滿十年不逃亡，（而）〔移〕本州。此恐人情不能遵守，殆紙上語也。

謂《原道論》一出，則儒術益明，二氏不廢。此殆公佛學中自有所見。然史越王亦學佛者，嘗以此諫壽皇，何石湖之異耶？

奏住催江東軍器，免催殘税，借廣惠倉陳米，以備賑糶。此皆公自鄞移建康，遇淳熙庚子歲歉後初政也。

又奏：沿江全藉上游江西、湖北客米。兩得旨，税場不得邀欄。乞申嚴行下。

鉛山膽水，洪水後盡涸。

公時帥江東，當淳熙辛丑，仍歉。乞借朝廷見樁建康等處米三十萬石，穀二十萬石，不候檢到損數，通融兑使，恐冬深民流，救之無及也。

又謂：廣濟倉等陳米，儲之不過爲塵土，散之可以易民命。沿江渡口，流民過淮處，如建康之靖安、東陽、下蜀、大城堽、馬家等渡，太平州采石、大信、荻港、三山、上灣等處，池州銅陵、東流、池口等渡，皆差官給糧，津發其回，不願回者存養之。近渡路口，如建康界湖熟、金陵鎮、路口、桐井四處，復爲之邀接津遣。其自兩浙來者，多自饒州、石門取路，亦置場給，（論）〔諭〕其還，勸分賞格，減半細數。用淳熙元年三月二十四日指揮。被荒殘税，申乞蠲閣。流移歸業，收贖不候生滿。行李牛畜，並與收免渡錢。凡荒政之大略具是，一一皆可法者。顧恐近世，無復乾、淳可貸之粟，雖有力莫施耳。

「委自」兩字，今官文書當語。或謂「自」字當寫名。今石湖荒政貼黄，有「委自守令」一語，然則「自」字作從字解也。

「趁熟」字，浙人鄉談。今再奏荒政，亦有此字，蓋謂荒處之人於熟處趁求也。

應詔三劄。一，刑獄舊制繇異，不問次數，今限五勘文具而已。准令州縣禁囚，而監司令具情節及候指揮者，不得承受，仍不得於未勘結之先，改送他郡。獲囚不得過百里，見同照。

大軍倉轉（舡）〔般〕倉舊皆屬總〔領〕所，淳熙九年七月九日奉旨，應有朝頒㪷斛，總司不許干預。時公任建康，盤量大軍倉欠八萬六千餘斛，奏以創倉已（三）〔四〕十六年，支過無慮二千餘萬斛,不曾除豁,亦不到底,縱有情弊,恐非合出於目即合干人。延和奏事,大欲未濟,風俗偷安,甚者遂稱行在爲都下,浙右爲畿甸,中原爲他地,歸正遺民爲虜人。

專募屯田兵。

曹操作沙城,孫權作疑城,唐楊朝晟築木波三城,三旬而畢,裴行儉築碎葉城,亦五旬而畢,務神速也。

謝賜御書。謂古人書法,字中有筆,筆中無鋒,乃爲極致。所謂錐畫沙屋漏雨之法,蓋自鍾、王之後,未有得其全者。惟我高考獨傳此妙,而陛下親授家學,曲盡聖能,意象自然,筆跡俱泯,而萬鈞之筆潛寓其間,譬猶宇宙闔闢,不見斧鑿之痕,雲霞卷舒,殊非繪畫之力,此非聖性天高,學力海富,道腴德輝,被於心畫,則何以深造自得,集其大成全美如此? 臣又嘗論李唐名家猶得楷法,本朝作者但工行書,如米芾所作,飄逸超妙,可喜可愕,責以楷法,殆無一字。此事寂寥久矣。

壽櫟堂,取散材獲壽之義,光宗在東宫時與之書扁。

外 制

從官用偶句,餘多散文,偶句亦不雕斲。如:「宫室苑囿無所益,朕雖(是)〔示〕敦樸之先;

巧技工匠精其能，爾尚裨總核之治。」如：「閒暇而明政刑，會通而行典禮。」「大臣慮四方」對「皇極錫五福」。「五禮教萬民之中，三歲計郡吏之治」。「夙夜浚明，入則宣其三德；文武是憲，出則柔此萬邦。」沈介師潭。「疏傅之歸鄉里，雖祖道於都門；子牟之在江湖，諒存心於魏闕。」黄中宫祠。「問錢穀出入之幾，能析秋毫；報簿書期會之間，殆窮日力。」曾懷户書。「事親盡道，孝固可以移忠；體國忘私，恩或不能掩義。」葉衡起復。「太子正而天下定，方妙簡於宫僚；有進德而朝廷尊，喜來趨於驛召。」陳良翰詹事。「建太子而尊宗廟」對「鄉儒術而招賢良」。王十朋詹事。「仗漢使之節旄，有安社稷利國家之志；得月氏之要領，乃歷山川犯霜露而歸。」趙雄使回。「示樸以先天下，朕靡煩侈服之共；首善之自京師，爾其贊重暉之德。」沈夏工侍兼京少尹。「五材並用，誰能去兵」對「六卿分職，各率其屬」。「天申命以用休」對「臣歸美而報上」。「祇承於帝，方圖百志之咸熙；清問下民，惟恐一夫之失所。」「聖主獨觀於萬化」對「微臣莫望於清光」。「夙夜浚明有家」對「左右祇事厥辟」。

表

《北使回除中書舍人謝表》「使四方不辱君命，既莫效於捐軀；俾萬姓咸大王言，復何資於潤色。」

自中書帥廣：「紫微鳳閣，曾莫代於堯言；桂海水天，但欲窮於禹迹。」

帥蜀：「去國八千里，憾青天蜀道之難；提封六十州，豈白面書生之事。」

帥蜀即真：「俎豆則嘗聞之，何以折衝於疆場；期月而已可也，豈宜久假於事權？」「不泄邇，不忘遠，均萬里於户庭；在知人，在安民，揭九霄之日月。」

賀高宗天申節：「上天申命用休」對「大德必得其壽」。「呼神山之萬歲，（處）〔蔓〕遠鈞天；開壽域於八荒，讙同率土。」

賀孝宗會慶節：「四七際而火爲主，親協帝以重華；五百年而王者興，儼恭己以南面。」

謝□□：「瞻明庭而有待，人謂何功？以公服而衣徂，臣猶知懼。」「貪天之功，以爲己力，固何異竊財之譏？如川之至，以莫不增，尚能歌歸美之什。」

郊祀：「美盛多而告神明」對「觀會通而行典禮」。

太上皇：「三十六年之在宥，與物爲春；萬八千歲之升恒，自今以始。」「爲天子父，尊之至，密藏廣運之聖神；在太極先，不爲高，坐閱無疆之歷服。」

壽皇：「保國家如金甌，治定中興之後；輕天下如敝屣，神凝太極之先。」「致二十七年之太平，功已成而與子；綏萬有千歲之眉壽，福方永於後天。」「蕩蕩民無能名，曷詠歌於太極；蒼蒼天其正色，惟想像於層霄。」

加光堯尊號賀壽皇：「重堯舜之華，稽古亦咨而命禹；以王季爲父，無憂允賴於繼文。」

光宗重明節：「兑報矩以司秋」對「離重明而麗正」。「本乎天，本乎地，咸歸覆幬之中；得其壽，得其名，方啓熾昌之運。」

謝轉官：「繼明而照四方，仰重光於日月；勞賜而加一級，覃大賚於江湖。」「舜帝重華，授受光於三聖；周邦大賚，寵綏徧於四方。」

改元：「春秋謂一以爲元，日月重明而麗正。」

雜對：「受祉施於孫子」對「立愛始於家邦」。「睦族以和萬邦」對「明倫而察庶物」。

誕皇孫賀皇太后：「王假有家，克開厥後；孫又生子，俾熾而昌。」

館職策

議兵莫若留營屯。蓋度支月給，諸軍居十之九。三歲大禮犒軍，居十之八。一有軍興，大費突出，雖積金齊於箕斗，發粟浩如江河，終亦屈竭。宜留營屯，以更戍轉輸之費，供鋤耰銍鑿之須。漸開屯田，以時閱習。又謂：漢高帝，一天下者也，家室狼狽而不顧；越句踐，復讎者也，非報吴之事則不言；東晉，保境土者也，稽古禮文之事畢興，而北嚮争天下之事不問焉。今終日所從事者，保境土之規模而已，又兼欲爲越王、漢帝之所爲，宜其財散力分，坐糜歲月云云。本義文氣極好。

應詔

《京局應詔言弊》謂：通國之弊，蔽以一言，曰文具。後列十事。

論廣西鹽法。奏狀中已抄，見前。

《應詔上皇帝書》光宗即位。　户部督州郡，不問額之虚實，州郡督縣道，不問力之有無，縣道無所分責，凡可鑿空掠剩、賊民而害農，無所不用。偶有所增，永不可減，其他巧作名色，核其支用，皆非入己，亦不得而盡禁，此非超覽九天之上，作新一王之法，曠然大變其制，未見裕民之術。西南保障，自嶺南左右二江沿邊西北，轉而西行，略牂牁、夜郎、黔中而極於西南越嶲之塞，又西北至劍外河西之境，無慮萬里。祖宗築城寨置兵，今名存而實廢，乞行下蜀、廣巡修。又：黎州專控青羌、吐蕃等蠻，雅州專控碉門等蠻，嘉州專控夜郎等蠻，各於對壘，今聞番部結親相通。

書

初，公任徽州户曹，以書謁其守洪公适，秩滿，謁内翰禮部於朝，由和劑局兼編修，召試入秘省。公固一世文豪，而儒先汲引，亦非默默，而人忽自知其書，詞多起人意者，今略抄。

《上李徽州》謂：「學優則仕，仕優則學，是終身之間，有時而仕，無時而不學也。」又書：

「薦士而束以文法，王公大人可以少愧，而草茅抱負挾持之才，亦可流涕太息，無復當世之望矣。又況法已大弊。」捩鼻。

《上洪内翰》「不龜手之藥一也，或以封，或不免於洴澼絖。方其洴澼絖也，不自知其可以封也，及其封也，天下不以其止於洴澼絖而已也。水之於井也，日汲則冽，不汲則竭，其行於地上也，隨所遇而變生焉。」

《上陳魯公》「治莫大乎常。天地爲大矣，飄風則不終朝，驟雨則不終日。方其飄且驟也，人孰不畏，亦孰不知其不能終朝夕，何者？非天下之常故也。前日如舒、申諸公，忽天下之常，一命之曰流俗，再命之曰異議，三命之曰姦黨。自今觀之，其天定矣。俗也，異也，姦也，皆天下之常而已。」

《上汪侍郎應辰》「漢武帝踞見大將軍，不冠不見汲長孺。淮南王視平津侯以下如發蒙，獨憚長孺，不敢奮姦謀。長孺在朝，官不過内史，而係天下輕重如此。今士大夫以顧忌爲俗久矣，其原始於愛重其身者太過，位尊而名益衰，禄厚而利實薄，上不足以取信於君，下無以慰其人，彼之愛重其身者，乃所以暴棄而甚輕之也。」

啓

《賀劉太尉》「如蒼生何，人喜謝安之起；果吾父也，虜驚郭令之來。」

《賀陳察院》「雖志高鴻鵠，慚燕雀之安知；然路有豺狼，諒狐狸之不問。」

《禮侍》「美盛德以告神明」對「觀會通而行典禮」。

《户侍》「貨財本末源流」對「朝夕論思獻納」。

《與嚴教授》「清襟凝遠，卷松江萬頃之秋；妙筆縱横，挽崑崙一峯之秀。」

《謝薦舉》「古者薦才而未始有法，今則立法而不勝其私。」「軒眉席次者，非勢則利；縮手袖間者，惟孤與寒。」「一言而期骰蔑」對「歷盼而識孟嘉」。「前以三鼎，後以五鼎」對「人有一天，我有二天」。

《與州郡》「五日一風，十日一雨，貫神明指顧之間；千夫有澮，萬夫有川，興廢壞笑談之頃。」「其浸五湖，去天一握。」「朝夕論思，皆堯舜禹湯文武之道；雷霆號令，有典謨訓誥誓命之文。」「天子畿方千里」對「刺史入爲三公」。「將如蒼生何」對「無踰老臣者」。

《回樓大防末甲頭名取放》「瓊枏偶缺，初驚一字之難；金牓昭垂，果下六符之勅」。

第百四卷諸啓多可讀者。

第十七册兩卷亦啓，皆賀政府者，文尤雄雅。

《賀張魏公》「負三紀倚重之望，節彼南山；明一生忠義之心，有如皦日。」

《到蜀謝啓》「既來萬里，敢計一身。」

雜文

乾道九年，桂林大雪盈尺，公作重貂館，謂：杜子美謂「宜人」，白樂天謂「無瘴」，然皆聞而知。戎昱實從事幕府，有「重著貂裘」之句，故掇以名。

《被爐銘序》 具其制，合考。

《上梁文》 致語多雄壯。百九卷。

《聖節疏》 亦多好句。百十卷。

《燕安南使自叙》 云：「妙千八百國諸侯之選，獨分正於南邦；聳二十五城督府之尊，特序賓於東道。」

跋

《跋婺源研譜》 謂：「龍尾刷絲，秀潤玉質，天下研石第一。今其穴，塞已數十年，大木生之，不復可取。近以端巖爲貴。端石絕品，猶不能大勝刷絲。東坡銘鳳咮研謂『坐令龍尾羞牛(尾)〔後〕』，此乃武夷山石謔語，非確也。」

《跋加味平胃散方》 本法專辟不正之氣。《夷堅志》言：孫九鼎遇故人鬼云：「遇我當小疾，服平胃散即無苦。」則其辟不正可知。晉有南陽宗定伯，夜逢鬼，鬼問誰，誑曰：「我亦鬼，且新死，未知何所惡。」曰：「不喜唾。」因負鬼急持之，化爲羊，恐其變化，大唾之，賣得千錢。鬼猶畏唾，況平胃散乎？

世傳字書多似其人，亦不皆然。杜正獻嚴整而作草聖，王文公沉毅而筆欹側，惟温公則幾耳。

石耳生岩石面目處，性温有補。

石曼卿真書大字妙天下。

跋語多簡峭可愛，惟《漁社圖》有韻，《梅林集》有情，皆長而佳。

「碑石未泐者具在。好奇之士乃專倣刻文刓剥之處，以握筆滯思作羸尫頹靡之體，僅成字形，以爲古意。」愚謂石湖此語爲漢隸也，今之學古文者亦然。

「蘭亭石本，惟定武者筆意彷彿，士大夫皆欲以所藏者當之，而未必皆然。」愚謂此語雖爲帖字發，足以警省士大夫處甚多。

《詛楚文》當惠文王之世，則小篆非出李斯。

東坡切韻詩《寄作詩孫符》，集中不載。符，字仲虎，位至尚書，其子名山，字壽甫。石湖時，壽甫以祕閣將潼川漕。

東坡船上曲江，遇灘瀨，欹側，士無人色，坡獨作字不少衰。曰：「吾更變多矣。置筆而起，終不能一事，孰與且作字乎！」石湖注云：「事勢迫切，不若付死生禍福於無何有之鄉，雖至大故不亂，雖非得道，去道不遠。」愚謂坡公定力如山，石湖發明盡之，惜「雖非得道」之語溺異端耳。平生所行者道，道豈別有一物而得之空虛耶？余先君子嘗言：「無事時小心，有事時大膽。」可以受用。

天聖五年，王堯臣榜小録，石湖見之，崑山龔氏載，異於近制者甚多。

《書新安事》 汪姓鼻祖名華，隋末據歙、宣、杭、睦、婺、饒之地以歸唐，今廟封顯靈英濟王。又，俗傳黄巢以汪王同臭味，下令毋犯汪氏，歙人争冒汪姓，俚云：「四門三面水，十姓九家汪。百姓油糍鬼，官人豆腐王。」譏俗陋也。豆腐，舊傳劉安戲術。又，俚語：「徽人三日飽，兩社一年朝。」不重冬節也。

獨孤及論季札潔己之禍，公謂：「秉節之士，各有所安。」

歐陽詹《自明誠論》謂：尹喜自明誠而長生，公孫洪自明誠而公卿，張子房自明誠而輔劉，公孫鞅自明誠而佐嬴。不知詹所謂誠者何物？

《書舒蘄二事》 皆以持心之厚，惡人報德而獲生。

沈德和尚書祖輝仲，勘江賊，活七人。同官死，嫁其二女。病中見黄衣使，召爲仙官，且延壽三紀。

常明叔父死，神降其家，云：爲人奪胎。

記

拂日山，繇臨平而西，有佳趣。新安江帶城右旋，淙潺亂石間，不能一。長亭群小溪，大會歙浦，貫萬山以出，又合始新大末之水，行三百六十里，與海潮會爲浙江。其間稠灘如其里之數，每灘率減數丈，大或十倍。世傳天目山巔，與歙之杜礎平。

爲李結記濬塘浦。浦五：曰新洋江、曰小虞、曰茜涇、曰下張、曰顧浦。塘三：曰郭澤、曰七了、曰至和。

《三高祠記》極佳。三高：范蠡、張翰、陸龜蒙也。其畧曰：「不有君子，其能國乎？今乃自放寂寞之濱，人又從而以爲高，此豈盛際之所願哉？後之人高三君之風，而跡其所以去，爲世道計者可以懼夫！」又各爲之歌，宛轉感慨，千古可作也。

《范村記》杜光庭《神仙感遇傳》載唐乾符中，吴(氏)〔民〕胡六子泛海失道，至一山曰范村，一叟坐堂曰：「吾越相也，以回飈相送。」俄頃達。故石湖名舍南浦爲范村。

雷孝子天錫，十一歲剔股救父。

董國度陷虜得婦人力。歸而負之，奇禍死。公疑其爲劍俠。

朱俠脱屈容叔之子於悍婦，長而還之。

王列女不事二主。

《崑山水利序》　大概二，曰作堤，曰疏水。小概一，曰種茭。其説的實可行，與余平日審訂之説同，可以參考。

梅　菊　譜

《菊譜》　種菊之法。春苗尺許時，掇去其顛，數日則岐出兩枝，又掇之，每掇益岐，至秋則一幹出數百千朵。菊之種七十，范村所植三十六。

《梅譜》　梅以韻勝，以格高，以横斜疏瘦、老枝奇怪爲貴。入譜者十二種，紅梅預焉。梅聖俞詩「認桃無緑葉，辨杏有青枝」。東坡云「詩老不知梅格在，更看緑葉與青枝」。惟吴下方子通有「紫府有丹來换骨，春風唤酒上凝脂」，爲絶唱。

攬　轡　録

北使時所見也。泗州三十里至臨淮縣，百六十里至汴虹縣，計自泗州河口至此，皆枯轉而行道右。三十里至靈壁縣，民始扃户闚覘。三十里至宿州，塗有數父老見使車潸然。百五里至永城縣，三十里過酇陽鎮，有蕭相國廟，自此枯汴中。百十里至穀熟縣，十八里至南京，虜改名歸德府。過雷萬春墓，過雙廟。三十里過睢口，河已塞。八十里至拱州，虜改爲睢州。六十里至雍丘縣，二十里過空桑，有伊尹墓。三十里至陳留縣，有留侯廟。二十七里至東京，虜改爲南京。四十五里至封丘縣，二十五里至胙城縣，去河尚五六十里，而漸水已侵，過胙城十里矣。自縣四十五里至黄河李固渡，渡浮橋用船百八十艘，半閣沙上河最狹處也。四十五里至滑州，二十五里至濬州，舊治已淪水中，對城即黎陽山，古大伾也。三十里過屯子河，有山東販麥舟。四十五里至湯陰縣，自黄河西望，即見大行西北去，不知極。至燕始北轉，自湯陰三十里至相州，過湯河、羑河，有羑里城，文王廟，相州觀者甚盛。遺黎往往垂泣，指使人云：「我家好官。」又云：「此中華佛國人。」老嫗跪拜者尤多。過安陽河、漳河，凡六十里，至磁州，州南滏陽河，水急，西有崔府君廟。四十里至臺城，過趙故城，延袤數十里，傍有廉頗、藺相如墓。三十里至邯鄲縣，邯鄲人健武，逆亮死時，遮殺其歸卒，以待王師。四十里至臨洺鎮，過洺河，三十里至沙河縣，十八里過七里河，七里至言德府，邢州也。四十里過冷水河，二十五里至内丘縣，縣有鵝梨，云其木尚聖宋太平時所接。過沙河、禮儀河、大寧河，凡六十里至柏鄉縣，其東有堯山，堯所葬。自柏鄉行十三里，有光武廟。二十里有王郎城。凡六十三里而過洨河石橋，所謂趙州橋也。五里至趙州，虜改爲沃州。三十里至欒城縣。五十五里過滹沱河。五里至真定。三十里過磁河。四十里過沙河，爲新樂縣，北嶽在其西北之曲陽縣界。四十五里至中山府，虜依舊名，曰定州，有東坡祠。五十里山水河。七十里至保州。十里過徐河。十里過曹河，俗傳王祥卧冰處。二十里至安肅軍，故時塘濼，今悉淤塞，門外大道，古出塞路也，夾道古柳參天，至白溝始絶。十五里過白溝河，又過曹河、徐河、暴河。三十五里至大口河。二十里至馬村。五十里行灰洞，至涿州。灰洞者，兩邊不通風，塵埃濛洪其間也。三十里過琉璃河，爲良鄉縣。三十里過盧溝河。三十五里至燕山城，逆亮始營都於此。自泗州至東京七百七十里，自東京至黄河百十五里，自泗州至燕山總二千五十八里。燕山以南，石晉以來失之。安肅軍以南，我朝南渡失之。河朔之水皆出太行，公所渡者二十五河，睢、漳與滹沱最大，滹沱闊不減黄河，俗名小黄河。

驂鸞録

公赴廣帥時筆也。昌黎《咏桂林》有「遠勝登仙去，飛鸞不暇驂」之句，故以名録。公以乾道壬辰十二月發吴郡，過湖州，游石林，是爲大玲瓏，荒寂難居，時已蕪矣。又有小玲瓏，在長興路口，過德清，有左顧亭，孔愉放龜處也。歷餘杭、富陽。癸巳正旦登桐廬之釣臺，至嚴州有浮橋，重征（非）〔排〕杉處也。至蘭溪，避泥潦，登陸，取婺州，至衢州，過常山縣，至信之玉山縣，泊信州，再登舟過弋陽、貴溪，綿延皆低石山。入饒之安仁縣，至餘干縣，有琵琶洲，以形似名。自鄔子口，渡鄱陽湖尾，泛江至隆興府，滕王閣故基甚侈，今但城上作堂耳。東湖秀而野，許真君觀鐵柱在東廡小枯池中，出地三尺許。過豐城縣，艤寶氣亭，有張雷廟，云「掘劍處」。至臨江軍登陸，游鄰林、盤園。由新喻縣至袁之分宜縣，至袁州，游仰山，嶺阪皆（由）〔田〕，名梯田，滿山皆方竹。過萍鄉縣，入湖南界潭州之醴陵縣。江西道中林薄逼塞，至是平蕪豁然，松柏皆峭直如杉。至櫧洲市，爲舟車更易之衝，人捨輿泝湘江，六日而至衡山縣。湘山皆迤邐，南嶽忽雄特，夾路三十里古松，至嶽市。嶽市者，環廟皆墟市，江、浙、川、廣，衆貨所聚。公至，謁南嶽廟，游衡嶽寺、勝業寺、南臺寺，風雨不可登山，復舟行湘中，至衡州，謁石鼓書院，實州學也。始諸郡未分教時，天下有書院四：徂徠、金山、岳麓、石鼓。石鼓，山名也。行岡將盡，忽石峰特起，浸江中，蒸水自邵陽來，繞其左，瀟湘自桂林、零陵來，繞其右，石鼓雄踞其會。公自衡登陸，過黄罷嶺，入永州之祁陽縣，始有坦途，新出石板爲山水雲氣之屏。游浯溪作詩，言《中興頌》含譏諷爲非，譬父母有過，非捧觴稱頌時可及。至永州訪愚溪。至全州，入桂林界，傍闊各數里，石峰森峭，羅列左右。入嚴關，兩山間僅容車馬，所以限嶺南北，二十三里過秦城，秦築五嶺之戍，疑此地是。二十二里至靈川縣，秦史禄所穿靈渠在焉，縣今桂林所治，乃零陵地，舊屬荆州。桂嶺本在賀州，今於八桂末二三里立碑，名桂嶺者，前帥欲得過嶺任子賞耳，故桂獨無瘴云。

桂（梅）〔海〕虞衡志

公出嶺帥蜀後所作也。

《志山》　謂余南、西、北三方皆走萬里，太行、常山、衡嶽、廬阜，皆魁然大山，其最秀如池之九華，歙之黄山，括之仙都，温之鴈蕩，夔之巫峽，皆數峰爾，又在荒絶僻遠，惟桂之繞城，玉筍（棡）〔瑶〕篸，森列無際，其怪且多，誠當天下第一。　山皆中空，故峰下又多生岩洞。　公紀其可名者三十餘洞，備述奇怪如見。

《志金石》　生金出溪洞沙土中，丹竈家所須。　大如雞子者，爲金母。　丹砂以辰砂爲上。　山南爲宜州，與辰州同此山。　故宜砂老者鐵色，有墻壁如鏡，生白石床上，可入煉，勢敵辰砂。　邕州砂大而多㸃闇，少墻壁，惟以燒取水銀。　水銀燒法以鐵爲上下釜，上釜貯砂，隔以細眼鐵板，覆之下釜之上，下釜盛水，埋地中，仰合上釜之唇，固濟周密，熾火灼之，砂化爲霏霧，下墜水中，聚爲水銀。　邕州取丹砂盛處錐鑿，有水銀自然流出，客販皆燒取而成者，百兩爲一銚，銚以紙糊猪胞不漏。　鍾乳，桂林接宜、融山洞穴中出，遠勝連州所産者。　凡石脉涌處爲乳床，融結下垂，其端輕薄，中空如鵝管，乳水且滴且凝，以竹管仰承折取，此最精者。　又，煉治家（文）〔又〕以鵝管之端，輕明如雲母爪甲，紋如蟬翼者爲勝。　廣東以鵝管石遺人。　率麄黄，蜀中所出益枯澀，其鵝管窒塞及龘瑠近床處，通謂之孽。　銅，邕州右江洞所出，掘地數尺即有礦。　緑，銅之苗也，生石中，質如石者，淘其英華，供繪畫。　次飾棟宇，泥緑最下。　滑石，桂林屬邕及徭洞中皆有，初出如爛泥，見風則堅，土人灰壁未乾時，以滑石末拂之如玉。　鉛粉，以黑鉛著糟甕罨化之。　乾道初始官造粉，歲得錢二萬緡。無名異，小黑石子，價極賤。石梅、石柑，生海中，未詳，可入藥。

《志香》　沉香出海(外)〔南〕黎洞。香木既枿，其節目久墊土中，數百年不腐，益精堅，滋液下垂，結而爲香，面多在下，如山峰、怪石、怪獸、龜蛇，次如繭栗角、附子、芝菌、茅竹葉者皆佳。至輕薄如紙者，入水亦沉。盡觀諸蕃所出，尤以萬安爲最勝，在島正東，鍾朝陽之氣也。海南香氣皆清淑，燒之，氛翳彌室，翻之四面悉香，至煤燼氣不焦，價與白金等。中州但用廣州船上占城、真臘、登流眉等香，腥烈味短。帶木香尾煙必焦，其出海北者，生交趾，及交人得之蕃落，來欽州者爲欽香，尤酷烈，惟可入藥。蓬萊香，沉〔水香〕之結未成者，去其帶木處，亦能沉。鷓鴣斑香，亦出海南，沉水、蓬萊及絶好箋香中，槎牙輕鬆者，木性未盡，以色似名。箋香，出海南者，如蝟毛、栗蓬、漁蓑狀。修治去木留香。香之精鍾於刺端，芳氣與他處箋香敻別。香木葉如冬青而圓，皮似楮皮而厚，花黄類菜花，子青黄類羊矢。海南人以斧斫砍，使膏液凝沍，徐於斧痕中採以爲香。如箋香之類多出人爲，又有重、漏、生、結等，皆下色。光香，與箋香同品，出海北及交趾。蟹殼香出高、化州。沉香出交趾，以諸草香蜜調。香珠以泥香捏成。思勞香出日南，如乳香歷青，交趾人以合香。排香出日南，如白茅香，亦以合香，香草無及之者。檳榔苔生檳榔木上，單爇極臭，以合泥香。欖香，橄欖木脂，清烈。零陵香，宜、融等州有之，以編席薦坐褥，性暖宜人。零陵，今永州，無此香，古零陵界甚遠。

《志酒》八桂有「(端)〔瑞〕露」，石湖用其法釀於成都，名「萬里春」，今法具存。

《志器》所志皆蠻人軍器也。又牛角硯、鷄毛筆、羽扇、竹釜。

《志禽》孔雀、山鳳凰、鸚䳇，有紅白。又烏鳳、秦吉了、錦雞、翡翠。又靈鵲，爲人突巢穴，能禹步作法以去之。翻毛鷄、長鳴鷄，皆鷄之異者。

《志獸》象出交趾象山，一軀之力皆在鼻。二廣亦有野象，盜酒害稼，目細，畏火，欽州人以機捕之，皮可爲甲，或條截爲杖，甚堅。馬，自杞國以錦一疋博大理三馬，金鐲一兩博二馬。行十三程至四城州，又六程至邕州，又有羅殿國及謝蕃、羅孔諸部落，馬尤壯。行二十二程至四城州，與自杞等馬會，皆以十月來，經略司歲市千五百疋，尤駿者博金數十兩，官價有定數，不能致。大理去邕州横山寨纔四十餘程，自杞人争利，不敢度。自杞而東，别有一路，自(菩)〔善〕闡府經特磨道來，甚捷，特磨人亦貪悍，不得達。土産出德慶之瀧水者，名果下馬，高不踰三尺，而駿健能辛苦，以歲七月十五日會江上交易。湖南邵陽、營道等處，亦出一種低馬。

《志蟲魚》珠有(地)〔池〕在合浦海中孤島下，名斷望池。去岸數十里，望島如一拳，池深可十丈，四周如城郭。蚌細零溢生城郭外者，乃可採。歲有豐耗，多得謂之珠熟。蜑人没水採蚌，每以長繩繫竹籃，携之以没，或遇惡魚海怪則死。硨磲，大蚌之屬，殻可爲荷葉盃。瑇瑁背甲十三片，無足而有四鬣，皆花紋。飼以小鮮，甲子、庚申輒不食，俗謂之瑇瑁齋。蚺蛇大如柱，逐麞鹿田中。南人插花呼妭，音大，姊也。或呼紅娘子以誘之，以花置蛇首，蛇俛不動，則殺之。鸜鵒螺、青螺，亦可琢爲酒盃。貝子大者如拳，紫斑，小者(脂)〔指〕面大，白如玉，世既不尚，人亦稀採。石蟹、石蝦云海沫所化。嘉魚出梧州火山下丙穴，如小鰣魚，多脂，煎不假油。蜀中丙穴亦出，肥美相似。鰕魚、竹魚，皆出瀧水，南方所珍。

《志花》　上元紅，元夕開。泡花，採以蒸香。法以佳沉香薄劈，著浄器中，鋪半開花，與香層層相間，蜜封之，日一易，不待花蔫，花過香成。番禺人吴興作心字香、瓊香，用素馨、末利，法亦然，大抵泡取其氣，未嘗炊掀。江浙作木犀降真香，蒸湯上，非法也。末利以米漿日溉之，則花可耐一夏。六月六日以治魚腥水一溉，益佳。石榴既實復花，併花實折飣盤。曼陀羅花漫生原野，大葉白花，實如茄，徧生小刺。盜採花末之，置人飲食中，即昏醉。土人又以爲小兒去積藥。昭州公庫取一枝挂庫中，飲者易醉。

《志果》　荔枝，不及閩中所産，妍紅渥丹，畫工百端模寫不能殆。世間紅色第一。龍眼，極大，如當二錢。龍荔枝，身葉似荔枝，肉味如龍眼，故兼二名。人面子，核如人面。椰子，葉類椶櫚，子上其間，如五升器，皮中殼可爲器，殼中穰如牛乳，穰中酒，新極清芳，久則濁。鸜哥舌，即紅鹽草，菓之珍者。八角茴香惟以薦酒。餘甘子，風味過橄欖，雖腐爛猶堅脆。波羅蜜，大如冬瓜，削其膚食之極甘。子、(練)〔瓤〕悉如冬瓜。生木上，秋熟。柚子，大如瓜，打碑者捲皮蘸墨，代氈刷。地蠶，生土中，似甘露子而不尖，以薦酒。

《志草木》桂，南方奇木，上藥。出賓、宜州。花如海棠，淡而葩小，實如小橡子。取花未放者乾蓄之。五年可剥。以桂枝、肉桂、桂心爲三等。桂枝質薄而味輕，肉桂質厚而味重，桂心則〔峻補藥所用也〕。剥厚桂以利竹捲曲，取貼木多液處如經帶，味尤烈。凡木葉心皆一縱理，獨桂有兩紋，製字者意或出此。葉味辛甘，人喜咀嚼。桂之所，草木不蕃。榕，易高大，葉如槐，蔭樾可數畝，根〔生〕〔出〕半身，附榦而下壟，壟抱持以入土，故有倒生根之説。禽鳥銜其子寄生他木，根鬚沿木〔自〕〔身〕垂下，得土氣則過所寄。杪木，杉類，尤高大，葉尖，成叢，穗小，與杉異。徭峒劈板博易，舟下廣東。修仁茶，修仁，静江府縣名。製片二寸許，上有「供神仙」三字者，上也。大片麄淡。檳榔，生黎洞上。春取爲軟檳榔，夏秋採乾爲米檳榔。小而尖爲鷄心檳榔，匾者爲大腹子，悉能下氣。鹽漬爲鹽檳榔。瓊管取其征，居歲計之半，廣州亦數萬緡。自閩至廣，以蜆灰蔞葉嚼之，先吐赤水如血，而後嚥其餘汁。廣州加丁香、桂花、三賴子爲香藥檳榔。桄榔，虚心，刳以承漏。外堅，可爲弩箭。烏婪木宜柂，第一出欽州。吉貝如小桑，花似芙蓉，葺爲席。澀竹可磨以爲甲。人面竹可爲拄杖。斑竹有疊暈，本出全州之清湘，桂林亦有之。都管草，辟蜈蚣、蛇。蛆草辟蚊蠅。

《志雜》雪，獨桂林有之，自桂林而南至海北，人不識雪。或言數十年前嘗雪，歲乃大災。蓋地氣常燠，植物柔脆，忽得雪，悉僵死。風，桂林獨多，去海餘千里，非颶也。湘、灕二水皆出靈川之海陽，行百里分南北而下。北曰湘，下二千里至長沙，水始緩；南曰灕，過三百六十灘又千二百里至番禺入海。桂林獨當湘灕之脊，在長沙、番禺千丈之上，雲物之表，高而多風，理固然也。秦城，始皇發戍五嶺之地。靈渠，在桂州興安縣。湘水北下湖南。又融江，牂牁下流也，南下廣西，二水遠不相謀。史禄於沙磧中壘石作鏵觜，派湘之流而注之融，激行六十里，置斗門三十六，舟入一斗則復閘一斗，使水積漸進，故能循崖而上，建瓴而下。治水巧妙，無如靈渠者。朝宗渠，浚之則有人登科。銅柱，馬伏波立交趾國中，人過柱下輒培石，遂積成丘陵。馬總爲安南都護，夷、獠爲建二銅柱。又唐何履光定南詔，復立伏波銅柱，則在大理。瘴，乃炎方之地脉疏而氣洩，人爲常燠所暵，膚理脉絡嘽舒不密，又數十百里無木陰、井泉、逆旅、醫藥，其病又不必皆瘴之爲也。石湖《正夏堂記》極論之。僧道，無度牒而有妻子者皆是。月禾，無月不種。土丁，制如禁軍。保丁，隸保正，平儂賊後所結，今困私役。寨丁，沿溪洞所結。洞丁，溪洞之民也。鼻飲，但可飲水。捲伴，嫁娶不由禮，竊誘之名。桃生，妖術以魚肉害人，在胸鬲則服升麻吐之，在腹服鬱金下之。李壽翁侍郎爲雷州推官鞫獄得此方。蠱毒，人家無纖埃者是。

《志蠻》之目五，曰羈縻州洞，曰傜，曰蠻，曰黎，曰蜑。羈縻州洞有黄、儂、韋、周四姓，黄、儂隸邕川，韋、周隸宜州。國朝平儂智高，析其種落爲州縣，小者爲洞，凡五十餘所，即其雄長爲首領，籍其丁壯號田子甲者爲洞丁，而總隸於提舉。左江四寨二提舉，右江四寨一提舉。左江屯永平、太平，右江屯横山。寨官則民官也。比年諸洞不供財賦，無糧以養提舉之兵，寨官亦與洞官爲伍，而邕之邊備弛矣。宜州之安化州，最悍鷙。建炎有凌羅二將率洞兵勤王，敗曹成，廣西宴然。南丹州尤羈縻之甚，其酋莫延葚，乾淳間擾邊，公劾邊將交通者，當參寘之法，南丹稍讋。傜本盤瓠之後，綿亘巴蜀、湖廣間數千里，名爲傜，實不供征役。數數侵軼州縣，覺知則已趍入巢穴，官軍徒勞費。公於屬桂林者，悉罷官軍，專用邊民，得七千餘人，分五十團，次諭近傜，亦團結，乃許通博易，次復以近傜頭首，深入諭之。天子誕節，首領得赴宴，遂各以誓狀來。蠻，自羈縻州洞之外皆蠻也。其區連亘湖南，接於西戎，種類不可勝計。溪洞外依山林而居，荒忽無常者爲獠，無酋長、版籍，無年甲、姓名，惟有事力者曰郎火，餘但稱火，此不在蠻類。蠻則前世嘗建黔南帥府於融州以統之，融在傜洞之南，蕃蠻之東。蕃蠻與牂牁地接，人皆椎髻跣足，而峩州以西又繫白紙於椎髻，云尚與諸葛武侯制服，又有漢蠻能華言，自云本諸葛武侯戍兵，蓋唐史西屠夷、馬留之類也。其南連邕州、南江之外者，皆成聚落，羅殿、自杞以國名，羅孔、特磨、勺衣、九道等以道名，此諸蠻之外，又有大蠻落，西曰大理，東曰交趾。大理即南詔也，亦曰雲南，其人皆有禮儀，地極西南，尤近蜀。交趾，古交州，歷代爲郡縣，國朝遂在化外，熙寧八年入寇，詔趙尚燕達討降之，乾道九年進象賀登極，朝廷賜名安南國。自交趾渡一水即占城國，漢林邑也，其南浦有馬援銅柱，山東西皆大海。占城隔一水爲真臘，又一水曰登樓眉，此數國之西，有大海名細蘭，爲交趾、大理、吐蕃之西境，南接大洋海，海口有細蘭國，其西有五天竺，極南有故臨國，又西則東大食海，海西則大食國，又西則西大食海，蕃商不通。南大洋海中，諸國以三佛齊爲大，諸蕃寳貨之都會。三佛齊之東則闍婆國，稍東北則新羅國、高麗國。諸蕃之去中國惟占城最近，大食最遠，至大食必舟行一年，凡諸國皆蠻而遞及者也。黎則海南四郡隖上蠻，由雷州徐聞渡半日而至。隖之中爲黎母山，山極高，常在霧靄中，雖黎人鮮識之。四郡各占隖之一陲，其中黎地不可入，亦無路通。朱崖在南陲，復桴海乃至，所謂再涉鯨波也。最外耕作省地供賦役者，名熟黎。内爲生黎，生黎之巢，外人不復跡，黎母之巔則雖生黎亦不能至，相傳其上有人，壽考逸樂，不與世接，虎豹守險，無路可攀，但覺水泉甘美絶異爾。蜑乃海上水居之蠻，其種有三：漁蜑取魚，蠔蜑取蠔，木蜑伐山。皆坐死短篷間，生食海物，其生如浮而各以疆界役於官。

吴舡録

出蜀時筆也。當淳熙丁酉歲録江行所見，今併考江流併合處抄下。方江源自西戎來，由岷山澗壑出，世云江出岷山，自中國所見言之耳。岷在今永康軍。岷山之最近者曰青城山，其尤大者曰大面山，大面山之後皆西戎山。西戎之雪山三峰銀爛玉琢，闖出大面後，凡皆江源之所自來也。秦太守李冰於今永康之離堆鑿崖中斷，分岷江一派入永康以至彭蜀，支流自郫縣以至成都，二水合於成都之東郭，有合江亭。西取萬里橋。公自東郭東下，五里至板橋灘，皆自蜀下峽，灘之始也。過犀浦，過郫縣，凡百十里至永康之離堆。四十五里至青城山，有縣。七十五里至蜀州，有西湖。三十里至江源縣，四十里至新津縣。成都萬里橋下之江與岷江正派合於此。自此順流，半日至眉州城下玻瓈江，自眉至嘉百二十里，半途有中巖，西（州）〔川〕林泉最佳處。嘉州凌雲，舊名青衣山，蠶叢氏之神也。凌雲寺有天寧閣，即大佛像所在，高三百六十尺，頂圍十丈，目廣二丈，爲樓十三層覆之。嘉爲衆水之會，導江、沫水與岷江皆合其下。沫水自巂州邛部合大渡河，穿夷界千山，由雅州來。渡雅州江，爲大峨山，佛書謂普賢示現處，去平地百里，盛夏擁重裘，大峨峰頂，天下絶觀，龍門峽又勝絶山間。自嘉州百六十里至犍爲縣，又二百四十里至叙州，古戎州也。有馬湖江自夷中出，合大江。又十五里，有南廣江亦來合大江。自叙州二百八十里至瀘州，有内江又自資、簡州來合大江。瀘、叙江北岸皆夷界，自瀘州百二十里至合江縣，對江安樂山出天符木，葉（紘）〔紋〕有符篆。自合江三百二十里至恭州，自此入峽路。大抵自西川至東川，風土已不同，至峽益陋。恭州乃在一大磐石上，水毒生癭，自此至秭歸皆然。恭有嘉陵江自利、閬、果、合等州來合大江，自恭二百一十里至涪州，黔江又自黔州來合大江，皆石底，清如玻瓈，自成都至此始見清江。涪雖不與蕃部雜，舊亦夷俗，號四人，謂華人、巴人、廩君與槃瓠種也。自眉、嘉至涪皆産荔枝，涪有妃子園。江自涪之羣猪灘，水始險。二百餘里至忠州，忠州百八十里至萬州，比涪、恭尤蕭條。泝江入蜀者率至萬州捨舟（陵）〔陸〕行，不兩旬可至成都，舟行須十旬。萬州有西山，山半有湖，湖上有煙霏閣。自萬州六十里至開江口，水自開、達州來合大江。又八十里至雲安軍，百四十里至夔州，魚復、八陣圖在焉。水至夔州尤毒，飲輒生瘿。自夔十五里至瞿唐口，過灩澦入峽。舊圖云：「灩澦大如襆，瞿唐不可觸。灩澦大如馬，瞿唐不可下。」而尤以如撒髮爲惡，蓋必水漲没之，方可拂過其上也。峽中兩岸高巖峻壁，斧鑿痕皴皴然，而黑石灘最險。兩山束江驟起，邊高中窪，名茶糟齊，則萬萬不可行。漲（盖）〔盡〕淹草木名青草齊，則可行。或未能盡淹，名草根齊，（法外）〔深亦〕不可涉。十五里至大溪口，水稍闊，夔峽之險紓矣。七十里至巫山縣。巫峽與夔異，夔峽須水漲，巫峽惟水退乃可。自縣行半里即入峽，峽間（陡）〔陡〕暗，舉頭僅有天數尺，兩壁皆奇峰，如是者百餘里。十二峰皆在北岸，神女廟在峽之三十五里，石刻稱：雲華夫人助禹驅鬼神，斬石疏波有功，今封妙用真人。廟有神鴉送迎客舟。出峽二十里至東奔灘，大渦掀舞。二十里過歸州之巴東縣，萊公祠與（桓）〔柏〕在焉。九十里至歸州。未至州數里有吒灘，尤險於東奔，連接城下。大灘名人鮓甕，狠石横卧，據江十七八。歸爲夔路，荒涼之極，楚熊繹啓山林於此，屈、宋、昭君皆生此地，舊隸湖北，近屬夔，而財賦仍歸湖北。一州二屬，疲於奔命。歸州五里至白狗峽，岸皆大石，峽山奇峭。三十里至新灘，漢晉山再崩塞江，故尤險。八十里至黄牛峽，接扇子峽、蝦蟇（培）〔碚〕，在南壁半山，過此則峽灘盡矣。三十里至平善埧，出峽舟相賀處。三十里至峽州，古夷陵，三國時吳、蜀界也。自漢嘉以來，東西三千里，南北綿亘入蕃夷界，不知幾十萬峯。出夷陵，西望杳然，無復一點。自峽州四百七十里至江陵，有沙市、渚宫、章華臺、龍山、息壤。七十里至公安縣，有二聖寺，金剛神也。百二十五里至石首縣，百七十里至魯家洑，自此下岳陽，則洞庭出大江處，波浪連天，客舟多避之。由魯家洑入沌，行百里荒，復出大江至鄂州，泊鸚鵡洲，沿江數萬家，川、廣、荆、襄、淮、浙貿遷之地，名南市。南樓在黄鶴山上，甲於湖外，稍東爲漢口，漢水自北岸出合大江。百八十里至三江口，三江之名，凡水參會處皆稱之。過黄州赤壁，四十里至巴河，自北岸入大江如漢口。自黄州四百七十五里至江州，登庾樓，遊廬山，復至江州。東下過湖口，蓋彭蠡湖入大江處。九十里至交石夾，經澎浪磯，凡八十里至爔背洲，又經皖口、牛磯、雁汊。凡三百里至長風沙上口，百里至池州池口，十里至池州。又經清溪口、長風沙，凡五百七十餘里至太平州，登凌歊臺，宋武帝作也。至建康，登伏龜樓，基一城地勢最高處，相傳曹彬取李煜自此入。又百八十里至京口爲浙矣。謹按：江出岷山，其源實自西戎萬山來。至嘉州而沫水自巂州邛部合大渡河，穿夷界十山以會之。至叙州，而馬湖江出自夷中以會之。又十五里而南廣江會之，至瀘州而内江又自資、簡等州會之。至恭州而嘉陵江自利、閬、果、合等州會之。至涪州而黔江又自黔州合南夷諸水會之。至萬州而開江水自開、達等州會之。夫然後總而入於峽，是江自峽而西，受大水凡八。乃出峽而下岳陽，則會之者洞庭湖所受湖南北諸郡水也。又自是而下鄂渚，則會之者漢口所受興元諸郡水也。又自是而下黄州，東四十里，則會之者巴河也。又自是而下江州，則會之者彭蠡，今名鄱陽湖所受江東西諸郡水也。又自是而下則會之者皖水所受淮西諸水也，夫然後總而入於海。是以自峽而東又受大水凡五。略計天下之水會於江者居天地間之半，其名稱之大而可考者凡十有三。故曰江源其出如甕，而能滔滔萬里以達海，所受者衆也。嗚呼！問學者可以觀矣。

公喜佛老，善文章，蹤跡徧天下，審知四方風俗，所至登覽嘯咏，爲世歆慕，往往似東坡。東坡當世道紛更，屢争天下大事，其文即開闢痛暢而又放浪，嶺海四方人士爲之扼腕，故身益困而名益彰。公遭值壽皇清明之朝，言無不合，凡所奏對，其文皆簡樸無華，而又致位兩府，福禄過之，流風遺韻亦易消歇耳。若公之言治，主貴實而將久。其責蜀帥廣，皆能寬民力、練軍實。出使萬里外，如言治堂上時，討論申明，纖悉具備，可謂刻志當世者矣。然公亦嘗帥沿海，討論申明，無異在蜀、廣，而沿海吾居也，考之事實，率不可行，今無聞焉。或者蜀、廣去天萬里，其弊誠有如公所言者，而沿海於行都爲切近，無事之地，公鋭意事功，不能不姑爲是條畫而已耶？嗚呼！自昔士大夫建明多爛然於高文大册之間，而至今小民疾苦終蹙然於窮簷敗壁之下，豈非人存則政舉，而有國有家者常宜以得人爲急務哉？

黄氏日抄・讀文集十

葉水心文集

奏議

《淳熙上殿劄子》 大略云：恢復一大事，而言者皆曰敵難攻，當乘機，不可動，當待時。夫機自我發，非彼之乘；時自我爲，何彼之待！敵之難攻者豈真難？而不可動者豈真不可？正以我自有所難，我自有所不可。蓋其難有四：國是一也，議論二也，人才三也，法度四也。其不可有五：兵以多而遂至於弱，財以多而遂至於乏，不信官而信吏，不任人而任法，不用賢能而用資格，凡五也。若置而不論，因而不改，則我之難者真難矣，敵豈復有易攻之機？我之不可者真不可矣，敵豈復有可動之時？

《應詔條奏六事》 謂六事未善，皆治國之意未明之故。國勢也，士也，民也，兵也，財也，紀綱法度也。愚謹按:《上殿》當孝宗臨御二十六年,《應詔》當光宗受禪初年。

又《上執政薦士》。

《辯兵部郎官朱元晦劄子》 此晦翁爲林栗所劾,而水心辨之者。按栗時爲法從,水心非言官,又所學與晦翁不相下,非平昔相黨友者,一旦不忍其誣,出位抗言廷斥不少恕,此當與汲長孺面責公孫弘、張湯者同科。嗚呼,壯哉! 然晦翁初不以此重輕,而水心則由此與之重矣。

《淮西論鐵錢五事》 甚悉。

《嘉泰上殿三劄》 一言人材當和平;二論湖南每小歉,不自給,漕司宜擇利源,爲水旱急難百姓指準之地;三論泉南南外宗子請受,準元指揮,轉運司應副一半,本州代宣、信、建昌、邵武上供銀一萬五千六百餘兩,四郡應副本州絹,今轉運司不支錢,宣與建昌、邵武不還絹。

《開禧上殿劄》 大略謂恢復危事,先定其論,而後修實政,行實德。何名之賦害民最甚,何等横費裁節宜先;減所入之額,定所出之費,不須對補,便可蠲除。東南歲賦八十萬緡。

《安集兩淮申省狀》 因民之欲,令其依山阻水。

《屯田畫一申請狀》 真州於瓜步,滁州於定山,和州於楊林、石跋,三處並量,築堡塢,此外深入第二層。

《續陳堡塢利害狀》 募勇士渡江北,刼敵營,凡十數往返,取其俘馘以報江南。人心始安,敵亦由此卷甲遁矣。三國孫氏常以江北守江，不以江南守江，見團結山水爲寨者四十七處。

謹按：水心《淳熙上殿》以復讎爲第一大事，至開禧用兵，又指以爲至險至危事，宜識事機者，然猶爲韓侂胄用，金陵之行一語不踐。夫兵固非爲士者所宜輕言，非言之難，而爲之難也。

《大學》講義前後接續，皆講禮器。公蓋欲以禮爲治者，所講率明白，而「釋回增美質」一語，講之尤粹。若曰「私欲頗僻所謂回也。禮與之周旋，而同其作止，使之陰自消弭，如冰之於水，春風之被物，所謂釋回也。禮之所加猶玉之山，龍其文猶素之藻繢其章也，豈不焕乎其愈明哉？所謂增美質也。」辭雖不免於文，而理則善矣。至講下文，「如竹箭之有筠也，如松柏之有心也，則謂禮之於人可學而至，非如竹箭松柏之本有而無待乎人」。愚意此公自有所見，而經意未必然也。松竹之有筠有心，正以比君子之有禮，豈顧二之而反謂其非如也哉？然公之所以通連其講者，實歸宿於末章，欲稱財而爲禮，不雜於人欲之流放。以禮從天下而帝王之統緒接也。嗚呼！後世之取財於民視古百十倍，而用益不足，民窮到骨，朘削愈甚，此禮之不立，而財愈多愈乏使然也。公尚禮學而尤精究財賦本末，欲起而救之至切也。講義其微意所在乎？第恐講道天子之學，猶有本領在，而此又其節焉爾。

表　啓

文平意順，水心大手筆也。四六語如此，近世雕鏤自以爲工者何如也？

卷六、卷七，皆古詩，如《超然》、《北齋》、《虎丘》，皆水心爲浙西憲司幹官時作也。

記

《漢(王)〔陽軍〕新修學記》 歷叙江漢古今材質，文有節奏，可觀。

《煙霏樓記》 公守蘄時所作，寫景狀物佳。

《温公祠堂記》 公生光州，因以爲名。王聞詩守光，改祠之，而水心爲記。謂公「猶常人爾，充實積久」，「爲宋元臣」。此最善言公者。

《樂清三賢祠》 王龜齡與錢堯卿、賈如規也。

《醉樂亭記》 永嘉俗尚西山之游，吏因邏酒榷利數倍。宣城孫公爲郡，始縱民自飲，作新亭以休遨者，名醉樂。記末及古今政教，尤佳。

《石洞書院記》 東陽郭欽止，得石洞作室儲書，禮名士以教鄉里之秀者。

《千佛閣記》 因人情施舍而及治道之中。

《白石經藏記》 記少年游歷，可觀。末以其成先志而記之，亦得體。

《龜山祠堂記》 楊氏子孫賣宅，太守余景瞻贖還之，又修補其漏闕，因以祠龜山。記文優緩而理趣高。

《平陽縣代納坊場錢記》　知縣汪季良以所没造僞會田及廢寺田，求提舉孟植上之朝，求就賜縣用，禾利補青册錢。許之。記文載敗闕坊名、錢之擾，甚切。

《敬亭後記》　謂程氏誨學者先以敬爲非，當先復禮。蓋水心之學然也。愚按乾、淳間，正國家一昌明之會，諸儒彬彬輩出，而説各不同。晦翁本《大學》，致知格物以極於治國平天下，工夫細密；而象山斥其支離，直謂即心是道；陳同甫修皇帝王霸之學，欲前承後續，力拄乾坤，成事業而不問純駁；至陳傅良則又精史學，欲專修漢唐制度吏治之功。其餘亦各紛紛，而大要不出此四者，不歸朱則歸陸，不陸則又二陳之歸，雖精粗高下難一律齊，而皆能自白其説，皆足以使人易知。獨水心混然於四者之間，總言統緒，病學者之言心而不及性，則似不滿於陸；又以功利之説爲卑，則似不滿於二陳；至於朱則忘言焉。水心豈欲集諸儒之大成者乎？然未嘗明言統緒果爲何物，令人曉然易知如諸儒者。嘗略窺其所指爲統緒者，似以禮爲主，故其言曰：「學必始於復禮」，「禮復而敬立矣」，「安上治民莫善於禮」。若然，則又似專言推行於文物制度之禮，以防民之非者也，非吾夫子所指根本於吾内心之禮，使克去己私而復之者也。禮不先於克己，禮將何自而復？學不先於敬己，私又何自而克？己且未知所以復禮，又何以使民俗之復禮？而公之言統緒又將何所從始耶？且功利之學不必問也，義理之學不容不辨也，公於義理獨不滿於陸，而不及朱，似於朱無忤者。然朱之學正主程，而程之學專主敬，乃反以程子之言敬爲非，又何耶？且敬也者，堯、舜、禹、湯、文、武、周公、孔子以來相傳之説，非程子自爲之説也。蘇子瞻千古奇材，獨以輕薄讎程子，終身思所以破其敬之説，尚終其身不能。而水心欲破之，宜其説之不能自白也。

《上蔡祠堂記》謝顯道獨一子克念，流落台州，尋亦死。克念有子偕，偕三子，無衣食，晳人承符。黄畨爲郡訪得之，請見，抗賓主禮，給冠帶錢米，置田宅，祠顯道於學。

《瑞安修學記》「若但豎數十屋而宫，羣數十士而飯，而曰教養盡是矣，何易也！」愚謂此痛快語。

《北村記》爲尚書吴興沈公作也。文有雅韻，讀之如閲山水畫，一奇也。

《王文正祠堂記》文有餘韻，亦一奇也。

《葉嶺書房記》爲蔡任作，亦佳。

風雩堂，李伯珍築之豫章之囿，而水心爲記。風雩今爲聖門一大議論，善形容者往往極於高明。水心謂舞雩魯之禊事，點不敢必放用甘服閭里耳。説極平實，而文采煒然可讀也。

《温州修學記》以周恭叔、鄭景望、薛士龍、陳君舉四人爲永嘉相承之儒宗。

紹興諸暨二莊，一備修海堤，一備鹿鳴舉送，嘉定七年太守趙彦倓所建。記末尤拳拳於鑑湖之未復。

《郭氏種德庵記》 爲磊卿兄弟作也。其略曰：家非德不興，德非種不成。雖一人之家，未嘗不與天地同其長久；所以不能者，人毁之也。謙者種之，盈者毁。讓者種之，争者毁。廉者種之，貪者毁。退者種之，進者毁。種不求獲，不敢毁，不敢成，聖人之德也。

《温州社稷記》 以社稷神明之正與世俗淫誣對形，文極華贍。

《季子廟記》 戒晉陵之俗多訟。文字好。

《南安三先生祠堂記》 謂周子二程當著令通禮。

《台州三先生祠堂記》 提刑羅適、侍郎陳公輔、詹事陳良翰也。

《宜興修學記》 謂「荆溪，《禹貢》中江」。愚按《禹貢》明指岷山江爲中江，公何忽有此言也？

寶婺觀，即八詠樓也，唐爲觀，太守洪邁請今名。

《連州開楞伽峽記》 嘉泰二年，崖墜壅水，李華疏之，小石綍運，大石鑱落，上以火攻，下以堰取。餘隱石平流中，創巨靈鑿，貫木百鈞，擣之糜碎。

湖州勝賞樓，自柳惲《江南曲》始。

序

石庵，蔡瑞藏書教族人於墓側者。

《陰陽精義序》朱伯起師鄭景望，與景元友，嗜地理學，著書二十篇。公謂蘇子瞻居陽羡而葬嵩山，朱公元晦聽蔡季通預卜藏穴，好奇者固通人大儒常患也。余特載其師友源流。

《紀年備遺》平陽朱黼作也。黼字文昭，師陳君舉。

徐致中論書法，如匠造屋，木之分寸必應繩墨，故分爲點畫，合而爲字，無妄施者。

《巽巖集序》略曰：「自有文字以來，名世數十，大抵以筆勢縱放、凌厲馳騁爲極功，風霆怒而江河流，六驥調而八音和，春輝秋明而海澄嶽静也。」「公未嘗藻黻琢鏤，以媚俗爲意；曾點之瑟方希，化人之酒欲清，又非以聲色臭味自怡悦也！」愚謂水心此言亦寫胸中之所自得者歟？巽巖，蜀人李燾也，著《通鑑長編》。二子壁、㙮皆名世。

《周會卿詩序》「一幹之蘭，芳香出林，豈紛然桃李能限斷哉！」

《松廬集序》杜甫《送楊六判官使西蕃詩》直下無冒子，始末只一意。今翁常之作，頗似之。

《歸愚翁文集序》爲鄭伯英作，即景望弟景元者也。景元及第第四人，既任秀州判官，終其身二十餘年不復仕。諸公貴人知其才大氣剛，中心畏之故也。「孔翠鸞鳳，矜其華采，顧影自耀，爲世珍惜，是固然也。若夫蛟龍之興雲雨，則雷電皆至，霈霔百里，豈區區然露小技衒細巧而足哉！」

《翁靈舒詩集序》云：「起魏晉，歷齊梁，士之通塞無不以詩，而唐尤甚。彼區區一生窮其術而不悔者，固將以求達也。如必待達而後工，工而無益於用捨之數，則奚賴焉？君頭髮大半白，旁縣田一頃，蛙鳴聒他姓，城隅之館，水石粗足而不能居也。」愚觀靈舒，四靈之一也，水心所以斥罵者如此，而世以晚唐詩名者尚遥拜之爲宗師，可嘆也已！

《周南仲後序》 議其求異而無成。

《黄文叔周禮序》 略曰：「《周禮》晚出，而劉歆遽行，大壞矣，蘇綽又壞矣，王安石又壞矣。」「孔子未嘗言《周官》，孟子亦以爲不可得聞，一旦驟至，如奇方大藥，非黄帝、神農所名，無制使服食之法，而庸夫鄙人妄咀吞之，不眩亂顛錯幾希。」

《法明寺教藏（記）〔序〕》 爲僧師昶作也。終之曰：「夫浮屠以身爲旅泊而嚴其宫室不已，以言爲贅疣而傳於文字愈多，固余所不解；嘗以問昶，昶亦不能言也。」

《宗紀序》 謂：「佛學入中國，其書具在。」「有胡僧教以盡棄舊書不用。」「畔佛之學而自爲學，倒佛之言而自爲言，皆自以爲己即佛，而甚者至以爲過於佛也。」

《吕子陽老子説序》 謂：「每嘆《六經》、孔孟，舉世共習，其魁俊偉特者，乃或去爲佛、老、莊、列之説，怪神靈霍，相與眩亂。甚至山棲絶俗，木食澗飲，以守其言，異哉！」愚按此序識到理明，尤水心文之絶特者，可以成誦，故表出之。

《胡尚書序》 尚書名沂，餘姚人。富貴有節，無侵尋之求。嘗喻國體猶半存之身。

題 跋

《題畫婆須密女》載程正叔斥秦少游詞語褻天事。「河豚雖毒，而人能啖之，毒又甚矣。」

石月硯屏，中涵樹影。

戴肖望病，詣王大受，曰：「無苦，久客心動耳。」留薦燠館，食軟膩，把酒談笑。肖望欣然忘還。《題拙齋詩後》。

潘彥庶「輕鄙舉子學，出經入史，於衆人思慮不到處下議論，空寫卷子上，竟莫遇精識」。

《題劉潛夫南嶽詩》「建大將旗鼓，非子孰當！」「何必四靈哉！」

《題周簡之文》云「外學乃致窮之道」。

《題義役》「保正長法不承引帖催二税，今州縣以例相驅。」「士民同苦，至預醵錢給費，名曰義役。然則有司失義甚矣。」

祭 文

「澗底之松，山上之苗。」言崇高者易憑也。《祭韓子師尚書》。

鬅鬙。《祭王木叔》。倒壓韻。

墓誌銘

徐誼待制提舉浙西，言水不可疏，謂：「舊田溝澮當濬，圍田下脚無輒開，已開未填當捺合。行是三説。農不病矣。」似於今不合。其責趙丞相「爲忠則忠，爲姦則姦」，非言也。然薦蔡必勝，終定策。

蔡必勝武舉第一人，不見曾覿。光宗疾，與趙丞相定議，用韓侂胄白太皇立寧考。時趙彦逾戒郭杲飭宿衛。

《陳傅良墓誌》以水心爲之，宜有大可觀，如昌黎誌子厚。然而寂寞反尋常者不及，可嘆也。

《著作正字二劉公墓誌銘》著作諱夙，字賓之，莆人。試館職，言薦舉之弊，「此執政大臣爲惠而不爲政致之也。陳執中、章子厚，人知其小人也，然能不以官私其親。今將告執政大臣曰：『子爲子厚乎？子爲執中乎？』」則艴然怒矣。至其行事，則有爲子厚、執中所不爲者矣」。上封事論覿、大淵尤切。知衢州，郡人祠之。徙温州，禱雨，全家淡食八十餘日。以疾還莆，率鄉人救荒，愬莆之剩米斛於朝，盡蠲之。弟正字諱朔，字復之，紹興庚辰省試第一，調温州户曹，計口受禄，以其餘救饑疫，飼棄兒。召對，奏曰：「陛下何不延納憤激敢言之士而聽訐直難堪之言，因以自考察成敗得失？」知福清縣，聽訟，使兩詞自詣，市食挂錢於門。然嘗諫止雍公所主恢復議，雖晦翁辨之不從，將自有所見歟？嘗行秦溪，有道殣者，久駐，棺瘞乃去。過劍津，見覆舟者號呼，解鄭夫人髻金救之。二公皆樂朋友。死日，家無留貲。著作子彌正，正字子起晦、起世，皆登科。彌正至侍郎，子克莊今爲法從，號後村，以文顯。愚觀水心誌陳君舉墓寂寥慊然，今二劉官不爲顯，文無行於世者，而所載言行煒然耀人，蓋所誌諸公貴人，皆無此及者，故節録特備。

寳謨劉公穎，字公實，衢人，特立有治行，以壽終。

曾侍郎漸，建昌南城人。辨其非侂胄黨，正以其爲侂胄黨，諱之故耳。如曰「侂胄死，素抑者多用，趙彦逾亦在中。公争之，不容」，可槩見也。穎茂、穎秀其子云。

薛待制弼，政和進士，宣、靖間間關共難。南渡後，守閩、楚，平賊百七十部。然本岳飛參謀，而爲秦檜用。永嘉人。

黄尚書度，子文叔，越人。注《詩》、《書》、《周禮》，著史編年，考天文、地理、井田、兵法。病養兵，欲屯田，陰復府衛。吴挺死，請合興、利，合東、西川。論韓侂胄御筆事。制置江淮，降鹽城賊。嘗言紹興至今，三罷兵，所增之賦，皆當斥以還民。

陳謙，永嘉人。爲京西運判時，襄陽帥李奕、後帥皇甫斌，皆密受侂胄意，擾邊起事。公謂：

「復讎大義，乃倚羣盗剽奪之，豈得以敗亡爲戲乎？」遂以公總領湖廣。斌師遂大出，初敗支池河，再敗方城，郭倬至宿，李爽至壽，皆潰，金州秦世輔，未及行而潰，蓋開禧所謂用兵如此。公在襄陽，陂北城貯水三百尺。既至鄂，米悉運赴襄。又念安州亦兵衝，募守三關。言雖不用，亦完二城。

祭酒李祥，無錫人。趙丞相免，公争曰：「頃壽皇崩，兩宫隔絶，留正棄印亡，汝愚不畏族誅，決策，社稷臣也。」

《陳同甫王道甫墓誌銘》同甫，婺州以解頭薦，著《中興五論》，不報。後十年，在太學上書至再，復不報。又十年，親至金陵視形勢，復上書，終不報。在庭皆怒，以爲狂。鄉人爲燕會，同坐者歸暴死，疑有毒，入大理獄。民吕興、何廿四毆吕天濟，且死，恨曰：「陳上舍使殺我。」復入大理獄，少卿鄭汝諧直之。未幾，策進士第一，未至官，病，一夕卒。道甫名自中，平陽人。登第，仕不顯，多奇節，同甫稱之。水心曰：「鮑叔，管仲友也；鮑卑而管貴，美在叔也；王猛，薛强友也，王顯而薛晦，過在强也。同甫得以死後餘力引而齊之，使道甫亦得而傳。是以併誌。」

趙彦橚，無錫人。禱雨請罷催，止合衣税。朝士無不造侂胄門，公歎曰：「諸人今枉此（是）〔足〕易，後直之甚難。」知汀州，捕葉八子。知平江，置嘉定縣，鑿錦帆涇。爲總領，籍軍額之亡減錢百萬緡。

王枏木叔，永嘉人。知績溪，修陂塘。知江陰，開渠五百餘里，壞瘟神像。不見蘇師旦，止鄧友龍北伐。侂胄死，竄流不絶，公謂非朝廷福。江陰渠無百里。

蔡行之，凝重，竟日或不通一語。陳龍川與辨，抵日接夜，若懸江河。同甫謝不能，乃已。雖幼以文顯，無浮巧輕艷之作，官至兵部尚書。四子籥、節、策、範。

趙師罼，吴人。有吏材，十餘年中，四知臨安府，志中多載其與侂胄異。然愚聞之長老言，最佞侂胄者也。

施師點，信州人。事孝宗，知樞密院，六年而退，所陳多寬卹之事。嘗言治盜當委牧守，但責巡尉，何以禁暴？

樞密汪勃，徽州人。紹興二年登第。十三年和親，擇不與趙、張同好惡者佐佑執政。勃遂爲監察御史。其賢不肖可知也。乃云「爲檜所忌」，欲蓋而彰矣。然檜於一時同惡，既借官爵啖之以盡其力，位逼則斥去如奴隸。勃之見忌，亦非公曲筆，蓋紀實，而是非自見者也。汪綱、汪統皆孫，綱始求志於公云。

劉彌正，劉夙子也。幼率諸弟勤苦緝故業，貧不能得膏火，鄰嫗夜績者光射公牖，輒携書就之，後皆中第。其在朝，丞相陳自强惡其不附己。開禧，虜入寇，遂用公提淮鹽，蓋以陷之危地。自兵起，鹽商不行，公盡通鹽利，就爲運判。後爲浙漕，虜使自淮至浙，凡送迎之事，皆公裁定，爲成式。其爲浙漕也，不與内臣相見。官至吏部侍郎。子克莊。

周淳中，瑞安人。及第，嘗改官爲宰，爲帥機輒乞祠，至老死。初買廢山，鑿平爲宅，大竹長松，回合蔽虧，緝嵐紺池，焕霍房户，常終歲閉户，花香鳥鳴，暢然怡適，不問外事。

詹體仁，浦江人。師晦翁，篤厚君子也。爲浮梁尉，不受資。當入朝，定高宗謚。提舉浙西，開漕渠，浚練湖，置斗門。總領湖廣，放諸州積欠百餘萬，築武昌萬金堤。除静江閣税錢萬四千，除雜税朱膠八千。或疑公空有司之藏爲百姓地，而財常源源暴暴，如泉湧山聚。自趙丞相去，士多失職，賴公收擢。初嘗後其舅張氏，既復爲詹，經營兩家如一日。

狀元姚穎，官終平江倅，年三十四。

丘文定之父仁，不忍校費，幾盡産。母臧氏既寡，力貧教子。

池州貴池縣葉氏，三世二百餘人，四十餘室，不别盤案而飯百年。

醫痊王大受，饒州人，住烏鎮死，因葬湖州。内祕腹脹痛，以半硫圓碾生薑，調乳香下之，立愈。

《東陽郭氏墓誌》　載其富盛自立。

徐定字德操，泉州晉江人。其父少孤，隨母歸吕氏，因以爲姓五十年，公不知其徐氏子也。父且死，以告公。憤泣，與二弟來行在，皆擢進士第，復姓徐氏。至朝散大夫，知潮州，有治行云。

者也。

載陳傅良妻張令人，甚賢，不信方術，不崇釋老，不畏巫鬼。

鮑潚清卿病足。水心誌其「循行園林，住磐石上，數花鬚，嗅松葉」。世指水心狀清卿爲猴者也。

餘姚孫椿年，字永叔，之宏之父也。

永嘉林正仲，名頤叔，爲羅源主簿。舊俗，死喪者焚屍，糜其骨，衆薰合和，凌風飄颺，命曰升天，以尤細爲孝。正仲雕文禁止，治塚甓藏之，始變其俗。

王聞詩，龜齡之子也，聞詩之子夔。王聞禮亦龜齡之子，仕至運使，而聞詩至提刑。

《徐道暉誌》專評詩。

《邵叔豹墓誌》載岱山事。

鄭耕老，莆人也。兵火後，更營四明學。

錢之望，晉陵人。少以策贊虞雍公捷瓜洲。符離之役，謁張忠獻。既第，守楚四年，揚三年，前後反復爲上言，大抵以屯田、民兵、萬弩手、山水寨爲進戰退守之要。大奚山盜起，知廣州，滅之，移廬州，皆有政績。

省元錢易直，樂清人。十歲工文，稍長知古學，雲蒸川流，筆態横生。

劉起晦，字建翁，正字名朔之子也。能繼其父，而官亦止正字，子希醇、希深。

知處州蔣行簡，治郡以愛惜知縣爲本，數爲上言民困，具載誌中，可觀也。

侍郎陳景思，故相康伯之孫，信州人。奏言欲裕民力當寬州縣。僞學禁嚴，獨與晦翁往來不廢。

吴興李浹，故參政孫。不見蘇師旦，與開禧異議，有識士也。

臨海周子及，名泊。除大學正，一見上即盡言天下事。有王抃起吏胥，預密議，宰相、御史相與依憑。上以泊之言而去之。

處州陳葵，字叔向，魏益之教以盡棄所懷，獨立於物之初。忽大悟，遂以師道歸益之，反陋朱吕之學。水心辨以「一造而盡獲，莊、佛氏之妄也」。語簡而精，然猶委曲其文曰：「昔孔子稱憤啓悱發，舉一而返三，而孟子亦言充其四端至於能保四海，往往牽借，而所指亦近於今世之所謂悟者。」愚謂待其憤而後啓之，待其悱而後發之，舉一返三，使以類推，此孔子欲學者自盡其力，而不徒師之恃耳，非悟也。充其四端至於能保四海，此修身以至平天下，堯舜三代已試之，效具在，皆實理也，非悟也。

黄畚，字子耕，魯直之從孫。其先自金華徙分寧。子耕師晦翁，治台州，多政績。水心載之甚詳。然子耕亦嘗宰華亭縣，今製錦堂所創也，政績亦不少，今闕不載，而獨言其知盧陽縣，當考。

劉子怡居鄉救三大荒。

龐蘊夫婦破家從禪，至賣漉篱自給，男女不婚嫁，争相爲死。水心載其事於鮑潚妻劉夫人之誌，况潚夫婦也。愚謂此皆全家病風耳。

周南仲對策言：「今所謂道學朋黨，正皇極所用之人也。」召試館職言：「今廟堂無能，盡出胥吏，蒼頭盧兒，干政接踵，漿酒藿肉，斕黼其家，根本大壞矣。」南仲從水心，苦學之士也。子深源乙丑進士。

胡崇禮名樽，餘姚人，尚書名沂之子，拱之弟，衛、衎其二子也。誌云：「先世故書，緹囊珍篋重封之。屏凡遺字，寵玩往復或移日。」蓋譏之也。又云：「初，朱元晦、吕伯恭以道學教閩、浙士；有陸子静後出，號稱徑要簡捷，諸生或立語已感動悟入，以故越人爲其學尤衆，雨併笠，夜續燈，聚崇禮之家，皆澄坐内觀。」蓋譏之尤深也，然亦工矣。

虞夫人，父事北辰求九天女而生。《詩》、《書》若素習，教其子莫子純，及第第一人。愚甲辰客於越施氏，聞老石先生之言曰：「莫魁既第，母嘆曰：『朵花既開，只看花，無澆者矣。』」石故莫之同經友也。觀此則母之賢爲益信。

徐文淵，名璣，與徐照、翁卷、趙師秀四人共趣唐詩。

平陽林善補及第，葬其母陳氏鹽亭山，爲光孝寺冒争。踰二年，乃克葬。水心誌云：「嗚呼，有是哉！夫貲不足以買山而葬於官荒之山，此礬士之窮，王政所必矜也；遁耕織之勞而欲擅山海之富，此異端之横，王法所必誅也。銘曰：徂徠躬耕葬百喪，使皆如此訟何當！虆梩而揜孰在亡！夫人之歸天與罔。」愚按水心此筆氣直語壯，愧死當時符移紛紛之有司矣。

楊愿以秦檜用，嘗參政。葬越。

鄭景元名伯英，景望弟也。擢高第，以祠禄終。水心謂志士。

陳民表，名燁，戒其子曰：「薦送由州縣，比鄉舉里選猶近也。今縻歲月，捐父母，棄室家，以争優校，可乎？得喪命也，若謹無然！」其子遵行之，必鄉貢，不太學。三子增、埴、止善，皆登進士第。

孟猷良甫、孟導達甫，皆從水心。良甫生繼華，達甫生繼勤、繼勳、繼勇。隆祐姪曾孫，今居吴。

唐氏，王棐生母。

史漸進翁，八行詔之孫。父木，再薦。漸入學，五子登第，彌忠、彌恕、彌愈、彌鞏、彌忞也。嵩之兄弟，其孫。宣繒，其甥。

《長潭王公誌》　夢龍侍郎父也。

陳少南，名鵬飛，永嘉人。有《詩》、《書》傳，嘗教秦熺，以貶死。

《崇國趙公不息行狀》　載善政最多。汝談、汝讜，其孫。

《張季樗狀》　載光州可移治處名沙窩。亦多載淮事。

水心能力排老莊，正矣；乃併譏程伊川，則異論也。能力主恢復，正矣；乃反斥張魏公，則大言也。能力詆本朝兵財靡弊，天下以至於弱，正矣；乃欲割兩淮、江南、荆湖棄諸人，以免養兵，獨以兩浙爲守，又欲抑三等户代兵，玆又靡弊削弱之尤者也。水心之見稱於世者，獨其銘誌序跋，筆力横肆爾。近世自號得水心文法者，乃以陰寓譏罵爲能。愚觀水心文雖間譏罵，實皆顯白。如曰：「旁縣田一頃，蛙鳴聒他姓。」此顯斥翁靈舒廢家業而工晚唐詩，直以爲世戒，非陰寓也。如曰：「蛛絲委架詩書愠，鷺羽空陂菡萏愁。」此明言陳益謙不讀書而冒儒衣冠，不得已爲作詩，非陰寓也。如曰：「丁村未嘗有此，其村民不學而崛起未可知。」惟「數花鬚嗅松葉」，世傳狀鮑清卿爲猴精。此爲譏諷，然他日誌其妻劉氏，直舉龐藴夫婦棄家學佛，至賣漉籬。此其偏好自有取輕者，終篇述其治行甚褒，瑕瑜不相揜也。借曰水心時一以文爲戲，可盡以例其餘耶？學之者不於其横肆而獨於其戲者耶？嗚呼！水心之傳世者僅此，而學之者又辱之，且關學者心術，故爲之辯。

水心外集

序發

大意謂制科許極言天下事，而治道本不如是之易言。後進之士耳剽目習，運奇於異説之餘，求夸於陳言之外，足以敗天下之定勢，而何以爲守？宜特發其大意而無至於盡言。

君德二篇

謂人君以道服天下，非以名位臨天下。而世之言君道者，或以令，或以權，或以法。其君之德固削矣，而以智巧從事，是未得服天下之道，徒恃名位以臨之。其有大度不疑以深結其民臣之心者，亦不過留名位之術。惟古之聖人真見其當然而事事以實行之，此則人君實德而服天下之道也。愚按前之一説正不得攻，而三者亦有天下者所不得而廢。後之言真見者，〔其〕君果何從而能見其真？所謂真者果何指？夫亦開闔馳騁以極文字之變態者，豈果君德之的論耶？

治勢三篇

謂人主當以身爲天下之勢，而後世之勢在外戚，在權臣，在宦官，或匹夫士卒，其勢無所不在。若西晉傾覆，特起於公卿子弟、里巷書生游談聚話、沉湎淫佚而已。我祖宗之爲天下，其要在使無女寵，無宦官，無外戚，無權臣，無姦臣，隨其萌蘖，尋即除治。所以致靖康之變者，五患有其四焉耳，非前日所憂之西北二寇。蓋天下之勢在内而不在外也。今天下之勢因治久忘戰，而女真自恣，天子方御征伐。又十餘年，天下治習兵革、（散）〔敢〕戰，而天子已厭武。紹興之末，青、鄆、亳、宋之間，豪傑響應，或號三十萬，而天下終以不振，習安難變，乃其勢然。今天下之士，惟嗜利桀行者乃或叩閽言邊，而明見利害之人則皆深念根本。然則天下之勢，固不可使之盡變也。愚按此論平實，而意若陰不滿於陳同甫諸人。

國本三篇

國本者，祖宗所以立國之意也。我朝大意有二：曰隆禮以御其臣，恤刑以愛其民也。真宗、仁宗以來，大臣將去，爲之遷官加賜。神宗嘗欲汰其臣而不忍，始益宫觀廩粟；章子厚嘗欲興劉摯之獄，而哲宗不從；蔡京又欲殺天下士，而徽宗不聽。紹興初，誤聽宰相誅諫官二人，尋下詔謝天下。故姦臣不得借殺士以爲資。今世之用刑比漢唐爲輕，今世之民自得罪者無幾，而坐茶鹽、榷酤、田役、税賦者十六七，比三代則爲重。然三代肉刑，殘壞至於終身，亦已甚矣。後世制刑，雖三代不能及。此二事，天下安之久矣。不顧而變，安危必自此始。愚按此深識我朝立國之意者也。我朝立國以仁，盡去秦漢後不道之事，而此二事爲著。

民事三篇

謂今授田之制亡，而猶歲以具文勸農，何也？有民必使之闢地，今吴越民多而地不足，相搏取爲衣食。荆楚古繁，實孫、劉所資以争天下，更唐五代不復振，今荒墟無聚落。分吴越以實荆楚，當今急務也。儒者欲復井田，既時異不可行，而俗吏抑兼并之説，則人主既未能自養小民。富人者，小民所賴，不可豫置疾惡破壞之也。隨時立制，使無甚富甚貧，其庶乎？愚按此諳練之説也，特未知所以立制者，何如而可無甚富甚貧耳，或者董仲舒限田之説乎？

財計三篇

謂理財與聚斂異，今言理財者，聚斂而已。故君子避理財之名，而小人執理財之權。自古聖賢無不理財，必也如父共子之財，而權天下之有餘不足可也。奈何君子不理，而諉之小人哉？自楮幣行而錢隱物窮，設法以消天下之利，莫甚於此！官、兵、吏之冗食者多，而不知退考其原，如富人用侈而賣田疇、鬻資器以充之，不竭盡不止。愚按此天下之名言，而冗費則不止官、兵、吏三者而已也。所謂泉府必周公法，恐又信《周禮》太過。

官法三篇

謂漢宣帝號責實而徒課細碎爲失實，今治不過若漢宣帝，且舉以羣臣百僚爲不足用，而上自用也。謂冗官始魏晉，自文武分，而昔之侍衛用文者，今武士宦官專之；自官吏分，而昔之所辟曹掾，今吏胥專之；此選舉甚狹而官猥多也。謂患其冗者，抑之以法，此當甄别。使賢者能者堪之，奈何操利天下之權，而反以抑也？愚按三説皆考訂之言，但力辨古人非事簡，而力言古人之事爲多，亦似信《周禮》太過。竊意古人不過教民自爲生養，若盡如《周禮》期會，恐奔走無虚日，民不聊生爾。

士學二篇

謂孔孟守三代之説於春秋戰國之世，迂闊之名自此始。今必得真迂闊者而用之，其庶乎古者養士而後取。今不養而取之，當因今之學以取士，而務養其心。愚按此乾、淳間議論也，然不知養其心者當何如耶？若近年以來，士習實壞於學，縣有學則無恥者分其糧，公厨終歲無炊煙；郡有學則强俠者多取市井子之資，聚食其中，以庇門户，七箸聲歇，輒雲散無踪；國有學則争圖分數，乞免解免省者，千岐萬轍，上亦屈法從之，甚至受金叩閽，助權勢，去異己者。士習之壞，反皆學校之爲。闢之於勝負之場，而誘之於利禄之區，曰可以養其心，有是理否乎？果欲養其心，必也因今之學而用古之道，州縣學盡除職俸，太學盡除校分，無勝負之争，無利禄之誘，而後士得自有其穴而自養之。水心雖乾、淳之論，而其時學法已行，不明言其非，疑有遺論。且天下何嘗無賢士之自養者，何世無有學校科舉之較？程文如博奕偶勝，於士之賢否何預？要在謹簡於入仕之後，幸而得賢者、能者，則必用之，不幸而得愚不肖者，雖自學校科舉中來，必終斥之。用舍不於學校，不於科舉，而於其人，庶幾士習稍知趨向。若夫轉移變化又自在本原之地，若曰因今之學以取士而欲養其心，愚未之能信。

兵權二篇

謂兵必用詐，自孫武始。武事闔閭，嘗入楚，暴師不返；嘗言越不足畏，卒敗檇李。武之術無救（人）〔於〕國家。今其氣焰興起，若將與聖賢並稱，而右科武學又使之讀誦其書，是徒以不仁之心相授。況今淮以北皆吾之民，方當流涕以對之，尚安用武之術？數十年來，天下士好奇言，而言兵者尤奇，皆中一時之欲，而不顧天下之利害。必也實言乎，不多殺，邦本不摇，無暴征横斂，而將得人，則兵可用。愚謂言兵若此，斯儒者矣。視老泉輩平生師孫子之學霄壤矣。

外論四篇

謂中國之待夷狄，有義，有名，有權。契丹更六聖百二十年，無敗盟，而約女真共滅其國，在前日爲失義。女真吾讎也，今日請和，尤爲無名，視其所以來而權之，必有先勝之形。變困重難舉，而使輕利易爲，此在朝廷大政紀綱憲度之際而已。乃略淮以守江，守江以安閩、浙，此其去中原也遠矣。其言慷慨激發，讀之使人痛憤。愚謂果守江，果安閩、浙，機至事成，中原亦非遠。正恐江自爲守而人未嘗守江，閩浙百蠻所仰又未必其能安，而人自安於閩浙耳。

總義一篇

論聖經之題辭也。謂古之治足以爲經，聖人載之以詔後世，至於今而經始明，世之君子可即其故而深思矣。

易

謂《易》非道，所以用道。聖人以道易天下，後世聽其自易，而世始亂，文王、孔子於是作《易》。《易》之書備，而《易》之道始窮。曲學小數，出入鬼神，而無以爲用於天下，莫若反其本而求之象爻。愚按此論未之前聞也。以愚所聞，則正以理無定，形亦無終，窮故以變。易之謂道，而謂「易非道」，何耶？變易者，正道之用，而反謂「所以用道」，何耶？事萬變而不齊，而理無不在，故此道謂之易，初非先天而開物，逆料治亂之變而立之防，亦非世有已亂，事有已失，出而移風易俗之類以救其弊，而謂「聖人以道易天下」，何耶？《易》者，道之形於事事物物，順之則吉，逆之則悔吝凶。吉者治之事，悔吝凶者亂之事。後世不知《易》也，故亂日多耳，乃謂「聽其自易而世始亂」，何耶？文王、孔子之作《易》，正欲使人人知道如是則吉，如是則悔吝凶，傳之萬世而道之用無窮也，顧謂「《易》之書備而道始窮」，何耶？《易》備天人之道，微之而爲陰陽變化，顯之而爲日用常行，理本無所不包，故曰《易》有聖人之道四焉，以卜筮者尚其占，而象爻者正以占其變也，謂「出入鬼神爲無用，必反而求之象爻」，又何耶？此固愚未之前聞，必水心自有所見者。雖然，未諭也。

書

謂《書》爲帝王之常心。周穆王、秦穆公既悔過而復得其常心。此亦一説。然周穆王、秦穆公恐於堯舜不若是班，而常心亦非所以論聖人也。常心者，不以饑寒而變之名也。

詩

謂言周人之最詳者莫如《詩》。聖人養天下以中，發人心以和，蓋《詩》之道至周而後備，雖其怨刺猶深（原）〔厚〕，憤發而不忍。愚按此亦言《詩》者之常談，特水心長於文，其形容有過人者。

春秋

謂治人之道，人能自正於心者，雖聖人不能加也。行之事矣，折而從仁義禮樂者，則治之也佚，是其次也。聞人之是己非己爲喜懼，因其喜懼而治之，是又其次。不以是非爲喜懼，而必待賞罰，聖人之治人至是止矣。《春秋》之作，又所以治夫仁義、禮樂、是非、賞罰之所不能治者也。然其用之之法有三：原其情，察其勢，使人心厭然我服，然後斷之理。舜能事瞽瞍，而天下不能爲子；箕子能事紂，而天下不能爲臣；湯事葛，文王事昆夷，而天下不能爲國，是何耶？是未之思，是之謂理。故《春秋》者，道之極而聖人之終事也。愚按世謂《春秋》爲賞罰之書，而賞罰必斷之理，此不過兩言已足，然人人能言之。今其模寫次第，多爲曲折，則水心之文法然爾。

周禮

謂《周禮》之書一用而反至於亂者，古者天子自治止一國，又有聖賢爲之臣，久於官而不去，其爲地狹，爲民寡，治之者衆，行之以誠，故（其制纖）〔米鹽靡〕密無不盡。今也包夷貊之外以爲域，事雖毫髮，一自上出，法嚴令具，不得摇手。無聖賢爲之臣，不久於其官，而又有苟簡詐僞之心，乃欲靡密無不盡以求合《周禮》，此人情不安而至於亂也。愚按周之建官備於《尚書·周官》

一篇，各率其屬，聽之六卿。而爲君之要，在六卿得人而止，其詳則自孟子時已不得聞矣。必如今《周禮》所載六卿六遂之地能幾何，而可養官司胥徒二三萬，東西胥會，朝夕讀法，民且奔走不暇，而何所措手足？此書出於王莽，用於王安石，皆亂天下，恐不可以其名列於經而盡信其書。必古書也，亦不過《周官》一篇注疏耳，大訓何在而名經耶？雖然歸之世變不同，而謂《周禮》不可行於後世，此則善爲《周禮》解嘲，蓋未有過水心者也。

管子

謂王政之壞始於管仲，而成於鞅、斯。若桑弘羊之於漢，又管仲、商鞅所不忍爲。至唐之衰，取民無所不盡，又有弘羊所不屑爲。壞之也，非一人之力，則復之也，必非一人之功。聖人不千歲而一起，聖人不繼世而皆遇，故夫陋俗之與論王政，終不合矣。其言哀痛切至，嗚呼，悲夫！

老子

謂老聃厭聖人之仁義禮樂，而欲一切返太樸之初。不知聖人之爲此仁義禮樂者，正以消伏天下之機巧詐僞也。今欲盡廢，是與天下以機相示微相使也。聃自變於俗，而謂聖人變之乎？愚謂聖人不過行其所當然，老子乃欲去其所當然者耳，此則昌黎《原道》之説盡之。無爲則天下決不能自治，勢必出於慘刻以勝其不治者，此則太史公老子之傳盡之。若謂聃自變於俗，則聃且有辭。

孔子家語

謂《家語》、《左傳》、《禮記》，皆近聖人之世，而所載皆不能知其言。後世若荀卿、司馬遷、揚雄亦皆不足以知聖賢之言。今世之知言者談性命，而聖賢之實猶未著。愚謂此借《家語》以排世之談性命者，謂均之不知聖言爾，然豈其倫耶？且不明斥性命之説爲不知聖言者果何在，豈亦如論治，特發其大意而不盡言，必待佐天子得行其道，然後自以己之説而易天下耶？雖然，濂洛性命之説大明於天下有日矣，水心思以易之也難哉。

莊子

謂莊周知聖人最深，而玩聖人最甚。不得志於當世而放意狂言，其怨憤之切異於屈原者鮮矣。然而，人道之倫顛錯而不叙，事物之情遺落而不理，以養生送死，飢食渴飲之大節而付之儻蕩不羈之人，小足以亡身，大足以亡天下，流患盖未已也！愚謂此論理義之精到，文辭之警切，前無古人，後無作者。自古明天下之正道，無出於晦翁《大學中庸章句序》，斥天下之非道，無出於韓文公《原道》。今有此論，又足爲《原道》之配，但謂其知聖人及以屈原爲比，未然爾。

揚雄太玄

謂玄以準《易》而不得聖人之意者三：《易》以明天下，而雄名《玄》，一也；卦以八數，而《玄》之八十一首，雜取文字之餘，二也；《易》更三聖，《玄》以一人之思，備羣聖人之力，三也。

左氏春秋

謂左氏去孔子既遠，而能録古者典刑十數，以扶翼《春秋》。

戰國策

謂成周論士，用於天子。周（襄）〔哀〕，取士之法壞，士猶各自貴於其國。侯國取士之法亦廢，士去爲家臣。獨公（哲哀）〔晳哀〕季（項）〔次〕未嘗仕於大夫。未幾，兼并禍興，故家亡失，士始恣睢四出，奮口舌以要其君，固流靡使然也。始皇、李斯遷怒而擒滅之，豈爲天下之道哉？

史記

謂孔子時，上世圖籍具在，多放棄而不録。史遷不能知其意，紛然記之以夸奇，使後世溺於見聞，蕩於末流，又戕民害政之術盡出其中。而戰國秦楚事，皆天下人資取爲不肖者，於是異端之學復肆，與聖人之道相亂矣。

三國志

謂春秋、三國之世號爲多才，非世道之幸也，尚忍言之。愚謂人才用而後見，世方多事而後人才出，其勢則然。漢唐之興何嘗無人才，有英雄之君以主之，天下賴以定於一，不見其紛紛之迹耳，以罪人才可耶？

五代史

謂唐非天亡而自亡，盜賊不肖皆足得國，人主所當惕然自懼。愚謂五代朝榮暮瘁，亦自取滅亡耳。然掃除亂略，以開聖世太平之基，亦周世宗。

總述

謂唐虞三代，上之治爲皇極，下之教爲大學，行之天下爲中庸。漢以來，無能明之者，今世之學始於心，而三者始明。然唐虞三代内外無不合，故心不勞而道自存；今之爲道者，務出内以治外，常患不合，故具列其義，天下得詳焉。其論甚異，意其真有可得而詳者，及詳《皇極》、《大學》、《中庸》三論，則與今世所讀《洪範》、《大學》、《中庸》三書本旨不見其有一語類者，玩索再三，如適異國見蠻夷。君臣問答議論，曲折次第，非無可聞之聲，終無可曉之説，嗚呼！噫嘻！何爲而至是耶？夫水心一水心也，其論兵財民俗明白貫徹，筆端有口，一何奇也！其論《皇極》、《大學》、《中庸》，但見其班班有字，而玩索莫曉，一何甚也！豈世自有能詳之者耶？抑姑俟千百歲後，又出一水心而後能詳水心之説耶？不然，水心所論《皇極》、《大學》、《中庸》，恐別自有其書，非世所通讀之三書也耶？

傅説

謂高宗注想傾信爲以其心而通物。愚謂傅説事本無可論，而論三代事本不必若是其文。深山之舜，莘野之伊，傅巖之説，皆當世偉人，特未加之位耳。傅説固非泛然胥靡也，一念之切，精誠交通，夢亦其理之常而非異也。水心之爲此者，特望人君之深信其臣歟？

崔寔

謂寔勸其君以嚴刑爲無術。此長者之言也。

諸葛亮

謂亮借興漢之名以見於世，今世有昭然不可(假)〔掩〕之名義，而非必借於外。愚謂借亮以警當世可也，謂亮爲外借不可也。

蘇綽

謂商鞅以後，皆謂古治爲不可復行。綽佐宇文泰，方高氏扼關而攻，西人凛不自保，乃猶用古人治國之常道，卒并齊滅梁，益無敵於天下。愚謂唐太宗之治，多宇文之遺，而水心之論即魏徵所以斥封德彝者也。

王通

謂聖人未嘗絶後世，而王通續經獨得孔子之意，以道觀世，則世無適而非道。愚恐漢晉元魏未必真得唐虞三代之道，王通續經亦未必真得孔子之意。水心若曠然大觀，混精粗誠僞而不問，固無不可者，若以道觀世，則道固未嘗無劑量其間也。

廷對

主說謂以庸君行善政，天下未亂；以聖君行弊政，天下不可治矣。答前代道、仁、禮、樂，皆雅淡不事華藻。答當時事多明，勿謂宰相失職，專限資格，助吏部行有司之事。謂諫官不諫諍，反侵御史之事。兩制、侍從不講大政，而弊精神於微文。責儒臣太備，而獨當前世養兵之患，不能寬横斂而裕民力，及復讎在堅决信任其人。大抵純净，非近世排仗語爲多者比也。

始議

其一謂國朝不務平西北，小人因間復燕，而國之守以離。其論偉矣，愚意竊謂尚有當講求者耳。唐虞三代所自有惟千里，若侯服以至要荒則聽其人之自守，不過懷以德，援以禮，故事少而國易治。秦漢盡併天下，制於一人，甚至反爲夷狄，於夷狄殺無辜之民，以貪非其有之地，鞭長不及馬腹，而國無寧日矣。我太祖内收藩鎮兵，使無諸侯强大如封建末流之弊，外因邊酋各爲守，無直鄰强敵，如秦漢守塞轉粟戍兵之擾處混一之勢，而能周盡天下之慮，孰有加於我太祖者哉？大計未集，而後之謀國者輕挑二虜，豈惟非太祖之心，亦異於古人所以御天下之道矣。必欲計二虜，定西北爲盡天下之慮，談何容易耶？其謂建炎嗣統，獨失河東，二年始失河南、北，紹興元年始失京東、西，三年又失五路。黏罕死，嘗舉數千里地以還我，兀朮背盟，分畫緣淮以南。顏亮屠殄，歸義之民，處處屯聚，京東、西、秦、鳳、熙河州縣相次而服。宰輔繼舊盟，反割四要郡畀之。其言備盡南渡曲折。愚嘗謂中原不失於南渡之前，因南渡而後中原失，意正謂此。然念靖康而後，中原尚有可復之機者三：宗忠簡肅清宮禁，結山東、河北義勇以請聖駕還京，此一機也，中原可不煩兵而復；岳鄂王收復〔三〕〔兩〕京，所向無前，此一機也，中原可乘勝而復；逆亮速禍，京東、西等處響應思歸，此一機也，中原可乘機而復。迨我孝宗，已非南渡初憤痛方新、機會鼎來之比。况湯思退、史浩諸人，遇中原思歸者則還之金，使甘心焉，儒生尚何以空談爲哉？雖然中原遺黎已歷祖孫三數世，惓惓吾宋者猶新。其二謂國朝皆人主自爲之，遂廢人而用法，廢官而用吏，故人才衰乏，外削中弱，以天下之大而畏人。又自熙、豐以來，世變紛更，紹興以來，小人挾制，隆興以來，取民已困，猶以爲仁，俗衰時迫，誰與謀長，此所以不能盡天下之慮。

取燕三篇

中原在望，百年未復，而首謀取燕，已幾於不切事情矣。又以高祖滅項爲比，豈類也哉？高祖能滅項羽，而不能不困於白登。故夫事建之後，不可以比方争之初，而與夷狄争區區，不可以比撫定中夏之事。今必曰得燕薊關隘而後吾國可以立，秦築長城矣，果帝萬世乎？然則讀水心

《取燕》三篇，不若誦吴起「在德不在險」一語。

息虚論二篇

其一論親征，斥萊公爲無識之甚。嘻，甚矣！其二論待時，謂越二十年之内，日夜所爲皆報吴，然後可言待，則正論也。

實謀一篇

謂四總領爲户部之害，經總制、折帛錢爲諸州之害，版帳、月樁爲諸縣之害，此財以多爲累也。四屯駐大軍耗總領之財，厢禁、土兵耗州縣之財，是兵以多爲累也。法度以密爲累，而治道不興。紀綱以專爲患，而國威不立。皆熟於治體之言也。

財總論二篇

謂邊一有警，賦斂輒增，既增後不可復減。祖宗盛時所入，比漢唐一再倍；熙寧、元豐以後，隨處之封樁，役錢之寬剩，青苗之結息，比治平以前數倍；蔡京變鈔法以後，比熙寧又再倍；渡江以至於今，視宣和又再倍。此精於財用本末之言也。

經總制錢

李憲經始熙河始有所謂經制財用，童貫繼之，亦曰經制。蓋措畫以足一方之用。方臘殘破東南，陳亨伯以大漕兼經制使，減役錢，除頭子，賣糟酵以相補。靖康召募，翁彦國以知江寧兼總制，强括民財數百萬。維揚駐蹕，吕熙浩、葉夢得總財事，議用陳亨伯所收經制錢者，酒税，頭子，所取猶止一二百萬。其後户部、轉運使動添窠名。黄子游、柳約之徒，或以造船，或以供軍，遞添酒税，隨刻頭子。孟庾以執政爲總制，耆户長、壯丁雇錢始行起發。二制並出，色額數十。酒有柳運副、王祠部、都督府二分本柄、虧折官本；茶有秤頭、節息、油單、靨面，商税有增添七分，免役有一分寬剩，得産有勘合，典賣有牙契，僧道有免丁，截撥有靡費。所收之多，至千七百萬。截取以畀總領所之外，户部經用，十八出於經制。於是州縣之誅求者，江、湖爲月椿，兩浙福建爲版帳。向之士大夫，猶有知其不善。今新進者矜奮，視兩税爲何物，而況遠及貢賦之法乎？蓋王安石之法，桑弘羊、劉晏所不道；蔡京之法，又王安石所不道；而經總制之爲錢也，雖吴居厚、蔡京亦羞爲之。故經總制錢不除，則縣以版帳、月椿無失乎郡之經常爲無罪，郡以經總制錢無失乎户部之經費爲有能，而人才日衰。昔之號爲壯縣富州者，今所在皆不可舉手，齊民中産僅足者，今轉徙爲盗賊凍餓，而生民日困。左右望而羅其細碎，而國用日乏。愚按水心之言懇切哀痛，經總制錢誠所當除也。而錢之未易除者,兵之未省也,水心此言爲兵張本也。

和買、折帛二篇

謂和買惟軍衣未可裁損,其他宫禁官吏時節支賜,一切不行可也。謂既有夏税折帛,又有和買折帛。且本以有所不足於夏税,而和買以足之,今二者均折,於義何取?必鉤攷其凡目,而後可有所是正也。

茶 鹽

謂茶鹽榷之太甚,利之太深,刑之太重。

兵 總 論 二

謂邊兵當因其地,練其民,不待内地之兵食。宿衛兵當因都邑近民,教成番(土)〔上〕,與募士雜,用廪其半而不全養。大將屯兵,悉募教精鋭,全養之。州郡守兵,以州郡之人守之,不以州郡之力養之。今四者皆募,而竭國力以供其衣食,力則已困,用則不可。太祖收藩鎮權,汰兵使極少,治兵使極嚴,正非恃兵以爲固,數不滿二十萬。自恃兵爲國之説熾,慶曆至有百萬兵。盡用衰世刻剥之術，取於民以啗之。及不可用，則又俛首事仇，使之自安營伍中。王安石知兵之不勝食，而猶〔不〕〔誤〕〔悟〕籍兵之不必多，教保甲至四五十萬，陰欲代正兵。正兵不可代，而天下之勢愈弱。紹聖以後，保甲復治，正兵自若。大觀、政和中，保甲至六七十萬，平民相挺，化爲盗賊。斡离不挾兵纔萬餘，莫有敵者，倉卒召勤王，而虜掠遍天下矣。

四屯駐大兵

謂秦檜約諸軍支遣之數，分天下之財，命朝臣總領之，疲盡南方之財力，以養此四大兵，惴惴常不足。昔祖宗竭天下財，以養天下兵，固前世所無；而今日竭南方以養四屯，又祖宗所無。地則北爲重，財則南爲多，運吾多財取地於北則可，奈何盡耗於三十萬之瘁卒，襲五六十年之積弊，以爲庸將、腐閹賣鬻富貴之地乎？

厢禁軍弓手土兵

謂厢軍供雜役，禁軍教戰守，弓手爲縣之巡徼，土兵爲鄉之控扼。今州郡二税，及酒税窠名盡以上供者，朝廷既以養大兵，而州郡以其自當用度者，盡以養厢、禁、土兵。故不減宿衛、屯駐兵，國力不寬；不減厢、禁、弓手、土兵，州郡力不寬。

法度總論

謂唐虞三代，國自行其政，家自專其業。秦、漢、晉、隋、唐一郡行其一郡，一縣行其一縣。本朝懲創五季，細者愈細，密者愈密，摇手舉足，輒有法禁。故君子不可用，而用小人；官不可任，而任吏；人情事理不可信，而信法。用人以資格爲利，而資格爲用人之害；銓選以考任爲利，而考任爲銓選之害；薦舉以關陞、改官爲利，而關陞、改官爲薦舉之害。至於任子，則有數害：員郎即得蔭補爲一害；太中大夫待制以上蔭京官爲一害；一人入仕，世爵無窮爲一害。科舉亦有數害：取以藝既薄於古，今併藝失之，爲一害；古者化天下爲士使知義，今化以入官爲一害；解額一定爲一害；一預鄉貢，老不成名，錫以官爲一害。以利誘天下，爲學校之害。責以記誦，爲制科之害。進人於應用之文，爲宏詞之害。保正長通天下患之，而役法爲害。定爲《新書》以一條貫，而《新書》爲害。禁切監司反甚州縣，而監司之法爲害。府史胥徒，植根固本，而胥吏爲害。行經界則經界爲害；行保甲則保甲爲害；行方田則方田爲害；行青苗、市易，則青苗、市易爲害。舉事立法，無非所以求利，而事立法行，則無非爲害。賢者以爲是必不可去之害，愚者則恃其有是害，小人則或求甚於所害。願揭其條目而治之，去害而就利，使天下曠然一日得行於昭昭之塗。

資格

資格者，生於世之不治，賢否混并而無所别，故以此限之，非善法明矣。而李沆十數人，以守資格得名，而其時亦以致治，蓋能先别其流品，其人有自小官，其望已足以爲卿相，特欲其歛歷以實之而已。若此者，可謂得資格之利。今也無有流品，資深者叙進，格到者次遷。侍從不薦士，執政不舉賢，執資格以進，曰「此足以任此矣」，此所謂受資格之害也。

銓選

吏部者，朝廷喉舌之處；尚書侍郎者，天子貴近之臣。與之以天下士大夫甄别黜陟之柄，乃曰「一切有法」。蓋大臣不知職任，止以堂除爲大權，無怪銓選奉行文書。若堂除盡歸銓部，然後大臣知職任，而銓選亦能少助朝廷用人，尚書侍郎不虚設矣。

薦舉

謂使天下之大吏得舉天下之卑官，宜若爲善法矣，今乃爲大害。（蓋）〔盍〕多其考，累其任，使其積日計月無過者，循至京官，則士之稍自重者知有常途，不汲汲焉卑身卑體以求舉，而舉人者亦不困於求者之多，真能舉賢以報上。愚謂此今世第一當務之急也。夫人主所與共治天下者，人才耳。今顧困於三薦關陞、五薦改官之弊例，中朝士大夫弊於爲人求監司，太守弊於無以應中朝之求，下之小官弊於宛轉中朝以代己之求，甚至交易成市，以求充所謂三者五者弊例之數，而人才淪胥以敗矣。所與共治天下者將誰屬邪？水心積日計月循至京官之説，雖猶不免於賢愚同滯，然猶愈於今之賢者以不求而困，不肖者反以肆求而達也。嗚呼，悲夫！奈何亦未之能行耶？

任　子

謂員郎非甚重之官，常調至此者，可勿復與。若從官宰執子弟，則以今所與員郎者與之可也。愚謂水心之議是矣，然行之一家，必自出於賢士大夫之意；行之天下，必自出於人主之意。必建議者行之，則韓、范嘗朝奏而夕斥矣，烏乎行？

科　舉

謂一預鄉貢錫之官，蓋藝祖閔天下士有更五代困場屋者，因爲之賜。愚按《邵氏聞見録》載富鄭公以私故交段希元等耳，今謂藝祖，當考。

學校

謂大學以利誘天下，獻頌拜表，希望恩澤，一有不及，謗議喧然。謂州縣學徒以聚食，而俊秀者不願。今宜稍重太學，擇大儒相與講習。而州縣學宜考察以上聞。愚謂士風之壞極矣，王者必世而後仁，非一旦法度之所能爲也。因今之俗而欲變今之法，欲講習之，彼且潰而四出，欲考察之，是太學之利誘又偏誘天下州縣學矣。

制科

謂制舉之法反密於科舉，徒立法以困天下泛然能記誦者，豪傑不屑也。故哲宗以爲今進士策有過此者，而制科再廢。其幸而取者，往往不迨科舉之俊，且其爲急官爵計耳。

宏詞

謂朝廷詔告典册之文，當使簡直宏大，敷暢義理，以風曉天下，《典》、《謨》、《訓》、《誥》諸書是也。四六、對偶、銘檄、贊頌，循沿漢末以及宋、齊，此真兩漢刀筆吏能之而不作者，而今世謂之奇文絶技，以此取天下士而用之於朝廷，何哉？且又有甚悖戾者。熙寧既禁士之求仕者爲詞賦，而反以美官誘已仕者使爲宏詞。既以爲宏詞，則其人已自絶於道德性命。且昔因罷詞賦而置詞科，今詞賦、經義並行，則宏詞直當罷之而已。

役法

昔者保伍其民有保正副，户長則催科，耆長則追胥，皆有雇直。其後以起發上供，而耆户長之役盡以歸於保正副。

新書

謂本朝以之爲經，而勑令格式隨時修立。自嘉祐、熙寧、元豐、元祐、紹聖、大觀、政和、紹興，皆自爲書。乾道、淳熙，已再成書。不任人而任法，姑任人以行法，可矣。

吏胥

謂今世號「公人世界」，「官無封建而吏有封建」。天下事立成書而付之，吏得知而官不得知。胡不使新進士及任子之應仕者更迭爲之，受財鬻獄，必大減，且因以習士大夫使有材，一利也。無根固窟穴，二利也。稍去冗官，争奪伺候之風漸息，三利也。愚謂水心此義固善，更合考漢世辟掾事其長之禮，何若必拜立左右，恐今世習驕成俗，爲新進士任子者不屑爾。

監司

謂操制監司，非時不得巡歷，或巡歷不得過三日，吏卒批券所受禮饋皆有禁，一失也。運司剗刷州郡財賦，提舉司督責茶鹽，提刑司催趣經總制錢、印給僧道免丁由子，不法不義，反甚州郡，二失也。

紀綱一

謂紀綱、法度，一事也，法度其細，紀綱其大。本朝細大俱失。愚聞先儒謂本朝大綱亡，萬目亦不甚舉，蓋指三綱關天理人心者也。水心有取於秦漢之强，而不滿於本朝之弱，蓋他有所謂紀綱矣，豈有激之言乎？

紀綱二

謂唐失其道，(倦)〔捐〕内地爲藩鎮，内外皆堅，而人主不能自安。本朝反其弊，内外皆柔，有大不可安者。

紀綱三

謂富弼、韓琦不能以歲月成天下事，王安石欲反之，而不知其紀綱内外之間。

紀綱四

謂李綱議分京東、河北，用唐藩鎮法，措置已陋。括馬斂財，搔動天下。張浚、趙鼎泛然於事機之會。

終論一二

謂分兩淮、江南、荆湖、〔四川〕爲四鎮，以今駐劄兵，各委之。財賦皆得自用，朝廷無復與，則經總制鎮可罷而朝廷寬。愚謂水心欲寬朝廷者，欲寬民也。然四鎮何以養？兵將不各竭其民乎？且不特此也。本朝以仁立國，柔弱之弊大略似周，而夷狄之禍亦略似周。周東遷不復振，我南渡能復振者，封建之勢分諸人，州縣之權握於我耳。既南渡矣，可更盡舉州縣棄之四鎮乎？且水心獨不聞唐之藩鎮乎？太祖正懲其弊，而盡收諸道兵財之權。今若復棄之四鎮，四鎮將各竭民力以自固，我亦將何所取以制四鎮？若四鎮之説行，天下事去久矣，豈特不能寬朝廷而已哉！水心既欲分四鎮以寬朝廷，又欲籍三等以上户爲兵，罷廂、禁軍、弓手以寬州縣，州縣縱寬，民不愈擾乎？且兩淮、江南、荆湖儻屬四鎮，朝廷所自有不過兩浙，兩浙將何以制四鎮？州縣又（未必）〔烏乎〕寬？

終論三四

謂阿骨打初豪其部中，不堪契丹主延禧之煩擾因執而叛。延禧政亂，不交鋒而得國。阿骨打死，吴乞買不能主令，而斡离不、黏罕分之。其後兀朮來江南，空千里無當之者，未嘗與之戰敗。則黏罕、兀朮何能獨過古之諸胡而遂取中原哉？且彼所欲得，河北、河東，且山東、河南之地，先以與張邦昌，後以與劉豫，後又以歸我，我不能守，彼方據之。彼其生長極北，一朝起於不顧死命之中，楊朴者因教以稱帝，郭藥師又導以犯闕，黏罕、兀朮本無其志也。自紹興十一年之後，不惟我之所欲在和，其女真亦以和爲利，其事在一大戰而勝之耳。愚觀水心議論邊情甚悉，然欲一大戰必有勾踐苦心實政乃可，非可以議論爲也。

終論五

謂趙鼎泛然於事機之間。張浚（在綀）〔狂疎〕，尤爲無統紀。又無倚仗，而秦檜之論入。且謂中原響應張浚而來，〔皆〕爲不義之人，志念不靖。何哉？立論之太無忌憚。

終論六

謂不當進而置兵者四：襄陽出宛、洛，興元出秦、鳳，必入勢也；合淝出亳、宋，沿海取齊，不必進者也。當守置兵者二：建康、鄂州也。不二十萬，足以滿之。

終論七

雖以取秦，荆、襄取韓、魏，淮取梁、汴；沿海雖不當齊可取齊。不知水心此言果能如韓信於高祖，孔明昭烈言之必能行耶？亦姑言之者耶？然韓信、孔明次第而舉，未嘗分兵四出，且荆、襄於韓、魏，沿海於齊，皆非所取，恐亦自敗之道，果善用兵，自淮鼓行，四達矣。

上殿劄子

論乘機待時，四難五不可，已見正集。淳熙十四年，孝宗之二十六年也。

應詔條奏六事

光宗初即位時所上也。六事謂國勢也，士也，民也，兵也，財也，紀綱法度也。六事未善，以微弱、分裂、讎恥、弊壞之時，而處以中國全盛，夷狄賓服之勢，不能先明所以治其國之意也。大概欲寬賦、（督）〔省〕兵、振弱爲强，此水心平生憂國愛君之志，其謂國家有休兵之實，過於文、景，而天下被用兵之害，甚於武帝。此言頗切事情。亦已見正集。

後總

《水心别集》，水心論治之書也。《别集·後總》又其救世之策也。極論本朝兵以多而弱，財以多而乏，任法而不任人，一事以上，盡出專制，而天下之勢至攣縮而不可爲。爲之激烈憤痛，開闔數萬言，蓋能言之士莫之能尚也。然論治猶醫然，論已壞之證易，而求必效之方難。水心始論，歷詆本朝先正大臣無一知治體，而要其究極，乃謂不能如秦之强。始論必欲取幽燕，守關塞，然後可以立國，而要其究極，乃欲於東南一隅，更裂兩淮、江南、荆湖而授之人。始論欲盡省養兵之費以寬民，而要其究極，乃欲買官田，召民租佃如私家以贍兵食。夫其欲取幽燕者，欲强其國如秦也；欲省養兵以寬民者，欲厚其力取幽燕也；欲買官田者，欲省以民養兵之擾也。千條萬緒，宛轉鋪張，而卒歸宿於買官田。買官田果必效之方否耶？世降俗漓，法密文弊，民之不可一日與官接，猶羊之不可與虎羣也。且豈獨官於民爲然？衣食稍裕之家，以其田使鄰之人佃之，所經由不過一二顔情稔熟之奴隸，而鄰之人已不勝其田主之苛取、奴隸之姦欺矣。又稍稍積而至於富貴之家，以其田使鄉之人佃之，其苛取，其奸欺，甚至虐不可支，有舉室而逃，或捐性命以相嚮者矣。顧欲官買田，而民佃之耶？今觀水心，先以水心温州一郡爲準，欲繞城三十里内買其田一半，計穀九萬八千一百二十五扛，以養兵二千七百二十二人，官吏卒掌之者七十六人，鄉官及保甲頭催之者七十人，作米者百二十人，出納期會下至叁箕、苕菷之費，無不會計曲盡，水心自謂可以永免擾民矣，然必爲監官、爲鄉官、爲吏卒、甲頭者，人人水心也，世世水心其人也。則量租可無斛面，納租可無費錢，催租可無推剥，其或我水心而人不水心也，此一時之人水心而後之人不水心也。則今世官取斛面，往往倍正斛，是温州盡三十里所出不足以供租入之半也，其奈何？今世納官租之費，石不下三數貫，是既盡三十里所出，又須别營錢以資納也，其奈何？今世吏卒催租，雞犬爲盡，徒虧官額以飽私囊，是三十里倍錢納租之外，又將不勝其横擾且虧官也，其奈何？且其立法之細，亦多難久者，如監官廳子，月支錢二貫，二貫果足以贍其養者乎？催租甲頭歲支穀一扛，一扛果足以償其勞者乎？脚子三十名，無請給，無請給而有家食官作者乎？大抵人情之於剥民，如蚊蝨吮血，苟有其隙，不約胥會。所謂監官一員，必且增監門，必且增斛面，必且以機察提督；江湖乞丐之靡，必且干勢要，挾闊書，求爲司門，求爲敖口，求爲催租官，況於吏卒何可預防？數之一者，必且增而十；數之十者，必且增而百，況其私取何可預限？官租之贏既倍，而吏卒之擾又煩，正恐佃户逃而追業主，業主逃而追親丁，不特繞城三十里地荒民散，四境亦蕭然矣。水心乃曰所行止傳城，而數百千里不預聞焉。豈但思其利而不暇思其害者乎？且水心偏舉本朝法度，凡其爲利無一非害。祖宗之思慮亦深於水心矣，久且不能無害，豈水心之官田獨能保其無害者乎？嗚呼！必水心之言用也，天下之擾久矣。景定三年甲子春後學黄震謹書。

玉海·辭學指南

〔宋〕王應麟 撰

《玉海·辭學指南》四卷

宋 王應麟 撰

王應麟(一二二三—一二九六),字伯厚,號深寧居士,又號厚齋,慶元鄞縣(今屬浙江)人。淳熙元年(一二四一)進士。時學風空虛固陋,王氏發憤致力於典章制度之學。正直敢言,屢忤權臣,數遭罷斥。官至禮部尚書兼給事中。後辭官回鄉,專事著述二十年。宋亡不出。所著多達二十餘種,約六百餘卷,有《困學紀聞》等。文集《深寧集》久佚。傳見《宋史》卷四三八。

此書附刻於王氏大型類書《玉海》之末(卷二〇一至二〇四),實爲專書。書名「辭學」,指「詞科」之學。宋時把貢舉科目宏詞科、詞學兼茂科、博學宏詞科三種統稱爲「詞科」。紹聖元年置宏詞科,考試章表、戒諭、露布、檄書等十種文體。大觀四年改爲詞學兼茂科,加試制、詔,不試檄書。紹興三年始改爲博學宏詞科,考制、誥、詔、表等十二種文體。嘉熙二年,又改稱爲詞學科。至王氏之世,唯存博學宏詞一科。王氏此書專爲應試詞科而編著,對各種文體的探討,頗爲精細。王氏本人於寶祐四年丙辰(一二五六)考中博學宏詞科,對此道更體會深切。自序云:「朱文公謂是科習諂諛夸大之辭,競駢儷刻雕之巧,當稍更文體,以深厚簡嚴爲主。然則學者必涵泳

《六經》之文，以培其本云。」他着眼於應試角度，闡釋各類文體命名之義，并尋根溯源，輔以例證，指點作法，示以門徑、法式。還保存不少宋時詞科之史料，亦頗可參酌。

此書有元至元本。又有元刊明修清康熙補刻本、成都志古堂本、《四庫全書》本、浙江書局本。今即據浙江書局本（江蘇古籍出版社一九八七年影印本）録入。

（王宜瑗　聶安福）

玉海·辭學指南卷一

宋　王應麟　撰

辭學指南序

博學宏辭，唐制也，吏部選未滿者試文三篇，賦、詩、論。中者即授官。韓退之謂所試文章亦禮部之類，然名相如裴、陸，文人如劉、柳，皆繇此選制舉。又有博學通議、博通墳典、學兼流略、辭擅文場、辭殫文律、辭標文苑、手筆俊拔、下筆成章、文學優贍、文辭秀逸、辭藻宏麗、文辭清麗、文辭雅麗、藻思清華、文經邦國、文藝優長、文史兼優之名。皇朝紹聖初元，取士純用經術，五月，中書言唐有辭藻宏麗、文章秀異之科，皆以衆之所難勸率學者，於是始立宏辭科。二年正月，禮部立試格十條，章表、賦、頌、箴、銘、誡諭、露布、檄書、序、記。除詔誥赦勅不試，又再立試格九條，曰章表、露布、檄書、以上用四六。頌、箴、銘、誡諭、序、記。以上依古今體，亦許用四六。四題分兩場，歲一試之。大觀四年五月，以立法未詳，改爲辭學兼茂科，除去檄書，增入制、詔，仍以四題爲兩場，內二篇以歷代故事借擬爲題，餘以本朝故事或時事，蓋質之古以覘記覽之博，參之今以觀翰墨之華。宣和五年七月，職方員外郎陳磷奏歲試不無幸中，乃有省闈附試之詔，繇是三歲一試。紹興三年，工部侍郎李擢請別立一科，七月詔以博學宏詞爲名，凡十二體，曰制、誥、詔書、表、露布、檄、箴、銘、記、贊、頌、序。古今雜出，六題分爲三場，每場一古一今，三歲一試，如舊制。先是唯有科第者許試，至是不以有無出身，皆許應詔。先以所業三卷每題二篇。納禮部，上之朝廷，下中書後省考，其能者召試，其取人以三等。五年，王璧、石延慶首與選。嘉熙二年，立辭學科，以今題四篇，分兩場，行之三年而廢。景定二年，復辭學科，至四年而止，今唯存博宏一科。蓋是科之設，紹聖顓取華藻，大觀俶尚淹該，爰暨中興，程式始備，科目雖襲唐舊，而所試文則異矣。朱文公謂是科習諂諛夸大之辭，競駢儷刻雕之巧，當稍更文體，以深厚簡嚴爲主。然則學者必涵泳《六經》之文，以培其本云。

編　題

東萊先生曰：「編題只是經子、兩《漢》《唐書》、實録内編。初編時須廣，寧汎濫，不可有遺失，再取其體面者分門編入。再所編者，並須覆誦，不可一字遺忘。所以兩次編者，蓋一次便分門，則史書浩博，難照顧，又一次編則文字不多，易檢閲，如宣室、石渠、公車、敖倉之類，出處最多，只一次編必不能盡。記題目須預先半年，皆合成誦，臨試半年覆試，庶幾於場屋中不忘。」

魏晉南北朝固不出題，亦有相關處。如作曆序，則此數代曆皆當略説；作書目序，則王儉

《七志》、嘉則殿書卷皆當略説。

凡作工夫須立定課程。日日有常，不可間斷。日須誦文字一篇，或量力念半篇，或二三百字。編文字一卷或半卷，須分兩册，一册編題，一册編語，卷帙太多，編六七板亦得。作文字半篇或一篇。熟看程文及前輩文字各數首。此其大略也。縱使出入及賓客之類，亦須量作少許，念前人文百字，編文字半板。非謂寫半板，但如節西漢半板，作文字數句，熟看程文及前輩文一首，雖風雨不移。欲求繁冗中不妨課程之術，古人每言「整暇」二字，蓋整則暇矣。

西山先生曰：「始須將累舉程文熟讀，要見如何命題用事，如何作文。既識梗概，然後理會編題。經史諸子悉用徧觀，其間可以出題引用並隨手抄寫，未須分門，且從頭看，凡可用者悉抄上册，如《尚書》則《舜典》望秩、禋宗、九官之類皆録。一書畢，復理會一書，以詳且精爲先，不可少有遺缺。」經書中《周禮》題目最多，官名皆可作箴，制度名物皆可爲銘爲記。《周禮》題目亦有不入編者，蓋某别有節本故也。其次則《禮記》外三經皆有之。惟《易》全無。工夫多在三《禮》，《易》、《詩》、《春秋》三經無題目，外如《尚書》、《周禮》、《儀禮》、《禮記》、《三傳》、《爾雅》、《大戴禮》皆有之。有題目處須參注疏。次及《國語》、《戰國策》、《史記》、兩《漢書》、荀悦、袁宏《漢紀》、《三國志》、《晉書》、《南》、《北史》少題目，然亦須涉獵過。《隋書》、《唐書》、唐朝諸帝實録、《舊唐書》、《通典》、《唐六典》、《唐會要》、《貞觀政要》、《五代史》少題目，然其中如李琪傳入閣本末、司天考、王朴《律準》等事亦須編入。《史記》、兩漢唐史題目最多，制誥、時事尤爲緊要。正史之外，漢有荀、袁《紀》，唐有《會要》、《六典》、韋氏《兩京新記》、《集賢注記》、《舊唐史》，皆合參會抄録，温公《通鑑》亦可證年月，《考異》最佳。晉、隋皆有題目，《南》、《北史》雖未必可出題，然須略知本末，可以引用。露布、檄書亦多不可不編。本朝諸帝實録。太祖、太宗、真宗、仁宗四朝事尤當精考，高宗、孝宗國史、諸志、會要、中興會要。本朝題目須是盛德大業、禮樂文物、崇儒右文等事方可出，不必汎記。子書則《孟》、《荀》、《揚》、《管》、《淮南》、《孔叢》、《家語》、《莊》、《列》、《文》、《墨》、《韓非子》、《華》、《亢倉》、《文中》、《鬻》、《劉》諸子、《汲冢周書》、《吕氏春秋》、賈誼《新書》、《説苑》、《新序》，兵書則《六韜》、《司馬法》、《孫吴》、《尉繚》、李靖《問對》，皆有題目，須涉獵抄節。集則《文選》、《文粹》、韓柳文、《文苑英華》、《古文苑》、《皇朝文鑑》，雖無甚題，然可以引用處亦合編録，皆當徧閲搜尋，如前法編類，不可缺略。俟諸書悉已抄過，然後分爲門目。

天文　律曆　渾儀　圭景　漏刻　地理

郡國　户口　版圖　宫殿　堂室　省臺

館閣　寺監　邸院　苑囿　樓觀　門闕

池沼　城　邊城　河渠　田制　營屯

貢賦　鹽鐵　錢幣　倉庾　府庫　會計

漕運　儀禮　郊丘　明堂　辟雍　靈臺

封禪　迎氣　朝日　夕月　星祠　山川
高禖　雩禜　社稷　羣祀　祠官　祠壇
耤田　先農　觀稼　親蠶　大射　視學
養老　朝會　宴享　册禮　上壽　行幸
車輿　冕服　儀衛　旂常　鼎鼐　祭器
寶玉　環佩　笏帶　符節　印璽　賜物
招諫　儆戒　屏障　音樂　樂曲　樂器
樂舞　夷樂　官制　官名　禄秩　封爵
學校　科目　銓選　薦舉　考課　兵制
兵書　陣法　蒐狩　符籍　馬政　兵車
兵器　弓矢　軍賦　刑法　律令　赦宥
圖籍　帝學　經筵　御製　宸翰　詔令
易　書　詩　禮　春秋　論語　孝經
小學　儒臣經解　臣下承詔選述
百家雜著　正史　實録　記注　編年

政要寶訓　譜牒　典故　奏疏　總集文章
書目　類書　祥瑞　夷狄朝貢　錫予外夷
兵捷　紀功　露布　檄書

右分爲數十門，先理會一門竟，然後以次編纂。謂如曆法，則凡經史百家所載曆事悉萃爲一處，而以年代先後爲次第，如黄帝曆爲先，顓帝曆次之，夏、殷、周、魯曆又次之，漢曆至唐曆又次之，本朝曆又次之。它可類推。初編不厭其詳，俟成編旋加删削。凡題目有數出處者須合爲一，如高祖五星聚東井，《紀》、《五行志》、《張耳傳》叙傳，後魏崔浩、高允傳。纔缺一處便不可，而抄類之中復要認得出處端的，如東井則《本紀》爲正，它皆旁出。又如編漢太初曆題，凡兩漢《紀》、《志》所載太初曆事、晉隋諸《志》及後來人評論太初曆事皆當萃爲一處，仍須認一出處，以《武帝紀》太初元年五月爲正，餘皆旁出。舉此一題，他倣此。凡編題目，須其上可著朝代字，如夏、如殷、如周，方可作題出。且如《曲禮》所載「德車結旌」，「德車」二字豈不是題目，然《曲禮》非純是周制，不可加周字，則不可以爲題，但當收入漢德車類以爲引援之用，若徒知《曲禮》「德車」不可爲題而略之，或出漢德車題不知援《曲禮》亦不可也。舉此一事，他皆可以類推矣。

有出處止數句而事散見諸處，如漢太初官名、建武封功臣之類是也。編題之初徧加搜尋，不可缺遺。

箴題如周陶正，《左傳》。銘題如漢瓚槃，《周禮注》。只三兩字，最易漏，須著眼力搜求，摘其名之雅者録爲一帙。要緊切工夫却用於衆家本子所無者用心，且如瓚槃，車服制度，古本何曾有之。今所謂長樂、未央宫之類，皆不必十分熟記年月數目，亦無害。

編題用工數年，雖不能全無缺遺，然大概備矣。兼其間亦有編類，得法者頗多，試以正文比對，方知其不草草，非止制舉天禄閣數題而已。所編題苑，再加工檢點諸經子史，采括無復遺矣。今去試日已無多，某所記已及五七分，將來不患忘出處，但患作文之工少，以此敵它人不去耳。難題見作括子記，頗有條理，第恐場屋倉卒，易於遺忘。紫宸殿正出處只如此，若《李石傳》所載之事不佳，故删去之，亦如延英殿出處亦多，若宋申錫等傳所載皆非善事，故不録。大抵宫殿題目出處多者當以事體重者爲主，如宣室只是《賈誼傳》、《刑法志》、《東方朔傳》爲急，如何武等傳不用可也。洛陽宫當以《地理志》爲急，如張元素、皇甫德參之諫，略之亦可也。若汎然記，汎然用，適以害大體也。唐中華殿、出《令狐德棻傳》。延嘉樓、出《夷狄傳》，宣宗事。思政殿，出《段文昌傳》。然不可出題。若此可爲題，則漢顯德殿、嘉德殿、宣平殿之類皆可爲題矣。魯壺出處有葬后之事，不佳，難爲出，但合入周分物門。漢校書郎見竇章、揚終諸傳，但止一校書官，亦難作箴。如五門三朝，曩者不曾看疏，故有缺略，今已修正矣。

所業題目已擬定，但未有制表題，如記序只是出眼前題。蓋好題可惜，《與王器之玠書》。平齋洪公曰：「好題須討論纂組，庶幾得用。如唐十道山川貢賦，若非先整比，縱使場屋將《唐書》一部去，如何成文？漢振旅還京師，若非參合諸傳，則獨有《本紀》『山東』數語，豈無遺事？」揀好題略記端緒。

陳國正晦云：「乾元殿四部書，《百官志》乃正出處，使《藝文志》爲正，非是。永平車服制度，《紀》中恣極耳目乃正出處，《東平王傳》及《輿服志》注但可引用而已。」此説良當一時取予，蓋未必可憑。《與王器之書》　又曰：「東觀事，始來教謂元和中有之，徧尋皆不見，唯《五行志》注建初中有東觀事耳。周七律，他無出處，只見《淮南子》『舜五絃琴』注有之。周九畿籍只是司馬，他無所考。漢衛尉八屯，出張衡賦與《元帝紀》『司馬門』注，與城門校尉八屯不同。唐著作院只是《藝文志》一出處。《黄帝李法》、周木鐸、漢十三家《易》及賜民爵。禮日成山已續編入題矣。漢金鼓出《郊祀歌》，廣成苑出《馬融傳》。周封圭莫只是翦桐爲圭事否？乞批教。北宮歲月及光禄四科，偶然遺之，非不曾考究也。」「《隋書》無題，如《經籍》、《天文志》已編入册矣，此亦非急務。」「但以作文爲祝，若記念則場屋彼此相參，不患不記得實也。」

水心曰：「宏詞人，世號選定兩制。」李微之曰：「自紹聖至紹熙，至宰執者十一人，紹熙後執政三人。」

出題並不載出處，如祖宗故事及時事未通曉者，臨時同巡捕官於簾前上請。禮部榜。

《周禮音注》當精考，如「五射襄尺」音讓，「九簭巫咸」讀爲筮。陳時、徐鳳。

周職録出《禹貢釋文》，周復舊域出《王制注》，場中無知所出者，然出處皆曰周公，恐不可止出周字。

《周禮注》多引漢制，如漢大樂律、上計律、百官朝會殿之類。

文籍卷帙不同者，如《崇文總目》、《中興館閣書目》當參考。

隋杜正玄開皇十五年舉秀才試，策高第，左僕射楊素志在試退正玄，乃手題使擬司馬相如《上林賦》、王褒《聖主得賢臣頌》、班固《燕然山銘》、張載《劍閣銘》、《白鸚鵡賦》，曰：「可至未時令就。」正玄及時並了。素讀數徧，大驚曰：「誠好秀才。」正玄弟正藏十六年舉秀才，時蘇威監選，試擬賈誼《過秦論》及《尚書·湯誓》、《匠人箴》、《連理木賦》、《几賦》、《弓銘》，應時並就。此擬題試士之始也。

錢文僖公曰：「學士備顧問，司典誥，於天下之書一有所不觀，何以稱職？」

葛文康公曰：「記問之博當如陶隱居，耻一事不知；記問之審又當如謝安，不誤一事。」

作文法

東萊先生曰：「作文固欲多，不甚致思則勞而無功，不若每件精意作三兩篇。謂如制，文武宗室建節作帥各作三兩篇，其他詔、表、箴、銘、頌、贊、記、序之類亦事事作三兩篇，祭祀、禮樂之類是也。皆須意勝語贍，與人商榷，便無遺恨，則能事畢矣。場中題目不過此數門，但小有異處，臨時竄易便可用，勝於倉卒下筆者遠甚。題常則意新，意常則語新。初作文字須廣以示人，不可耻人指摘疵病而不將出。蓋文字自看終有不覺處，須賴他人指出。歐陽公曰：『勤讀書而多爲文自工。世患作文少又懶讀，每一篇出即求過人，如此鮮有至者。疵病不必待人指摘，多作自能見。』」凡作四六須聲律協和，若語工而不妥，不若少工而瀏亮。」上句有好語而下句偏枯，絶不相類，不若兩句俱用常語。古人文字有語似不連屬而意實相貫，程文切不可如此。野處洪公曰：「四六宜警策精切。」謝景思曰：「四六之工在於裁翦，若全句對全句，何以見工？」「以經語對經語，史語對史語，方妥帖。」

李漢老曰：「爲文之法有筆力，有筆路。筆力到二十歲便定，後來長進，只就上面添得些子。筆路則常拈弄時轉開拓，不拈弄便荒廢。」王平甫曰：「文章格調須是官樣。」

杜牧之曰：「文以意爲主，氣爲輔，以詞采爲兵衛。」

陸士衡曰：「怵他人之我先。」韓退之曰：「唯陳言之務去。」

李文饒曰：「譬諸日月，雖終古常見而光景常新。」

朱文公曰：「古人作文多摹倣前人，學之既久，自然純熟。」「韓柳答李翊、韋中立書可見其用力處。」

歐陽公曰：「爲文有三多，看多，做多，商量多。」鶴山曰：「辭根於氣，氣命於志，志立於學。」

西山先生曰：「凡作文之法，見行程文可爲體式，須多讀古文，則筆端自然可觀。」「十二體所急者，制、表、記、序、箴、銘、贊、頌八者而已，若詔誥則罕曾出題，檄、露布又軍興方用，皆尚可緩。」平齋洪公曰：「制、表如科舉之本經，所關尤重。」隆興元年，陳自修試頌及露布，冠絶一場，偶表、制中有疵，因不取。

西山先生問傅公景仁以作文之法，傅公曰：「長袖善舞，多財善賈。子歸取古人書熟讀而精甄之，則蔚乎其春榮，薰乎其蘭馥有日矣。」

初見陳國正晦，呈《漢金城屯田記》，甚喜，其鋪叙之有倫，數蒙稱獎。次呈《漢著記序》，此篇不及前，渠再三爲指其瑕疵，令别作一篇。凡四番再改，方愜渠意。又作《紫微閣贊》，呈之，渠却無説，只云：「讀古文未多，終是文字，體輕語弱。更多將古文涵泳方得。」渠論此科，大要以善作文爲本。若記問，須擇其要者，不必泛然徒費工夫。其要捷之語甚多。《與王器之書》。器之云：「制表須多做。」

制文武宗室各請一題，表賀謝及進書，每體亦各請一題。

攻媿樓公曰：「申錫赴宏辭，多用奇字，已在選中，用倦翮字，而有司以爲犯廟諱嫌名而罷之。」

徐子儀試垂中，以一字疑。再試，以一事疑。

倪正父曰：「前人援引經語欲合律度，截長爲短，避重就輕，一字之間，必加審訂。」

語　忌

鄧潤甫撰《龍興節祝壽詞》，用「負黼扆，憑玉几」，岑象求云：「非所當用以祝壽。」劉嗣明作《皇子剃胎髮文》用「克長克君」之語，吏持以請曰：「内中讀文書最以語忌爲嫌。既尅長，又尅君，殆不可用也。」嗣明亟易之。陳述古草《明堂赦文》用「奉祠紫宫」語，犯俗嫌。陳去非草《朱勝非起復制》用「方宅大憂」，言者以爲事涉人君。陳自明草《右相制》用「昆命元龜」，倪正父謂人臣不當用乞貼麻。又腦詞用「故國之有世臣」，雖有《孟子》出處，後來引用多以爲不祥事宜，曰「天生賢佐，國有世臣」便無瑕疵矣。詞臣草《貴妃制》用「釐降」二字，《侂冑制》用「聖之清，聖之和」，皆犯公論。綦北海草《吴玠制》云：「陸海神皋，既失秦川之利；銅梁劍閣，敢言蜀道之難。」辛炳奏：「玠方屏翰四川，乃云『既失秦川之利』，乞改正，毋使遠方大將重以爲忌。」遂改「秦川」爲「秦中」。德壽宫慶典，吴挺之客草《賀表》有「揚命」二字，蘇熙之曰：「『導揚末命』，此《顧命》中語，奈何用之？」洪景盧紹興中作《謝曆日表》，一聯云：「神祇祖考既安樂於太平，歲月日時又明章於庶徵。」乾道中外郡采取用之，洪曰：「今光堯在德壽，所謂考者何哉？」張文潜謝表用「我來自東」，彭汝霖謂表用「我」字大無禮。洪景盧草《葉顒制》曰：「無以我公歸兮，大慰瞻儀之望。」本意用「公歸」之句指邦人而言也，故云「瞻儀」，而單時疑之謂「人君而稱臣爲我公」。楊文公於契丹答書用「鄰壤交懽」，不免以字嫌。又嘗戒門人爲文宜避俗語，既而公作表云「德邁九皇」，門人鄭戩曰「未審何時得賣生菜」。公笑而易之。開禧用兵，詔諭天下，首聯云「匹夫無不報之讎」，何其陋也！劉炳草《嘉王制》用「烝烝孝友之風」，言者謂「烝烝」之語何自而出？始誦書者皆能知之，命辭立意如是可乎？汪彦章草赦書云：「八世祖宗之澤，豈汝能忘；一時社稷之憂，非予獲已。」議者謂并道君數之，不應曰祖宗。信乎作文之難也！

平齋洪氏曰：「古今萃於胸中，造化運於筆下。多讀多做，兩盡爲勝。」

夏文莊曰：「美辭施於頌贊，明文布於牋奏。詔誥語重而體宏，歌詠言近而音遠。」

陸士衡曰：「謝朝華於已披，啓夕秀於未振。」「銘博約而温潤，箴頓挫而清壯，頌優游以彬蔚。」「要辭約而理舉，故無取乎冗長。」「立片言以居要，乃一篇之警策。雖衆辭之有條，必待兹而效績。」

野處洪公曰：「文章有淵源，有機杼，有關鍵，有本根。」用其文如老農之用禾，且而溉，中而芸，深耕而熟耰之。吾文唐矣，不兩漢若乎？漢矣，不三代若乎？欲然自視，未能參於柳州、吏部之奥，則日引月長，不至不止也。

山谷黄公曰：「古之能爲文章者，真能陶冶萬物。雖取古人之陳言入於翰墨，如靈丹一粒，點鐵成金。」「如世巧女，文繡妙一世。設欲作錦，必得錦機乃能成錦。」

廖明略曰：「四六須要古人好語換却陳言。」

朱文公曰：「作文自有穩字，古之能文者纔用便用著。」宋景文云：「人之屬文有穩當字，第初思之未至也。」

韓子蒼曰：「爲科舉之文已略倣依三代之體，則他日遺言立意自當不愧於古人。」「魯連之檄過於長戟勁弓，陸贄之詔賢於元勳宿將，文之不可已也如是。裴晉公不喜於平淮而喜於韓愈之碑，李衛公不喜於平潞而喜於封敖之制，非功之難，能明其功之爲難也。」

尹師魯曰：「文忌格弱字冗。」

李德裕《文箴》曰：「文之爲物，自然靈氣。惚恍而來，不思而至。杼軸得之，澹而無味。琢刻藻繪，彌不足貴。如彼璞玉，磨礱成器。奢者爲之，錯以金翠。美質既彫，良寶斯棄。」

朱文公曰：「前輩文有氣骨，故其文壯。今人只是於枝葉上粉澤爾。」「後山携所作謁南豐，因留款語。適欲作一文字，事多，因託後山爲之。成數百言，南豐云：『大略也好，只是冗字多。』後山請改竄，南豐取筆抹數處，每抹處連一兩行，凡削去一二百字。後山讀之，則其意尤全，因歎服，遂以爲法。」

《文心雕龍》曰：「風骨乏采，則鷙集翰林；采乏風骨，則雉竄文囿。若藻耀而高翔，固文章鳴鳳也。」「鎔冶經典之範，翔集子史之術。洞曉情變，曲昭文體。然後能孚甲新意，雕畫奇辭。」「才有天資，學謹始習。斲梓染絲，功在初化。器成綵定，難可翻移。」「情者文之經，辭者理之緯。」「才爲盟主，學爲輔佐。」「善爲文者，富於萬篇，貧於一字。一字非少，相避爲難也。」曾文昭曰：「文才出於天分，可省學問之半。」

西山先生曰：「傅公景仁以詞學進，黃公鈞稱其文猶濯錦於蜀江，而虞雍公亦謂其璞玉而加琢也。昔雲龕述初寮之文有曰『幽眇透射若貫珠隙，明麗整飭若截綺尺』，某於公文亦云。」

汪彦章謂傅自得曰：「今世綴文之士雖多，往往昧於體製，獨吾子爲得之，不懈則古人可及也。」

趙茂實曰：「南塘謂自六經、《左氏》、《國語》外至西漢而止。又説某料子不曾雜晉唐而下草料。」

王景文曰：「文章根本皆在六經，非惟義理也，而機杼、物采、規模、制度無不具備者。」張安國出考古圖，其品百二十有八，曰：「是當爲記，於經乎何取？」景文曰：「宜用《顧命》。」游廬山訖事，將裒所歷序之，曰：「何以？」景文曰：「當用《禹貢》。」

誦書

東萊先生曰：「先擇《史記》、《漢書》、《文選》、韓、柳、歐、蘇、曾子固、王介甫、陳無己、張文潛文，雖不能徧讀，且擇其易見、世人所愛者誦之。」「先讀秦漢、韓、柳、歐、曾文字以養根本。」「四六且看歐、王、東坡三集。」總類近試半年旋看可也，爲學須是一鼓作氣，才有間斷，所謂再而衰也。

四六當看王荆公、岐公，汪彦章、王履道擇而誦之，夏英公、元厚之、東坡亦擇其近今體者誦之，如孫仲益、翟公巽之類當節。

當擇總類佳者誦之，不必太求備。

制滕康、曹中、陸韶之、王俊、范同、滕庾、沈介、湯思退、王曮、洪邁、周麟之、王端朝、莫濟。

詔羅畸、吴兹、晁詠之、王雲、石悉、高茂華、詹叔義。

表羅畸《高麗修貢》、林虡《都城記》、吴兹《實録成賜宴》、謝䜩《老人星》、晁詠之《程量皇子謝生日禮物》、滕康《野蠶成繭》、劉才邵《宣德樓上梁文》、俞授能《謝賜御製冬祀慶成詩》、袁植《燕山進士謝及第》、洪遵《代樞密使謝玉帶》、洪邁《代守臣謝御書〈周易〉〈尚書〉》、祝天輔《賀慶雲見》、葉謙亨《五色雀瑞麥芝草》、王端朝《慶雲瑞粟野蠶繭》、周必大《交趾進馴象》。

箴劉才邵、歐陽褒、石延慶《宣室》、周麟之《上林清臺》。

銘羅畸《敧器》、謝䜩《鏤文紅管筆》、王雲《玉磬》、滕康《漢宣德殿馬式》、詹叔義《漢輔渠》、洪遵、洪適《克敵弓》、周麟之《黄帝景鐘》、莫冲《漢瑄玉》、王端朝《漢芝車》。

記吴兹《藉田》、吴幵《元豐尚書省》、丘鄜《思文殿》、葛勝仲《御飛白書玉堂》、晁詠之《宗子學》、王雲《重修秘閣》、孫覿《唐學士院》、胡交修《唐洛陽宮》、陸韶之、王俊《龍德太一宮》、詹叔義《漢城長安》、洪遵《唐勤政務本樓》、湯思退《唐凝暉閣渾天儀》、莫冲《唐慶善宮》、王端朝《莫濟咸平五經圖》。

贊石延慶《御書無逸圖》、湯思退、王曮、洪邁《漢麟趾褭蹏》、王端朝、莫濟《漢寳鼎神策》。

頌劉弇《紹聖元會》、吴幵《北郊慶成》、丘鄜《大河復東流》、葛勝仲《端誠殿芝草》、晁詠之《程量展事郊丘》、孫覿《黄帝封泰山》、張守《漢神魚舞河》、陸韶之、王俊《漢三雍》、洪遵、沈介周《成王蒐岐陽》、湯思退、洪邁《明道藉田》、莫冲、葉謙亨《皇祐大安樂》。

序歐陽瓌《唐開元禮》、謝皦《御書〈孝經〉》、王壁《統元曆》、周麟之《唐通典》。莫沖《漢石渠議奏》、王端朝、莫濟《漢靈臺十二門詩》。

西山先生曰：「《詩》、《書》、《左氏》、西漢最宜精熟，其他各有篇數。」

《國語》柳子厚曰：「參之《國語》以博其趣。」又《與楊誨之書》云：「用《莊子》、《國語》文字太多，反累正氣。」

《宣王不籍千畝》　《定王殺烝》

《單襄公過陳》　《景王將鑄無射》

《宣公夏濫泗淵》　《桓公問成民之事如何》

《晉文公元年屬百官》　《悼公朝于武宮》

《使宣子佐下軍》　《晉卿不若楚》

《靈公爲章華之臺》　《左史倚相廷見申公》

《吳王昏乃戒令》

古書之文非可簡擇，獨取此數段者，非以其叙事可法，則以其間多可用之辭。然人所見不同，更自爲决擇可也。古文中如《左傳》、《國語》、西漢文最爲緊切，其次則《選》、《粹》及韓柳等文。

《文選》

班、張《兩都》、《二京賦》

左太沖《三都賦》

司馬相如、揚雄、潘岳諸賦

屈平《九歌》

枚叔《七發》

曹子建《七啓》

張景陽《七命》

潘元茂《九錫文》

王元長、任彦昇《策秀才文》

司馬長卿《喻巴蜀檄》、《難蜀父老文》

東方朔《答客難》

揚子雲《解嘲》

班孟堅《賓戲》

顔延年、王元長《曲水詩序》

王子淵《賢臣頌》

揚子雲《劇秦美新》

班孟堅《典引》

張茂先《女史箴》

班孟堅《封燕然山銘》

張孟陽《劍閣銘》

陸佐公《石闕》、《刻漏》二銘

《古文苑》

班固《北征頌》、《泗水亭碑銘》

馮衍、傅毅、李尤、蔡邕、王粲諸銘

揚雄、胡廣《百官箴》　樊毅《修西嶽廟記》

邯鄲淳《曹娥碑》

韓文朱文公曰：「今人於韓文知其力去陳言之爲工，而不知其文從字順之爲貴。」

《元和聖德詩》　《平淮西碑》

《鄆州溪堂詩》　《南海神廟碑》

《田弘正先廟碑》

柳文

《平淮夷雅》　《鐃歌鼓吹曲》

《貞符》　《晉問》

《興州江運記》　《嶺南饗軍堂記》

《永州萬石亭記》　《終南山祠堂碑》

《饒娥碑》　《武岡銘》

《劍門銘》

如《唐文粹》李華《含元殿賦》、杜甫三賦、白居易《續虞人箴》之類，本朝《文鑑》石介、宋頌《慶曆聖德詩》之類，皆當擇其文體似此科者類爲一帙熟觀。

西山先生習此科，繙閱古今書，口不輟吟，筆不停綴。《與王器之書》曰：「某於此甚留心，獨恨吏事所纏，不得專心致意，僅得數刻之暇爲讀書作文計，所幸編題記念，漸已十七八，稍可自慰。」

合誦

《書》　《詩》　《左氏傳》　《國語》　《史記》　《西漢書》　兩漢詔令　《文選》　《文粹》　《文鑑》　《宏辭總類》　《大詔令》　《中興玉堂集》制草、續制草　韓文　柳文　歐文　東坡文　欒城文　南豐文　荆公文　曾文昭文　後山文　宛丘文　淮海文　華陽文　初寮文　龍溪文　夏文莊文　元章簡文　北海文　翟忠惠文　孫仲益文　平園文　三洪制藁　東萊進卷

朱文公曰：「讀書須成誦方精熟。」又曰：「熟讀《漢書》、韓柳文不到不能作文章。歐公、東坡皆於經術本領上

用功。」「誦書宜舒緩不迫，字字分明。」「取孟、韓子、班、馬書熟讀之，及歐、曾、老蘇文字亦當細考，乃見爲文用力處。」東坡曰：「博觀而約取，厚積而薄發。」山谷曰：「要須心地收汗馬之功，讀書乃有味。」

蘇明允曰：「取古人之文讀之，始覺其出言用意與己大異。介然端坐，終日以讀之。及其久也，讀之益精，而胸中豁然以明，然猶未敢自出其言也。時既久，胸中之言日益多，試出而書之。已而再三讀之，渾渾乎覺其來之易矣。」昌黎曰：「用功深者，其收名也遠。」

柳子厚曰：「當先讀六經，次《論語》、孟軻書皆經言，《左氏》、《國語》、莊周、屈原之辭稍采取之，穀梁子、太史公甚峻潔，可以出入。」又云：「勿怪勿雜。」

編文

東萊先生曰：「《左氏》、《西漢》、《文選》、韓、柳、歐、蘇、曾子固、陳無己、張文潛、秦少游、《文粹》皆須分門節，如郊祀、禮樂、宮室、朝會、官名、書籍、器用、祥瑞、車旗、聖學、御製、御書之類是也。」如《左氏》「三辰旂旗」之類皆可入車旗，如《二京》、《三都賦》所言居處皆可入宮室，如西漢樂章之類皆可入郊廟、禮樂等處，如韓文《上尊號表》、《潮州謝表》皆可節入歌頌功德，如柳文「轇轕三光，陶鎔帝皇」之類皆可節入聖學，如歐公《會聖宮頌》之類皆可節入宮室，如東坡《御飛白記》、《太宗御書贊》之類皆可節入御書，餘以類推。

又當作一册編四字語，先自《毛詩》編，次及秦碑、漢章、《元和聖德詩》、《平淮夷雅》，凡四字語可取者編之。

《詩》、《書》須節一遍，以備四六之用。長句作一處節，如「乃心罔不在王室」、「學有緝熙于光明」之類。四字作一處，如「迄用有成」、「熙帝之載」之類。兩字作一處。如「疇咨」、「若時」、「燕及」之類。

謝景思曰：「四六全在編類古語。唐李義山有《金鑰》，宋景文有《一字至十字對》，司馬文正有《金桴》，王岐公最多。」

《中興館閣書目》：陸贄《備舉文言》三十卷，摘經史爲偶對類事共四百五十二門。李商隱《金鑰》二卷，以帝室、職官、歲時、州府四部分門編類。韓愈《西掖雅言》五卷，序云：「餘暇擬作，自大制令逮於百執事。」或云非愈所作。

南豐序晏元獻公《類要》：「總七十四篇，皆公所手抄。六藝、太史、百家之言，騷人墨客之文章，至於地志、族譜、佛老、方伎之衆説，旁及九州之外蠻夷荒忽詭變奇跡之序録，皆披尋紬繹。公之得於内者在此，所以光顯於世者有以哉。觀公所自致者如此，則知士不素學而處從官大臣之列，備文儒道德之任，其能不餒且病乎？此公之書所以爲可傳也。」

玉海・辭學指南卷二

制

「門下」云云。「具官某」云云。「於戲」云云。可授某官，主者施行。

唐虞至周皆曰命，秦改命爲制，漢因之，下書有四，而制書次焉。其文曰制詔三公。顔師古謂爲制度之命。唐王言有七，其二曰制書，大除授用之。學士初入院，試制書批答，有三篇。又詩、賦各一道，號曰五題。後唐停詩、賦。白居易入翰林，以所試制加段祐兵部尚書領涇州。韓偓試武臣，授東川節度制。此試制之始也。舍人不試，多自學士遷。

制用四六，以便宣讀。皇朝知制誥，元豐改中書舍人。召試中書而後除，不試號爲異禮。所以試者，觀其敏也。試制詔三篇，宰相俟納卷始上馬，翌日進呈，除目方下。制、限二百字以上成。制、限一百五十字以上成。此即誥也。詔，限二百字以上成。學士不試，率自知制誥遷。

此科所試文體略同。政和辛卯始以制命題，制誥詔書依例宰執進呈，周益公所謂「試言雖附於春官，擬制實關於睿覽」。凡命宰相、三公、三少、節度使則用制麻，樞密使亦如之。后妃、東宮、親王、公主不以命題。

東萊先生曰：「制破題四句或兼説新舊官，或只説新官。如自資政殿學士提舉宫觀建節，上兩句説提舉宫觀，下兩句説建節，此兼説新舊官也。若四句只大概説藩屏方面之意，此只説新官也。其四句下散語須叙自舊官遷新官之意，如『眷時舊德』、『肅侍燕朝』之類。」

制頭四句能包盡題意爲佳，如題目有檢校少保，又有儀同三司，又换節，又帶軍職，又作帥，四句中能包括盡此數件是也。若鋪排不盡，則當擇題中體面重者説，其餘輕者於散語中説，亦無害。輕者如軍職三司是也。

制起須用四六聯，不可用七字。

制頭四句説除授之職，其下散語一段略説除授之意。文臣自内出則説均勞佚之意，武臣宿衛則説忠孝拱扆之意，换鎮則説易地之意，其餘可以類推。然只是大槩説意，不須説得太深，謂如《資政侍讀除河東經略建節制》，散語云「眷軍民之重寄，須文武之全才。輟從鳴玉之近班，昭示擁旄之異數。式敷涣號，誕告明廷」是也。又如《熙河帥除檢校少保易節制》云「乃眷戎昭之大，有嘉邊最之優。宜增重其事權，用疏榮於國典。賁我明命，敷于治朝」是也。若説狀太深，則與後面相亂成重疊矣。

制頭四句四六一聯。散語四句或六句。不須用聯。「具官某」一段頌德，先須看題，文臣專用文臣語，武臣、宗室專用武臣、宗室語，不可互用。「非堯舜不陳，安社稷爲悦」惟文臣可用。「甘陳兼六郡之良，闢張號萬人之敵」惟武臣可用。「天潢璿源，大雅不羣」之類惟宗室可用。先大槩説兩句，然後子細形容，如「沈毅而膚敏，端方而裕和。敏識造微，懿文貫道。風力肅明，器資魁傑」是也，不可便使事、引古人譬喻之類。一段説舊官，所謂叙舊官者，非止叙前任也。先略説履歷，不可指定官名，但隨文武官泛説數句，然後説前任。如自資政侍讀建節，資政侍讀是前任。一段説新官。「於戲」用一聯，或引故事，或説大意。如《太尉制》：「説《禮》、《樂》而敦《詩》、《書》，既備元戎之選；戢干戈而櫜弓矢，無忘懿德之求。」此大意也。引故事，如將帥題説方叔、召虎，藩鎮題説召伯、韓侯、申伯之類。後面或四句散語，或止用兩句散語，結不須更作聯，恐冗。

制辭須用典重之語，仍須多用《詩》、《書》中語言及擇漢以前文字中典雅者用，若晉宋間語及詩中語不典者不可用。詩語雖不可用，亦有可用者，如杜詩「特進羣公表」，制用「羣公表」亦無害。魏晉以來文史中語間有似經語者亦可於制中用，但其間名臣，非人共知者不必稱引以爲故事。如吕蒙、陸遜固有盛名，終不必引。

除帥制「具官」後説新除處須略説地望，只須四句，如「眷乃荆南，應于鶉尾」之類。建節不須説本鎮地望。謂如越帥須説越州地望，若鎮東軍節度使則不須説。

官名須於《職官分紀》尋替换字。如尚書爲中臺，吏部爲選部，禮部爲儀曹，似此類須每件尋兩三般，蓋臨時有聲律虚實之不同也。郎曹以下不必記，非從官而記者止卿監司業。

節鎮須記地名，每鎮須地名兩三件。若止記一件，恐聲律虛實不同，難作對也。亦止是記在境內者，每常多記州名，如越爲鎮東，湖爲昭慶是也。然州名亦不須記，但云鎮東乃會稽，昭慶乃霅水可也，蓋制中惟用地名，州名無用處耳。節鎮名若恐難記，則以一字相從，如「武」字、「安」字、「昭」字、「遠」字，各作一處，甚易記。

節鎮賦

東自梓定，劍南東川潼川府。西從益求。西川成都府。東載名於峴首，山南東道襄陽府。西次立於梁州。山南西道興元府。河陽盟津，河陽三城、孟州。東得太原之壯；河東太原府。淮南揚土，淮南、揚州。荆無郢渚之憂。荆南、江陵府。節建閬中，軍名安德。閬州。興居齊土，成處鎮土。濟南府、真定府。彰曰鄴國，昭爲潞國。相州隆德府。華原沮水，宜多所感之人；耀州。武陵桃源，是謂有常之域。常德府。寧海鎮海，杭都益都。臨安府、青州。陸本在於臨汝，汝州。清實莅於番禺。廣州。曰橫瀛兮乃景城河間之地，滄州河間府。曰平静兮爲清源瓊管之區。泉州、瓊州。載惟夔國之名也，實自寧江而肇于。夔州。鎮静無譁，豈京口桂林之異；鎮江府、静江府。定平不擾，無尋陽吳會之殊。江州平江府。定彼馮翊，護彼河中。同州河中府。寧于宣城，安于鉅鹿。寧國府、信德府。奉鄞水兮國次五位，慶元府。慶襄邑兮保先五福。拱州。東陽咸謂於寧土，婺州。鄜畤允爲於大麓。鄜州。乃順洮陽，洮州。乃成府谷。府州。

房陵康矣，房州。平由陜郡之臻；陜州。符離静焉，宿州。信自合肥之篤。廬州。武以昌始，地惟鄂强。鄂州。南陽黔中，武信武泰；鄧州紹慶府。滑臺洋川，武成武康。滑州、洋州。入中山而衆則皆定，中山府。服均陽而彼烏敢當。均州。或秦雄而遂信，秦州遂寧府。或邕建以延彰。邕州延安府。威著長樂，福州。忠聞許昌。潁昌府。寧有後先，徐州武寧、利州寧武。在徐土葭萌之地；安分上下，冀州安武、潭州武安。據信都嶽麓之疆。鎮七其名，越自東先；紹興府。洪次於南，麟由西併。隆興府、麟州。安居陳國之位，淮寧府。寧秉澶淵之柄。開德府。洮熙河而熙以名著，熙州。潼華陰而華焉域正。華州。瀘滑别州，瀘平川泳。瀘州瀘川、滑州平川。昭安彰之三化，湑水密涇；金州、密州、涇州。興泰奉之三寧，彭原兖鄭。寧州、襲慶府、鄭州。遂普二安，嚴劍從命；嚴州、隆慶府。淮建二康，蔡昇嚮風。蔡州、建康府。彰曹南崇漢東，而昭具信贛；興仁府，彰信、隨州，崇、信、贛州，昭信。安鄖國寧容管，而清兼遠融。德安府、安遠，容州，寧遠，副州，清遠。宜作慶始，宜爲遠終。宜州，慶遠。陽安化之郡内，慶州慶陽。源欒城之域中。趙州慶源。犍爲湖亳以及康，嘉昭集永；嘉定府、安吉州、亳州、德聚府。巴郡端舒而暨蜀，重肇安崇。恭州重慶，端州肇慶，舒州安慶，蜀州崇慶。岳岳陽而順昌汝陰，岳州岳陽、順昌府順昌。光光山而鳳翔好畤。光州光山、鳳翔府鳳翔。寧建富沙，雄建晉國。建寧府建寧、平陽府建雄。天平鄆城，凉平隴坻。東平府天平、渭州平凉。然則永興長安，喜興檇李，而忠正下蔡焉，京兆府、嘉興府、壽春府。静難終居於邠水。邠州。

承宣使建節則云：「繇……承流之秩，新……啓鎮之儀。」易節則云：「出……之新組，上……之舊麾。」

國名

大國

趙不封 晉太宗。不封 秦 齊 魏 韓真宗、欽宗。不封 燕 楚 魯 梁不封 宋不封 陳
吴 越 夏 商 周 漢 唐 昪仁宗。不封 冀 豫 兖 荆 雍 揚 徐 鎮 益理宗。不封
鄧 邠 潭 凉 鄆 蜀高宗。不封

次國

衛 鄭 蔡 曹不封 許 代 瀛 慶仁宗。不封 岐 隨 密 邢 壽真宗。不封 潞不封
蘇 定欽宗。不封 相 廣 延不封 婺 涇 福 宿 華

小國

江 滕 向 黄 紀 譙 原 弦 祈 鄶 耿 舒不封 介 道 酆 蔣 蕭 郕 譚
霍 萊 郇 鄅 鄎 戴 桐 遂 管 沈 虞 應 息 英寧宗。不封 任 崇 滎 扈 濮

巢觀不封 安申虢郕杞賈鄮邛巴夷穀頓麇黎葛蓼項邯
邗茅胙庸畢滑不封 鄀牟權甘祭尹温毛樊成單劉鞏邵
邶鄘韋鬲甯杜吕皖留郚鄠郿焦宛鄺穰葉郢鄢緡
劇費繒郜隴范程鄱鄃潛涪遼嬴絳汲梧軹營翕秺
藺易鄗洮澤昌翟陸淄卞綸廬翼鄒房褒康高宗。不封 沛邳
彭竇鄂鄴薊潁神宗。不封 汧沔沂肅岷邸鄯葉順渝郫蒲酅
豐棣光神宗 儀懷永盛濟信義寧徽宗 襄真宗。不封 均哲宗 睦丹思
簡忻韶嘉寧宗。不封 端徽宗。不封 循恭光宗。不封 愿雅通虔資昭欽珍
溆集和衡會撫岳袁桂蘄澧深洋建孝宗。不封 鄜瓊茂衢澶
德吉景彬博賀惠潤莒郯夔芮薛鄖鄣羅郜

郡名

列聖潛藩王之郡八：壽春、仁。淮陽、神。延安、哲。遂寧、徽。京兆、欽。廣平、高。普安、孝。平陽。寧。公之郡一：鉅鹿。英。

河南、西京。睢陽、南京。魏郡。北京。

四京

節鎮

北海青。高宗　高密密　濟南濟南。英宗、欽宗　魯郡襲慶。太宗　彭城徐。寧宗　濟陰興平。徽宗　東平東平。哲宗　襄陽襄陽。真宗、欽宗　漢東隨　安康金　房陵房　滎陽鄭。高宗　靈河滑。太祖　汝南蔡　淮寧淮寧。神宗　汝陰順昌。神宗　澶淵開德。徽宗　景城滄　信都冀。高宗　常山真定　鄴郡相州　博陵中山。欽宗　河南河中　陝郡陝　馮翊同。太祖　華陰華　華原耀　新平邠　洛郊鄜　扶風鳳翔　天水秦　安定涇　臨洮熙。光宗　太原太原　上黨隆德。徽宗　平陽平陽。太宗、寧宗　新秦麟　廣陵揚。真宗　譙郡亳。高宗　符離宿　廬江廬　餘杭臨安　會稽紹興　吴郡平江。徽宗　丹陽鎮江。徽宗　吴興安吉　東陽婺　奉化慶元。寧宗　建康建康。仁宗　宣城寧國。孝宗　豫章隆興。孝宗　南康贛　長沙潭　江陵江陵。真宗　江夏鄂。欽宗　安陸德安。神宗　蜀郡成都　梓潼潼川　雲安夔　黔中黔、紹慶。理宗　益州利　洋川洋　建安建寧。孝宗、度宗　清源泉　南海廣　始安静安。高宗　普寧容　漢中興元　閬中閬　永寧邕　武當均。寧宗　河間河間　同安安慶。寧宗　武陵常德。孝宗　弋陽光。神宗　新定

嚴。太祖、太宗、高宗　潯陽江　巴陵岳。英宗　唐安崇慶。高宗　瀘川瀘　普安隆慶。孝宗　高要肇慶。徽宗

融水融　龍水宜。度宗　南平重慶。光宗　犍爲嘉定。寧宗

防禦

琅邪沂　東牟登　東萊萊　濟陽濟　富水郢　臨汝汝　博平博　文安莫　平原德　河内懷　汲

郡衛　饒陽深　汧陽隴　絳郡絳　雁門代　蘄春蘄　歷陽和。孝宗　通義眉　象郡象

團練

濮陽濮　碭郡單　滏陽磁　蒲陰祁　同谷同慶、成。理宗　河池鳳　和政西和　大寧隰　定襄忻

山陽楚　東海海　鍾離濠　南充順慶、果。理宗　景陵復

軍事

淄川淄　清和恩　安化慶陽軍、慶。仁宗　虢郡虢　上洛商　彭原興寧軍、寧。徽宗　中部坊　咸寧丹

隴西渭　平涼原　武都階　安鄉河　金城蘭　西河汾　高平澤　臨海台　縉雲處　齊安黄　毗陵常

永嘉温。度宗　信安衢　新安徽　池陽池　鄱陽饒　上饒信　廬陵吉　宜春袁　臨川撫　衡陽衡　江

華道　零陵永。太祖　桂陽〔彬〕〔郴〕　邵陽寶慶。理宗　澧陽澧　夷陵峽　巴東歸　盧溪辰　潭陽沅　濛陽彭　巴西綿　德陽漢　永陽滁　臨邛邛　漢源黎　盧山雅　通化茂　陽安簡　維川威　資陽資　安岳普　昌元昌　南溪敘　巴川合　和義紹熙、榮。光宗　隣山渠　清化巴　陰平文　順政興　咸安蓬　江油龍　通川達　清江施　南賓忠。度宗　南浦萬　盛山開　臨汀汀　始興韶　涪陵涪　漳浦漳　劍浦南劍　海豐循　潮陽潮　連山連　臨賀賀　臨封封　新興新　恩平南恩　平樂昭　蒼梧梧　感義藤　潯江潯　懷澤貴。孝宗　龍城柳　安城賓　寧浦橫　陵水化　高涼高　海康雷　寧越欽　鬱林鬱林　合浦廉　海陵泰。英宗　臨淮泗

郡名亦須記，恐萬一制中帶郡王、郡公之類。記境内。尹牧隨所領節鎮。

宰相制固當理會，然近例亦未嘗出，亦在面前，易理會，姑後之。

作制只讀今時程文，則或委靡；專學前輩文字，則或不合。今之體制要當用今體製，間取古人屬對親切、衆所易見者依倣之可也，其他皆然。

當作一册編四六，制頭可用者作一處，褒辭可用者作一處，「於戲」可用者作一處。又當細分門類，如文武、宗室各從其類。

鎮洮軍節度使除大尉制

孫覿

門下：价藩經武，久資戎翰之良；帥閫疇庸，增重本兵之寄。此制包盡前後任，又下語穩。眷余哲艾，惟國老成。「艾」、「老」似重疊。敷告路朝，誕揚褒律。具官某才堪大受，學富多聞。沈謀有先物之幾，居簡得鎮時之望。頌德處更當一聯。出際明良之會，具宣夙夜之勤。勵相我家，定訏謨而入告；修和有夏，迪彝教以來宣。維陝服之奥區，宅洮河之巨屏。「宅」字未安。齋壇推轂，俾專閫外之權；幕府運籌，旋迪師中之吉。令聞令望，屢達余聽；「望」字不當用側聲。懋官懋賞，實允僉言。申加徽數之隆，褒進武階之長。神旗豹尾，對三接以疏榮；虎韔鏤膺，總十連而敵愾。盡護諸將，作屏大邦。此制除上數件皆可發明爲今格，如「沈謀」二句及「勵相」「齋壇」二聯皆可爲法。於戲，説《禮》、《樂》而敦《詩》、《書》，既備元戎之選；戢干戈而橐弓矢，無忘懿德之求。凡下語臨了一字須要來歷，不可杜撰。如「懿德之求」，蓋《詩》有「我求懿德」也。益壯遠猷，服我休命。可。

皇叔慶遠軍承宣使授昭化軍節度使封安定郡王同知大宗正事制

洪遵

門下：立愛而始，家邦式舉；庸勳之典，修德以固。宗子有嚴，糾族之權。乃睠懿親，宜參重任。下「參」字謂同知大宗正也。爰錫將旄之峻，仍頒王爵之隆。諏日涖朝，揚廷孚號。具官某温良而恭儉，肅括而洪深。周旋中其威儀，「其」字未安。造次必於儒雅。閱天下之義理，卓爾不羣；誦古人之詩書，介然有守。蚤由迪簡，多所踐揚。備宣衛杜之忠，寖服承流之寄。維持王室，顯顯爲世豪英；標的天枝，挺挺有祖風烈。屬宗盟之闕長，疇肺附以求才。載惟老成，無踰叔父。庸極褒崇之禮，併昭篤叙之恩。植纛建牙，宅濬陽之巨屏；苴茅胙土，畫涇水之奥躔。蔽自余衷，諧於僉論。此制不説前任承宣使鎮名，蓋當時不以此去取。今須説鎮名，不然則爲忘記出處。於戲！以薛侯爲後，將臻磐石之安；非劉氏不王，實賴維城之助。勉思董正，奚俟訓辭。可。

觀文殿學士江南西路安撫大使授永興軍節度使開府儀同三司都督川陜荆襄路軍馬制

王璧

門下：總十連而建屏，克彰敵愾之功；護諸將以統戎，宜董幹方之任。肆疇庸於祕殿，爰錫命於齋壇。均華揆路之崇，增重和門之寄。誕敭顯册，孚告治朝。具官某識度恢宏，性資英特。素蘊經綸之業，雅存康濟之心。有貫穿百家之學，而守之以中；有酬酢萬變之才，而持之以正。自擢居於嚴近，益茂著於猷爲。從容禁闥之間，允矣論思之效；密勿巖廊之上，偉然弼亮之謨。此制可以作格，但有不合格者。如云云此是隔對，却似四句散語，須似四六聯可也。頃均逸於政機，蓋以前任觀文殿學士意料必是執政，必如此説破，亦得。遂出臨於江表。阜民而袴襦興詠，經武而組練有容。曾未淹時，亟聞報政。牧人御衆，已觀綏遠之能；推轂授師，更賴折衝之略。（凡制説前任處必帶説除授之意，觀此制可見。不然，則有斷續之患。）是用度崤函而啓將鉞，連秦楚而總兵麾。大纛高牙，式表元戎之盛；伍符尺籍，兼持數路之權。復視儀於三槐，（「復」字未安。）俾宣威於四國。宜固連衡之勢，以式遏於寇攘；庶成恢復之勳，迄綏靖於土宇。（今不須如此，須如前制「盡護諸將，作屏大邦」，或如後制「益重和門之寄，用昭將鉞之光」之類是也。）於戲！興衰撥亂，朕方勵志於丕圖；保大定功，汝其克勤於遠馭。伊我舊德，奚俟訓辭。可。

安遠軍節度使龍神衛四廂都指揮使御前諸軍統制特授太尉殿前副都指揮使制

莫冲

門下：鎮帥閫以宣威，夙領連營之重；冠武階而命秩，式隆環尹之權。眷言禦侮之英，宜舉疇庸之典。誕敭號厲，允穆師虞。（「號厲」須對「師虞」，對「師言」則不工。）具官某果毅而不羣，沈深而有守。氣節稟金行之勁，夷視險艱；韜鈐傳玉帳之奇，灼知權變。蚤登勇爵，屢奏膚功。宣力四方，殿价藩而維翰；盡護諸將，肅師律以無譁。（「宣力」對「盡護」未工。）方當息民繼好之時，顯著厭難折衝之望。恩加卒伍，得平世撫衆之宜；義洞神明，挺忠臣盡心之節。惟嘉績之既懋，豈褒律之敢稽。是用擢從厢部之聯，參領殿巖之峻。（以其副都指揮使，故用「參」字。）彤戈金印，列五府以在庭；徼道章溝，總千廬而飭衛。益重和門之寄，用昭將鉞之光。於戲！漢置南北軍，示不忘於武備；唐分左右衛，迺肇列於府兵。「武備」對「府兵」未甚工。皆倚重於將臣，用增隆於國勢。往體設官之意，益堅衛上之誠。可。

陸詔之制不蹈襲，甚得體。但起頭以今格論之則不能盡見題。王日嚴一篇極有工夫，但「江山之秀，間值偉人」，是當時諂語。

制中散語不可四句相似，如兩句用「之」字，則下兩句用「以」、「而」字可也。不然，則上兩句「之」字在第五字，下兩句「之」字在第四字亦可。

西山先生曰：「辭科之文謂之古則不可，要之與時文亦夐不同。蓋十二體各有規式，曰制、曰誥，是王言也，貴乎典雅温潤，用字不可深僻，造語不可尖新。制詞三處最要用工：一曰破題，要包盡題目而不麄露。首四句體貼。二曰叙新除處，欲其精當而忌語太繁。推原所爲之官除授之意，用古事爲一聯尤好，如莫侍郎《步軍制》「法黄帝之兵，允賴爲營之重；資漢人之技，莫如用步之强」最妙。三曰戒辭，「於戲」而下是也，用事欲其精切。須要古事或古語爲聯，切於本題，有丁寧告戒之意。如傅景仁《少保侍讀》用《説命》、《周官》，周子及《揚師制》用「擊楫中流」，陳自明《宗室觀使制》用「秘書仙圖」，此等事既親切，而造語妥帖，是爲可法。三處乃一篇眼目燈窗，平日用工先理會此等三處，場屋亦然。三處占工既多，則他處不逮無害，如三處弱，則他有妙語無益。三處稱停適當，則一篇工夫十占其六七矣。考官去取亦多以此較優劣，不可不知。至於「具官某」以下謂之褒辭，文武宗戚皆可豫備，則差易耳。若夫褒辭則亦須切當，文武宗室各用得體，平時先要準備。」頌德與中間入題處併戒辭皆宜豫備，臨時未必安排得整齊也。

前輩制詞惟王初寮、汪龍溪、周益公最爲可法，蓋其體格與場屋之文相近故也。其他如王荆公、岐公、元章簡、翟忠惠、綦北海之文亦須編。《玉堂集》自建炎至淳熙制詞具備，亦用詳看。蓋凡用事造語皆當祖述故也。官制本末不可不精考，謂可以出題者，文武臣自宰臣、樞密使以下須帶三少、太尉、開府、檢校三少、節度使方可出制。且以三衙論之，要見置於何時與夫制度之沿革、名號之更改，悉用究知，此草制之大綱也。地理不過《九域志》、《通典》，官制不過《職官分紀》，併它書可用者亦須隨事編入。此乃工夫之最急者。此外只記編題足矣，不必汎觀。《步軍制》略舉此一篇爲準，其餘皆當然。破題「總徒兵於千列」，中間「資漢人之技，莫如用步之强」，戒詞用「荀吴崇卒之智」。經史中步兵事殊少，如李陵步卒之類又不可用，只有「徒兵」《左氏傳》、「步技」《晁錯傳》、「崇卒」《左傳》等事顯焕，人所共知。「徒兵」字尤雅，故用於破題。此三處安頓皆適宜，可以爲法。向時試《馬軍帥制》用「萬騎」於破題，用「羽林」、「玄武」於中間，用「羣騶」事於戒詞，正倣此也。蓋馬軍體字有「騎兵」、「騎旅」、「驍騎」、「勁騎」、「駔駿」等，皆不如「萬騎」雅馴。又天子千乘，「萬騎」便見得侍衛之帥。羽林是漢之騎兵事，見《後漢・百官志》，玄武屯營是唐之騎兵事，見《唐兵志》，皆是天子宿衛之兵。惟羣騶是諸侯事，故用之末聯。上既有整六師以修戎，則下一邊雖諸侯事無害。同時試者蓋有使用「六騶」、「羣騶」於破題，此大不可也。

文臣領藩府，如建康、成都、紹興，凡係帥藩之地，皆當考究其地理。如建康「龍蟠虎踞」、益州「天險」、會稽「北枕淛河」、洪都「星分翼軫」之類，《通典》及歷代地理志、《九域志》皆可考，又有散見傳記間者。如「龍蟠虎踞」見於《諸葛亮傳》。此等須檢尋編入。

武臣領都統制駐劄之地，如沔州、興元、金州、江陵、鄂州、池州、江州、鎮江等處，亦當如前法。若平時不曾考究，則臨期未免差誤。且如「上流」二字惟蜀、漢、荆、鄂可用，至於江、池則已難用，甚至有用之建康、隆興者，尤可笑也。

見行程文爲格外更將前輩制詞，如張樂全、王荆公、岐公、元厚之、東坡、潁濱、曾曲阜、王初寮、汪龍溪、綦北海、周益公所作裒集熟讀，則下筆自中程度矣。然場屋擬制與敭庭之文又不同，須全依定格。後村聞之西山曰：「某掌制，每覺文思遲滯即看東坡，汗漫則看曲阜。」

野處洪公贊所業書曰：「昔丁文簡公未遇之日，手其所爲制誥一編贄諸王公大人之門。人見者皆非之，丁獨毅然不顧，曰：『異日當有知我者。』其後直掖垣，登玉堂，以至政地，而昔日所爲文始盡得施用。有志者事之竟成如此。」

中書舍人召試制，今存一篇，以見體式。

保和殿大學士除武安軍節度使中太一宫使兼侍讀制　韓駒

門下：秘殿宸居，論思周衛之内；雄藩大鎮，折衝樽俎之間。奉琳館之宴閒，備金華之勸講。敷求畯德，允穆師言。咨爾造庭，聽余作誥。具官某體莊而資裕，器介而用通。以直方大之才，從果藝達之政。有貫九流之學，而守之以彌約；有參三德之行，而輔之以克勤。頃疇休譽之隆，進履大僚之服。秩冠内朝之峻，禮陞公府之崇。而能慷慨陳謀，沉深善斷。子公料敵，揚鉤深致遠之威；充國上書，守保勝安邊之策。朕欲付方面以試其撫綏之略，留中禁以資其獻納之言。宣方叔之壯猷，遂蕭生之雅意。又況威遠夷而授節，豈輕分閫之權；闡大道以明民，尤重殊庭之選。雖委旌旄之重，尚聯帷幄之華。併舉徽章，式昭異數。於戲！求多聞所以建事，祀太一所以祈年。秉鉞專征，已極元戎之貴；執經侍問，更高儒者之榮。尚克邁於前修，以對揚於休命。可。

謝景思曰：「林適召試《除節度使制》云：『無怠無荒以來王，朕敢忘於謹德；有嚴有翼而共武，爾無替於懋功。』」

寶祐四年詔，藩鎮潛藩爲正任，遥領者令釐改。太祖遂安、定國、忠武、義成，後改武成。太宗建雄、泰寧、遂安。真宗山南東道、忠正、荆南、淮南。仁宗建康、忠正、慶陽。英宗興德、岳陽、安國。神宗安遠、忠武、順昌、光山。哲宗彰武、天平、武當。徽宗彰信、肇慶、鎮寧、武信、興寧、昭德、平江、鎮江。欽宗定武、武昌、興德、永興、山南東。高宗定武、鎮海、遂安、慶源、静江、奉寧、集慶、建雄、安國、安武、永慶、崇慶。孝宗常德、建寧、普安、鎮南、寧國、保慶。光宗鎮洮、重慶。寧宗嘉慶、奉國、武寧、安慶。理宗武泰。度宗慶遠、崇慶、鎮南、遂安。

紹興八年趙鼎忠武，淳熙十六年郭師禹興德，皆以潛藩改命。

紹興壬戌、紹熙庚戌制題皆有可疑。安定郡王南渡後率取燕王宮，一族老爲廉車膺茅土。豈有未襲王爵而先爲承制稱皇叔者？政和改官制，以太尉爲武選一品之銜，序執政之次。又以掌武之嫌，罕復以授宗英，炎、興以還蓋絶無焉。每自檢校官即拜視儀，寧以三少序進爲少迁以代此一階，則太尉爲宗室制題尤非也。武昌爲欽宗潛藩，近制醴泉多授前宰臣，而宗盟率領萬壽。

倪正父曰：「文章以體制爲先，精工次之。失其體制，雖浮聲切響，抽黄對白，極其精工，不可謂之文矣。凡文皆然，而王言尤不可以不知體制。龍溪、益公號爲得體制，然其間猶有非君所以告臣，人或得以指其瑕者。」「如伊如周」雖是人臣，以其所行非人臣常事，便不敢援引。上之喻下，貴於簡易嚴重。非其才强其事，自爲之則短拙呈露，假手他人則山林之作施之廊廟，駭矣。王次春應制科，所撰制詞謂皇叔祖爲前朝之叔父，考官傳以爲笑。晁以道謂今之學者扇對外無文章。陳自修試詞科，擬制一語聱牙，被黜。

周益公初對，玉音云：「向在王邸見卿詞科擬制，雅宜代言。」不旋踵遂兼三字，其後兩入翰苑，首尾十年。

朱文公曰：「范厚夫作《冀王制》云：『周尊公旦，地居四輔之先；漢重王蒼，位列三公之上。及我仁祖，加禮荆王。顧惟冲人，敢後叔父。』自然平正典重，彼工於四六者却不能及。」

後村劉公曰：「四六家以書爲料，料少而徒恃才思，未免輕疏。料多而不善融化，流爲重濁。二者胥失之。」

李公父欲應詞科，西山指竹夫人戲曰：「試爲進封制可乎？」公父末聯云：「保抱携持，朕不安丙夜之枕；輾轉反側，爾尚形四方之風。」西山稱賞。

王器之《京東淮東宣撫制》戒詞云：「沿于江而達泗，朕方恢禹之九州；率彼浦以省徐，爾尚勉周之三事。」

端平乙未制題《襄陽帥除鄧州》，蓋承平時帥臣治鄧。

迂齋樓公曰：「經句對經句，如『在武丁時，作召公考』、『惟汝一德，于今三年』、『天惟顯思，民亦勞止』、『有能奮庸，爰立作相』、『經營四方，飲御諸友』之類，固是天造地設。若『萬人留田』對『三事就緒』，雖以史句對經句，緣有氣勢，所以不覺。」

攻媿樓公曰：「駢儷之體屢變，作者争名，恐無以大相過，則又習爲長句，全引古語以爲奇倔，反累正氣。一聯或至數十言，識者不以爲善。惟龍溪、北海追還古作，謹四六之體。」北海督府訓辭尤爲宏偉，有曰：「盡長江表裏之封，悉歸經略；舉宿將王侯之貴，咸聽指揮。」

水心曰：「荆公取經史語組綴有如自然，謂之典雅。自是後進相率效之。」白樂天裒類制詞事語爲《制樸》一卷，以備撰述之用。

李漢老曰：「張樂全高簡純粹，王禹玉温潤典裁，元厚之精麗穩密，蘇東坡雄深秀偉，皆制詞之傑然者。」

題

雄武軍節度使開府儀同三司除侍中政和辛卯

保大軍節度使授檢校司徒充保平軍節度使壬辰

資政殿學士除奉寧軍節度使癸巳

鎮洮軍節度使除太尉甲午

鎮海軍節度使檢校少保開府儀同三司授檢校少傅加食邑乙未

平川軍節度使授開府儀同三司丙申

觀文殿學士中太一宮使除右弼丁酉

觀文殿學士太一宮使兼侍讀授應道軍節度使上清寶籙宮使戊戌

彰化軍節度使熙河路經略安撫使除檢校少保雄武軍節度使宣和己亥

資政殿大學士提舉上清寶籙宮兼神霄玉清萬壽宮副使兼侍讀除保寧軍節度使兼河東路經略安撫使庚子

保和殿大學士提舉上清寶籙宮兼侍讀除感德軍節度使加食邑實封辛丑

資政殿學士特進除檢校少傅鎮潼軍節度使河東雲中路經略安撫使加食邑實封甲辰
觀文殿學士江南西路安撫大使授永興軍節度使開府儀同三司都督川陝荊襄路軍馬事紹興乙卯
觀文殿學士提舉醴泉觀兼侍讀授護國軍節度使開府儀同三司江淮荊襄路宣撫大使戊午
皇叔慶遠軍承宣使授昭化軍節度使封安定郡王同知大宗正事壬戌
少保鎮南軍節度使充兩浙東路安撫大使兼知紹興軍府事授少傅鎮南静江軍節度使充江南東路安撫大使兼知建康軍府事兼營田大使兼行宫留守加食邑實封乙丑
保信軍承宣使提舉萬壽觀授寧遠軍節度使充萬壽觀使進封加食邑實封戊辰
安遠軍節度使龍神衛四厢都指揮使御前諸軍統制授太尉殿前副都指揮使辛未
端明殿學士知洪州軍州事江南西路安撫使授保寧軍節度使知福州軍州事福建路安撫使加食邑食實封甲戌
檢校少保寧國軍節度使提舉佑神觀授檢校少傅武昌軍節度使知荊南府荊州北路安撫使馬步軍都總管進封加食邑實封丁丑
捧日天武四厢都指揮使華容軍承宣使階成西和鳳州安撫使兼知成州授武泰軍節度使侍衛親軍步軍都虞候京西安撫使馬步軍都總管兼營田使兼知襄陽府庚辰

皇兄保大軍節度使除檢校少保河陽三城節度使權主奉吳王祭祀進封加食邑實封隆興癸未

定江軍節度使提舉佑神觀授檢校少保崇信軍節度使知廬州淮南西路安撫使馬步軍都總管

兼營田使加食邑實封乾道丙戌

龍神衛四廂都指揮使武信軍承宣使利州西路駐劄御前諸軍都統制授武當軍節度使捧日天

武四廂都指揮使主管殿前司公事進封加食邑實封己丑

觀文殿學士特進授少保醴泉觀使兼侍讀壬辰

檢校少傅昭慶軍節度使四川安撫制置使兼知成都軍府事授奉國軍節度使開府儀同三司判

建康軍府事充江南東路安撫使兼行宮留守加食邑實封淳熙乙未

武康軍節度使左金吾衛上將軍授檢校少保寧武軍節度使侍衛親軍馬軍都指揮使御前諸軍

都統制鎮江府駐劄兼知揚州淮南東路安撫使加食邑實封戊戌

寧江軍承宣使侍衛步軍副都指揮使授安德軍節度使侍衛步軍都指揮使加食邑實封辛丑

保寧軍節度使提舉萬壽觀授武安軍節度使右金吾衛上將軍甲辰

中大夫知樞密院事授太中大夫樞密使加食邑實封丁未

皇叔祖太尉定江軍節度使提舉萬壽觀授武昌軍節度使開府儀同三司充醴泉觀使紹熙庚戌

觀文殿學士提舉臨安府洞霄宮授保信軍節度使開府儀同三司判紹興軍府兩浙東路安撫使

加食邑實封癸丑
光山軍承宣使樞密副都承旨授寧武節度使領閤門事兼客省四方館事提點皇城司慶元己未
寧武軍承宣使池州駐劄御前諸軍都統制授安德軍節度使鄂州江陵府駐劄御前諸軍都統制鄂州駐劄加食邑食實封嘉泰壬戌
昭慶軍承宣使江州駐劄御前諸軍都統制授崇信軍節度使侍衛馬軍都指揮使加食邑食實封開禧乙丑
武康軍節度使殿前副都指揮使授寧武軍節度使殿前都指揮使兼江淮制置使節制沿江軍馬嘉定戊辰
龍圖閣學士太中大夫提舉佑神觀兼修國史實録院修撰兼侍讀授昭慶軍節度使兼知隆興府江西安撫使兼節制江西湖南軍馬加食邑食實封辛未
昭化軍承宣使主管侍衛馬軍司公事授保康軍節度使充建康府駐劄御前諸軍都統制兼知廬州淮南西路安撫使馬步軍都總管兼提領措置屯田加食邑食實封甲戌
寧武軍承宣使殿前都虞侯授保信軍節度使殿前副都指揮使知襄陽府京西路安撫使馬步軍都總管兼營田使丁丑
崇信軍節度使湖北京西路宣撫副使兼營田使授太尉安化軍節度使京東路淮東路宣撫使兼

營田大使加食邑食實封庚辰

端明殿學士宣奉大夫四川安撫制置使兼知成都府授武信軍節度使川陝宣撫處置使兼知興元軍府事利州路安撫使馬步軍都總管加食邑食實封癸未

皇叔祖保康軍承宣使知南外宗正事授保寧軍節度使知大宗正事加食邑食實封寶慶丙戌

龍神衛四廂都指揮使武信軍承宣使鎮江府駐劄御前諸軍都統制授武當軍節度使侍衛馬軍都指揮使兼知揚州淮南東路安撫使加食邑食實封壬辰

端明殿學士京西湖北路安撫制置使兼知襄陽軍府事授安德軍節度使京西湖北安撫制置大使兼知鄧州軍州事充營田大使端平乙未

捧日天武四廂都指揮使保信軍承宣使知廬州軍州淮西安撫使授保寧軍節度使知江陵軍府事湖北安撫使兼節制京西路軍馬提領措置屯田加食邑食實封嘉熙戊戌

龍圖閣學士太中大夫提舉佑神觀兼侍讀授奉國軍節度使提舉萬壽觀兼侍讀提領户部財用加食邑食實封辭學

昭慶軍承宣使樞密副都承旨京西湖北路制置副使兼知岳州授保康軍節度使知鄂州軍州事兼京西湖北路制置使加食邑食實封己亥辭學

端明殿學士太中大夫提舉萬壽觀兼侍讀授檢校少保定江軍節度使兼侍讀京西湖南北路宣

撫使加食邑食實封庚子辭學

保康軍節度使鎮江府駐劄御前諸軍都統制授武安軍節度使侍衛馬軍都指揮使建康府駐劄御前諸軍都統制兼淮南西路安撫制置使馬步軍都總管兼屯田副使兼知廬州軍州事加食邑食實封淳祐辛丑

龍神衛四廂都指揮使保寧軍承宣使池州駐劄御前諸軍都統制授昭信軍節度使捧日天武四廂都指揮使建康府駐劄御前諸軍都統制兼知壽春軍府事兼管内安撫使提領措置屯田節制淮北軍馬加食邑食實封甲辰

寧武軍承宣使左驍衛上將軍授保康軍節度使侍衛親軍步軍都虞侯鄂州駐劄御前諸軍都統制兼京西路安撫使馬步軍都總管提舉興置營田屯田兼知襄陽軍府事加食邑食實封丁未

龍神衛四廂都指揮使安遠軍承宣使建康府駐劄御前諸軍都統制授寧武軍節度使龍神衛四廂都指揮使建康府駐劄御前諸軍都統制兼淮南西路安撫使提舉屯田措置山寨兼知廬州加食邑食實封庚戌

龍神衛四廂都指揮使清海軍承宣使江陵府駐劄御前諸軍副都統制授武泰軍節度使襄陽府駐劄御前諸軍都統制兼知襄陽軍府事兼京西路制置副使提舉屯田措置興復唐鄧諸州城築加食邑食實封寶祐癸丑

昭慶軍承宣使左金吾衛大將軍荆湖北路安撫副使兼知鄂州授寧武軍節度使龍神衛四廂都指揮使夔路安撫使兼知夔州兼提領措置屯田兼控扼瀘叙昌合四州邊面加食邑食實封丙辰

檢校少保武康軍節度使淮南西路安撫使兼知廬州授檢校少傅寧武軍節度使侍衛馬軍都指揮使四川宣撫副使兼知潼川府措置修築沿邊城壁團結民兵捍禦瀘叙思播鎮遠諸處邊面兼屯田使加食邑食實封開慶己未

福州觀察使右金吾衛上將軍樞密副都承旨鎮江府駐劄御前諸軍都統制淮南東路安撫副使知淮安州授遂安軍節度使侍衛馬軍都指揮使知淮安州淮南東路安撫使兼漣水海泗招信四郡鎮撫使提舉海道兵船民船加食邑食實封景定辛酉詞學

資政殿大學士兩浙東路安撫使知紹興軍府事授檢校少保崇信軍節度使浙西兩淮發運大使知平江軍府節制許浦澉浦金山江陰通泰水軍提領羅事措置浙西路河渠堤堰兼勸農使加食邑食實封景定壬戌

保寧軍節度使龍神衛四廂都指揮使御前諸軍都統制淮南西路安撫司依前保寧軍節度使充四川宣撫副使兼知重慶府措置修築沿邊城壁捍禦思播鎮遠等處邊面兼總領四川財賦兼屯田使加食邑食實封癸亥辭學

資政殿大學士宣奉大夫沿江制置大使兼江東安撫大使知建康軍府事授檢校少保寧武軍節

度使湖廣宣撫使兼知潭州提舉修築諸處城壁團結民兵土丁兼勸農使加食邑食實封咸淳乙丑

端明殿學士宣奉大夫提舉佑神觀兼侍讀授昭慶軍節度使沿江制置大使兼江南東路安撫大使兼知建康府兼淮西屯田大使加食邑食實封戊辰

資政殿大學士宣奉大夫提舉萬壽觀兼侍讀授寧武軍節度使淮南東路京東路宣撫使兼知泗州兼淮南西路策應大使修築沿邊城壁捍禦淮安漣海招信通泰諸處邊面兼屯田使加食邑食實封甲戌

誥

「勑」云云，「具官某」云云，「可特授某官」。二人以上同制，則於詞前先列除官人具銜姓名，「可特授某官」，於勑下便云「具官某等」，末云「可依前件」。侍從以上用腦詞，餘官云「勑具官某」云云，「爾」云云。

誥，告也，其原起于《湯誥》。《周官》大祝六辭，三曰誥。士師五戒，二曰誥。成王封康叔、唐叔，命以《康誥》、《唐誥》。漢元狩六年立三子爲王，初作誥。唐《白居易集》翰林曰「制詔」，中書曰「制誥」，蓋内外命書之别。皇朝西掖初除試誥，而命題亦曰制。此科自紹興以後僅一命題。

權載之曰：「《君陳》、《君牙》、《畢命》、《冏命》之作，皆直而文，簡而誠，含章而不流。漢廷亦云文章爾雅，訓辭深厚。」

西山先生曰：「詔誥近來多不甚出，然亦須理會。」

東坡制詞有議論，荆公、南豐外制佳。王子發曰：「南豐本法意，原職守而爲之訓勑，人人不同，咸有新趣。衍裕雅重，自成一家。」胡致堂曰：「辭貴簡嚴，體歸典重。」

周益公曰：「韓退之《崔羣户部侍郎制》初云：『地官之職，邦教是先。』末云：『選賢與能，于今惟重；擇才經賦，自古尤難。』凡命版曹，何嘗不主理財？惟退之先及邦教，而以『經賦』二字終之，深合經旨。」唐錢翊曰：「體正而有倫，辭約而居要，終始明白，所以爲誥。」

散　文

侍御史除右諫議大夫誥

曾子開　政事堂試

勑：朕惟天聖之初，仁宗在位時，則有鞠詠、劉隨、曹修古、孔道輔之徒迭任言責，故能振肅紀綱，裁戢姦倖，一時之盛，號爲得人。終仁宗世四十餘年，虚懷納諫，言路無壅者，此數君子開導之力也。朕以沖眇，獲主大器，夙夜恐懼，唯祖宗是憲。故自即位以來，旁求哲士，或拔於冗散，或起於廢逐，置之臺省，庶廣聰明，果得忠良，以輔不逮。具官某剛毅正直，清明惠和。守古據經，論議不苟；履仁蹈義，操行有常。擢自小官，處之諫列，而能信道不惑，遇事輒言。進賢退姦，爾實有力。執法柱下，風望彌高。不有襃陞，何以示勸？諫大夫掌侍從規諷，職清地重。今以命爾，以旌爾直。爾其朝夕納誨，以廣朕心，尚繼天聖之風，以有無疆之問。可。

四六

徽猷閣直學士提舉醴泉觀除禮部侍郎誥

周益公所業

勑：分六職於中臺，共釐庶務；正貳卿於宗伯，尤號清曹。非夫有令聞廣譽而施諸身，識前言往行以蓄其德，何以助我中和之化，儀于侍從之班。久歎才難，盍從試可。具官某學由真積，業以勤精。辭華爲多士之宗，獻納得近臣之體。踐敭滋久，名實具昭。燕游内總於祥源，禁直密聯於邃閤。朕旁招彦士，肸飾隆平。稽三王損益之文，閔五季龔沿之陋。禮樂自天子出，將成列聖之典章；籩豆則有司存，兼采諸儒之論議。資爾直清之譽，副余制作之官。上而修神天廟社之盛容，下而正玉帛鼓鐘之末節。使漢文焕焉可述，則周道粲然復興。其體忱言，毋爲聚訟。可。

題

兵部侍郎除寶文閣學士樞密都承旨紹興戊辰第二場不試表

詔

「勑門下」，或云敕某等。「故兹詔示」，獎諭、誡諭、撫諭，隨題改之。「想宜知悉」。

《周官・御史》「掌贊書」注云：「若今尚書作詔文。」秦改令爲詔，漢下書有四，三曰詔書，其文曰「告某官」。四曰誡勑。其文曰「有詔勑某官」。唐貞觀末，張昌齡召見試《息兵詔》，此試詔之始也。其後學士試批答。皇朝西掖初除試詔，紹聖試格止曰誡諭，如近體誡諭風俗或百官之類，紹興改爲詔。唐封敖作《慰邊將詔》曰：「傷居爾體，痛在朕躬。」《賜李德裕制》曰：「謀皆佘同，言不他惑。」李德裕草詔《賜王元逵何弘敬》曰：「勿爲子孫之謀，欲存輔車之勢。」皆切中事情。本朝錢若水草《賜趙保忠詔》曰：「不斬繼遷，存狡兎之三穴；潛疑光嗣，持首鼠之兩端。」汪彦章草《賜高麗詔》曰：「壞晉館以納車，庶無後悔；閉漢關而謝質，非用前規。」

東萊先生曰：「詔書或用散文，或用四六，皆得。唯四六者下語須渾全，不可如表，求新奇之對而失大體。但觀前人之詔自可見。」

散文當以西漢詔爲根本，次則王岐公、荆公、曾子開詔，熟觀然後約以今時格式，不然則似今時文策題矣。

西漢詔中語如「吏獨安取，此皆秉德以陪朕」之類，當勾抹出，規訪之。李漢老曰：「兩漢詔令温厚雅馴，或人主自親其文。」周益公曰：「答皇子詔用『卿』字非是，前輩知體則不然。其他或『汝』或『王』或『公』，皆當有别。」

吴兹與詹叔義詔皆得體。

西山先生曰：「王言之體，當以《書》之誥、誓、命爲祖，而參以兩漢詔册。」朱文公曰：「三代訓、誥、誓、命皆根源學問，敷陳義理。」

兩漢詔令詞氣藹然，深厚爾雅，可爲代言之法。南豐曰：「漢詔令典正謹嚴，尚爲近古。唐常衮、楊炎、元稹之屬號能爲訓辭，其文未有遠過人者。」朱文公曰：「國初文章皆嚴重老成，嘉祐以前文雖拙而辭謹重，所以風俗渾厚。」

謝景思曰：「《開寳幸西京詔》曰：『籩豆陳有楚之儀，黍稷奉惟馨之薦。』」不以「籩豆有楚」對「黍稷非馨」，時人許其裁剪。起句云：「定鼎洛邑，我之西都；燔柴泰壇，國之大事。」

周益公《擬加上尊號詔》，其頌太上皇帝云：「以德行仁，本性誠之固有；修文偃武，合經緯之自然。」太上皇后云：「月齊日以得天，而能久照；坤順乾而配地，是以廣生。」上再三稽獎，謂「數句用經語，該括明備，非卿不能爲，真大手筆也」。英宗謂輔臣曰：「學士惟王珪能爲詔。」倪正父爲《上壽皇聖帝壽成皇后尊號詔》云：「率百官若帝之初，丕講非常之禮；於萬年受天之祜，聿迎滋至之休。」

詔用散文

戒中外臣僚各專職守詔

曾子開政事堂試

朕惟公卿大夫以至百司庶尹，外則岳牧守長迨于丞掾，各有分守，不相侵踰，則小大之務罔有不舉，遠邇之民罔有不治。乃者先帝大正官名，始自三省，以及寺監，使循其名者必效其實，至於監司州縣亦各處之有法。越職犯分，必罰無赦。而近日以來，上下内外名分不謹，相師成風，豈朕所以追述先志、董正治官之意哉？夫尸祝代庖，古人所戒。思不出位，易著爲法。故以虞舜之盛，九官之賢，而職教者不使典刑，治禮者不使主樂。豈其人材之不能兼哉？以謂任之專，然後可以責之備也。凡爾在位，其聽朕言。各盡乃心以祗厥叙，毋習浮競以干利取寵。使百工允諧，庶績咸熙，以承先帝作則垂憲之心，副余一人責成仰治之意，豈不休哉！《詩》不云乎：「靖共爾位，好是正直。神之聽之，介爾景福。」順此有賞，逆此有誅。朕方操賞罰之權以御天下，布告中外，毋忽朕指。

戒飭江淮京湖四川制置使詔

高瞻叔

朕嗣承丕緒，思濟多艱。三垂以遽令聞，夕惕若厲。亦惟良邊垂之臣是信，是使圖即敉功。蠢玆裔夷，荐食上國，我師征役不休，終莫能一。大治之今，復厭犯王略整，居于我土地。卿等分制閫外，利害决于一瞬。此正日戒之秋，而可緩圖乎？盍思所以申儆軍實，深加意防。報聞必惟其實，賞罰必惟其公。察其聲東擊西之謀，防其却走復來之詐。集艦騎以備水陸，遠斥候以防窺闖。合力以應援，必相爲擊蛇首尾之勢；睦鄰以同仇，必相爲捕鹿掎角之謀。毋虚誕以邀功，毋故縱以嫁禍。委地棄民而嬰城自守，非夫也；崇讎封寇而曲行避敵，非勇也。典聽朕言，以圖敵愾。此厥不聽，惟予汝辜。

詔用四六

戒諭中外百僚詔

洪野處

朕焦勞圖乂，旰昃忘疲。念一日萬幾，懼難專於聽斷；惟百司庶府，正有藉於謨明。冀勤王職之共，式免天工之曠。如聞在位，曾是弗思。恬苟且以成風，樂因循而翫歲。奔競之習益熾而不反，誕謾之態相高而自賢。熙熙皆爲利而來，蹇蹇失匪躬之故。既食焉而怠事，豈公爾以忘私？嗟今之人，視古有愧。昔舜咨百揆和庶政，而萬國惟寧；周建六官倡九牧，而兆民允阜。蓋聖王制世而御俗，在臣下宿道而鄉方。遠圖者忠，更化則治。克用三宅三俊，朕既灼知；乃惟一德一心，爾宜勵翼。各協恭而底績，當懋賞以勸功。欽乃攸司，或戾成王之誥；儆于有位，必申湯后之刑。咨爾周行，體予猷訓。

原貸盜賊許以自新各令復業詔　真西山

朕以眇身，君臨方夏。明有未燭，德有未孚。頃緣誤國之臣，妄動開邊之釁。科役煩重，人不聊生。旱蝗頻仍，吏不加卹。使吾赤子多轉徙以無依，而彼姦民因誘怵而爲暴。靖言致寇，敢昧責躬。近而盱楚兩郡之間，遠在江湖數邑之地。生齒或遭其蹂躪，屋廬或至於燬焚。惕若興懷，爲之旰食。今禁旅揚威而並進，鄉豪戮力以争先。震疊無前，蕩平有日。言念脅從之衆，豈皆好亂之氓。弄潢池之兵，諒非爾志；烈崑岡之火，亦豈余心。與其假息以偷生，孰若轉禍而爲福。在昔乾道、淳熙之際，有若李金、陳峒之徒，雖暫結於蜂屯，卒莫逃於鯨戮。自有宇宙至于今日，未聞盜賊得以全軀。想惟爾衆之習知，豈待朕言而後諭。今則宏開禁網，誕布寬書。推子不殺之仁，畀爾更生之路。儻復舊業，即爲良民。棄兵弩，持鉤鉏，苟知舍逆而效順；問田疇，卜居宅，當俾去危而即安。尚惟郡縣字人之官，共宣朝廷惠下之澤。亟除民瘼，庸副朕心。

舉賢良詔

周茂振

昔漢設賢科，欲聞大道之要；唐開制舉，以待非常之才。沿及本朝，參用前憲。故所得多天下豪傑之士，而所言皆國家治亂之端。其在當時，豈云小補！朕自紹履休運，旁招雋能。圖治功者逾三十年，猶懼有闕；下郡國者已八九詔，未見其人。屬當大比之期，敢廢祥延之舉。凡兹邇列，各爲明揚。俾裦然而造庭，將諏爾以當務。必有崇論宏議，可行於今；庶幾博聞遐觀，無愧於古。

題

誡諭三省樞密院修舉先朝政事紹聖乙亥

誡諭士大夫名節丙子

誡諭學者辭尚體要丁丑

誡諭轉對臣僚言事要切丁丑別試

誡諭守令勸課農桑建中靖國辛巳

誡諭百官修舉職事崇寧壬午

誡諭諸監司奉行詔令丙戌

誡諭提舉學事司推行教法詢究行能大觀己丑

誡諭百官遵守熙豐法度宣和壬寅

誡諭將士協心戰守建炎戊申

慰諭川陝紹興戊午。此題始曰詔

令侍從給舍臺諫舉廉景定辛酉辭學

玉海·辭學指南卷三

表

賀

「臣某言，或云臣某等言。恭睹守臣表云恭聞。某月日云云者」祥瑞表云「伏睹太史局奏」云云者。守臣表云「伏睹都進奏院報」云云者。云云。「臣某懽抃懽抃，頓首頓首。竊以」云云。「恭惟皇帝陛下」云云。「臣」云云。「臣無任瞻天望聖，激切屏營之至，謹奉表稱賀以聞。臣某懽抃懽抃，頓首頓首謹言。」年月日，具官臣姓某上表。

謝

「臣某言，伏蒙聖恩云云者。謝除授云伏奉誥命授臣某官職者云云。臣某惶懼惶懼，頓首頓首。

竊以」云云。（此後或云「伏念臣」云云，「茲蓋恭遇」。）「皇帝陛下」云云。「臣」云云。「臣無任感天荷聖，激切屏營之至。謹奉表稱謝以聞。」（進謝恩詩云「謹各齋沐，撰成謝恩詩，隨表上進以聞」。）「臣某惶懼惶懼，頓首頓首，謹言。」

進書　進貢　陳請

「臣某言」云云。「臣某惶懼惶懼，頓首頓首」云云。（進國史等云「恭以某宗皇帝」云云，餘用「竊以」云云。）「恭惟皇帝陛下」云云。「臣」云云。「臣無任瞻天望聖，激切屏營之至。」（陳請表云「臣某等無任祈天俟命」云云。）所有某書若干卷册，「謹隨表上進以聞。」（進詩云「恭和御製詩」之類。　進貢云其某物云云。　陳請表云「謹奉表陳請以聞」。）「臣某惶懼惶懼，頓首頓首。謹言。」（代宰臣以下陳請表，如請御正殿之類，「中謝」後或云「竊以」云云，或云「恭惟皇帝陛下」云云。　末云「伏望皇帝陛下」云云。）

表，明也，標也，標著事序使之明白。三王以前謂之敷奏，秦改爲表。漢羣臣書四品，三曰表。（不需頭上言「臣某言」，下言「誠惶誠恐，頓首頓首」。　左方下附云某官臣甲乙上。）陽嘉元年，左雄言孝廉先詣公府，文吏課牋奏，又胡廣以孝廉試章奏。然則章奏試士其始此歟。唐顯慶四年，進士試《關內父老迎駕表》，開元二十六年，西京試《擬孔融薦禰衡表》，則進士亦試表。

東萊先生曰：「表『中謝』後當説『竊以』，各隨題意。如《代樞密使謝賜玉帶表》云：『竊以裴度視師，服章武通天之賞；衛公戡難，拜文皇于闐之珍。』「視師」、「戡難」俱見樞臣之意，非泛泛引用比。如《謝賜御書周易尚書表》云：『竊以法始四營，莫辯乎易；文兼五典，皆聚此書』是也。或用事，或不用事，亦無定格。如《進實録寶訓表》『中謝』後當説『恭以某宗皇帝』云云，頌德。不用「竊以」。作文字須照顧俗語時忌。」如「德邁九皇」之類是俗語，如「大行陟遐」之類是時忌，多改「大行」如「盛行」。

孫仲益、秦會之、湯進之表皆可爲格。

代高麗王謝賜燕樂表

孫　覿

十行賜札，誕彌遼海之邦；萬里同文，普聽鈞天之樂。起頭若如第二人止説「寵逮遠邦」之語，則弱而無力，故用此意而擇語言換轉「十行賜札」、「萬里同文」是也。才讀此兩句便見大體。俯慚虚受，中積愧懷。伏念臣錫壤三韓，襲封四郡。環居島服，習聞夷韎之聲；仰睇雲門，實眩咸池之奏。先説遠夷不足以知雅樂，而後叙作樂之盛，受賜之寵。凡四夷受賜表皆可倣此。方重華之上治，躋累洽之閎休。監二代以敷文，命一夔而制樂。登歌下管，天地同流；鼓瑟吹笙，君臣相説。此表警句。全用經句而復典麗。大凡詞科四六須間有此一兩聯則易入人眼。王志古亦云：「徵角並揚，慶君臣之相悦；塤篪迭奏，與天地以同流。」事亦與孫仲益同，但不合不全用，故弱。此不善用。加賁鹿苹之饗，輔成《魚藻》之歡。有懷疏逖之臣，亦預分頒之數。玉帛萬國，干舞已格于七旬；簫韶九成，肉味遽忘於三月。仰止柷將之賜，鬱然食侑之光。驟此叨居，未安。殆無前比。兹蓋伏遇皇帝陛下躬持慈竇，丕冒仁天。通道八蠻，坐致遠人之悦；同符五帝，肇聞古樂之興。出大晟之珍藏，作朝鮮之榮觀。兜離一變，兹惠均歡。蕩蕩乎無能名，雖莫見宫墻之美；欣欣然有喜色，咸與聞管籥之音。稽首拜嘉，周邦來賀。臣敢不服膺睿獎，謹度遐方。仰九門之句傳，徒起戴盆之望；與百獸而率舞，但深傾藿之心。此表辭意俱勝，可爲定格。

代宰臣以下賀日有五色雲表

秦　檜

聖主當陽，庶宷際千齡之運；卿雲抱日，清臺占五色之祥。景耀觀瞻，歡均率溥。竊以仰模乾象，懋建國經。君德無私，明有同於日照；臣職匪懈，勢有類於雲從。「竊以」下説君德、臣職之意，極好。大凡祥瑞表須如此推原。惟心合而益章，則效隆而靡忒。乃如今日，允謂昌期。如蓋如盤，方顯照臨之用；非煙非霧，共呈承戴之華。諒非此道之默通，孰致彼蒼之昭假。稽諸往諜，實未前聞。曆候躔離，但書於合璧；慶符震育，徒擬於圓車。當知上瑞之難全，必待盛時而畢見。是爲常道，匪曰私親。伏惟皇帝陛下揆道統天，膺時御極。體離明而燭物，霈需澤以懷人。上句説日，下句説雲，極有工。輝光發衷，德又新而無蔽；臣鄰效力，職布列而俱宜。休矣祥開，灼于貺施。臣等假寵惟舊，常依日月之光；委質何功，偶際風雲之會。大凡題目中字，須是兩聯俱用則停當。誓勤緜薄，永介昭明。如「緜薄」亦是雲，「昭明」亦是日。帝表長瞻，固已傾心於就望；官名久正，毋庸紀號於青黃。按《文苑英華·慶雲抱日賦》云：「臣如雲，君如日。」又《黄雲捧日賦》云：「日者君之德，雲者臣之狀。彼無私以臨下，此竭誠而奉上。」此表命意蓋本於此。

代守臣謝賜御書《周易》《尚書》表

湯思退

宸章帝藻，粲如琬琰之傳；神畫聖謨，較若天人之備。此表頭「神畫聖謨」及「天人之備」，便見《易》與《書》之意，如此方切題，不可汎汎説御書經書也。啓函拜賜，拭目知榮。竊以法始四營，莫辯乎《易》；文兼五典，皆聚此《書》。續東魯之韋編，發先秦之竹簡。意廣大而孰測，辭灝噩以莫窺。其在累朝，以爲古訓。顧宣帝立梁丘之學，豈革荄兹之談；彼明皇睹《洪範》之篇，徒改陂頗之字。「荄兹」對「陂頗」亦工。未有留神乙夜，探賾前經。删妄論於九師，掇徽言於四代。寫之縑帙，示於薦紳。體飛動於龍鸞，義昭回於星斗。月將日就，彰聖學於祗勤；墨妙筆精，竦侯藩之瞻戴。懋乃非常之績，屬我中興之朝。恭惟皇帝陛下識際道真，行高世表。垂衣裳而致治，蓋取乾坤；廣視聽以御圖，一似堯禹。故此躬行之至，見乎心畫之間。「蓋取乾坤」、「一似堯禹」，上句説《易》，下句説《書》，與前表説雲説日之意合，而工則過之。教兼被於臣鄰，賜不殊於中外。祕書深刻，已參淳化之《孝經》；方國咸頒，遠陋漢光之手札。固可用，不若更尋親切事用之爲佳。臣叨分符竹，獲睹寶奎。對未停當。八法難如，徒驚端勁遒偉之狀；一圻所治，願布精微疏通之風。

表斷句須要有力，如洪景盧「但驚奎壁之輝，從天而下；莫測黿龍之祕，行地無疆」。

羅疇老《代高麗修貢表》，全篇皆穩，其間一聯云：「地瀕日出，每輸傾藿之心；天闊露零，亦被蓼蕭之澤。」二事人用之極熟，此聯稍變言語，遂爲佳句。大抵用事當如此，不然則汎濫雷同矣。其斷句云：「矢來肅慎，用昭遠慕之城；弓掛扶桑，永荷誕敷之德。」亦好。

林虡《謝賜修都城記表》，全篇皆好，但斷句無力。其中云：「天造地設，示根本於華夷；陽曜陰藏，壯規摹於今古。」警句也。

晁之道表頭不甚工。劉才邵表奇。袁植表傷於太長。

前人表，如謝上表固無用，然其間亦有可用者，如頌德之類。又謝修史成轉官表則可用於進史表也。盤洲洪公《擬宰臣賀復河南表》有「宣王復文武之土，光啓中興；齊人歸鄆讙之田，不失舊物」之句。齊齋倪公曰：「荆公表云：『旌旆所指，燕及氐羌；樓櫓相望，誕彌河隴。』此摘取《詩》語兩字用之，前輩多如此。」

西山先生曰：「表章工夫最宜用力。先要識體製，賀、謝、進物，體各不同，累舉程文，自可概見。前輩之文惟汪龍溪集中諸表皆精緻典雅，可爲矜式，録作小册，常常誦之。其他亦須徧閲。」

前輩表章如夏英公、宋景文、王荆公、歐陽公、曾曲阜、二蘇、王初寮、汪龍溪、綦北海、孫鴻慶諸公之文，皆須熟誦，而龍溪、北海所作尤近場屋之體，可以爲式。

一表中眼目全在破題二十字，須要見盡題目，又忌體貼太露。如前輩《慶雲瑞粟野蠶成繭表》用「參著兩儀之端」，《五色雀瑞麥瑞芝》用「睹珍符於動植」，便見三者分明。《安南國謝加恩并賜對衣金帶鞍轡表》用「式兼名器之榮」，蓋只用兩字該盡題目，最可法也。貼題目處須字字精確，且如進書表，實録要見實録，不可移於日曆，國史要見國史，不可移於玉牒，乃爲工也。

進書一門，諸書體製各不同。玉牒乃紀大事之書，國史乃已成紀傳之書，實録乃編年之書，寶訓則分門，日曆則繫日，會要則會稡，各是一體。若出《進玉牒表》，須當純用玉牒事，不可以他事雜之。舉此一端，其餘皆然。若汎濫不切，可以移用，便不爲工矣。

大抵表文以簡潔精緻爲先，用事不要深僻，造語不可尖新，鋪叙不要繁冗，此表之大綱也。

表有賀，郊祀、宗祀、册寶、建儲、立后、誕生皇子孫、肆赦、祥瑞、改元、奉安史策禮成、兵捷之類。有謝，賜宴、賜御製、御書、賜器服茶藥等類、除授、轉官加恩、代外國謝賜物賜曆。經筵進讀，正説、寶訓三朝兩朝、高宗、孝宗、仁皇訓典、高宗孝宗聖政、九朝通略、稽古録、通鑑綱目、帝學、續帝學、大學衍義、陸贄奏議、魏徵諫録、名臣奏議。進講，易、書、詩、二禮、春秋、語、孟、孝經、中庸、大學、講徹賜象簡金帶鞍馬香茶、秘書省賜宴、讀徹賜金硯匣，餘同。或賜御書御製詩及進詩。有進貢，進奉聖節、代外國貢獻之類。有進書，玉諜、國史紀志傳、實録、日曆、寶訓、政要、會要、仙源類譜、積慶圖、御集、經武要略、勑令格式、寬恤詔令。其體頗不同。除單題易區處，有總數事爲一題者，破題須包盡，至於瑣碎工夫尤爲繁多。且如出一賀册表，非胸中有五六件册寶如何展布得一篇。又有不可測者，如《宣和間順州進枸杞表》，綦北海作。固非場屋中出，萬一試日或遇此題，平時不知枸杞爲何物，焉能作「靈根夜吠」之語哉？須燈窗之暇，將可出之題件件編類，如《初學記》、《六帖》、《藝文類聚》、《太平御覽》、《册府元龜》等書，廣博搜覽，多爲之備。向年嘗見臨安進野蠶繭及絲綿紗絹，因謂同學者曰：「萬一以此命題，中間將何鋪叙？」皆相顧無語。某後擬一聯云：「槩絲纖纊，無慚禹貢之供；冰素方空，不數齊官之獻。」絲綿紗絹四者皆全。須如此用工可也。

夷狄貢獻，須考證今與中國通者幾國。且如安南國、日本、闍婆，須考究在古爲何國，有何故事可以引用，字面可以體貼。如安南，則有南交、浪泊、龍編、銅柱之類。若非素備，寧免荒疎。須將歷代夷狄傳、本朝會要參考則得之矣。

劉三傑文字合中程，忘寫年月日臣某上表，遂黜之。《代嗣高麗王修貢表》俱是先説襲封，方及來王之意，惟第一人黄符先説本朝，首聯云：「仰被王靈，獲承基緒。敬修臣職，敢後要荒。」羅畸曰：「中國明昌，適際聖神之運；遠邦奔走，宜修臣子之恭。」雖不及嗣王之意，亦以首言中國，遂爲第二。

劉弇《謝賜重修都城記表》首聯先説邇臣而後及上聖，不若前名以帝室爲首。又曰：「岐鼓靡聞於逮下，嶧山何補於示夸？辭無所愧，皆寫諸琬琰之餘；家有其傳，非副在京師之比。」皆警聯也。

宣和取燕山，羣臣稱賀，令一館職作表，仍語以「燕人悦則取之」一句，不得不使其人搜經句，欲對未得。王初寮曰：「何不曰『昆夷維其喙矣』？」遂用之。

胡交修《代謝賜御製御書夏祭神應記表》曰：「聖謨煥發，紀休應於柔祇；宸翰昭垂，霈寵恩於邇服。」第二人便說御書，不甚分明。

歐陽瓌《謝賜御製宣德樓上梁文表》曰：「端門層觀，虹梁鬱起於中天；奎畫寶章，芝檢驟來於清禁。」首聯雖見賜宰臣之意，而「奎畫寶章」「芝檢」不無稠疊，矧是御製，不應用「奎畫」「芝檢」，此所以爲第三人也。又曰：「相周王之考室，初無補於涓埃；仰虞帝之作歌，乃獲窺於黼黻。」此聯却工。范同表曰：「五門岌嶪，規摹非萬户之奢；肆筆縱横，彫琢鄙兩都之陋。」

周益公《代交趾進馴象表》首聯云：「效牽靈囿，備法駕之前驅。」已見象爲有用。又曰：「名應周郊之五路，克協馭儀；耳聞舜樂之八音，能參率舞。」「靡憚奔馳，幸捨鳶飛之跕跕；無煩教擾，俾陪獸樂之般般。」曲盡馴象生意。就試之士僅能形容畫象及塑象，俱不見馴服生動態度，惟益公說出象之步趨來庭之意，遂中首選。

華陽《賀老人星見表》曰：「金行貫叙，顥氣肅乎。西成珠緯躔空，祥輝麗乎；南極乾文朗潤，宵景澄夷。」又曰：「薦人君之壽，既稽元命之圖；表天下之安，又載西京之志。」一時慶語無出其右。

謝景思曰：「荆公在金陵，有中使傳宣撫問，并賜銀合茶藥。公作表云：『信使恩言，有華原隰。寶奩珍劑，增賁丘園。』五事見四句中，言約意盡。」

攻媿樓公曰：「順州得枸杞宿根於土中，綦北海屬聯曰：『靈根夜吠，變異質於千年；駉騎朝馳，薦聖人之萬壽。眷荒裔沈藏之久，實王師恢復之初。物豈無知，時如有待。』表既進，天子爲之改容。」

誠齋楊公曰：「有用古人全語而雅馴妥貼如己出者，介甫《賀册妃表》云：『《關雎》之求淑女，無險詖私謁之心；《雞鳴》之思賢妃，有警戒相成之道。』」

四六有作流麗語者，須典而不浮。汪彦章《賀神降萬歲山表》云：「恍若壺天，金成宮闕；浩如玉海，虹貫山川。」有作華潤語而重大者，最不多得。曾子固云：「鈞陳太微，星緯咸若；崑崙渤澥，濤波不驚。」

起聯

東觀書林，久徯漢儀之睹；西崑策府，載瞻周馭之臨。東萊《賀車駕幸祕書省》

皇治憲天，垂宏模於萬世；史編繫日，昭成法於一王。倪正父《進壽皇日曆》

德茂重華，接璿源而詒燕；書嚴大典，續寶牒以垂鴻。《進壽皇玉牒》

侍言虎觀，陳三聖之宏規；錫宴麟臺，講一時之盛禮。周益公《謝讀三朝寶訓終篇宴賜》

聖皇至孝，荷神鑒之溥臨；清廟儲祥，挺靈華之秀發。說齋《賀仁宗英宗室前柱上生芝草》

上聖紹休，丕衍洪圖之慶；元儲正位，茂膺顯册之儀。陳正父《賀皇太子受册》

治繼三朝，丕闡詒謀之懿；法垂萬世，聿嚴紀事之書。西山《進三朝國史帝紀》

聖神御極，廣推徧覆之仁；動植蒙休，共効太平之瑞。葉謙亨《進五色雀瑞麥芝草圖》

聖而濟衆，親成垂世之經；予以馭臣，例及稱藩之國。李公彦《代夏國謝賜聖濟經》

烈祖文孫，一本纘承之懿；皇支帝載，兩全筆削之公。王器之《進三祖類譜今上重修玉牒》

三后在天，軼鴻猷於今古；百王冠德，紀茂實於典謨。東萊《進三朝國史》

規模宏遠，更三聖以重光；憲度著明，參四書而並載。《進慶元勑令格式》

惟皇上帝，將開與子之祥；有侐閟宫，肆蕆尊禖之事。野處《賀祠高禖》

舜曆在躬，大一人之聖孝；堯言布下，輯三紀之睿謨。東萊《進建紹興詔旨》

投戈講藝，載信三代之風；肆筆成書，增賁七篇之訓。野處《謝賜御書〈孟子〉》

九月授衣，駿發先庚之旨；百官承式，溥霑令甲之恩。同上。《謝冬衣》

親年有永，方齊箕翼之輝；聖孝無前，併上乾坤之策。《賀太上帝后尊號册寶禮成》

宸襟典學，稽上古之聖謨；帝幰疏恩，錫先儒之義贊。許蒼舒《代講讀官謝賜尚書正義》

鏤牒編年，並紀光華之旦；涓辰蕆事，聿新尊閣之儀。傅景仁《賀奉安玉牒日曆》

明聖寅恭，寫作宸居之監；書言深潤，勒爲册府之珍。《代宰臣進秘書省石刻御書御製敬天圖》

御府分珍，焕切磋之文采；使軺臨賜，新指畫之威儀。龍溪《謝賜象簡》

皇天篤佑，忽垂象以示人；聖主靈承，乃側身而修行。亟銷變異，宜即彝儀。率籲庶工，仰干淵聽。《星變請御殿復膳》

保章瞻象，既除星祲之灾；太僕詔王，盍正朝儀之位。龍溪《星變請御正殿》

「竊以」用事

真宗著清景之題，必言省費；仁祖述危竿之諭，蓋謹居高。周益公《謝御製損齋記》

德如堯帝，祝多子於封人；聖若文王，詠百男於詩雅。《賀生皇子》

世祖推恩，長安列六子之舍；明皇廣愛，華清建百孫之居。盤洲《代郡王謝賜第》

周有《采薇》之詩，因命率以衛中國；漢著《大風》之詠，期得士以守四方。初寮《謝賜御詩》

被阜以生驗，漢庭之熙洽；食榭而化彰，唐室之隆平。滕子濟《賀野蠶成繭》

漢文繼統，每惟代邸之優；唐帝嗣圖，尤軫潞宫之念。魯可宗《代常德府謝賜府額》

姬姓作藩，未成人而賜履；漢宗受社，方在褓以錫封。元章簡《代皇子謝》

堯言布下，猶資五典之傳；漢制恤人，尚賴六經之續。《進續修寬恤詔令》

永平神爵之頌，孝明稱美者五人；貞元重九之篇，德宗考第於三等。晏元獻《進詩》

笙鏞列于舜陛，無相奪倫；管磬設于周庭，既備乃奏。初寮《賀燕樂成》

與史册以並驅，唐有嘉名之創；焕文風而可述，漢稱洪業之遵。陳益父《賀奉安玉牒御集》

犀來徼外，表章帝之重熙；雉貢越裳，慕成王之極治。周益公《交阯進象》

擁篲迎門，漢祖悟櫟陽之敬；望樓執鞚，唐宗羞興慶之歡。玉巵惟志於夸毗，寶册不忘於授受。奮乎百世，在我一時。野處《賀加太上尊號》

頌采羽於漢賢，盛述威懷之應；紀來牟於周雅，備陳率育之休。惟効異之靈華，亦騰歌於樂府。莫冲《五色雀瑞麥芝草圖》

天錫嘉符，芝稱珍物。俯延英之御座，爰興唐帝之詩；生甘泉之齋房，嘗下漢皇之詔。說齋《賀仁宗英宗室前柱上生芝草》

推原

烏本陽精，鵲知歲事。方聖祚紹隆於火德，適天時應在於金穰。龍溪《賀赤烏白鵲》

極儒者之榮，獨高翰墨之選；鼓天下之動，莫如號令之孚。矧參基命之承，尤峻禁林之望。王岐公《謝翰林學士承旨》

皇祖有訓，嘉言孔彰。開創守持，垂億萬年之基業；都俞吁咈，振六十載之綱條。皆聚此書，克昌厥後。周益公《讀三朝寶訓終篇》

鋪叙形容

重陰益固，應水澤腹堅之時；積潤潛通，迎土膏脉起之候。常袞《賀雪》

有璞於此必使琢，恍驚制作之工；匪伊垂之則有餘，允謂便蕃之賜。洪景嚴《謝玉帶》

鳳生而五色，悵丹穴之已遥；龍藏乎九淵，驚驪珠之忽得。吕吉父《謝賜神宗御集》

帝暉下矚，光滎河温洛之藏；天藻昭垂，跨過沛横汾之詠。東萊《賀幸秘書省》

金英並秀，絢藻井以煌煌；紫蒂駢分，映蓂階而蔓蔓。北海《賀芝草》

如玉韞石，虹氣隱乎山川；及雲升天，龍澤沛乎宇宙。南塘《賀登極》

函封遠致，不知何國之白環；篆刻孔章，咸曰寧王之大寶。同上。《賀玉璽》

太極班朝，肅廷紳而咸會；少陽在列，粲卷服之彰施。洋洋軌範之言，奕奕瓊瑶之刻。温文有恪，陟降斂承。將以鼓鐘，對峙黄麾之仗；授之璽紱，交輝青輅之旂。小侯邦備物之彝，陋王社初封之誥。陳正父《賀皇太子受册》

品羅羣帙，岳峙大庭。粲然物采之新，將以鼓鐘之奏。徹覽觀於宸極，重尊閣於禁嚴。典籍聿崇，小廣内承明之秘；圖書畢出，會滎河温洛之祥。陳益父《賀奉安玉牒御集禮成》

適華編之初徹，叨異渥之沓來。輝映宫蜍，特焕寶奩之飾；歡均苹鹿，例陪綺席之光。文黼名駿之鮮明，濃麝龍團之芬郁。夸鄭漸析經之賜，侈桓榮稽古之蒙。輒陳歸美之章，丕展逢時之慶。詩哀百詠，倣麗正之賡酬；句寫七言，埒柏梁之聯屬。徐子儀《代經筵讀孝宗聖政終篇謝宴賜進詩》

編簡旁羅，尚想古文於藏壁；金絲迭奏，如聆雅韻於升堂。傅景仁《講尚書謝宴》

樂皦韶英之奏，儀修弁冕之容。甘醴薦令，芳秩彌文於主鬯。吉日告爾，字申嚴訓於臨軒《賀皇子冠禮》

銀潢滉漾，玉版閎嚴。千八百國之封，先乎異姓；五三六經之籍，展也同符。東萊《賀進類譜玉牒》

二后受之，同歸于治；萬物備矣，皆聚此書。萃圭璧於緑文，會日星於漆簡。《進寶訓》

旌旗燭耀於洪河，金鼓震驚於靈嶽。介丘霧息，已望翠華之來；沂水風生，更起舞雩之詠。柳子厚《賀破東平》

東臺瑞物，冠玉璽之珍符；左户輿圖，增金城之列障。李吉甫《賀元會》

璿題灑落，焕東壁之星躔；藻衛森羅，備甘泉之法駕。奉雕輿而降格，祓玉座以妥安。吕希純《賀景靈宫奉安御容禮成》

公孫數萬之詭辭，披圖可見；虞初九百之小説，開卷盡知。豈伊龍閣之珍藏，乃作雞林之秘寶。葛勝仲《代高麗謝賜〈太平御覽〉》

龍蟠虎伏，瞻王氣以雲屯；螭首龜趺，據神靈而山立。林虙《謝賜修都城記》

用事形容

名臣畢萃，踵劉珍建武之規；異域旁該，掩德裕會昌之作。李巘《進四朝列傳》

肇易編年，脗合馬遷之纂次；著爲考紀，更逾班固之鋪張。西山《進帝記》

遠循豳俗，先九月以授衣；俯陋漢儀，因立春而賜帛。《謝賜冬衣》

徊翔有煒，協周家王屋之符；粹美而真，異莊子雕陵之見。龍溪《賀赤烏白鵲》

効貢亳都，上掩太宗之迹；伻圖蜀郡，益增仁祖之光。説齋《代臨安府進瑞麥》

末聯

撮其機要，誠堯典十萬之言；奉以周旋，取武成二三之策。姜凱《謝賜〈尚書正義〉》

民勞汔可小康，甫迓升平之運；胡滅誠爲大慶，願臻混壹之期。野處《賀謝完顔亮》

謹文王安否之問，敢怠帥行；書唐宗仁孝之詩，仰祈札賜。攻媿《代皇太子謝册命》

既與在庭之多士，同值文興；將令就傅之百男，悉從隗始。龍溪《代嘉王謝及第》

賓五典之書而爲訓，獲擧宏綱；擧三宗之事以戒王，願裨末議。西山《進三朝帝紀》

紀周宣舞鎬之年，外攘復古；按韓愈辨徐之説，不戰來戎。初寮《賀白兎》

動鼓鐘於長樂，何慙漢家爲壽之儀；饗環佩於後宫，更邁唐室奉觴之禮。周益公《賀太上皇后生辰》
視淮南之書，豈但矜誇於下國；聽山東之詔，固當裨助於中興。同上。《謝翰林學士》
聽漢詔於山東，少補中興之治；布堯言於天下，庶無内相之慙。同上
事做石渠，稱制仰勤於臨决；才非山甫，有司終愧於將明。攻媿《進吏部法》
讀列聖之録，諒思風烈之如存；上庶事之歌，所冀明良之交勑。徐子儀《讀聖政終篇進詩》
惟禮可以爲國，願廣晏嬰之言；非道不敢陳前，竊效孟軻之敬。西山《謝禮部侍郎》
賜宫錦而嘉草詔之能，雖非敢望；即金鏡而摛任賢之要，知所自期。《謝翰林學士》
舜裳五色，慚惟裨補之長；燕駿千金，願廣招徠之意。《謝衣帶鞍馬》
書大事而小則簡牘，願殫緗素之勤；藏名山而副在京師，終冀汗青之望。野處《進三朝帝紀》
鼎飪養賢，省己難勝於異數；樽酒納約，愛君期盡於愚衷。西山《謝講易終篇賜宴》
願偕髦士，稱《棫樸》之能官人；載詠詩章，思《采蘩》之不失職。倪正父《代進士謝賜射推賞》
君已知言，熒惑坐移於三舍；臣當守職，泰階願獻於六符。龍溪《代宰臣星變謝放罪》
鄭衣又改爲兮，莫副尚賢之日；禹黻無間然矣，永肩歸美之誠。《謝春衣》
使忠臣得盡其心，敢忘周詩實篚之意；如羣生有以自樂，願推漢詔賜帛之仁。
繼中興聖統之編，式符瑞應；陋皇室維城之録，未究編摩。《進玉牒》

修長樂之注，已觀景耀之宣；誦《思齊》之詩，更侈徽音之嗣。同上

率羣卿洎宗臣，俯陋唐家之制。令史官宣景耀，願陳漢頌之辭。《賀皇太后上尊號》

題

代嗣高麗王修貢紹聖乙亥

代宰相已下謝賜新修都城記丙子

代宰相等謝實録成賜宴丁丑

代親王謝賜外第元符戊寅

代宰相已下賀老人星見己亥

代高麗王謝賜太平御覽庚辰

代皇子謝賜生日禮物靖國辛巳

代宰臣謝賜重修神宗皇帝御集崇寧壬午

代宰臣賀慶雲見癸未

代貢士辟雍謝賜宴并御製詩丙戌

開封府賀獄空大觀己丑

代宰臣已下謝賜御製冬祀慶成詩政和辛卯
代宰臣已下賀野蠶成繭壬辰
代高麗王謝賜燕樂甲午
代公相已下謝賜御製夏祭神應記乙未
代公相已下謝宣召赴穆清殿賜宴丙申
代雲南節度使大理國王謝賜曆日戊戌
代公相已下謝賜御製宣德樓上梁文宣和庚子
代夏國謝賜御製聖濟經辛丑
代宰臣謝賜御製俯同大成殿詩壬寅
代宰臣已下賀日有五色雲癸卯
代燕山府路進士謝賜及第甲辰
代宰臣已下謝宣召赴經筵聽講建炎戊申
代宰臣已下賀收復京西路紹興戊午
代樞密使謝賜玉帶壬戌
代守臣謝賜御書周易尚書乙丑

代守臣進五色雀瑞麥芝草圖辛未

代守臣賀慶雲瑞粟野蠶成繭甲戌

代交趾進馴象丁丑

代提舉國史進哲宗徽宗寶訓庚辰

代提舉編類聖政所進建炎紹興詔旨隆興癸未

代常德府謝賜府額乾道丙戌

代講讀官謝賜尚書正義己丑

代文武百官爲光堯皇帝太上皇后加上尊號册寶禮成賀皇帝壬辰

代宰臣進修四朝國史列傳淳熙乙未

代文武百寮謝宣赴光堯御書閣觀石經戊戌

代宰臣進新修仁宗英宗神宗玉牒辛丑

代史官進續修資治通鑑長編并舉要甲辰

代宰臣已下賀奉安仁宗英宗玉牒四朝國史列傳今上皇帝會要禮成丁未

代安南國王謝加恩并賜對衣金帶鞍轡紹熙庚戌

代提舉實録院進高宗皇帝御集癸丑

慶元丙辰

闕

代宰臣已下賀正旦日食雲霧不見立春前一日得雪己未

代宰臣已下賀奉安徽宗欽宗玉牒高宗孝宗光宗御集禮成嘉泰壬戌

代提舉國史進高宗孝宗光宗國史帝紀開禧乙丑

代文武百寮爲皇太子受册賀皇帝嘉定戊辰

代嗣秀王謝賜玉帶辛未

代侍讀官爲經筵進讀孝宗聖政終篇謝賜金硯匣并同侍講説書修注官謝賜祕書省御筵及鞍馬香茶進詩甲戌

代提舉國史進新修高宗孝宗光宗國史志并列傳丁丑

代提舉編修玉牒進三祖下仙源類譜今上皇帝玉牒及重修玉牒庚辰

代經筵講讀官進資治通鑑綱目并九朝名臣經濟奏議中興諸臣奏議癸未

代寶慶府守臣謝賜府額寶慶丙戌

代樞密院進孝宗皇帝經武要略壬辰

代宰臣以下請皇帝三月二日御正殿端平乙未

代宰臣爲講筵進讀太祖太宗真宗三朝寶訓終篇謝賜御書皐陶謨及笏帶鞍馬嘉熙戊戌

代提舉史館進高宗孝宗光宗寧宗正史并寧宗實録辭學

代講讀官爲經筵進講周易徹章謝賜御書及牙簡金帶鞍馬香茶進詩己亥辭學

代宰臣進祕書省石刻御書御製敬天圖庚子辭學

代侍讀官爲經筵進讀仁皇訓典終篇謝賜金硯匣并同侍講説書侍立官謝賜祕書省御筵及鞍馬香茶進詩淳祐辛丑

代沿邊守臣謝元日誡諭沿邊帥守諸將御筆并摹賜御書御製訓廉銘謹刑銘石刻甲辰

代提舉國史已下爲進高宗孝宗光宗寧宗史志列傳寧宗御集謝賜祕書省御筵及賜御書御製詩并香茶丁未

代宰臣謝賜御書思無邪毋不敬六字仍進二贊庚戌

代樞密院進太祖太宗真宗仁宗英宗神宗哲宗經式要略寶祐癸丑

代皇子謝賜御書孝經十六句丙辰

始於事親，中於事君。滿而不溢，高而不危。

口無擇言，身無擇行。天之經也，地之義也。

德義可尊，作事可法。居則致敬，養則致樂。

通於神明，光於四海。進思盡忠，退思補過。

代提舉國史已下進重修孝宗皇帝實録編類寧宗皇帝御集開慶己未

代宰執以下賀奉安重修孝宗皇帝實録光宗皇帝實録新編寧宗皇帝御集并今上皇帝玉牒日曆會要經武要略禮成景定辛酉辭學

代侍讀官進唐魏徵諫録陸贄奏議李絳論事集并九朝名臣奏議壬戌

代祕書省官謝賜御書道山堂癸亥辭學

代侍讀官擬進三朝寶訓贊真宗皇帝正説贊中庸圖上皇帝咸淳乙丑

代提舉官擬進重修寧宗皇帝實録新修理宗皇帝實録玉牒日曆會要上皇帝戊申

代經筵官爲進讀大學衍義資治通鑑綱目終篇謝賜笏帶鞍馬香茶并賜祕書省御筵甲戌

露布

「尚書兵部，晉曰尚書五兵，隋唐方曰兵部。唐龍朔二年曰中臺司戎，天寶十一載曰尚書武部，至德二載復舊。臣某言，臣聞」云云。「恭惟皇帝陛下」云云。「臣等」云云。「臣無任慶快激切屏營之至，唐露布云「不勝慶快之至」，或云「無任慶躍之至」。謹遣或云「謹差」。某官奉露布以聞。」紹聖試格，如《唐人破蕃賊露布》之類。

露布之名始於漢。按《光武紀》注：「《漢制度》曰：制詔三公皆璽封，尚書令印重封，露布州郡。」《祭祀志》注引《東觀書》：有司奏孝順號，「露布奏可」。又鮑昱詣尚書，封胡降檄，曰：「故事，通官文書不著姓，又當司徒露布。」李雲「露布上書」，注：「謂不封也。」魏改元景初，詔曰：「司徒露布，咸使聞知。」蜀漢建興五年春伐魏，詔曰：「丞相其露布天下。」此皆非將帥獻捷所用。《通典》云：「後魏攻戰克捷，欲天下聞知，乃書帛建於漆竿上，名爲露布，自此始也。」任城王勰曰：「露布者，布於四海，露之耳目。」王肅獲賊二三，皆爲露布。韓顯宗有「高曳長縑，虛張功捷」之譏。孝文稱傅修期「下馬作露布」。齊神武破芒山軍，爲露布，杜弼即書絹，不起草。唐制，下之通上，其制有六，三曰露布。兵部侍郎奉以奏聞，集羣官東朝堂，中書令宣布。隋開皇中撰《宣露布禮》。張昌齡爲崑丘道記室，平龜兹，露布爲士所稱。于公異爲招討府掌書記，朱泚平，《露布》曰：「臣既肅清宫禁，祗奉寢園。鐘簴不移，廟貌如故。」德宗咨歎焉。薛收爲露布，或馬上占辭。封常清於幕下潛作捷布。東晉未有露布，隆興初以「晉破苻堅」命題，似有可疑。然《文章緣起》曰：「漢賈洪爲馬超伐曹操作。」而《魏志》注謂虞松從司馬宣王征遼東，及破賊，作露布。《隋志》有《魏武帝露布文》九卷。《世說》云：「桓温北征，令袁宏倚馬前作露布，手不輟筆，俄成七紙。」則魏晉已有之，當考。《宋書》云：「楊文德建露板，馳告朝廷。」《文心雕龍》曰：「露布者，蓋露板不封，布諸視聽也。」宋朝王元之《擬李靖平突厥露布》，此擬題之始歟。

東萊先生曰：「頭四句後再用兩句散語，須便用兩事。如蠻夷則用前代伐蠻夷之事，盜賊則用前代伐僭亂之事。」

尚書兵部，臣某等言，主帥名。臣聞說伐叛之意。恭惟尊號皇帝陛下頌德，便説四方向化，此賊獨拒命。某賊須極罵之，須說當時罪。臣某等說受命攻伐。某賊說當時拒賊次第。臣等說攻討次第，說禽賊得地。斯皆歸善之意。臣云云。末用一聯結。

西山先生曰：「露布貴奮發雄壯，少麤無害。不然，則與賀勝捷表無異矣。」

翟公巽作《擒賊露布》曰：「不以賊遺君父，已殄凶殘；況克敵示子孫，毋忘勳伐。」

張燕公《平契丹露布》曰：「山川積雨，盡消胡騎之塵；草木長風，咸有王師之氣。」

王元之《擬李靖露布》叙頡利求降且復謀竄曰：「穽中餓虎，暫爲掉尾之求；韝上飢鷹，終有背人之意。」

起聯用事

春秋復九世之讎，世宗遵而伐敵；匈奴直百年之運，宣帝因以受朝。滌蕩平城之憂，焜燿渭橋之謁。推今盛烈，跨古鴻猷。東萊《破突厥露布》

電擊雷震，瀚海飲冠軍之馬；星流彗掃，燕然勒車騎之銘。儈義勇於龍荒，紀鴻勳於麟閣。厥開昌會，克對前休。《平薛延陀》

起聯用散語

衆勝天而定勝人，終歸助順；直爲壯而曲爲老，烏可恃强。自古以來，斯理可攷。所以牧野若林之旅，罔敵有周；昆陽彗雲之鋒，亦殲於漢。東萊《破苻堅》

末聯

臣等賴天之靈，敵王所愾。蠻荆率服，初無方叔之壯猷；江漢既平，行對宣王之令聞。周益公《平淮西》

臣備數行間，獻俘闕下。左執律而右秉鉞，願先周樂之容；東漸海而西被沙，共紀禹功之盛。東萊《平薛延陀》

登灞岸而望長安，共興感慨；封狼居而禪姑衍，當效驅馳。《破苻堅》

唐于公異露布《駱賓王集·兵部奏姚州露布》末云：「不勝慶快之至。謹遣某奉露布以聞，軍資器械，别簿條上。」一云「别簿録上」。

尚書兵部，臣聞云云。伏惟皇帝陛下云云。逆賊朱泚云云。臣是用云云。此皆上天降鑒，睿慮旁施云云。臣云云。不勝慶快之極。謹差某官姓某謹奉露布以聞。

《朝制要覽》載露布式

某道行軍元帥府爲申破某賊露布事

具官行軍司馬封臣名

具官行軍長史封臣名

具官某道行軍元帥臣名

尚書兵部臣聞云云。謹遣某官臣姓名露布以聞。軍資器械，別簿申上。謹上。張説《爲河内郡王平冀州賊契丹露布》云：「其軍資器械，別簿條上。謹言。」樊衡《爲幽州長史破契丹露布》云：「其所獲首級器械，別録申上。」《兵部奏桂州破西原賊露布》云：「其立功將士首領，別簿奏上。」

年月日具官行軍兵曹參軍事臣姓名上

尚書兵部謹奏某道行軍破賊露布事

左僕射具官封臣名

右僕射具官封臣名
兵部尚書具官封臣名
兵部侍郎具官封臣名等言，臣聞云云。不勝慶快之至，謹以申聞。謹奏。
年月日兵部郎中具官封臣姓名上
給事中具官封臣姓名讀
門下侍郎具官封臣姓名省
侍中具官封臣姓名審

聞

其行軍無元帥者載當時軍名餘官無帥者具行軍見在官宣制訖送尚書省頒布

《文鑑》載露布二首

嶺南道行營都部潘美、副部尹崇珂、都監朱憲等上尚書兵部。臣等聞云云。臣等幸陪戎事，倍樂聖功，無任忭抃歡呼之至，謹奉露布以聞。

昇州行營馬步軍戰棹都部宣徽南院使義成軍節度使臣曹彬上尚書兵部。臣等聞云云。臣等無任歌時樂聖，慶抃歡呼之至，謹奉露布以聞。

題

唐西海道行軍大總管破吐谷渾政和丁酉

唐擒頡利宣和癸卯

唐天下兵馬元帥克復京城紹興乙卯

晉征虜將軍征討大都督破苻堅隆興癸未

檄

某年某月某日，某官某告某處。或曰移某郡。「蓋聞」云云。末云：「檄到如章，書不盡意。」或云：「茲言不欺，其聽無惑。」或云：「茲言不爽，具聽無違。」故爲檄委曲，檄到其善詳所處，如律令。或云：「檄到宣告，咸使聞知。」司馬長卿《喻巴蜀檄》首云：「告巴蜀太守。」末云：「檄到亟下縣道，使咸喻陛下意，無忽。」陳孔璋《爲袁紹檄豫州》首云：「左將軍領豫州刺史郡國相守。」「蓋聞」云云。「司空曹操」云云。「幕府」云云。「廣宣恩信，班揚符賞，布告天下」云云「如律令。」《檄吳將校部曲文》首云：「年月朔日，予尚書令彧告江東諸將校部曲及孫權宗親中外。」「蓋聞」云云。「故令往募爵賞，科條如左。檄到」詳思至言，如詔律令。鍾士季《檄蜀文》末云：「各具宣布，咸使知聞。」宋告司兗二州末云：「幸加三思，詳擇利害。」又尚書符征南府末云：「文書千里驛行。」

檄，軍書也。祭公謀父所謂威責之令，文告之辭。東萊先生曰：「晉侯使吕相絶秦，檄書始於此。」然春秋之世，鄭子家使執訊與書以告趙宣子，晉之邊吏責鄭王，使詹伯辭於晉王，子朝使告諸侯，皆未有檄之名。戰國時，張儀爲檄告楚相，其名始見。魯仲連爲書約矢遺燕將。秦尉佗移檄。蒯通説范陽令曰：「傳檄而千里定。」韓信曰：「三秦可傳檄而定。」漢有羽檄，顔師古曰：「檄以木簡爲書，長尺二寸，有急加鳥羽，示速也。」《急就篇》注：「檄以木爲之，長二尺。」《説文》亦云「二尺書。」李左車曰：「奉咫尺之書。」自相如之後，檄書見史册者不可勝紀。揚雄曰：「軍旅之際，飛書馳檄。」用枚皋謂其爲文敏速也。唐以前不用四六，周益公《擬漢河西大將軍諭隗囂》、倪正父《擬晉奮威將軍豫州刺史諭中原豪傑》皆用四六。然散文爲得體，如東萊《漢使喻莎車諸國》是也。《説文》曰：「檄，激也。」《文心雕龍》曰：「檄，皦也。宣布於外，皦然明白。」

劉勰《文心雕龍》曰：「祭公謀父稱文告之辭，即檄之本原。戰國始稱爲檄。凡檄之大體，或述此休明，或叙彼苛虐。指天時，審人事，筭彊弱，角權勢。標蓍龜於前驗，垂鞶鑑於已然。譎詭以馳旨，煒曄以騰説。故樹義颺辭，務在剛健。插羽以示迅，不可使辭緩；露板以宣衆，不可使義隱。必事昭而理辯，氣盛而辭斷。此其要也。」《册府元龜序》曰：「暴揚過惡，張皇威武，使忠義奮發而邪謀沮壞。諭去就之理，陳逆順之狀。俾之改圖易轍，轉禍爲福。誕告士民，使知不獲已而用兵，非無名而黷武。」

東萊先生曰：「檄書頭説某官告某將士，蓋聞說討叛招携之意。說一段云云。惟爾某處將士、說爲賊拘脅而不能自歸及略説賊之罪。幕府、說受命討賊，甲兵之盛。叙當時形勢，賊將欲滅，須自歸。主上。說有過人大度之意，開其自新之路。末以『歸附則有厚賞，怙終則有顯戮，自擇禍福』結之。」末云「凡所賞科，其如令甲」。周益公《擬諭隗囂檄》云：「昔吴芮效忠，世裂長沙之壤；田横亡命，身貽海島之羞。顧逆順之灼分，惟智愚之審擇。」

西山先生曰：「檄、露布乃軍中文字。檄貴鋪陳利害，感動人意。」「所業檄題欲出《唐大將軍河南招慰使傳州縣檄》，題出《夏侯端傳》，乃高祖創業之初，非因兵興盜起，稍覺氣象佳，但所疑者一『慰』字耳。」「漢以前無檄，六朝以前未有露布。編題之初須要知此。漢檄不須四六，如司馬相如《喻蜀檄》之類，漢無四六之文故也。」晉檄亦用散文，如袁豹《伐蜀檄》之類。隋唐以來方用四六，如祖君彦、駱賓王檄，鄭畋移檄藩鎮。

野處洪公作《告契丹諸國及中原檄》曰：「蓋聞惟天無親，作不善者神弗赦；得道多助，仗大義者衆必歸」云云。「我國家」云云。「惟兹女真之衆」云云。「主上」云云。「幕府」云云。「惟彼諸蕃之大國」云云。「爲劉氏左袒，飽聞思漢之忠；徯湯后東征，必尉戴商之望」云云。「侯王寧有種乎，人皆可致；富貴是所欲也，時不再來」云云。「檄到如章，書不盡意。」

唐李商隱《檄劉稹》曰：「驚地底之鼓角，駭樓上之梯橦。喪貝躋陵，飛走之期既絶；投戈散地，灰釘之望斯窮。」盧汝弼《檄李克用》云：「致赤子之流離，自朱邪之板蕩。」祖君彥《檄洛州》云：「審配死於袁氏，不如張郃歸曹；范增困於項王，未若陳平從漢。」

袁豹《伐蜀檄》曰：「當全蜀之彊，士民之富。子陽不能自安於庸僰，劉禪不敢竄命於南中。荊邯折謀，伯約挫鋭。故知成敗有數，非可智延。此皆益土前事，當今元龜也。盛如盧循，彊如容超。凌威南海，跨制北岱。樓船萬艘，掩江蓋汜；鐵馬千羣，充原塞隰。然廣固之攻，陸無全雉；左里之戰，水靡全舟。或顯戮京畿，或傳首萬里。故知逆順有勢，難以力抗。斯又目前殷鑒，深切著明者也。」

柳子厚《伐黄賊牒》云：「徵側之勇冠一方，竟就伏波之戮；吕嘉之威行五嶺，終摧下瀨之師。嗟此陋微，自貽擒滅。」

李充曰：「檄不切厲則敵心陵，言不誇壯則軍容弱。」

唐説齋擬檄題《唐遼東道大總管喻高麗首領部落》、《幽鎮招撫使諭朱克融》、《右衛率府長史召西域兵討中天竺》

題

諭安西城緣邊蕃部紹聖丁丑別試

諭青唐種落元符庚辰。《會要》此題有「檄」字。《總類》無「檄」字。

唐大將軍河道招諭州縣淳祐甲辰

玉海·辭學指南卷四

箴

序云云。箴辭用韻語。末云「敢告」云云。紹聖試格，如揚雄《百官》、《九州箴》之類。箴、銘、贊、頌並逐句空字。

箴者，諫誨之辭，若箴之療疾，故名箴。《盤庚》：「無伏小人之攸箴。」《庭燎》：「因以箴之。」召公曰：「師箴，師曠、百工誦箴諫。」《文心雕龍》曰：「《夏》、《商》二箴，餘句頗存。」《夏箴》見於《周書·文傳篇》，《商箴》見於《吕氏春秋·名類篇》。又《謹聽篇》有《周箴》。周辛甲爲大史，命百官官箴王闕，虞人掌獵爲箴。漢揚雄擬其體，爲《十二州》、《二十五官箴》，後之作者咸依倣焉。隋杜正藏舉秀才，《擬匠人箴》，擬題肇於此。唐進士亦或試箴。顯慶四年試《貢士箴》、開元十四年《考功箴》、廣德三年《轅門箴》、建中三年《學官箴》。

周《虞人箴》

芒芒禹迹，畫爲九州，經啓九道。民有寢廟，獸有茂草，各有攸處，德用不擾。在帝夷羿，冒於原獸，忘其國恤，而思其麀牡。武不可重，用不恢於夏家。獸人司原，敢告僕夫。告僕夫，不敢斥尊。

東萊先生曰：「凡作箴，須用『官箴王闕』之意，各以其官所掌而爲箴辭。如《司隸校尉箴》，當說司隸箴人君振紀綱，非謂使司隸振紀綱也。如《廷尉箴》，當說人君謹刑罰，非謂廷尉謹刑罰也」。

箴尾須依《虞箴》「獸人司原，敢告僕夫」之類。止是隨題目改，如《上林清臺箴》則云：「史臣司天。」《宗正箴》則云：「宗臣司族。」《廷尉》云：「官臣司刑。」《司隸校尉》云：「官臣司直。」《太常》云：「禮臣司典。」其下句「敢告」，隨韻改之，大抵如「敢告贊御」、「敢告僕臣」之類是也。

西山先生曰：「箴銘贊頌雖均韻語，然體各不同。箴乃規諷之文，貴乎有警戒切劘之意。《詩・庭燎》、《沔水》等篇，《左氏・虞人箴》、揚子雲《百官箴》、《古文苑》。張茂先《女史箴》、白居易《續虞人箴》、柳公綽《太醫箴》、王元之《端拱箴》，《文粹》中諸箴，可寫作一帙，時時反復熟誦，便知體式。」

出箴用官名，須先理會置官之意。謂如將作大匠則戒宮室之侈，虞人則戒游田之數。程文中唯《上林清臺》、《考工令箴》最佳，可以爲法。

箴者，下規上之辭，須有古人風諫之意。惟官名可以命題，所謂百官「官箴王闕」，各因其職以諷諫，如出《周保章箴》，則當以敬天爲説。其他皆然。又有非官名而出箴者，若《宣室》、《上林清臺》之類。亦當引從規諷上立説。

箴題最多，自《周禮》外，歷代百官表志，《前漢》、《後漢》、《唐》。皆當詳考。凡其名雅馴者，皆可出。又有散在傳記間者，如周陶正，不在《周禮》而在《左傳》；舜樂正，不在《虞書》而在《荀子》。須着意搜尋，然後無遺忘。箴銘題有雜出於他書者，只兩字，易於漏失。

東萊先生《考工令箴》：「監於太宗，罷露臺役，一言興邦，萬杵咸息；監於中宗，肅然齋居，器械技巧，圭黍莫誣。」就用漢事，可以爲式。

王器之《騎郎將箴》，考官批云：「就用漢事，爲箴甚佳。」所引吸廣輩，諸卷所不及。

王器之曰：「劉才邵《宣室箴》『序甚有意』四字語差不及。」

胡廣《百官箴叙》曰：「箴諫之興所由尚矣！聖君求之於下，忠臣納之於上，故《虞書》曰：『予違汝弼，汝無面從，退有後言。』墨子著書，稱《夏箴》之辭。」《文心雕龍》曰：「揚雄稽古，始範《虞箴》，〔作〕卿尹州牧二十五篇。及崔胡補綴，總稱《百官》。所謂追清風於前古，攀辛甲於後代。」

題

太史紹聖丙子
漢宣室宣和庚子。紹興乙卯重出
漢上林清臺紹興戊辰
漢考工令庚辰
周師氏隆興癸未
武學乾道己丑
周司會淳熙丁未
漢詩博士嘉定戊辰
漢内史辛未
漢騎郎將庚辰
漢護羌校尉癸未
周陶正慶元己未
漢講郎紹定己丑

漢湯官丞淳祐甲辰
漢式道候庚戌
周馮相氏寶祐癸丑
堯謁者開慶己未
漢公車令咸淳乙丑

銘

序云云。銘詩用韻語。紹聖試格，如張孟陽《劍閣銘》、柳宗元《塗山銘》之類。政和元年試格，歷代史故事借擬爲題，如周成王《封泰山頌》、張衡《渾天儀銘》之類。

銘始於黃帝，《漢·藝文志》道家有《黃帝銘》六篇。應劭曰：「盤盂諸書，黃帝史孔甲所作銘也。」禹銘筍虡，湯銘於盤。銘者，名也，因其器名書，以爲戒也。武王聞丹書之言，爲銘十六。臧武仲曰：「夫銘，天子令德，諸侯言時計功，大夫稱伐。」《文心雕龍》曰：「夏鑄九鼎，周勒楛矢，令德之事也；吕望銘昆吾，仲山鏤庸器，計功之義也；魏顆景鐘，孔悝衛鼎，稱伐之類也。」蔡邕《銘論》曰：「德非此族，不在銘典。」《詩傳》曰：「作器能銘，可以爲大夫。」《考工記》：「嘉量有銘。」《文選序》曰：「銘則序事清潤。」陸倕《石闕》、《漏刻》二銘皆有序。張載《劍閣銘》末云：「勒銘山阿，敢告梁益。」則寓儆戒之旨。隋杜正玄舉秀才，擬《燕然山劍閣銘》，杜正藏擬《弓銘》。唐崔涣還調吏部侍郎，嚴挺之施特榻，試《彝尊銘》，謂曰：「子清廟器，故以題相命。」建中三年，進士別頭試《欹器銘》，興元元年，《朱干銘》，則以銘試士尚矣。

東萊先生曰：「詹仲和《輔渠銘序》極佳，但須便説内史兒寬言爲妙。」

西山先生曰：「古之爲銘，有稱述先人之德善勞烈者，衛孔悝《鼎銘》是也；有著儆戒之辭於器物者，如湯《盤銘》、武王《几》、《杖》、《楹》、《席》之銘是也。今詞科所作，雖未能全復古體，亦須略倣其意可也。銘題散在經傳極多，自器物外，又有用山川、溝渠、宫室、門關爲銘者。若《劍閣》、《泗水亭銘》是也。如《唐駐蹕山銘》則所以揚人主之威武，如《劍閣銘》則所以戒殊俗之僭叛。或出此等題，又當象題立説。苟無主意，止于鋪叙，何緣文字精神？」

銘文體貴乎簡約清新，大抵以程文爲式，熟讀前代韵語，以爲命意造語之法。

趙大本《唐黄道游儀銘序》「粤十三年龍尾伏辰之月，哉生明，以游儀成奏。此年月只是銅儀，非游儀。詔置景運。此門唯置銅儀。」集賢注記載游儀之下，續云：「十三年十月渾儀成。」《舊史》：「十三年十月癸丑銅儀成。」《志》：「十一年游儀成。」《會要》以爲「十三年十月三日。」

劉三傑試《漢瓚槃銘序》云：「先儒釋經，不明先鄭後鄭。」云：「曰大曰容，尺升備載，不記八寸一尺。」

李獻之《黄道游儀銘序》「越既四載」，王器之抹「四載」字，謂「十三年成銅儀。」又抹「景運」字，此門唯置銅儀。

陳壽南中選，孝宗曰：「《鐵簾銘》題目甚新，峴爲銘亦好。」

《文心雕龍》曰：「箴貴確切，銘貴弘潤，事必覈以辯，文必簡而深。」

朱文公曰：「武王諸銘有切題者，如《鑑銘》是也。亦有不可曉者。古人只是述戒懼之意，隨所在寫以自儆；今人爲銘，要就此物上説得親切，如湯《盤銘》之類。」

題

欹器紹聖乙亥

分賜鏤文紅管御筆元符己卯

玉磬崇寧壬午

夏禹九鼎政和辛卯

漢宣德殿馬式壬辰

漢楚龍淵宣和癸卯

漢輔渠紹興戊午

克敵弓壬戌

黄帝景鍾戊辰

漢瑄玉辛未

漢芝車甲戌

漢廟鼎丁丑

漢玉巵乾道丙戌

周太常壬辰

唐黄道游儀淳熙乙未

禹待賢簾辛丑

漢漏刻四十八箭甲辰

新製鐵簾丁未

魯鼓紹熙庚戌

漢緑車癸丑

漢律準慶元丙辰

漢瓚槃嘉泰壬戌

漢農輿寶慶丙戌

堯諫鼓紹定壬辰

周元戎嘉熙戊戌

熙寧神臂弓辭學

周九和弓淳祐丁未

唐武庫大弓寶祐癸丑

堯衢室丙辰

漢名馬式景定癸亥辭學重出

漢安車咸淳戊辰

少皞氏度量甲戌

記

末云：「謹記。」今題云：「臣謹記。」

記者，紀事之文也。西山先生曰：「《禹貢》、《武成》、《金縢》、《顧命》，記之屬似之。《文選》止有奏記而無此體。《古文苑》載後漢樊毅《修西嶽廟記》，其末有銘，亦碑文之類。至唐始盛，獨孤及《風后八陣圖記》，今之擬題做此。若今題，則以承詔撰述者爲式。」

東萊先生曰：「記序有混作一段説者，有分兩節説者。如未央宫，先略説高帝、蕭何定天下作宫一段，乃説『爲之記曰』。」此下立意或説「奉若天道，建邦設都」，或説「都邑四方之極」，皆得。

作記有叙其事於首者，如宫殿經始於某年某月、落成於某年某月之類，先説在頭一段，然後入「爲之記曰」云云。周子充《漢未央宫記》首云：「漢高皇帝」云云，「八年丞相蕭何始治未央宫」云云是也。有叙其事於尾者，如詹叔羲《漢城長安記》末云：「城肇功於元年正月，已事於五年九月」云云，「爲門者十有二，南北則象斗形」云云。洪景伯《唐勤政務本樓記》末云：「樓成於開元二年之九月」云云是也。

凡作文字，先要知格律，次要立意，次要語贍。所謂格律，但熟考總類可也。所謂立意，如學記泛説尚文，是無意也，須就題立意，方爲親切。柳子厚《柳州學記》説「仲尼之道，與王化遠邇」，此兩句便見嶺外立學，不可移於中州學校也。所謂語贍，如韓退之《南海神廟文》「乾端坤倪，軒豁呈露」一段、老蘇《兄渙字序》説風水一段是也。雖欲語贍，而不可太長，謂專事言語。不可近俗，如青編中對聖賢語、黄卷上從古人游之語皆是。不可多用難字熟看韓柳歐蘇，先見文字體式，然後徧考古人用意下句處。

又須作一册編體製轉换處，不拘古文與今時程文，大略編之。如《喜雨亭記》「亭以雨名，志喜也」，柳《文宣王廟碑》「仲尼之道，與王化遠邇」，似此之類，此作記起頭體製也。歐公《真州發運園記》中間一節，此記中間鋪叙體製也。柳《萬石亭記》附零陵故事之類，此記末後體製也。

西山先生曰：「記以善叙事爲主，前輩謂《禹貢》、《顧命》乃記之祖，以其叙事有法故也。後人作記，未免雜以論體。詞科所試，唯南渡前元豐《尚書省飛白堂》等記及紹興《新修太學記》猶是記體，皆可爲法，後來所不逮。須多讀前輩叙事之文，則下筆方有法度。蓋有出處事多，如《唐折衝府》者；出處事少，如《漢步壽宮》者。事多，貴乎善翦截；不然則繁冗矣。事少，貴乎鋪張；不然則枯瘠矣。如漢金城屯田，出處幾五七板，而欲斂爲一篇；漢步壽宮，出處纔數句，而欲演爲一記。須將本科之文如此類者，細觀其布置之法。事多者，筆端自爲融化，不全用古人本語；事少者，自作一規模，不使局促，則得之矣。

記題最多，如宮室興造、制度名物皆可爲題，須詳加編纂，庶無遺失。

記序用散文，須揀擇韓柳及前輩文與此科之文相類者熟讀。韓《南海神廟碑》、柳《興州江運記》、蘇《儲祥宮碑》之類，凡文體嚴整者皆是。又曰：「取典則簡嚴者爲作文之式。」作文貴乎嚴整，不可少類時文。須忌「之乎者也」虛字、重字太多。多字痛自裁節，累舉程文可以槩見，兹不詳述。

記序以簡重嚴整爲主，而忌堆疊窒塞；以清新華潤爲工，而忌浮靡纖麗。《文心雕龍》曰：「思贍者善敷，才覈者善删。善删者字去而意留，善敷者辭殊而義顯。字删而意缺則短，辭敷而意重則蕪。」「綜學在博，取事貴約。」

朱文公曰：「記文當考歐曾遺法，料簡刮摩，使清明峻潔之中自有雍容俯仰之態。」又曰：「歐文敷腴温潤，南豐文峻潔，坡文雄健。」水心曰：「如歐公《吉州學》、《豐樂亭》，南豐《擬峴臺》、《道山亭》，荊公《信州興造》、《桂州修城記》。」

張文潛曰：「文人好奇者，或爲缺句斷章，使脉理不屬。又取古人訓詁希於見聞者，衣被而説合之，反覆咀嚼，卒亦無有。此最文之陋也。」石林曰：「今世文章，只是用换字減字法。」

張伯玉《吴郡六經閣記》云：「六經閣，諸子百家皆在焉。不書，尊經也。」

元祐中新作御史臺，詔曾子開爲記，其略曰：「責人非難，責己爲難」云云，「惟其不難於責己，則施於責人，能稱其任矣。苟異於是，得無餒於中哉！」世以爲名言。

平齋曰：「如《漢郡國風俗本末》、《唐山河兩戒》等記，若非平居考訂成次序，寸晷之下，雖以全史繙閲，殆未易着手。」

陳自明試已入等，以試卷申省進呈。同試之人指其微纇，摘《周五射記》用「襄尺」字，以爲犯濮安懿王諱，未與推恩。侍從言：記問文采迥出流輩，既單用「襄」字，初不從「言」；雖曰同音，即是嫌名，自不應避。詔與下等推恩。紹熙元年試，慶元四年推恩。

淳熙八年先取二名，内一名第六篇記漏寫限三百字以上，止取莫叔光。

今題式

曾子開《重修御史臺記》首云：「元祐三年新作御史臺，有詔臣某爲之記」云云。末云：

「輒因承詔誦其所聞，以告在位者，使有以仰稱列聖，褒大崇顯之意焉。」

東萊《隆儒殿記》首云：「仁宗皇帝皇祐紀元之三載」云云。末云：「臣既述其事，謹待制旨而勒之右。」

周益公《選德殿記》首云：「皇帝踐阼以來，宮室苑囿無所增修，獨闢便殿於禁垣之東，名之曰選德」云云。「一日命臣：『汝爲之記。』臣愚學不足以推廣聖意，詞不足以鋪陳盛美，謹采《詩》、《禮》」云云次第其説。末云：「陛下神聖，必於此有得焉，而臣何足以知之！」

題

耤田 紹聖丁丑

元豐新修尚書省 丁丑別試

思文殿 元符戊寅

詔賜宗室坐右銘 己卯

重摹太宗皇帝御飛白書玉堂 庚辰

宗子學 靖國辛巳

重修祕閣 崇寧壬午

重修都亭驛癸未
新建殿中省丙戌
新建書學大觀己丑
唐集賢殿書院政和辛卯
漢六輔渠壬辰
唐修文館癸巳
唐學士院甲午
唐洛陽宮乙未
唐太微宮丙申
漢麒麟閣名臣圖丁酉
唐史館戊戌
新修龍德太一宫宣和己亥
唐花萼相輝樓辛丑
大唐雅樂甲辰
唐八坊建炎戊申

唐折衝府紹興乙卯
漢城長安戊午
唐勤政務本樓壬戌
唐凝暉閣渾天儀乙丑
紹興新修太學戊辰
唐慶善宫辛未
咸平龍圖閣五經圖甲戌
繡衣鹵簿丁丑
少皥氏官名庚辰
漢武功爵乾道丙戌
唐義倉己丑
漢南北軍屯壬辰
漢漕渠淳熙乙未
周乘馬法戊戌
漢雒陽城十二門辛丑

漢太初官名甲辰
漢步壽宫丁未
周五射紹熙庚戌
漢建武封功臣癸丑
漢增置郡國慶元己未
漢永平車服制度嘉泰壬戌
漢留田十二便開禧乙丑
周四學嘉定戊辰
漢七郊辛未
唐十六衛甲戌
漢剖符封功臣丁丑
唐十道山川庚辰
唐鹵簿癸未
漢功臣增邑更封寶慶丙戌
漢西域都護壬辰

漢四姓小侯學端平乙未

漢論功定封嘉熙戊戌

天聖廣科目辭學

大中祥符皇族諸院入學己亥辭學

淳化常平倉庚子辭學

漢郡國鹽鐵官淳祐辛丑

周復舊域甲辰

周畿内貢法丁未

景祐權量律度式庚戌

皇祐鎮國神寶寶祐癸丑

周山川圖丙辰

漢郡縣山川風俗開慶己未

漢五屬國景定壬戌

初置文思院癸亥辭學

周爵名咸淳乙丑

虞米廩戊辰
周采地甲戌

贊頌說附

序云云。「贊曰」云云。

贊者，贊美、贊述之辭。《文選序》曰：「圖像則贊興。」《文章緣起》曰：「司馬相如作《荆軻讚》，班史以論爲贊，范曄更以韻語。」《隋志》曰：「後漢魯廬江有名德先賢之贊，蜀楊戲著《季漢輔臣贊》。漢明帝殿閣畫，陳思王爲贊。」夏侯湛《東方朔畫贊》序云云，「乃作頌焉，其辭曰」云云。袁宏《三國名臣序贊》序云云，「故復撰序所懷，以爲之贊云」云云。先序後贊，與今體相類。唐建中二年，進士以箴論表贊代詩賦，此試贊之始。《中興書目》云：「顧雲《鳳策聯華》三卷，有《補十八學士寫真像贊》、《安西都護府重築碎葉城碑》，皆因舊事而作，亦擬題之類也。」

西山先生曰：「贊頌皆韻語，體式類相似。贊者，贊美之辭；頌者，形容功德。然頌比於贊，尤貴贍麗宏肆。須鋪張揚厲，以典雅豐縟爲貴。昌黎《聖德詩》、徂徠《慶曆頌》，此正格也。其用事造語，最忌塵俗，須熟讀《三百篇》，博觀司馬相如、揚雄諸賦，與夫《漢郊祀歌》、《文選》所載《二京》、《三都》、《七啓》、《七發》之類，及韓柳文韻語文字，則筆下自然豐腴矣。」

更將《選》、《粹》及本朝歐蘇諸公所作，凡四言韻語之文，誦味吟哦，便句中有意，於鋪張揚厲之中而有雍容俯仰、頓挫起伏之態，乃爲佳作。若止將華言綺語一向堆疊，而無風味韻致，亦何足取哉？李充《翰林論》曰：「贊宜辭簡而義正。」梁武帝謂《郊廟歌辭》：「應須典誥大語，不得雜用子史文章淺言。」

唐說齋《寶奎殿御書贊》序云「慶曆二載」，無月日。《實録》「正月辛未。」又云：「焕乎堯章，親加紀述。」《實録》：「命宰臣呂夷簡撰記。」皆有缺誤。

題

御書無逸圖紹興乙卯

漢麟趾褭蹏乙丑

漢寶鼎神策甲戌

寶奎殿太宗皇帝御書庚辰

漢諸葛亮八陣圖乾道己丑

天禧御製元良述壬辰

淳化大射圖淳熙乙未

御製敬天圖戊戌

景德龍圖閣中庸圖紹熙癸丑
大中祥符御製太宗皇帝聖文神筆頌嘉泰壬戌
天禧清景殿書事詩開禧乙丑
慶曆觀文鑒古圖嘉定戊辰
大中祥符館閣御製甲戌
唐開元十八學士圖丁丑
高宗皇帝書車攻詩庚辰
乾道御製春賦癸未
皇祐邇英閣無逸孝經圖寶慶丙戌
周武王丹書端平乙未
大中祥符御製守官箴嘉熙戊戌
慶曆邇英聖問庚子辭學
唐開元二十二賢圖淳熙辛丑
天聖崇政殿講論語賜御飛白書甲辰
慶曆三朝訓鑒圖丁未

慶曆新修太常禮開慶己未
御書賜皇太子講堂新益二字景定辛酉辭學
高宗皇帝御書儒行篇壬戌
孝宗皇帝御書益稷篇咸淳甲戌

頌

序云云。「頌曰」云云。紹聖試格，如韓愈《元和聖德詩》、柳宗元《平淮夷雅》之類。

《詩》有六義，六曰頌。《莊子》曰：「黄帝張《咸池》之樂，有焱氏爲頌。」《文心雕龍》曰：「帝嚳之世，咸墨爲頌，以歌《九韶》。」商周及魯皆有頌，所以游揚德業，褒讚成功。隋杜正玄舉秀才，擬《聖主得賢臣頌》，唐開元十一年進士試《黄龍頌》，十五年試《積翠宫甘露頌》，宋朝淳化三年，楊億於學士院試《舒州進甘露頌》，遂賜及第，則試頌尚矣。《宋書》曰：「鮑照爲《河清頌》，其序甚工。」頌詩有序，亦不可略也。有終篇同韻者，如《元和聖德詩》；有四句换韻者，如《平淮西碑》。箴銘贊倣此。

西山先生曰：見贊類。「累舉以前程文，唯渡江以前之文，如《導洛通汴》、《北郊慶成》、《大河東流》、《紹聖元會》，皆妙絶。不可不熟讀。」

《文心雕龍》曰：「擬《清廟》，範《駉》《那》。」「崔爰《文學》，蔡邕《樊渠》，並致美於序，而簡約乎篇。」「取鎔經意，自鑄偉辭。」

又曰：「賈誼、枚乘，兩韻輒易；劉歆、桓譚，百句不遷：亦各有其志也。昔魏武論詩，嫌於積韻，而善於貿代，陸雲亦稱四言轉句，以四句爲佳。」《金樓子》曰：「班固碩學，尚云贊頌相似。」

癸未，陳自修試《閱武頌》及露布，冠絶一場。表中有瑕疵，不取；知舉言「文詞警拔」，詔注教官。

王器之《漢西域三十六國内屬頌》序云：「小國二十有七，九次大國。紀述其事，備於班固《列傳》；列叙其國，見於荀悦《漢紀》；總而名以内屬，則有范曄所著本傳存焉。」叙事之法。

題

紹聖元會紹聖丙子

導洛通汴丁丑

北郊大禮慶成丁丑別試

大河復東流元符戊寅

端誠殿芝草庚辰

皇帝展事於郊丘靖國辛巳
崇寧聖德崇寧癸未
崇寧繼述聖政丙戌
大慶殿受八寶大觀己丑
堯大章政和癸巳
黄帝封泰山甲午
漢祀雍獲一角獸乙未
漢函德殿金芝丙申
圜象徽調閣奉安隆鼐丁酉
漢神魚舞河戊戌
漢三雍宣和己亥
漢開耤田辛丑
漢甘露降未央宫壬寅
漢單于朝甘泉宫甲辰
周成王蒐岐陽紹興壬戌

明道耤田乙丑

皇祐紫宸殿奏大安樂辛未

漢紫壇丁丑

太祖皇帝閱武便殿隆興癸未

舜韶箾乾道丙戌

唐涇陽受回紇獻功壬辰

唐獻獲大安宮淳熙戊戌

天禧太清樓觀書辛丑

皇祐御製明堂樂舞甲辰

紹熙孟春皇帝朝獻景靈宮禮成紹熙庚戌

乾德初郊禮成慶元丙辰

景祐高禖壇己未

漢闕里作六代樂開禧乙丑

舜五樂嘉定甲戌

唐紫微殿受龜茲俘丁丑

漢西域三十六國内屬庚辰
唐興安門受俘紹定壬辰
孝宗皇帝閲武白石端平乙未
皇祐寶岐殿觀麥淳祐辛丑
唐突利請入朝庚戌
漢華平寶祐丙辰
漢行饗禮景定壬戌
淳熙焕章閣藏高皇帝御集咸淳乙丑
天聖五色雲戊辰

序

末云：「謹序。」今題云：「臣謹序。」紹聖試格，如顔延之、王融《曲水詩序》之類。

序者，序典籍之所以作也。《文選》始於《詩序》，而《書序》、《左傳序》次之。宋朝端拱元年，王元之試《詔臣僚和御製雪詩序》，遂爲直史館，則試序亦舊制也。

東萊先生曰：「作記序，若要起頭省力，且就題説起。謂如太宗《金鑑書序》，則便説太宗皇帝云云，説鑑治亂賢不肖之意。如《花蕚相輝樓記》，則便説唐玄宗明皇帝云云，説兄弟友悌之意。不可汎説功德，須便入題意。」

西山先生曰：「序多以典籍文書爲題，序所以作之意。此科所試，其體頗與記相類。姑當以程文爲式，而措辭立意則以古文爲法可也。」

書目有異同者，如南豐《戰國策目録序》末云：「此書有高誘注者二十一篇，或云三十二篇。《崇文總目》存者八篇，今存者十篇云。」

卷數有序於首者，如《唐開元禮序》云：「明皇帝之十四年」云云，「爲《開元禮》一百五十卷」是也。有序於末者，如《唐大衍曆序》云：「其書有《曆術》七篇，《曆議》十篇，《略例》一篇云」是也。

徐子儀《甘石巫咸三家星圖序》引《周禮·簭人》巫咸事，按本處注，巫字當爲筮，非殷之所謂巫咸。貢院言：「是旁證即非本處有差，未敢取放。」開院日，知舉請與陞擢。是年試者二十四人。

今題式

周益公《皇朝文鑑序》首云「臣聞」云云。「賜名曰《皇朝文鑑》而命臣爲之序」云云。末云：「臣雖不肖，尚當執筆以頌作成之效云。」

韓子蒼《國朝會要序》首云「臣聞」云云。末云：「若其條貫舛謬，辭語淺薄，臣之罪也，無所逃戾，冒昧聖覽。惟陛下幸赦之。」

題

邇英閣無逸孝經圖後序　紹聖乙亥

三朝寶訓元符戊寅

御書孝經千字文勒秘閣贊碑陰後序　己卯

占天萬年曆崇寧癸未

新修六典政和癸巳

唐大衍曆宣和己亥

唐開元禮庚子

唐羣書四録壬寅

新修汴都志卯癸

漢定著三十五家兵法建炎戊申

統元曆紹興乙卯

唐會要戊午

漢五家要説章句壬戌

漢中和樂職宣布詩乙丑

唐通典戊辰

漢石渠議奏辛未

漢靈臺十二門詩甲戌

漢白虎議奏丁丑

唐文思博要庚辰

漢輿地圖隆興癸未

邇英延義二閣記注乾道丙戌

漢陸賈新語己丑

唐帝範淳熙乙未

漢十八家曆譜戊戌

漢元功侯籍辛丑

唐車輿衣服令甲辰

唐武德貞觀兩朝史丁未
晉摯虞文章流別集紹熙庚戌
唐羣書治要癸丑
唐太宗政典慶元丙辰
漢建武詔書己未
唐乾元殿四部書嘉泰壬戌
唐八曆開禧乙丑
唐太宗集嘉定戊辰
唐開元曆議辛未
甘石巫咸三家星圖甲戌
嘉祐昭文館書丁丑
周時訓癸未
唐秘書四部圖籍寶慶丙戌
淳化秘閣羣言壬辰
漢十二家論語端平乙未

漢二十一家天文嘉熙戊戌
皇祐御撰明堂樂曲己亥辭學
周職録淳祐辛丑
唐開元著録丁未
周史記庚戌
漢鹽鐵論寶祐癸丑
天禧編御集丙辰
唐定戎關圖開慶己未
夏箴景定壬戌
唐六十一家儀注咸淳乙丑
周官三易戊辰
唐六經法言甲戌

試卷式

本貫云云，應博學宏辭，具官，姓某，年若干。

一　習制、誥、詔書、表、露布、檄、箴、銘、記、贊、頌、序。
一　出身。
一　無過犯。
一　三代。
一　合家口。
一　今試。如曾試，亦開具年分。

奉

試博學宏辭二首
第一首
題
限　字以上
第二首
同前
塗注乙

制、誥、詔、表、露布、檄、箴、銘、贊、頌、限二百字以上。記、序，限三百字以上。凡言祖宗及上字，並別行。言聖恩之類，並空字。箴、銘、贊、頌，逐句空字。

辭學題名

乙亥

黄符　羅畸　高茂華　趙鼎臣　慕容彦逢

丙子

林虡　劉弇　滕及

丁丑

吴玆　周燾　王孝迪　方叔震

別試

吴幵

戊寅

丘鄘　吉觀國　王天倪

己卯

謝黻
庚辰
葛勝仲
辛巳
晁詠之　程量　孫宗鑑
壬午
王雲　石悉　謝潛
癸未
祝天輔　杜林
丙戌
孫近　王劭
己丑
樊察　李靴　李子奇
以上宏辭三十一人。兄弟二吴。

辛卯
　譚世勳　蔡經國　俞授能
壬辰
　滕康　盧益　李熙靖　薛倉舒
癸巳
　孫傅
甲午
　孫覿　王志古　滕庾
乙未
　胡交修　李木　張忞
丙申
　曹中　艾晟　王諶
丁酉
　李正民　薛嘉言　宋惠直
戊戌

崔嗣道　宇文彬　張守
己亥
陸韶之　王俊　李長民
庚子
范同　劉才邵　歐陽瓌
辛丑
李公彦
壬寅
曾益柔
癸卯
秦檜
甲辰
何掄　袁植
戊申
袁正功

以上辭學兼茂三十六人。滕、李、袁三家兄弟相踵。

乙卯

王璧　石延慶

戊午

詹叔羲　陳巖肖　王大方

壬戌

洪遵　沈介　洪造後改名适

乙丑

湯思退　王曮　洪邁

戊辰

周麟之　季南壽

辛未

莫冲　葉謙亨

甲戌

莫濟　王端朝
丁丑
周必大
庚辰
唐仲友
癸未
吕祖謙
丙戌
魯可宗
己丑
姜凱　許蒼舒
壬辰
傅伯壽　湯邦彦
乙未
李巘　趙彦中

戊戌
周洎　倪思
辛丑
莫叔光
甲辰
李拱
丁未
陳峴
庚戌
陳晦
癸丑
陳宗召
壬戌
陳貴謙
乙丑

真德秀　留元剛

戊辰

陳貴誼

以上博學宏辭三十八人。兄弟三洪、二莫，父子三陳。

丙辰

王應麟

己未

王應鳳

（末原附寶祐四年丙辰博學宏辭科試文數篇，文長不録。）

文章軌範評文

〔宋〕謝枋得　撰

《文章軌範評文》一卷

宋　謝枋得　撰

謝枋得（一二二六——一二八九），字君直，號叠山，信州弋陽（今屬江西）人。宋理宗寶慶進士。爲人豪爽，以忠義自任，曾組織民衆抗元。宋亡後居閩中，元迫其出仕，强送至大都，憤而絶食死。有《叠山集》等。

《文章軌範》七卷，録漢晋唐宋之文共六十九篇。前兩卷題爲「放膽文」，後五卷題爲「小心文」，持論「凡作文初要膽大，終要心小，由粗入細，由俗入雅，由繁入簡」。雖可説是專爲舉業所設，但其注評却多能抉古文竅奥，於初學爲文者多有指導作用。

此書最早爲元刊本。《四庫全書總目提要》稱「舊刻」以「侯王將相有種乎」分標七卷。而後來刻本則以「九重春色醉仙桃」易之。考謝枋得一生忠烈，恐不至以陳涉語標爲卷題，疑亦爲後人所增。明刻本由天都戴許光重訂，於卷六《柳子厚墓誌》一文前即有「此篇係節文，今依元本刊行如左」語。可見元刊已非原貌矣。此書刻本甚多，乾隆以前刻本猶存「舊刻」面貌，後此則濫入後人評語。又入《謝叠山先生評注四種合刻》。今據明刻本删去選文、輯録卷前七段小序、整理其評語而成。

（羅立剛）

文章軌範序

宋謝枋得氏取古文之有資於場屋者，自漢迄宋，凡六十有九篇，標揭其篇章句字之法，名之曰《文章軌範》。蓋古文之奧，不止於是，是獨爲舉業者設耳。夫自百家之言興，而後有六經，自舉業之習起，而後有所謂古文。古文之去六經遠矣，由古文而舉業，又加遠焉，士君子有志聖賢之學而專求之於舉業，何啻千里！然中世以是取士，士雖有聖賢之學，堯舜其君之志，不以是進，終不大行於天下。蓋士之始相見也必以贄，故舉業者，士君子求見於君之羔雉耳。羔雉之弗飾，是謂無禮，無禮無所庸於交際矣。故夫求工於舉業而不事於古作，弗可工也。弗工於舉業而求於倖進，是僞飾羔雉以網其君也。雖然，羔雉飾矣，而無恭敬之實焉，其如羔雉何哉。是故飾羔雉者，非以求媚於主，致吾誠焉耳。工舉業者非以要利於君，致吾誠焉耳。世徒見夫由科第而進者，類多狥私媒利，無事君之實，而遂歸咎於舉業，不知方其舉業之時，惟欲釣聲利弋身家之腴，以苟一旦之得，而初未嘗有其誠也。鄒孟氏曰：「恭敬者，幣之未將者也。」伊川曰：「自灑埽應對，可以至聖人。」夫恭敬之實，在於飾羔雉之前，則知堯舜其君之心，不在於習舉業之後矣。知灑埽應對之可以進於聖人，則知舉業之可以達於伊傅周召矣。

正德丙寅仲秋既望餘姚王守仁撰

文章軌範評文

宋　謝枋得　批點
明　戴許光　重訂

放膽文

凡學文，初要膽大，終要心小，由粗入細，由俗入雅，由繁入簡，由豪蕩入純粹。此集皆粗枝大葉之文，本於禮義，老於世事，合於人情。初學熟之，開廣其胸襟，發舒其志氣，但見文之易，不見文之難，必能放言高論，筆端不窘束矣。

放膽文

辯難攻擊之文，雖厲聲色，雖露鋒鋩，然氣力雄健，光焰長遠，讀之令人意强而神爽。初學熟此，必雄於文。千萬人場屋中，有司亦當刮目。

小心文

議論精明而斷制，文勢圓活而婉曲，有抑揚，有頓挫，有擒縱。場屋程文論，當用此樣文法。先暗記「侯」、「王」兩集，下筆無滯礙，便當讀此。

小心文

此集文章，占得道理强，以清明正大之心，發英華果鋭之氣，筆勢無敵，光焰燭天。學者熟之，作經義作策，必擅大名於天下。

小心文

此集皆謹嚴簡潔之文。場屋中日晷有限，巧遲者不如拙速。論策結尾略用此法度，主司亦必以異人待之。

小心文

此集才、學、識三高，議論關世教，古之立言不朽者如是夫。葉水心曰：「文章不關世教，雖工無益也。」人能熟此集，學進、識進，而才亦進矣。

小心文

韓文公、蘇東坡二公之文皆自《莊子》覺悟。此集可與《莊子》竝驅争先。

《與于襄陽書》　韓文公

《後二十九日復上宰相書》　韓文公

《代張籍與李淛東書》　韓文公

《上張僕射書》　韓文公

《與陳給事書》　韓文公

陳止齋作論，雙關文法，皆本於此。

《後十九日復上宰相書》　韓文公

《應科目時與人書》　韓文公

《答陳商書》　韓文公

《送石洪處士序》　韓文公

「與之語道理，辨古今事當否；論人高下，事後當成敗。若河決下流而東注，若駟馬駕輕車就熟路，而王良造父爲之先後也」，此一章譬喻文法最奇。韓文公作文千變萬化，不可捉摸，如雷電鬼神，使人不可測。其作《韋侍講盛山〔十〕二詩序》云：「夫儒者之於患難，苟非其自取之，其拒而不受於懷也，若築河堤以障屋霤；其容而消之也，若水之於海，冰之於夏日；其玩而忘之以文辭也，若奏金石以破蟋蟀之鳴，蟲飛之聲；況一不快於考功，盛山一出入息之間哉。」此段分明是《送石處士序》譬喻文法，恐人識破，便變化三樣句，分作三段。此公平生以怪怪奇奇自負，其作文要使人不可測識。如陳後山《送參寥序》云：「其議古今，張人情貌肖否，言之從違，詩之精粗，若水赴壑，阪走丸，倒囊出物，鶩鳥舉而風逼之也。若升高視下，爬痒而鑑貌也。」此一段文，亦新奇不蹈襲，只是被人看破，全是學韓文公《送石洪處士序》文。

《送温處士赴河陽軍序》
文有氣力，有光焰，頓挫豪宕，讀之快人意，可以發人才思。韓文公

《送楊少尹序》
文有氣力，有光焰，頓挫豪宕，讀之快人意，可以發人才思。韓文公

《送高閑上人序》
此序談詭放蕩，學《莊子》文。文雖學《莊子》，又無一句蹈襲。韓文公

《送殷員外使回鶻序》
韓文公

《原毀》
此篇曲盡人情，巧處、妙處在假託他人之言辭，摸寫世俗之情狀。熟於此必能作論。韓文公

《争臣論》
韓文公

《諱辯》　韓文公

一篇辯明，理强氣直，意高辭嚴，最不可及者，有道理可以折服人矣。全不直説破，盡是設疑，佯爲兩可之辭，待智者自擇，此别是一樣文法。

此辯文法，從《孟子》來。

《桐葉封弟辯》　柳柳州

七節轉换，義理明瑩，意味悠長。字字經思，句句着意，無一字懈怠，亦子厚之文得意者。

《與韓愈論史〔官〕書》　柳柳州

辯難攻擊之文，要人心服。子厚此書，文公不復辯，亦理勝也。

《晉文公守原議》　柳柳州

字字經思，句句有法，無一字一句懈怠，此柳文得意者也。

《朋黨論》　歐陽公

在諫院進。

仁宗時，杜衍、富弼、韓琦、范仲淹位執政，歐陽修、余靖、王素、蔡襄爲諫官，欲盡革弊政，共致太平。陳執中、章得象、王拱辰、魚周詢等不悦，謀傾陷君子，首擊去館職名士十三人。杜、富、韓、范不安，相繼去國。小人創朋黨之説，欲盡去善類。藍先震進《朋黨論》，歐陽公憂之，既上疏論杜、富、韓、范皆公忠愛國，又上《朋黨論》以破邪説。仁宗感悟。

漢元帝二年，弘恭、石顯奏蕭望之、周堪、劉更生朋黨，請召致廷尉。上初立，不省廷尉爲獄也，可其奏。後赦望之，欲倚以爲相。恭、顯復白望之不悔過，懷怨望非，頗詘望之於牢獄，塞其怏怏心。則聖朝無以施恩厚，遂飲鴆自殺。

漢桓帝九年，宦官教張成弟子牢脩告李膺等養太學游士，結諸郡生徒，共爲部黨，誹訕朝廷，疑亂風俗，逮捕下黄門獄、北寺獄，所引二百餘人，禁錮終身。又儒學有行義者，宦官皆指爲朋人，死、徙、廢、禁又六七百人。

竇武、陳蕃、劉淑爲三君。君者，言一世之所宗也。李膺、荀昱、杜密、王暢、劉祐、魏朗、趙典、朱寓爲八俊。俊者，言人之英也。郭泰、范滂、尹勳、巴肅、宗慈、夏馥、蔡衍、羊陟爲八顧。顧者，言能以德行引人者也。張儉、翟超、岑晊、范康、劉表、陳翔、孔昱、檀敷爲八及。及者，言其能導人追宗者也。度尚、張邈、劉儒、胡毋班、(泰)〔秦〕周、蕃嚮、王章、王孝爲八厨。厨者，言能以財救人者也。

唐昭宗天祐三年，貶裴樞、崔遠、獨孤損、陸扆、王溥、趙崇、王贊等，其餘皆指爲浮薄，貶逐無虚日，縉紳一空。

禹、稷、契、皋陶、垂、殳斨、伯與、益、朱虎、熊羆、伯夷、夔、龍，四岳九官十二牧，總二十二人。

《縱囚論》　歐陽公

文有氣力，有光焰，熟讀之可發人才氣。善於立論。

《春秋論》　歐陽公

《春秋》書「趙盾弑其君夷皋」。《左傳》謂趙穿弑靈公。趙盾爲正卿，亡不越竟，反不討賊，故董狐書曰：「趙盾弑其君。」

《左傳》又曰：「孔子曰：『董狐，古之良史也，書法不隱。趙宣子，古之良大夫也，爲法受惡。惜也，越竟乃免。』」

《管仲論》　蘇老泉

《高祖論》　　蘇老泉

此論因高祖命平、勃即軍中斬樊噲事有所見，遂作一段文字。知有吕氏之禍而用周勃不去吕后二事，皆是窮思極慮，刻苦作文，非淺學所到，必熟讀暗記，方知其好。

此篇以高帝命平、勃即軍中斬樊噲一事立一篇議論。斬樊噲如一篇題目，命周勃爲太尉一事，如論之原題。高帝不去吕后者，正爲惠帝計，斬樊噲可以去吕氏之黨，制吕氏之變，論之主意。

《春秋論》　　蘇老泉

此文有法度，有氣力，有精神，有光焰，謹嚴而華藻者也。讀得《孟子》熟，方有此文章。

《范增論》　　蘇東坡

此是東坡海外文字，一句一字增減不得。句句有法，字字盡心。後生只熟讀暗記此一篇，義理融明，音律諧和，下筆作論，必驚世絶俗。此論最好處在方羽殺卿子冠軍時，增與羽比肩事義帝一段，當與《晁錯論》並觀。

凡作史評，斷古人是非、得失、存亡、成敗，如明官判斷大公案，須要説得人心服。若只能責人，亦非高手，須要思量我若生此人之時，居此人之位，遇此人之事，當如何應變，當如何全身，必有至當不易之説。如奕棋然，敗棋有勝著，勝棋有敗著，得失在一著之間。棋師旁觀，必能覆棋，歷説勝者亦可敗，敗者亦可勝，乃爲良工。東坡作史評，皆得此説。人不能知，能知此者，必長於作論。

《晁錯論》　蘇東坡

此論先立冒頭，然後入事，又是一格。老於世故，明於人情。有憂深思遠之智，有排難解紛之勇，不特文章之工也。

《留侯論》　蘇東坡

主意謂子房本大勇之人，唯年少氣剛，不能涵養忍耐，以就大功名。如用力士提鐵鎚擊秦始皇之類，皆不能忍。老父之圯下，始命之取履納履，與之期五更相會，數怒駡之，正以折其不能忍之氣，教之以能忍也。

《秦始皇扶蘇論》　蘇東坡

此論主意有兩説：斯、高矯詔立胡亥，殺扶蘇、蒙恬、蒙毅，其禍不在於蒙毅之去左右，而在於始皇之用趙高。後世人主用宦官者，當以爲戒。一説李斯、趙高敢於矯詔殺扶蘇、蒙恬，而不憂二人之復請者，其禍不在於斯、高之亂，而在於商鞅之變法、始皇之好殺。後世人主之果於殺者，當以爲戒。前一段說始皇罪在用趙高，附入漢宣任恭、顯事。後一段説始皇之果於殺，其禍反及其子孫，附入漢武殺戾太子事。此文法尤妙。

《王者不治夷狄論》　蘇東坡

此是東坡應制科程文六論中之一，有冒頭，有原題，有講題，有結尾。當熟讀，當暗記，始知其巧。

《荀卿論》　蘇東坡

孔子立言，平易正直而不敢爲非常可喜之論，故其道歷萬世而不可易。荀卿喜爲異説而不讓，敢爲高論而不顧，歷詆天下之賢聖以自是。李斯學其學，無忌憚有甚於荀卿者。

《原道》　韓文公

《與孟簡尚書書》　韓文公

此書多有巧心妙手，批不盡，須是面説。

聖賢立言，與庸衆人異，貶一人不必多言，只一字一句貶之，其辱不可當；褒一人不必多言，只一字一句褒之，其榮不可當。孔子褒管仲只四句：「一匡天下，民到于今受其賜。微管仲，吾其被髮左衽矣。」孟子，學孔子者也，許百里奚只三句：「相秦而顯其君於天下，可傳於後世，不賢而能之乎？」韓文公，學孔孟者也，褒孟子初只兩句：「然賴其言，而今學者尚知宗孔氏，崇仁義，貴王賤霸而已。」終只兩句：「向無孟氏，則皆服左衽而言侏離矣。」正與孔子褒管仲之語同。

《上高宗封事》　　胡澹菴

肝膽忠義，心術明白，思慮深長。讀其文想見其人，真三代以上人物。朱文公謂「可與日月争光，中興奏議，此爲第一」。

《上田樞密書》　　蘇老泉

《潮州韓文公廟碑》　　蘇東坡

後生熟讀此等文章，下筆便有氣力，有光彩。

東坡平生作詩不經意，意思淺而味短，獨此詩與《司馬温公神道碑》、《表忠觀碑銘》三詩奇絶，皆刻意苦思之文也。

《上范司諫書》 歐陽公

當與韓文公《争臣論》竝觀。

歐陽公文章爲一代宗師，然藏鋒斂鍔，韜光沉馨，不如韓文公之奇奇怪怪，可喜可愕。學韓不成亦不庸腐，學歐不成必無精彩。獨《上范司諫書》、《朋黨論》、《春秋論》、《縱囚論》氣力健，光焰長。少年熟讀，可以發才氣，可以生議論。

《師説》 韓文公

道者，致知、格物、誠意、正心、齊家、治國、平天下之道。業者，六經、禮樂、文學之業。惑者，胸中有疑惑而未開明也。

《獲麟解》 韓文公

麟，仁獸，麕身、牛尾、一角，角上有肉。不食生物，不踐生草。王者有道則麟出，毛蟲三百六十，麟爲之長，爲四靈之一。

此篇僅一百八十餘字，有許多轉换，往復變化，議論不窮。第一段説麟爲靈物，雖婦人小子皆知其爲祥。第二轉説雖有麟，不知其爲麟。第三轉説馬牛犬豕豺狼麋鹿，吾皆知之，惟麟不可知。第四轉説麟既不可知，則其謂之不祥也亦宜。第五轉説麟爲聖人而出，聖人者必知麟，既有聖人知之，則麟果不爲不祥也。第六轉説麟之所以爲麟者，以其爲仁獸，爲靈物，不必論其形。第七轉説若麟之出不待聖人在位之時，則人謂之不祥也亦宜。人能熟讀此等文字，筆便圓活，便能生議論。

《雜説上》　韓文公

此篇主意，謂聖君不可無賢臣，賢臣不可無聖君，聖賢相逢，精聚神會，斯可成天下之大功。

《雜説下》　韓文公

此篇主意，謂英雄豪傑必遇知己者，尊之以高爵，食之以厚禄，任之以重權，其才斯可以展布。

《送薛存義序》　柳子厚

章法、句法、字法皆好，轉换關鎖緊，謹嚴優柔，理長而味永。

《送董邵南序》　韓文公

《送王含秀才序》　韓文公

王含之祖王績，字無功，嘗作《醉鄉記》。此序以「醉鄉記」三字生一篇議論，下字影狀可見其巧。此序只從「醉鄉記」三字得意，變化成一篇議論，此文公最巧處。凡作論可以爲法。

《答李秀才書》　韓文公

《送許郢州序》　韓文公

于頔乃一貪酷吏，其爲觀察也，賦斂苛急，見《唐書》本傳。韓文送許郢州、崔復州二序，皆諷諫之辭，可以參觀。于頔爲觀察使，性貪而政苛，取財賦於州縣者甚急，刺史、縣令不可爲。韓文公作此序以諷諫于頔。文有權衡，有針規。

《贈崔復州序》　韓文公

此序諷諫于公，與《送許郢州序》同意。此序尤涵蓄，只「民就窮而斂愈急」，下民苦之，使于公聞之，皆勸于公寬賦斂，以安州縣，以安百姓。

觀察使賦斂苛急，則爲刺史者見其難而不見其榮；觀察使賦斂寬緩，則爲刺史者見其榮而不見其難，以此諷諫于公最切。

《讀李翺文》　歐陽公

《讀〈孟嘗君傳〉》　王荆公

筆力簡而健，然一篇得意處只是「擅齊之强得一士焉，宜可以南面而制秦，尚取鷄鳴狗盗之力哉？」先得此數句作此一篇文字，然亦是祖述前言。韓文公《祭田横墓文》云：「當嬴氏之失鹿〔敗亂〕，得一士而可王，何五百人之擾擾，不能脱夫子於劍鋩，豈所寶之非賢，抑天命之有常？」

《前出師表》　諸葛武侯

《送浮屠文暢師序》　韓文公

《柳子厚墓誌》　韓文公

此篇係節文，今依元本刊行如左。

《大唐中興頌序》　元次山

《書箕子廟碑陰》　柳柳州

此篇係節文，今一依元本刊行如左。

此等文章，天地間有數，不可多見，惟杜牧之絶句詩一首似之。《題烏江項羽廟》云：「勝敗兵家不可期，包羞忍耻是男兒。江東子弟多豪俊，卷土重來未可知。」

《嚴先生祠堂記》　范文正公

字少意多，文簡理詳，有關世教，非徒文也。

范文正公作此記，李太伯在坐間，曰：「公此文一出名世，只一字未安。」公曰：「何字？」曰：「『先生之德』，不如以『風』字代『德』字。」公欣然改之。蓋太伯因記中有「貪夫廉，懦夫立」六字，遂思聞伯夷、柳下惠之風一段，因得「風」字也。

《跋紹興辛巳親征詔草》　辛稼軒

《袁州學記》　李太伯

本朝大儒作學記多矣，三百年來人獨喜誦《袁州學記》，非曰筆端有氣力，有光焰，超然不群。其立論高遠宏大，不離乎人心天理，宜乎讀者樂而忘倦也。葉水心云：「爲文不足關世教，雖工無益也。」可與知者道。

《袁州學記》，李太伯文，河東柳淇書，京兆章友真篆，稱爲三絶。

《書洛陽名園記後》　李文叔

名園特游觀之末，今張大其事，恢廣其意，謂園囿之興廢，乃洛陽盛衰之候；洛陽之盛衰，乃天下治亂之候，是至小之物關係至大。有學有識方能爲此文。

《岳陽樓記》　范文正公

《祭田横墓文》　韓文公

《上梅直講書》　　蘇東坡

《三槐堂記》　　蘇東坡

《表忠觀碑》　　蘇東坡

潘子真云：「東坡作《表忠觀碑》，王荆公寘坐隅，葉致遠、楊德逢二人在坐。有客問曰：『相公亦喜斯人之作也。』公曰：『斯作絶似西漢。』坐客歎譽不已。公笑曰：『西漢誰人可擬？』德逢對曰：『王褒蓋易之也。』公曰：『不可草草。』德逢復曰：『司馬相如、揚雄之流乎？』公曰：『相如賦《子虚》、《大人》洎《喻蜀文》、《封禪書》耳，雄所著《太玄》、《法言》，以準《易》、《論語》，未見其叙事典贍若此也，直須與子長馳騁上下。』坐客又從而贊之。公曰：『畢竟似子長何語？』坐客悚然。公徐曰：『《楚漢以來諸侯王年表》也。』」

《送孟東野序》　　韓文公

此篇凡六百二十餘字，「鳴」字四十，讀者不覺其繁，何也？句法變化凡二十九樣。有頓挫，有升降，有起伏，有抑揚，如層峰疊巒，如驚濤怒浪，無一句懈怠，無一字塵埃，愈讀愈可喜。

《前赤壁賦》　蘇東坡

此賦學《莊》、《騷》文法，無一句與《莊》、《騷》相似。非超然之才，絶倫之識，不能爲也。瀟灑神奇，出塵絶俗，如乘雲御風而立乎九霄之上，俯視六合，何物茫茫，非惟不掛之齒牙，亦不足入其靈臺丹府也。

《後赤壁賦》　蘇東坡

《阿房宫賦》　杜牧之

《送李愿歸盤谷序》　韓文公

《歸去來辭》　陶靖節

重刻《文章軌範》跋

疊山先生，《國史》稱其欽崎以全臣節，誠宋末之卓然者。所論著《軌範》一書，爲舉業家開示藴奥，於古人爲文之指，亦一覽可得其要領矣。流傳既久，間有缺譌，戴子讓濱廼出家藏善本，細加校讎而重付之梓。愚聞聖人之言曰：「辭達而已。」意之所至，辭斯至焉；辭之所至，法斯至焉。法也者，文成而後見爾，非固束吾意，牽吾辭以就彼之法也。雖然，孟子不云乎「離朱之明，公輸之巧，不以規矩，不能成方圓，師曠之聰，不以六律，不能正五音」。文章之道，何以異是？使學爲文者，鹵莽滅裂，苟自馳騁於荒穢之塗，至於首尾衡决，血脉潰亂而不自知，是猶欲制器而廢規矩，欲審聲而廢六律也，其不同於聾瞶者幾何哉？前世鉅公論文章之體裁，章段句字，皆有法程，若西山真氏之《正宗》及謝氏此書，學者可以參伍而知其説，而此書尤爲精要。使夫循是而有得焉，則可以神明於規矩之中，而後自以其意肆筆而爲文，將有不可勝用者矣。斯蓋戴子之所望於天下也。

焦袁熹廣期氏

文章之在天下，如布帛菽粟不可以一日廢。自操觚家學無根柢，一切前人所謂規萬準繩開示後學者，置勿復道。于是乎人人肆其頰舌，自謂無前。黄鐘棄，瓦缶鳴，時文尚爾，况古文哉。叠山先生是書原爲舉業家設，其卷帙極簡而宗旨本忠孝，于古人以文名世之法，明白指點，較若列眉。余謂是書於時文則基址也，於古文則門庭也。從此斷然不爲異端浮説。所於蟲蝕之餘，重鏤諸棗，注釋點畫一仍文節之舊。蓋不忍前賢制作之無傳，且以立讀書之則，毋愛博而不精，毋師心而自用，可謂有道者也。

陳嵭岞嵐氏

夫跅弛之士樂馳騁而畏言範圍，拘謹之儒守準繩而侷於變化，其於古大家行文之道，胥無當也。大約昔人之文，如行雲流水，初無定質，要非不學古兵法，徒以野戰制勝者。然則遊大匠之門，舍規矩而求巧，得乎？《軌範》一書，先輩鉅公未有不以此爲準的者，自八股之業日新日異，循流失源而韓柳歐蘇諸大家風流盡墜。蓋此書之弁髦，亦已久矣。讓濱戴子，好學深思，重訂是書，期與天下善讀書者得心應手，共登作者之堂，其裨益豈淺鮮哉！

吴江濤滄雪氏

萃先秦兩漢唐宋大家之文爲一册，使後學知古文梗概者，前後多有，而明白正大，洞筋擢髓，使高者樂其範圍，卑者資其開導，余最愛《軌範》一書。板廢已久，見者漸少。戴子讓濱鳩工重訂，使學者家握靈虵，人懷拱璧，快哉。

查廷瑞人表氏

余髫年受此書，略記其章法、句法、字法。稍長，涉獵月峰、伯敬、鹿門諸先生選本，輒謂文章如烟雲變幻，不可以言語捉摸。久之自顧無實得，方知法未精而樂言變化，讀書不精，抱悔何盡。誠能精此書以讀天下之書，其爲津筏也多矣，泛泛何爲？余姪讓濱重刊此書既成，泚筆志感。

戴有慶芸章氏

是書原本一點一勒，具有精意，其不加圈評者，誠非後學所宜妄添。但板久廢失，間有遺册，圈評漫漶，淆訛不少。兹特悉依古本，細加校訂，字裏行間，無毫髮遺憾。庶幾廣前賢嘉惠後學之心於勿替云爾。

戴許光讓濱氏

論學繩尺·行文要法

〔宋〕魏天應 撰

《論學繩尺・行文要法》一卷

宋 魏天應 撰

魏天應，號梅墅，建安（今福建建甌）人。生當宋元之交。受業於謝枋得，其《送疊翁老師北行和韻》有「綱常正要身扶植，出處端爲世重輕」句，崇尚氣節。

《論學繩尺》一書由魏天應編選，林子長箋注，選録南宋科舉中選之文一百五十六篇，釐爲十卷，每兩篇爲一格，共七十八格，反映出宋南渡以後，場屋策論的程式漸嚴，試官執定格以衡文，舉子亦循定格以求售，書名「繩尺」即由于此。其所論述破題、接題、小講、大講之類，實開後世八股文之先聲，可見八股文之源流所自。卷首爲「行文要法」一卷（《四庫全書》本作《論學繩尺論訣》），輯録呂祖謙以下宋人論文之語，多有超出科舉程試而涉及一般文章寫作理論、技巧者，頗可參酌。其中不少内容今已不見他書，較爲可貴。

此書原由南宋建陽書肆所刊，歲久殘缺。明天順時福建按察僉事、提督學校游明（一四一三—一四七二）訪得舊本，重爲校補，以《校正重刊單篇批點論學繩尺》之書名刊行（一名《批點分格類意句解論學繩尺》）。原刊本罕見，僅存復旦大學、北京大學圖書館等處。亦有《四庫全書》本。

今據復旦大學所藏明刊本録入《行文要法》部分，並録明人何喬新序文（此序前半部分，明刊本原缺，已據嘉靖元年刊《椒丘文集》補）和游明原序（此序《四庫全書》本缺）。又，此明刊本之目録，與正文之内容、格式不盡相同，悉照原貌，不作改動。

（王宜瑗）

論學繩尺序

何喬新

《論學繩尺》凡十卷，宋鄉貢進士魏天應編選南渡以降場屋得雋之文，而筆峰林子長爲之箋釋，以遺後學者也。元取士以賦易論，於是士大夫家藏此書者蓋少。至國朝，始復宋制，以論試士，而此書散逸多矣。予友僉憲司事游君大昇董學于閩，極力搜訪，始盡得之。正其譌，補其缺，然後此書復完。爰命工刻之，而屬予序諸首。序曰：論議之文尚矣！禹皋之都、俞、吁、咈見於《經》，春秋卿大夫之辭命往來紀於史，其論之權輿乎？自漢以來，賈生之論《過秦》，班彪之論《王命》，而論之名始見；夏侯太初之論《樂毅》，劉孝標之論《絶交》，而論之文益盛。唐宋以詞章取士，論居（本書整理者案：此序前半部分，明刊本原缺。今據嘉靖元年廣昌刊《椒丘文集》本補。）其一焉。唐人省試諸論，蓋不多見，其傳于今者，惟蘇廷碩之《夷齊四皓孰優》、韓退之之《顔子不貳過》而已。若此書所載，則皆南宋科舉之士所作者也。予竊評之：其才氣俊逸，若青冥空曠秋隼孤騫，而迫之以風也；其體製古雅，若殷彝在庭，竹書出冢，雖不識者，亦知其爲寶也；其文采縟麗，又如遊洛陽名園，而姚黄、魏紫穠豔眩目也。於戲奇哉，其登薦書而甲俊造宜矣！予少時從事舉子業，先公嘗訓之曰：「近時場屋論體卑弱，當以歐蘇諸論爲法，乃可以脱凡近而追古雅。」予因取歐蘇諸論熟讀之，間倣其體，擬作一二，出示同舍生，莫不駭且笑之。雖予亦不能自信，蓋當是時科舉之士未見此書故也。今游君惓惓於此，以嘉惠後學，其用心勤矣。是書一出，予知四方之士疾讀而力追之，上下馳騁，不自踰於法度，如工之有繩尺焉，而場屋之陋習爲之一變矣。凡世之學者，本之經史，以培其根；參之賈、班、夏、劉，以暢其支；廓之蘇、韓，以博其趣；旁求之歐、蘇諸論，以極其變。而其法度，一本此書，庶乎華實相副，彬彬可觀，豈直科舉之文哉！

論學繩尺序

游明

《論學繩尺》，予初聞其名于太學，而後於鄉之宿儒袁氏家得其四卷、十卷，輒付子姪録之，以爲法程。及奉命至閩，以董學爲職，徧詢是集，無能知者。遂命諸生博訪于儒家，乃於福州得其三卷、四卷、五卷，繼於興化得其一卷、六卷；然皆故弊脱畧，而所抄多缺文。方以簡策散逸、莫得其全爲恨，適侍御六安朱公從善來按閩，因得謄其二卷，且資其三卷、四卷以補遺；既而憲副四明余公允請來抵任，復得抄其七卷、八卷，而賴其五卷、六卷以補缺；九卷，則侍御甫田楊公朝重自吾西江采録以遺；與予家舊所録者皆至焉。於是散者復合，缺者亦庶幾復全矣。夫豈偶然之故哉？蓋物之聚散，文之顯晦所關也。今觀是集，乃宋京學諭林先生子長與鄉貢進士魏先生天應，歷選古今諸儒論之尤者，萃爲一編，而命以是名。首之以名公論訣總目，次之以作論行文要法。每卷則分其格式而爲之類意，每題則叙其出處而爲之立説。且事爲之箋，句爲之解，而又標註於上，批點於旁，其用心亦勤矣，其加惠學者之意亦深矣，宜其盛行于世也。獨惜其所箋解者，或以《孟子》之言而誤爲《論語》，或以荀、楊之説而錯作老、莊，若此類者，皆其小失耳，何可以此短之耶？顧今所輯録者，猶頗缺遺。是以忘其愚鄙，妄以己意補其缺文；於其避諱如易「桓」爲「威」之類，悉改正之；於所釋之未切當者，竊增損於其間；又考諸經傳子史以訂其訛誤。編成，豈敢復私於家哉！必欲與四方學者共之。爰命書林鋟梓，以廣其傳。至有文亡而猶存其題者，庶同志之士録示以補之也。且因是而有感焉。昔是論之散出於省監，人之得之者蓋鮮，及林、魏二先生爲之編選箋解，然後盛行於當時。由宋而元，以迄于今，歷世既久，拔刻無存，是集之散在天下，幾泯絶矣。幸而殘編斷簡猶有存者，予復得以采輯成編，使初學之士皆有所矜式，則二先生之功不特及於當時而已，又將廣被於斯世，而傳誦於無窮也。得非物之散而聚者固有數，而文之晦而顯者亦有時與？是用述其梗概，以冀名公鉅儒爲之序引予編首，禪學者知所□□□。□□□□□□月丁未豐城游〔明〕□。

校正重刊單篇批點論學繩尺要法目録

作論法諸先生姓氏

東萊吕先生祖謙
止齋陳先生傅良
厚齋〔陳〕〔馮〕先生椅
省元林先生執善
省元戴先生溪
省元吴先生琮之
狀元陳先生亮
省元林先生圖南
省元吴先生鎰
省元危先生稹

福唐李先生

歐陽先生起鳴

論行文法

做論有三等計一十六段　呂公祖謙

史論宜純粹計一十五段　戴公溪

作論意要理勝計一段　陳公亮

作論當如畫竹計一段　林公執善

三平不如一冠　吳公琮之

一篇文體　馮公椅

鼠頭　豕(頭)(項)　牛腹　蜂尾

作論譬喻用事實計一段　危公稹

論作史題計一段　吳公鎰

論體有七　吳公鎰

認題　立意　造語　破題　陳公傅良

論有八體

折腰體　掉頭體　單頭體

蜂腰體　鶴膝體　雙關體

三扇體　斷群體

諸先輩論行文法

宋　林子長　箋解
　　魏天應　編選

東萊呂公祖謙云：論各有體，或清快，或壯健，不可律看。

做論有三等：上焉藏鋒不露，讀之自有滋味；中焉步驟馳騁，飛沙走石；下焉用意庸庸，專事造語。

看論須先看主意，然後看過接處。

論題若玩熟，當別立新意說。

作論要首尾相應，及過處有血脈。

論不要似義方，要活法圓轉。

論之段片或多，必須一開一合，方有收拾。

論之繳結處，須要着些精神，要斬截。

論之轉換處，須是有力，不假助語，而自接連者爲上。若他人所詳者我畧，他人所畧者我詳。

題常則意新，意常則語新。

意深而不晦，句新而不怪，筆健而不粗，語新而不常。

戴公溪云：史論易粗，宜純粹。性理論易晦，宜明白。

破題欲工而當，欲明而快。破題、結題是終始着力處。

原題貴新。講題貴贍。立論講題是鋪叙有條處。

接題須援引。結題須壯健。據古文爲文法。

議論貴含蓄。譬喻貴警拔。立己見爲新意。

以題用事貴不迫。以意用事貴不露。

陳公亮云：大凡論不必作好語言，意與理勝，則文字自然超衆。故大手之文，不爲詭異之體而自宏富，不爲險怪之辭而自典麗；奇寓於純粹之中，巧藏於和易之内。不善學文者，不求高於理與意，而務求異於文彩辭句之間，則亦陋矣。故杜牧之云：「意全勝者，辭愈朴而文愈高；意不勝者，辭愈華而文愈鄙。」山谷云：「好作奇語，自是文章一病。但當以理爲主，理得而辭順，文章自然出羣拔萃。」

林公執善云：作論當如文與可畫竹，皆先有成竹於胸中。若胸中無一篇成説，逐步揣摩，（施）〔旋〕生議論，安有渾成氣象？

吴公琮云：省闈多在後兩場取人。諺云「三平不如一冠」，若三場皆平平，未必得；若論策中得一冠場，萬無失一。至如方州試，固以第一場爲主。至於定去留時，亦多以後兩場參考。蓋有第一場文字不相上下，則於此辨優劣也。

又云：論須熟考上下文，然後立説。主張要在題目外，題目却要在主張内，方是好文字。

又云：會做論人，只是借他題目，説自家道理。

又云：論無定格而有定體；意欲圓，辭欲輕；冒頭是説主張源流，要議論多於事實，行文又欲轉换處多。

厚齋馮公椅論一篇之體：鼠頭欲精而鋭，豕項欲肥而縮，牛腹欲肥而大，蜂尾欲尖而峭。

又云：論題有問人物優劣者，若必與之辨優劣，則其説難得出倫。又有置優劣於不足辨，而别立一議論者，如徐邦憲《公卿賢良文學之議孰優》、陸唐老《開元輔佐孰賢論》是也。此格最高。

又云：破題貴簡而切當，含蓄而不晦。一句兩句破者，上也；其次三句；又其次四句者，漸爲不得已。破題上所用字，皆是一篇之骨，無虚下者，後面亦須照應。

又云：破題上，當只用題目上字者，須就用，不須外求字代之。蓋其字自是一題之主，若别求字代，非惟難得適用，亦緣破題之後，又不可不用題上主字者，又要回顧破題字，則自有妨筆處。

又云：破題以下數句極難，最要明快，轉得怕緩，緩便喫力。言幾句要着工，這裏不起人意，便費力。

承題最要起時提掇得是，若〔是〕時，後面自不費力。這裏差了，便一向費力。

又云：小講處最怕緊、怕繁絮，最要徑捷，去得快。却不得苟簡，不可失之直。又怕幾句疊排文字，每結句之乎者也，要照前後，不可重了。　小講中又怕意思頭項多，便爲他累，纔到中間，旋旋入其他意來者，便喫力。要知利害，可節則節，可總則總。　小講中且要斟酌詳略，恐是實事題，便要入題，最忌前後重複。或前面已詳，則入題處便得省文法；或未詳，則入題處却不可略。

又云：冒頭於破題上不曾用得題目上字，則於一兩行後必着入，又却不可驟，若驟則又圭角，須漸漸引入，方渾融。若不來中間入，則須就承題直上。主意亦然，破上未見，則承後漸漸轉入可也。　冒子中自破而下纔數句，或一二行、三四行，便入題者，須斟酌。蓋是題目恐有難説者，亦有當叙源流者，則承後略包幾句，便與他入題。然只是史題如此。　冒子布置，便是講題規模，又忌有重複語意。　冒子中語最忌圭角，忌重滯，最宜渾融，宜輕峭，宜清快。

又云：冒頭貴簡勁明切，圓活警策，不喫力，不費辭，不迂。

危公積云：論中使譬喻，須一句比喻，一句使實事爲上格，如俞汝諧《魯一變至於道論》有云：「學弈方勤，而鴻鵠將至；譬喻女樂既受，則聖人不容於不行。」如章穎《孝文幾致刑措論》：「萬物群生，而一物獨枯，則造化非全功；舉天下皆化，而猶有未化者焉，則君子非全仁。滿堂燕笑，而未免向隅之泣，譬喻海内興於禮義，而斷獄數百吏，猶有藉手焉。」此論是也。如「瑟之方絃，而求雅頌之師；玉之未琢，而不試於拙工之手」，此類未爲上也。

吴公鎰云：作史題論，講中不須多本題題事。若多叙，則苟有百事，亦須叙百事，非要法也；不若取其事之大節者，舉之而已。故公作《高帝無可無不可論》，論中（正）〔止〕以封功臣一事言之。

用字法

如治天下審所尚，云：「孰爲利，孰不爲利；孰爲害，孰不爲害。」何不曰：「孰爲利，孰爲不利；孰爲害，孰爲不害。」以此推之，可知用字法。

論體有七

一、圓轉；二、謹嚴；三、多意而不雜；四、含蓄而不露；五、結上生下，其勢如貫珠；六、首尾相應，其勢如擊蛇；七、結一篇之意，常欲有不盡之意，如清廟三嘆有遺音。

止齋陳傅良云：節要語

認題

凡作論之要，莫先於體認題意。故見題目，則必詳觀其出處上下文，及細玩其題中有要切字，方可立意。蓋看上下文，則識其本原，而立意不差。知其要切字，則方可就上面着工夫。此最作論之關鍵也。

立　意

凡論以立意爲先，造語次之。如立意高妙，而遣辭不工，未害爲佳論；苟立意未善，而文如渾金璞玉，亦爲無補矣。故前輩作論，每先於體認題意者，蓋欲其立意之當也。立意既當，造語復工，則萬選萬中矣。

造　語

造語有三：一貴圓轉周旋，二貴過度精密，三貴精奇警拔。凡造語警拔，則當於下字上着工夫。蓋下字既工，則句語自然警拔矣。

破　題

破題爲論之首，一篇之意皆涵蓄於此，尤當立意詳明、句法嚴整，有渾厚氣象。論之去取，實係於破題。破題不佳，後雖有過人之文，有司亦不復看。

原題

題下正咽喉之地，推原題意之本原，皆在於此。若題下無力，則一篇可知。或設議論，或使説題目，或使警喻，或使故事，要之，皆欲推明主意而已。

講題

講題謂之論腹，貴乎圓轉。議論備講一題之意，然初入講處，最要過度精密，與題下渾然，使人讀之，不覺其爲講題也。大凡講題實事處，須是反覆鋪叙，方得用語圓轉。又須時時繳歸題意，方得緊切。如小兒隨人入市，數步一回顧，則無至失路；若一去不復反，則人與兒兩失矣。初學論者最宜加審。

常疑陳武、章穎論未嘗有腹，但題下便是講題，此正二公高妙處，但人不知其入講題耳。近鄭昉亦從題下便説去，大類講題，而正講規模隱然不易。

使證

講後使證，此論之常格，今則不拘。蓋今之爲論，多於題下便使事引證，正講後但隨事議論，則或證之，而正使事證題者蓋寡。然初學者不可不依常格。善使事者，但一二句至三五句，而題意已瞭然。前輩嘗謂：學者使事不可反爲事所使，此至論也。

結尾

結尾正論關鎖之地，尤要造語精密，遣文順快。蓋精密，則有文外之意，使人讀之而愈不窮；順快，則見才力不乏，使人讀之而有餘味。凡爲論，未舉筆之前，而一篇之規模已備於胸中；凡結尾，當如反覆如何議論已寓深意於論首。故一論之意，首尾貫穿，無間斷處，文有餘而意不盡。若至講後而始思量結尾，則意窮而復求意，必無是理。縱求得新意，亦必不復渾全矣。

福唐李先生論家指要

論主意

主意一定，中間要常提掇起，不可放過。

論間架

間架布置，前後證據，須要明整潔净，却不要似策。策文方，論文圓；策文直，論文峻；策文易，論文險。相對句多，非格也。

論家務持體

論家務持大體，拈起一字，鎖屑説出，似乎作賦，最是文病。

論題目有病處

題目有病處，切須回護。如「子謂《武》未盡善」、「周公未盡仁知」，不善回護，便小了聖人。又「漢唐君臣互有得失」，先包容抑揚予奪，或始揚而終抑，或始奪而終予，貴得其當也。

論用字法

前輩用字，皆與題稱。如讀顔栻《齊晉比子議論》，便見奮發意；讀鄭《祖逖奇節論》，便見復讐意。

論制度題

凡古來制度，古人皆曾有考究，了非待今日始見。立説當本之古人，文意則當出己見，此所謂奪胎换骨之妙。

論人物題

其人若有未純處，不可罵盡。雖罵題，切須婉順，不可直突便罵起，有可出脱處，便須爲之回護。

全篇總論

論頭恰似初狀，題有是處，有不是處，當且含洪説，不可説太盡，不可説太直，不可説太泛，亦不可太拘。

題下或本意起，或用證起，或辨難起，或連論頭便徑説去。本意起，貴乎轉换，不要重復；用證起，貴乎的切，不要牽强，不可叢雜；辨難起，貴乎是當，不可泛講；連論頭下徑説去，貴乎有議論，不可率略。

論腹接乎題下之間，此乃要眼所在，過度處在此，引上生下，入末意處，不要勾得，做段一節

林之起嘗曰：論者，卵也。或者則曰：不過要圓。予謂命題似黄，立意似清，行文似幕，造語似殻。意要包題，文要涵意，語要藏文，故黄在清裏，清在幕裏，幕在殻裏。向無爾多包裹，則不成卵，何有於圓？

陳國俊曰：南渡前人論似卵，卵本圓，故論亦要圓，圓則有首尾。題似黄，黄本濁，濁則不冷淡；清本清，故意亦要清，清則不混雜；幕薄而微見其清，故文亦要薄而微見其意，而不晦焉；殻硬而外護其幕，故語亦要雄健而外護其文，則不至於委靡而衰薾焉。

林圖南論行文法

有抑揚　有緩急　有死生　有施報　有去來　有冷艷　有起伏　有輕清

有厚重

揚文凡欲揚，必先抑。

如《高文寬仁結人心論》云：「且高帝初年，民無蓋藏，天子騂駟不具，將相猶用牛車。文帝之時，未甚相遠，當時備具，蓋無以供二三千里之旱，數百萬之兵。後元四年迨末年，猶語百官率意思邊，以足民食。其民間之窘乏也爲如何，宜其爲無聊而咨嗟愁嘆。夫何一三章之約，一山東之詔，虚文空言，似於民無補者，而秦之父老方且大悦，扶杖而聽詔者感泣焉。爲當時之民者，猶以斗米萬錢、賣爵不給而至此。何爲所可憂者，而乃爲是之喜？無亦不情乎？」文也。

三章之約、山東之詔，不可謂之虚文空言，蓋欲揚高、文之功，故先抑而言之，此所謂揚文也。

抑文凡欲抑，必先揚。

如陳秉白《先王取民之法論》云：「惟先王見高識遠，亦知夫車徒萬乘，富有天下，山河社稷，朝廷宗廟，侍御僕從，爲之奔走服役，凡民之奉我者亦足矣。彼其一田廬，一疆埸，一市肆，一舟車，桑麻穀粟，瓜匏果蓏，布帛絲枲，麄良重厚，所入亦甚細，而其贏亦甚微。又況仰事俯育，社閭嘗新，春秋之祀，送往迎來，弔死問疾，蓋亦無幾。使郊祀社稷宗廟百神之祀可闕，賓客庖厨百官廩給匪頒好用之費可去，自十二至二十，而吾聖人不以及民，惟其數者之不能無，聖人於是有不得已者。又況儥布、質布、總布、罰布、廛布，雖歛於廛人，而實歸於泉府，以貸舉民之無貨，與夫貨滯而不售者，非特以足國用也。」

先張皇先王甚多富貴，蓋揚之也。而後抑言民之所入所贏之微細焉，此所謂抑文也。

急文

如《馬周言天下事論》題下云：「嘗觀古人之於事，不徒曰事而已，而必曰職事云者，豈非有職於此，然後有事於此。吾而不職於此，亦無所事於此。事之利害，事之得失，吾必不習熟乎此，於此而冒言之，非淺迫而無謀，則迂緩而不切者也，是以幾敗乃事，此高帝之所嫚罵，而孝宣深不喜夫士者，亦其時宜之不達也，是非吾之求避乎事也。」此一句上引下，如風中帆過，不覺其快。

緩文

前論後也。說魏鄭公等之言，與周無異處。

「夫言則同，諫則同，史官異周而不及數子何也？此處是緩。且天下之所謂異之者，亦曰不常有之云爾；今而猶有道此者，非周獨擅其論也。史臣而異周，則亦必可以異數子；史臣而不異數子，則於周亦不得以獨異也。今而反之，苟非臆説以私予，則必有深意於其間，吾嘗質的而稽考之，然後知史臣之所以異周者，與周之所可異，果非數子比也。蓋徵於是時，位則諫議也，元素則三品也，季輔則御史也，封德彝則遷僕射，褚遂良則記起居，彼其乘人之車，載人之事，其於天下之利害得失，固已講究而習熟矣。」

使不知緩文者，於「史官異周而不及數子何也」下，直接云「吾嘗質的而稽考之」，無「天下之所謂異之者」一段，則無曲折了。惟有此一段，然後見我之從容而不迫。緩文如折腰，急文如蜂腰，但實則爲體，浮則爲文，聚則爲體，散則爲文。

死　文

如《韓信申軍法論》冒子曰：「成天下之治者，必思所以維持一代之計，知其成矣，而樂於因循苟且，而弛一切維持之計，此庸主之所苟安、明主則慮其激天下之變，而趍於亡矣。」死文。「夫天下之爲兵者，必齊民之中桀黠而難制者也。方天下之潰潰然，吾將乘時而起，以求濟其所欲，非桀黠難制之人則不可，然而所發既效，所成既就，挾其尊貴之勢，以巍乎士民之上，則向之從我以馳驅者，不能無翹然自喜之心，而其桀黠難制者，豈不思以冀其所非望哉！」

先輩戒人不得作死文。道盡其意，言到此而不能再發者，謂之「死文」。

生　文

如《孔子用於魯論》冒子曰：「所抱負者大，則其所設施者必不小。」生文。「人情不甚相遠，吾而大有得於此，其所設施亦必滿吾意，而副吾之抱負則可；苟不滿吾意，而不負吾之抱負，吾肯以其所得者而輕用之耶？」

使不知生文者，必曰：「抱負者大，所施設者小，君子惜焉。」即意直而無曲折，不可復起。惟長於文者，故宛轉道曰「所抱負者大，所設施者必不小」，夫「必不小」之下，看如何説皆道得，緣其引語而意未盡也。

報施文 亦名顧兔文。

如范德廣《王者取民之法論》曰：「吾嘗觀先王之世，貢而徹之法雖設，亦以郊祀宗廟之禮，賓客百官之奉不可闕，其所謂匪頒好用者，使其是數者而不闕聖人之慮。所謂法者，聖人不設也。而民亦自耕焉、食焉、豐焉、給焉，仰事而俯育，養生而送死，陶陶然何有於帝力。而聖人亦得以遂其太古之化，而天涵地育也。惟其於禮不可闕，於奉不可後，於是而有不得已者。以上是施文。殆至於秦，以下是報文。不審先王立法之意，夫力耕亟戰，以取天下，豈秦人能執干戈而備耒耜哉。則凡今日尺地，莫匪民力。六國既平，正宜與之休息，以答其向者畢力爲上之心，奈何頭會箕歛，取民之數二十倍於古，自力耕紡績者，曾無蓋形自饟之具。所謂先王之法，殆不如此，民亦甚不堪也。然當時猶不敢萌異心者，正以先王之功德，在人未遠，尊君敬上之誠，未泯於天下之心，是以舒徐容與以俟其後。迨夫驪山、阿房之役再舉，閭左之戍，發之殆盡，役費並起，民知無可爲者，於是有不諱之意。」

折腰體 漢梁冀妻能爲折腰步，因以爲號。釋之曰：「足不在腰下，做出論體，尚且動人，想當時態度爲絶。」

如《武帝雄才大略論》曰：「平城、白登間七日不食，高帝病之，以干戈未寧，不能報也；以有易無之書，褻嫚之甚，吕后忍之，以瘡痍未蘇，不能事也。所謂親跽鞍馬，馳射上林，按轡徐行，式車勞士，殆有講武之虚名，而何嘗設施尺寸於他日？景帝蓋深懲於東宫往來之日，干戈之事併與絶口於平定之後焉。二君雖曰天資仁柔，不能舉也，蓋亦涵養之未至焉。嗚呼！折腰在此。天其或者將有時乎！吾聞墻之頹也以雨，不頹於浸淫之際，而頹於雨止之後；火之然也以氣，不然於吹噓之始，而然於氣息之餘。故曰：將欲取之，必故予之；將欲翕之，必故張之。不鳩漢之憤，不萃漢之靈，烏能毓武帝之資美，蓋亦又一文景焉。嗚呼！天意其有在也。向之不能報者，今干戈寧矣；向之不能事者，今瘡痍蘇矣；向之不能舉者，今涵養至矣。嗚呼，時之至者又如此，爲武帝者又將如之何？蓋嘗論之，非武帝之能雄其才、大其略，天實爲之，時實佐之。」

使不知折腰體者，纔到「蓋亦涵養之未至焉」下，必接曰「至於武帝，干戈寧矣，不可不報也；瘡痍蘇矣，不可不事也；涵養至矣，不可不舉也」。榕溪嘗謂做論不可多劫撮，如此等文，乃劫撮也。

蜂腰體

如《公儀仲舒之才如何論》題下云：「才有二：有才學之才，有才能之才。才能之才，根著於内者也；才學之才，粉飾於外者也。外者浮，内者實；浮者無用者也，實者有用者也。是故子夏以未學爲學，子路以何必讀書爲學，夫子以餘力爲學，是非有貶於學，而以學爲不可也。蜂腰在此一句。有民人焉，有社稷焉，吾學其爲社稷、人民之事可也；君也、父也、朋友也，吾學其爲致身竭力信言之事可也；孝弟也、謹信也、愛衆也、親仁也，吾學其爲孝弟、謹信、愛衆、親仁之事可也。是雖不學其外而學其内，不學其浮而學其實，不學其爲無用而學其爲有用焉。」

使不知蜂腰體者，於「夫子以餘力爲學」下，必須曰「夫人之於學，學之於才，猶播之於獲也，有是學然後有是才，今以不學未學餘力爲學，無乃怠人爲學之意，而不開之以成才之才耶？是不然。有民人焉，有社稷焉」，然後言如此，多少費力，公以一言輕道過來，又不緊又不慢，纔使折腰體便壞了。若即於「餘力爲學」，便接曰「有民人焉」去，是謂抱脚者也，是豈不失之緊。

掉頭體

如吳行可《唐虞成周之法論》云：「且天下之大，民物之衆，生齒之繁，私心邪慝，險情姦狀，變詐百端，懾之以刑，威之以法，多爲之防閑，而嚴爲之備具，其弊猶不可遏，况縱而便之，其無乃非所以爲天下者，豈聖人樂於因循苟且而無政耶？抑過於寬仁而不知所謂相濟者耶？吾聞掉頭在此。君民一體，不容異觀，燭理未盡，往往知愛己而不知愛民，耳目鼻口，情好嗜欲，就利而避害，好安存而惡危亡，夫豈相遠，今夫無故而拔一毛，則九骸爲之竦震；爪髮之落，似未甚切己者，而必爲之掩護愛之。嗚呼，父母遺體，誰其不靳！聖人者，亦惟揆夫人情而行其所以立法之意。」

使不得掉頭體者，於「豈聖人樂於因循苟且而無政耶？抑過於寬仁而不知所謂相濟者耶」下，必爲抱脚體接曰「聖人豈樂於因循者，豈不知以寬濟猛者，蓋亦憂民之心出於内者，至不得已而防之」，如此等接其流趍下。故陽若不顧，而掉頭説「君民一體」去，讀者正凝神欲觀其收拾，又却别頌去，使之搜尋一餉，然後揭其意旨所向。蓋容易示其意，則彼以爲淺近必也；深藏固秘，邀勒艱難，彼然後不敢以爲易得。

吳行可曰：掉頭體似折腰而非折腰，似雙闗而非雙闗。折腰則緣上意而生語，此不緣上意而别生語，於收拾處方牽上意而入文也。雙關則平分兩脚，意要偶，語要齊，有似破義中以一脚收；此雖兩脚，意不要偶，語不要齊，不須中生一脚，但以下脚收上脚也。

單頭體

如《韓信申軍法論》云：「方秦之潰，豪傑相視而起於中州者，劉項其尤者也。羽以虐，高祖以寬；羽以詐，高祖以仁。天下雲合響應，樂從高祖者，非其臣服聽從之以，蓋一時樂其有寬仁之資。方是時，不敢以嚴繩之，恐其不樂於嚴而怨己也；不敢以詳拘之，恐其不安於詳而去己也。吾欲滅項氏、一天下，而有怨己去己之人，烏乎齊？故凡所以指揮號召者，皆待以不苛，而奔走躑躅者，亦樂於自便。迨夫項氏既滅，天下既一，不苛者易至於無畏，而自便者每至於無恥。以桀黠難制之人，而加之以無畏無恥之心，一旦見布衣草莽之人，而居天下不可及之貴，必有激於中者矣。激於中而形於外，則天下之患紛起而難平，猶昔也。帝不欲於其難平者制之，而於未發者制之；不於其言語告戒者制之，使之不爲亂，而於嚴明曲折者制之，使不敢亂。吁！此信軍法之所以申也，此高帝維持天下之大計也。」

意在高祖，便舉項羽以爲頭；意在於自便，便舉寬仁以爲頭，所謂一引一結「單頭體」也。

雙關體

如方能甫《光武以柔道理天下論》中間曰：「人情不甚相遠，當其定天下，則吾用剛，何者？敵國未降，軍壘未靖，不有干戈何以平？當其治天下，則吾用剛柔相濟，何者？承祖宗積累之餘，生齒繁庶，天下無事，然人民亦不能無奸巧焉。故德教不可不加，而刑罰亦不容寢，不然則何以濟？然而使天下之果未定也，而吾固用剛也，吾又何求焉；使天下之果已治也，吾則剛柔相濟，吾又何求焉。若夫以爲未定則猶定，以爲已治則未治，干戈不可以復施，德教則未暇及，而刑罰亦不能以遽行，其將如之何？吾聞人君出而應天下，其説有三：一曰定天下，二曰理天下，三曰治天下；而其爲天下之説亦有三：不用柔則用剛，不用剛則剛柔相濟。今也於其未定猶定、已治未治之間，君子亦可以覘其時，干戈德教刑罰之不宜用，君子又可以用其所必無，所謂以柔理天下者乎？」

先開其剛與剛柔作兩門，闔取柔放其中；開其定天下、治天下作兩門，闔取理天下放其中，是之謂「雙關體」。

三扇體

如黄詮《顔淵仲弓問仁論》云：「且天下之所謂問，皆其未有所得而不知者也；不然，出於所得之未深。以二子爲未有所得耶？則三月不違，夫子蓋嘗稱顔子矣；仁而不佞，是亦或人問雍也於夫子焉。以二子所得爲未深耶？則爲邦南面，何等事業，而夫子輕以許人也。然則謂二子未有所得，固不可；謂二子所得之未深，尤不可。彼其所以問，豈亦知其有所得與？夫所得之未深將以自衒與？然而一領克己之誨，在邦在家之誨，請事斯語之語，蓋逡巡退避，各以下敏自謂，出於至誠，而無矯辭飾貌者，若以此而致疑於二子，毋乃猶不可。吾嘗再三反復而論之而得其説。天下固有不知而問者，若二子則非不知也；固有知之未深而問之者，若二子則不可以爲知之未深也；自衒於人而矜己之所得、以矯飾而發問者，天下亦不爲無此，若聖人之學，則出於誠實，況又二子焉，則可待之如是薄耶？吾聞仁道之大，蓋有不勝其重而致其遠者，夫子蓋未嘗輕以許人：果如子路，寧許以千乘之國，而不許以仁；藝如冉求，寧許以百乘之家，而不許以仁；言如公西華，寧許以束帶立朝，而不許以仁；能如子貢，聖門知二之高弟，夫子蓋嘗語以一貫之學，得聞其一而不得其全。回與雍也，蓋親於聖人之側，目當時之事，知仁之爲道，與夫子之所以許人者如此，固雖有所得，與夫深於其所得者，其敢認以爲吾有而且安焉，吾而認以爲吾有，與夫深於所得者未害也。萬一於他日之所設施，尚爲愧於聖人，則雖有貽悔遺恨，將無及焉。」

設以爲未有所得，又設以爲所得未深，又設以爲自衒，是之謂「三扇體」。

征雁不成行體 亦名雁斷羣體

如阮霖《馬周言天下事論》中間曰：「蓋嘗稽周之傳，考周之言，而觀其所謂天下之事，大率不過昭孝道，求賢而審官，罷徭役以崇節儉，省營爲而薄賦斂，終之以抑諸王之寵而奪其權，重刺史之任而遴其選，如此而已矣。史之所以異者，豈以爲當時無能道此焉。吾觀太宗作層觀以望昭陵，而魏徵有獻陵之譏，其與周勸帝以昭孝道一也，此先道人名，後道所言之事。是豈無能道此者？太宗疏君子而昵小人，而魏徵有善善而惡惡、審罰以明賞之請，其與周勸帝以求賢審官一也，是豈無能道此者？周之言曰：變文。罷徭役以崇節儉，省營爲而薄賦斂，而張元素亦嘗舉章華乾陽之事，以警帝罷役；高季輔亦有願愛其才惜其力，無使單竭之請，是豈有異於周之言哉？是豈無能道者哉？抑諸王之寵而奪其權，重刺史之任而遴其選，此周之言也，又變文。及封德彝諫帝王之諸子，亦曰爵命頒而力役崇，而且有以天下爲私奉之誚，得人則家安佚，失人則家勞翊，是又褚遂良以刺史民之師語帝焉。此後一段又變，先道所言之事，後言人名。是豈無能道此者哉？夫言則同，諫則同，史之異周而不及數子何也？」

提起六件事，若分爲六脚即太冗，直若分爲兩脚即太長，惟是分作四脚，不長不迫。使不知此文格者，不道四個「其與周勸帝某事一也」，便道四個「是豈有異於周之言哉」，惟公高人，故分作兩脚道，段段變文不同。

鶴膝體

如陳惇修《孔子用於魯論》云：「爲聖人者，其將隕淪其所抱負，而甘與草木俱萎乎？其將坐視春秋之末，民病而不一援手乎？聖人於此，亦必有所不得已而不暇計，非屑就者。吾觀佛肸之召，不可往明矣，而聖人必欲往焉；弗擾之召，不可往又明矣，而聖人又欲往焉。甚而至於九夷之居，南子之見，使魯果不足以用聖人者，然而有民人焉，有社稷焉，況亦周公、伯禽之後，聖人之化未衰，一變至道，吾聖人嘗許易於齊矣，是雖未能盡以設施堯舜禹湯文武之事，然而豈不猶愈於佛肸等乎？嗚呼，此聖人用魯意也！故嘗以爲聖人蓋憂世之心切，悼道之不行，魯何足以用聖人也。昔者嘗怪孟子去齊宿晝之事。此一段是鶴膝。夫以道事君，可則就，不可則去。孟子既以齊爲不可矣，去之是也，然遲遲吾行，三宿出晝，若猶有所就者。去就之大節果如此，其何以免景丑氏之疑，而後世之議紛紛焉？且孟子何爲而然耶？蓋嘗三復而得其解。去齊者，孟子之本心；宿晝者，孟子之有所憂也。夫出彊載質，三月無君則皇皇然，亦君子仁人之用心，而急於爲天下者每如此，非曰所有懷於爵禄也。齊宣雖不足與有爲，然而猶能信用孟子，似亦無過於此。今而既以爲不可就而去之矣，去而之他，果有能我用，吾固可求焉，然而吾道之大，每每不爲時君所知，今而去齊矣，烏能必他國能如齊以用我也。此孟子所以難於去齊之意，而非有所就也。學者苟能知孟子難於去齊之意，則知夫子甘於用魯也。」

自入孟子處，乃鶴膝體。所謂鶴膝者，猶接花木者，必用鶴膝枝乃易成也。論本是孔子，乃用孟子插入來，故如接花木而用鶴膝枝也。

浩然齋雅談評文

〔宋〕周密　撰

《浩然齋雅談評文》一卷

宋 周密 撰

周密（一二三二——一二九八），字公謹，號草窗、蘋洲、四水潛夫、弁陽老人等，濟南（今屬山東）人。南渡後，流寓吴興。曾官義烏令。宋亡不仕。居杭州，與謝翱、鄧牧相往還，抗節自守。善詞，工麗精巧，亦有感慨時事之作，與王沂孫、張炎等共結詞社。著述豐富，有《草窗韻語》、《蘋洲漁笛譜》、《草窗詞》、《武林舊事》、《齊東野語》、《癸辛雜識》等。

《浩然齋雅談》原無傳本，僅散見於《永樂大典》中，由清四庫館臣輯録編成，「以考證經史、評論文章爲上卷，以詩話爲中卷，以詞話爲下卷」（《四庫全書總目提要》卷一九五）。中卷詩話由日本梁川星巖、菅老山二人别出刊爲《浩然齋詩話》（後近藤元粹又改稱《弁陽詩話》，刊入《螢雪軒叢書》中）；下卷詞話以《浩然齋詞話》爲名收入唐圭璋《詞語叢編》。今録上卷論文者入本書。

此卷體近説部，以搜集遺聞逸事爲主，兼及評隲文章優劣，所記均有價值。如記陳振孫謂蘇洵《辨姦論》兼諷二程，李清照於紹興十三年癸亥代撰《端午帖子詞》爲秦梓所惡，陸游致仕之制誥，考其作者乃周密外祖而非他人，皆有助史事辨證；而論蘇軾、劉敞等好以人體喻治國之類，則多涉作文之法。然於訓詁考據非其所長，如首條解《易·井》「谷射鮒」，以「鮒」爲「鯽」，「不知《説文》鯽字本訓爲烏鰂，後世乃借以名鮒；羅願《爾雅翼》辨之已明」(《四庫全書總目提要》)。

有《四庫全書》本、武英殿聚珍版本、《懺花盦叢書》本、《叢書集成》本等。别有盧文弨校本。今據《四庫》本録入，其中案語爲四庫館臣所加。

（王宜瑗）

浩然齋雅談評文

宋　周密　撰

《井》九二：「谷射鮒。」或以爲蝦，或以爲蟇，或以爲蛙，或以爲蝸。考之韻書：鮒，扶句切，鰿魚也。然鰿、鯽、鯖三字並同，子亦切。注云：鮒也。蓋今鯽魚耳。《莊子》「涸鮒」注亦以爲鯽魚。然今世有魚如鱨，四鬣巨口，善食水蟲，故人家井内多畜之，俗呼爲鱓，得非井卦所指者乎？

《詩》「先集維霰」，補注云：「霰，稷雪也。」或謂之米雪，謂其粒若米。然稷雪、米雪字甚奇。

《碩人》之詩曰：「巧笑倩兮。」注曰：「好口輔也。」《大招》述婦人之美，亦有「靨輔奇牙」之語，可謂善於形容。後人雖極言女色之美，無所不至，乃獨不及於口輔，何耶？輔豈俗所謂笑靨者乎？

「蹇修以爲理」，朱元晦云：「謂爲媒者以通詞理也。」下文「理弱而媒拙」，則云：「恐道理弱。」似與前説異。按《九章》「令薜荔以爲理兮，憚舉趾而緣木；因芙蓉以爲媒兮，憚褰裳而濡足。」亦以「媒」「理」對言。《左傳》「行理之命，無月不至。」注：「行理，行使也。」復奚疑？

真文忠初字景元，樓攻媿語以明元無義，遂易爲希元。然俞清老嘗名軒曰景陶，山谷曰：

「景陶名未佳。《詩》云『景行』，景，明也。魏晉間人所謂景莊、景儉等，自有一人誤用，遂以相承謬耳。」按《詩》「景行」，注云：「景，明也。」其義以明行行止，謂有明行則行之，初無企慕之義。然《孝經序》亦用「景行先哲」，而近世洪文敏兄弟皆以景爲字，何耶？顧第弗深考耳。

前輩闢浮圖修崇之説甚衆，獨南豐之説最爲簡明。《彌陀閣記》有云：「無爲之義晦而心法勝，積善積惡之誡泯而因緣作。至於虞祔練祥、《春秋》祭祀之儀不競，則七日三年、地獄劫化之辯亦隨而進。」又《答黄漢傑書》云：「民之耳目鼻口心知百體皆有所主，其於異端何暇及哉？後之儒者無以導，民之耳目鼻口心知百體皆無所主，將舍浮圖何適哉？」又云：「如使《周禮》尚行，朝夕朔月半薦新，啓柩、祖遣有奠，虞卒哭祔、小祥、大祥、禫有祭，日月時歲皆有禮以行之，哀情有所洩，則必不暇曰『七日』、曰『百日』、曰『周年』、曰『三年齋』也。」然歐公《本論》亦有此意，云：「佛所以爲吾患者，乘其廢闕之時而來，此其受患之本也。補其闕，修其廢，使王政明而禮義充，則雖有佛，無所施於民矣。」

昔人有言韓退之《送李愿歸盤谷序》所述官爵、侍御、賓客之盛皆不過數語；至於説聲色之奉，則累數十言。或以譏之。余謂豈特退之爲然，如宋玉《招魂》其言高堂邃宇、翠翹珠被、畋獵飲食之類，亦不過數語；至於「蘭膏明燭華容備，二八侍宿射遞代。九侯淑女多迅衆，盛鬋不同制實滿宮。容態好比順彌代。弱顔固植謇其有意。姱容修態絙洞房，蛾眉曼睩目騰光。靡顔膩理遺視睇」。又曰：「美人既醉朱顏酡，娭光眇視目曾波。被文服纖，麗而不奇，長髮曼鬋豔陸離。二八齊容起鄭舞」，以至「吴歈蔡謳，士女雜坐，亂而不分」。又《大招》亦云：「朱脣皓齒嫭以姱，比德好閒習以都，豐肉微骨調以娱。」「嫮目宜笑蛾眉曼，容則秀雅穉朱顏。」「姱脩滂浩麗以佳，曾頰倚耳曲眉規，滂心綽態姣麗施，小腰秀頸若鮮卑。」「易中和心以動作，粉白黛黑施芳澤。」「青色直眉美目媔，靨輔奇牙宜笑嗎，豐肉微骨體便娟。」皆長言摹寫，極女色燕昵之盛，是知聲色之移人，古今皆然。戲書爲退之解嘲。案：此條《永樂大典》原本「曼睩」之「睩」誤作「録」。「豔陸」下衍「麗」字。今據《楚辭》校正。其引《招魂》節去些字，引《大招》節去只字，悉仍之。

涪翁云：「章子厚嘗言《楚辭》蓋有所祖述。初不謂然。子厚曰：『《九歌》蓋取諸《國風》，《九章》蓋取諸二《雅》，《離騷》蓋取諸《頌》』，考之信然。」

日與月合則長明，性與命合則長生。又日在天曰明，明者日月之横合；在世爲易，易者日月之從合；在人爲丹，丹者日月之中合。此海瓊語也。

孫景茂云：「太公八十遇文王，今世皆以此藉口。《九辯》乃云：『太公九十乃顯榮兮』，而東方曼倩則云：『太公體行仁義，七十有二乃用於文武。』馬永卿嘗疑焉。然香山詩乃云：『釣人不釣魚，七十得文王。』不知又出何書也。」

蘇仲虎侍郎藏東坡所書《富文忠神道碑》真跡，前後諸名人題跋極多，獨周文忠爲之壓卷云：

「富文忠之使遼，所謂『肅肅王命，仲山甫將之』。蘇文忠之翰墨，所謂『吉甫作誦，穆如清風』也。《大雅·烝民》兹可無愧。」富公孫樞密、蘇公猶子侍郎皆題名卷末，抑所謂「臧孫有後於魯者。」

戴岷隱論蕭望之曰：「夫小人之害君子也，必深明其情而後用其術，故攻其所惡，犯其所忌，中其所不欲，而致其所不樂。其柔仁朴厚也，或怵之；其廉潔自喜也，或汙之；其剛果卞急也，或激之。多方以誤之，百計以困之，逼之辱之，以致其必死之術。有如君子一不能忍，而决於速死，則小人之計中矣。」吕伯恭亦云：「君子必有堅忍不拔之操，然後小人不能犯吾之所忌。嗚呼！小人之害君子，何其多端也！遇人之介者，則必辱之；遇人之廉者，則必汙之；遇人之剛者，則必折之；遇人之直者，則必誣之。蓋介者不受辱，廉者不受汙，剛者不受折，直者不受誣，凡此皆君子之所忌也。小人知君子之所忌而直犯之，君子不知而墮其計，大則死，小則亡，前後相望，可不爲大哀乎？」二説真能盡小人之情狀，有不期同而同者焉。孝宣於儒生無所用，獨用蕭望之。觀其始終方拙，非能自撓以求合者，特以其于霍氏立同異故耳。士君子之經世，非曰委蛇曲從，爲終始牢固之術；然而變化詘伸，自當兼通義命。望之當孝元初，天下事在掌握，既不能輔贊裁成，同歸于道；及其潰敗，又不知推委興廢，以禮而止。隄壞防決，無所措躬，卒就死地，而陷孝元爲不辨菽麥之主。班固乃哀其爲便嬖宦豎所圖，不知自古小人何嘗一日不欲勝君子。《豳詩》歌周公，固殆未之學也。

王宣子在上庠日，與程泰之善，暇日因及代言之體，要當温純深厚，如訓誥中語，始爲王言。吾儕異時秉筆，當革近世磔裂之弊。二十年後，宣子帥潭，泰之以少蓬攝外制，爲詞云：「荆及衡陽，自北而南，十國爲連。連有帥，地大民衆，疇咨俾乂，厥惟艱哉。以爾有猷有爲有守，率自中，寬而有制，剛而無虐，庸建爾於上游藩輔。往哉！惟欽惠困窮，若保赤子；明乃服命，若網在綱。有弗若於汝政，弗化於汝訓，辟以止辟乃辟，則予一人汝嘉。」且寓書於宣子曰：「疇昔之約，今其踐矣。」陳氏《耳擇集》所載以爲芮國器，非也。

韓平原南園既成，遂以記屬之陸務觀。務觀辭不獲，遂以其歸耕、退休二亭名以警，其滿溢勇退之意甚婉。韓不能用其語，遂致於敗。務觀亦以此得罪，遂落次對，太中大夫致仕。外祖章文莊兼外制，行詞云：「山林之興方適，已遂掛冠；子孫之累未忘，胡爲改節？雖文人不顧於細行，而賢者責備於《春秋》。某官早著英猷，寖躋膴仕。功名已老，瀟然鑑曲之酒船；文采不衰，貴甚長安之紙價。豈謂宜休之晚節，蔽於不義之浮雲。深刻大書，固可追於前輩；高風勁節，得無愧於古人。時以是而深譏，朕亦爲之慨歎。二疏既遠，汝其深知足之思；大老來歸，朕豈忘善養之道。勉圖終去，服我寬恩。」此文已載於《嘉林外制集》。或以爲蔡幼學，或謂出於馮端方，皆非也。

劉原父云：「聖人之治天下，能使百官萬物如耳目心口手足之不可易，亦不相德，濟之如一身，而天下安有不治哉！」東坡亦曰：「今夫人之一身，有一心兩手而已。疾痛疴癢動於百體之中，雖其甚微，不足以爲患，兩手隨至。夫手之至，豈其一一而聽之心哉？心之所以素愛其身者深，而手之所以素聽於心者熟，是故不待使令，而卒然以自至。聖人之治天下亦如此而已。」二説如出一轍。

蘇明允《辨姦》，嘗見直齋陳先生言：此雖爲介甫發，然間亦似及二程。所以後來朱晦菴極力回護云：「老蘇《辨姦》初間只是私意。後來荆公做不著，遂中他説。然荆公氣習，自是要遺形骸、離世俗的規模。要知此便是放心。《辨姦》以此爲姦，恐不然也。」又云：「每嘗嫌『事之不近人情者，鮮不爲大姦慝』之語過當，而今見得亦有此等人，其辭甚費也。」

子厚有《答人書》云：「人生少得六七十者，今已三十七矣。長來覺日月益促，歲歲更甚，大都不過數十寒暑，則無此身矣。是非榮辱，又何足道！」又書云：「假令病盡，已身復壯，悠悠人世，亦不過爲三十年客耳。前過三十七年，與瞬息無異；後所得者，其不足把玩，亦已審矣。」此二書皆在元和四年時，子厚年三十七，後十年，當元和十四年，子厚卒，年止四十有七耳。所謂「數十寒暑」、「三十年客」，竟不酬初志。悲夫！

昔有問王介甫：「佛家有日月燈光佛，燈何以能並日月？」介甫曰：「日煜乎晝，月煜乎夜，燈煜乎日月之所不及。」東萊《博議》論史官亦云：「昧谷餞日之後，暘谷賓日之前，暮夜晦冥，羣慝並作，敬無燭以代明，則天之目瞽矣。」亦用介甫意，然皆本之《莊子》「月固不勝火」。郭象注曰：「大而闇，不若小而明。」東坡曰：「陋哉斯言！」爲更之曰：「明於大者，必晦於小。月能燭天地，而不能燭毫釐，此其所以不勝於火也。」然卒之火勝月、月勝火耶？

坡翁《九成臺銘》云：「使耳聞天籟，則凡有聲有形者，皆吾羽旄干戚管磬匏弦。」又云：「望蒼梧之渺莽，九疑之聯綿，覽觀江山之吐吞，草木之俯仰，鳥獸之鳴號，衆竅之呼吸，往來唱和，非有度數而均節自成者，非《韶》之大全乎！」楊龜山乃謂：「子瞻此説，以江山吐吞、草木俯仰、衆竅呼吸、鳥獸鳴號爲天籟，此乃《莊子》所謂地籟也。但其文精妙，故讀之者或未察耳。」予嘗因其語以考莊周之説，云：「南郭子綦曰：『汝聞人籟而未聞地籟，汝聞地籟而未聞天籟。』子游曰：『敢問其方。』子（綦）〔游〕曰：『地籟則衆竅是已，人籟則比竹是已，敢問天籟。』子綦曰：『夫吹萬不同，而使其自已者，咸其自取，怒者其誰耶？』」郭象注云：「夫天籟者，豈復別有一物哉！即衆竅比竹之屬。」若如所注，則所謂鳥獸之鳴號、衆竅之呼吸，非天籟而何？不知龜山又以何物爲天籟乎。漫書以俟識者。然東萊云：「東坡《九成臺銘》實文耳，而謂之銘，以其中皆用韻。而讀之久，乃覺是其妙也。」

坡翁《策斷》謂「語有曰：鼠不容穴，銜窶藪也。」窶藪二字出《漢書·楊惲傳》云：「我不能自保，真人所謂『鼠不容穴，銜窶藪也。』」注云：「窶藪，戴器也。以盆盛物，戴於頭者，則以窶藪薦之。盆下之物有飲食氣，故鼠銜之。所以不容穴，坐銜窶藪自妨，故不得入穴。窶，音貧窶之窶。

藪，音數物之數。上其羽切，下山羽切。」案此條多脱誤字，今據《漢書傳注》校正。

龍眠畫《五馬圖》，空青老人（會）〔曾〕紆公卷跋之曰：「元祐庚午歲，以方開科應詔來京師，見魯直九丈於酺池寺。魯直時爲張仲達箋題李伯時畫《天馬圖》。魯直謂余曰：『異哉！伯時貌天廐滿川花，放筆而馬殂矣。蓋神駿精魄皆爲伯時筆端取之而去，實古今異事。當作數語記之。』後十四年，當崇寧癸未，余以黨人貶零陵。魯直除籍，徙宜州，過余瀟湘江上，因與徐端國、朱彦明道伯時畫殺滿川花事，云：『此公卷之所親見。』余曰：『九丈當踐前言記之。』魯直笑曰：『只少此一件罪過。』後二年，魯直死貶所。又二十七年，余將漕兩浙，當紹興辛亥。至嘉禾，與梁仲謨、吴德素、張元覽汎舟訪劉延仲于真如寺，延仲遽出是圖，開卷錯愕，宛然疇昔。撫掌念往，逾四十年，憂患餘生，巋然獨存，彷徨弔影，殆若異身也。因詳叙本末，不特使來者知伯時一段異事，亦魯直遺意」云云。按：畫殺滿川花，亦當時一段異事，而傳記所不載，紀詠所不及，何耶？豈是時方以獲罪爲懼，諱不敢言耶？王逢原嘗賦韓幹畫馬云：「傳聞三馬同日死，死魄到紙氣方就。」豈前世亦有此事乎？

李易安紹興癸亥在行都，有親聯爲内命婦者，因端午進帖子，皇帝閤曰：「日月堯天大，璿璣舜曆長。側聞行殿帳，多集上書囊。」皇后閤云：「意帖初宜夏，金駒已過蠶。至尊千萬壽，行見百斯男。」夫人閤云：「三宫催解粽，妝罷未天明。便面天題字，歌頭御賜名。」時秦楚材在翰苑，惡之，止賜金帛而罷，意帖用上官昭容事。

前輩公主制云：「瓊華在著，已戒齊風之驕；粉水疏園，莫如徐國之樂。」晏公《類要》亦用粉田事，蓋亦指澤湯沐之意也。若駙馬則以何晏事，稱「粉郎」、「粉侯」。文及甫稱韓忠彦爲「粉昆」，以其爲嘉彦之兄。又指王師約之父克臣爲「粉爹」，益可怪。

劉潛夫、王實之平昔論交最深，且意氣不相下。實之蹭蹬，凡六爲別駕。其爲吉倅，適潛夫宜春之麾，與之相先後。潛夫開宴爲餞，且侑之樂語，有云：「有謫仙人駿馬名姬豪放之風，無杜陵老殘杯冷炙悲辛之態。」又云：「擁通德而著書，命便了而酤酒。麗人歌陶秀實郵亭之典，好事繪韓熙載夜宴之圖。賀客盈門，勸展驥而爲別駕；長官分席，歎無蟹而有監州。」極摹寫之妙焉。既而實之報席，亦有侑語云：「七年三出使，山岳漸見動摇；十載六監州，風月不禁分破。陌上歌採桑曲，惱殺羅敷；觀中賦種桃詩，壓倒夢得。梅花入句，如何遜之在揚州；薏苡滿船，如伏波之歸交趾。忌名下人，棄沅芷湘蘭而不佩；滿禁中語，覺階薇砌藥之無情。」皆能抓著癢處也。

葉隆禮士則謫居袁州，袁之士友醵酒以招之。蜀士張汴朝宗作樂語一聯云：「掃地焚香，有蘇州之雅淡；仰天拊缶，無楊氏之怨傷。」士則大稱之。

水心翁以抉雲漢分天章之才，未嘗輕可一世，乃於「四靈」，若自以爲不及者，何耶？此即昌黎之於東野、六一之於宛陵也。惟其富贍雄偉，欲爲清空而不可得，一旦見之，若厭膏粱而甘藜藿，故不覺有契於心耳。昔吳中有老糜丈，多學博記，每見吳仲孚小詩，輒驚羡云：「老夫纔落筆，即爲堯舜、周孔、漢高祖、唐太宗追逐不置，君何爲能脱洒如此哉！」即水心取「四靈」之意也。

臨江丁熺乙丑諒闇牓第四人，爲他恩例所壓，抑居第八，授永州教。章采代爲作啓謝辨章云：「諸公袞袞，皆自下以升高；一介休休，獨瞻前而忽後。」廖羣玉亟稱於賈，改隆興節推。

晏殊嘗進《牡丹詩表》云：「布在密清之囿。」密清二字，人多不曉，蓋用《東京賦》中語：「京室密清，罔有不韙。」

王宣子守吳，幕僚投啓有云：「仲舒裒然舉首，豈久相於江都？望之雅意本朝，姑暫居於馮翊。」宣子喜之，舉以京剡。楊廷秀以大蓬漕江東，其屬亦有啓云：「斯文之得喪在天，領袖素尊於海內；賢者之出處以道，旌旗已至於江東。」公亦欣然剡上。

史直翁《丞相表》語云：「侵尋歲月，六十有三；補報朝廷，萬分無一。」又李淇水《謝户書》云：「補報朝廷本末，無萬分之一；因循歲月甲子，已六十有奇。」

霅中有游士春時誤入趙孟嶬之園者，案：趙孟嶬之嶬，原本誤作「蟻」，今據《宋史·宗室表》改正。爲其家幹僕所辱，訟之於官，郡守趙必槐德符治之。士子以啓爲謝云：「杜陵之厦千萬間，意謂大庇寒於天下；齊王之囿四十里，不知乃爲穽於國中。」

劉自之被召試用，虚齋趙以夫之薦也。既而爲庸齋趙汝騰所激，於是以盧鉞威（伸）〔仲〕補其選。盧以同里之嫌辭之云：「楚亡弓，楚得弓，難泯同鄉之迹；漢刻印，漢銷印，初何反汗之嫌。」卒辭之。又蕭振再知四川，趙莊叔行詞云：「刻印銷印如轉圜，朕嘗虚己；失馬得馬如反掌，卿勿容心。」

宣和間，尚書新省成，車駕臨幸，時宰命一時朝士能文者，各擬謝表，獨林子中者擅場。其一聯云：「北辰居極，外環象斗之宫；黄道初經，旁及積星之位。」

嘉定間，寶謨閣學士許奕病篤，口占《遺表》云：「臣非衰病，偶染微痾。當湯熨可去之時，臣則以疾而爲諱；及鍼砭已窮之後，醫遂束手而莫圖。静思膏肓所致之由，大抵脉絡不通之故。固知養患成禍，豈惟理身則然；苟能疏壅預防，以之醫國亦可。」蓋指近事以爲身喻也。乾道間，胡周伯尚書亦云：「賈誼號通達國體，大瘇跋盭，類辟病痱。」皆借一身喻之。今日國體何病也？能言病，未必能處方；不能言病，而輒處方誤人死矣。今日之病名風虚。虚，内也；風，外也。外風忽中，半身不遂，靖康也；幸其半存，建炎也。咎已往半存之身，常凛凛不自保也。今欲併治不遂者，怵市道之説，售嘗試之方，湯(慰)〔熨〕砭石，雜然而進，使誼復生，必慮中風至再，至半存之身，亦不能救矣，所謂可痛哭流涕者也。蓋本吕獻《乞致仕表》云：「臣本無宿疾，偶值醫者用術乖方，不知脉候有虚實，陰陽有順逆，診察有標本，治療有後先，妄投湯劑，率任情意，差之指下，禍延四肢。寢成風痺，遂難行步。非徒憚跋盭之苦，又將虞心腹之變。勢已及此，爲之奈何！雖然一身之微，固所未恤；其如九族之託，良以爲憂。是思逃禄以偷生，不俟引年而退政。」三公之論，實祖誼云。

開慶間，馬華父制置江閫日，嘗於青溪建祠，以祀先賢。斷自吴泰伯以下凡四十一人，皆嘗仕若、居若、遊於此者，獲與焉。蓋華父之祖，亦嘗仕於昇故也。祠成，命馮可遷贊之。其贊馬公末語，有「爾祖其從與享」之句，或摘以爲譏，華父遂去乃祖之祀焉。或謂劉子澄清叔與華父有宿憾，授意於馮云。

王似《賀太常丞兼翰林權直》一聯云：「白也無敵，雅宜翰林供奉之才；赤爾何如，暫習宗廟會同之事。」又《賀司業除翰苑》云：「國子先生晨入太學，翰林學士夜讀禁中。」

王珪《行郝質殿巖制》云：「曾無夜鼜之譁，自得剛牙之重。」《周禮·地官》：「凡軍旅夜鼓鼜。千歷切」注云：「戒守鼓也。」

張孝曾之父少師與洪忠宣久陷金國，其後獲歸，而終身爲秦檜之所抑。近世陳容公儲跋其墓碑云：「流離區脱，視死如飴，君子有性焉，不謂命也；絶漠來歸，忠不見録，君子有命焉，不謂性也。」暨檜殞金亡，忠宣、少師二公如生，故曰知性與命，則知天矣。

建炎末，柔福帝姬自北歸，朝廷封爲福國長公主，下降駙馬都尉高世榮。汪浮溪當制云：「趙城方急，魯元嘗用於車馳；江左復興，益壽宜充於禁臠。」可謂善用事。

楊大年云：「觀書百行須中程。」《漢·刑法志》：「夜理文書，自程決事，日懸石之一。」注云：「懸，稱也。省讀文書，日以百二十斤爲程。」

唐僧齊己有《白蓮集》，爲《風騷旨格》，所與遊者吴融、鄭谷，皆晚唐人也。杜詩所稱「己公茅屋下，可以賦新詩」，決非此己公明矣。

劉平國戲題云：「選詩非選官，論詩非論人，故若耶女子、天竺牧童，皆得預唐名公之列。」詩文中有摘人姓名一字而言者，如班固《幽通賦》「巨滔天而泯夏兮」，以王莽字巨君。「重醉行而自耦」，重乃重耳。李白《扶風豪士歌》云：「原嘗春陵六國時」，蓋四公子也。杜詩用揚馬，則雄、相如也。卿雲、淵雲，則長卿、子雲、王褒也。東馬則方朔、相如也。如葛亮、馬相如等甚多，亦有礙理者。然《論語》「吾友張也」，《舜典》「伯汝作秩宗」，蓋亦有所本也。

《赤壁賦》謂「自其變者而觀之，則天地曾不能以一瞬；自其不變者而觀之，則物與我皆無盡也」。此蓋用《莊子》句法：「自其異者而眂之，肝膽楚越也；自其同者而眂之，萬物皆一也。」又用《楞嚴經》意：「佛告波斯匿王言：『汝今自傷髮白面皺，其面必定皺於童年，則汝今時觀此恒河與昔童時觀河之見，有童耄不？』王言：『不也。』世尊佛言：『汝面雖皺，而此見精性未嘗皺。皺者爲變，不皺非變；變者受生滅，不變者元無生滅。』」

周子充作《定光菴記》：「佛以慧日照三千大千世界，顧豈滯於方。然日出暘谷，浴於咸池，拂於扶桑，躔度必有所舍，其明難與佛等。」乃全用東坡《奉安神宗書閣祝文》語也。

東坡《赤壁賦》多用《史記》語。如「杯盤狼藉」、「歸而謀諸婦」，皆《滑稽傳》。「正襟危坐」，《日者傳》。「舉網得魚」，《龜筴傳》。「開户視之，不見其處」，則如《神女賦》，所謂以文爲戲者。

東坡云：「往時陳述古好論禪，自以爲至矣，而鄙僕所言爲淺陋。僕語述古：公之所談，譬之於食龍肉也；而僕所學，猪肉也。猪之與龍，則有間矣。然公終日説龍肉，不知僕之食猪肉，實美而真飽也。不知君所得者，果何也？」

甫里有《杞菊賦》，東坡有《後杞菊賦》，張南軒有《續賦》，夏樞密亦有《續賦》，亦各有意。

薛夢桂字叔載，號梯飆，永嘉人。父大圭，紹熙間上書乞立儲，在趙忠定諸人先。叔載擢高科，通京籍，風度清遠。所居西湖五雲山，曰隔凡關，曰林壑甕，通命之曰方厓小隱。諸名士莫不納交焉。儷語、古文詞筆皆灑落，不特詩也。

張建自號蘭泉，其論詩云：「作詩不論長篇短韻，須要詞理具足，不欠不餘，如荷上灑水，散爲露珠，大者如豆，小者如粟，細者如塵，一一看之，無不圓成，始爲盡善。」

高復古嘗謂學者云：「胸中無千百家書，乃欲爲詩，如賈人無資，終不能致奇貨也。」

宋之文治雖盛，然諸老率崇性理，卑藝文。朱氏主程而抑蘇，吕氏《文鑑》去取多朱意，故文字多遺落者，極可惜。水心葉氏云：「洛學興，而文字壞。」至哉言乎！

石林詞：「誰採蘋花寄與，又悵望蘭舟容與。」或以爲重押韻，遂改爲「寄取」，殊無義理。蓋容與之與，自音豫，乃去聲也。揚子雲《河東賦》云：「靈輿安步，風流容與。」注：「天子之容服而安豫。」與讀爲豫。《漢·禮樂志》「練時日澹容與。」注：「閑舒。」皆去聲。

姜堯章《鐃歌鼓吹曲》乃步驟尹師魯《皇雅》，《越九歌》乃規模鮮于子駿《九誦》，然言辭峻潔，意度蕭遠，似或過之。

士大夫辭榮固是美事，然有不當辭而辭者，至於不肯磨勘、甚而批毀印歷，而世以爲高而效之者，皆非中道也。司馬公《辭樞密副使章》有云：「臣自幼時習賦論策就試，每三年一次乞磨勘，豈不慕榮貴者乎？蓋天下自有中道，過猶不及也。」此爲古今至論，今所謂喋喋辭免者，安知非飾詐邀名哉？德祐末，大臣則又有以辭榮而避難者，此尤不足道也。

坡翁謂陳師仲曰：「足下所至詩，但不擇古律，以日月次之，異日觀之，便是行記。」此説極佳，故王筠以一官爲一集，楊大年亦然，所著有《括蒼》、《武夷》、《潁陰》、《韓城》、《退居》、《(海)〔汝〕陽》、《蓬山》、《冠鼇辭》之類，簡齋所謂「一官成一集，盡付古沙頭」是也。

史達祖邦卿，開禧堂吏也，當平原用事時，盡握三省權，一時士大夫無廉恥者皆趨其門，呼爲梅溪先生。韓敗，達祖亦貶死。善詞章，多有膾炙人口者。李和父云：「其詩亦間有佳者。」

李文饒《退身論》云：「天下善人少，惡人多，一旦去權，禍機不測。操政柄以禦怨誹者，如荷戟以當猛獸，閉關以待暴客。若舍戟開關，則寇難立至。遲遲不去，以延一日之命，庶免終身之禍。是以懼禍而不斷，未必皆耽禄而已。」嗚呼！其言亦哀矣。

宣律師嘗夜夢神人燒香供養，香氣與世間不同，因問曰：「此何香？」答云：「西天棘林中香。」案：夢天棘事，蔡夢弼注：「杜甫詩嘗引之。」此條必考證甫詩，而傳寫佚其後半。

周益公嘗戲作《賀冬啓》云：「數九九而哦詩，自憐午瘦；辦多多而有酒，驟覺冬肥。」

林子善家藏崔慤畫龜，甚佳。朱希真作贊曰：「骨爲裘褐，氣爲饔饘，孰令汝壽，惟蟲知天。他日碧波蓮葉上，不知誰見小如錢。」

蔣重珍伯父能禪，其亡也，重珍祭之以文云：「不必輕生前以爲空，不必重死後以爲實。」此語極有味。

周子充云：「文章有天分，有人力，而詩爲甚。才高者語新，氣和者韻勝，此天分也。」世言李泰伯不喜《孟子》，而所賦《哀老婦詩》云：「仁政先四者，著在孟軻書。」何耶？正則作《吕君用誌》，形容其儉以起家之意云：「一扇十年，尚補緝之；道遇墜炭數寸，亦袖携以歸。」亦近乎薄矣。

天聖中，吴咸爲殿中丞。吴中所居，有紅梅閣，蓋吴有愛姬者紅梅，因以名閣，又作折紅梅詞。菖蒲花難見面，古語也。案：《玉臺新詠》載《西曲歌·烏夜啼》曰：「菖蒲花可憐，聞名不曾識。」《南史》亦載張皇后見菖蒲事。必宋人詩詞有用此典者，故密引古語證明出處，而傳寫佚其後半。